中國古典文學理論批評專著選輯

藝苑卮言校注

上

王世貞 著
羅仲鼎 校注

人民文學出版社

圖書在版編目（CIP）數據

藝苑巵言校注：上下/（明）王世貞著；羅仲鼎校注．—北京：人民文學出版社，2021
（中國古典文學理論批評專著選輯）
ISBN 978-7-02-013696-4

Ⅰ.①藝… Ⅱ.①王… ②羅… Ⅲ.①古典詩歌—詩歌評論—中國②古典散文—散文評論—中國 Ⅳ.①I206.2

中國版本圖書館 CIP 數據核字(2018)第 013681 號

責任編輯　李　俊
裝幀設計　吴　慧
責任印製　王重藝

出版發行　人民文學出版社
社　　址　北京市朝内大街 166 號
郵政編碼　100705

印　　刷　三河市宏盛印務有限公司
經　　銷　全國新華書店等

字　　數　730 千字
開　　本　880 毫米×1230 毫米　1/32
印　　張　27.875　插頁 4
印　　數　1—3000
版　　次　2021 年 6 月北京第 1 版
印　　次　2021 年 6 月第 1 次印刷

書　　號　978-7-02-013696-4
定　　價　128.00 圓(全二册)

目録

前　言

王世貞《藝苑巵言》是我國古代最重要的詩文理論著作之一，其理論觀點，不僅在當世被奉為金科玉律，而且影響文壇長達百年之久。明人王世懋指出：『自鍾嶸《詩品》以來，談藝者無慮數十百家，前則嚴滄浪、徐迪功二録，近則余兄《藝苑巵言》，最稱篤論。』〔一〕清人毛先舒也認為：『古人善論文章者曹丕、陸機、鍾嶸、劉勰、劉知幾、殷璠、釋皎然、嚴羽、李塗、高棅、徐禎卿、皇甫汸、謝榛、王世貞、胡應麟，此諸家最著。中間劉勰、徐、王持論尤精搉可遵，餘子不無得失。』〔二〕又説：『論詩則劉勰《文心雕龍》、鍾嶸《詩品》、皎然《詩式》、嚴羽《滄浪吟卷》、徐禎卿《談藝録》、王世貞《藝苑巵言》，此六家多能發微。』〔三〕以上評論，並非任情抑揚的褒美之辭，如果就包孕內容的精深博大，審美判斷的明切詳審而言，把《藝苑巵言》與劉勰《文心雕龍》、鍾嶸《詩品》、嚴羽《滄浪詩話》等文學理論巨著相提並論，並不過分。

一

在論及《藝苑巵言》的主要理論觀點時，首先就會碰到如何評價明代前後『七子』復古運動的問題。如果客觀地考察古代文學發展的過程，人們就會發現，文學史上的復古運動，其本意往往是為了改革和創新。所謂復古，不過是借助古代典型的強大示範作用，樹立一個崇高的美學標準，與當時佔據主導地位的流俗相抗衡。猶如言帝王之術必稱堯、舜；論文章寫作，則必稱秦、漢；論詩歌創作，則必稱《詩》、《騷》一样，陳子昂、李白、韓愈、歐陽脩，以至張戒、嚴羽等人的復古主张無不如此。明代的前後『七子』，也不例外。

朱彝尊在評價明『前七子』的歷史功績時曾經說過：『成、弘間，詩道旁落，雜而多端，白草黃茅，紛蕪靡蔓。理學諸公，擊壤打油，筋斗樣子，……北地一呼，豪傑四應；信陽角之，迪功依之，嗚呼盛哉！』〔四〕在『詩道旁落』的成化、弘治年間，以李夢陽、何景明為代表的『前七子』舉起復古的旗幟，高喊『文必秦漢，詩必盛唐』的口號，向以臺閣體、道學體、八股文為代表的種種不良文風衝擊，矛頭指處，所向披靡，文壇風氣為之一新。『七子』的熱烈擁護者胡應麟曾經這樣描述當年復古運動的盛況：『李獻吉詩文，山斗一代。其手辟秦漢、盛唐之派，可謂達摩西來，獨辟禪教；又如曹溪卓錫，萬眾皈依。』〔五〕足見當時復古運動聲勢之浩大，影響之廣泛。如果說胡應麟還可能囿於門戶之見，那麼何良俊的意見，應該比較客觀公允，他也說：『我朝楊東里、李西涯二公，皆以文章經國，然祇是相沿元習。至弘治間李空同出，遂極力振起之，何仲默、邊庭實、徐昌穀諸人，相與附和，而古人之風幾遍域中矣。律以古人，空同其陳拾遺乎？』〔六〕把明代復古運動的首倡者李夢陽與陳子昂相比，把『七子』復古運動的歷史功績與『掃蕩六朝，振起唐音』的唐初詩歌革新運動並論，給予很高的評價。對於復古運動的功績，甚至連批評『七子』最激烈的公安派，也没有完全否認。袁中道就說過：『自宋、元以來，詩文蕪爛，鄙俚雜遝。本朝諸君子出，文准秦、漢，詩准盛唐，人始知有古法。』〔七〕由此可見，明代復古運動的歷史功績，原來不應該成為問題。但是由於前後七子諸人，片面强調模習古人，過分要求恪守古法，甚至尺寸不離，因此也產生了較大流弊。在李夢陽、何景明、李攀龍、王世貞等人的詩文創作中，都不同程度地存在擬古有餘，獨創不足的傾向。他們忘記了詩歌『吟詠情性』的根本特質，忽略了詩歌作品风格多樣性的基本要求，因而復古而徒具古人之體貌，而不能得其神髓，受到後人的批評，指責他們的創作為模擬剽竊，也就不可避免。其實從主觀上説，七子的主要人物都反對一味模擬古人。李夢陽認為，詩歌是『情之自鳴』，認為『真詩在民間』〔八〕；何景明則强調詩歌是『性情之發』，反對在詩歌創作中『刻意範古，獨守尺寸』〔九〕。李攀龍也認為，詩歌是人們言志抒情，溝通心靈的工具〔一〇〕。王世貞的態度較前三人更加明確堅決，他在《藝苑卮言》中指出：『剽竊模擬，詩之大病』，他認為『取性情之真』，『以心之聲為詩』，才能創造出優秀的詩歌作品；他嘲笑那些『好剽竊附會，蔑文其拙』的人，像『施鉛粉而强盼笑』的『倚門之妓』；他主張『脱模擬，洗蹊徑，以超然於法之外』，藝術創作應該『窮態極變，光景常新』，不斷努力創新；他還提出『興與境諧，神合氣完』的理想美學標準。在李夢陽與何景明那場關於古法的爭論中，他贊成何景明『捨筏登岸』的主張，而對李夢陽的『效顰之習』，提出了批評。

作為『後七子』的領袖，王世貞高度評價『前七子』的貢獻，稱贊他們『一掃叔季之風，遂窺正始之途，天地再辟，日月為朗』。對李、何二人創作成就，也頗多過譽之詞。但是王世貞也並不有意回護李夢陽詩歌的缺點，一再批評他『尺尺寸寸，模擬刻畫』、『模倣多，故牽合而傷跡』。甚至刻薄地嘲笑李的某些擬古作品『令人一見匿笑，再見嘔噦，不免為盜賊優孟所訾』。對『前七子』後期『正變雲擾，剽竊雷同』的傾向，『深造之力微，自得之趣寡』的弊病，都提出過尖鋭批評。王世貞對李攀龍的詩歌每多過譽，但卻又毫不留情地批評說：『于麟擬古樂府無一字不精美，然不堪與古樂府並看，看則如臨摹帖耳。五言出西京、建安者，酷似風神，大抵其體不宜多作，多不足盡其變而嫌於襲。排律比擬沈、宋，而不能盡少陵之變。志傳之文，出入左氏、司马，法甚高，少不滿者，损益今事以附古語耳。序論雜用《戰國》、《韓非》諸子，意深而辭博，微苦纏繞。銘辭奇雜而寡變，紀辭古峻而太琢。』〔一二〕上述評論雖然仍舊貫穿『文則西京，詩宗盛唐』的標準，但是，在每一個肯定評價之後，緊接着便指出其存在的缺點，『似臨摹帖』、『嫌於襲』、『寡變』、『太琢』等用語，都明白地指出了李攀龍詩文創作的重大缺點。

《藝苑卮言》還對文學史上模擬剽竊的事例做了抨擊，指出陸機詩歌的毛病不在於偶麗，而在『模擬多，寡自然之趣』；嘲笑宋人黃庭堅、陳師道點竄李白、杜甫詩句成為自己作品是『點金成鐵』；還批評當代文壇模擬剽竊成風，說：『今天下人握夜光，途遵上乘，然不免邯鄲之步，無復合浦之還。』王世貞認為，學習古人可分三個層次，第一等是『情景妙合，風格自上，不為古役，不墮蹊徑』；其次是『隨質成分，隨分成詣，門戶既立，聲實可觀』；最下一等是『名為閏繼，實則盜魁，外堪皮相，中乃膚立』。上述言論表明了王世貞既主張復古，又反對模擬的觀點。在王世貞看來，主張復古與反對模擬並不矛盾，主張復古是樹立標準，掃蕩流俗；反對模擬是論創作，談繼承。標準須高，創作求變，兩者並不互相排斥，完全可以在一個總的目標下統一起來。這個總的目標就是以復古求變革，清掃當時文壇的不良風氣。可惜前後七子諸人，尤其是李夢陽和李攀龍，在自己的創作實踐中總是擬古有餘，獨創不足，因而招致了後人的批評和嘲笑。

王世貞的上述理論主張，建立在『真情說』的基礎之上。他在《張給事詩序》中說：『昔人謂言為心聲，而詩又其精者。是無論其張門戶，樹頤䫄，以高下為境，然要自心而聲之。後人好剽竊餘似，以苟獵一時之妙，思殚而格雜，無取於性情之真。』在《劉諸暨杜律新解序》中又說：『所謂意者雖人人殊，要之，其觸于景而基於七情一也。』在這兩段話中，王世貞強調，表現『心之聲』，表現『性情之真』，是詩歌創作的基本準則。詩人的『意』雖然『人人殊』，但是『觸於景而基於七情』是完全相同的。正是在這一認識基礎上，他雖然主張復古，卻又反對模擬，既強調學習和掌握古法，又主張變化創新，抒發心之聲，堅決反對剽竊模擬的陋習。也正是在這一基本理論點上，王世貞的詩歌理論前承嚴滄浪，後啟公安三袁，成為復古派通向公安派的一座橋梁。

二

王世貞在《藝苑卮言序》中說：『余讀徐昌穀《談藝録》，嘗高其持論矣，獨怪不及近體，伏習者之無門也。楊用脩搜遺響，鉤匿跡，以備覽核，如二酉之藏耳，其於雌黄曩哲，橐籥後進，均之乎未暇也。……獨嚴氏一書，差不悖旨，然往往近似而未核，余固少所可。……余所以欲為一家言者，以補三氏之未備者而已。』

這段話表明了《藝苑卮言》的寫作宗旨。作者認為，在前人的詩歌理論著作中，徐禎卿《談藝録》議論雖高，但列論漢、魏而不及近體；楊慎《升庵詩話》收羅富博，但以典故史實為主，理論闡述不多；嚴羽《滄浪詩話》既有理論批評，又有詩法探討，『差不悖旨』，但卻不够周密完備。《藝苑卮言》的寫作就是為了全面評述古今作家作品，深入探討詩文法度，『成一家言』，彌補三家之不足。我國古代詩文發展到唐代，已經充分成熟，形成了新的高峰，各體具備，諸法並存，各種風格和流派爭奇鬥豔。文學創作的實際情況迫切要求有人從理論上加以總結，以啟迪後人，嘉惠來者。《藝苑卮言》確定以詩文法度為研究命題，正體現了這種要求。王世貞以一代宗師的身份，憑藉自己的長才博學，對成熟定型的古代詩文法度進行了深入研究，既有統觀全局的宏觀眼光，又有細微周密的微觀剖析，對我國古代詩文理論的發展，做出了獨特貢獻。《藝苑卮言》以詩文法度為中心命題，也是貫徹復古主張的客觀需要。『文則西漢，詩宗盛唐』雖然為人們樹立了一個崇高典範，但西漢之文，盛唐之詩，一如天半峨眉，可望而不可即，『伏習者』往往感到無門可入。因此，亟須從中總結出共同的規律和法則，為復古提供具體的方法和道路。明代的復古運動和唐宋復古運動有一個重要區別，唐宋的復古運動，強調恢復古道，雖然也顧及形式，但更注重內容。而明代的復古運動，首先強調掌握古法，雖然也兼及內容，但是更重視形式。李夢陽與何景明之間所發生的激烈爭論，焦點並不是要不要古法，而是如何掌握古法。王世貞的著作，就是企圖為人們指出一條學習古人、掌握古法的具體道路。

王世貞首先強調：『詩有常體，工自體中；文無定規，巧運規外。』這句話實際上包含兩層意思。作者首先認為，古人成熟而完美的形式必須繼承，古人合理而周密的法度不能違背。他在總結前人藝術經驗的基礎上，對各體詩文的法度，包括字法、句法、聲律、結構、風格等，做出了詳盡的分析說明，要求人們創作時加以遵守。與西歐古典主義者頗為相似，王世貞對法度的要求近乎苛嚴，說：『律為音律、法律，天下無嚴於是者。』又說：『《詩》不云乎，「有物有則」，夫近體為律。夫律，法也，法家嚴而寡恩。』〔一二〕認為近體詩當時已經範型化，其法度就是定律，必須嚴格遵守，『秩然而不可亂』，就像遵守法律、法令一樣。前後七子在創作實踐上存在的擬古傾向，與這種過分強調遵循古法的片面的認知有一定關係。但是，從第二層意思看，王世貞對法度的認識也是辯證的，他並不贊成死守成法，而要求『巧運規外』、『超然於法之外』。也就是說，既要遵守古法，又不能完全為古法束縛限制。作者還認為，最完美的法度是『無岐級可尋，無聲色可指，無痕跡可求』的『無法之法』。他一再說：『篇法之妙，有不見句法者；句法之妙，有不見字法者，此是法極無跡，人能之至，境與天會，未易求也。』『西京、建安，似非琢磨可到，要在專習，凝領久之，神與境會，忽然而來，渾然而就，無岐級可尋，無聲色可指。』『《風》、《雅》三百，古詩十九，人謂無句法。非也，極自有法，無階級可尋耳。』話說得有點玄虛，其實這種『無法之法』也並非神秘奧妙而難以索指的東西。它無非就是作者所一再強調的『妙亦自然』，『一師心匠』的形象描述而已。總之，抒寫真情實感，合乎自然之妙，是王世貞法度理論追求的最高境界。

王世貞非常重視法度整體的完美。要求一首詩或一篇文章，無論是字法、句法、篇法、格律都應該合乎規範，不能有絲毫差錯。說：『首尾開合，繁簡奇正，各極其度，篇法也。抑揚頓挫，長短節奏，各極其致，句法也。點綴關鍵，金石綺采，各極其造，字法也。』這段話，雖然衹是指作品的篇章字句而言，實際上卻反映了復古主義者對於形式美的嚴格要求。作者以七言律詩為例，強調寫作這種詩體，應該完全合乎規範，『五十六字，如魏明帝淩雲臺材木，銖兩悉配乃可耳』。在闡述近體詩為什麼應該以『盛唐為則』時說：『盛唐之於詩也，其氣完，其聲鏗以平，其色麗以雅，其力沉而雄，其意融而無跡，故曰盛唐其則也。』〔一三〕律詩發展到盛唐，已經達到了藝術成熟的巔峰，盛唐的律詩氣象渾成，聲調響亮而平和，詞采清麗而優雅，力量深沉而雄健，意象圓融而無跡，從法度的角度衡量，已經達到了整體的完美，應該成為詩歌創作模習的典範。可惜，王世貞對盛唐律詩的藝術描述和概括，雖然十分精到，但是離開了特定的時代和社會情況，詩人的生活經歷，單純從藝術風格着眼，後人實際上不可能完全複製盛唐詩歌的上述特點。這就是為什麽『前後七子』中的領袖人物李夢陽、李攀龍雖然才力過人，其作品努力模倣盛唐風格，結果卻衹能得其形貌，而難以獲其真諦，徒然招致後人『假古董』之譏的根本原因。

在《藝苑巵言》中，王世貞還論述了『格調』這一重要概念，說：『才生思，思生調，調生格。思即才之用，調即詩之境，格即調之界。』認為格調乃是詩人才思的表現形式，是詩歌所呈現的一種藝術境界，其涵義大致與嚴羽所說的『氣象』近似。嚴羽講『氣象』，王世貞講『格調』，雖然都與作品的內容有聯繫，但主要是描述作品的外部形態特點。這種特點衹有通過遣詞造句，篇章結構，聲韻格律等因素，才能具體表現出來。衹有通過對構成格調的基本元素的具體分析，格調才能成為可供人們模習的範型。從這樣的意義上講，研究法度，就是研究格調的組成因素和組合方式，離開了法度也就無所謂格調。王世貞所說的『補滄浪之不足』，最重要的一點，就是提出了以法度為研究中心的格調說，把嚴羽比較抽象籠統的氣象說，演繹為具體的規律和法則，使人們比較容易遵循和把握。但是事物往往有兩重性，講究法度過於具體，追求格調超過了限度，又難免產生呆滯刻板之弊。『前後七子』創作中的模擬因襲之風，與這種理論主張的確有關係。為了防止這種弊病，王世貞又提出了『離合』和『悟』兩個概念，作為學習古人，掌握古法的原則和方法。他說：『法合者必窮力而自運，法離者必凝神而並歸，合而離，離而合，有悟存焉。』『離合』一詞雖本於何景明，但具體含義已經發生了變化。『離而合』指不死守古法，似離而實合；『合而離』指太拘泥古法，似合而實離。他在《與吴明卿書中》比較自己與李攀龍創作之異時説：『不佞傷離，于鱗傷合。』認為自己的缺點是不完全符合古法，而李攀龍的毛病則是過分拘守古法。但是他認為『合而離者也，毋寧離而合者也』。與其拘執古法而徒得其形，不如超脱古法而得其精神，這才是正確的原則。在復古運動的後期，文壇上普遍存在擬古不化之風。針對這種傾向，王世貞提出『離而合』的主張，在倡導古法的同時，强調不似之似的原則，向人們提示了如何學習古人的正確態度和方法。

那麽怎樣遵循『離而合』的原則，進一步掌握古法呢？王世貞提出了『悟』的方法。他説：『文之與詩，異象同則。孔門一唯，曹溪汗下，信手拈來，無非妙境。』這一理論，前承嚴滄浪，近紹徐昌穀，並非王世貞之獨創。但是嚴滄浪雖從禪宗借用此語，衹不過强調熟讀古人作品，认为『久之自然悟入』。徐昌穀也認為，衹要『宏識誦之功』，即便不能『臻其奥』，至少也可以『罕見其失』，王世貞也主張『熟讀涵詠，漸漬汪洋』，時間一久就能達到『意從氣暢，神與境合』的境界。總之，單純强調從古人作品本身去領悟古法，這是三人共同之點，也是這一理論本身固有的缺陷。所不同的是，滄浪借禪為喻，講究『熟參』，通過審美直覺去『悟入』，而王世貞除强調『熟讀涵詠』之外，還提出了『離而合』的原則。滄浪追求的目標是『試以己詩置之古人詩中，與識者觀之而不能辨』，而王世貞卻追求『不似之似』，批評那種亦步亦趨的學古方法為『合而離』，認為『興與境諧，神合氣完』才是學習古人的極致；而詩歌創作的最高境界依然是『一師心匠』，進行獨立的構思與創造，詩歌法度的根本標準也還是『妙合自然』。這是王世貞對嚴羽詩歌理論的發展與完善。在如何學習古人的理論主張上，王世貞比嚴羽前進了一大步。

三

王世貞在《藝苑巵言》中還提出了『師匠宜高，捃拾宜博』的理論主張。前者與嚴羽『取法乎上』的理論相似，以西漢之文、盛唐之詩為典範，就體現了這一精神；而廣泛深入地研究品評古今作家作品，則體現了後者的旨趣。《藝苑巵言》對古今作家作品的評論，顯示了作者廣闊的審美視野和深邃的審美眼光。許多精彩的評論，發前人所未發，對後代也產生過很大影響。因為這些評論涉及許多當代作家，自然引起了種種紛爭。《藝苑巵言》乃是王氏早期作品，當時作者年輕氣盛，意氣風發，正如屠隆所說：『元美作《藝苑巵言》，鞭撻千古，掊擊當代，筆挾風霜，舌掉電光，天下士大夫讀其文章，想其風采。』〔一四〕對於批評家來說，這樣的鋭氣固然十分可貴，但是，由於評論範圍過於廣泛，加上囿於『文則秦漢，詩宗盛唐』理論框架，某些批評不免失之輕率或偏頗。對此，王世貞晚年曾經有所反省，他誠摯地說：『余作《藝苑巵言》時，年未四十，與于鱗輩是古非今，此長彼短，未為定論。行世已久，不能復秘，唯有隨時改正，勿誤後人。』〔一五〕錢謙益在引用這段話時稱讚道：『元美之虛心克己，不自掩如此。』〔一六〕王氏這種勇於自我批評的精神，顯示了虛心闊達的胸襟氣度，在門戶林立，意氣用事之風極盛的明代，尤其難能可貴。

《藝苑巵言》評論的突出優點是評判精當，剖析入微。對李白、杜甫詩歌的品評，是典型例子。杜甫在當代的位望，遠不及李白。元稹《唐故工部員外郎杜君墓繫銘》較早對杜甫詩歌的成就做出了高度評價，指出其在詩歌史上集大成的地位，無疑具有遠見卓識。但是元稹『獨重子美』，而对李白卻有所貶抑，又為宋人揚杜抑李的論調提供了口實，這也不够公允。對此嚴羽指出：『李、杜二公，正不當優劣』，難以互相替代，真可謂『獨具隻眼』。不過嚴羽僅僅從李、杜詩歌總體風格着眼，以『飄逸』和『沉鬱』來概括李、杜二人詩歌的不同特點，感覺意猶未盡。王世貞繼承發展了嚴羽的觀點，從辨析詩體入手，對李、杜各種詩體加以分析比較。他首先指出李、杜二公，詩風不同，面貌各異，李白詩氣勢充沛，自然清新，俊逸高暢；杜甫詩含意深刻，奇拔沉雄，戛戛獨造。接着又從審美鑒賞的角度指出，李白詩讀後使人飄飄欲僊，杜甫詩讀後令人嘘唏欲絕。最後又詳細剖析了李、杜二人各體詩歌的長短優劣，認為李白、杜甫的五、七言古體詩『為聖為神』，各自代表了這種詩體的藝術高峰；杜甫以律詩見長，李白以絕句取勝，『杜之絕，李之律』都屬於變體，『不足多法』。李白樂府詩『能以己意己才發之』，『縱橫變幻，極才人之致』，但不如杜甫『以時事創新題』的樂府詩更有意義。這些評論雖然也尚有可以商榷之處，但總體而言，態度客觀，持論精審，目光敏鋭，剖析入微，為持續數百年的李、杜優劣之爭，做出了一個相對公正的結論，對當時和後世都產生了良好的影響。

《藝苑巵言》評論的另一個優點是，宏觀把握的概括性和審美判斷的準確性。對騷、賦和漢代樂府詩的評判，可為代表。他說：『屈氏之騷，騷之聖也；長卿之賦，賦之聖也。一以諷，一以頌，造體極玄，故自作者。』又說：『《孔雀東南飛》質而不俚，亂而能整，敘事如畫，敘情若訴，長篇之聖也。』

王世貞稱屈原為『騷之聖』，司馬相如為『賦之聖』，各自代表了一種文體的最高水平，並且分別指明兩者的特點是『諷』和『頌』。這一審美判斷幾乎成為文學史上的定論。作者雖未正面指明二者孰優孰劣，但『諷、頌』二字，褒貶自見。王世貞如此高度評價司馬相如在賦體文學中的地位，與他標舉『文則西京』的理論，追求雄渾闊大的美學理想有關。不過，就賦體文學發展演變的實際情況看，指出司馬相如的作品具有『材富、辭麗、意高、筆雄』，精神流動等優點，認為『餘人皆不可及』，符合實際情況。對漢樂府名篇《孔雀東南飛》的評論也是如此。我國古典詩歌以抒情詩為主體，敘事詩並不發達，《孔雀東南飛》是一個特例。王世貞對這一敘事名篇給予充分重視，他從詩篇的語言風格、篇章結構、抒情方式、敘事特點四個方面指出，這首詩語言質樸而不俚俗，結構錯綜變化而又次序井然，抒情真摯纏綿，如泣如訴，敘事生動形象，如畫如描，因而足稱『長篇之聖』。這樣的評論，在概括性和準確性方面，都超越了前人。

《藝苑卮言》評論的第三個優點是辯證分析的全面性。王世貞藝術視野開闊，從不靜止孤立地看待作家的優點或缺點，而善於從優點中發現缺點，從不足中看到長處。這種多角度的分析方法，具有樸素的藝術辯證法因素。書中對李賀與黃庭堅作品的評論，就很有代表性。他說：『長吉師心，故爾作怪，亦有出人意表者。然奇過則凡，老過則稚，此君所謂不可無一，不可有二。』又說：『黃意不滿蘇，直欲淩其上，然固不如蘇也。何者？愈巧愈拙，愈新愈陳，愈近愈遠。』唐詩發展到大曆以後，漸趨平庸靡弱，韓愈、李賀等人欲以奇險糾之，在藝術上力創新路，做出了可貴的努力。李賀詩歌以瑰麗的語言，獨創的構思，奇崛的意境卓然獨立，自成一格。王世貞所說的『出人意表』，就是肯定這種成就。但李賀詩歌的確存在求奇求怪的毛病。朱熹說『怪得些子』，嚴羽說『瑰詭』，都是指此而言。王世貞指出，過分追求新奇，反而會變成平凡；不適當地追求老蒼，反而會顯得淺稚，過猶不及，往往走向反面。這一深刻見解，受到著名文學批評家葉燮的認同和贊許〔一七〕。囿於『詩宗盛唐』的美學標準，王世貞《藝苑卮言》對蘇軾和黄庭堅的作品不免『過爾抑剪』，評價不高。但在比較蘇、黄二人詩歌優劣時，他的觀點卻同樣具有辯證因素，指出黄詩之所以不及蘇詩，就是因為黄庭堅有時違背了『適度』的原則，過分追求工巧和新奇，結果事與願違，以至『愈巧愈拙，愈新愈陳』，走向了目標的反面。這樣的見解，對後人也是很有啟示的。

《藝苑卮言》評論的第四個優點是歷史評價的客觀性。作為『後七子』的領袖人物，『文則西漢，詩宗盛唐』的確是他評論作家作品時優先考慮的標準。但是，在具體評述文學史上各種風格流派和作家作品時，他總能突破成見，從實際出發，力求得出客觀公正的結論。例如對六朝詩文偶麗之風，歷代的復古派往往比較極端，一概否定。陳子昂有『文章道弊五百年』之歎，李白和韓愈則有『自從建安來，綺麗不足珍』、『齊梁及陳隋，眾作等蟬噪』之譏，李夢陽在《章園餞會詩引》一文中則以『靡』和『媚』來概括六朝文學的基本特徵。這些看法，都不免片面。從總體上説，王世貞對六朝文風也是不滿意的，但在具體評價六朝文學的功過時，他卻能採取歷史的客觀態度，對六朝文學作全面考察，不贊成籠統地肯定或否定。指出，有些人一談到西京、建安，便輕視陶、謝，這是一知半解。豈止陶、謝，即便齊、梁時代的文學，也有值得吸取的優長。他也反對割斷歷史看問題，認為六朝文風固然『衰颯』，但唐初律詩的形成卻與六朝偶麗聲律的講求，有密切關係；三謝詩歌雖不如漢、魏之渾成，但唐初沈、宋律詩的成熟，卻受啓於三謝，孕育於陳、隋。這樣評價六朝文學，比那種完全否定的意見，無疑更為全面客觀。對盛唐詩美的嚮往追求，在一定程度上也影響了王世貞對中唐以後的詩歌給出恰如其分的評判。但是，這也並沒有妨礙他對中唐以後詩歌成就的肯定。例如他說：『七言絕句，盛唐主氣，氣完而意不甚工；中晚唐主意，意工而氣不甚完。然各有至者，未可以時代優劣也。』王世貞認為，作為一代詩風，盛唐七絕與中晚唐七絕，雖有主氣與主意之分，盛唐七絕，氣勢充沛而『意不甚工』，中晚唐七絕，立意工巧而『氣不甚完』，兩者各有長短，不能因時代不同而強分高下。這樣的看法，都是是比較通達公允之見。

《藝苑卮言》還特別重視作家藝術風格的描述和評論。用形象的描寫和生動的比喻摹狀作家的風格特徵，是我國古代文藝理論的民族特點之一，為歷代詩論家所樂於採用，鍾嶸、司空圖、敖器之、朱權等人，都是運用這種方法的能手。王世貞繼承和發揚了這一傳統，《藝苑卮言》集中品評了兩百多位當代詩文作家的風格特徵，人物數量之眾多，比喻描繪之生動形象，都達到前無古人的程度。儘管也有人批評他有恃才炫博的傾向，某些品評也不够準確，但是這些缺點並不影響王氏對古代風格論的重大貢獻。《藝苑卮言》對當代作家風格的品評，有兩點值得注意。其一是堅決摒棄某些文人喜歡相互吹捧的陋習，敢於對權威人士的作品提出批評，尖銳潑辣，不留情面。其二是涉及面異常廣泛，幾乎囊括了明代嘉靖以前所有的重要作家，對後人研究和把握明代文學的全貌，有很大幫助。

《藝苑卮言》對歷代作家的評論，的確也存在一定的片面性，主要是對中晚唐以及宋、金、元的作家例如對白居易、蘇軾、陸游等偉大作家，評價過低，甚至把他們排斥在正宗之外。這當然是很大的謬誤，也反映了『詩宗盛唐』這一美學標準本身的重大局限。王世貞對當代作家的評論，也存在同樣的問題。一方面對『七子』的領袖人物，如李夢陽、何景明、李攀龍等人，給予極高評價，稱之為『一代詞人之冠』。而對李東陽、歸有光、文徵明等優秀作家，都有所貶抑。不過王世貞晚年的認識發生了很大變化，據李維禎《王鳳洲先生全集序》記載：『先生于唐好白樂天，于宋好蘇子瞻。』劉鳳《王鳳洲先生弇州續集序》也說：『弇州晚年病亟，猶恒手子瞻集。』他自己在《蘇長公外紀序》中也說：『吾平生雅慕白樂天。』造成這種矛盾現象的原因，除了思想認識的變化之外，也可能是他有意要把論道與私愛加以區別之故。王世貞晚年對自己早期對同時代作家的不當評判，也有真誠的檢討和反省，不但讚揚李東陽的樂府詩是『天地間一種文字』，而且承認自己當年對李的批評『既不切當，又傷儇薄』。歸有光曾經指責王世貞為『妄庸鉅子』，但他也不計前嫌，在《歸太僕贊》一文中誠摯地說：『千載有公，繼韓、歐陽，余豈異趨，久而始傷。』對歸有光的文學成就給予高度評價。他還坦承自己『少年時不經事』，對文徵明不尊重。文徵明去世後，他親自為之作傳，對其道德文章褒揚有加。王世貞是當代文壇泰斗，能够不文過飾非，坦承失誤，這種精神，特別令人欽佩。

四

處於封建社會後期的朱明王朝，一建立政權就採用鉗制輿論和屠戮士人的辦法來強化其統治，實行極端的文化專制主義。明代文字獄規模之大，對士人鎮壓之酷烈，都遠遠超過了前代。專制主義的天然惡果是政治制度的迅速腐敗和貪官污吏的横行不法。明代宦官與外戚交替專權，正是這一腐朽制度所生的怪胎。前後七子，在政治上以節義相標榜，與宦官、外戚集團處於對立地位，在思想上具有民主意識的萌芽，對文化專制公開表示不滿。據《明史·文苑列傳》記載，李夢陽與何景明『志操耿介，尚節義，鄙榮利，並有國士風』。李因上書揭露外戚張鶴齡、宦官劉瑾的醜行而數度下獄，『幾瀕於死』。何景明等人，也都因上書彈劾宦官而受到種種排擠打擊。明世宗嘉靖之時，大奸嚴嵩秉政，『後七子』政治上的榮辱升沉，與這種嚴峻的形勢密切相關。王世貞的政治態度非常鮮明，他不僅與嚴嵩的政敵楊繼盛、沈煉交往頻繁，使嚴嵩惱怒不已；在刑部任職時，又因執法不阿而直接得罪嚴嵩。他的父親王忬也被嚴嵩集團借故構陷致死，他本人及兄弟王世懋，好友宗臣、吴國倫等，都因此而或被罷官，或遭貶斥。〔一八〕特殊的政治環境和生活經歷，使他產生了強烈的憤世之情。表現在《藝苑卮言》中，首先就是對朱明王朝嚴酷的文化專制、大規模屠戮士人的罪行進行揭露和抨擊。在朱明王朝建國初始，朱元璋也實行過禮賢下士的政策，但是隨着政權的日益鞏固，他很快就暴露出原本的猙獰面目，蓄意製造了多起駭人聽聞的冤獄，對下屬及士人實行大規模的血腥鎮壓，其猜忌之深及手段之狠，實為歷代君王中所罕見。《藝苑卮言》對此作了披露，説：『當是時，詩名家者無過劉誠意伯溫、高太史季迪、袁侍御可師。劉雖以籌策佐命，然為讒邪所間，主恩幾不終，又中胡惟庸之毒以死。高太史辭遷命歸，教授諸生，以草魏守觀《上梁文》腰斬。袁可師為御史，以解懿文太子忤旨，偽為瘋癲，備極艱苦，數年而後得老死。文名家者無過宋學士景濂、王侍御子充。景濂致仕後，以孫慎詿誤，一子一孫大辟，流竄蜀道而死。子充出使雲南，為元孽所殺，歸骨無地。嗚呼！士生於斯，亦不幸哉。』被稱為明初三大詩人和兩大散文家的劉基、高啟、袁凱、宋濂、王禕五人，除王禕之外，全部死於非命。明代統治者屠戮文人的恐怖與殘酷，可見一斑。在《藝苑卮言》中，王世貞以極大的同情，記録了當代許多重要文人如張汀、解縉、楊循吉、唐寅、祝允明、楊慎、桑悦、王廷陳、聶大年、俞允文、王九思、康海、盧柟、高叔嗣、皇甫汸、王廷相、謝榛等人的悲慘遭遇和不幸命運。這些才華出眾，個性鮮明的文學家，或因遭讒被謗而終生廢棄，或因抗顏直諫而長流邊荒，或因文字惹禍而身陷囹圄，或因長才難展而放浪形骸，或因窮途落魄而隨人俯仰。他們被殺、被刑、淪落、貧困的具體原因雖各有不同，但是，造成這一切災難的主要根源，卻是明代黑暗殘暴的專制政體，高度發展的文化專制主義。雖然歷代王朝都有虐待、歧視和殺戮文人的暴行，但尤以明代最為酷烈。所以作者喊出了悲憤的抗議：『嗚呼，士生於斯，亦不幸哉！』

從這樣的理論觀點出發，《藝苑卮言》還列舉了從先秦到當代數百名重要文人的種種不幸遭遇，把他們的情況歸納為貧困、嫌忌、玷缺、偃蹇、流貶、刑辱、夭折、無終、無後九類，忠實地記錄了封建專制時代文人們血淚斑斑的苦難史。除了『玷缺』和『無後』中的部分例子以外，樁樁件件都在控訴那個迫害虐殺文人的封建專制制度。這部分內容，後人曾以《文章九命》的書名單獨刊印，足見社會反響之強烈。在列舉了大量典型事例之後，王世貞沉痛地總結道：『古人云：「詩能窮人。」究其質情，誠有合者。今夫貧老愁病，流竄滯留，人所不謂佳者，然而入詩則佳；富貴榮顯，人所謂佳者也，然而入詩則不佳，是一合也。泄造化之秘，則真宰默讎；擅人群之譽，則眾心未厭。故呻佔椎琢，幾於伐性之斧；豪吟縱揮，自傳爰書之竹，矛刃起於兔鋒，羅網布於雁池，是二合也。循覽往匠，良少完終，為之愴然以慨，肅然以恐。』這段話實際上包含了兩層意思。首先是認同屈原、杜甫、韓愈、歐陽脩、蘇軾、陸游等人反復論述過的一條規律：發憤抒情，窮而後工。詩人祇有親身經歷和體驗過社會生活中種種痛苦磨難之後，才能夠創作出真正成功的作品。杜甫詩云：『庾信平生最蕭瑟，暮年詩賦動江關。』『平生最蕭颯』和『詩賦動江關』，就是這樣一種相反相成的關係。其次是說明『詩能窮人』的原因。在封建專制主義的條件下，一切有良心、敢於正視社會現實的優秀作家，必然會經歷不幸的人生道路，甚至成為專制暴政的犧牲品。『循覽往哲，良少完終』，這一結論雖然令人悲痛，但卻符合歷史事實。王世貞寫作《藝苑卮言》之時，正是他在政治上遭受嚴嵩集團沉重打擊之日。書中對歷代、尤其是明代統治者大規模迫害、虐殺文人的罪行進行系統的揭露批判，鼓吹詩能窮人，窮而後工的理論觀點，表現了對封建專制主義的極度不滿，在一定的程度上，也反映了廣大士人尋求人格獨立，反對專制暴政的民主意識的覺醒，在當時有非常積極的意義。

當然，王世貞還不可能超越歷史條件來批判封建專制主義，也還沒有認識到正是黑暗腐朽的專制制度本身，結出了『詩能窮人』的惡果，釀成了無數文人的悲劇。因此，在他的評論中存在兩個根本弱點。一是未能跳出『士為知己者用』的傳統理念框架，因而有意無意地美化了某些封建君主和御用文人。其二是依據正統儒家的道德標準評判人物，有時不免得出錯誤的結論。例如『玷缺』條對韓非、王充、柳宗元、劉禹錫的評價，明顯與事實有差距。至於說『初唐四傑』『輕浮』，李商隱是『浪子』，實際上是『文人無行』正統觀念的表現。在封建專制社會中，真正『無行』的是暴君，是權臣，是構成權力中心的政治集團，區區文人，何足數哉！王世貞作家評論的缺點，反映了封建時代上層士人世界觀固有的局限，当然这也是歷史时代的局限，今人不能苛求。

五

王世貞是明代最淵博的學者之一，《藝苑巵言》內容博大精深，但向無注本。由於程千帆先生的提議和鼓勵，作者纔下定決心，為之作注。期間迫於生計，雜務鞅掌，時作時輟。凡六經寒暑，始成初稿。在成書過程中，杭州師範大學沈幼徵先生，友人屈興國、黄建國、陳士彪、吴宗海，内人俞浣萍，學生黄徵等，曾經給予各種支持和幫助。浙江圖書館古籍部、上海圖書館古籍部，南京大學圖書館，在提供資料方面，也曾給予方便，在此一併致謝。

羅仲鼎一九八七年十月於杭州

二〇一七年四月修改

〔一〕王世懋《王奉常集》卷八。

〔二〕毛先舒《詩辯坻》卷三。

〔三〕毛先舒《詩辯坻》卷三。

〔四〕朱彝尊《明詩綜》卷二九。

〔五〕胡應麟《詩藪續編》卷一。

〔六〕何良俊《四友齋叢説》卷二六。

〔七〕袁中道《中郎先生全集序》。

〔八〕李夢陽《李空同全集》卷五〇《詩集自序》、《鳴春集序》。

〔九〕何景明《大復集》卷一四《明月篇序》、卷三二《與李空同論詩書》。

〔一〇〕李攀龍《滄溟先生集》卷一五《比玉集序》。

〔一一〕《藝苑卮言》卷七。

〔一二〕《弇州四部稿》卷六五《徐汝思詩集序》。

〔一三〕《弇州四部稿》卷六五《徐汝思詩集序》。

〔一四〕屠隆《鴻苞》卷一一。

〔一五〕王世貞《讀書後》卷四《書李西涯古樂府後》。

〔一六〕錢謙益《列朝詩集》丁集上。

〔一七〕葉燮《原詩》外篇下：『世貞評詩，有極切當者，非同時諸家可比。「奇過則凡」一語，尤為學李賀者下一痛砭也。』

〔一八〕事詳《明史》卷二八七《文苑傳》三。

凡例

一、本書以明萬歷世經堂刻《弇州山人四部稿》（卷一四四至卷一五五）所録《藝苑卮言》及附録爲底本，復以近代丁福保輯《歷代詩話續編》本、王啟原輯《談藝珠叢》本（光緒年間刻）、程榮刻十六卷本《增補藝苑卮言》、影印《文淵閣四庫全書》本、《叢書集成》本《全唐詩説》、《中國古典戲曲論著集成》本《曲藻》等參校，擇善而從。凡有校改，均予標注。

二、王氏此書，內容繁富，上下古今，無所不包。注文力求探明其用語出處，典故史實，詳加排比，以免讀者翻檢之勞。詞賦文章，篇幅過長，不在此例。

三、王氏論文，新見卓識，紛見疊出，然亦不免偶發偏仄之論。故據陋聞，擇要搜採昔賢各種評論，用相比照，以供讀者參考。

四、王氏此書，號稱富博，然於書寫徵引之時，或疏於檢點，或偶涉筆誤，時亦難免。當就所知，於注文中加按以正之。

五、先師有言，注釋之文，當求切至，力戒空疏。故凡有徵引，必核原書；其所不知，概付闕如。涉覽不周，必多謬誤。博雅君子，幸垂教焉。

原序一

余讀徐昌穀《談藝録》，嘗高其持論矣，獨怪不及近體，伏習者之無門也〔一〕。楊用脩摎遺響，鈎匿跡，以備覽核，如二酉之藏耳。其於雌黃曩哲，櫜鑰後進，均之乎未暇也〔二〕。手宋人之陳編，輒自引寐。獨嚴氏一書〔三〕，差不悖旨，然往往近似而未覈，余固少所可。既承乏，東晤于鱗濟上〔四〕，思有所揚扢，成一家言。屬有軍事，未果。會偕使者按東牟，牘殊簡，以暑謝吏杜門，無齎書足讀，乃取掌大薄蹏，有得輒筆之，投篋箱中。浹月，篋箱幾滿。已淮海飛羽至，棄之，晝夜奔命，卒卒忘所記。又明年，復之東牟，篋箱者宛然塵土間。出之，稍爲之次而録之，合六卷，凡論詩者十之七，文十之三。余所以欲爲一家言者，以補三氏之未備者而已。既成，乃不能當也。其辭旨固不甚謬盭於本，特其漶漫散雜，亡足采者，非以解頤，足鼓掌耳。管公明曰：『善《易》者不論《易》〔五〕。』吾甚愧其言。戊午六月叙。

【校注】

〔一〕昌穀：徐禎卿字。按：徐禎卿《談藝録》論詩主情韻，列論漢、魏，而不及晉、唐，故云。

〔二〕用脩：楊慎字。二酉：指大酉、小酉二山，在今湖南沅陵縣西北。《太平御覽》卷四九《荆州記》：『小酉山上石室中有書千卷，相傳秦人於此而學，因留之。』後稱藏書多曰二酉。

〔三〕指宋嚴羽《滄浪詩話》。

〔四〕于鱗：李攀龍字。

〔五〕公明：管輅字。《三國志》卷二九《魏書・方技傳》裴松之注引《輅别傳》：「輅爲何晏所請，果共論《易》九事，九事皆明。晏曰：『君論陰陽，此世無雙。』時鄧颺與晏共坐，颺言：『君見謂善《易》，而語初不及《易》中辭義，何故也？』輅尋聲答之曰：『夫善《易》者不論《易》也。』晏含笑而贊之：『可謂要言不煩也。』」

原序二

余始有所抨騭於文章家曰《藝苑巵言》者，成自戊午耳。然自戊午而歲稍益之，以至乙丑而始脱稿。里中子不善秘，梓而行之。後得于鱗所與殿卿書云：『姑蘇梁生出《巵言》以示，大較俊語辨博，未敢大盡。英雄欺人，所評當代諸家，語如鼓吹，堪以捧腹矣。』〔一〕彼豈遂以董狐之筆過責余，而謂有所阿隱耶〔二〕？余所名者『巵言』耳，不必白簡也〔三〕。而友人之賢者書來見規曰：『以足下資在孔門，當備顔、閔科，奈何不作盛德事，而方人若端木哉〔四〕！』余愧不能答。已而游往中二三君子以余稱許之不至也，恚而私訾之。未已，則請絶訊訊，削名籍。余又愧不能答。嗟夫！即其人幸而及余之不明而以拙收，不幸而亦及余之不明而以美遺，余不明時時有之，然烏可以恚訾力迫而奪也！夫以余之不長譽僅爾，而尚無當於于鱗。令余而遂當于鱗，其見恚寧止二三君子哉！屈到嗜芰〔五〕，點嗜羊棗〔六〕，叔夜嗜鍛〔七〕，玄德嗜結毦〔八〕，性之所好，習固不能强也，毋若余之益甚嗜歟！蓋又八年而前後所增益又二卷，黜其論詞曲者，附它録爲别卷，聊以備諸集中〔九〕。壬申夏日記。

【校注】

〔一〕語見李攀龍《滄溟先生集》卷二九《與許殿卿書》。

〔二〕董狐之筆：謂史家直筆。《左傳·宣二年》：「孔子曰：『董狐，古之良史也，書法不隱。』」

〔三〕卮言：《莊子·天下》：「以卮言爲曼衍。」成玄英疏：「卮言，不定也。曼衍，無心也。」白簡，御史彈劾之章奏。任昉《彈曹景宗》：「臣謹奉白簡以聞。」

〔四〕意爲孔門弟子當學顔回（淵）、閔損（子騫）之建立德行，而不應效端木賜（子貢）之臆度是非，比方人物。事詳《史記》卷六七《仲尼弟子列傳》、《論語·先進》。

〔五〕《國語·楚語上》：「屈到嗜芰，有疾，召其宗老而屬之曰：『祭我必以芰。』」韋昭注：「屈到，楚卿，屈蕩之子子夕。芰，蔆也。」

〔六〕《孟子·盡心下》：「曾皙嗜羊棗，而曾子不忍食羊棗。」

〔七〕《晉書》卷四九《嵇康傳》：「嵇康，字叔夜。……性絕巧而好鍛。宅中有一柳樹甚茂，乃激水圜之，每夏月，居其下以鍛。」

〔八〕《三國志》卷三五《諸葛亮傳》裴松之注引《魏略》：「備性好結毦，時適有人以牦牛尾與備者，備因手自結之。亮乃進曰：『明將軍當復有遠志，但結毦而已邪？』備知亮非常人也，乃投毦而答曰：『是何言與？我聊以忘憂耳。』」

〔九〕錢大昕《弇州山人年譜》：「明穆宗隆慶六年（一五七二），先生四十七歲。是歲重定《藝苑卮言》，益爲八卷，又附録四卷。」

原序三

汎瀾藝海，含咀詞腴，口爲雌黄，筆代衮鉞。雖世不乏人，人不乏語，隋珠崑玉，故未易多，聊摘數家，以供濯祓。

藝苑卮言校注卷一

一

語關係，則有魏文帝〔一〕曰：『文章，經國之大業，不朽之盛事。年壽有時而盡，榮樂止於其身，二者必至之常期，未若文章之無窮。』〔二〕

【校注】

〔一〕魏文帝：曹丕謚號。

〔二〕曹丕《典論·論文》語，見《文選》卷五二。

二

鍾嶸曰：『氣之動物，物之感人，摇蕩性情，形諸舞詠。照燭三才，暉麗萬有，靈祇待之以致饗，幽微藉之以昭告，動天地，感鬼神，莫近於詩。』〔一〕

【校注】

〔一〕鍾嶸《詩品序》，見何文煥《歷代詩話》。

三

沈約曰：『姬文之德盛，《周南》勤而不怨。太王之化淳，《邠風》樂而不淫。幽、厲昏而《板》、《蕩》怒，平王微而《黍離》哀。故知歌謡文理，與世推移，風動於上，波震於下。』

【校注】

〔一〕語見劉勰《文心雕龍·時序》。

四

李攀龍曰：『詩可以怨，一有嗟歎，即有永歌。言危則性情峻潔，語深則意氣激烈，能使人有孤臣孽子擯棄而不容之感。遁世絶俗之悲，泥而不滓，蟬蜕汙濁之外者，詩也。』〔一〕

【校注】

〔一〕李攀龍《送宗子相序》語，見《滄溟先生集》卷一六。

五

語賦，則司馬相如曰：『合綦組以成文，列錦繡而爲質。一經一緯，一宮一商，此賦之跡也。賦家之心，包括宇宙，總覽人物，致乃得之於内，不可得而傳。』〔一〕

【校注】

〔一〕語見《西京雜記》卷二。

六

楊子雲曰：『詩人之賦典以則，詞人之賦麗以淫。』〔一〕

【校注】

〔一〕『楊』，今多作『揚』，後不再出校。此乃揚雄《法言·吾子》語，見《法言》卷二。『典以則』，《四部叢刊》影宋本

《揚子法言》作『麗以則』。

七

語詩，則摯虞曰：『假象過大，則與類相遠；造辭過壯，則與事相違；辨言過理，則與義相失；靡麗過美，則與情相悖。』〔一〕

【校注】

〔一〕摯虞《文章流別論》語。『造辭』，嚴可均《全晉文》作『逸辭』。

八

范曄曰：『情志所托，故當以意爲主，以文傳意。以意爲主，則其旨必見；以情傳意，則其辭不流，然後抽其芬芳，振其金石。』〔一〕

【校注】

〔一〕范曄《獄中與諸甥侄書》語，見《宋書》卷六九《范曄傳》。按：『以文傳意』、『以情傳意』，中華書局標點本《宋書·范曄傳》並作『以文傳意』。

九

鍾嶸曰：『陳思爲建安之傑，公幹、仲宣爲輔；陸機爲太康之英，安仁、景陽爲輔；謝客爲元嘉之雄，顏延年爲輔。』又曰：『詩有三義，酌而用之，幹之以風力，潤之以丹彩，使味之者無極，聞之者動心，是詩之至也。若專用比興，則患在意深，意深則詞躓；專用賦體，則患在意浮，意浮則詞散。』又云：『「思君如流水」，既是即目；「高臺多悲風」，亦唯所見；「清晨登隴首」，差無故實；「明月照積雪」，詎出經史？觀古今勝語，多非補假，皆由直尋。』〔一〕

【校注】

〔一〕見鍾嶸《詩品序》。『差無故實』，何文煥《歷代詩話》本《詩品》作『羌無故實』。『詎出經史』，原無『史』字，據《歷代詩話續編》本補。

一〇

劉勰曰：『詩有恒裁，體無定位。隨性適分，鮮能通圓。若妙識所難，其易也將至；忽之爲易，其難也方來。』〔一〕又曰：『情者文之經，辭者理之緯。經正而後緯成，理定而後辭暢。』〔二〕又曰：『文之英蕤，有秀有隱。隱也者，文外之重旨；秀也者，篇中之獨拔。』〔三〕又曰：『意授於思，言授於意，密則無際，疏則千里。或理在方寸，而求之域表；或議在咫尺，而思隔山河。』〔四〕又曰：『詩人篇什，爲情而造文；辭人賦頌，爲文而造情。爲情者要約而守真，爲文者淫麗而煩潤。』〔五〕又曰：『四序紛迴，而入興貴閑；物色雖煩，而拆辭尚簡，使味飄颻而輕舉，情曄曄而更新。』〔六〕

【校注】

〔一〕劉勰《文心雕龍·明詩》。『體無定位』，范文瀾《文心雕龍注》作『思無定位』。

〔二〕《文心雕龍·情采》。

〔三〕《文心雕龍·隱秀》。

〔四〕《文心雕龍·神思》。『議在咫尺』，《文心雕龍注》作『義在咫尺』。

〔五〕《文心雕龍·情采》。篇什，《文心雕龍注》作『什篇』；『守真』，作『寫真』；『煩潤』，作『煩濫』。

〔六〕《文心雕龍·物色》。拆辭，《文心雕龍注》作『析辭』。

一一

江淹曰：『楚謠漢風，既非一骨；魏製晉造，固亦二體。譬猶藍朱成彩，錯雜之變無窮；宮商爲

音，靡曼之態不極。』〔一〕

【校注】

〔一〕江淹《雜體詩三十首序》，見逯欽立《先秦漢魏晉南北朝詩》梁詩卷四。『宮商』，作『宮角』。

一二

沈約曰：『天機啓則六情自調，六情滯則音韻頓舛。』〔一〕又曰：『五色相宣，八音協暢，由乎玄黃律呂，各適物宜。欲使宮羽相變，低昂舛節，若前有浮聲，則後須切響。一篇之內，音韻盡殊；兩句之中，輕重悉異。妙達此旨，始可言文。』〔二〕又云：『情者，文之經；辭者，理之緯。』又曰：『自漢至魏，詞人才子，文體三變：一則啓心閑繹，托辭華曠，雖存工綺，終致迂迴，宜登公宴，然典正可採，酷不入情。此體之源，出靈運而成也。次則緝事比類，非對不發，博物可嘉，職成拘制，或全借古語，用申今情，崎嶇牽引，直爲偶說，唯覩事例，頓失精采。此則傳咸五經，應璩指事，雖不全似，可以類從。次則發唱驚挺，操調險急，雕藻淫艷，傾炫心魂，猶五色之有紅紫，八音之有鄭衛。斯鮑照之遺烈也。』〔三〕

【校注】

〔一〕沈約《答陸厥書》語，見《南齊書》卷五二《陸厥傳》。

〔二〕沈約《宋書·謝靈運傳論》語，見《宋書》卷六七。『低昂舛節』，《宋書》作『低昂互節』。『兩句之内』，原本作『異句之内』，據《宋書》及本卷第二五則改。

〔三〕見劉勰《文心雕龍》卷七《情采》。

一三

庾信曰：『屈平、宋玉，始於哀怨之深；蘇武、李陵，生於别離之代。自魏建安之末、晉太康以來，彫虫篆刻，其體三變。人人自謂握靈虵之珠，抱荆山之玉矣。』〔一〕

【校注】

〔一〕庾信《趙國公集序》語，見《庾子山集》卷一一。

一四

李仲蒙曰：『叙物以言情謂之賦，情物盡也；索物以托情謂之比，情附物也；觸物以起情謂之興，物動情也。』〔一〕又曰：『麗辭之體，凡有四對：言對爲易，事對爲難，反對爲優，正對爲劣。』〔二〕

【校注】

〔一〕語見宋胡寅《斐然集》卷一八《致李叔易》書引。『情盡物』，原作『情物盡』，據《四庫》本改。

〔二〕語見劉勰《文心雕龍·麗辭》。

一五

獨孤及曰：『漢魏之間，雖已朴散爲器，作者猶質有餘而文不足。以今揆昔，則有朱紘疏越，大羹遺味之歎。沈詹事、宋考功始裁成六律，彰施五彩，使言之而中倫，歌之而成聲，緣情綺靡之功，至是始備。雖去雅寖遠，其利有過於古，亦猶路鼗出於土鼓，篆籀生於鳥跡。』〔一〕

【校注】

〔一〕獨孤及《唐故左補闕安定皇甫公集序》語，見《毗陵集》卷一三。『其利有過於古』，四部叢刊《毗陵集》作『其麗有過於古』。

一六

劉禹錫曰：『片言可以明百意，坐馳可以役萬景，工於詩者能之。《風》、《雅》體變而興同，古今調

殊而理一，達於詩者能之。』〔一〕

【校注】

〔一〕劉禹錫《董氏武陵集紀》語，見《劉夢得文集》卷二三。『調殊而理一』，《四部叢刊》本《劉夢得文集》作『調殊而理冥』。

一七

李德裕曰：『古人辭高者，蓋以言妙而工，適情不取於音韻，意盡而止，成篇不拘於隻耦。故篇無足曲，詞寡累句。』又曰：『譬如日月，終古常見，而光景常新。』〔一〕

【校注】

〔一〕李德裕《文章論》語，見《李文饒文集》外集卷三。『篇無足曲』，四部叢刊影明本《李文饒文集》外集作『篇無定曲』。

一八

皮日休曰：『百煉成字，千煉成句。』〔一〕

【校注】

〔一〕見皮日休《皮子文藪》卷四《劉棗強碑》。

一九

釋皎然曰：『詩有四深、二廢、四離。四深謂氣象氛氳，深於體勢；意度槃薄，深於作用；用律不滯，深於聲對；用事不直，深於義類。二廢謂雖欲廢巧尚直，而神思不得直；雖欲廢言尚意，而典麗不得遺。四離謂欲道情而離深僻，欲經史而離書生，欲高逸而離迂遠，欲飛動而離輕浮。』〔一〕

【校注】

〔一〕皎然《詩式》語，見何文煥《歷代詩話》。『氣象氛氳』，《歷代詩話》本作『氣象氤氳』。『神思不得直』，《歷代詩話》本作『思致不得置』。『迂遠』，原作『間遠』，據《歷代詩話》本改。

二〇

梅聖俞〔一〕曰：『思之工者，寫難狀之景，如在目前；含不盡之意，見於言外。』〔二〕

【校注】

〔一〕聖俞：梅堯臣字。

〔二〕歐陽脩《六一詩話》：『聖俞嘗語余曰：「詩家雖率意，而造語亦難，若意新語工，得前人所未道者，斯爲善也。必能狀難寫之景，如在目前，含不盡之意，見於言外，然後爲至矣。」』

二一

嚴儀〔一〕曰：『詩有別才，非關書也；詩有別趣，非關理也。然非多讀書，多窮理，則不能極其至。』〔二〕又曰：『盛唐諸公，唯在興趣，羚羊挂角，無跡可求。故其妙處透徹玲瓏，不可輳泊，如空中之音，相中之色，水中之月，鏡中之象，言有盡而意無窮。』〔三〕

【校注】

〔一〕嚴儀：《談藝珠叢》本作『嚴羽』。嚴羽，字儀卿。

〔二〕嚴羽《滄浪詩話·詩辨》語。『別才』，郭紹虞《滄浪詩話校釋》作『別材』。

〔三〕《滄浪詩話·詩辨》語。『輳泊』，《滄浪詩話校釋》作『湊泊』。

二二

唐庚云：『律傷嚴，近寡恩。大凡立意之初，必有難易二塗，學者不能強所劣，往往舍難而取易。文章罕工，每坐此也。』〔一〕

【校注】

〔一〕語見強幼安述《唐子西文録》。

二三

葉夢得云：『古今談詩者多矣，吾獨愛湯惠休「初日芙蓉」，沈約「彈丸脱手」兩語，最當人意。「初日芙蓉」非人力所能爲，精彩華妙之意，自然見於造化之外；「彈丸脱手」雖是輸寫便利，然其精圓之妙，發之於手。作詩審到此地，豈復更有餘事。』〔一〕又有引禪宗論三種曰：『其一「隨波逐浪」，謂隨物應機，不主故常。其二「截斷衆流」，謂超出言外，非情識所到。其三「函蓋乾坤」，謂泯然皆契，無間可俟。』〔二〕

【校注】

〔一〕見葉夢得《石林詩話》卷下。

〔二〕見《石林詩話》卷上。

二四

陳繹曾〔一〕曰：『情真景真，意真事真。』〔二〕『澄至清，發至情。』〔三〕

【校注】

〔一〕陳繹曾，字伯敷，生卒年不詳，本處州（今浙江麗水一帶）人，後移居吴興（今浙江湖州），約元文宗天曆前後在世。曾從學於戴表元。至順中，官國子監助教。著有《古文矜式》一卷，《文説》一卷。

〔二〕、〔三〕見陳繹曾《詩譜》。

二五

李夢陽曰：『古人之作，其法雖多端，大抵前疏者後必密，半闊者半必細，一實者一必虚，疊景者意必二。』〔一〕又云：『「前有浮聲，則後須切響。一簡之内，音韻盡殊，兩句之中，輕重悉異。」即如人身以

魂載魄，生有此體，即有此法也。』〔二〕

【校注】

〔一〕李夢陽《再與何氏書》語，見《李空同全集》卷六一。

〔二〕李夢陽《再與何氏書》語。『前有浮聲……輕重悉異』數句，係李氏引用沈約《宋書·謝靈運傳》語。

二六

何景明曰：『意象應曰合，意象乖曰離。』〔一〕

【校注】

〔一〕何景明《與李空同論詩書》語，見《何大復先生全集》卷三二。

二七

徐禎卿曰：『因情以發氣，因氣以成聲，因聲而繪詞，因詞而定韻，此詩之源也。然情寔眑渺，必因思以窮其奧；氣有麤弱，必因力以奪其偏；詞難妥貼，必因才以致其極；才易飄揚，必因質以定其侈，此詩之流也。若夫妙騁心機，隨方合節，或鈞旨以植義，或宏文以盡心，或緩發如朱絃，或急張如躍栝，或始迅以中留，或既優而後促，或慷慨以任壯，或悲悽而引泣，或因拙以得工，或發奇而似易，此輪扁之超悟，不可得而詳也。』又曰：『朦朧萌折，情之來也；汪洋曼衍，情之沛也；連翩絡屬，情之一也；馳軼步驟，氣之達也；簡練揣摩，思之約也；頡頏纍貫，韻之齊也；混純貞粹，質之檢也；明雋清圓，詞之藻也。』又云：『古詩三百，可以博其源，遺篇十九，可以約其趣；樂府雄高，可以厲其氣；《離騷》深永，可以裨其思。』〔一〕

【校注】

〔一〕均見徐禎卿《談藝録》，文字略有出入。

二八

李東陽曰：『詩必有具眼，亦必有具耳，眼主格，耳主聲。』又曰：『法度既定，溢而爲波，變而爲奇，乃有自然之妙。』〔一〕

【校注】

〔一〕語見李東陽《懷麓堂詩話》，文字有出入。

二九

王維禎曰：『蜩螗不與蟋蟀齊鳴，絺綌不與貂裘並服。戚悰殊愫，泣笑別音，詩之理也。乃若局方切理，蒐事配景，以是求真，又失之隘。』〔一〕

【校注】

〔一〕王維禎《答督學喬三石書》語，見《王氏存笥稿》卷一四。

三〇

黄省曾曰：『詩歌之道，天動神解，本於情流，弗由人造。古人構唱，真寫厥衷，如春蕙秋華，生色堪把，意態各暢，無事雕模。末世風頹，矜蟲鬭鶴，遞相述師，如圖繢剪錦，飾畫雖嚴，割强先露。』〔一〕

【校注】

〔一〕黄省曾《與李空同書》語，見《空同先生集》卷六一附，文字有出入。

三一

謝榛曰：『近體，誦之行雲流水，聽之金聲玉振，觀之明霞散綺，講之獨繭抽絲。』『詩有造物，一句不工，則一篇不純，是造物不完也。』又曰：『七言絶句，盛唐諸公用韻最嚴。盛唐突然而起，以韻爲主，意到辭工，不暇雕飾。或命意得句，以韻發端，混成無跡。宋人專重轉合，刻意精鍊，或難於起句，借用旁韻，牽强成章。』又曰：『作詩繁簡，各有其宜，譬諸衆星麗天，孤霞捧日，無不可觀。』〔一〕

【校注】

〔一〕均見謝榛《四溟詩話》卷一，文字略有出入。

三二

皇甫汸曰：『或謂詩不應苦思，苦思則喪其天真，殆不然。方其收視反聽，研精殫思，寸心幾嘔，脩髯盡枯，深湛守默，鬼神將通之。』又曰：『語欲妥貼，故字必推敲。一字之瑕，足以爲玷，片語之纇，並棄其餘。』〔二〕

【校注】

〔一〕見皇甫汸《解頤新語》卷四《詮藻》。

三三

何良俊云：『六義者，既無意象可尋，復非言筌可得。索之於近，則寄在冥漠；求之於遠，則不下帶衽。』〔一〕

【校注】

〔一〕見何良俊《四友齋叢説》卷二四。

三四

語文，則顔之推曰：『文章者，原出《五經》。詔命策檄，生於《書》者也；序述論議，生於《易》者也；歌詠賦頌，生於《詩》者也；祭祀哀誄，生於《禮》者也；書奏箴銘，生於《春秋》者也。』〔一〕

【校注】

〔一〕見顔之推《顔氏家訓·文章篇》。

三五

韓愈曰：『養其根而俟其實，加其膏而希其光；根之茂者其實遂，膏之沃者其光曄。』〔一〕又曰：『和平之聲淡薄，愁思之聲要妙；懽愉之辭難工，窮苦之言易好。』〔二〕

【校注】

〔一〕韓愈《答李翊書》語，見《昌黎先生集》卷一六。

〔二〕韓愈《荆潭唱和詩序》語，見《昌黎先生集》卷二〇。

三六

柳宗元曰：『本之《書》以求其質，本之《詩》以求其情，本之《禮》以求其宜，本之《春秋》以求其斷，本之《易》以求其動，參之《穀梁氏》以厲其氣，參之《孟》、《荀》以暢其支，參之《老》、《莊》以肆其端，參之《國語》以博其趣，參之《離騷》以致其幽，參之《太史》以著其潔。』〔一〕

【校注】

〔一〕柳宗元《答韋中立論師道書》語，見《柳河東集》卷三四。

三七

蘇軾曰：『吾文如萬斛之珠，取之不竭，唯行於所當行，止於所不得不止耳。』〔一〕

【校注】

〔一〕蘇軾《文説》：『吾文如萬斛泉源，不擇地而出，在平地滔滔汩汩，雖一日千里無難。及其與山石曲折，隨物賦形而不可知也。所可知者，常行於所當行，常止於不可不止，如是而已矣。』見《經進東坡文集事略》卷五七。又蘇軾《答謝師民書》：『大略如行雲流水，初無定質，但常行於所當行，常止於所不可不止，文理自然，姿態横生。』見《經進東坡文集事略》卷四六。

三八

陳師道曰：『善爲文者，因事以出奇。江河之行，順下而已。至其觸山赴谷，風搏物激，然後盡天下之變。子雲唯好奇，故不能奇也。』〔一〕

【校注】

〔一〕見陳師道《後山詩話》。

三九

李塗云：『莊子善用虛，以其虛虛天下之實。太史公善用實，以其實實天下之虛。』又曰：『《莊子》者，《易》之變；《離騷》者，《詩》之變；《史記》者，《春秋》之變。』〔一〕

【校注】

〔一〕李塗《文章精義》語，文字有出入。按：據今人考訂《文章精義》作者實為李性學。僅供參考。

四〇

李攀龍曰：『不朽者文，不晦者心。』〔一〕

【校注】

〔一〕李攀龍《與王元美》：『唯時掖進，勿負聯璧之約。不朽者文，不晦者心。』見《滄溟先生集》卷三一，明萬曆二年徐中行刻本。王世貞《答于鱗書》：『「不朽者文，不晦者心」，足下二語，當置之胸臆。』見《弇州山人四部稿》卷一一七。

四一

總論，則魏文帝曰：『文以氣爲主，氣之清濁有體，不可力强而致。』〔一〕

【校注】

〔一〕曹丕《典論·論文》語，見《文選》卷五二。

四二

張茂先曰：『讀之者盡而有餘，久而更新。』〔一〕

【校注】

〔一〕《晉書》卷九二《文苑·左思傳》：『左思作《三都賦》成，司空張華見而歎曰：「班、張流也。使讀之者盡而有餘，久而更新。」於是豪貴之家競相傳寫，洛陽爲之紙貴。』

四三

陸士衡曰：『其始也，收視反聽，耽思旁迅。精騖八極，心游萬仞。其致也，精曈曨而彌宣，物昭晰而互進，傾群言之瀝液，漱六藝之芳潤，浮天淵以安流，濯下泉而潛進。』又曰：『離之則雙美，合之則兩傷。』又曰：『石韞玉而山暉，水懷珠而川媚。』〔一〕

【校注】

〔一〕以上文字均見《文選》卷一七陸機《文賦》。

四四

殷璠曰：『文有神來、氣來、情來；有雅體、野體、鄙體、俗體。能審鑒諸體，委詳所來，方可定其優劣。』〔一〕

【校注】

〔一〕殷璠《河岳英靈集序》語，文字略有出入。殷璠：丹陽人，處士，生平不詳，曾編詩選《河岳英靈集》。

四五

柳冕曰：『善爲文者，發而爲聲，鼓而爲氣。直與氣雄，精則氣生，使五采並用，而氣行於其中。』〔一〕

【校注】

〔一〕柳冕《答衢州鄭使君論文書》語，見《全唐文》卷五二七。『直與氣雄』，《四部叢刊》影明嘉靖刊《唐文粹》作『直則氣雄』。

四六

姜夔云：『雕刻傷氣，敷演傷骨，若鄙而不精，不雕刻之過也；拙而無委曲，不敷演之過也。』又云：『人所易言，我寡言之；人所難言，我易言之。』〔一〕

【校注】

〔一〕見姜夔《白石道人詩説》，文字略有出入。

四七

何景明曰：『文靡於隋，韓力振之，然古文之法亡於韓；詩溺於陶，謝力振之，然古詩之法，亦亡於謝。』〔一〕

【校注】

〔一〕何景明《與李空同論詩書》語，見《何大復先生全集》卷三二。

四八

已上諸家語〔一〕，雖深淺不同，或志在揚扢，或寄切誨誘，擷而觀之，其於藝文，思過半矣。

【校注】

〔一〕按：『已上諸家』指自第二則『鍾嶸』以下至第四七則『何景明』。

四九

四言詩須本《風》、《雅》，間及韋、曹〔一〕，然勿相雜也。世有白首鉛槧〔二〕，以訓故求之，不解作詩壇赤幟。亦有專習潘、陸，忘其鼻祖〔三〕。要之，皆日用不知者。

【校注】

〔一〕指韋孟、曹操。劉勰《文心雕龍·明詩》：『漢初四言，韋孟首唱，匡諫之義，繼軌周人。』鍾嶸《詩品序》：『四言文約意廣，取效《風》、《騷》，便可多得。』

〔二〕『槧』，底本作『塹』，誤，據《歷代詩話續編》本改。

〔三〕胡應麟《詩藪》内編卷一：『四言，漢多主格，魏多主詞。雖體有古近，各自所長。晉諸作者，浮慕《三百》，欲去文存質，而繁靡板垛，無論古調，並工語失之。今觀二陸、潘、鄭諸集，連篇累牘，絶無省發，雖多奚爲？』

五〇

擬古樂府，如《郊祀》、《房中》〔一〕，須極古雅，發以峭峻。《鐃歌》諸曲〔二〕，勿便可解，勿遂不可解，須斟酌淺深質文之間。漢、魏之辭，務尋古色，《相和》、《瑟曲》諸小調〔三〕，係北朝者，勿使勝質，齊、梁以後，勿使勝文。近事毋俗，近情毋纖。拙不露態，巧不露痕。寧近無遠，寧朴無虛。有分格，有來委，有實境。一涉議論，便是鬼道〔四〕。

【校注】

〔一〕《郊祀歌》十九章，《安世房中歌》十七章，均屬漢樂府《郊廟歌辭》。見逯欽立《先秦漢魏晉南北朝詩》漢詩卷四。

〔二〕《鐃歌》十八曲，屬漢樂府《鼓吹曲辭》。見《先秦漢魏晉南北朝詩》漢詩卷四。

〔三〕指漢樂府《相和歌辭·瑟調曲》。見《先秦漢魏晉南北朝詩》漢詩卷九。

〔四〕胡應麟《詩藪》內編卷一：『樂府三言須模倣《郊祀》，裁其峻峭，劑以和平。四言當擬則《房中》，加以春容，暢其體制。五言熟習《相和》諸篇，愈近愈工，無流艱澀。七言間效《鐃歌》諸作，愈高愈雅，毋墮卑陋。五言律絕步驟齊、梁，不得與古體異。七言律絕宗唐初、盛，不得與近體同。此樂府大法也。』

五一

古樂府，王僧虔云〔一〕：『古曰章，今曰解，解有多少。當是先詩而後聲，詩叙事，聲成文，必使志盡於詩，音盡於曲。是以作詩有豐約，制解有多少。』又『諸曲調解有辭有聲，而大曲又有艷、有趨〔二〕、有亂。辭者，其歌詩也。聲者，若「羊」、「吾」、「韋」、「伊」、「那」、「何」之類也。艷在曲之前〔三〕，趨與亂在曲之後，亦猶《吴聲》前有和後有送也。』其語樂府體甚詳，聊志之。

【校注】

〔一〕王僧虔：事詳《南史》卷二二《王曇首傳》。以下引文並見郭茂倩《樂府詩集》卷二六《相和歌辭》引。

〔二〕『趨』，原作『趣』，據《樂府詩集》改。

〔三〕『前』，底本脱，據《樂府詩集》補。

五二

世人《選》體〔一〕，往往談西京、建安，便薄陶、謝，此似曉不曉者〔二〕。毋論彼時諸公，即齊、梁纖調，李、杜變風，亦自可采〔三〕。貞元而後，方足覆瓿〔四〕。大抵詩以專詣爲境，以饒美爲材。師匠宜高，捃拾宜博。

【校注】

〔一〕《選》體：倣《文選》著録古詩所作之詩。嚴羽《滄浪詩話·詩體》：『又有所謂《選》體。』又『《選》詩，時代不同，體制隨異，今人例謂五言古待多《選》體，非也。』

〔二〕何景明《與李空同論詩書》：『曹、劉、阮、陸，下及李、杜，異曲同工，各擅其時，並稱能言。何也？辭有高下，皆能擬議以成其變化也。……夫文靡於隋，韓力振之，然古文之法亡於韓；詩弱於陶，謝力振之，然古詩之法，亦亡於謝。』胡應麟《詩藪》内編卷二：『仲默稱曹、劉、阮、陸而不取陶、謝。陶、阮之變而淡也，唐古之濫觴也；謝、陸之增而華也，唐律之先兆也。』

〔三〕《詩藪》内編卷二：『齊、梁、陳、隋，世所厭薄，而其琢句之工絶出人表，用於古詩不足，唐律有餘。初學暫置可也，若終身不敢過目，即品格造詣，概可知矣。』何景明《大復集》卷三二《明月篇序》：『僕始讀杜子美七言詩歌，以爲長篇聖於子美矣。既而讀漢、魏以來歌詩及唐初四子者之所爲……乃知子美辭固沉著而調失流傳，雖成一家語，實則詩歌之變體也。』

〔四〕貞元：唐德宗年號。弇州詩宗盛唐，故發此論。

五三

西京、建安，似非琢磨可到。要在專習，凝領之久，神與境會，忽然而來，渾然而就。無岐級可尋，無色聲可指〔一〕。三謝固自琢磨而得，然琢磨之極，妙亦自然〔二〕。

【校注】

〔一〕嚴羽《滄浪詩話·詩評》：『漢、魏古詩，氣象混沌，難以句摘。晉以還方有佳句。』又『建安之作，全在氣象，不可尋枝摘葉』。又《詩辨》：『先須熟讀《楚詞》，朝夕諷詠以爲之本，及讀《古詩十九首》，樂府四篇，李陵、蘇武，漢魏五言皆須熟讀，即以李、杜二集枕藉觀之，如今人之治經。然後博識盛唐名家，醖釀胸中，久之自然悟入。』《詩藪》内編卷二：『兩漢之詩所以冠古絶今，率以得之無意，不唯里巷歌謡，匠心信口，即枚、李、張、蔡，未嘗鍛煉求合，而神聖工巧備出天造。今欲爲其體，非苦思力索所辦。當盡取漢人一代之詩玩習，凝會風氣性情，纖悉具領，若楚大夫子身處莊岳，庶幾齊語。建安、黄初，才涉作意，便有階級可尋，門户可入。匪其才不逮，時不同也。』

〔二〕王世貞《讀書後》卷三《書謝靈運集後》：『余始讀謝靈運詩，初甚不能入，既入而漸愛之，以至於不能釋手。其體雖或近俳，而其意有似合掌者。然至穠麗之極而反若平淡，琢磨之極而更似天然，則非餘子所可及也。鮑照對顔延之之評騭而謂「謝如初發芙蓉，自然可愛，君若鋪錦列繡，亦復雕繢滿眼也」，自有定論。』三謝：指謝靈運、謝惠連、謝朓。何良俊《四友齋叢説》卷二四：『詩自左思、潘、陸之後至義熙、永明間，又一變矣，然當以三謝爲正宗。蓋所謂「芙蓉出水」者，不但康樂爲然，如惠連《秋懷》，玄暉『澄江净如練』等句，皆有天然妙麗處。若顔光禄、鮑參軍，雕刻組繢，縱得成道，亦祇是羅漢果。』

五四

七言歌行，靡非樂府，然至唐始暢〔一〕。其發也，如千鈞之弩，一舉透革。縱之則文漪落霞，舒卷絢爛。一入促節，則凄風急雨，窈冥變幻。轉折頓挫，如天驥下坂，明珠走盤。收之則如槖聲一擊，萬騎忽斂，寂然無聲〔二〕。

【校注】

〔一〕吴喬《圍爐詩話》卷二：『古人七言歌行止有《東飛伯勞歌》、《河中之水歌》。魏文帝有《燕歌行》，至梁元帝亦有《燕歌行》，盧思道有《從軍行》，皆唐人歌行之祖也。』李重華《貞一齋詩説》：『七古自晉世樂府之後，成於鮑參軍，盛於李、杜，暢於韓、蘇，凡此俱屬正鋒。』冒春榮《葚原詩説》卷四：『六朝前七言甚少，至唐始大暢厥體。』

〔二〕沈德潛《説詩晬語》：『歌行起步，宜高唱而入，有「黄河落天走東海」之勢。以下隨手波折，隨步换形，蒼蒼莽莽中，自有灰綫蛇踪，蛛絲馬跡，使人眩其奇變，仍服其警嚴。至收結處，紆徐而束者，防其平衍，須作斗健語以止之；一往峭折者，防其氣促，不妨作悠揚摇曳語以送之，不可以一格論。』

五五

歌行有三難：起調一也，轉節二也，收結三也。唯收爲尤難。如作平調，舒徐綿麗者，結須爲雅詞，勿使不足，令有一唱三歎意〔一〕。奔騰洶湧，驅突而來者，須一截便住，勿留有餘。中作奇語，峻奪人魄者，須令上下脉相顧，一起一伏，一頓一挫，有力無跡，方成篇法〔二〕。此是秘密大藏印可之妙。

【校注】

〔一〕沈德潛《説詩晬語》卷上：『詩篇結局爲難，七言古尤難。前路層波迭浪而來，略無收應，成何章法？支離其詞，亦嫌煩碎。作手於兩言或四言中，層層照管，而又能作神龍掉尾之勢，神乎技矣。』

〔二〕《説詩晬語》卷上：『詩貴性情，亦須論法。亂雜而無章，非詩也。然所謂法者，行所不得不行，止所不得不止，而起伏照應，承接轉换，自神明變化於其中。若泥定此處應如何，彼處應如何，不以意運法，轉以意從法，則死法矣。試看天地間水流雲在，月到風來，何處著得死法！』

五六

五言律差易得雄渾，加以二字，便覺費力。雖曼聲可聽，而古色漸稀〔一〕。七字爲句，字皆調美；八句爲篇，句皆穩暢，雖復盛唐，代不數人，人不數首〔二〕。古唯子美，今或于鱗〔三〕。驟似駭耳，久當論定。

【校注】

〔一〕嚴羽《滄浪詩話·詩體》：『七言律詩難於五言律詩。』賀裳《載酒園詩話》卷一：『弇州曰：「五言律差易得雄渾，加以二字，便覺費力，雖曼聲可聽而古色漸稀。」此言足令中晚人心死。雖然，與其僞古而爲宋之江西派，則寧取曼聲。』

〔二〕范晞文《對床夜話》卷二：『七言律詩極不易，唐人以詩名家者，集中十僅一二，且未見其可傳』。

〔三〕胡應麟《詩藪》内編卷五：『王次公云：「杜陵後能爲其調而真足追配者，獻吉、于鱗二家而已。」然獻吉於杜得其變，不得其正，故間涉於粗豪。于鱗於杜得其正，不得其變，故時困於重複。』

五七

七言律不難中二聯，難在發端及結句耳。發端，盛唐人無不佳者，結頗有之〔一〕。然亦無轉入他調及收頓不住之病。篇法有起，有束，有放，有斂，有喚，有應。大抵一開則一闔，一揚則一抑，一象則一意，無偏用者。句法有直下者，有倒插者。倒插最難，非老杜不能也。字法有虛有實，有沉有響。虛響易工，沉實難至。五十六字如魏明帝淩雲臺材木，銖兩悉配乃可耳〔二〕。篇法之妙，有不見句法者；句法之妙，有不見字法者，此是法極無跡，人能之至，境與天會，未易求也。有俱屬象而妙者，有俱屬意而妙者，有俱作高調而妙者，有直下不偶對而妙者，皆興與境詣，神合氣完使之〔三〕。然五言可耳，七言恐未易能也。勿和韻，勿拈險韻，勿傍用韻，起句亦然。勿偏枯，勿求理，勿搜僻，勿用六朝强造語，勿用大曆以後事，此詩家魔障，慎之慎之。

【校注】

〔一〕嚴羽《滄浪詩話·詩法》：「對句好可得，結句好難得，發句好尤難得。發端忌作舉止，收拾貴在出場。」

〔二〕賀裳《載酒園詩話》卷一：「弇州之論，似目空千古，實亦與古人互相發明。其云：……此即隱侯所云『前有浮聲，後須切響。一篇之內，音韻盡殊；一句之中，輕重悉異』意也。」胡應麟《詩藪》內編卷五：「近體之難，莫難於七言律。五十六字之中，意若貫珠，言如合璧。其貫珠也，如夜光走盤，而不失回旋曲折之妙；其合璧也，如玉匣有蓋，而絕無參差扭捏之痕。綦組錦綉，相鮮以爲色；宮商角徵，互合以成聲。思欲深厚有餘，而不可失之晦；情欲纏綿不迫，而不可失之流。肉不可使勝骨，而骨又不可太露；詞不可使勝氣，而氣又不可太揚。莊嚴則清廟明堂，沉著則萬鈞九鼎，高華則朗月繁星，雄大則泰山喬岳，圓暢則流水行雲，變幻則凄風急雨。一篇之中，必數者兼備，乃稱全美。」「淩雲臺材木」《世説新語·巧藝》：「陵雲臺樓觀精巧，先稱平衆木輕重，然後造構，乃無錙銖相負揭。臺雖高峻，常隨風搖動，而終無傾倒之理。」

〔三〕《載酒園詩話》卷一：「弇州云：……即嚴滄浪『羚羊掛角，無跡可求，如空中之音，相中之色，水中之月，鏡中之象』意也。但以此律人，則沈隱侯所云『典正可採，酷不入情，博物可嘉，職成拘制』者，未免犯之。」

五八

絶句固自難，五言尤甚〔一〕。離首即尾，離尾即首，而要腹亦自不可少。妙在愈小而大，愈促而緩。吾嘗讀《維摩經》得此法：一丈室中，置恒河沙諸天寶座，丈室不增，諸天不減，又一剎那定作六十小劫。須如是乃得〔二〕。

【校注】

〔一〕楊萬里《誠齋詩話》：「五七字絶句最少，而最難工，雖作者也難得四句全好者。」《滄浪詩話·詩法》：「絶句難於八句，五言絶句難於七言絶句。」

〔二〕張謙宜《絸齋詩談》：「五言絶句，短而味長，入妙尤艱。」冒春榮《葚原詩説》卷三：「至如五絶，人多以小詩目之，故不求至工，然作者于此，務從小中見大，納須彌於芥子，現國土於毫端，以少許勝人多許。謂『五絶難於七絶』，夫豈欺我哉！」

五九

和韻聯句，皆易爲詩害，而無大益，偶一爲之，可也〔一〕。然和韻在於押字渾成，聯句在於才力均敵。聲華情實中不露本等面目，乃爲貴耳。

【校注】

〔一〕嚴羽《滄浪詩話·詩評》：『和韻最害人詩。古人酬唱不次韻，此風始盛於元、白、皮、陸。本朝諸賢，乃以此而鬥工，遂至往復有八九和者。』都穆《南濠詩話》：『古人詩有唱和者，蓋彼唱而我和之。初不拘體制，兼襲其韻也。後乃有用人韻以答之者，觀老杜、嚴武詩可見，然亦不一一次其韻也。至元、白、皮、陸諸公，始尚次韻，争奇鬥險，多至數百言，往來至數十首。而其流弊至於今極矣，非沛然有餘之才，鮮不爲其窘束。所謂性情者，果可得而見邪？』

六〇

騷賦雖有韻之言，其於詩文，自是竹之與草木，魚之與鳥獸，别爲一類，不可偏屬〔一〕。《騷》辭所以總雜重複，興寄不一者，大抵忠臣怨夫惻怛深至，不暇致詮，亦故亂其叙，使同聲者自尋，脩郄者難摘耳。今若明白條易，便乖厥體。

【校注】

〔一〕程廷祚《青溪集》卷三《騷賦論》剖析騷賦與詩之異同甚詳，其大意曰：詩者，騷賦之大原。詩之體大而該，其用博而能通，是以兼六義而被管絃。騷則長於言幽怨之情，而不可以登清廟。賦能體萬物之情狀，而比興之義缺焉。蓋風、雅、頌之再變而後有《離騷》，騷之體流而成賦。賦也者，體類於騷而義取乎詩者也。騷之於詩遠而近，賦之於騷近而遠。

六一

作賦之法，已盡長卿數語〔一〕。大抵須包蓄千古之材，牢籠宇宙之態。其變幻之極，如滄溟開晦；絢爛之至，如霞錦照灼，然後徐而約之，使指有所在。若汗漫縱横，無首無尾，了不知結束之妙；又或瑰偉宏富，而神氣不流動，如大海乍涸，萬寶雜厠，皆是瑕璧，有損連城。然此易耳。唯寒儉率易，十室之邑，借理自文，乃爲害也。賦家不患無意，患在無蓄；不患無蓄，患在無以運之〔二〕。

【校注】

〔一〕見卷一第五條。

〔二〕劉勰《文心雕龍·詮賦》：『原夫登高之旨，蓋睹物興情。情以物興，故義必明雅；物以情觀，故詞必巧麗。麗詞雅義，符采相勝，如組織之品朱紫，畫繪之著玄黄，文雖新而有質，色雖糅而有本，此立賦之大體也。』

六二

擬騷賦，勿令不讀書人便竟。《騷》覽之，須令人裴回循咀，且感且疑；再反之，沉吟歔欷；又三復之，涕淚俱下，情事欲絶〔一〕。賦覽之，初如張樂洞庭，褰帷錦官，耳目搖眩；已徐閲之，如文錦千尺，絲理秩然；歌亂甫畢，肅然斂容；掩卷之餘，徬徨追賞。

【校注】

〔一〕嚴羽《滄浪詩話·詩評》：『讀《騷》之久，方識真味，須歌之抑揚，涕淚滿襟，然後爲識《離騷》。否則爲戞釜撞甕耳。』

六三

『物相雜，故曰文。』〔一〕文須五色錯綜，乃成華采〔二〕。須經緯就緒，乃成條理〔三〕。

【校注】

〔一〕《周易正義》卷八《繫辭》下八：『物相雜，故曰文。』孔穎達《疏》：『言萬物遞相錯雜，若玄黃相間，故謂之文也。』

〔二〕《禮記正義》卷三八《樂記》：『五色成文而不亂。』

〔三〕《左傳》昭公二十五年孔穎達《正義》：『得經緯相錯乃成文。』《文心雕龍·情采》：『故情者，文之經；辭者，理之緯。經正而後緯成，理定而後辭暢，此立文之本源也。』

六四

天地間無非史而已〔一〕。三皇之世，若泯若没；五帝之世，若存若亡。噫！史其可以已耶？《六經》，史之言理者也〔二〕。曰編年〔三〕，曰本紀〔四〕，曰志〔五〕，曰表〔六〕，曰書〔七〕，曰世家〔八〕，曰列傳〔九〕，史之正文也；曰叙〔一〇〕，曰記〔一一〕，曰碑〔一二〕，曰碣〔一三〕，曰銘〔一四〕，曰述〔一五〕，史之變文也；曰訓〔一六〕，曰誥〔一七〕，曰命〔一八〕，曰册〔一九〕，曰詔〔二〇〕，曰令〔二一〕，曰教〔二二〕，曰劄〔二三〕，曰上書〔二四〕，曰封事〔二五〕，曰疏〔二六〕，曰表〔二七〕，曰啓〔二八〕，曰牋〔二九〕，曰彈事〔三〇〕，曰奏記〔三一〕，曰檄〔三二〕，曰露布〔三三〕，曰移〔三四〕，曰駁〔三五〕，曰喻〔三六〕，曰尺牘〔三七〕，史之用也；曰論〔三八〕，曰辨〔三九〕，曰説〔四〇〕，曰解〔四一〕，曰難〔四二〕，曰議〔四三〕，史之實也；曰贊〔四四〕，曰頌〔四五〕，曰箴〔四六〕，曰哀〔四七〕，曰誄〔四八〕，曰悲〔四九〕，史之華也。雖然，頌即四詩之一〔五〇〕，贊、箴、銘、哀、誄，皆其餘音也。附之於文，吾有所未安，惟其沿也，姑從衆。

【校注】

〔一〕章學誠《章氏遺書》卷九《報孫淵如書》：『愚之所見，以爲盈天地間凡涉著作之林，皆是史學。《六經》特聖人取此六種之史以垂訓者耳。子集諸家，其源皆出於史，末流忘其所説，自生分别。』

〔二〕王守仁《傳習録》：『以事言謂之史，以道言謂之經，事即道，道即事。《春秋》亦經，五經亦史。《易》是包犧之史，《書》是堯、舜以下史，《禮》、《樂》是三代史，其事同，其道同，安有所謂異？』章學誠《文史通義》卷一《易教》上：『《六經》皆史也。古人不著書，古人未嘗離事而言理，《六經》皆先王之政典也。』

〔三〕史之一體，始於《春秋》。

〔四〕史之一體，始於《史記》。《後漢書》卷四〇《班彪列傳》：『司馬遷序帝王則曰本紀。』

〔五〕史之一體，班固《漢書》改『書』爲『志』，内容略同，後世相沿焉。

〔六〕史之一體，始於《史記》。劉勰《文心雕龍·史傳》：『十表以譜年爵。』

〔七〕史之一體，始於《史記》。《文心雕龍·史傳》：『八書以輔政體。』

〔八〕史之一體，始於《史記》。《後漢書》卷四〇《班彪列傳》：『公侯傳國則曰世家。』

〔九〕史之一體，始於《史記》。《後漢書》卷四〇《班彪列傳》：『卿士特起則曰列傳。』

〔一〇〕文體名，亦作序。吴訥《文章辨體序説》：『《爾雅》云：「序，緒也。」序之體，始於《詩》之《大序》。』

〔一一〕文體名。徐師曾《文體明辨序説》：『按《金石例》云：記者，紀事之文也。《禹貢·顧命》，乃記之祖，而記之名，則昉於《戴記》、《學記》諸篇。』

〔一二〕文體名。《文體明辨序説》：『按劉勰云：碑者，埤也。上古帝皇，始號封禪，樹石埤岳，故曰碑。周穆紀跡於弇山之石，秦始刻銘於嶧山之巔，此碑之所從始也。』

〔一三〕文體名。《文體明辨序説》：『按潘尼作《潘黄門碣》，則碣之作自晉始也。古者碑之與碣，本相通用。後世乃以官階之故，而別其名，其實無大異也。』

〔一四〕文體名。《文體明辨序説》：『按鄭康成曰：「銘者，名也。」劉勰云：「觀器而正名也。」故曰：「作器能銘，可以爲大夫矣。」考諸夏商鼎彝尊卣盤匜之屬，莫不有銘。……然要其體不過有二：一曰警戒，二曰祝頌。』

〔一五〕文體名。《文體明辨序説》：『按字書云：「述，撰也，纂撰其人之言行以俟考也。」其文與狀同，不曰狀，而曰述，亦別名也。』

〔一六〕文體名。義取訓道，僞《古文尚書》有《伊訓》等。

〔一七〕文體名。《文體明辨序説》『按字書云：「誥者，告也，告上曰告，發下曰誥。」古者上下有誥，故下以告上，《仲虺之誥》是也；上以告下，《大誥》、《洛誥》之類是也。考於《書》可見矣。』

〔一八〕文體名。《文體明辨序説》：『按朱子云：命猶令也。」字書：「大曰命，小曰令。」此命，令之别也。上古王言同稱爲命。秦併天下，改名曰制。漢、唐而下，則以策書封爵制誥命官，而「命」之名亡矣。』

〔一九〕文體名。《文體明辨序説》：『按《説文》云：「册，符命也。字本作「策」。……古者册書施之臣下而已，後世則郊祀、祭享、稱尊、加謚、寓哀之屬，亦皆用之，故其文漸繁。』

〔二〇〕文體名。《文章辨體序説》：『按三代王言，見於《書》者有三：曰誥，曰誓，曰命。至秦改之曰詔，歷代因之。』

〔二一〕文體名。《文體明辨序説》：『按劉良云：「令，即命也。」七國之時並稱曰令；秦法，皇后太子稱令。』

〔二二〕文體名。《文體明辨序説》：『按劉勰云：「教者，效也，言出而民效也。」李同翰云：「教，示於人也。」』

〔二三〕文體名，奏疏之一類。《文體明辨序説》：『宋人則監前制而損益之，故有劄子，有狀，有書，有表，有封事，而劄子之用居多』。

〔二四〕文體名。《文體明辨序説》：『按字書云：「書者，舒也，舒布其言而陳之簡牘也。」古人敷奏諫説之辭，見於《尚書》、《春秋内外傳》者詳矣。然皆矢口陳言，不立篇目。……降及七國，未變古式，言事於王，皆稱上書。秦、漢而下，雖代有更革，而古制猶存，故往往見於諸集之中。』

〔二五〕文體名，奏疏之一類。《文體明辨序説》：『置八儀，密奏、陰陽皂囊封板，以防宣泄，謂之封事。』

〔二六〕文體名。《文體明辨序説》：『疏之爲言布也。秦、漢以來，皆用於親知往來問答之間，而書、啓、狀、疏，亦以進御。』

〔二七〕文體名。《文體明辨序説》：『按字書：「表者，標也，明也，標著事緒使之明白以告乎上也。」古者獻言於君，皆稱上書。漢定禮儀，乃有四品，其三曰表，然但用以陳請而已。後世因之，其用浸廣。』

〔二八〕文體名。書記之一類。《文體明辨序説》：『啓，開也，開陳其意也。一云跪也，跪而陳之也。』

〔二九〕文體名。《文體明辨序説》：『按劉勰云：「箋者，表也，識表其情也。」古者君臣同書，……後世專以上皇后太子，於是天子稱表，皇后太子稱箋，而其他不得用矣。』

〔三〇〕文體名，奏疏之一類。《文體明辨序説》：『按劾之奏，別稱彈事。』

〔三一〕文體名，書記之一類。《文體明辨序説》：『古者郡將奏箋，故黄香奏箋於江夏。厥後專用於皇后太子諸王，其下遂不敢稱。』

〔三二〕文體名。《文體明辨序説》：『《釋文》云：「檄，軍書也。」檄之名始見於戰國。』

〔三三〕文體名。《文體明辨序説》：『露布者，軍中奏捷之辭也。書辭於帛，建諸漆竿之上。』

〔三四〕文體名。《文體明辨序説》：『諸司自相質問，其義有三。……二曰移，謂移其事於它司也。』

〔三五〕文體名，議之一類。《文體明辨序説》：『劉勰云：「議者，宜也。」……至漢，始立駁議。駁者，雜也，雜議不純，故曰駁也。蓋古者國有大事，必集群臣而廷議之，交口往復，務盡其情，若罷鹽鐵、擊匈奴之類是也。』

〔三六〕文體名，諭告。《文體明辨序説》：『按字書云：「諭，曉也。告，命也。以上敕下之詞。」』

〔三七〕《漢書》卷九四《匈奴傳》：『漢遺單于書，以尺一牘。』後沿爲書信之通稱。

〔三八〕文體名。《文心雕龍・論説》：『論也者，彌綸群言，而研精一理者也。』

〔三九〕文體名。《文體明辨序説》：『字書云：「辯，判別也。」……蓋執其言行之是非真僞，而以大義斷之也。漢以前，初無作者，故《文選》莫載，而劉勰不著其説。至唐韓、柳乃始作焉。』

〔四〇〕文體名。《文體明辨序説》：『字書：「説，解也，述也，解釋義理而以己意述之也。」説之名起於《説卦》，漢許慎作《説文》，亦祖其名以命篇。』

〔四一〕文體名。《文體明辨序説》：『字書云：「解者，釋也，因人有疑而解釋之也。」揚雄始作《解嘲》，世遂倣之。』

〔四二〕文體名。韓非有《難勢篇》。

〔四三〕文體名。參看本條注〔三五〕。

〔四四〕文體名。《文體明辨序説》：『按字書云：「贊，稱美也，字本作讚。」』《文心雕龍・頌讚》：『讚者，明也，助也。……然本其爲義，事生獎歎，所以古來篇體，促而不廣。必結言於四字之句，盤桓乎數韻之辭，約舉以盡情，昭灼以送文，此其體也。發源雖遠，而致用蓋寡，大抵所歸，其頌家之細條乎！』

〔四五〕原爲《詩》之一體，後以爲文。《文心雕龍・頌贊》：『頌唯典雅，辭必清鑠，敷寫似賦，而不入華侈之區；敬慎如銘，而異乎規戒之域。』

〔四六〕文體名。《文體明辨序説》：『按《説文》云：「箴者，戒也。」蓋醫者以箴石刺病，故有所諷刺而救其失者謂之箴，喻箴石也。……其品有二：一曰官箴，二曰私箴。大抵皆用韻語，而反復古今興衰理亂之變，以垂警戒。』

〔四七〕文體名，即哀辭。《文體明辨序説》：『按哀辭者，哀死之文也，故或稱文。……其文皆用韻語。』

〔四八〕文體名。《文體明辨序説》：『按誄者，累也，累列其德行而稱之也。其體先述世系行業，而末寓哀傷之意，所謂「傳體而頌文，榮始而哀終」者也。』

〔四九〕文體名，傷痛之文。任昉《文章緣起》：『蔡邕作《悲温舒文》。』

〔五〇〕《文苑英華》卷六一唐許堯佐《五經閣賦》：『虞、夏、商、周之五典，《國風》、《雅》、《頌》之四詩。』

六五

吾嘗論孟、荀以前作者，理苞塞不喻，假而達之辭；後之爲文者，辭不勝，跳而匿諸理〔一〕。《六經》也，四子也，理而辭者也〔二〕；兩漢也，事而辭者也，錯以理而已；六朝也，辭而辭者也，錯以事而已〔三〕。

【校注】

〔一〕劉勰《文心雕龍·諸子》：『研夫孟、荀所述，理懿而辭雅；管、晏屬篇，事核而言練；列禦寇之書，氣偉而采奇；鄒子之説，心奢而辭壯；墨翟、隨巢，意顯而語質；尸佼、尉繚，術通而文鈍；鶡冠綿綿，亟發深言；鬼谷眇眇，每環奥義；情辨以澤，文子擅其能；辭約而精，尹文得其要；慎到析密理之巧，韓非著博喻之富；呂氏鑒遠而體周，淮南汎采而文麗。斯則得百氏之華采，而辭氣文之大略也。若夫陸賈《典語》、賈誼《新書》、揚雄《法言》、劉向《説苑》、王符《潛夫》、崔寔《政論》、仲長《昌言》、杜夷《幽求》，咸叙經典，或明政術，雖標論名，歸乎諸子。何者？博明萬事爲子，適辨一理爲論，彼皆蔓延雜説，故入諸子之流。夫自六國以前，去聖未遠，故能越世高談，自開户牖。兩漢以後，體勢漫弱，雖明乎坦途，而類多依采。此遠近之漸變也。』劉熙載《藝概·文概》：『周、秦間諸子之文，雖純駁不同，皆有個自家在内。後世爲文者，於彼於此，左顧右盼，以求當衆人之意，宜亦諸子所深恥與？』

〔二〕六經，漢以後指儒家的六種經典：《詩》、《書》、《禮》、《樂》、《易》、《春秋》。《莊子·天運》：『丘治《詩》、《書》、《禮》、《樂》、《易》、《春秋》六經，自以爲久矣。』也稱六藝。

〔三〕劉基《誠意伯文集》卷五《蘇平仲文集序》：『文以理爲主，而氣以攄之。理不明爲虚文，氣不足則理無所駕。唐虞三代之文，誠於中而形爲言，不矯揉以爲工，不虚聲而强聒也，故理明而氣昌。玩其辭，想其人，蓋莫非聖賢之徒，知德而聞道者也，而況又經孔子之删定乎？漢興，一掃衰周之文敝而返諸樸。豐沛之歌，雄偉不飾，移風易尚之機，實肇於此。而高祖文帝制詔天下，咸用簡直，於是儀、秦、鞅、斯縣河之口，至此幾杜。是故賈疏、董策、韋傳之詩，皆妥帖不詭，語不驚人而意自至，由其理明而氣足以攄之也。……東漢班孟堅之外，雖無超世之文，要亦不失西京舊物。下逮魏晉，降及於隋，駁雜不一，而其大概唯日趨於綺靡而已。』

六六

首尾開闔，繁簡奇正，各極其度，篇法也。抑揚頓挫，長短節奏，各極其致，句法也。點掇關鍵，金石綺綵，各極其造，字法也。篇有百尺之錦，句有千鈞之弩，字有百鍊之金，文之與詩，固異象同則。孔門一唯〔二〕，曹溪汗下後〔三〕，信手拈來，無非妙境。

【校注】

〔一〕『點綴』，原作『點掇』，據《四庫》本改。

〔二〕《論語·里仁》：『子曰：「參乎！吾道一以貫之。」曾子曰：「唯。」子出，門人問曰：「何謂也？」曾子曰：「夫子之道，忠恕而已矣。」邢昺疏：「曾子直曉其理，更不須問，故答曰唯。」』

〔三〕曹溪，禪宗別號，以六祖慧能在曹溪寶林寺演法而名。

六七

古樂府、《選》體、歌行，有可入律者，有不可入律者，句法字法皆然。唯近體必不可入古耳〔一〕。

【校注】

〔一〕李東陽《懷麓堂詩話》：『古詩與律不同體，必各用其體乃爲合格。然律猶可間出古意，古不可涉律。古涉律調，如謝靈運「池塘生春草」，「紅藥當階翻」，雖一時傳誦，固已移於流俗而不自覺。若孟浩然「一杯還一曲，不覺夕陽沉」，杜子美「獨樹花發自分明，春渚日落夢相牽」，李太白「鸚鵡西飛隴山去，芳洲之樹何青青」，崔顥「黄鶴一去不復返，白雲千載空悠悠」，乃律間出古，要自不厭也。』王世懋《藝圃擷餘》：『律詩句有必不可入古者，古詩字有必不可爲律者。然不多熟古詩；未有能以律詩高天下者也。』

六八

才生思，思生調，調生格；思即才之用，調即思之境，格即調之界。

六九

李獻吉勸人勿讀唐以後文，吾始甚狹之，今乃信其然耳〔一〕。記問既雜，下筆之際，自然於筆端攪擾，驅斥爲難。若模擬一篇，則易於驅斥，又覺局促，痕跡宛露，非斲輪手〔二〕。自今而後，擬以純灰三斛，細滌其腸，日取《六經》、《周禮》、《孟子》、《老》、《莊》、《列》、《荀》、《國語》、《左傳》、《戰國策》、《韓非子》、《離騷》、《吕氏春秋》、《淮南子》、《史記》、班氏《漢書》，西京以還至六朝及韓、柳，便須銓擇佳者，熟讀涵泳之，令其漸漬汪洋。遇有操觚，一師心匠，氣從意暢，神與境合，分途策馭，默受指揮，臺閣山林，絶跡大漠，豈不快哉！世亦有知是古非今者，然使招之而後來，麾之而後却，已落第二義矣〔三〕。

【校注】

〔一〕《明史》卷二八六《文苑列傳》二：『夢陽才思雄鷙，卓然以復古自命。……倡言文必秦漢，詩必盛唐。……迨嘉靖朝，李攀龍、王世貞出，復奉以爲宗。』

〔二〕斫輪手，喻指技藝高超者，語出《莊子・天道》。

〔三〕第二義：佛家語。《大乘章義》：『第一義者，亦名真諦。……彼世諦若對第一，應名第二。』《滄浪詩話・詩辨》：『大曆以還之詩，則小乘禪也，已落第二義矣。』按：弇州論文主學古，然於『熟讀涵泳』、『漸漬汪洋』之後，則又歸於『一師心匠』，以我爲主，且目是古非今者爲『已落第二義』。其見解亦自不凡。

七〇

詩有常體，工自體中；文無定規，巧運規外〔一〕。樂、《選》、律、絶，句字敻殊，聲韻各協。下迨填詞小技，尤爲謹嚴〔二〕。《過秦論》也〔三〕，叙事若傳；《夷》《平傳》也〔四〕，指辨若論。至於序、記、志、述、章、令、書、移，眉目小別，大致固同。然四詩擬之則佳〔五〕，《書》、《易》放之則醜〔六〕。故法合者，必窮力而自運；法離者，必凝神而並歸。合而離，離而合，有悟存焉。

【校注】

〔一〕吕本中《夏均父集序》：『學詩當識活法。所謂活法者，規矩備具，而能出於規矩之外；變化不測，而亦不背於規矩也。是道也，蓋有定法而無定法，無定法而有定法，知是者，則可以與語活法矣。』意近可參。

〔二〕毛先舒《詩辯坻》卷四：『《藝苑卮言》云：「填詞小技，尤爲謹嚴。」夫詞宜可自放，而元美乃云「謹嚴」，知詩故難作，作詞亦未易也。』

〔三〕賈誼《過秦論》，見嚴可均《全漢文》卷一六。

〔四〕指《史記》《伯夷列傳》、《屈原〔平〕列傳》。

〔五〕參看卷六第一條注〔五〇〕。

〔六〕『放』，通『倣』。

七一

《風》《雅》三百、《古詩十九》〔一〕，人謂無句法，非也。極自有法，無階級可尋耳〔二〕。

【校注】

〔一〕《古詩十九首》之目，首見於梁蕭統《文選》卷二九。李善注曰：『並云古詩，蓋不知作者，或云枚乘，疑不能明也。……昭明以失其姓氏，故編在李陵之上。』

〔二〕胡應麟《詩藪》内編卷二：『「世人但學蘭亭面，欲换凡骨無金丹」，魯直詩也。「古人遺墨，率有蹊徑可尋，唯禊帖則探之莫得其端，測之莫窮其際」，光堯語也。二君所論書法耳，然形容《十九首》，極爲親切，非沉湎其中，不易知也。』又，『詩之難，其《十九首》乎！畜神奇於温厚，離感愴於和平。意愈淺愈深，詞愈近愈遠。篇不可句摘，句不可字求，蓋千古元氣，鍾孕一時。而枚、張諸子，以無意發之，故能詣極窮微，掩映千古。世以晚近之才，一家之學，步其遺響，即國工大匠，且瞠乎後，况其餘者哉！』王士禛《帶經堂詩話》卷四：『《十九首》之妙，如無縫天衣。後之作者，顧求之針縷襞績之間，非愚則妄。』方東樹《昭昧詹言》卷一：『用筆之妙，翩若驚鴻，宛若游龍，如百尺遊絲宛轉，如落花回風，將飛更舞，終不遽落，如慶雲在霄，舒展不定，此唯《十九首》、阮公、漢魏諸賢最妙於此。』又：『古人用意深微含蓄，文法精嚴密邃。如《十九首》、漢魏、阮公諸賢之作，皆深不可識。」

七二

《三百篇》删自聖手〔一〕，然旨别淺深，詞有至未。今人正如目滄海，便謂無底，不知湛珊瑚者何處。

【校注】

〔一〕《史記》卷四七《孔子世家》載孔子删詩之事曰：『古者《詩》三千餘篇，及至孔子，去其重，取可施於禮義。……三百五篇，孔子皆絃歌之，以求合《韶》、《武》、《雅》、《頌》之音。』此説後人多疑之。詳孔穎達《毛詩正義·詩譜序》疏，朱彝尊《曝書亭集》卷五九《詩論》一、崔述《洙泗考信録》卷三。

七三

詩不能無疵，雖《三百篇》亦有之，人自不敢摘耳。其句法有太拙者：『載獫歇驕』三名皆田犬也；有太直者：『昔也每食四簋，今也每食不飽』；有太促者：『抑罄控忌』，『既亟且只』；有太累者：『不稼不穡，胡取禾三百廛』；有太庸者：『乃如之人也，懷昏姻也，大無信也，不知命也』；其用意有太鄙者，如前『每食四簋』之類也；有太迫者：『宛其死矣，他人入室』；有太粗者：『人而無儀，不死何爲』〔一〕之類也。

【校注】

〔一〕以上詩句分別見《詩經》《秦風・駟驖》、《秦風・權輿》、《鄭風・大叔於田》、《邶風・北風》、《魏風・伐檀》、《鄘風・蝃蝀》、《唐風・山有樞》、《鄘風・相鼠》。

七四

《三百篇》經聖刪，然而吾斷不敢以爲法而擬之者，所摘前句是也〔一〕，《尚書》稱聖經〔二〕，然而吾斷不敢以爲法而擬之者，《盤庚》諸篇是也〔三〕。

【校注】

〔一〕參見卷一第七二條。

〔二〕《尚書》，儒家經典之一，相傳曾經孔子編選。有《今文尚書》和《古文尚書》之別，今存《十三經注疏》中之《書經》，即爲《古文尚書》。然後代學者多疑其係僞作。詳《四庫全書總目》卷一〇《尚書正義》提要及《十三經注疏・尚書序》。

〔三〕《尚書正義》卷九《商書》有《盤庚》上、中、下三篇。

七五

孔子曰：『辭達而已矣！』〔一〕又曰：『脩辭立其誠。』〔二〕蓋辭無所不脩，而意則主於達。今《易·繫》、《禮經》、《家語》、《魯論》、《春秋》之篇存者，抑何嘗不工也〔三〕。楊雄氏避其達而故晦之，作《法言》〔四〕；太史避其晦，故譯而達之，作帝王本紀，俱非聖人意也〔五〕。

【校注】

〔一〕見《論語·衛靈公》第十五。

〔二〕見《周易正義》卷一《乾》。

〔三〕李塗《文章精義》：『《易》、《詩》、《書》、《儀禮》、《春秋》、《論語》、《大學》、《中庸》、《孟子》，皆聖賢明道經世之書，雖非爲作文設，而千萬世文章從是出焉。』按：弇州之意謂，上述諸書與聖人有關，均合『辭達』與『脩辭立誠』之義。《家語》，即《孔子家語》。《魯論》指今本《論語》。

〔四〕王世貞《讀書後》卷五《讀揚子》：『余讀揚氏《法言》，其稱則先哲畔道者寡矣，顧其文割裂聱曲，闇曶澒涊，剽襲之跡紛如也。甚哉其有意乎言之也。聖人之於文也，無意焉，以達其所本有而不容秘耳，故其辭淺言之而愈深也，深言之而不秘也。驟之而日星乎，徐之而大羹玄酒哉，乃其矩矱天就矣。世之病揚氏以道也，余之病揚氏以文也。』

〔五〕劉知幾《史通·叙事篇》：『若《史記》之《蘇》、《張》、《蔡澤》等傳，是其美者；至於《五帝本紀》、《日者》、《太倉公》、《龜策傳》，固無所取焉。……觀子長之叙事也，自周已往，言所不該，其文闊略，無復體統，洎秦、漢已下，條貫有倫，則煥炳可觀，有足稱者。』

七六

聖人之文，亦寧無差等乎哉！《禹貢》，千古叙事之祖〔一〕。如《盤庚》，吾未之敢言也〔二〕。周公之爲詩也，其猶在《周書》上乎〔三〕？吾夫子文而不詩，凡傳者或非其真者也〔四〕。

【校注】

〔一〕《禹貢》，見《尚書正義》卷六《夏書》。李塗《文章精義》：『《禹貢》簡而盡。山水、田土、貢賦、草木、金革、物産，叙得皆盡，後叙山脈一段，水脈一段，五服一段，更有條而不紊。』

〔二〕《盤庚》，見《尚書正義》卷九《商書》。韓愈《昌黎先生集》卷一二《進學解》：『《周誥》、《殷盤》，佶屈聱牙。』

〔三〕《詩經》中之《七月》、《東山》、《鴟梟》諸篇，舊注皆以爲周公所作，然無確據。

〔四〕孔子詩篇傳世者，見於《琴操》之《將歸》、《猗蘭》、《龜山》諸曲以及散見於先秦典籍之斷章零句，或係後人僞托。

七七

『《易》奇而法，《詩》正而葩』〔一〕，韓子之言固然。然《詩》中有《書》，《書》中有《詩》也。『明良喜起』〔二〕，《五子之歌》〔三〕，不待言矣。《易》亦自有詩也，姑舉數條以例之。《詩》語如『齊侯之子，平王之孫』，『威儀棣棣，不可選也』，『父母之言，亦可畏也』，『天實爲之，謂之何哉』，『中冓之言，不可道也』，『送我乎淇之上矣』，『大夫夙退，毋使君勞』，『反是不思，亦已焉哉』，『匪報也，永以爲好也』，『知我者，謂我心憂，不知我者，謂我何求』，『心之憂矣，其誰知之』，『他山之石，可以攻玉』，『皇父卿士，家伯冢宰。仲允膳夫，聚子内史』，『發言盈庭，誰敢執其咎？如匪行邁謀，是用不得於道』，『心之憂矣，云如之何』，『或出入諷議，或靡事不爲』，『成王之孚，下土之式』，『文王曰咨，咨女殷商，而秉義類』，『白珪之玷，尚可磨也。斯言之玷，不可爲也』，『於乎不顯，文王之德之純』，『學有緝熙於光明』，『至於文武，纘太王之緒』〔四〕，以入《書》，誰能辨也！《書》語如『日中星鳥，以殷仲春』，『蕩蕩懷山襄陵，浩浩滔天』〔五〕，『明試以功，車服以庸』〔六〕，『無怠無荒，四夷來王』，『任賢勿貳，去邪勿疑，疑謀勿成，百志唯熙』，『四海困窮，天禄永終』，『朕志先定，詢謀僉同，鬼神其依，龜筮協從』〔七〕，『百僚師師，百工唯時』〔八〕，『臣哉鄰哉，鄰哉臣哉』，『罔晝夜頟頟，罔水行舟』〔九〕，『下管鼗鼓，合止柷敔』，『簫韶九成，鳳凰來儀』〔一〇〕，『萊夷作牧，厥篚檿絲』，『厥草唯夭，厥木唯喬』〔一一〕，『火炎崑岡，玉石俱焚』，『佑賢輔德，顯忠遂良。兼弱攻昧，取亂侮亡。推亡固存，邦乃其昌』，『聖謨洋洋，嘉言孔彰。唯上帝不常，作善降之百祥，作不善降之百殃』〔一二〕，『唯天無親，克敬唯親。民罔常懷，懷於有仁』，『一人元良，萬邦以貞』〔一三〕，『厥德靡常，九有以亡』〔一四〕，『若作和羹，爾唯鹽梅』，『罔俾阿衡，專美有商』〔一五〕，『我武唯揚，侵於之疆，取彼凶殘，我伐用張，於湯有光』〔一六〕，『如虎如貔，如羆如羆』，『月之從星，則以風雨』，『式敬爾由獄，以長我王國』〔一七〕，又『無偏無陂』以至『歸其有極』，總爲一章〔一八〕。《易》語如『見龍在田，天下文明。終日乾乾，與時偕行』，『西南得朋，乃與類行。東北喪朋，乃終有慶』，『密雲不雨，自我西郊』〔一九〕，『其亡其亡，繫於苞桑』，『伏戎於莽，升其高陵，三歲不興』，『賁如皤如，白馬翰如』，『君子得輿，小人剥廬』〔二〇〕，『見輿曳，其牛掣，其人天且劓』，『見豕負涂，載鬼一車。先張之弧，後脱之弧』〔二一〕，『困於石，據於蒺藜，入於其宫，不見其妻』，『震來虩虩，笑言啞啞』，『旅人先笑後號咷』，『乾剛坤柔，比樂師憂，臨觀之義，或與或求』〔二二〕，以入《詩》，誰能辨也！抑不特此，凡《易》卦、爻辭、彖、小象，叶韻者十之八，故《易》亦《詩》也。

【校注】

〔一〕韓愈《進學解》語。見《昌黎先生集》卷一二。

〔二〕《尚書正義》卷五《夏書·益稷》：『帝庸乃歌曰：「股肱喜哉，元首起哉，百工熙哉。」皋陶乃賡載歌曰：「元首明哉，股肱良哉，庶事康哉。」又歌曰：「元首叢脞哉，股肱惰哉，萬事墮哉。」』

〔三〕《尚書正義》卷七《夏書·五子之歌》：『太康失邦，昆弟五人，須於洛汭，作《五子之歌》。』

〔四〕所引諸句分別見《詩經》《召南·何彼穠矣》、《邶風·柏舟》、《鄭風·將仲子》、《邶風·北門》、《鄘风·墻有茨》、《鄘風·桑中》、《衛風·碩人》、《衛風·氓》、《衛風·木瓜》、《王風·黍離》、《魏風·園有桃》、《小雅·鶴鳴》、《小雅·十月之交》、《小雅·小曼》、《小雅·小弁》、《小雅·北山》、《大雅·下武》、《大雅·蕩》、《大雅·抑》、《周頌·維天之命》、《周頌·敬之》、《魯頌·閟宫》句。

〔五〕兩句俱見《尚書正義》卷二《虞書·堯典》。

〔六〕《尚書正義》卷三《虞書·舜典》。

〔七〕《尚書正義》卷四《虞書・大禹謨》。

〔八〕《尚書正義》卷四《虞書・皋陶謨》。

〔九〕《尚書正義》卷五《夏書・益稷》。

〔一〇〕《尚書正義》卷五《夏書・益稷》。

〔一一〕《尚書正義》卷六《夏書・禹貢》。

〔一二〕《尚書正義》卷七《夏書・胤征》、卷八《商書・仲虺之誥》、《商書・伊訓》。「作不善降之百殃」，底本訛作「作百善降之不祥」，誤，據《尚書・伊訓》改。

〔一三〕《尚書正義》卷八《商書・太甲》下。

〔一四〕《尚書正義》卷八《商書・咸有一德》。

〔一五〕《尚書正義》卷一〇《商書・説命》下。

〔一六〕《尚書正義》卷一一《周書・泰誓》中。

〔一七〕《尚書正義》卷一一《周書・牧誓》、卷一二《周書・洪範》、卷一七《周書・立政》。

〔一八〕《尚書正義》卷一二《周書・洪範》：「無偏無陂，遵王之義。無有作好，遵王之道。無有作惡，遵王之路。無偏無黨，王道蕩蕩。無黨無偏，王道平平。無反無側，王道正直。會其有極，歸其有極。」

〔一九〕《周易正義》卷一《乾》、《坤》，卷二《小畜》。「西郊」原作「四郊」，據《周易正義》改。

〔二〇〕《周易正義》卷二《否》、《同人》，卷三《賁》、《剥》。

〔二一〕《周易正義》卷四《睽》。「見豕負涂」，底本無，據《周易・睽》補。「載鬼」，底本作「見鬼」，據《周易・睽》改。

〔二二〕《周易正義》卷五《困》、《震》，卷六《旅》，卷九《雜卦》。

七八

秦以前爲子家，人一體也。語有方言，而字多假借，是故雜而易晦也。左、馬而至西京洗之矣〔一〕。相如，騷家流也〔二〕；子雲，子家流也，故不盡然也〔三〕。六朝而前，材不能高，而厭其常，故易字，易字是以贅也。材不能高，故其格下也。五季而後，學不能博，而苦其變，故去字，去字是以率也。學不能博，故其直賤也。

【校注】

〔一〕左、馬：左丘明、司馬遷。

〔二〕劉勰《文心雕龍·辨騷》：『枚、賈追風以入麗，馬、揚沿波而得奇。』祝堯《古賦辨體·兩漢體》：『《長門》、《自悼》等賦，緣情發義，托物興辭，咸有和平從容之意，而比興之義未泯。』

〔三〕參看卷一第六四條注〔一〕。

藝苑卮言校注卷二

一

『關關雎鳩，在河之洲。窈窕淑女，君子好逑。』『采采卷耳，不盈頃筐。嗟我懷人，寘彼周行。』『我姑酌彼金罍。』『未見君子，惄如調饑。』〔一〕『厭浥行露，豈不夙夜，謂行多露。』『嘒彼小星，三五在東。肅肅宵征，夙夜在公，寔命不同。』〔二〕『日居月諸。』『静言思之，不能奮飛。』『燕燕於飛，差池其羽。』『先君之思，以勗寡人。』『擊鼓其鏜，踊躍用兵。』『土國城漕。』『雝雝鳴雁，旭日始旦。』『習習谷風，以陰以雨。』『采葑采菲，無以下體。』『誰謂荼苦，其甘如薺。』『我躬不閱，遑恤我後。』『碩人俁俁，公庭萬舞。有力如虎，執轡如組。』『云誰之思，西方美人。彼美人兮，西方之人兮。』『北風其涼，雨雪其雱。惠而好我，携手同行。』『愛而不見，搔首踟躕。』〔三〕『玉之瑱也，象之揥也，揚且之皙也。胡然而天也，胡然而帝也。』『良馬五之。』〔四〕『手如柔荑，膚如凝脂，領如蝤蠐，齒如瓠犀，螓首蛾眉。巧笑倩兮，美目盼兮。』『自我徂爾，三歲食貧。』『誰謂河廣，一葦杭之。』〔五〕『伯也執殳，爲王前驅。』『自伯之東，首如飛蓬。豈無膏沐，誰適爲容？』『其雨其雨，杲杲出日。』〔六〕『適子之館兮，還予授子之粲兮。』『巷無居人，豈無居人，不如叔也，洵美且仁。』〔七〕『將叔無狃，戒其傷汝。』『兩服上襄，兩驂雁行。』〔八〕『清人在彭，駟介旁旁。二矛重英，河上乎翱翔。』『左旋右抽。』〔九〕『女曰鷄鳴，士曰昧旦。子興視夜，明星有爛。』『子不我思，豈無他人。』『鷄既鳴矣，朝既盈矣。匪鷄則鳴，蒼蠅之聲。』『蟋蟀在堂，歲聿其莫。今我不樂，日月其除。無已太康，職思其居。』『綢繆束薪，三星在天。今夕何夕，見此良人。』『悠悠蒼天，曷其有極。』『予美亡此，誰與獨旦。』『駟驖孔阜，六轡在手。公之媚子，從公於狩。』〔一〇〕『游環脅驅，陰靷鋈續，文茵暢轂。』『言念君子，温其如玉。』〔一一〕『蒹葭蒼蒼，白露爲霜。所謂伊人，在水一方。遡洄從之，道阻且長。遡游從之，宛在水中央。』『交交黄鳥，止於棘。誰從穆公，子車奄息。維此奄息，百夫之特。臨其穴，惴惴其慄。彼蒼者天，殲我良人。如可贖兮，人百其身。』『憂心如醉。』『豈曰無衣，與子同袍。』〔一二〕『衡門之下，可以棲遲。泌之洋洋，可以樂饑。』『豈其食魚，必河之魴。』〔一三〕『蜉蝣之羽，衣裳楚楚。』〔一四〕『我來自東，零雨其濛。』『皇駁其馬。』『其新孔嘉，其舊如之何。』〔一五〕『鴻飛遵渚，公歸無所，於女信處。』『四牡騑騑，周道倭遲。豈不懷歸，王事靡盬，我心傷悲。』『伐木丁丁，鳥鳴嚶嚶。』『昔我往矣，楊柳依依，今我來思，雨雪霏霏。』『豈不懷歸，畏此簡書。』『和鸞雝雝，萬福攸同。』『我有嘉賓，中心貺之。』〔一六〕『織文鳥章，白旆央央。元戎十乘，以先啓行。』『文武吉甫，萬邦惟憲。』〔一七〕『四騏翼翼，路車有奭。簟笰魚服，鉤膺鞗革。』『方叔涖止，其車三千。旂旐央央，方叔率止。約軝錯衡，八鸞瑲瑲。服其命服，朱芾斯皇，有瑲葱珩。』『蠢爾荆蠻，大邦爲讎。方叔元老，克壯其猶。』〔一八〕『蕭蕭馬鳴，悠悠旆旌。徒御不驚，大庖不盈。』『吉日惟戊。』『夜如何其，夜未央，庭燎之光。君子至止，鸞聲將將。』〔一九〕『鶴鳴於九皋，聲聞於天。』『他山之石，可以攻玉。』〔二〇〕『其人如玉，毋金玉爾音，而有遐心。』〔二一〕『爰居爰處，爰笑爰語。』『載寢之床，載衣之裳，載弄之璋。』〔二二〕『節彼南山，維石巖巖。赫赫師尹，民具爾瞻。』〔二三〕『正月繁霜。』『父母生我，胡俾我瘉。不自我先，不自我後。』〔二四〕『彼月而微，此日而微。』『高岸爲谷，深谷爲陵。』〔二五〕『發言盈庭，誰敢執其咎？』『明發不寐，有懷二人。』〔二六〕『踧踧周道，鞫爲茂草。我心憂傷，惄焉如擣。』『維憂用老。』『君子無易由言，耳屬於垣。』『我躬不閱，遑恤我後。』〔二七〕『他人有心，予忖度之。』『職爲亂階。』〔二八〕『瓶之罄矣，維罍之恥。』〔二九〕『周道如砥，其直如矢。君子所履，小人所視。』『小東大東，杼柚其空。糾糾葛屨，可以履霜。』『跂彼織女，終日七襄。雖則七襄，不成服章。睆彼牽牛，不以服箱。東有啓明，西有長庚。』『維南有箕，不可以簸揚，維北有斗，不可以挹酒漿。』〔三〇〕『明明上天，照臨下土。』『自貽伊戚。』〔三一〕『我疆我理，南東其畝。』『上天同雲，雨雪雰雰，益之以霢霂。既優既渥，既霑既足，生我百穀。』『祀事孔明，先祖是皇。』〔三二〕『有渰萋萋，興雨祁祁。雨我公田，遂及我私。』『六轡沃若。』〔三三〕『蔦與女蘿，施於松柏。』『有頍者弁。』〔三四〕『君子來朝，何錫予之。雖無予之，路車乘馬。』『鸞聲嘒嘒。』〔三五〕『雨雪瀌瀌，見晛曰消。』『卷髮如蠆。』『終朝采緑，不盈一匊。予髮曲局，薄言歸沐。』『中心藏之，何日忘之。』『牂羊墳首，三星在罶。』『何不日鼓瑟。』〔三六〕『民亦勞止，汔可小康。惠此中國，以綏四方。』『式遏寇虐，憯不畏明。』『王欲玉女。』〔三七〕『天之方難，無然憲憲。天之方蹶，無然泄泄。』『天之牖民，如壎如篪，如璋如圭，如取如攜。』『价人維藩，大師維垣，大邦維屏，大宗維翰，懷德維寧，宗子維城。』〔三八〕『女炰烋於中國。』『天不湎爾以酒。』『雖無老成人，尚有典刑。』〔三九〕『訏謨定命，遠猶辰告。』『無言不酬，無德不報。』『神之格思，不可度思，矧可射思。』『匪面命之，言提其耳。』〔四〇〕『誰生厲階，至今爲梗。』『誰能執熱，逝不以濯。其何能淑，載胥及溺。』『進退維谷。』『聽言則對，誦言如醉。』〔四一〕『倬彼雲漢，昭回於天。』『靡神不舉，靡愛斯牲。』『旱魃爲虐，如惔如焚。』『瞻卬昊天，有嘒其星。』〔四二〕『維嶽降神，生甫及申。維申及甫，維周之翰。』〔四三〕『士民其瘵。』『哲夫成城，哲婦傾城。』『婦有長舌，維厲之階。』『人之云亡，邦國殄瘁。』〔四四〕『十千維耦。』『萬億及秭。』『設業設虡，崇牙樹羽。應田縣鼓，鞉磬柷圉。既備乃奏，簫管備舉。喤喤厥聲，肅雝和鳴。』『有來雝雝，至止肅肅。相維辟公，天子穆穆。』『龍旂陽陽，和鈴央央，鞗革有鶬。』『無曰高高在上。陟降厥士，日監在茲。』〔四五〕『載芟載柞，其耕澤澤。千耦其耘，徂隰徂畛。』『厭厭其苗，緜緜其麃。』〔四六〕『其崇如墉，其比如櫛，以開百室。』『旨酒思柔。』『於鑠王師，遵養時晦。』『駉駉牡馬，在坰之野。薄言駉者，有驈有皇，有驪有黄，以車彭彭。』『振振鷺，鷺於下。鼓咽咽，醉言舞。』〔四七〕『無小無大，從公於邁。』『永錫難老。』『食我桑黮，懷我好音。』〔四八〕『白牡騂剛，犧尊將將。毛炰胾羹，籩豆大房。萬舞洋洋，孝孫有慶。』『不虧不崩，不震不騰。三壽作朋，如岡如陵。』『公車千乘，朱英緑縢，二矛重弓。公徒三萬，貝胄朱綅，烝徒增增。』『黄髮兒齒。』〔四九〕『鞉鼓淵淵，嘒嘒管聲。既和且平，依我磬聲。』『天命玄鳥，降而生商。宅殷土芒芒。』〔五〇〕『相土烈烈，海外有截。』『不競不絿，不剛不柔。敷政優優，百禄是遒。』『苞有三蘖，莫遂莫達。九有一截，韋顧既伐，昆吾夏桀。』〔五一〕『撻彼殷武，奮伐荆楚，罙入其阻。』『赫赫厥聲，濯濯厥靈。壽考且寧，以保我後生。』〔五二〕

【校注】

〔一〕以上分別為《詩經·周南》《關雎》、《卷耳》、《汝墳》句。

〔二〕以上分別為《詩經·召南》《行露》、《小星》句。

〔三〕以上分別為《詩經·邶風》《柏舟》、《燕燕》、《擊鼓》、《匏有苦葉》、《谷風》、《簡兮》、《北風》、《静女》句。

〔四〕以上分別為《詩經·鄘風》《君子偕老》、《干旄》句。

〔五〕以上分別為《詩經·衛風·碩人》、《氓》、《河廣》句。

〔六〕以上分別為《詩經·衛風·伯兮》。

〔七〕以上分別為《詩經·鄭風·緇衣》、《叔於田》句。

〔八〕《詩經·鄭風·大叔於田》句。

〔九〕《詩經·鄭風·清人》句。

〔一〇〕以上分別為《詩經·鄭風·女曰鷄鳴》、《褰裳》句，《齊風·鷄鳴》、《唐風·蟋蟀》、《綢繆》、《鴇羽》、《葛生》、《秦風·駟驖》句。

〔一一〕以上分別為《詩經·秦風·小戎》句。

〔一二〕《詩經·秦風·蒹葭》、《黄鳥》、《晨風》、《無衣》句。

〔一三〕《詩經·陳風·衡門》句。

〔一四〕《詩經·曹風·蜉蝣》句。

〔一五〕《詩經·豳風·東山》句。

〔一六〕以上分別為《詩經·豳風·九罭》、《小雅·四牡》、《伐木》、《采薇》、《出車》、《蓼蕭》、《彤弓》句。

〔一七〕《詩經·小雅·六月》句。「惟」，今通行本《詩經》多作「為」。《歷代詩話續編》本亦作「為」。

〔一八〕《詩經·小雅·采芑》句。

〔一九〕以上分別為《詩經·小雅·車攻》、《吉日》、《庭燎》句。「此」，今通行本《詩經》多作「止」。《歷代詩話續編》本亦作「止」。

〔二〇〕《詩經·小雅·鶴鳴》句。

〔二一〕《詩經·小雅·白駒》句。

〔二二〕《詩經·小雅·斯干》句。

〔二三〕《詩經·小雅·節南山》句。

〔二四〕《詩經·小雅·正月》句。

〔二五〕《詩經·小雅·十月之交》句。

〔二六〕以上分別為《詩經·小雅·小旻》、《小宛》句。

〔二七〕《詩經·小雅·小弁》句。

〔二八〕《詩經·小雅·巧言》句。

〔二九〕《詩經·小雅·蓼莪》句。

〔三〇〕《詩經·小雅·大東》句。「服」，今通行本《詩經》作「報」。《歷代詩話續編》本亦作「報」。

〔三一〕《詩經·小雅·小明》句。

〔三二〕《詩經·小雅·信南山》句。

〔三三〕以上分別為《詩經·小雅·大田》、《裳裳者華》句。

〔三四〕《詩經·小雅·頍弁》句。

〔三五〕《詩經·小雅·采菽》句。

〔三六〕以上分別為《詩經·小雅·角弓》、《都人士》、《采緑》、《隰桑》、《苕之華》，《唐風·山有樞》句。

〔三七〕《詩經·大雅·民勞》句。

〔三八〕《詩經·大雅·板》句。

〔三九〕《詩經·大雅·蕩》句。

〔四〇〕《詩經·大雅·抑》句。

〔四一〕《詩經·大雅·桑柔》句。

〔四二〕《詩經·大雅·雲漢》句。

〔四三〕《詩經·大雅·崧高》句。

〔四四〕《詩經·大雅·瞻卬》句。

〔四五〕以上分別為《詩經·周頌·噫嘻》、《豐年》、《有瞽》、《雝》、《載見》、《敬之》句。

〔四六〕《詩經·周頌·載芟》句。

〔四七〕以上分別為《詩經·周頌·良耜》、《絲衣》、《酌》，《魯頌·駉》、《有駜》句。

〔四八〕《詩經·魯頌·泮水》句。

〔四九〕《詩經·魯頌·閟宮》句。

〔五〇〕以上分別為《詩經·商頌·那》、《玄鳥》句。

〔五一〕《詩經·商頌·長發》句。『一截』，今通行本《詩經》作『有截』。《歷代詩話續編》本亦作『有截』。

〔五二〕《詩經·商頌·殷武》句。

二

詩旨有極含蓄者，隱惻者，緊切者；法有極婉曲者，清暢者，峻潔者，奇詭者，玄妙者。騷、賦、古

《選》、樂府、歌行，千變萬化，不能出其境界。吾故摘其章語，以見法之所自。其《鹿鳴》、《甫田》、《七月》、《文王》、《大明》、《緜》、《棫樸》、《旱麓》、《思齊》、《皇矣》、《靈臺》、《下武》、《文王》〔一〕、《生民》、《既醉》、《鳧鷖》、《假樂》、《公劉》、《卷阿》、《烝民》、《韓奕》、《江漢》、《常武》、《清廟》、《維天》、《烈文》、《昊天》〔二〕、《我將》、《時邁》、《執競》、《思文》，無一字不可法，當全讀之，不復載。

【校注】

〔一〕《文王》爲《文王有聲》之省稱。

〔二〕《維天》爲《維天之命》之省稱；《昊天》爲《昊天有成命》之省稱。

三

古逸詩、箴、銘、謳、謡之類，其語可入《三百篇》者：『翹翹車乘，招我以弓。豈不欲往，畏我友朋。』〔一〕『君子有酒，小人鼓缶。』〔二〕『雖有絲麻，無棄菅蒯；雖有姬姜，無棄蕉萃。』〔三〕『祈招之愔愔，式昭德音。思我王度，式如玉，式如金。』〔四〕『俟河之清，人壽幾何。』〔五〕『馬之剛矣，轡之柔矣。馬亦不剛，轡亦不柔。志氣麃麃，取予不疑。』〔六〕『棠棣之華，翩其反而。豈不爾思，室是遠而。』〔七〕『魚在在藻，厥志在餌。』〔八〕『九變復貫，知言之選。』〔九〕『皎皎練絲，在所染之』〔一〇〕。

右逸詩。

【校注】

〔一〕《左傳·莊公二十二年》陳敬仲引逸詩。

〔二〕劉安《淮南子》卷一七《説林訓》：『君子有酒，鄙人鼓缶，雖不見好，亦不見醜。』

〔三〕《左傳·成公九年》引逸詩。

〔四〕《左傳·昭公十二年》祭公謀父《祈招之詩》。

〔五〕《左傳·襄公八年》引周逸詩。

〔六〕《逸周書》卷九《太子晉解》。

〔七〕《論語·子罕》引逸詩。

〔八〕《大戴禮記》卷一一《用兵》第七五引逸詩。

〔九〕《漢書》卷六《武帝紀》引逸詩。

〔一〇〕《後漢書》卷四八《楊終列傳》引逸詩。

四

『立我烝民，莫匪爾極。不識不知，順帝之則。』《康衢》〔一〕『黄之池，其馬歕沙，皇人威儀；黄之澤，其馬歕玉，皇人受穀。』《黄澤》〔二〕『白雲在天，山陵自出。』《白雲》〔三〕

右謡。

【校注】

〔一〕見《列子·仲尼篇》。

〔二〕見《穆天子傳》卷五。

〔三〕見《穆天子傳》卷三。

五

『卿雲爛兮，糺縵縵兮。日月光華，旦復旦兮。』《卿雲》〔一〕『南山有烏，北山張羅。烏自高飛，羅當奈何。』《烏鵲》〔二〕『日月昭昭兮寖已馳，與子期兮蘆之漪。』《漁父》〔三〕

右歌。

【校注】

〔一〕見《尚書大傳》一《虞夏》。

〔二〕見干寶《搜神記》卷一六《紫玉》。

〔三〕見趙曄《吳越春秋》卷上。

六

『習習谷風，以陰以雨。之子於歸，遠送於野。』《猗蘭》〔一〕『隴頭流水，流離四下。念我行役，飄然曠野。』《隴頭》〔二〕

右操。

【校注】

〔一〕舊題孔子《猗蘭操》（一曰《幽蘭操》）句，見郭茂倩《樂府詩集》卷五八《琴曲歌辭》二。

〔二〕《隴頭流水歌辭》三首之一，見《樂府詩集》卷二五《橫吹曲辭》五。

七

『皇皇唯敬口，口生垢，口戕口。』口『與其溺於人也，寧溺於淵。溺於淵，猶可游也，溺於人，不可救也。』盥盤『毋曰胡傷，其禍將長。』楹〔一〕『一命而僂，再命而傴，三命而俯，循墻而走，亦莫敢余侮。饘於是，粥於是，以糊余口。』鼎〔二〕

右銘。

【校注】

〔一〕均見《大戴禮記》卷六《武王踐祚》引《機之銘》、《盥盤之銘》、《楹之銘》。

〔二〕《左傳·昭公七年》引鼎銘。

八

『荷此長耜，耕彼南畝，四海俱有。』舜祠田〔一〕『皇皇上天，照臨下土。集地之靈，降甘風雨。庶物群生，各得其所。』用祭天〔二〕

右辭。

【校注】

〔一〕劉勰《文心雕龍·祝盟》引。

〔二〕語見《大戴禮記》卷一三《公符》。

九

『鳳凰於飛，和鳴鏘鏘。有嬀之後，將育於姜』。懿氏〔一〕

右繇〔一〕。

【校注】

〔一〕語見《左傳·莊公二二年》。『繇』，通『謡』。

一〇

『涓涓不塞，將爲江河。』黄帝語〔一〕『吾王不游，吾何以休？吾王不豫，吾何以助？一游一豫，爲諸侯度。』〔二〕『畏首畏尾，身其餘幾。』〔三〕

右諺。

【校注】

〔一〕舊題太公《六韜·守土》：『國柄借人，則失其威。淵乎無端，孰知其源？涓涓不塞，將成江河。熒熒不救，炎炎奈何。兩葉不去，將用斧柯。』

〔二〕《孟子·梁惠王下》引夏諺。

〔三〕《左傳·文公十七年》：『古人有言曰：「畏首畏尾，身其餘幾。」』

一一

漢、魏人詩語，有極得《三百篇》遺意者，謾記於後：『非唯雨之，又潤澤之。非唯徧之，我氾布濩之。』『般般之獸，樂我君囿。』〔一〕『總齊群邦，以翼大商。迭彼大彭，勳績唯光。』〔二〕『誰謂華高，企其齊而；誰謂德難，厲其庶而。』〔三〕『金支秀華，庶旄翠旌。』『王侯秉德，其鄰翼翼，顯明昭式。』『唯德之臧，建侯之常。』〔四〕『如山如岳，嵩如不傾；如江如河，澹如不盈。』〔五〕『大海蕩蕩，水所歸；高賢愉愉，民所懷。』〔六〕『陽春布德澤，萬物生光輝。』〔七〕此二《雅》、《周頌》和平之流韻也。『犖犖紫芝，可以療飢。』〔八〕『月出皎兮，君子之光。君有禮樂，我有衣裳。』〔九〕『胡馬依北風，越鳥巢南枝。』『衣帶日以緩。』〔一〇〕『清商隨風發，中曲正徘徊。』〔一一〕『秋蟬鳴樹間，玄鳥逝安適。』『棄我如遺跡。』〔一二〕『盈盈一水間，脉脉不得語。』〔一三〕『絃急知柱促。』『去者日以疏，來者日以親。』『愁多知夜長。』『著以長相思，緣以結不解。』『出户獨傍徨，憂思當告誰。』〔一三〕『明明如月，何時可掇。憂從中來，不可斷絕。』〔一四〕『不惜年往，憂世不治。』〔一五〕『山不厭高，海不厭深。』〔一六〕『海水知天寒。』『入門各自媚。』〔一七〕『豈伊不虔，思於大衢。豈伊不懷，歸於枌榆。天命不慆，疇敢以渝。』〔一八〕『自惜袖短，內手知寒。』〔一九〕『憂來無方，人莫之知。』『傍徨忽已久，白露沾我裳。』『民之多僻，政不由己。』〔二〇〕『泳彼長川，言息其滸。陟彼高岡，言刈其楚。』〔二一〕此《國風》清婉之微旨也。『靈之來，神哉沛，先以雨，般裔裔。』〔二二〕『志俶儻，精權奇，籋浮雲，晻上馳。』『今安匹，龍爲友。』〔二三〕『臨高臺以軒。』『江有香草目以蘭。』〔二四〕『昌樂肉飛。』〔二五〕『采虹垂天。』〔二六〕『水何澹澹，山島竦峙。』『日月之行，若出其中。』〔二七〕『孤獸走索群，銜草不遑食。』〔二八〕『世無萱草，令我哀歎。』〔二九〕此《秦》、《齊》變風奇峭之遺烈也〔三〇〕。

【校注】

〔一〕司馬相如《封禪頌》語，見《史記·司馬相如列傳》。

〔二〕韋孟《諷諫詩》語，見逯欽立《先秦漢魏晉南北朝詩》漢詩卷二。

〔三〕韋玄成《自劾詩》語，見《先秦漢魏晉南北朝詩》漢詩卷二。

〔四〕唐山夫人《安世房中歌》語，見《先秦漢魏晉南北朝詩》漢詩卷四。『眊』，一作『旄』。

〔五〕《成陽令唐扶頌》語，見楊慎《金石古文》卷一〇。

〔六〕唐山夫人《安世房中歌》語，見《先秦漢魏晉南北朝詩》漢詩卷四。

〔七〕漢樂府詩《長歌行·青青園中葵》語，見《樂府詩集》卷三〇。

〔八〕漢四皓《紫芝歌》語，見《先秦漢魏晉南北朝詩》漢詩卷一。

〔九〕漢公孫乘《月賦》句，見《古文苑》卷三。

〔一〇〕《古詩十九首·行行重行行》語，見《文選》卷二九。

〔一一〕古詩《西北有高樓》語，見《文選》卷二九。

〔一二〕古詩《明月皎夜光》語，見《文選》卷二九。

〔一三〕以上依次為古詩《迢迢牽牛星》、《東城高且長》、《去者日以疏》語、《孟冬寒氣至》、《客從遠方來》、《明月何皎皎》語，見《文選》卷二九。『憂』，《文選》作『愁』。

〔一四〕曹操《短歌行》二首之一語，見《先秦漢魏晉南北朝詩》魏詩卷一。

〔一五〕曹操《秋胡行》二首之二語，見《先秦漢魏晉南北朝詩》魏詩卷一。「不惜」，作「不戚」。

〔一六〕曹操《短歌行》二首之一語，見《先秦漢魏晉南北朝詩》魏詩卷一。

〔一七〕漢樂府《飲馬長城窟行》語，見《樂府詩集》卷三八。

〔一八〕張衡《西京賦》語，見《文選》卷二。

〔一九〕樂府詩《善哉行》語，見《樂府詩集》卷三六。

〔二〇〕以上依次為曹丕《善哉行》、《雜詩二首》之一、《善哉行》二首之一語，見《先秦漢魏晉南北朝詩》魏詩卷四。

〔二一〕嵇康《贈兄秀才入軍十九首》之三語，見《先秦漢魏晉南北朝詩》魏詩卷九。

〔二二〕漢樂府《練時日》語，見《樂府詩集》卷一。

〔二三〕漢樂府《天馬》語，見《樂府詩集》卷一。

〔二四〕漢樂府《臨高臺》語，見《樂府詩集》卷一六。

〔二五〕白狼王唐菆《莋都夷歌・遠夷樂德歌》語，見《先秦漢魏晉南北朝詩》漢詩卷五。

〔二六〕曹丕《丹霞蔽日行》語，見《先秦漢魏晉南北朝詩》魏詩卷四。

〔二七〕曹操《步出夏門行・觀滄海》語，見《先秦漢魏晉南北朝詩》魏詩卷一。

〔二八〕曹植《贈白馬王彪詩》之四語，見《先秦漢魏晉南北朝詩》魏詩卷七。

〔二九〕阮籍四言《詠懷詩》三首之三語，見《先秦漢魏晉南北朝詩》魏詩卷一〇。

〔三〇〕《秦》、《齊》指《詩經》之《秦風》、《齊風》。

一二

秦始皇時，李斯所撰《嶧山碑》，三句始下一韻〔一〕，是《采芑》第二章法〔二〕。《琅邪臺銘》一句一韻，三句一換〔三〕，是《老子》『明道若昧』章法〔四〕。

【校注】

〔一〕《登鄒嶧山刻石》見《史記》卷六《秦始皇本紀》。司馬貞《索隱》：『其詞每三句爲韻，凡十二韻。』

〔二〕《詩經·小雅·采芑》第二章亦每三句爲韻。

〔三〕《登琅邪臺刻石》，見《史記》卷六《秦始皇本紀》。司馬貞《索隱》曰：『二句爲韻。』

〔四〕『明道若昧』章，見《老子》第四一章。按：此章，基本上亦一句一韻，三句轉韻。

一三

《太公陰謀》有《筆銘》云：『毫毛茂茂叶房月切，陷水可脱，陷文不活。』于鱗取之〔一〕。余謂其言精而辭甚美，然是鄧析以後語也。『毫毛茂茂』，是蒙恬以後事也〔二〕，必非太公作。

【校注】

〔一〕見李攀龍《古今詩删》卷一。

〔二〕鄧析，春秋末年鄭人； 蒙恬，秦人，均生於太公之後。《藝文類聚》卷五八：『蒙恬造筆。』葛立方《韻語陽秋》卷一七引《博物志》：『蒙恬造筆，以狐狸毛爲心，兔毛爲副，心柱遒勁，鋒釭調利，故難乏而易使。』

一四

屈氏之《騷》，《騷》之聖也〔一〕； 長卿之賦，賦之聖也〔二〕。一以風，一以頌〔三〕，造體極玄，故自作者，毋輕優劣。

【校注】

〔一〕王逸《楚辭章句·離騷經後叙》：『屈原之詞，誠博遠矣。自終没以來，名儒博達之士著造詞賦，莫不擬則其儀表，祖式其模範，取其要妙，竊其華藻，所謂金相玉質，百世無匹，名垂罔極，永不刊滅者矣。』

〔二〕參看卷二第四〇條注。

〔三〕《漢書》卷三〇《藝文志》：『大儒孫卿及楚臣屈原，離讒憂國，皆作賦以諷，咸有惻隱古詩之義。其後宋玉、唐勒，漢興，枚乘、司馬相如，下及揚子雲，競爲侈麗閎衍之詞，没其風諭之義。』

一五

《天問》雖屬《離騷》，自是四詩之韻〔一〕。但詞旨散漫，事跡惝怳，不可存也〔二〕。

【校注】

〔一〕《離騷》這裏指《楚辭》，舉首篇以統號其全書也。『詩』，《歷代詩話續編》本作『言』。

〔二〕詳王逸《楚辭章句》卷三《天問叙》。王夫之《楚辭通釋·天問叙》：『王逸曰：「楚人哀惜屈原，因共論述，故其文義不次序云爾。」按：篇内事雖雜舉，而自天地山川，次及人事，追述往古，終之以楚先，未嘗無次序存焉，固原自所合綴以成章者。』意見與此相反。

一六

延壽《易林》、伯陽《參同》，雖以數術爲書，要之皆四言之懿、《三百》遺法耳〔一〕。

【校注】

〔一〕《易林》十六卷，漢焦延壽撰。

〔二〕《周易參同契》，舊題漢魏伯陽撰。

〔三〕毛先舒《詩辯坻》卷三：『《易林》、《參同契》等書，本非文士所撰，其詞特偶作諧聲耳。後之證古韻者，輒引爲據，殊見乖鬲。』

一七

楊用脩言《招魂》遠勝《大招》，足破宋人眼耳〔一〕。宋玉深至不如屈，宏麗不如司馬，而兼撮二家之勝。

【校注】

〔一〕語詳《升庵合集》卷一二八《論楚辭·招魂》。按王逸曰：『《招魂》者，宋玉之所作也。』又曰：『《大招》者，屈原之所作也。或曰景差，疑不明也。』

一八

《大風》三言〔一〕，氣籠宇宙，張千古帝王赤幟，高帝哉！漢武故是詞人，《秋風》一章〔二〕，幾於《九歌》矣！《思李夫人賦》，長卿下，子雲上。『是耶非耶』，三言精絶〔三〕。《落葉哀蟬》，疑是贋作〔四〕。

『幽蘭秀箽』，的爲傅語〔五〕。

【校注】

〔一〕《史記·高祖本紀》：『高祖還歸，過沛，留。置酒沛宮，悉召故人父老子弟縱酒，發沛中兒得百二十人，教之歌。酒酣，高祖擊筑，自為歌詩曰：『大風起兮雲飛揚，威加海內兮歸故鄉，安得猛士兮守四方！』令兒皆和習之。高祖乃起舞，慷慨傷懷，泣數行下。』

〔二〕佚名《漢武故事》：『上幸河東，欣言中流，與群臣飲宴。顧視帝京，乃自作《秋風辞》曰：「汎樓船兮汾河，橫中流兮揚素波。簫鼓吹，發櫂歌，極欢樂兮哀情多。」』

〔三〕《漢書》卷九七《外戚傳》：『上思念李夫人不已，方士齊人少翁言能致其神。乃夜張燈燭，設帷帳，陳酒肉，而令上居他帳，遥望見好女如李夫人之貌，還幄坐而步。又不得就視，上愈益相思悲感，爲作詩曰：「是邪？非邪？立而望之，偏何姗姗其來遲！」令樂府諸音家絃歌之。上又自爲作賦，以傷悼夫人。』其辭見本傳。

〔四〕晉王嘉《拾遺記》卷五：『漢武帝思懷往者李夫人，不可復得。時始穿昆靈之池，汎翔禽之舟，帝自造歌曲，使女伶歌之。時日已西傾，涼風激水，女伶歌聲甚遒，因賦《落葉哀蟬曲》曰：『羅袂兮無聲，玉墀兮塵生。虚房冷而寂寞，落葉依於重扃，望彼美之女兮，安得感余心之未寧。』

〔五〕舊題漢武帝《思車子侯歌》有『嘉幽蘭兮延秀』之句。《韻語陽秋》卷一九：『高祖《大風》之歌，雖止於二十三字，而志氣慷慨，規模宏遠，凛凛乎已有四百年基業之氣。武帝《秋風辭》、《瓠子歌》已無足道，及爲賦以傷悼李夫人，反復數百年，綢繆眷戀於一女子，其視高祖，豈不愧哉！』『傅』，通『賦』。

一九

『《大風》，安不忘危，其霸心之存乎？《秋風》，樂極悲來，其悔心之萌乎？』文中子贊二帝語，去孔子不遠〔一〕。

【校注】

〔一〕文中子，隋王通謚。語見王通《中論》卷四《周公篇》。

二〇

《垓下歌》正不必以『虞兮』爲嫌〔一〕，悲壯烏咽，與《大風》各自描寫帝王興衰氣象。千載而下，唯曹公『山不厭高』〔二〕、『老驥伏櫪』〔三〕，司馬仲達『天地開闢，日月重光』語〔四〕，差可嗣響。

【校注】

〔一〕《史記》卷七《項羽本紀》：『項王軍壁垓下，兵少食盡，漢軍及諸侯兵圍之數重。夜聞漢軍四面皆楚歌，項王乃大驚曰：「漢皆已得楚乎？是何楚人之多也！」項王則夜起，飲帳中。有美人名虞，常幸從；駿馬名騅，常騎之。

於是項王乃悲歌慷慨，自為詩曰：「力拔山兮氣蓋世，時不利兮騅不逝。騅不逝兮可奈何，虞兮虞兮奈若何！」歌數闋，美人和之，項王泣數行下，左右皆泣，莫能仰視。」

〔二〕曹操《短歌行》之一：『對酒當歌，人生幾何？譬如朝露，去日苦多。慨當以慷，憂思難忘。何以解憂？唯有杜康。青青子衿，悠悠我心。但為君故，沉吟至今。呦呦鹿鳴，食野之苹。我有嘉賓，鼓瑟吹笙。明明如月，何時可掇？憂從中來，不可斷絶。越陌度阡，枉用相存。契闊談讌，心念舊恩。月明星稀，烏鵲南飛。繞樹三匝，何枝可依。山不厭高，海不厭深。周公吐哺，天下歸心。』

〔三〕曹操《步出夏門行》之四：『神龜雖壽，猶有竟時。騰蛇乘霧，終為土灰。老驥伏櫪，志在千里；烈士暮年，壯心不已。盈縮之期，不但在天。養怡之福，可得永年。幸甚至哉！歌以詠志。』

〔四〕《晉書》卷一《高祖宣帝紀》：『景初二年，帥牛金、胡遵等步騎四万發自京都。車駕送出西明門。詔弟孚、子師送過温，賜以穀帛牛酒，敕郡守典農以下皆往會焉。見父老故舊，宴飲累日。帝歎息，悵然有感，為歌曰：「天地開闢，日月重光。遭遇際會，畢力遐方。將掃群穢，還過故鄉。肅清萬里，總齊八荒。告成歸老，待罪舞陽。」遂進師，經孤竹，越碣石，次於遼水。』

二一

《柏梁》爲七言歌行創體，要以拙勝〔一〕。『日月星辰』一句，和者不及〔二〕。『宗室廣大日益滋』，爲宗正劉安國。『外家公主不可治』，爲京兆尹。按當作内史。『三輔盜賊天下危』，爲左馮翊咸宣。『盜起南山爲民災』，爲右扶風李成信。其語可謂强諫矣，而不聞逆耳。郭舍人『嚙妃女脣甘如飴』，淫褻無人臣禮，而亦不聞罰治，何也？若『枇杷橘栗桃李梅』，雖極可笑，而法亦有所自，蓋宋玉《招魂》篇内句也〔三〕。

【校注】

〔一〕《古文苑》卷八：『漢武帝元封三年，作柏梁臺，詔群臣二千石有能為七言詩，乃得上坐。詩曰：『日月星辰和四時（皇帝）。驂駕駟馬從梁來（梁孝王武）。郡國士馬羽林材（大司馬）。總領天下誠難治（丞相石慶）。和撫四夷不易哉（大將軍衛青）！刀筆之吏臣执之（御史大夫倪寬）。撞鐘伐鼓聲中詩（太常周建德）。宗室廣大日益滋（宗正劉安國）。周衛交戟禁不時（衛尉路博德）。總領從官柏梁臺（光禄勳徐自為）。平理請讞决嫌疑（廷尉杜周）。脩飭輿馬待駕來（太僕公孫賀）。郡國吏功差次之（大鴻臚壺充國）。乘輿御物主治之（少府王温舒）。陳粟萬石揚以箕（大司農張成）。徼道宫下随討治（执金吾中尉豹）。三輔盜賊天下危（左馮翊盛宣）。盜阻南山為民災（右扶風李成信）。外家公主不可治（京兆尹）。椒房率更領其材（詹事陳掌）。蛮夷朝賀常會期（典属国）。柱枅欂櫨相枝持（大匠）。枇杷橘栗桃李梅（太官令）。走狗逐兔張罘罳（上林令）。嚙妃女唇甘如飴（郭舍人）。迫窘詰屈幾窮哉（東方朔）！』吴競《樂府古題解要》卷下：『連句，右起漢武帝柏梁宴作。一人為句，連以成文，本七言詩。詩有七言，始於此也。』都穆《南濠詩話》：『漢《柏梁臺詩》，武帝與群臣各咏其職為句，同出一韻，句僅二十有六，而韻之重複者十有四，其間不重複者唯十二句。然通篇質直雄健，真可為七言詩祖。』

〔二〕沈德潛《古詩源》卷二：『七言古權輿，亦後人聯句之祖也。武帝句帝王氣象，以下難追後塵矣。』

〔三〕指宋玉《招魂》：『室家遂宗，食多方些。稻粢穱麥，挐黄粱些』至『華酌既陳，有瓊漿些』一節。見王逸《楚辭章句》第九。

二二

漢時衛、霍營平，糾糾虎臣〔一〕。然《柏梁詩》『郡國士馬羽林材』，『和撫四夷不易哉』語，無愧七言風雅。《封建三王表》及屯田諸疏，兩漢文章，皆莫能及。然《三王表》或幕客所爲。《柏梁》歌詠，咸依位序，獨驃騎在丞相前，大將軍在丞相後〔二〕。昔人云『去病日貴』，此亦一徵〔三〕。按《古文苑》注稱，臺成於元鼎二年，登臺賦詩乃元封三年〔四〕。而霍去病以元狩六年卒，是時青蓋兼二職也。然則『郡國士馬』之詠，亦出青口耶〔五〕？

【校注】

〔一〕衛、霍：指衛青，霍去病。事詳《漢書》卷五五《衛青霍去病傳》。營平，指營平侯趙充國。

〔二〕按：《柏梁》聯句次序，大司馬在丞相石慶之前，大將軍衛青在石慶之後。

〔三〕《漢書》卷五五《霍去病傳》：『諸宿將常留落不耦。由此去病日以親貴，比大將軍。』

〔四〕《古文苑》卷八《柏梁詩》章樵注：《三輔黃圖》：『柏梁臺武帝元鼎二年春起此臺，在長安城中北關內。』《三輔舊事》云：『香柏爲梁也，帝嘗置酒其上，詔群臣和詩，能七言者乃得上。』與此所紀之年不同，蓋柏梁建於元鼎二年，登臺賦詩乃元封三年也。

〔五〕按《漢書·霍去病傳》：『去病元狩六年薨。』則柏梁建臺之時，去病已死，不應再有賦詩之事。《古文苑》章樵注：『據《百官表》，元狩四年，衛青爲大司馬。大將軍霍去病薨。是時青兼二職，詩亦再賡邪？』

二三

韋孟、玄成，《雅》、《頌》之後，不失前規，繁而能整，故未易及〔一〕。昌穀少之，私所不解〔二〕。

【校注】

〔一〕胡應麟《詩藪》内編卷一：「漢四言自有二派：《安世》、《諷諫》、《自劾》等篇，典則淳深，商周之遺規也。《黄鵠》、《紫芝》、《八公》等篇，瑰奇風藻，魏晉之前驅也。」

〔二〕徐禎卿《談藝録》：「韋、仲、班、傅輩四言詩，窘縛不蕩。曹公《短歌行》，子建《來日大難》，工堪爲則矣。《白狼·槃木》詩三章，亦佳，緣不受《雅》、《頌》困耳。」意見正好相反。

二四

鍾嶸言《行行重行行》十四首，「文温以麗，意悲而遠，驚心動魄，幾乎一字千金」〔一〕。後並《去者日以疏》五首爲十九首，爲枚乘作〔二〕。或以「洛中何鬱鬱」、「遊戲宛與洛」爲詠東京〔三〕，「盈盈樓上女」爲犯惠帝諱〔四〕。按：臨文不諱，如「總齊群邦」，故犯高諱〔五〕，無妨。宛、洛爲故周都會，但「王侯多第宅」，周世王侯，不言第宅〔六〕，「兩宫」、「雙闕」，亦似東京語〔七〕，意者中間雜有枚生或張衡、蔡邕作，未可知。談理不如《三百篇》，而微詞婉旨，遂足並駕，是千古五言之祖〔八〕。

【校注】

〔一〕鍾嶸《詩品》卷上：『古詩，其體源出於國風。陸機所擬十四首，文溫以麗，意悲而遠，驚心動魄，可謂幾乎一字千金。其外《去者日以疏》四十五首，雖多哀怨，頗爲總雜，舊疑是建安中曹、王所製。《客從遠方來》、《橘柚垂華實》亦爲驚絕矣。人代冥滅，而清音獨遠，悲夫！』

〔二〕胡應麟《詩藪》雜編卷一：『《十九首》之目，漢世無之，第以名氏不詳，總曰《古詩》。鍾嶸《詩品》稱陸機舊擬十四首外，四十五首頗爲總雜。今《士衡集》擬古止十二章，昭明又去其一，益以他作爲十九首。如《去者日以疏》、《客從遠方來》皆鍾氏所稱。則《凜凜歲云暮》、《孟冬寒氣至》、《生年不滿百》、《回車駕言邁》等六首，亦當在四十五首之內。』宋長白《柳亭詩話》卷三〇：『《古詩十九首》渾淪磅礴，純乎元氣。徐陵以九篇爲枚乘作，王弇州從而躂之，則亦未可遽定也。』

〔三〕李善《文選·古詩十九首注》：『並云古詩，蓋不知作者，或云枚乘，疑不能明也。詩云「驅馬上東門」，又云「遊戲宛與洛」，此則詞兼東都，非盡是乘，明矣。』按：『驅車上東门』、『遊戲宛與洛』均爲古詩《青青陵上柏》中句。見《文選》卷二九。

〔四〕『盈盈樓上女』爲古詩《青青河畔草》中句。見《文選》卷二九。按：西漢惠帝諱盈。

〔五〕西漢韋孟《諷諫詩》：『總齊群邦，以翼大商。』見《先秦漢魏晉南北朝詩》漢詩卷二。按：漢高祖諱邦。

〔六〕古詩《青青陵上柏》：『長衢羅夾巷，王侯多第宅。』見《文選》卷二九。

〔七〕古詩《青青陵上柏》：『兩宮遥相望，雙闕百餘尺。』見《文選》卷二九。

〔八〕劉勰《文心雕龍·明詩》：『古詩佳麗，或稱枚叔，其《孤竹》一篇，則傅毅之詞。比彩而推，兩漢之作乎！觀其結體散文，直而不野，婉轉附物，怊悵切情，實五言之冠冕也。』王世懋《藝圃擷餘》：『余謂《十九首》，五言之《詩經》也。』袁枚《隨園詩話》卷七：『無題之詩，天籟也；有題之詩，人籟也。天籟易工，人籟難工。《三百篇》、《古詩十九首》，皆無題之作，後人取其詩中首面之一二字爲題，遂獨絶千古。』

二五

『相去日以遠，衣帶日以緩』〔一〕，『緩』字妙極。又古歌云：『離家日趨遠，衣帶日趨緩。』〔二〕豈古人亦相蹈襲耶？抑偶合也？『以』字雅，『趨』字峭，俱大有味〔三〕。

【校注】

〔一〕《古詩十九首·行行重行行》句，見《文選》卷二九。

〔二〕《漢樂府·古歌》句，見逯欽立《先秦漢魏晉南北朝詩》漢詩卷一〇。

〔三〕沈德潛《古詩源》卷三注：『「離家」兩句，同《行行重行行》篇，然「以」字渾，「趨」字新，此古詩、樂府之别也。』

二六

『東風摇百草』，『摇』字稍露崢嶸〔一〕，便是句法爲人所窺。『朱華冒緑池』，『冒』字更捩眼耳〔二〕。

『青袍似春草』，復是後世巧端〔三〕。

【校注】

〔一〕《古詩十九首・回車駕言邁》句，見《文選》卷二九。毛先舒《詩辯坻》卷四：『《藝苑卮言》云：「東風搖百草」，「搖」字稍露崢嶸云云。前輩詎昧下字之工，恐斫雕喪樸，故於此兢兢。』

〔二〕曹植《公宴詩》：『秋蘭被長坂，朱華冒緑池。』見《先秦漢魏晉南北朝詩》魏詩卷七。范晞文《對床夜語》卷一：『子建詩「朱華冒緑池」，古人雖不於字面上著工，然「冒」字殆妙。』

〔三〕《古詩・穆穆清風至》句，見《先秦漢魏晉南北朝詩》漢詩卷一二。

二七

李少卿三章，清和調適，怨而不怒〔一〕。子卿稍似錯雜〔二〕，第其旨法，亦魯、衛也。

【校注】

〔一〕《文選》卷二九《李少卿與蘇武詩》三首：（一）『良時不再至，離別在須臾。屏營衢路側，執手野踟躕。仰視浮雲馳，奄忽互相踰。風波一失所，各在天一隅。長當從此別，且復立斯須。欲因晨風發，送子以賤軀。』（二）『嘉會難再遇，三載為千秋。臨河濯長纓，念子悵悠悠。遠望悲風至，對酒不能酬。行人懷往路，何以慰我愁。獨有盈觴酒，與子結綢繆。』（三）『攜手上河梁，游子暮何之。徘徊蹊路側，悢悢不得辭。行人難久留，各言長相思。安知非日月，弦望自有時。努力崇明德，皓首以爲期。』少卿，李陵字，生平詳《史記・李將軍列傳》。

〔二〕《文選》卷二九《蘇子卿詩》四首：（一）『骨肉緣枝葉，结交亦相因。四海皆兄弟，誰為行路人。況我連枝樹，與子同一身。昔為鴛與鴦，今為參與辰。昔者長相近，邈若胡與秦。唯念當離別，恩情日以新。鹿鳴思野草，可以喻嘉賓。我有一罇酒，欲以贈遠人。願子留斟酌，叙此平生親。』（二）『黄鵠一遠別，千里顧徘徊。胡馬失其群，思心常依依。何況雙飛龍，羽翼臨當乖。幸有絃歌曲，可以喻中懷。請為遊子吟，泠泠一何悲。絲竹厲清聲，慷慨有餘哀。長歌正激烈，中心愴以摧。欲展清商曲，念子不能歸。俯仰内傷心，淚下不可揮。願為雙黄鵠，送子俱遠飛。』（三）『結髮為夫妻，恩愛兩不疑。歡娱在今夕，燕婉及良時。征夫懷往路，起視夜何其。參辰皆已没，去去從此辭。行役在戰場，相見未有期。握手一長歎，淚為生別滋。努力愛春華，莫忘歡樂時。生當復來歸，死當長相思。』（四）『燭燭晨明月，馥馥我蘭芳。芳馨良夜發，随風聞我堂。征夫懷遠路，遊子戀故鄉。寒冬十二月，晨起踐嚴霜。俯觀江漢流，仰視浮雲翔。良友遠離別，各在天一方。山海隔中州，相去悠且長。嘉會難兩遇，歡樂殊未央。願君崇令德，随時愛景光。』子卿，苏武字，生平事詳《漢書》卷五四《蘇武傳》。按舊題李陵、蘇武詩，後人多疑其偽托。

二八

『上山採蘼蕪』、『四坐且莫喧』、『悲與親友別』、『穆穆清風至』〔一〕、『橘柚垂華實』、『十五從軍征』〔二〕、『青青園中葵』〔三〕、『鷄鳴高樹顛』〔四〕、『日出東南隅』〔五〕、『相逢狹路間』〔六〕、『昭昭素明月』〔七〕、『昔有霍家奴』〔八〕、『洛陽城東路』〔九〕、『飛來雙白鵠』〔一〇〕，『翩翩堂前燕』〔一一〕，『青青河邊草』〔一二〕、《悲歌》〔一三〕、《緩聲》〔一四〕、《八變》〔一五〕、《艷歌》〔一六〕、《紈扇篇》〔一七〕、《白頭吟》〔一八〕，是兩漢五言神境，可與《十九首》、蘇、李並驅。

【校注】

〔一〕《古詩五首》句，見逯欽立《先秦漢魏晉南北朝詩》漢詩卷一二。

〔二〕《古詩五首》句，見《先秦漢魏晉南北朝詩》漢詩卷一二。

〔三〕樂府古辭《長歌行》句，見《先秦漢魏晉南北朝詩》漢詩卷九。

〔四〕樂府古辭《鷄鳴》句，見《先秦漢魏晉南北朝詩》漢詩卷九。

〔五〕樂府古辭《陌上桑》句，見《先秦漢魏晉南北朝詩》漢詩卷九。

〔六〕樂府古辭《相逢行》句，見《先秦漢魏晉南北朝詩》漢詩卷九。

〔七〕樂府古辭《傷歌行》句，《先秦漢瑰晉南北朝詩》魏詩五，題《樂府詩》。《文選》、郭茂倩《樂府詩集》作古辭，徐陵《玉臺新咏》署名魏明帝。

〔八〕辛延年《羽林郎詩》句，見《先秦漢魏晉南北朝詩》漢詩卷七。

〔九〕宋子侯《董嬌饒詩》句，見《先秦漢魏晉南北朝詩》漢詩卷七。

〔一〇〕樂府古辭《艷歌何嘗行》句，見《先秦漢魏晉南北朝詩》漢詩卷九。

〔一一〕樂府古辭《艷歌行》句，見《先秦漢魏晉南北朝詩》漢詩卷九。

〔一二〕蔡邕《飲馬長城窟行》句，見《先秦漢魏晉南北朝詩》漢詩卷七。

〔一三〕樂府古辭《悲歌》，見《先秦漢魏晉南北朝詩》漢詩卷一〇。

〔一四〕樂府古辭《前緩聲歌》，見《先秦漢魏晉南北朝詩》漢詩卷一〇。

〔一五〕樂府古辭《古八變歌》，見《先秦漢魏晉南北朝詩》漢詩卷一〇。
〔一六〕樂府古辭《艷歌·今日樂上樂》，見《先秦漢魏晉南北朝詩》漢詩卷一〇。
〔一七〕舊題班婕妤《怨詩》，見《玉臺新詠》卷一。
〔一八〕詩題亦作《皚如山上雪》，見《玉臺新詠》卷一。

二九

《詩譜》稱《漢郊廟》十九章〔一〕『鍛意刻酷，煉字神奇』，信哉〔二〕。然失之太峻，有《秦風·小戎》之遺，非《頌》詩比也〔三〕。《唐山夫人》，雅歌之流〔四〕，調短弱未舒耳。《鐃歌》十八〔五〕，中有難解及迫詰屈曲者：『如絲如魚乎？悲矣！』〔六〕『堯羊蜚從王孫行』之類〔七〕，或謂有缺文斷簡，『妃呼豨』〔八〕、『收中吾』〔九〕之類，或謂曲調之遺聲，或謂兼正辭填調，大小混録，至有直以爲不足觀者〔一〇〕。『巫山高』〔一一〕、『芝爲車』〔一二〕，非三言之始乎？『臨高臺以軒』〔一三〕，『桂樹』、『雙珠』、『青絲』、『玳瑁』〔一四〕非五言之神足乎？『駕六飛龍四時和』〔一五〕，『江有香草目以蘭，黄鵠高飛離哉翻』〔一六〕，非七言之妙境乎？其誤處既不能曉，佳處又不能識，以爲不足觀，宜也。

【校注】

〔一〕指《郊廟歌辭·漢郊祀歌》十九章：《練時日》、《帝臨》、《青陽》、《朱明》、《西顥》、《玄冥》、《唯泰元》、《天地》、《日出入》、《天馬》、《天門》、《景星》、《齊房》、《后皇》、《華爗爗》、《五神》、《朝隴首》、《象載瑜》、《赤蛟》。見郭茂倩《樂府詩集》卷一。

〔二〕陳繹曾《詩譜·漢郊祀歌》：『鍛意刻酷，煉字神奇。』

〔三〕胡應麟《詩藪》内編卷一：『漢《郊祀》歌十九章……辭極古奥，意至幽深。錯以流麗，大率祖《騷·九歌》，然《騷》語和平，而此太峻刻。』

〔四〕即《安世房中歌》十七章。《漢書》曰：『漢房中祠樂，高祖唐山夫人所作也。』見逯欽立《先秦漢魏晉南北朝詩》漢詩卷四。

〔五〕漢樂府《鼓吹曲辭·鐃歌》。崔豹《古今注》曰：『短簫《鐃歌》，軍樂也。』《古今樂録》曰：『漢《鼓吹鐃歌》十八曲，字多訛誤。一曰《朱鷺》，二曰《思悲翁》，三曰《艾如張》，四曰《上之回》，五曰《擁離》，六曰《戰南城》，七曰《巫山高》，八曰《上陵》，九曰《將進酒》，十曰《君馬黄》，十一曰《芳樹》，十二曰《有所思》，十三曰《雉子斑》，十四曰《聖人出》，十五曰《上邪》，十六曰《臨高臺》，十七曰《遠如期》，十八曰《石留》。又有《務成》、《玄雲》、《黄爵》、《釣竿》，亦漢曲也。其辭亡。』見《樂府詩集》卷一六。

〔六〕漢樂府《鐃歌·芳樹》語，見《先秦漢魏晉南北朝詩》漢詩卷四。

〔七〕漢樂府《鐃歌·雉子斑》語，見《先秦漢魏晉南北朝詩》漢詩卷四。

〔八〕漢樂府《鐃歌·有所思》語，逯欽立曰：『妃呼豨』，表聲字。見《先秦漢魏晉南北朝詩》漢詩卷四。

〔九〕漢樂府《鐃歌·臨高臺》語。劉履曰：篇末『收中吾』三字，其義未詳，疑曲調之餘聲。逯欽立曰：『收中吾』三字當是殘句。

〔一〇〕嚴羽《滄浪詩話·考證》：『又《朱鷺》、《雉子斑》、《艾如張》、《思悲翁》、《上之回》等，只二三句可解，豈非歲久文字舛訛而然邪？』清人馮班《古今樂府論》：『夫樂府本詞多平典，晉、魏、宋、齊樂府取奏，多聱牙不可通。蓋樂人采詩合樂不合宮商者增損其文，或有聲無文，聲詞混填，至有不可通者，皆樂工所爲，非本詩如此也。』逯欽立引《宋書·樂志》云：『漢《鼓吹鐃歌》十八篇，按《古今樂録》，皆聲辭艷相雜，不復可分。沈約云：「樂人以音聲相傳，訓詁不可復解。」凡古樂録，皆大字是辭，細字是聲，聲辭合寫，故致然耳。』

〔一一〕漢樂府《鐃歌·巫山高》：『巫山高，高以大。淮水深，難以逝。』見《先秦漢魏晉南北朝詩》漢詩卷四。

〔一二〕漢樂府《鐃歌·上陵》：『芝爲車，龍爲馬。覽遨遊，四海外。』見《先秦漢魏晉南北朝詩》漢詩卷四。

〔一三〕漢樂府《鐃歌·臨高臺》語，見《先秦漢魏晉南北朝詩》漢詩卷四。

〔一四〕漢樂府《鐃歌·上陵》：『桂樹爲君船，青絲爲君笮。』又《有所思》：『何用問遺君？雙珠玳瑁簪，用玉紹繚之。』見《先秦漢魏晉南北朝詩》漢詩卷四。

〔一五〕漢樂府《鐃歌·聖人出》：『駕六飛龍四時和，君之臣明護不道。』見《先秦漢魏晉南北朝詩》漢詩卷四。

〔一六〕漢樂府《鐃歌·臨高臺》句，見《先秦漢魏晉南北朝詩》漢詩卷四。

三〇

《鐸舞》〔一〕、《巾舞歌》〔二〕、《俳歌》，政如今之琴譜及樂聲『車公車』之類，絶無意誼，不足存也〔三〕。

【校注】

〔一〕漢樂府《鐸舞歌詩》，見逯欽立《先秦漢魏晉南北朝詩》漢詩卷九。郭茂倩《樂府詩集》卷五四《鐸舞歌》題解：

《唐書・樂志》云：『《鐸舞》，漢曲也。』釋智匠《古今樂録》曰：『鐸，舞者所持也。木鐸製法度以號令天下，故取以爲名。古《鐸舞曲》有《聖人製禮樂》一篇，聲辭雜寫，不復可辨。』

〔二〕漢樂府《巾舞歌》，見《先秦漢魏晉南北朝詩》漢詩卷九。《樂府詩集》卷五四《巾舞歌》題解：《唐書・樂志》曰：『《公莫舞》，晉、宋謂之《巾舞》。』《古今樂録》曰：『《巾舞》，古有歌辭，訛異不可解。』

〔三〕嚴羽《滄浪詩話・考證》：『古詞之不可讀者，莫如《巾舞歌》，文義漫不可解。』

三一

録蘇、李雜詩十二首〔一〕，雖總雜寡緒，而渾朴可詠，固不必二君手筆，要亦非晉人所能辨也。如『人生一世間，貴與願同俱。』〔二〕『紅塵蔽天地，白日何冥冥。』〔三〕『招摇西北指，天漢東南傾』。〔三〕『短褐中無緒，帶斷續以繩。瀉水置瓶中，焉辨淄與澠。』〔四〕『仰視雲間星，忽若割長帷。』〔五〕倣佛河梁間語。

【校注】

〔一〕逯欽立云：『《文選》、《古文苑》蘇、李詩十七首以外，《書鈔》及《文選注》尚引李詩殘篇兩首。《古文苑》之孔融《雜詩》二首，亦原屬李陵。依此計之，蘇、李詩今存者尚有二十一首也。』見逯欽立《先秦漢魏晉南北朝詩》漢詩卷一二。

〔二〕《李陵詩》句，見《先秦漢魏晉南北朝詩》漢詩卷一二。

〔三〕《李陵詩》殘句：『招摇西北馳，天漢東南流。』見《先秦漢魏晉南北朝詩》漢詩卷一二。按：楊慎《升庵詩話》

卷五收録全詩，二句作『招摇西北指，天漢東南傾』。

〔四〕見楊慎《升庵詩話》卷五引。按何良俊《四友齋叢説》卷二四：『《楊升庵詩話》曰：「《修文殿御覽》載李陵詩」，……《修文殿御覽》一書今亦不傳，不知升庵何以得此。』逯欽立《先秦漢魏晉南北朝詩》云：『此乃楊慎僞造，馮默庵已辨其妄，見《詩紀匡謬》。』

〔五〕《李陵詩》句，見《先秦漢魏晉南北朝詩》漢詩卷一二。

三二

楊用脩録古詩逸句及書語可入詩者〔一〕，不能精，亦有遺漏。余擇而録之：『紅塵蔽天地，白日何冥冥。』『安知鳳皇德，貴其來見稀。』皆李陵〔二〕『汎汎江漢萍，飄蕩永無根。』〔三〕『青青陵中草，傾葉晞朝日。』作『希』乃妙〔四〕。『天霜木葉下，鴻雁當南飛。』〔五〕『人遠精神近，寤寐見容光。』〔六〕『初秋北風至，吹我章華臺。浮雲多暮色，似從崦嵫來。』『石上生菖蒲，一寸八九節。僊人勸我飡，令我好顔色。』〔七〕『去婦不顧門，萎韭不入園。』〔八〕『採懷授所歡，願醉不顧身。』王仲宣〔九〕『皎月垂素光，玄雲爲髣髴。』劉公幹〔一〇〕『金荆持作枕，紫荆持作床。』『黄鳥鳴相追，咬咬弄好音。』〔一一〕『翕如翔雲會，忽若驚風散。』棗腆〔一二〕『迅飆翼華蓋，飄颻若鴻飛。』石崇〔一三〕『爭先非吾事，靜照在忘求。』右軍〔一四〕『遥看野樹短。』虞騫〔一五〕『浴景出東渟。』僊詩〔一六〕已上皆古詩。『生無一日歡，死有萬世名。』《列子》〔一七〕『片玉可以琦，奚必待盈尺。』〔一八〕『駿馬養外廐，美人充下陳。』《戰國策》〔一九〕『薰以香自燒，膏以明自煎。』《龔勝傳》〔二〇〕『孔子辭廩丘，終不盜帶鈎。許由讓天下，終不利封侯。』〔二一〕『日回而月周，終不與時游。』〔二二〕『南游罔㝗野，北息沈墨鄉。』俱《淮南子》〔二三〕『跳踃被商舄，重譯吟詩書。』王充〔二四〕『新霽清暘升，天光入隙中。』佛經〔二五〕『隴坂縈九曲，不知高幾里。』《三秦記》〔二六〕『喬木知舊都。』《吕覽》〔二七〕『新林無長木。』同〔二八〕『素湍如委練。』羅含《記》〔二九〕『揮袖起風塵。』劉邵〔三〇〕『蘭葩豈虚鮮。』郭璞〔三一〕『文禽蔽緑水。』應璩〔三二〕『兩雄不並棲。』《三國志》〔三三〕已上雜書語。

【校注】

〔一〕楊慎《升庵詩話》卷一録『子書傳記語似詩者』五十六條。卷一二録《漢古詩逸句》二十四條。

〔二〕舊題《李陵録别詩》句，見逯欽立《先秦漢魏晉南北朝詩》漢詩卷一二。

〔三〕漢逸詩殘句，見《先秦漢魏晉南北朝詩》漢詩卷一二。

〔四〕漢《古詩》句，見《先秦漢魏晉南北朝詩》漢詩卷一二。『作「希」乃妙』，底本為大字，實為注文，今改為小字。

〔五〕《文選》卷二四《贈秀才入軍》本注引古歌曰：『黄鳥鳴相追，吱吱弄好音』。

〔六〕曹植逸詩殘句，見《先秦漢魏晉南北朝詩》魏詩卷七。

〔七〕《古八變歌》句，見《先秦漢魏晉南北朝詩》漢詩卷一〇，『初秋北風至』，逯本作『北風初秋至』。《升庵詩話》卷一二並作無名氏詩句。

〔八〕諸葛亮《教張君嗣》語，見嚴可均《全三國文》卷五八。語見《升庵詩話》卷一二引《漢古詩逸句無名氏詩》。

〔九〕王粲詩殘句，見《先秦漢魏晉南北朝詩》魏詩卷二。

〔一〇〕劉楨詩殘句，見《先秦漢魏晉南北朝詩》魏詩卷三。

〔一一〕不詳所出。《升庵詩話》卷一二言《古歌》。

〔一二〕棗腆《贈石崇詩》句，見《先秦漢魏晉南北朝詩》晉詩卷八。

〔一三〕石崇《還京詩》殘句，見《先秦漢魏晉南北朝詩》晉詩卷四。

〔一四〕王羲之《答許詢》殘句，見《先秦漢魏晉南北朝詩》晉詩卷一三。

〔一五〕虞騫《登鍾山下峰望》句，見《先秦漢魏晉南北朝詩》梁詩卷五。

〔一六〕《楊升庵集》卷六〇《漢古・詩逸句》：『玄清渺渺觀，浴景出東渟。』（《僊詩》）

〔一七〕《列子》卷七《楊朱篇》：『凡彼四聖者，生無一日之歡，死有萬世之名。』

〔一八〕《升庵詩話》卷一引《論衡》語。

〔一九〕劉向編《戰國策》卷一一《齊四》：『馮諼曰：「臣竊計：君宮中積珍寶，狗馬實外廐，美人充下陳，君家所寡者以義耳。」』

〔二〇〕《漢書》卷七二《龔勝傳》：『有老父來吊，哭甚哀，既而曰：「嗟呼，薰以香自燒，膏以明自銷。龔生竟夭天年，非吾徒也。」』

〔二一〕劉安《淮南子》卷一三《氾論訓》：『故聖人之論賢也，見其一行而賢不肖分矣。孔子辭廩邱，終不盜刀鉤。許由讓天子，終不利封侯。』

〔二二〕《淮南子》卷一《原道訓》：『時之反側，間不容息。先之則太過，後之則不逮。夫日回而月周，時不與人游。故聖人不貴尺之璧而重寸之陰，時難得而易失也。』

〔二三〕《淮南子》卷一二《道應訓》：『若我南游乎罔㝗之野，北息乎沈墨之鄉，西窮窅冥之黨，東開鴻蒙之先。』『㝗』原作寏，據《淮南子・道應訓》改。

〔二四〕王充《論衡·宣漢篇》：『古之跣跗，今履（商）〔高〕舄。』又《恢國篇》：『周時重譯，今吟《詩》、《書》。』

〔二五〕《楞嚴經》卷一：『又如新霽，青暘升天，光入隙中。』參看《升庵詩話》卷一。

〔二六〕辛氏《三秦記·隴坂》：『隴西關，其坂九回，不知高幾里，越上者七日乃越。』

〔二七〕查今本《吕氏春秋》無此語。按《論衡·佚文》：『望豐屋知名家，睹喬木知舊都。』

〔二八〕吕不韋《吕氏春秋》卷上《有始覽》：『井中之無大魚也，新林之無長木也。』

〔二九〕《升庵詩話》卷一引羅含《湘中記》：『青崖若點黛，素湍如委練。』今本羅含《湘中記》未見此語。按酈道元《水經注》卷六《澮水》：『水出絳山東，寒泉奮湧，揚波北注，懸流奔壑，一十許丈，青崖若點黛，素湍如委練，望之極為奇觀矣。』

〔三〇〕嚴可均《全三國文》卷三二劉邵斷句：『煦氣成虹霓，揮袖起風雲。』

〔三一〕《晉書》卷七二《郭璞傳》：『璞乃著《客傲》，其辭曰：客傲郭生曰：「玉以兼城爲寶，士以知名爲賢。明月不妄映，蘭葩豈虚鮮。」』

〔三二〕嚴可均《全三國文》卷三〇應璩《與滿公琰書》：『高松翳朝雲，文禽蔽緑水。』

〔三三〕《三國志》卷六《魏書·董卓傳》注引《典略》：『一栖不二雄，我固疑將軍之信李公也。』

三三

《孔雀東南飛》質而不俚，亂而能整，叙事如畫，叙情若訴，長篇之聖也〔一〕。人不易曉，至以《木蘭》並稱〔二〕。《木蘭》不必用『可汗』爲疑〔三〕，『朔氣』、『寒光』致貶〔四〕，要其本色，自是梁、陳及唐人手段。

《胡笳十八拍》輭語似出閨襜，而中雜唐調，非文姬筆也〔五〕，與《木蘭》頗類。

【校注】

〔一〕《孔雀東南飛》首載於徐陵《玉臺新詠》卷一，題名《古詩爲焦仲卿妻作》。胡應麟《詩藪》内編卷二：『古詩短體如《十九首》，長篇如《孔雀東南飛》，皆不假雕琢，工極天然，百代而下，當無繼者。』沈德潛《説詩晬語》：『「廬江小史妻」詩共一千七百四十五言（按：實爲一千七百八十五言），雜述十數人口中語，而各肖其聲口性情，真化工筆也。』

〔二〕魏泰《臨漢隱居詩話》：『古樂府中《木蘭詩》、《焦仲卿詩》皆有高致。』《木蘭辭》見《樂府詩集》卷二五《横吹曲辭》五。

〔三〕黎靖德編《朱子語類》卷一四〇：『《木蘭詩》只似唐人作，其間「可汗」、「可汗」前此未有。』謝榛《四溟詩話》卷一：『魏太武時，柔然已號「可汗」，非始於唐也。』

〔四〕嚴羽《滄浪詩話·詩評》：『《木蘭歌》最古，然「朔氣傳金柝，寒光照鐵衣」之類，已似太白，必非漢魏人詩。』

〔五〕蔡琰《胡笳十八拍》見《樂府詩集》卷五九。後人多疑其僞，迄無定論。

三四

余讀《琴操》所稱記舜、禹、孔子詩，咸淺易不足道〔一〕。《拘幽》，文王在縶也，而曰：『殷道溷溷，侵濁煩。朱紫相合，不别分。迷亂聲色，信讒言。』〔二〕即無論其詞已，内文明，外柔順，蒙難者固如是乎？『瞻天案圖，殷將亡。』〔三〕豈三分服事至德人語！『望來羊』固因『眼如望羊』傳也〔四〕。他如《獻玉退怨歌》〔五〕謂楚懷王子平王。夫平王，靈王弟也，歷數百年而始至懷王。至乃謂玉人謂樂正子，何其俚也〔六〕。《窮劫曲》言楚王乖劣，任用無忌，誅夷白氏，三戰破郢，王出奔。用無忌者，平王也。奔者昭王也。太子建已死，有子勝，後封白公，非白氏也。其辭曰：『留兵縱騎虜京闕。』時未有騎戰也〔七〕。《河梁歌》：『舉兵所伐攻秦王。』勾踐時秦未稱王也，勾踐又無攻秦〔八〕。夫僞爲古而傳者，未有不通於古者也。不通古而傳，是豈僞者之罪哉！

【校注】

〔一〕阮元《揅經室外集》卷一《琴操二卷提要》：『《琴操》二卷，漢蔡邕撰。上卷詩歌五曲、一十二操、九引，下卷雜歌二十一章。雖中引事實間有如周公奔於魯之類，未免如沈約之注《竹書》。然《越裳操》見於《大周樂正》、《思親操》見於《古今樂録》，其遺聞佚事，均足與經史相證，非後世所能擬托也。』逯欽立曰：『《琴操》，後漢蔡邕撰集，以平津館本爲最善。署曰漢前議郎陳留蔡邕伯喈撰。書中所載，除《鹿鳴》等五歌詩爲《詩經》詩外，十二操、九引、河間雜弄二十一章等，皆兩漢琴家擬作。』見逯欽立《先秦漢魏晉南北朝詩》漢詩卷一一。

〔二〕《琴操》《拘幽操》句，見《先秦漢魏晉南北朝詩》漢詩卷一一。按：《樂府詩集》卷五九：《拘幽操》一曰《文王哀羑里》。《琴操》曰：『《拘幽操》，文王拘於羑里而作也。』

〔三〕《琴操》《文王受命》句，見《先秦漢魏晉南北朝詩》漢詩卷一一。逯欽立曰：『《樂府詩集》作《文王操》。』引《琴操》曰：『紂爲無道，諸侯皆歸文王。其後有鳳凰銜書於郊，文王乃作此歌。』

〔四〕《琴操》《文王受命》：『與我之業望來羊兮。』參看《先秦漢魏晉南北朝詩》漢詩卷一一。

〔五〕一作《信立退怨歌》，見《先秦漢魏晉南北朝詩》漢詩卷一一。

〔六〕參看《琴操》《信立退怨歌》題解，劉師培《琴操補釋》及《先秦漢魏晉南北朝詩》漢詩卷一一《信立怨退歌》

題解。

〔七〕參看《先秦漢魏晉南北朝詩》先秦詩卷二《窮劫曲》題解。

〔八〕參看《先秦漢魏晉南北朝詩》先秦詩卷二《河梁歌》題解。

三五

詞賦非一時可就。《西京雜記》言相如爲《子虛》、《上林》，游神蕩思，百餘日乃就，故也〔一〕。梁王兔園諸公，無一佳者，可知矣〔二〕。坐有相如，寧當罰酒，不免腐毫〔三〕。

【校注】

〔一〕托名葛洪《西京雜記》卷二：『司馬相如為《子虛》、《上林》賦，意思蕭散，不復與外事相關。控引天地，錯綜古今，忽然而睡，煥然而興，幾百日而後成。』

〔二〕《西京雜記》卷四：『梁孝王遊於忘憂之館，集諸遊士，各使為賦。枚乘為《柳賦》，路喬如為《鶴賦》，公孫詭為《文鹿賦》，鄒陽為《酒賦》，羊勝為《屏風賦》，韓安國為《几賦》不成，鄒陽代作。鄒陽、安國罰酒三斗，賜枚乘、路喬如絹，人各五匹。』

〔三〕言速而拙不如遲而佳，詳《西京雜記》卷下枚皋、相如事。劉勰《文心雕龍·神思》：『相如含筆而腐毫。』

三六

『入不言兮出不辭，乘回風兮載雲旗。』〔一〕雖爾恍忽，何言之壯也。『悲莫悲兮生别離，樂莫樂兮新相知。』〔二〕是千古情語之祖。

【校注】

〔一〕〔二〕皆《楚辭·九歌·少司命》句。

三七

《卜居》、《漁父》便是《赤壁》〔一〕。諸公作俑，作法於凉，令人永慨。

【校注】

〔一〕《卜居》、《漁父》，見《楚辭章句》卷六、卷七。蘇軾《赤壁賦》、《後赤壁賦》，見《蘇東坡集》前集卷一九。

三八

長卿《子虛》諸賦，本從《高唐》物色諸體，而辭勝之〔一〕。《長門》從《騷》來，毋論勝屈，固高於宋也〔二〕。長卿以賦爲文，故《難蜀》、《封禪》綿麗而少骨〔三〕，賈傅以文爲賦，故《吊屈》、《鵩鳥》率直而少致〔四〕。

【校注】

〔一〕司馬相如《子虛》、《上林》諸賦，見《文選》卷七、卷八，宋玉《高唐賦》，見《文選》卷一九。

〔二〕司馬相如《長門賦》，見《文選》卷一六。朱熹《楚辭後語》卷二：『《長門賦》者，司馬相如之所作也。歸來子曰：「此諷也，非《高唐》、《洛神》之比。」梁蕭統《文選》云：「漢武帝陳皇后得幸，頗妒。別在長門宮，聞蜀都司馬相如天下工爲文，奉黄金百斤爲相如、文君取酒，因求解悲愁之辭。而相如爲文以悟主上，皇后復得幸。」而《漢書》皇后及相如傳無奉金求賦復幸事。然此文古妙，最近《楚辭》。』

〔三〕司馬相如《難蜀父老》，見《文選》卷四四，《封禪文》見《文選》卷四八。劉勰《文心雕龍·檄移》：『相如之《難蜀老》，文曉而喻博，有移檄之骨焉。』又《封禪》：『觀相如《封禪》，蔚爲唱首，爾其表權輿，序皇王，炳元符，鏡鴻業，驅前古於當今之下，騰休明於列聖之上，歌之以禎瑞，贊之以介邱，絶筆兹文，固維新之作也。』

〔四〕賈誼《吊屈原賦》、《鵩鳥賦》，見《漢書》卷四八《賈誼傳》。程廷祚《青溪集》卷三《詩賦論》中：『賈生以命世之器，不竟其用，故其見於文也，聲多類《騷》，有屈氏之遺風。若其雄偉卓犖，冠於一代矣。』

三九

太史公千秋軼才，而不曉作賦。其載《子虛》、《上林》〔一〕，亦以文辭宏麗，爲世所珍而已，非真能賞詠之也，觀其推重賈生諸賦可知〔二〕。賈暢達用世之才耳，所爲賦自是一家〔三〕。太史公亦自有《士不遇賦》〔四〕，絶不成文理。荀卿《成相》諸篇，便是千古惡道〔五〕。

【校注】

〔一〕《子虛》、《上林》兩賦初見於司馬遷《史記》卷一一七《司馬相如列傳》。但《史記》、《漢書》均作一篇，蕭統《文選》始剖爲二。

〔二〕《史記》卷八四《賈生列傳》録賈誼《吊屈原》、《鵩鳥》兩賦並有贊。

〔三〕劉熙載《藝概》卷三：『賈誼《惜誓》、《吊屈原》、《鵩賦》俱有鑿空亂道意，騷人情境，於斯猶見。』又：『讀屈、賈辭，不問而知其爲志士仁人之作。太史公之合傳，陶淵明之合贊，非徒以其遇，殆以其心。』

〔四〕司馬遷《悲士不遇賦》，見嚴可均《全漢文》卷二六。

〔五〕朱熹《楚辭集注》後语録荀卿《成相》三章，其叙曰：『《成相》者，楚蘭陵令荀卿子之所作也。……此篇在《漢志》號《成相雜辭》，凡三章，雜陳古今治亂興亡之效，托聲詩以風時君，若將以爲工師之誦，旅賁之規者，其尊主愛民之意，亦深切矣。』

四〇

雜而不亂，複而不厭，其所以爲屈乎[一]？麗而不俳，放而有制，其所以爲長卿乎？以整次求二子則寡矣。子雲雖有剽模，尚少蹊逕，班、張而後，愈博愈晦愈下[二]。

【校注】

〔一〕蔣驥《山帶閣注楚辭·餘論》：『《離騷》首尾數千百言，雖縈舒磅礴，萬怪惶惑，然一意相承，珠貫繩聯，其前後次第，所謂夫道若大路然，殆可燭照數計耳。』劉熙載《藝概》卷三：『《離騷》東一句，西一句，天上一句，地下一句，極開闔抑揚之變，而其中自有不變者存。』

〔二〕吴訥《文章辨體序説》：『西漢之賦，其辭工於楚《騷》；東漢之賦，其辭又工於西漢；以至三國、六朝之賦，一代工於一代。辭愈工，則情愈短而味愈淺，味愈淺則體愈下。』

四一

子雲服膺長卿，嘗曰：『長卿賦不是從人間來，其神化所至耶？』研摩白首，竟不能逮[一]，乃謗言欺人云：『雕蟲之技，壯夫不爲。』[二]遂開千古藏拙端，爲宋人門户。

【校注】

〔一〕《漢書》卷八七《揚雄傳》：『蜀有司馬相如，作賦甚弘麗温雅，雄心壯之，每作賦，常擬之以爲式。』語詳《西京雜記》卷三。

〔二〕揚雄《法言·吾子》：『或問：「吾子少而好賦？」曰：「然。童子雕蟲篆刻。」俄而曰：「壯夫不爲也。」』

四二

『《國風》好色而不淫，《小雅》怨誹而不亂。』〔一〕《長門》一章，幾於並美。阿嬌復幸，不見紀傳〔二〕。此君深於愛才，優於風調，容或有之，史失載耳。凡出長卿手，靡不秾麗工至，獨《琴心》二歌淺稚，或是一時匆卒，或後人傳益〔三〕。子瞻乃謂李陵三章亦僞作，此兒童之見〔五〕。夫工出意表，意寓法外，令曹氏父子猶尚難之，況他人乎〔六〕！

【校注】

〔一〕語見《史記》卷八四《屈原列傳》。

〔二〕參見卷二第三七條注〔二〕。

〔三〕徐陵《玉臺新詠》卷九司馬相如《琴歌二首並序》：『司馬相如遊臨邛，富人卓王孫，有女文君新寡。竊於壁間窺之，相如鼓琴歌以挑之曰：「鳳兮鳳兮歸故鄉，遨遊四海求其凰。時未通遇無所將，何悟今夕升斯堂。有艷淑女在此方，室邇人遐獨我腸（一作傷），何緣交頸為鴛鴦。」（其一）「皇兮皇兮從我棲，得托孳尾永為妃。交情通體心和諧，中夜相從知者誰。雙興俱起翻高飛，無感我心使予悲。」（其二）』

〔五〕舊題《李陵與蘇武詩》，見《文選》卷二九。《蘇軾文集》卷四九《答劉沔都曹書》：『李陵、蘇武贈別長安，而詩有「江漢」之語，及陵與武書，詞句儇淺，正齊、梁間小兒所擬作，決非西漢文。』

〔六〕楊慎《升庵詩話》卷一四：『蘇文忠公云：蘇武、李陵之詩乃六朝人擬作。予考之，殆不然。班固《藝文志》有《蘇武集》、《李陵集》之目。……即使假托，亦是東漢及魏人張衡、曹植之流始能之耳。』意近可參。

四三

《子虛》、《上林》，材極富，辭極麗，而運筆極古雅，精神極流動，意極高，所以不可及也〔一〕。長沙有其意而無其材，班、張、潘有其材而無其筆〔二〕，子雲有其筆而不得其精神流動處〔三〕。

【校注】

〔一〕孫梅《四六叢話》卷三〇：『長卿之於賦，其猶子長之於史乎！唯其牢籠天地，苞括宇宙，與夫疏宕有奇氣者，異曲而同工，是以班固、揚雄之流，苦精竭思，而終於不可及也。』程廷祚《青溪集》卷三《騷賦論》中：『長卿天縱綺麗，質有其文；心跡之論，賦家之準繩也。《子虛》、《上林》，總衆類而不厭其繁，會群采而不流於靡，高文絶艷，其宋玉之流亞乎？』

〔二〕劉熙載《藝概》卷三：『屈子之賦，賈生得其質，相如得其文，雖涂徑各分，而無庸軒輊也。』又：『賈生之賦志勝才，相如之賦才勝志。』

〔三〕張溥《司馬文園集題辭》：『《子虛》、《上林》非徒極博，實發於天材。揚子雲鋭精揣煉，僅能合轍，猶《漢書》於《史記》也。』

四四

《長門》『邪氣壯而攻中』語，亦似太拙〔一〕。至『揄長袂以自翳，數昔日之諐殃』以後，如有神助〔二〕。漢家雄主，例爲色殢，或再幸再棄，不可知也〔三〕。

【校注】

〔一〕司馬相如《長門賦》：『心憑噫而不舒兮，邪氣壯而攻中。下蘭臺而周覽兮，步從容於深宮。』

〔二〕司馬相如《長門賦》語，見《文選》卷一九。

〔三〕《漢書》卷九七《外戚傳贊》：『序自漢興，終於孝平，外戚後庭色寵著聞二十有餘人。』《藝文類聚》卷一八引《漢武故事》：『起光明宮，發燕、趙美女二千人充之，率取十五以上，二十以下。凡諸宮美人，可有七八十，與上同輩者十六人。員數恒使滿，皆自然美麗，不使粉白黛黑。』

四五

孟堅《兩都》〔一〕，似不如張平子〔二〕，平子雖有衍辭，而多佳境壯語〔三〕。

【校注】

〔一〕孟堅，班固字。《兩都賦》見《文選》卷一。

〔二〕平子，張衡字。有《二京賦》，見《文選》卷三。

〔三〕姚鼐纂，宋晶如、章榮注《廣注古文辭類纂》卷六九：姚氏曰：「《西京》雄麗，欲掩孟堅。《東京》則氣不足舉其辭，不若《東都》之簡當，唯末章諷諫摯切處爲勝。」林紓《春覺齋論文》：「足與《兩都》抗席者，良爲平子之《兩京》。」

四六

「頩薄怒以自持，曾不可乎犯干。」「目略微盼，精彩相授，志態横出，不可勝記。」此玉之賦神女也〔一〕。「意密體疏，俯仰異觀。含喜微笑，竊視流盼。」此玉之賦登徒也〔二〕。「神光離合，乍陰乍陽。」「進止難期，若往若還。轉盼流精，光潤玉顏。含辭未吐，氣若幽蘭。」此子建之賦神女也〔三〕。其妙處在意而不在象。然本之屈氏「滿堂兮美人，忽與余兮目成」〔四〕。「既含睇兮又宜笑，子慕余兮善窈窕。」〔五〕變法而爲之者也。

【校注】

〔一〕宋玉《神女賦》句，見《文選》卷一九。

〔二〕宋玉《登徒子好色賦》句，見《文選》卷一九。「盼」，《文選》作「眄」。

〔三〕曹植《洛神賦》句，見《文選》卷一九。

〔四〕屈原《九歌·少司命》句，見王逸《楚辭章句》卷二。

〔五〕屈原《九歌·山鬼》句，見王逸《楚辭章句》卷二。

四七

宋玉《諷賦》與《登徒子好色》一章，詞旨不甚相遠，故昭明遺之〔一〕。《大言》、《小言》〔二〕，枚皋滑稽之流耳。《小言》『無内之中』，本騁辭耳，而若薄有所悟〔三〕。

【校注】

〔一〕《古文苑》卷二録宋玉《諷賦》一首，其内容與《登徒子好色賦》近似，蕭統《文選》録後者而遺前者。

〔二〕《古文苑》卷二録宋玉《大言賦》、《小言賦》各一首。

〔三〕宋玉《小言賦》：『宋玉曰：無内之中，微物潛生，比之無象，言之無名。蒙蒙滅景，昧昧遺形。超於太虚之域，出於未兆之庭。纖於毳末之微蔑，陋於茸毛之方生。視之則眇眇，望之則冥冥。離朱爲之歎悶，神明不能察其情。……王曰「善」，賜以雲夢之田。』謝榛《四溟詩話》卷二：『宋玉《大言賦》、《小言賦》……二賦出於《列子》，皆有托寓。』

四八

班姬《搗素》如『閲絞練之初成，擇玄黄之自出。淮華裁於昔時，疑形異於今日』。又『書既封而重題，笥已緘而更結』〔一〕。皆六朝鮑、謝之所自出也。昭明知選彼而遺此，未審其故〔二〕。

【校注】

〔一〕班婕妤《搗素賦》語，見《古文苑》卷三。

〔二〕按：蕭統《文選》録鮑照《蕪城賦》、《舞鶴賦》，謝惠連《雪賦》，謝希逸《月賦》，而未録班婕妤此作，故云。

四九

子雲《逐貧賦》〔一〕，固爲退之《送窮文》梯階〔二〕。然大單薄，少變化〔三〕。内貧答主人『茅茨土階』、『瑶臺瓊榭』之比，乃以儉答奢，非貧答主人也〔四〕。退之横出意變，而辭亦雄贍，末語『燒車與船，延之上坐』，亦自勝凡〔五〕。子雲之爲賦，爲《玄》，爲《法言》，其旁搜酷擬，沉想曲换，亦自性近之耳，非必材高也〔六〕。

【校注】

〔一〕《古文苑》卷四録揚雄《逐貧賦》一首。其自序曰：『不汲汲於富貴，不戚戚於貧賤，家産不過十金，乏無擔石之儲，晏如也。此賦以文爲戲耳。』

〔二〕韓愈《送窮文》，見《韓昌黎集》卷三六。

〔三〕謝榛《四溟詩話》卷四：『揚子雲《逐貧賦》……辭雖古老，意則鄙俗，其心急於富貴，所以終仕新莽，見笑於窮鬼多矣。韓昌黎作《送窮文》，其文勢變化，辭意平婉，雖言送而復留。……唯韓子無得而議也。』按：『大』，同『太』。

〔四〕揚雄《逐貧賦》：『昔我乃祖，宣其明德。克佐帝堯，誓爲典則。土階茅茨，匪雕匪飾。爰及世季，縱其昏惑。饕餮之群，貪富苟得。鄙我先人，乃傲乃驕。瑶臺瓊榭，室屋崇高。流酒爲池，積肉爲崤。是用鵠逝，不踐其朝。』故曰『以儉答奢』。

〔五〕韓愈《送窮文》：『言未畢，五鬼相與張眼吐舌，跳踉偃仆，抵掌頓脚，失笑相顧，徐謂主人曰：「……天下知子，誰過於予。雖遭斥逐，不忍子疏。謂予不信，請質詩書。」主人於是，垂頭喪氣，上手稱謝，燒車與船，延之上座。』『瞻』，底本作『瞻』，據《歷代詩話續編》本改。

〔六〕《漢書》卷八七《揚雄傳贊》：『雄實好古而樂道，其意欲求文章成名於後世，以為經莫大於《易》，故作《太玄》；傳莫大於《論語》，作《法言》……用心於內，不求於外，於時人皆忽之；唯劉歆及范逡敬焉，而桓譚以為絕倫。』詳《漢書·揚雄傳》。

五〇

傅武仲有《舞賦》，皆托宋玉爲襄王問對。及閱《古文苑》，宋玉《舞賦》，所少十分之七〔一〕。而中間精語，如『華袿飛髾，而雜纖羅』，大是麗語。至於形容舞態，如『羅衣從風，長袖交横。駱驛飛散，颯沓合併。』『綽約閑靡，機迅體輕。』〔二〕又：『回身還入，迫於急節。紆形赴遠，漼以摧折。纖縠蛾飛，繽猋若絶。』〔三〕此外亦不多得也。豈武仲衍玉賦以爲己作耶？抑後人節約武仲之賦，因序語而誤以爲玉作也。

【校注】

〔一〕傅毅，字武仲。傅毅《舞賦》，見《文選》卷一七，《舞賦》全文九百餘字，宋玉《舞賦》載《古文苑》全文二百五十餘字，只及傅文四分之一强，内容大體雷同，故云。

〔二〕『體輕』，底本作『體體』，據《宋刊明州本六臣注文選》改。《歷代詩話續編》本亦作『體輕』。

〔三〕以上引文同時見於宋玉、傅毅兩賦，故云。

五一

枚乘《菟園賦》，記者以爲王蕘後子皋所爲。據結尾婦人先歌而後無和者，亦似不完之篇〔一〕。

【校注】

〔一〕《菟園賦》，見《古文苑》卷三，原題《梁王菟園賦》。『記者』當爲『注者』之誤。《古文苑》卷三《梁王菟園賦》章樵注：『乘有二書諫吳王濞，通亮正直，非詞人比。是時梁王宮室逾制，出入警蹕，使乘果爲此賦，必有以規警之。詳觀其詞，始言苑圃之廣，中言林木禽鳥之富，繼以士女游觀之樂，而終之以郊上采桑之婦人，略無一語及王。氣象蕭索，蓋王薨乘死後，其子皋所爲。隨所睹而筆之。史言皋詼笑類俳倡，爲賦疾而不工，後人傳寫誤以爲乘耳。』《菟園賦》結尾云：『於是婦人先稱曰「春陽生兮萋萋，不才子兮心哀。見嘉客兮不能歸，桑萎蠶饑，中人望奈何！」』有『先稱』而無『後答』。『婦人歌而無和』，當即指此。

五二

『悽唳辛酸，嚶嚶關關，若離鴻之鳴子也；含嘲嘽諧，雍雍喈喈，若群雛之從母也。』〔一〕其《笙賦》之巧詣乎？『鳴』作『命』。『器和故響逸，張急故聲清，間遼故音痺，絃長故微鳴。』其《琴賦》之實用乎。『揚和顏，攘皓腕』，以至『變態無窮』數百語，稍極形容，蓋叔夜善於琴故也〔二〕。子淵《洞簫》，季長《長笛》〔三〕，才不勝學，善鋪叙而少發揮。《洞簫》『孝子慈母』之喻，不若安仁之切而雅也〔四〕。

【校注】

〔一〕潘岳《笙賦》句、嵇康《琴賦》句，併見《文選》卷一八。

〔二〕《晉書》卷四九《嵇康傳》：『初，康嘗游於洛西，暮宿華陽亭，引琴而彈。夜分，忽有客詣之，稱是古人，與康共談音律，辭致清辯，因索琴彈之，而爲《廣陵散》，聲調絕倫，遂以授康。仍誓不傳人，亦不言其姓字』。向秀《思舊賦序》亦云：『嵇博綜伎藝，於絲竹特妙。臨當就命，顧視日影，索琴而彈之。』

〔三〕子淵，王褒字。《洞簫賦》見《文選》卷一七。季長，馬融字。《長笛賦》見《文選》卷一八。

〔四〕謂王褒《洞簫賦》『故聽其巨音，則周流汎濫，并包吐含，若慈父之畜子也』，不如上引潘岳《笙賦》中語貼切而典雅。

五三

楊用脩所載七仄，如宋玉『吐舌萬里唾四海』，緯書『七變入臼米出甲』，佛偈『一切水月一切攝』；七平如《文選》『離袿飛綃垂纖羅』，俱不如老杜『梨花梅花參差開』，『有客有客字子美』，和美易讀，而楊不之及〔一〕。按傅武仲《舞賦》，家有《古文苑》、《文選》皆云『華袿飛綃雜纖羅』，不言『垂纖羅』也〔二〕。

【校注】

〔一〕楊慎《升庵詩話》卷一《七平七仄詩句》：『吐舌萬里唾四海。』（宋玉《大言賦》）『七變入臼米出甲。』（緯書）『一月普見一切水，一切水月一切攝』。（佛經）『離袿飛髾垂纖羅。』（《文選》）『梨花梅花參差開。』（崔魯）『有客有客字子美。』（杜）按此二語《升庵詩話》俱已及之，且『梨花梅花參差開』乃崔櫓詩句，而非杜甫詩句，升庵原不誤，弇州其疏於飜檢乎？

〔二〕參看《古文苑》卷二、《文選》卷一七。

五四

東方曼倩、管公明、郭景純，俱以奇才挾神術，而宦俱不達。景純以舌爲筆者也，公明以筆爲舌者也，曼倩筆舌互用者也。若其超物之哲，曼倩爲最，公明次之，景純下矣〔一〕。

【校注】

〔一〕曼倩，東方朔字。公明，管輅字。景純，郭璞字。事詳《漢書》卷六五《東方朔傳》、《三國志》卷二九《管輅傳》、《晉書》卷七二《郭璞傳》。按東方朔『依隱玩世』，得以全身。管輅雖遺世累，曾自歎曰：『天與我才明，不與我年壽，恐四十七八間，不見女嫁兒娶婦也。』郭璞精於卜筮，而不能自免於禍，卒爲王敦所殺，故云。

藝苑卮言校注卷三

一

《檀弓》、《考工記》〔一〕、《孟子》〔二〕、《左氏》〔三〕、《戰國策》〔四〕、司馬遷〔五〕，聖於文者乎！其叙事則化工之肖物；班氏，賢於文者乎！人巧極，天工錯〔六〕；莊生〔七〕、《列子》〔八〕、《楞嚴》〔九〕、《維摩詰》〔一〇〕，鬼神於文者乎！其達見，峽决而河潰也，窈冥變幻，而莫知其端倪也。

【校注】

〔一〕屠隆《由拳集》卷二三《文論》：『若《禮·檀弓》、《周禮·考工記》等篇，則又峰巒峭拔，波濤層起，而姿態横出，信文章之大觀也。』參看本卷第九條注〔一〕。

〔二〕王世貞《讀書後》卷四：『孟子，聖之英者也，於辭無所不達意，於辯無所不破的，其鈎摘聖人之心神，辯論千古之學術，清深痛切，有吾夫子所未及。』

〔三〕劉知幾《史通·外篇·雜説》：『左氏之叙事也，述行師則簿領盈視，哤聒沸騰；論備火則區分在目，脩飾峻整；言勝捷則收穫都盡；記奔敗則披靡横前；申盟誓則慷慨有餘；稱譎詐則欺誣可見；談恩惠則煦如春日；紀嚴切則凛若秋霜；叙興邦則滋味無量；陳亡國則凄凉可憫。或腴辭潤簡牘，或美句入詠歌，跌宕而不群，縱横而自得。若斯才者，殆將工侔造化，思涉鬼神，著述罕聞，古今卓絶。』

〔四〕刘熙載《藝概》卷一亦云：『《左傳》善用密，《國策》善用疏，《國策》之章法筆法奇矣。』又：『文之快者每不沉，沉者每不快，《國策》乃沉而快；文之隽者每不雄，雄者每不隽，《國策》乃雄而隽。』可參閲

〔五〕《漢書》卷六二《司馬遷傳贊》：『劉向、揚雄，博極群書，皆稱遷有良史之材，服其善序事理，辨而不華，質而不俚，其文直，其事核，不虚美，不隱惡，故謂之實録。』

〔六〕茅坤《茅鹿門先生文集》卷一四《漢書評林序》：『太史公與班掾之材，固各天授，然《史記》以風神勝，而《漢書》以矩矱勝。唯其以風神勝，故其遒逸疏宕如餐霞，如嚙雪，往往自眉睫之所及而指次心思之所不及，令人讀之，解頤不已。唯其以矩矱勝，故其規畫佈置如繩引，如斧斲，亦往往於其複亂龐雜之間，而有以極其首尾節奏之密，令人讀之，鮮不濯筋而洞髓者。……兩家之文，竝千古絶調也。』

〔七〕傳宋李耆卿《文章精義》：『《莊子》文章善用虚，以其虚而虚天下之實。』

〔八〕劉勰《文心雕龍·諸子》：『列禦寇之書，氣偉而采奇。』《讀書後》卷一：『吾始好《列子》文，謂其與《莊子》同叙事而獨簡勁有力，以爲差勝之。最後稍熟《莊子》，始知《列子》之不如《莊子》遠甚。……吾意《列子》非全文，其文當缺而後有附會之者。凡《莊子》之所引徵散漫，而《列子》之所引則簡勁，疑附會之者因《莊子》之文而加劘琢者也。』

〔九〕楞嚴：全稱《大佛頂如來密因脩證了義諸菩薩萬行首楞嚴經》，十卷，唐時天竺沙門般剌密諦（華名極量）主譯，烏萇國沙門彌伽釋伽譯語，房融筆授，懷迪證譯。《藝概》卷一：『文家於《莊》、《列》外，喜稱《楞嚴》、《浄名》二經。識者知二經乃似《關尹子》，而不近《莊》、《列》，蓋二經筆法有前無却，《莊》、《列》俱有曲致，而《莊》尤縹緲奇變，乃如風行水上，自然成文也。』

〔一〇〕《維摩詰》：全稱《維摩詰所説經》，後秦鳩摩羅什譯，三卷，十四品，爲佛教重要經典之一。

二

諸文外，《山海經》〔一〕、《穆天子傳》〔二〕亦自古健有法。

【校注】

〔一〕《山海經》十八卷，晉郭璞注，《四庫全書總目提要》卷一四二曰：『《山海經》之名始見《史記·大宛傳》，司馬遷但云《禹本記》、《山海經》所有怪物，余不敢言，而未言為何人所作。……書中序述山水，多參以神怪，故《道藏》收入「太玄部」競字號中。究其本旨，實非黃老之言。然道里山川，率難考據，案以耳目所及，百不一真。諸家並以為地理書之冠，亦為未允。核實定名，實則小說之最古者爾。』

〔二〕《穆天子傳》六卷，晉郭璞注，前有荀勖序，《四庫全書總目提要》卷一四二曰：『案《束晳傳》云，太康二年，汲縣人不準盜發魏襄王墓，得《竹書》、《穆天子傳》五篇。……此書所紀，雖多誇言寡實，然所謂西王母者，不過西方一國君。所謂縣圃者，不過飛鳥百獸之所飲食，為大荒之圃澤，無所謂神僊怪異之事。所謂河宗氏者，亦僅國名，無所謂魚龍變見之說，較《山海經》、《淮南子》猶為近實。』

三

太史公之文，有數端焉：《帝王紀》，以己釋《尚書》者也，又多引圖緯子家言，其文衍而虛〔一〕；

春秋諸《世家》，以己損益諸史者也，其文暢而雜〔二〕；《儀》、《秦》、《鞅》、《睢》諸傳，以己損益《戰國策》者也，其文雄而肆〔三〕；《劉》、《項》紀，《信》、《越》諸傳，志所聞也，其文宏而壯〔四〕；《河渠》、《平準》諸書，志所見也，其文核而詳，婉而多風〔五〕；《刺客》、《遊俠》、《貨殖》諸傳，發所寄也，其文精嚴而工篤，磊落而多感慨〔六〕。

【校注】

〔一〕《史記·五帝本紀》：『太史公曰：學者多稱五帝，尚矣。然《尚書》獨載堯以來，而百家言黃帝，其文不雅馴，薦紳先生難言之。……予觀《春秋》、《國語》，其發明《五帝德》、《帝系姓》章矣，顧弟弗深考，其所表見皆不虛。《書》缺有間矣，其軼乃時時見於他說。非好學深思，心知其意，固難為淺見寡聞道也。余並論次，擇其言尤雅者，故著為本紀書首。』又《殷本紀》：『余以《頌》次契之事，自成湯以來，采於《書》、《詩》。』唐司馬貞《五帝本紀·索隱》曰：『太史公博采經記而為此史，廣記異聞，不必皆依《尚書》。』蘇轍《欒城後集》卷一二《潁濱遺老傳上》：『司馬遷作《史記》，記五帝三代，不務推本《詩》、《書》、《春秋》，而以世俗雜說亂之。』劉知幾《史通·六家》：『太史公著《史記》，始以天子爲本紀。考其宗旨，如法《春秋》。自是爲國史者，皆用斯法。』

〔二〕王若虛《滹南遺老集》卷九《史記辨惑》：『遷采經摭傳，大抵皆踳駁，而二帝三王紀，齊、魯、燕、晉、宋、衛、孔子《世家》，《仲尼弟子傳》，尤不足觀也。』《史通·世家》：『司馬遷之記諸國也，其編次之體，與《本紀》不殊，蓋欲抑彼諸侯，異乎天子，故假以他稱，名爲《世家》。』

〔三〕指《張儀列傳》、《蘇秦列傳》、《商君列傳》、《范雎蔡澤列傳》等。章學誠《文史通義·言公上》：『世之譏史遷者，責其裁裂《尚書》、《左氏》、《國語》、《國策》之文，以謂割裂而無當。……此全不通乎文理之論也。遷《史》斷自五帝，沿及三代、周、秦，使舍《尚書》。《左》、《國》豈將爲憑虛、無是之作賦乎？』

〔四〕指《高祖本紀》、《項羽本紀》、《淮陰侯列傳》、《魏豹彭越列傳》。《後漢書》卷四十上《班彪傳》曰：『孝武之世，太史令司馬遷采《左氏》、《國語》，删《世本》、《戰國策》，據楚、漢列國時事，上自黄帝，下訖獲麟，作本紀、世家、列傳、書、表凡百三十篇，而十篇缺焉。遷之所記，從漢元至武以絕，則其功也。至於采經摭傳，分散百家之事，甚多疏略，不如其本，務欲以多聞廣載為功，論議淺而不篤。……然善述序事理，辯而不華，質而不野，文質相稱，蓋良史之才也。』

〔五〕指《河渠書》、《平準書》等八書。劉勰《文心雕龍·史傳》：『子長繼志，甄序帝勣。比堯稱典，則位雜中賢；法孔題經，則文非元聖。故取式《吕覽》，通號曰紀，紀綱之號，亦宏稱也。故本紀以述皇王，列傳以總侯伯，八書以鋪政體，十表以譜年爵，雖殊古式，而得事序焉。』

〔六〕《史記·太史公自序》：『曹子匕首，魯獲其田，齊明其信；豫讓義不為二心。作《刺客列傳》第二十六。……救人於戹，振人不贍，仁者有乎；不既信，不倍言，義者有取焉。作《遊俠列傳》第六十四。』『布衣匹夫之人，不害於政，不妨百姓，取與以時而息財富，智者有采焉。作《貨殖列傳》第六十九』。又《刺客列傳》贊曰：『自曹沫至荊軻五人，此其義或成或不成，然其立意較然，不欺其志，名垂後世，豈妄也哉！』司馬貞《索隱述贊》曰：『曹沫盟柯，返魯侵地。專諸進炙，定吴篡位。彰弟哭市，報主塗廁。刎頸申冤，操袖行事。暴秦奪魄，懦夫增氣。』又《遊俠列傳》曰：『今遊俠，其行雖不軌于正義，然其言必信，其行必果，已諾必誠，不愛其軀，赴士之阸困，既已存亡死生矣，而不矜其能，羞伐其德，蓋亦有足多者焉。且緩急，人之所時有也。……而布衣之徒，設取予然諾，千里誦義，為死不顧世，此亦有所長，非苟而已也。故士窮窘而得委命，此豈非人之所謂賢豪間者邪？誠使鄉曲之俠，與季次、原憲比權量力，效功於當世，不同日而論矣。要以功見言信，俠客之義又曷可少哉！』《貨殖列傳》曰：『禮生於有而廢於無。故君子富，好行其德；小人富，以適其力。淵深而魚生之，山深而獸往之，人富而仁義附焉。富者得埶益彰，失埶則客無所之，以而不樂。夷狄益甚。諺曰：「千金之子，不死於市。」此非空言也。』

四

西京之文實，東京之文弱，猶未離實也，六朝之文浮，離實矣；唐之文庸，猶未離浮也，宋之文陋，離浮矣，愈下矣。元無文〔一〕。

【校注】

〔一〕焦竑《澹園集》卷一二《與友人論文》：『漢世……其詞與法可謂盛矣，而華實相副，猶爲近古，至於今稱焉。唐之文實不勝法，宋之文法不勝詞，蓋去古遠矣，而總之實未澌盡也。』屠隆《鴻苞》卷一七：『文莫古於《左》、《國》，秦、漢，而韓、柳、大蘇之得意者，亦自不可廢；莫質於西京，而麗如六朝者，亦自不可廢。』

五

韓、柳氏，振唐者也，其文實；歐、蘇氏，振宋者也，其文虚〔一〕，臨川氏法而狹〔二〕，南豐氏飫而衍〔三〕。

【校注】

〔一〕貝瓊《清江貝先生文集》卷二八《唐宋六家文衡序》：『降於六朝之浮華，不論也，昌黎韓子倡於唐，而河東柳氏次之。五季之敗腐，不論也，廬陵歐陽子倡於宋，而南豐曾氏、臨川王氏及蜀蘇氏父子次之。』何良俊《四友齋叢説》卷二三：『唐人之文實，宋人之文虚；唐人之文厚，宋人之文薄。』歐陽脩，廬陵人。曾鞏，南豐人。王安石，臨川人。古人每以本籍指代其人。

〔二〕劉熙載《藝概》卷一：『介甫文兼似荀、揚。荀好爲其矯，揚好爲其難。』吴德旋《初月樓古文緒論》：『古來博洽而不爲積書所累者，莫如王介甫。渠作文直不屑用前人一字，此所以高，其削盡膚庸，一氣轉折處，最當玩。』

〔三〕林紓《春覺齋論文》曰：『王世貞《四部稿》稱「南豐氏飫而衍」，「飫」字大佳。凡食魚嚼骨，必防其鯁，「飫」字安得有鯁？然非理正文腴，亦萬不能當得此字真際。』

六

老氏談理則傳，其文則經〔一〕；佛氏談理則經，其文則傳。

【校注】

〔一〕吴德旋《初月樓古文緒論》：『諸子中，《老子》似經，其旨與吾儒異，無害也。』

七

《圓覺》之深妙〔一〕、《楞嚴》之宏博〔二〕、《維摩》之奇肆〔三〕，駸駸乎《鬼谷》、《淮南》上矣〔四〕。

【校注】

〔一〕《圓覺》：佛經名，全稱《大方廣圓覺脩多羅了義經》，一卷，唐罽賓僧佛陀多羅譯。

〔二〕《楞嚴》：參見本卷第一條注〔九〕。屠隆《鴻苞》卷一七：「《楞嚴》、《圓覺》、《壇經》、《宗鏡》、《道德》、《南華》，非世間文人之所能爲也。故知妙明之中，何所不辯。」

〔三〕《維摩》：參見本卷第一條注〔一〇〕。

〔四〕《鬼谷子》一卷，舊題鬼谷子撰，《唐志》則以為蘇秦撰，莫能詳也。《淮南子》二一卷，漢劉安撰，高誘注。《讀書後》卷五：「劉向，班固不載《鬼谷子》，《隋志》始有之，以故讀者疑其僞撰，然其命篇甚奇，詞亦偉至，所以捭闔張翕之機，大要出於老氏。」又卷二《讀淮南子》：「讀之知其非一手一事也。其理出於《文子》、《莊子》、《列子》，其辭出於《吕氏春秋》、《玉杯》、《繁露》、《慎子》、《鄧析》、《山海圖經》、《爾雅》。……以故多錯綜重複，不受整束。而淮南王之材甚高，其筆甚勁，是以能成一家言。蓋自先秦以後之文，未有過《淮南子》者也。」

八

枚生《七發》，其原、玉之變乎〔一〕！措意垂竭，忽發觀潮，遂成滑稽。且辭氣跌蕩，怪麗不恒〔二〕。

子建而後，模擬牽率，往往可厭，然其法存也。至後人爲之而加陋，其法廢矣〔三〕。

【校注】

〔一〕枚乘《七發》，見《文選》卷三四。原、玉：屈原、宋玉。劉勰《文心雕龍·雜文》：『宋玉含才，頗亦負俗，始造《對問》，以申其志，放懷寥廓，氣實使之。及枚乘摛艷，首製《七發》，腴辭雲構，夸麗風駭。』

〔二〕枚乘《七發》：『客曰：將以八月之望，與諸侯遠方交遊兄弟，並往觀濤乎廣陵之曲江。……此天下怪異詭觀也。』

〔三〕《文心雕龍·雜文》：『自《七發》以下，作者繼踵。觀枚氏首唱，信獨拔而偉麗矣。及傅毅《七激》，會清要之工。崔駰《七依》，入博雅之巧。張衡《七辨》，結采綿靡。崔瑗《七厲》，植義純正。陳思《七啓》，取美於宏壯。仲宣《七釋》，致辨於事理。自桓麟《七説》以下，左思《七諷》以上，枝附影從，十有餘家。或文麗而義暌，或理粹而辭駁。觀其大抵所歸，莫不高談宮館，壯語畋獵。窮瑰奇之服饌，極蠱媚之聲色。甘意搖骨體，艷詞動魂識。雖始之以淫侈，而終之以居正。然諷一勸百，勢不自反。子雲所謂「先騁鄭、衛之聲，曲終而奏雅」者也。』

九

《檀弓》簡，《考工記》煩；《檀弓》明，《考工記》奥，各極其妙〔一〕。雖非聖筆，未是漢武以後人語。

【校注】

〔一〕《檀弓》，《禮記》之一篇；《考工記》，《周禮》之篇章。西漢初，《周禮·冬官》篇佚缺，河間獻王劉德取《考工記》補入。宋陳騤《文則》：「觀《檀弓》之載事，言簡而不疏，旨深而不晦，雖《左氏》之富艷，敢奮飛於前乎？」又，「《考工記》之文，榷而論之，蓋有三美：一曰雄健而雅，二曰宛曲而峻，三曰整齊而醇。」

一〇

孟軻氏，理之辨而經者；莊周氏，理之辨而不經者〔一〕。公孫僑〔二〕，事之辨而經者；蘇秦〔三〕，事之辨而不經者，然材皆不可及。

【校注】

〔一〕劉熙載《藝概》卷一：「《莊子》文看似胡說亂說，骨裏却盡有分數。彼固自謂猖狂妄行而蹈乎大方也，學者何不從蹈大方處求之。」

〔二〕公孫僑，春秋鄭國人，名僑，字子產，又字子美。自鄭簡公時執國政，歷定、獻、聲三公。參閱《左傳》、《史記·鄭世家》。

〔三〕蘇秦，戰國時期縱橫家之代表人物。事詳《史記》卷六九《蘇秦列傳》。

一一

吾嘗怪庾子嵩不好讀《莊子》，開卷至數行，即掩曰：『了不異人。』〔一〕以爲此本無所曉，而漫爲大言者，使曉人得之，便當沉湎濡首。

【校注】

〔一〕《世説新語·文學》：『庾子嵩讀《莊子》，開卷一尺許便放去，曰：「了不異人意。」』劉孝標注引《晉陽秋》曰：『庾敳字子嵩，潁川人，侍中峻第三子。恢廓有度量，自謂是老、莊之徒，曰：「昔未讀此書，意嘗唯至理如此。今見之，正與人意暗同。」仕至豫州長史。』

一二

《呂氏春秋》文，有絶佳者，有絶不佳者，以非出一手故耳〔一〕。《淮南鴻烈》，雖似錯雜，而氣法如一，當由劉安手裁。揚子雲稱其一出一入，字直百金〔二〕。《韓非子》文甚奇〔三〕，如《亢倉》〔四〕、《鶡冠》之流，皆僞書〔五〕。

【校注】

〔一〕《史記》卷八五《吕不韋列傳》：『當是時，魏有信陵君，楚有春申君，趙有平原君，齊有孟嘗君，皆下士喜賓客以相傾。吕不韋以秦之强，羞不如，亦招致士，厚遇之，至食客三千人。是時諸侯多辯士，如荀卿之徒，著書布天下。吕不韋乃使其客人人著所聞，集論以為八覽、六論、十二紀，二十餘萬言。以為備天地萬物古今之事，號曰《吕氏春秋》。布咸陽市門，懸千金其上，延諸侯遊士賓客有能增損一字者予千金。』

〔二〕托名葛洪《西京雜記》卷三：『淮南王安著《鴻烈》二十一篇。鴻，大也；烈，明也，言大明禮教，號為《淮南子》，一曰《劉安子》。自云字中皆挾風霜。揚子雲以為一出一入，字直百金。』

〔三〕李詳《文章精義》曰：『《韓非子》文字絶妙。』

〔四〕《四庫全書總目提要》卷一四六：『《亢倉子》一卷，舊本題庚桑楚撰。唐柳宗元嘗辯其偽。晁公武《讀書志》曰：「案唐天寶元年詔號《亢桑子》為《洞靈真經》，然求之不獲。」……今考《新唐書·藝文志》載王士元《亢倉子》二卷，所注與公武所言同，則公武之説有據。又考《孟浩然集》，首有宣城王士元序，自稱脩《亢倉子》九篇。又有天寶九載韋滔序，亦稱宣城王士元……著《亢倉子》數篇，傳之於代云云，與《新唐書》所言合，則《新唐書》之説，亦為有據。……其書《漢志》、《隋志》皆不著録，至於唐代，何以無所依據，憑虚漫求。……然則士元此書始猶偽稱古本，後經勘驗，知其不可以售欺，乃自承為補亡矣。然士元本亦文士，故其書雖雜剽《老子》、《莊子》、《列子》、《文子》、《商君書》、《吕氏春秋》，劉向《説苑》、《新序》之詞，而聯絡貫通，亦殊亹亹有理致，非他偽書之比。』

〔五〕《鶡冠子》三卷，是書《漢志》著録，即佚其名字。《四庫全書總目提要》卷一一七：『案《漢書·藝文志》載《鶡冠子》一篇，注曰：「楚人，居深山，以鶡為冠。」劉勰《文心雕龍》稱「鶡冠綿綿，亟發深言」。韓愈有《讀鶡冠子》一首，稱其《博選篇》四稽五至之説，《學問篇》一壺千金之語，且謂其施於國家，功德豈少。柳宗元集有《鶡冠子辨》一篇，乃詆為言盡鄙淺，謂其《世兵篇》多同《鵩賦》，據司馬遷所引賈生二語以決其僞。然古人著書，往往偶用舊文；古人引證，亦往往偶隨所見，……未可以單文孤證，遽斷其僞。』《讀書後》卷五《讀亢倉子》：『《亢倉子》，僞書也。《列子》載亢倉子，遂有《亢倉子》。《家語》記子華子，遂有《子華子》。賈誼稱鶡冠子，遂有《鶡冠子》。』

一三

賈太傅有經國之才，言言蓍龜也〔一〕。其詞覈而開，健而飫〔二〕。

【校注】

〔一〕《史記》卷八四《賈生列傳》曰：『賈生以為漢興至孝文二十餘年，天下和洽，而固當改正朔，易服色，法制度，定官名，興禮樂，乃悉草具其事儀法，色尚黃，數用五，為官名，悉更秦之法。孝文帝初即位，謙讓未遑也。諸律令所更定，及列侯悉就國，其說皆自賈生發之。』《漢書》卷四八《賈誼傳》曰：『天下初定，制度疏闊。諸侯王僭擬，地過古制，淮南、濟北王皆為逆誅。誼數上疏陳政事，多所欲匡建。』後又上疏論分封諸侯之事，未被採納。『後十年，文帝崩，景帝立，三年而吴、楚、趙與四齊王合從舉兵，西鄉京師，梁王捍之，卒破七國。至武帝時，淮南厲王子為王者兩國亦反誅。』又傳贊曰：『劉向稱「賈誼言三代與秦治亂之意，其論甚美，通達國體，雖古之伊、管，未能遠過也。使時見用，功化必盛。為庸臣所害，甚可悼痛。」追觀孝文玄默躬行以移風俗，誼之所陳略施行矣。』

〔二〕劉勰《文心雕龍·才略》：『賈誼才穎，陵軼飛兔，議愜而賦清，豈虛至哉。』又《體性》：『賈生俊發，故文潔而體清。』

一四

西京之流而東也，其王褒爲之導乎？由學者靡而短於思，由才者俳而淺於法〔一〕。劉中壘宏而肆，其根雜〔二〕。揚中散法而奥，其根晦〔三〕。《法言》所云『故眼之』〔四〕，是何語？

【校注】

〔一〕王褒，字子淵，漢宣帝時著名辭賦家。事詳《漢書》卷六十四下《王褒傳》。劉勰《文心雕龍·才略》：『王褒構采，以密巧爲致，附聲測貌，泠然可觀。』范文瀾注：『駢麗之文，始於王褒《聖主得賢臣頌》，故以密巧爲致。』張溥《漢魏六朝百三家集題辭》：『《甘泉》、《洞簫》，後宮傳誦；《僮約》諧放，頗似東方；《九懷》之作，追愍屈原。大抵王生俊才，歌詩尤善，奏御天子，不外中和諸雅。然詞長於理，聲偶漸諧，固西京之一變也。』

〔二〕劉向，西漢後期著名文學家，曾官中壘校尉。纂著有《說苑》、《新序》、《古列女傳》等書。《文心雕龍·體性》：『子政簡易，故趣昭而事博。』

〔三〕揚雄，西漢後期辭賦家，曾官中散大夫。《漢書》卷八七《揚雄傳》：『桓譚曰：「今揚子之書文義至深，而論不詭於聖人。」』《文心雕龍·才略》：『子雲屬意，辭義最深，觀其涯度幽遠，搜選詭麗，而竭才以鑽思，故能理贍而辭堅矣。』

〔四〕揚雄《法言·重黎》：『或問：「子胥、種、蠡孰賢？」曰：「胥也，俾吴作亂，破楚入郢，鞭屍藉館，皆不由德。謀越諫齊不式，不能去，卒眼之。」』李軌注：『夫差代越，越棲會稽，請委國爲臣子。子胥諫曰：「吴不取越，越必取吴。」』

吴將伐齊，又諫曰：「兵疲於外，越必襲。」吴不聽。……殺之將死，曰：「吴其亡矣乎！以吾眼置吴東門以觀越之滅吴」。』

一五

東京之衰也，其始自敬通乎〔一〕？蔡中郎之文弱，力不副見，差去浮耳〔二〕。王充，野人也，其識瑣而鄙，其辭散而冗，其旨乖而穉〔三〕。中郎愛而欲掩之，亦可推矣〔四〕。

【校注】

〔一〕敬通，馮衍字。《後漢書》卷二八有傳。張溥《漢魏六朝百三家集題辭》：『夫西京之文，降而東京，整齊縟密，生氣漸少。敬通諸文，直達所懷，至今讀之，尚想其揚眉抵几，呼天飲酒。誠哉！馬遷、楊惲之徒也。』

〔二〕蔡邕，東漢後期文學家，曾拜左中郎將。《後漢書》卷六〇有傳。

〔三〕王充，東漢文學家，著有《論衡》。《四庫全書總目提要》卷一二〇：『充書大旨詳於《自紀》一篇。蓋内傷時命之坎坷，外疾世俗之虚僞，故發憤著書，其言多激。《刺孟》、《問孔》二篇，至於奮其筆端，以與聖賢相軋，可謂誖矣。又露才揚己，好爲物先。至於述其祖父頑很，以自表所長，傎亦甚焉。其他論辨，如日月不圓諸説，雖爲葛洪所駁，載在《晉志》。然大抵訂譌砭俗，中理者多，亦殊有裨於風教。……至其文反復詰難，頗傷詞費。……儒者頗病其蕪雜，然終不能廢也。』

〔四〕《後漢書》卷四九《王充傳》李賢注引袁山松《後漢書》曰：『充所作《論衡》，中土未有傳者，蔡邕入吴始得之，恒秘玩以爲談助。其後王朗爲會稽太守，又得其書，及還許下，時人稱其才進。或曰，不見異人，當得異書。問之，果以《論衡》之益，由是遂見傳焉。葛洪《抱朴子》曰：時人嫌蔡邕得異書，或搜求其帳中隱處，果得《論衡》，搶數卷持去。邕丁寧之曰：「唯我與爾共之，勿廣也。」』

一六

嗚呼！子長不絶也，其書絶矣。千古而有子長也，亦不能成《史記》，何也？西京以還，封建、宫殿、官師、郡邑，其名不雅馴，不稱書矣，一也；其詔令、辭命、奏書，賦頌，鮮古文，不稱書矣，二也；其人有籍、信、荆、聶、原、嘗、無忌之流足模寫者乎？三也；其詞有《尚書》、《毛詩》、《左氏》、《戰國策》、韓非、吕不韋之書足薈蕞者乎？四也。嗚呼！豈唯子長，即尼父亦然，《六經》無可着手矣。

一七

孟堅叙事，如霍氏、上官之郄，廢昌邑王奏事〔一〕，趙、韓吏跡〔二〕，京房術數〔三〕，雖不得如化工肖物，猶是顧愷之、陸探微寫生〔四〕，東京以還，重可得乎〔五〕？陳壽簡質差勝范曄〔六〕，然宛縟詳至大不及也〔七〕。

【校注】

〔一〕霍光與上官傑爭權，廢昌邑王賀諸事，並見班固《漢書》卷六八《霍光金日磾傳》。李塗《文章精義》：『班孟堅敘霍光廢昌邑王，此段最妙，載一時君臣堪畫。』

〔二〕趙廣漢、韓延壽吏跡，詳《漢書》卷七六。本傳贊曰：『廣漢聰明，下不能欺；延壽厲善，所居移風。』

〔三〕《漢書》卷七五《京房傳》：『京房字君明，東郡頓丘人也。治《易》，事梁人焦延壽。延壽字贛。……贛常曰：『得我道以亡身者，必京生也。』其說長於災變，分六十四卦，更直日用事，以風雨寒溫為候，各有占驗。房用之尤精。好鐘律，知音聲。』『術數』，原作『術敗』，據《四庫》本改。

〔四〕『愷』，底本作『凱』，據《晉書·顧愷之傳》改。《晉書·顧愷之傳》曰：『尤善丹青，圖寫特妙，謝安深重之，以為有蒼生以來未之有也。愷之每畫人成，或數年不點目精。人問其故，答曰：「四體妍蚩，本無關於妙處，傳神寫照，正在阿堵中。」愷之每寫起人形，妙絕于時。嘗圖裴楷象，頰上加三毛，觀者覺神明殊勝。』南朝齊謝赫《古畫品録》曰：『雖畫有六法，罕能盡該。而自古及今，各善一節。……唯陸探微、衛協備該之矣。』張彥遠《歷代名畫記》卷二《論顧陸張吴用筆》曰：『或問余以顧、陸、張、吴用筆如何？對曰：「顧愷之之跡，緊勁聯綿，循環趨忽，調格逸易，風趨電疾，意存筆先，畫盡意在，所以全神氣也。……陸探微精利潤媚，新奇妙絕，名高宋代，時無等倫。」』

〔五〕《後漢書》卷四〇《班固傳》：『若固之敍事，不激詭，不抑抗，贍而不穢，詳而有體，使讀之者娓娓而不厭。』

〔六〕陳壽著《三國志》六十五卷。劉熙載《藝概》卷一：『文中子抑遷、固而與陳壽，所言似過。然觀壽書練核事情，每下一字一句，極有斤兩，雖遷、固亦當心折。』

〔七〕范曄著《後漢書》一百二十卷。劉知幾《史通·內篇·補注》：『范曄之刪《後漢》也，簡而且周，疏而不漏，蓋云備矣。』又《序例》：『爰洎范曄，始革其流，遺棄史才，矜炫文彩。』

一八

曹公莽莽，古直悲凉〔一〕。子桓小藻，自是樂府本色〔二〕。子建天才流麗，雖譽冠千古，而實遜父兄〔三〕。何以故？材太高，辭太華〔四〕。

【校注】

〔一〕鍾嶸《詩品》卷下：『曹公古直，甚有悲凉之句。』

〔二〕胡應麟《詩藪》内編卷二：『魏文《雜詩》「漫漫秋夜長」，獨可與屬國並驅，然去少卿尚一綫也。樂府雖酷是本色，時有俚語，不若子建純用己調。蓋漢人語似俚，此最難體認處。』

〔三〕《詩藪》内編卷二：『《巵言》謂子建「譽冠千古，實遜父兄」，論樂府也，讀者不可偏泥。』

〔四〕《詩藪》内編卷二：『子建《名都》、《白馬》、《美女》諸篇，辭極贍麗，然句頗尚工，語多致飾，視東西京樂府天然古質，殊自不同。』

一九

魏武帝樂府：『東臨碣石，以觀滄海。水何澹澹，山島竦峙。秋風蕭瑟，洪濤涌起。日月之行，若出其中，星漢燦爛，若出其裏。』〔一〕其辭亦有本。相如《上林》云：『視之無端，察之無涯。日出東沼，月生西陂。』〔二〕馬融《廣成》云〔三〕：『天地虹洞，因無端涯。大明出東，月生西陂。』揚雄《羽獵》云〔四〕：『出入日月，天與地沓。』然覺揚語奇，武帝語壯。又『月生西陂』語有何致，而馬融復襲之。

【校注】

〔一〕曹操《步出夏門行》句。

〔二〕按：『日出東沼，月生西陂』，《文選·上林賦》作『日出東沼，入乎西陂』。

〔三〕『成』，底本作『城』，據《後漢書·馬融傳》改。

〔四〕『雄』，底本訛為『融』，據《漢書·揚雄傳》改。

二〇

子建『謁帝承明廬』〔一〕、『明月照高樓』〔二〕，子桓『西北有浮雲』〔三〕、『秋風蕭瑟』〔四〕，非鄴中諸子可及。仲宣、公幹，遠在下風〔五〕。吾每至『謁帝』一章，便數十過不可了，悲婉宏壯，情事理境，無所不有。

【校注】

〔一〕曹植《贈白馬王彪》七章之一：『謁帝承明廬，逝將歸舊疆。清晨發皇邑，日夕過首陽。伊洛廣且深，欲濟川無梁。泛舟越洪濤，怨彼東路長。顧瞻戀城闕，引領情内傷。』

〔二〕曹植《七哀》：『明月照高樓，流光正徘徊。上有愁思婦，悲歎有餘哀。借問歎者誰，言是宕子妻。君行踰十年，孤妾常獨棲。君若清路塵，妾若濁水泥。浮沉各異勢，會合何時諧。願為西南風，長逝入君懷。君懷良不開，賤妾當何依。』

〔三〕曹丕《雜詩》二首之二：『西北有浮雲，亭亭如車蓋。惜哉時不遇，適與飄風會。吹我東南行，行行至吴會。吴會非我鄉，安得久留滯。棄置勿復陳，客子常畏人。』

〔四〕曹丕《燕歌行》二首之一：『秋風蕭瑟天氣涼，草木摇落露為霜。群燕辭歸雁南翔，念君客遊多思腸。慊慊思歸戀故鄉，君何淹留寄他方。賤妾煢煢守空房，憂來思君不敢忘，不覺淚下沾衣裳。援琴鳴絃發清商，短歌微吟不能長。明月皎皎照我牀，星漢西流夜未央。牽牛織女遥相望，爾獨何辜限河梁。』

〔五〕沈德潛《古詩源》卷五：『子建詩五色相宣，八音朗暢，使才而不矜才，用博而不逞博。蘇、李以下，故推大家。仲宣、公幹烏可執金鼓而抗顔行也。』

二一

《洛神賦》，王右軍、大令各書數十本，當是晉人極推之耳〔一〕。清徹圓麗，《神女》之流〔二〕。陳王諸賦，皆《小言》無及者〔三〕。然此賦始名《感甄》〔四〕，又以《蒲生》當其《塘上》，際此忌兄，而不自匿諱，何也〔五〕？《蒲生》實不如《塘上》〔六〕，令洛神見之，未免笑子建傖父耳。

【校注】

〔一〕王羲之，字逸少，官至右軍將軍，人稱王右軍。王獻之，字子敬，羲之第七子。官至中書令，人稱王大令。

〔二〕《神女》即舊題宋玉《神女賦》。

〔三〕舊題宋玉《小言賦》，見《古文苑》卷二。

〔四〕《洛神賦》李善注曰：『魏東阿王，漢末求甄逸女，既不遂。太祖回與五官中郎將。植殊不平，晝思夜想，廢寢與食。黄初中入朝，帝示植甄后玉鏤金帶枕，植見之，不覺泣。時已為郭后讒死。帝意亦尋悟，因令太子留宴飲，仍以枕賚植。植還，度轘轅，少許時，將息洛水上，思甄后。忽見女來，自云：我本托心君王，其心不遂。……言訖，遂不復見所在。遣人獻珠於王，王答以玉佩，悲喜不能自勝，遂作《感甄賦》。後明帝見之，改為《洛神賦》。』張雲璈《選學膠言》卷九：『賦中子建自序本衹説是洛神，何由見其爲甄后？既托辭洛神，決不明言感甄，其附會之謬，可不辨自明。』

〔五〕舊題甄后《塘上行》：『蒲生我池中，其葉何離離。傍能行仁義，莫若妾自知。衆口鑠黄金，使君生别離。念君去我時，獨愁常苦悲。想見君颜色，感結傷心脾。念君常苦悲，夜夜不能寐。莫以豪賢故，棄捐素所愛。莫以魚肉賤，棄捐葱與薤。莫以麻枲賤，棄捐菅與蒯。出亦復苦愁，入亦復苦愁。邊地多悲風，樹木何脩脩。從君致獨樂，延年壽千秋。』曹植《蒲生行》即《浮萍篇》，其辭曰：『浮萍寄清水，隨風東西流。結髮辭嚴親，來為君子讐。恪勤在朝夕，無端獲罪尤。在昔蒙恩惠，和樂如瑟琴。何意今摧頹，曠若商與參。茱萸自有芳，不若桂與蘭。新人雖可愛，無若故所歡。行雲有返期，君恩儻中還。慊慊仰天歎，愁心將何愬。日月不恒處，人生忽若寓。悲風來入懷，淚下如垂露。發篋造裳衣，裁縫紈與素。』黄節《曹子建詩注》卷二《浮萍篇》題解：『王世貞《藝苑巵言》謂子建以《蒲生》當《塘上》，直以此爲和甄后作。朱乾《樂府正義》亦曰：「此擬甄后作也。」和甄之説，皆緣此篇冠以「蒲生行」三字而起，以甄后《塘上行》首二字作「蒲生」也。朱緒曾《曹集考異》曰：「子建於黄初二年甄后賜死之日，即灌均希旨之時，文帝日以殺植爲事，敢和甄詩以速禍耶？」』

〔六〕徐禎卿《談藝録》：『詩不能受瑕。工拙之間，相去無幾，頓自絶殊。如《塘上行》云：「莫以豪賢故，棄捐素所愛。莫以魚肉賤，棄捐葱與薤。莫以麻枲賤，棄捐菅與蒯。」《浮萍篇》則曰：「茱萸自有芳，不若桂與蘭。新人雖可愛，無若故所歡。」本自倫語，然佳不如《塘上行》。』

二二

《塘上》之作，樸茂真至，可與《紈扇》〔一〕、《白頭》〔二〕姨姒。甄既摧折，而芳譽不稱，良爲雅歎〔三〕。

【校注】

〔一〕《紈扇》即舊題班婕妤《怨詩》。徐陵《玉臺新詠》卷一：『昔漢成帝班婕妤失寵，供養于長信宫，乃作賦自傷，並為《怨詩》一首：「新裂齊紈素，鮮潔如霜雪。裁為合歡扇，團團似明月。出入君懷袖，動摇微風發。常恐秋節至，涼風奪炎熱。棄捐篋笥中，恩情中道絶。」』

〔二〕《白頭》即古樂府《皚如山上雪》。《玉臺新詠》卷一：『皚如山上雪，皎若雲間月。聞君有兩意，故來相决絶。今日斗酒會，明旦溝水頭。躞蹀御溝上，溝水東西流。凄凄復凄凄，嫁娶不須啼。願得一心人，白頭不相離。竹竿何嫋嫋，魚尾何簁簁。男兒重意氣，何用錢刀為。』吴兆宜注：『一作《白頭吟》。《西京雜記》：司馬相如將聘茂陵人女爲妾，卓文君作《白頭吟》以自絶，相如乃止。』

〔三〕《玉臺新詠》卷二吴兆宜注引《鄴中故事》：『魏文帝甄皇后，中山無極人。袁紹據鄴，與中子熙娶后爲妻。後太祖破紹，文帝時爲太子，遂以后爲夫人。后爲郭皇后所譖，文帝賜死後宮，臨終爲詩。』

二三

『莫以豪賢故，棄捐素所愛。莫以魚肉賤，棄捐葱與薤。莫以麻枲賤，棄捐菅與蒯。』〔一〕其語意妙絶，千古稱之，然《左傳》逸詩已先道矣。云『雖有絲麻，無棄菅蒯。雖有姬姜，無棄蕉萃』〔二〕。

【校注】

〔一〕即舊題甄后《塘上行》句，參見本卷第二一條注〔五〕。

〔二〕參見卷二第三條注〔三〕。

二四

陳思王《贈白馬王彪》詩，全法《大雅·文王之什》體，以故首二章不相承耳〔一〕。後人不知，有欲合而爲一者，良可笑也。

【校注】

〔一〕曹植《贈白馬王彪》全詩共七章，係用轆轤體寫成，其體式與《詩經·大雅·文王》極其相似。

二五

楊德祖《答臨淄侯書》中有『猥受顧錫，教使刊定。《春秋》之成，莫能損益。《呂氏》、《淮南》，字直千金，弟子拑口，市人拱手』。及覽臨淄侯《書》，稱『往僕少小所著辭賦一通』，不言刊定。唯所云『丁敬禮嘗作小文，使僕潤飾之。僕自以才不過若人，辭不爲也。敬禮謂僕：「卿何所疑難？文之佳惡，吾自得之，後世誰相知定吾文者？」』〔一〕此植相托意耶？當時孔文舉爲先達，其於文特高雄，德祖次之〔二〕。孔璋書檄饒爽，元瑜次之，而詩皆不稱也〔三〕。劉楨、王粲，詩勝於文〔四〕。兼至者獨臨淄耳。正平〔五〕、子建，直可稱建安才子，其次文舉，又其次爲公幹、仲宣。

【校注】

〔一〕曹植曾封臨淄侯。楊脩，字德祖。《書》即《與楊德祖書》，《答臨淄侯書》即楊脩答復此書。二文分别見嚴可均《全三國文》卷一六，《全後漢文》卷五一。

〔二〕孔融，字文舉。曹丕《典論·論文》：『孔融體氣高妙，有過人者，然不能持論，理不勝辭，以至乎雜以嘲戲。及其所善，揚、班儔也。』《文心雕龍·才略》：『楊脩頗懷筆記之工。』

〔三〕曹丕《典論·論文》：『琳、瑀之章表書記，今之雋也。』曹丕《與吴質書》：『孔璋章表殊健，微爲繁富。』《文心雕龍·才略》：『琳、瑀以符檄擅聲。』

〔四〕《典論·論文》：『王粲長於辭賦，然於他文，未能稱是。』曹丕《與吴質書》：『公幹有逸氣，但未遒耳。其五言詩之善者，妙絶時人。』劉勰《文心雕龍·才略》：『仲宣溢才，捷而能密，文多兼善，辭少瑕累，摘其詩賦，則七子之冠冕乎？』

〔五〕禰衡，字正平。孔融《薦禰衡書》曰：『竊見處士平原禰衡，年二十四，字正平，淑質貞亮，英才卓躒。初涉藝文，升堂睹奥；目所一見，輒誦之口，耳所暫聞，不忘於心；性與道合，思若有神。……若衡等輩，不可多得。』《文心雕龍·才略》：『禰衡思鋭於爲文。』

二六

讀子桓『客子常畏人』〔一〕，及《答吴朝歌》、《與鍾大理書》〔二〕，似少年美資負才性，而好貨好色，且當不得恒享者。桓靈寶技藝差相埒，而氣尚過之〔三〕，子桓乃得十年天子〔四〕，都所不解。

【校注】

〔一〕曹丕《雜詩》之二句。參見本卷第二〇條注〔三〕。

〔二〕即曹丕《與朝歌令吴質書》、《與鍾大理書》，詳見《文選》卷四二。

〔三〕《晉書》卷九十九《桓玄列傳》：『桓玄，字敬道，一名靈寶。……形貌瑰奇，風神疏朗，博綜藝術，善屬文。常負其才地，以雄豪自處。』

〔四〕曹丕於公元二二〇年十月迫漢獻帝劉協禪位，建國號魏，爲魏文帝。遷都洛陽。於公元二二六年病亡，實際上做了七年皇帝。

二七

孔文舉好酒及客，恒曰：『坐上客常滿，樽中酒不空，吾無憂矣。』〔一〕桓靈寶爲義興太守，不得志，歎曰：『父爲九州伯，兒爲五湖長。』遂棄官歸〔二〕。孔語便是唐律，桓句亦是唐選，而桓尤爽俊。其人不作逆，一才子也〔三〕。

【校注】

〔一〕《後漢書》卷七〇《孔融傳》：『歲餘，復拜太中大夫。性寬容少忌，好士，喜誘益後進。及退閒職，賓客日盈其門。常歎曰：「坐上客恒滿，樽中酒不空，吾無憂矣。」與蔡邕素善，邕卒後，有虎賁士貌類於邕，融每酒酣，引與同坐，曰：「雖無老成人，且有典刑。」融聞人之善，若出諸己，言有可采，必演而成之。面告其短，而退稱所長，薦達賢士，多所獎進，知而未言，以為己過，故海内英俊皆信服之。』

〔二〕《晉書》卷九九《桓玄傳》：『桓玄字敬道，一名靈寶，大司馬溫之孽子也。……溫甚愛異之，臨終命以為嗣，襲爵南郡公。及長，常負其才地，以雄豪自處，眾咸憚之，朝廷亦疑而未用。太元末，出補義興太守，鬱鬱不得志，嘗登高望震澤，歎曰：「父為九州伯，兒為五湖長！」棄官歸國。』

〔三〕元興二年十一月，桓玄逼晉安帝司馬德宗禪位，出居永安宫。同年十二月，玄稱帝，改國號爲楚。後兵敗被殺，時年三十六。事詳《晉書》本傳。

二八

子桓之《雜詩》二首〔一〕，子建之《雜詩》六首〔二〕，可入《十九首》，不能辨也。若仲宣、公幹，便覺自遠〔三〕。

【校注】

〔一〕曹丕《雜詩》其一：『漫漫秋夜长，烈烈北風涼。展轉不能寐，披衣起彷徨。彷徨忽已久，白露沾我裳。俯視清水波，仰看明月光。天漢回西流，三五正縱横。草蟲鳴何悲，孤雁獨南翔。鬱鬱多悲思，綿綿思故鄉。願意安得翼，欲濟河無梁。向風長歎息，斷絶我中腸。』其二，參見本卷第二〇條注〔三〕。

〔二〕曹植《雜詩》六首，其一曰：『高臺多悲風，朝日照北林。之子在萬里，江湖迥且深。方舟安可極，離思故難任。孤雁飛南游，過庭長哀吟。翹思慕遠人，願欲托遺音。形影忽不見，翩翩傷我心。』其二曰：『轉蓬離本根，飄飖随長風。何意迴飆舉，吹我入雲中。高高上無極，天路安可窮。類此遊客子，捐軀遠從戎。毛褐不掩形，薇藿常不充。去去莫復道，沉憂令人老。』其三曰：『西北有織婦，綺縞何繽紛。明晨秉機杼，日昃不成文。太息終長夜，悲嘯入青雲。妾身守空閨，良人行從軍。自期三年歸，今已歷九春。飛鳥繞樹翔，噭噭鳴索羣。願為南流景，馳光見我君。』其四曰：『南國有佳人，容華若桃李。朝游江北岸，夕宿瀟湘沚。時俗薄朱颜，誰為發皓齒。俛仰歲將暮，榮曜難久恃。』其五曰：

『僕夫早嚴駕，吾將遠行遊。遠遊欲何之，吴國為我讐。將騁萬里途，東路安足由。江介多悲風，淮泗馳急流。願欲一輕濟，惜哉無方舟。閑居非吾志，甘心赴國憂。』其六曰：『飛觀百餘尺，臨牖御櫺軒。遠望周千里，朝夕見平原。烈士多悲心，小人媮自閑。國讎亮不塞，甘心思喪元。拊劍西南望，思欲赴太山。絃急悲聲發，聆我慷慨言。』

〔三〕鍾嶸《詩品》卷上：『孔氏之門如用詩，則公幹升堂，思王入室，景陽、潘、陸，自可坐於廊廡之間矣。』又：『魏文學劉楨……自陳思已下，楨稱獨步。』又：『魏侍中王粲……在曹、劉間別構一體，方陳思不足，比魏文有餘。』

二九

古樂府『悲歌可以當泣，遠望可以當歸』，二語妙絶〔一〕。老杜『玉珮仍當歌』〔二〕，『當』字出此，然不甚合作，可與知者道也。用脩引孟德『對酒當歌』云：『子美一闡明之，不然，讀者以爲該當之當矣。』〔三〕大瞶瞶可笑。孟德正謂遇酒即當歌也，下云『人生幾何』可見矣！若以『對酒當歌』作去聲，有何趣味？

【校注】

〔一〕古樂府《悲歌》：『悲歌可以當泣，遠望可以當歸。思念故鄉，鬱鬱纍纍。欲歸家無人，欲渡河無船。心思不能言，腸中車輪轉。』

〔二〕杜甫《陪李北海宴歷下亭》詩句。

〔三〕曹操《短歌行》句。

三〇

阮公《詠懷》，遠近之間，遇境即際，興窮即止，坐不着論宗佳耳。人乃謂陳子昂勝之，何必子昂，寧無感興乎哉〔一〕！

【校注】

〔一〕鍾嶸《詩品》：『其源出於小雅。無雕蟲之功，而《詠懷》之作，可以陶性靈，發幽思。言在耳目之內，情寄八荒之表。洋洋乎會於風雅，使人忘其鄙近，自致遠大，頗多感慨之詞。厥旨淵放，歸趣難求。』陳祚明《采菽堂古詩選》卷八：『阮公《詠懷》，神至之筆。觀其抒寫，直取自然，初非琢煉之勞，吐以匠心之感。與《十九首》若離若合，時一冥符。但錯出繁稱，辭多悠謬，審其大旨，始睹厥真。悲在衷心，乃成楚調。而子昂、太白目爲古詩，共相倣傚，是猶强取龍門憤激之書，命爲國史也。且子昂、太白所處之時，寧有阮公之情，而能效其所作也哉！』

三一

嵇叔夜土木形骸，不事雕飾，想於文亦耳〔一〕。如《養生論》、《絶交書》，類信筆成者，或遂重犯，或不相續，然獨造之語，自是奇麗超逸，覽之躍然而醒〔二〕。詩少涉矜持，更不如嗣宗〔三〕。吾每想其人，兩腋習習風舉。

【校注】

〔一〕《晉書》卷四九《嵇康傳》：「康早孤，有奇才，遠邁不群。身長七尺八寸，美詞氣，有風儀，而土木形骸，不自藻飾，人以爲龍章鳳姿。」

〔二〕嵇康《絶交書》即《與山巨源絶交書》。劉勰《文心雕龍·體性》：「叔夜俊俠，故興高而采烈。」又《才略篇》：「嵇康師心以遣論，阮籍使氣以命詩，殊聲而合響，異翮而同飛。」

〔三〕鍾嶸《詩品》：「晉中散嵇康，頗似魏文，過爲峻切，訐直露才，傷淵雅之致。然托諭清遠，良有鑒裁，亦未失高流。」

三二

平子《四愁》，千古絶唱〔一〕。傅玄擬之，致不足言，大是笑資耳〔二〕。玄又有《日出東南隅》一篇，汰去精英，竊其常語〔三〕。尤有可厭者。本詞「使君自有婦，羅敷自有夫」，於意已足，綽有餘味。今復益以「天地正位」之語〔四〕，正如低措大記舊文不全時，以己意續貂，罰飲墨水一斗可也。

【校注】

〔一〕徐陵《玉臺新詠》卷九：『张衡不樂久處機密，陽嘉中出為河間相。……时天下漸弊，鬱鬱不得志，为《四愁詩》，其辭曰：「一思曰：我所思兮在太山，欲往從之梁甫艱，側身東望涕霑翰。美人贈我金錯刀，何以報之英瓊瑤。路遠莫致倚逍遥，何為懷憂心煩勞。二思曰：我所思兮在桂林，欲往從之湘水深，側身南望涕霑襟。美人贈我碧琅玕，何以報之雙玉盤。路遠莫致倚惆悵，何為懷憂心煩怏。三思曰：我所思兮在漢陽，欲往從之隴阪長，側身西望涕霑裳。美人贈我貂襜褕，何以報之明月珠。路遠莫致倚踟躕，何為懷憂心煩紆。四思曰：我所思兮在雁門，欲往從之雪紛紛，側身北望涕霑巾。美人贈我錦繡段，何以報之青玉案。路遠莫致倚增歎，何為懷憂心煩惋。」』

〔二〕《玉臺新詠》卷九傅玄《擬四愁詩》曰：『昔張平子作《四愁詩》，體小而俗，七言類也。聊擬而作之，名曰《擬四愁詩》。其詞曰：我所思兮在瀛洲，願為雙鵠戲中流。牽牛織女期在秋，山高水深路無由，愍予不遘嬰殷憂。佳人貽我明月珠，何以要之比目魚，海廣無舟悵勞劬。寄言飛龍天馬駒，風起雲披飛龍逝。驚波滔天馬不厲，何為多念心憂世。（其一）我所思兮在珠崖，願為比翼浮清池。剛柔合德配二儀，形影一絕長別離，愍予不遘情如攜。佳人貽我蘭蕙草，何以要之同心鳥。火熱水深憂盈抱，申以琬琰夜光寶。卞和既沒玉不察，存若流光忽電滅，何為多念獨蘊結。（其二）我所思兮在昆山，願為鹿麐窺虞淵。日月回耀照景天，參辰曠隔會無緣，愍予不遘罹百艱。佳人贈我蘇合香，何以要之翠鴛鴦。懸度弱水川無梁，申以錦衣文繡裳。三光騁邁景不留，鮮矣民生忽如浮，何為多念祇自愁。（其三）我所思兮在朔方，願為飛雁俱南翔。焕乎人道著三光，胡越殊心生異鄉，愍予不遘罹百殃。佳人貽我羽葆纓，何以要之影與形。永增憂結繁華零，申以日月指明星。星辰有翳日月移，駑馬哀鳴慚不馳，何為多念徒自虧。（其四）』

〔三〕傅玄《艷歌行》全擬漢樂府《陌上桑》，詩曰：『日出東南隅，照我秦氏樓。秦氏有好女，自名為羅敷。首戴金翠飾，耳綴明月珠。白素為下裾，丹霞為上襦。一顧傾朝市，再顧國為虚。問女居安在，堂在城南居。青樓臨大巷，幽門結重樞。使君自南來，駟馬立踟躕。遣吏謝賢女，豈可同行車。斯女長跪對，使君言何殊。使君自有婦，賤妾有鄙夫。天地正厥位，願君改其圖。」

〔四〕謝榛《四溟詩話》卷一：『傅玄《艷歌行》全襲《陌上桑》，但曰「天地正厥位，願君改其圖」。蓋欲辭嚴義正，以裨風教。殊不知「使君自有婦，羅敷自有夫」已含此意，不失樂府本色。』按『使君』二句，《陌上桑》語。

三三

陸士衡翩翩藻秀，頗見才致，無奈俳弱何〔一〕？安仁氣力勝之，趣旨不足〔二〕，太沖莽蒼，《詠史》、《招隱》，綽有兼人之語，但太不雕琢〔三〕。

【校注】

〔一〕鍾嶸《詩品》卷上：『晉平原相陸機其源出於陳思，才高詞贍，舉體華美。氣少於公幹，文劣於仲宣。尚規矩，不貴綺錯，有傷直致之奇。然其咀嚼英華，厭飫膏澤，文章之淵泉也。張公歎其大才，信矣！』

〔二〕鍾嶸《詩品》卷上：『晉黄門郎潘岳，其源出於仲宣。《翰林》歎其翩翩然如翔禽之有羽毛，衣服之有綃縠，猶淺於陸機。謝混云：「潘詩爛若舒錦，無處不佳；陸文如披沙簡金，往往見寶。」嶸謂益壽輕華，故以潘爲勝，《翰林》篤論，故歎陸爲深。余常言：陸才如海，潘才如江。』毛先舒《詩辯坻》卷二：『王元美評詩，彈射命中。然論陸機云「俳弱」，機調雖「俳」，而藻思沉麗，何渠云「弱」？又潘岳較機力小弱，而風趣儁詣乃過之，《卮言》評又相反。胡明瑞《詩藪》云：「潘、陸俱詞勝者，陸之才富而潘氣稍雄也。」亦是承藉大美弊談。』

〔三〕《古詩源》卷七：『鍾嶸評左詩謂「野於陸機，而深於潘岳」。此不知太沖者也。太沖胸次高曠，而筆力又復雄邁，陶冶漢、魏，自製偉詞，故是一代作手，豈潘、陸輩所能比埒！』

三四

子卿第二章，『紘歌』、『商曲』錯疊數語〔一〕；《十九首》『齊心同所願，含意俱未申』，亦大重犯〔二〕，然不害爲古。『奚必絲與竹，山水有清音。何事待嘯歌，灌木自悲吟。』〔三〕乃害古也。然使各用之，山水清音，極是妙詠，灌木悲吟，不失佳語，故曰：『離則雙美，合則兩傷。』〔四〕

【校注】

〔一〕此蘇武詩四首之三詩句，見卷二第二七條注〔二〕。

〔二〕此《古詩十九首》之四中句。

〔三〕此左思《招隱詩》句。

〔四〕陸機《文賦》：『離之則雙美，合之則兩傷。』見《文選》卷一七。

三五

李令伯《陳情》一表，天下稱孝。後起拜漢中，自以失分懷怨。應制賦詩云：『人亦有言，有因有緣。仕無中人，不如歸田。明明在上，斯語豈然。』〔一〕謝公東山捉鼻，恒恐富貴逼人〔二〕。既處臺鼎，嫌隙小構，見桓子野彈琴撫《怨詩》一曲，至捋鬚流涕〔三〕。殷深源卧不起，及後敗廢，時云：『會稽王將人上樓，著去梯。』〔四〕譬如始作養劉不出山時觀，有何不可〔五〕？乃知嚮者都非真境。

【校注】

〔一〕《晉書》卷八八《李密傳》：『李密字令伯，犍為舞陽人也。父早亡，母何氏改醮。密時年數歲，感戀彌至，烝烝之性，遂以成疾。祖母劉氏，躬自撫養，密奉事以孝謹聞。劉氏有疾，則涕泣側息，未嘗解衣，飲膳湯藥必先嘗後進。少仕蜀，為郎。蜀平，泰始初，詔徵為太子洗馬。密以祖母年高，無人奉養，遂不應命。』『後劉終，服闋，復以洗馬徵至洛。……出為溫令。密有才能，常望內轉，而朝廷無援，乃遷漢中太守，自以失分懷怨。及賜餞東堂，詔密令賦詩，末章曰：「人亦有言，有因有緣。宮中無人，不如歸田。明明在上，斯語豈然！」武帝忿之。於是都官從事奏免密官。』

〔二〕《世說新語·排調》：『初，謝安在東山居布衣時，兄弟已有富貴者，翕集家門，傾動人物。劉夫人戲謂安曰：「大丈夫不當如此乎？」謝乃捉鼻曰：「但恐不免耳！」』

〔三〕子野，桓伊小字，見《世說新語》劉孝標注。按《晉書》卷八一《桓宣列傳》：『（桓）伊性謙素，雖有大功，而始終不替。善音樂，盡一時之妙，為江左第一。……時謝安女婿王國寶專利無檢行，安惡其為人，每抑制之。及孝武末年，嗜酒好內，……於是國寶諂諛之計，稍行於主相之間。而好利險詖之徒，以安功名盛極，而構會之，嫌隙遂成。帝召伊飲讌，安侍坐。……伊撫箏而歌《怨詩》曰：「為君既不易，為臣良獨難。忠信事不顯，乃有見疑患。周旦佐文武，《金縢》功不刊。推心輔王政，二叔反流言。」聲節慷慨，俯仰可觀。安泣下沾衿，乃越席而就之，捋其鬚曰：「使君於此不凡！」帝甚有愧色。』

〔四〕深源，殷浩字。《世説新語·黜免》：『殷中軍廢後，恨簡文曰：「上人著百尺樓上，擔梯將去。」』

〔五〕『譬』，底本作『匹』，誤，據《歷代詩話續編》本改正。

三六

王武子讀孫子荊詩，而云『未知文生於情，情生於文』。此語極有致〔一〕，文生於情，世所恒曉，情生於文，則未易論，蓋有出之者偶然，而覽之者實際也。吾平生時遇此境，亦見同調中有此。又庾子嵩作《意賦》成，爲文康所難，而云：『正在有意無意之間。』〔二〕此是遯辭，料子嵩文必不能佳。然有意無意之間，却是文章妙用。

【校注】

〔一〕《世説新語·文學》：『孫子荊除婦服，作詩以示王武子。王曰：「未知文生於情，情生於文。覽之凄然，增伉儷之重。」』按：王濟，字武子。劉孝標注：其詩曰：『時邁不停，日月電流。神爽登遐，忽已一周。禮制有敘，告除靈丘。臨祠感痛，中心若抽。』

〔二〕《世説新語·文學》：『庾子嵩作《意賦》成，從子文康見，問曰：「若有意邪，非賦之所盡；若無意邪，復何所賦？」答曰：「正在有意無意之間。」』按：庾敳，字子嵩。庾亮，卒謚文康。

三七

『以彼徑寸莖，蔭此百尺條。』是涉世語；『貴者雖自貴，棄之若埃塵。』是輕世語；『振衣千仞岡，濯足萬里流。』〔一〕是出世語。每諷太沖詩，便飄飄欲僊〔二〕。

【校注】

〔一〕左思《詠史詩》八首之二：『鬱鬱澗底松，離離山上苗。以彼徑寸莖，蔭此百尺條。世冑躡高位，英俊沉下僚。地勢使之然，由來非一朝。金張藉舊業，七葉珥漢貂。馮公豈不偉，白首不見招。』之六：『荊柯飲燕市，酒酣氣益震。哀歌和漸離，謂若旁無人。雖無壯士節，與世亦殊倫。高眄邈四海，豪右何足陳。貴者雖自貴，視之若埃塵。賤者雖自賤，重之若千鈞。』之五：『皓天舒白日，靈景耀神州。列宅紫宮裏，飛宇若雲浮。峨峨高門內，藹藹皆王侯。自非攀龍客，何為歘來游。被褐出閶闔，高步追許由。振衣千仞岡，濯足萬里流。』

〔二〕陳祚明《采菽堂古選詩》卷一一：『太沖一代偉人，胸次浩落灑然，流詠似孟德，而加以流麗，倣子建而獨能簡貴。創成一體，垂式千秋。其雄在才，而其志在高。』黄子雲《野鴻詩的》：『太沖祖述漢、魏，而脩詞造句，全不沿襲一句。落落寫來，自成大家，視潘、陸諸人，何足數哉？』

石衛尉縱横一代，領袖諸豪，豈獨以財雄之，政才氣勝耳〔一〕。《思歸引》、《明君辭》，情質未離〔二〕，不在潘、陸下。劉司空亦其儔也。《答盧中郎》五言，磊塊一時，涕淚千古〔三〕。

【校注】

〔一〕事詳《晉書》卷三三《石苞傳》附《石崇傳》曰：『崇字季倫，生於青州，故小名齊奴。……崇穎悟有才氣，而任俠無行檢。在荊州，劫遠使商客，致富不貲。……復拜衛尉，……財產豐積，室宇宏麗。後房百數，皆曳紈繡，珥金翠。絲竹盡當時之選，庖膳窮水陸之珍。與貴戚王愷、羊琇之徒以奢靡相尚。』

〔二〕石崇《思歸引》曰：『思歸引，歸河陽。假余翼，鴻鶴高飛翔。經芒阜，濟河梁。望我舊館心悅康。清渠激，魚彷徨，鴈驚泝波羣相將，終日周覽樂無方。登雲閣，列姬姜。拊絲竹，叩宮商。宴華池，酌玉觴。』《明君辭》曰：『我本漢家子，將適單于庭。辭訣未及終，前驅已抗旌。僕御涕流離，轅馬為悲鳴。哀鬱傷五内，泣淚沾朱纓。行行日已遠，乃造匈奴城。延我於穹廬，加我閼氏名。殊類非所安，雖貴非所榮。父子見淩辱，對之慚且驚。殺身良未易，默默以苟生。苟生亦何聊，積思常憤盈。願假飛鴻翼，棄之以遐征。飛鴻不我顧，佇立以屏營。昔為匣中玉，今為糞土英。朝華不足歡，甘為秋草並。傳語後世人，遠嫁難為情。』

〔三〕《晉書》卷六二《劉琨傳》：『初，琨之去晉陽也，慮及危亡而大恥不雪，亦知夷狄難以義伏，冀輸寫至誠，僥倖萬一。每見將佐，發言慷慨，悲其道窮，欲率部曲死於賊壘。斯謀未果，竟為匹磾所拘。自知必死，神色怡如也。為五言詩贈其別駕盧諶曰：「握中有懸璧，本是荊山球。唯彼太公望，昔是渭濱叟。鄧生何感激，千里來相求。白登幸曲逆，鴻門賴留侯。重耳憑五賢，小白相射鉤。能隆二伯主，安問黨與讎。中夜撫枕歎，想與數子遊。吾衰久矣夫，何其不夢周？誰云聖達節，知命故無憂。宣尼悲獲麟，西狩泣孔丘。功業未及建，夕陽忽西流。時哉不我與，去矣如雲浮。朱實隕勁風，繁英落素秋。狹路傾華蓋，駭駟摧雙輈。何意百鍊鋼，化為繞指柔。」」

三九

沈休文云：『子建「函京」之作，仲宣「灞岸」之篇，子荊「零雨」之章，正長「朔風」之句，並直舉胸情，非傍詩史，正以音律取高前式。』〔一〕然則少陵以前，人固有『詩史』之稱矣〔二〕。

【校注】

〔一〕見沈約《宋書》卷六七《謝靈運傳論》。『子建函京之作』即曹植《贈丁儀王粲詩》：『從軍度函谷，驅馬過西京。山岑高無極，涇渭揚濁清。壯哉帝王居，佳麗殊百城。員闕出浮雲，承露槩泰清。皇佐揚天惠，四海無交兵。權家雖愛勝，全國為令名。君子在末位，不能歌德聲。丁生怨在朝，王子歡自營。歡怨非貞則，中和誠可經。』『仲宣灞岸之篇』即王粲《七哀詩》其一：『西京亂無象，豺虎方遘患。復棄中國去，委身適荊蠻。親戚對我悲，朋友相追攀。出門無所見，白骨蔽平原。路有饑婦人，抱子棄草間。顧聞號泣聲，揮涕獨不還。未知身死處，何能兩相完？驅馬棄之去，不忍聽此言。南登霸陵岸，回首望長安。悟彼下泉人，喟然傷心肝。』『子荊零雨之章』即孫楚《征西官屬送於陟陽候作詩》：『晨風飄歧路，零雨被秋草。傾城遠追送，餞我千里道。三命皆有極，咄嗟安可保。莫大于殤子，彭聃猶為夭。吉凶如糾纏，憂喜相紛繞。天地為我爐，萬物一何小。達人垂大觀，誡此苦不早。乖離即長衢，惆悵盈懷抱。孰能察其心，鑒之以蒼旻。齊契在今朝，守之與偕老。』『正長朔風之句』即王瓚《雜詩》：『朔風動秋草，邊馬有歸心。胡寧久分析，靡靡忽至今。王事離我志，殊隔過商參。昔往鶬鶊鳴，今來蟋蟀吟。人情懷舊鄉，客鳥思故林。師涓久不奏，誰能宣我心？』

〔二〕按：沈文原意爲上舉四人詩，均爲直寫胸臆之辭，而非依傍典故史實之作。與後世『詩史』之稱，詞同而義異。孟啟《本事詩·高逸》：『杜甫逢祿山之難，流離隴蜀，畢陳於詩，推見至隐，殆無遺事，故當時號為詩史。』《新唐書·杜甫傳》：『甫又善陳時事，律切精深，至千言不少哀，世號詩史。』

四〇

實境詩於實境讀之，哀樂便自百倍。東陽既廢，夷然而已。送甥至江口，誦曹顏遠『富貴他人合，貧賤親戚離』，泣數行下〔一〕。余每覽劉司空『豈意百煉鋼，化爲繞指柔』〔二〕，未嘗不掩卷酸鼻也。嗚呼！越石已矣。千載而下，猶有生氣。彼石勒、段磾，今竟何在〔三〕？

【校注】

〔一〕《晉書》卷七七《殷浩傳》：『桓溫素忌浩，及聞其敗，上書罪浩曰：……竟坐廢為庶人，徙於東陽之信安縣。浩雖被黜放，口無怨言，夷神委命，談詠不輟，雖家人不見其有流放之感。但終日書空，作「咄咄怪事」四字而已。浩甥韓伯，浩素賞愛之，隨至徙所。經歲還都，浩送至渚側，詠曹顏遠詩云：「富貴他人合，貧賤親戚離。」因而泣下。』顏遠，曹據字，『富貴』二句，乃其《感舊詩》語。

〔二〕此劉琨《重贈盧諶詩》語，見本卷第三八條注〔四〕。『鋼』，底本訛作『剛』，據逯欽立《先秦漢魏晉南北朝詩》晉詩卷一一改。

〔三〕段磾，即段匹磾省稱。段匹磾殺劉琨事，詳《晉書》卷六二《劉琨傳》。

四一

王處仲每酒間歌『老驥伏櫪，志在千里。烈士暮年，壯心不已』。其人不足言，其志乃大可憫矣〔一〕。余自庚申以後〔二〕，每讀劉司空二語，未嘗不欷歔罷酒〔三〕。至少陵『千秋萬歲名，寂寞身後事』〔四〕，輒黯然低回久之。

【校注】

〔一〕《晉書》卷九八《王敦傳》：『初，敦務自矯厲，雅尚清談，口不言財色。既素有重名，又立大功於江左，專任閫外，手控強兵，羣從顯貴，威權莫貳，遂欲專制朝廷，有問鼎之心。帝畏而惡之，遂引劉隗、刁協等以為心膂。敦益不能平，於是嫌隙始構矣。每酒後，輒詠魏武帝樂府歌曰：「老驥伏櫪，志在千里。烈士暮年，壯心不已。」以如意打唾壺為節，壺邊盡缺。』

〔二〕錢大昕《弇州山人年譜》：『嘉靖三十九年（庚申）。時，獄事少緩，尚書公（世貞父王忬）促公歸視先壟。甫返里，又有惡秏，復北行入都省視；十月朔，尚書公論大辟。公號慟欲絶，與敬美扶櫬南下。』

〔三〕『劉司空二語』，指『豈意百煉鋼，化爲繞指柔』。參見本卷第三八條注〔三〕。

〔四〕『歲』，底本作『死』，據《續古逸叢書》影《宋本杜工部集》卷三改。杜甫《夢李白》二首之一：『浮雲終日行，遊子久不至。三夜頻夢君，情親見君意。告歸常局促，苦道來不易。江湖多風波，舟楫恐失墜。出門搔白首，若負平生志。冠蓋滿京華，斯人獨憔悴。孰云網恢恢，將老身反累。千秋萬歲名，寂寞身後事。』

四二

王處仲賞詠『老驥伏櫪』之語，至以如意擊唾壺為節，唾壺盡缺，即玄德悲髀肉生意也〔一〕。桓元子恒言『不能流芳百世，亦當貽臭萬年』〔二〕。至今爲書生罵端，然直是大英雄語。庾道季云：『廉頗、藺相如，雖千載上死人，懍懍恒如有生氣；曹蜍、李志雖見在，厭厭如泉下人。』〔三〕雖不相蒙，意實有會。

【校注】

〔一〕『王處仲賞詠「老驥伏櫪」之語』參見本卷第四一條注〔一〕。《三國志》卷三二《蜀書·先主傳》裴松之注引《九州春秋》：『備住荊州數年，嘗於表坐起至廁，見髀裏肉生，慨而流涕。還坐，表怪問備。備曰：「吾常身不離鞍，髀肉皆消。今不復騎，髀裏肉生。日月若馳，老將至矣，而功業不建，是以悲耳。」』

〔二〕《晉書》卷九八《桓温傳》：『温性儉，每讌，唯下七奠柈茶果而已。然以雄武專朝，窺覦非望。或臥對親僚曰：「為爾寂寂，將為文景所笑。」眾莫敢對。既而撫枕起曰：「既不能流芳後世，不足復遺臭萬載邪！」』

〔三〕事詳《世説新語·品藻》。庾龢，字道季，生平詳《晉書》卷七三《庾龢傳》。

四三

偶閲士龍與兄書〔一〕，前後所評騭者云：『《二祖頌》甚爲高偉。』『《述思賦》深情至言，實爲清妙〔二〕，恐故未得爲兄賦之最。』『《文賦》甚有辭，綺語頗多，文適多體，便欲不清。老杜《醉歌行》〔三〕：『陸機二十作《文賦》』。當已過二十也。』『《詠德頌》甚復盡美。』『《漏賦》可謂精工。』又云：『張公父子亦語雲，兄文過子安。』『雲謂兄作《二京》，必傳無疑。』又云：『張公賦誄自過五言詩耳。』『《玄泰誄》自不及《士祚誄》。兄《丞相箴》小多，不如《女史箴》耳。』又云：『《登樓》名高，恐未可越。』『《祖德頌》無乃諫語耳，然靡靡清工，用辭緯澤，亦未易。恐兄未熟視之耳。』又云：『蔡氏所長，唯銘頌耳。銘之善者，亦復數篇，其餘平平。兄詩賦自興絶域〔四〕，不當稍與比較。』按：張爲司空，蔡則中郎也。又云：『嘗聞湯仲歎《九歌》。昔讀《楚辭》，意不大愛之。頃日視之，實自清絶滔滔，故自是識者。古今來爲如此文，此爲宗矣。真元盛稱《九辯》，意甚不愛。』〔五〕其兄弟間議論如此，大自可采。

【校注】

〔一〕陸雲，字士龍，陸機之弟。

〔二〕『清妙』，原作『精妙』，據嚴可均《全晉文》卷一〇二改。

〔三〕『醉歌行』，底本作『賦靚云』，疑訛，據《續古逸叢書》影《宋本杜工部集》改。《歷代詩話續編》本作『詩云』。

〔四〕自興，嚴可均《全晉文》作「自與」。

〔五〕以上引文均見陸雲《與兄平原書》，參看嚴可均《全晉文》卷一〇二。

四四

孫興公云：「潘文淺而浄，陸文深而蕪。」又云：「潘文爛若披錦，無處不善；陸文若排沙揀金，往往見寶。」〔一〕又茂先嘗謂士衡曰：「人患才少，子患才多。」〔二〕然則陸之文病在多而蕪也。余不以爲然。陸病不在多而在模擬，寡自然之致〔三〕。

【校注】

〔一〕興公，孫綽字。生平詳《晉書》卷五六本傳。語見《世説新語·文學》。

〔二〕《晉書》卷五四《陸機傳》：「機天才秀逸，辭藻宏麗，張華嘗謂之曰：『人之為文，長恨才少，而子更患其多。』」

〔三〕陳祚明《采菽堂古詩選》卷一〇：「士衡詩束身奉古，亦步亦趨，在法必安，選言亦雅，思無越畔，語無溢幅。造情既淺，抒響不高。」

四五

《晉史》不載夏侯孝若《東方朔贊》而載其《訓弟文》〔一〕，真無識者也。

【校注】

〔一〕夏侯湛，字孝若。《訓弟文》，即其《昆弟誥》，見《晉書》卷五五本傳。《東方朔贊》，即《東方朔畫贊》，見《文選》卷四七。

四六

晉《拂舞歌》、《白鳩》、《獨漉》，得孟德父子遺韻〔一〕。《白紵舞歌》〔二〕，已開齊、梁妙境，有子桓《燕歌》之風〔三〕。

【校注】

〔一〕《晉書》卷二三《樂志下》：『拂舞，出自江左。舊云吴舞，檢其歌，非吴辭也。亦陳於殿庭。楊泓序云：「自到江南見《白符舞》，或言《白凫鳩舞》，云有此來數十年矣。察其辭旨，乃是吴人患孫皓虐政，思屬晉也。」』《拂舞歌詩》

五篇，即《白鳩篇》、《濟濟篇》、《獨祿篇》、《碣石篇》、《淮南王篇》。又卷二二《樂志上》：『魏武挾天子而令諸侯，思一戎而匡九服，時逢吞滅，憲章咸蕩。及削平劉表，始獲杜夔，揚鞶總幹，式遵前記。三祖紛綸，咸工篇什，聲歌雖有損益，愛玩在乎雕章。』

〔二〕《宋書》卷二二《樂四》：『《白紵舞》歌詩三篇：……《白紵》舊新合三篇。』《樂府詩集·舞曲歌辭四》：『《宋書·樂志》曰：「《白紵舞》，按舞辭有巾袍之言，紵本吳地所出，宜是吳舞也。晉俳歌云：『皎皎白緒，節節為雙。』吳音呼緒為紵，疑白緒即白紵也。」《南齊書·樂志》曰：「《白紵歌》，周處《風土記》云：『吳黃龍中童謡云：行白者君，追汝句驪馬。後孫權征公孫淵，浮海乘舶，舶白也。今歌和聲猶云行白紵焉。』」吳兢《樂府解題》曰：「古詞盛稱舞者之美，宜及芳時為樂，其譽白紵曰：『質如輕雲色如銀，製以為袍餘作巾。袍以光軀巾拂塵。』」《唐書·樂志》曰：「梁武帝令沈約改其辭為《四時白紵歌》。今中原有《白紵曲》，辭旨與此全殊。」』

〔三〕曹丕《燕歌行》。清王夫之《古詩評選》：『讀子桓樂府，即如引人于張樂之野，泠風善月，人世陵囂之氣，淘汰俱盡。』

四七

『奄忽隨物化，榮名以爲寶。』〔一〕不得已而托之名也。『千秋萬歲後，榮名安所之。』〔二〕名亦無歸矣。又不得已而歸之酒，曰：『使我有身後名，不如且飲一杯酒。』〔三〕『服食求神僊，多爲藥所誤。』亦不得已而歸之酒，曰：『不如飲美酒，被服紈與素。』〔四〕至於『被服紈素』，其趣愈卑，而其情益可憫矣。

【校注】

〔一〕《古詩十九首·回車駕言邁》句。

〔二〕阮籍《詠懷詩·昔年十四五》句。

〔三〕《晉書》卷九二《文苑傳》：『張翰字季鷹，吴郡人也。……翰任心自適，不求當世。或謂之曰：「卿乃可縱適一時，獨不為身後名邪？」答曰：「使我有身後名，不如即時一杯酒。」時人貴其曠達。』

〔四〕《古詩十九首·驅車上東門》句。

四八

『倚馬』事，乃桓温征慕容時，喚袁虎倚馬前作露布，文不輟筆〔一〕。今人罕知其事，至有自謙爲『倚牛』者，可笑也。

【校注】

〔一〕《世說新語·文學》：『桓宣武北征，袁虎時從，被責免官。會須露布文，喚袁倚馬前令作。手不輟筆，俄得七紙，殊可觀。東亭在側，極歎其才。袁虎云：「當令齒舌間得利。」』按：《文選》卷四九引臧榮緒《晉書》言，作露布事乃袁宏，而非袁虎。

四九

陸士衡之『來日苦短，去日苦長』〔一〕，傅休奕之『志士惜日短，愁人知夜長』〔二〕張季鷹之『榮與壯俱去，賤與老相尋』〔三〕，曹顏遠之『富貴它人合，貧賤親戚離』〔四〕，語若卑淺，而亦實境所就，故不忍多讀。

【校注】

〔一〕陸機《短歌行》：『置酒高堂，悲歌臨觴。人壽幾何，逝如朝霜。時無重至，華不再陽。蘋以春暉，蘭以秋芳。來日苦短，去日苦長。今我不樂，蟋蟀在房。樂以會興，悲以別章。豈曰無感，憂為子忘。我酒既旨，我肴既臧。短歌有詠，長夜無荒。』

〔二〕傅玄《雜詩》三首之一：『志士惜日短，愁人知夜長。攝衣步前庭，仰觀南雁翔。玄景隨形運，流響歸空房。清風何飄颻，微月出西方。繁星衣青天，列宿自成行。蟬鳴高樹間，野鳥號東廂。纖雲時髣髴，渥露沾我裳。良時無停景，北斗忽低昂。常恐寒節至，凝氣結為霜。落葉隨風摧，一絕如流光。』

〔三〕張翰《雜詩》三首之一：『暮春和氣應，白日照園林。青條若總翠，黃華如散金。佳卉亮有觀，顧此難久耽。延頸無良塗，頓足托幽深。榮與壯俱去，賤與老相尋。歡樂不照顏，慘愴發謳吟。謳吟何嗟及，古人可慰心。』

〔四〕參見本卷第四〇條注〔一〕。

五〇

渡江以還，作者無幾，非唯戎馬爲阻，當由清談間之耳〔一〕。景純《遊僊》，曄曄佳麗，第少玄旨〔二〕。《江賦》亦工，似在木玄虛下。玄虛《海賦》，人謂未有首尾〔三〕。尾誠不可了，首則如是矣。或作九河乃可用此首，今却不免孤負大海。

【校注】

〔一〕鍾嶸《詩品》：『永嘉時，貴黄老，稍尚虚談。於時篇什，理過其辭，淡乎寡味。爰及江表，微波尚傳。孫綽、許詢、桓、庾諸公詩，皆平典似道德論，建安風力盡矣。』

〔二〕郭璞《遊僊詩》，鍾嶸《詩品》：『晉弘農太守郭璞憲章潘岳，文體相輝，彪炳可玩。始變永嘉平淡之體，故稱中興第一，《翰林》以爲詩首。但《遊僊》之作，詞多慷慨，乖遠玄宗。其云：「奈何虎豹姿。」又云：「戢翼栖榛梗。」乃是坎壈詠懷，非列僊之趣也。』

〔三〕《文選》卷十二木華《海賦》注引李充《翰林論》曰：『木氏《海賦》壯則壯矣，然首尾負揭，狀若文章，亦將由未成而然也。』

五一

『噏波則洪連踧蹜，吹澇則百川倒流。』此玄虛之雄也〔一〕。『舉翰則宇宙生風，抗鱗則四瀆起濤。』此興公之雄也〔二〕。『湍轉則日月似驚，浪動則星河如覆。』此思光之雄也〔三〕。三《海賦》措語無大懸絶，讀之令人轉憶楊、馬耳。

【校注】

〔一〕木華《海賦》語，見《文選》卷一二。

〔二〕孫綽《望海賦》語，見嚴可均《全晉文》卷六一。

〔三〕張融《海賦》語，見《南齊書》卷四一《張融傳》。

五二

融之此賦，本傳載之甚明。又有『增鹽』二韻，出於應手，以爲佳話〔一〕。而用脩云『恨不見全文』，何也〔二〕？用脩無史學，如張浚、張俊，三尺小兒能曉，以爲秘聞，何況其它〔三〕！

【校注】

〔一〕《南齊書》卷四一《張融傳》：『浮海至交州，於海中作《海賦》。……融文辭詭激，獨與衆異。後還京師，以示鎮軍將軍顧覬之，覬之曰：「卿此賦實超玄虛，但恨不道鹽耳。」融即求筆注之曰：『漉沙構白，熬波出素。積雪中春，飛霜暑路。」此四句，後所足也。』

〔二〕楊慎《升庵全集》卷五三《海賦》：『《文選》載木玄虛《海賦》，似非全文。《南史》稱張融《海賦》勝玄虛，惜今不傳。《北堂書鈔》載其略……信爲奇也。』按：《南史·張融傳》未録《海賦》，《南齊書·張融傳》則録其全文。

〔三〕語見《升庵全集》卷五〇『張俊、張浚二人』：『張俊，附秦檜而傾岳忠武者。張浚，廣漢人。嘗稱飛忠孝人也。及飛冤死後，高宗納太學生程宏圖之奏，昭雪光復。浚與參贊陳俊卿悲感歎服。浚為都督，俊為樞密。劉豫遣子麟姪猊合兵七十萬犯淮西，張浚聞之，以書戒張俊曰：「賊豫之兵，以逆犯順，若不勦除，何以立國？今日之事，有進擊無退保也。」此見張穎所著《岳飛傳》。浚與俊豈可混為一人哉！今之士夫例以傾岳為浚之短，不知受誣千載如此。陳白沙詩「秦傾武穆因張浚」，白沙自《語録》、《擊壤集》外，胸中全無古今，無怪其然！而舉世懵然，余故詳著以見賢者之不可厚誣，考古之不可不精，議論之不可輕立，而益歎今人之不知學也。』按：張浚、張俊事詳《宋史》卷三六九、卷三六一本傳。

五三

淵明托旨沖澹，其造語有極工者，乃大入思來，琢之使無痕跡耳〔一〕。後人苦一切深沉，取其形似，謂爲自然，謬以千里〔二〕。

【校注】

〔一〕釋惠洪《冷齋夜話》卷一：『東坡嘗曰：「淵明詩初看若散緩，熟看有奇句。」大率才高意遠，則所寓得其妙，造語精到之至，遂能如大匠運斤，不見斧鑿之痕。』

〔二〕王夫之《古詩評選》卷四：『平淡之於詩，自爲一體。平者取勢不雜，淡者遺意不煩之謂也。陶詩於此，固多得之，然亦豈獨陶詩爲爾哉？若以近俚爲平，無味爲淡，唐之元、白，宋之歐、梅，據此以爲勝場，……則亦不知曝背之非暖而欲獻之也。』

五四

『問君何爲爾，心遠地自偏。此還有真意，欲辨已忘言。』〔一〕清悠澹永，有自然之味，然坐此不得入漢、魏果中，是未粧嚴佛階級語〔二〕。

【校注】

〔一〕陶淵明《飲酒》二十首之五：『结廬在人境，而無車馬喧。問君何能爾，心遠地自偏。采菊東籬下，悠然見南山。山氣日夕佳，飛鳥相與還。此中有真意，欲辨已忘言。』

〔二〕嚴羽《滄浪詩話·詩評》：『漢、魏古詩，氣象混沌，難以句摘。晉以還方有佳句，如淵明「采菊東籬下，悠然見南山」，謝靈運「池塘生春草」之類。』『粧』，同『莊』。『莊嚴』，佛教術語。指裝飾美盛、《無量壽經》上：『講堂精舍，宮殿樓觀，皆七寶莊嚴，自然化成。』引申爲端正尊嚴之意。

五五

謝靈運天質奇麗，運思精鑿，雖格體創變，是潘、陸之餘法也。其雅縟乃過之。『清暉能娱人，遊子澹忘歸。』〔一〕寧在『池塘春草』〔二〕下耶？『挂席拾海月』〔三〕，事俚而語雅；『天鷄弄和風』〔四〕，景近而趣遥。

【校注】

〔一〕謝靈運《石壁精舍還湖中作》：『昏旦變氣候，山水含清暉。清暉能娱人，游子憺忘歸。出谷日尚早，入舟陽已微。林壑斂暝色，雲霞收夕霏。芰荷迭映蔚，蒲稗相因依。披拂趨南逕，愉悦偃東扉。慮澹物自輕，意愜理無違。寄言攝生客，試用此道推。』

〔二〕謝靈運《登池上樓》：『潛虬媚幽姿，飛鴻響遠音。薄霄愧雲浮，棲川怍淵沉。進德智所拙，退耕力不任。徇禄反窮海，卧痾對空林。衾枕昧節候，褰開暫窺臨。傾耳聆波瀾，舉目眺嶇嶔。初景革緒風，新陽改故陰。池塘生春草，園柳變鳴禽。祁祁傷豳歌，萋萋感楚吟。索居易永久，離羣難處心。持操豈獨古，無悶徵在今。』

〔三〕謝靈運《游赤石進帆海》：『首夏猶清和，芳草亦未歇。水宿淹晨暮，陰霞屢興没。周覽倦瀛壖，況乃陵窮髮。川后時安流，天吴静不發。揚帆採石華，掛席拾海月。溟漲無端倪，虚舟有超越。仲連輕齊組，子牟眷魏闕。矜名道不足，適己物可忽。請附任公言，終然謝天伐。』

〔四〕謝靈運《於南山往北山經湖中瞻眺》：『朝旦發陽崖，景落憩陰峯。捨舟眺廻渚，停策倚茂松。側逕既窈窕，環洲亦玲瓏。俛視喬木杪，仰聆大壑淙。石橫水分流，林密蹊絕蹤。解作竟何感，升長皆豐容。初篁苞綠籜，新蒲含紫茸。海鷗戲春岸，天鷄弄和風。撫化心無厭，覽物眷彌重。不惜去人遠，但恨莫與同。孤遊非情歎，賞廢理誰通。』

五六

延之創撰整嚴，而斧鑿時露，其才大不勝學。豈唯惠休之評，視靈運殆更霄壤〔一〕。如《應詔曲水讌》，而起語云：『道隱未形，治彰既亂。帝跡懸衡，皇流共貫。唯王創物，永錫洪算。』〔二〕與題有毫髮干涉耶？至於《東宮釋奠》之篇起句『國尚師位，家崇儒門』〔三〕，老生板對，唐律賦之不若矣。

【校注】

〔一〕鍾嶸《詩品》卷中：『宋光禄大夫顔延之。其源出於陸機。尚巧似，體裁綺密，情喻淵深，動無虛散，一句一字，皆致意焉。又喜用古事，彌見拘束，雖乖秀逸，是經綸文雅才。雅才減若人，則蹈於困躓矣。湯惠休曰：「謝詩如芙蓉出水，顔詩如錯采鏤金。」顔終身病之。』

〔二〕顔延之《應詔宴曲水作詩》句，見逯欽立《先秦漢魏晉南北朝詩》宋詩卷五。

〔三〕顔延之《皇太子釋奠會作詩句》，見《先秦漢魏晉南北朝詩》宋詩卷五。

五七

古詩四言之有冒頭，蓋不始延年也，二陸諸君爲之俑也〔一〕。如《皇太子宴宣猷堂應令》，而士衡起句曰：『三正迭紹，洪聖啓運。自昔哲王，先天而順。』凡十六韻而始及太子。《大將軍宴會》，而士衡起句曰〔二〕：『皇皇帝祐，誕隆駿命。四祖正家，天禄安定。』凡八韻而始入晉亂，齊王冏始平之。又士衡《贈斥丘令》而曰：『於皇聖世，時文唯晉。受命自天，奄有黎獻。』《答賈常侍》而曰：『伊昔有皇，肇濟黎蒸。先天創物，景命是膺。』潘安仁《爲賈答》而曰：『肇自初創，二儀烟熅。爰有生民，伏羲始君。』《晉武華林園宴集》而應吉甫起句云〔三〕：『悠悠太上，民之厥初。皇極肇建，彝倫攸敷。』若爾則不必多費此等語，但成一冒頭，百凡宴會酬贈，可舉以貫之矣。若韋孟之《諷諫》，思王之《責躬》、《應詔》，靖節之《贈族》，叔夜之《幽憤》，仲宣之《贈蔡睦》、《文穎》〔四〕，越石之《贈盧湛》，寧有是耶？其他仲宣之《思親》云：『穆穆顯妣，德音徽止。』閭丘沖之《三月宴》云：『暮春之月，春服既成。』裴季彦之《大蜡》曰：『日纏星紀，大吕司辰。』開口見咽，豈不快哉！而《選》都未之及〔五〕，何也？

【校注】

〔一〕二陸：陸機、陸雲。鍾嶸《詩品》卷中：『清河之方平原，殆如陳思之匹白馬，於其哲昆，故稱二陸。』

〔二〕按：據《文選》卷二〇所載，《大將軍宴會》為陸雲詩。

〔三〕按：據《文選》卷二〇《大將軍宴會》為陸雲詩。
〔四〕按：蔡睦字子篤，爲尚書。《搜神記》：『文潁，字叔良，南陽人，爲荊州從事。』
〔五〕上舉王粲、閭丘沖、裴秀諸作，《文選》均未録，故云。

五八

延年《五君》，忽自秀於它作。如『沉醉似埋照，寓辭類托諷』，『鸞翮有時鎩，龍性誰能訓』，以比己之骯髒也；『韜精日沉飲，誰知非荒宴』，以解己之任誕也；『屢薦不入官，一麾乃出守』，以感己之濡滯也〔一〕。語意既雋永，亦易吟諷〔二〕。

【校注】

〔一〕顏延之，字延年。王世貞所述蓋本之《宋書·顏延之傳》。《顏延之傳》曰：『延之好酒疏誕，不能斟酌當世，見劉湛、殷景仁專當要任，意有不平，常云：「天下之務，當與天下共之，豈一人之智所能獨了！」辭甚激揚，每犯權要。謂湛曰：「吾名器不升，當由作卿家吏。」湛深恨焉，言于彭城王義康，出為永嘉太守。延之甚怨憤，乃作《五君詠》以述竹林七賢，山濤、王戎以貴顯被黜，詠嵇康曰：「鸞翮有時鎩，龍性誰能馴。」詠阮籍曰：「物故可不論，塗窮能無慟。」詠阮咸曰：「屢薦不入官，一麾乃出守。」詠劉伶曰：「韜精日沉飲，誰知非荒宴。」此四句，蓋自序也。』按：『沉醉似埋照，寓辭類托諷』，乃詠阮籍之句。

〔二〕今存顏延之眾作類如鍾嶸《詩品》『顏延之』條所評，參見本卷第五六條注〔一〕。唯《五君詠》聲韻和協，風格殊異，語意雋永，易於吟諷。故王世貞謂其『忽自秀於它作』。《五君詠・阮步兵》：『阮公雖淪跡，識密鑒亦洞。沈醉似埋照，寓辭類托諷。長嘯若懷人，越禮自驚衆。物故不可論，途窮能無慟。』《嵇中散》：『中散不偶世，本自餐霞人。形解驗默僊，吐論知凝神。立俗迕流議，尋山洽隱淪。鸞翮有時鎩，龍性誰能馴。』《劉參軍》：『劉伶善閉關，懷清滅聞見。鼓鐘不足歡，榮色豈能眩。韜精日沉飲，誰知非荒宴。頌酒雖短章，深衷自此見。』《阮始平》：『仲容青雲器，實稟生民秀。達音何用深，識微在金奏。郭奕已心醉，山公非虛觀。屢薦不入官，一麾乃出守。』《向常侍》：『向秀甘淡薄，深心托毫素。探道好淵玄，觀書鄙章句。交呂既鴻軒，攀嵇亦鳳舉。流連河裡遊，惻愴山陽賦。』

五九

『明月照積雪』，是佳境，非佳語〔一〕；『池塘生春草』，是佳語，非佳境〔二〕。此語不必過求，亦不必深賞。若權文公所論『池塘』、『園柳』二語，托諷深重，爲廣州之禍張本。王介甫取以爲美談，吾不敢信也〔三〕。按：權云：『池塘者，泉水瀦溉之池，今曰「生春草」，是王澤竭也。《豳詩》所配，一蟲鳴則一候，今曰「變鳴禽」者，候將變也。』

【校注】

〔一〕『明月照積雪』，謝靈運《歲暮》句。鍾嶸《詩品序》：『至乎吟詠情性，亦何貴於用事？「思君如流水」，既是即目。「高臺多悲風」，亦唯所見。「清晨登隴首」，羌無故實。「明月照積雪」，詎出經史？觀古今勝語，多非補假，皆由直尋。』

〔一〕謝靈運《登池上樓》句。葉夢得《石林詩話》卷中：『「池塘生春草，園柳變夏禽。」世多不解此語為工。蓋欲以奇求之耳。此詩之工，正在無所用意，猝然與景相遇，借以成章，不假繩削，故非常情之所能到。詩家妙處，當須以此為根本。而思苦言艱者，往往不悟。』王夫之《薑齋詩話》卷下：『「池塘生春草」、「蝴蝶飛南園」、「明月照積雪」皆心中目中與相融浹，一出語時，即得珠圓玉潤。』潘德與《養一齋詩話》卷四：『「池塘」句天然流出，與「明月照積雪」、「天高秋月明」，同一妙境，皆靈運所僅。』

〔二〕舊題南宋陳應行《吟窗雜録》曰：『「池塘生春草，園柳變鳴禽」，靈運坐此詩得罪，遂托以阿連夢中授此語。有客以請舒王曰：「不知此詩，何以得名於後世，何以得罪於當時？」舒王曰：「權德輿已嘗評之，公苦未尋繹爾。」客退而求德輿集，了無所得，復以為問。舒王誦其略曰：「『池塘』者，泉水瀦溉之池，今曰『生春草』，是王澤竭也；《豳》詩所紀，一蟲鳴則一候變，今曰『變鳴禽』者，候將變也。」客以告士夫，士夫益服舒王之博。』案：王安石，字介甫，曾被封為荊公、舒王。《四庫全書總目提要》以《吟窗雜録》僞書，謂其『前列諸家詩話，唯鍾嶸《詩品》爲有據，而刪削失真。其餘如李嶠、王昌齡、皎然、賈島、齊己、白居易、李商隱諸家之書，率出依托，鄙倍如出一手』。則其中所載權德輿、王安石之言蓋皆偽托。廣州之禍：《宋書·謝靈運傳》：『司徒遣使隨州從事鄭望生收靈運，靈運執録望生，興兵叛逸。……追討禽之，送廷尉治罪。廷尉奏靈運率部眾反叛，論正斬刑，上愛其才，欲免官而已。彭城王義康堅執謂不宜恕，乃詔曰：「靈運罪釁累仍，誠合盡法。但謝玄勳參微管，宜宥及後嗣，可降死一等，徙付廣州。」……（其後）有司又奏依法收治，太祖詔于廣州行棄市刑。』

六〇

玄暉不唯工發端，撰造精麗，風華映人，一時之傑〔一〕。青蓮目無往古，獨三四稱服，形之詞詠〔二〕。

登九華山云：『恨不携謝朓驚人詩來。』〔三〕特不如靈運者，匪直材力小弱，靈運語俳而氣古，玄暉調俳而氣今〔四〕。

【校注】

〔一〕鍾嶸《詩品》卷中：『齊吏部謝朓。』『……一章之中，自有玉石，然奇章秀句，往往警遒。足使叔源失步，明遠變色。善自發詩端，而末篇多躓，此意鋭而才弱也。』

〔二〕按：李白一生服膺謝朓，詩中屢屢及之，如《金陵城西樓月下吟》『解道澄江淨如練，令人長憶謝玄暉』，《酬殷明佐見贈五雲裘歌》『我吟謝朓詩上語，朔風颯颯吹飛雨。謝朓已沒青山空，後來繼之有殷公』，《宣城謝朓樓餞別校書叔雲》『蓬萊文章建安骨，中間小謝又清發』，《秋登宣城謝朓北樓》『誰念北樓上，臨風懷謝公』，《姑熟十詠・謝公宅》『青山日將暝，寂寞謝公宅』，《題東溪公幽居》『宅近青山同謝朓，門垂碧柳似陶潛』等。故清人王士禛有《論詩絕句》曰：『青蓮才筆九州横，六代淫哇總廢聲。白紵青山魂魄在，一生低首謝宣城。』

〔三〕舊題後唐馮贄撰《雲僊雜記》曰：『李白登九華落雁峰曰：「此山最高，呼吸之氣，想通天座矣，恨不攜謝朓驚人詩句來，搔首一問青天耳。」』朓，底本訛作『眺』，誤，據文意改。

〔四〕嚴羽《滄浪詩話・詩評》：『謝朓之詩，已有全篇似唐人者，當觀其集方知之。』鍾惺《古詩歸》卷一三：『謝朓往往以排語寫出妙思。康樂亦有之，然康樂排得可厭，卻不失爲古詩。玄暉排得不可厭，業已浸淫近體。』

六一

謝山人謂玄暉『澄江浄如練』，『澄』、『浄』二字意重，欲改爲『秋江静如練』，余不敢以爲然，蓋江澄乃净耳〔一〕。

【校注】

〔一〕謝山人，即謝榛。謝朓，字玄暉，南朝齊人。『澄江净如練』乃《晚登三山還望京邑》句：『灞涘望長安，河陽視京縣。白日麗飛甍，參差皆可見。餘霞散成綺，澄江静如練。喧鳥覆春洲，雜英滿芳甸。去矣方滯淫，懷哉罷歡宴。佳期悵何許，淚下如流霰。有情知望鄉，誰能鬒不變。』王士禛《帶經堂詩話》卷一八：『後人妄改古詩，如謝茂秦改玄暉「澄江净如練」之類，爲世口實。』

六二

宋高祖每欲除異己，必令壯士丁旿拉殺，旿即樂府所謂丁都護者也。時人爲之語曰：『莫跋扈，付丁旿。』〔一〕蕭齊主道成亦然，其所任者桓康也。時人亦語曰：『莫輈張，付桓康。』〔二〕二字既同而字亦對，又皆協韻，甚奇。《晉史》載謝安石語亦有韻，曰：『天子有道，守在四鄰，明公何須屋後著人。』〔三〕正可破此二主。

【校注】

〔一〕《宋書》卷二《武帝紀》：『九年二月乙丑，公至自江陵。初，諸葛長民貪淫驕橫，为士民所患苦。公以其同大義，優容之。劉毅既誅，長民謂所親曰：「昔年醢彭越，今年誅韓信，禍其至矣。」將謀作亂。公克期至京邑，而每淹留不進，公卿以下頻日奉候於新亭，長民亦驟出。既而公輕舟密至，已還東府矣。長民到門，引前，却人閑语，凡平生於長民所不盡者，皆與及之；長民甚說。已密命左右壯士丁旿等自幔後出，於坐拉焉。長民墜床，又於地毆之，死於床側。輿尸付廷尉；併誅其弟黎民。旿驍勇有氣力，時人為之語曰：「勿跋扈，付丁旿。」』『祖』，底本作『宗』，據《宋書》改。

〔二〕《南史》卷四六《桓康列傳》：『桓康，北蘭陵承人也。勇果驍悍。……隨武帝起兵，摧堅陷陣，膂力絕人。……高帝鎮東府，除武陵王中兵、寧朔將軍，帶蘭陵太守，常衛左右。高帝誅黃回，回時為南兗州，部曲數千，欲收恐為亂，召入東府，停外齋，使康數回罪，然後殺之。時人為之語曰：『欲侜張，問桓康。』除後軍將軍、直閤將軍、南濮陽太守。』

〔三〕《晉書》卷七九《謝安傳》：『簡文帝疾篤，温上疏荐安宜受顧命。及帝崩，温入赴山陵，止新亭，大陳兵衛，將移晉室，呼安及王坦之，欲於坐害之。坦之甚懼，問計於安。安神色不變，曰：「晉祚存亡，在此一行。」既見温，坦之流汗沾衣，倒执手版。安從容就席，坐定，謂温曰：「安聞諸侯有道，守在四鄰，明公何須壁後置人邪？」温笑曰：「正自不能不爾耳。」遂笑語移日。坦之与安初齊名，至是方知坦之之劣。温嘗以安所作《簡文帝謚議》以示坐賓，曰：「此謝安石碎金也。」』

六三

自昔倚馬占檄〔一〕，横槊賦詩〔二〕，曹孟德、李少卿、桓靈寶、楊處道之外，能復有幾〔三〕？自非本色，故足貽姍。敔曹《行路難》，猶堪放浪〔四〕，崇文《酵兒》，有愧祖武〔五〕？至於權龍褒輩，衹供盧胡而已〔六〕。獨《南史》所載：梁曹景宗目不知書，好以意作字，及當上讌朝賢，以曹兜鍪，不煩倡和。曹固請不已，許之。僅餘『競』、『病』二韻，即賦云：『去時兒女悲，歸來笳鼓競。借問行路人，何如霍去病？』一座賞服〔七〕。宋沈慶之目不知書，每將署事，輒恨眼不識字。上嘗歡飲群臣，逼令作詩。慶之請顔師伯執筆，口授之曰：『微生遇多幸，得逢時運昌。朽老筋力盡，徒步還南岡。辭榮此聖世，何異張子房。』上悦，衆坐稱美〔八〕。北齊斛律金不解書，有人教押名曰：『但五屋四面平正即得。』至作《敕勒歌》曰：『敕勒川，陰山下，天似穹廬蓋四野；天蒼蒼，野茫茫，風吹草低見牛羊。』爲一時樂府之冠〔九〕。宋野史載韓蘄王世忠目不知書，晚年忽若有悟，能作字及小詞，皆有宗趣。一日，蘇仲虎尚書方宴客香林園，韓乘小羸逕造，劇歡而散。次日，餉尚書一羊羔，仍手書《臨江僊》、《南鄉子》二詞遺之，瀟灑超脱，詞多不載〔一〇〕。此四事頗相類。又蜀將王平，識不過十字。後周將梁臺，識不過百字，而口授書令，辭旨俱可觀〔一一〕。噫，豈釋氏所謂宿習餘因耶？

【校注】

〔一〕參見本卷第四八條。

〔二〕《舊唐書》卷一九〇《杜甫傳》：『曹氏父子鞍馬間爲文，往往横槊賦詩。』

〔三〕處道，隋代楊素字。

〔四〕《北齊書》卷二一《高昂傳》載：『高昂，字敖曹，乾第三弟。幼稚時，便有壯氣。長而俶儻，膽力過人，龍眉豹頸，姿體雄異。其父為求嚴師，令加捶撻。昂不遵師訓，專事馳騁，每言男兒當横行天下，自取富貴，誰能端坐讀書，作老博士也』《從軍與相州刺史孫騰作行路難》詩曰：『卷甲長驅不可息，六日六夜三度食。初時言作虎牢停，更被處置河橋北。回首絕望便蕭條，悲來雪涕還自抑。』

〔五〕未詳。

〔六〕張鷟《朝野僉載》卷四：『唐左衛將軍權龍襃（注《說郛》卷二作「褒」）性褊急，常自矜能詩。通天年中，爲滄州刺史，初到乃爲詩呈州官曰：「遥看滄州城，楊柳鬱青青。中央一群漢，聚坐打杯觥。」諸公謝曰：「公有逸才。」襃曰：「不敢，趁韻而已。」又《秋日述懷》曰：「簷前飛七百，雪白後園强。飽食房裏側，家糞集野螂。」參軍不曉，請釋。襃曰：「鷂子簷前飛，直七百文。洗衫掛後園，乾自如雪。飽食房中側卧，家裏便轉，集得野澤蜣螂。」談者嗤之。皇太子宴，夏日賦詩：「嚴霜白浩浩，明月赤團團。」太子援筆爲贊曰：「龍襃才子，秦州人士。明月晝耀，嚴霜夏起。如此詩章，趁韻而已。」』

〔七〕事詳《南史》卷五五《曹景宗傳》。

〔八〕『顔師伯』，底本作『顔師古』，誤。據《南史·沈慶之傳》改。事詳《南史》卷三七《沈慶之傳》。

〔九〕事詳《北史》卷五四《斛律金傳》、卷六《齊神武帝紀》，參看王灼《碧鷄漫志》卷一。

〔一〇〕丁傳靖《宋人軼事彙編》卷十五引《宋稗類鈔》：韓蘄王以元勳就第，絕口不言兵，乘小騾，放浪西湖泉石間。一日至香林園，蘇仲虎尚書方宴客，王逕造之，賓主歡甚，盡醉而歸。明日王餉以羊羔，且手書二詞遺之。《臨江僊》云：『終日青山瀟灑，春來山暖花濃。少年衰老與花同。世間名利客，富貴與貧窮。　榮華不是長生藥，清閒是不死門風。勸君識取主人翁。單方祇一味，盡在不言中。』《南鄉子》云：『人有幾何般。富貴榮華總是閒。自古英雄多是夢，為官。寶玉妻兒宿業纏。　年事已衰殘。鬢髮蒼蒼骨髓乾。不道山林多好處，貪歡。祇恐癡迷誤了賢。』王生長兵間，初不知書。晚歲忽若有悟，能作字及小詩詞，皆有見趣。

〔一二〕《三國志》卷四十三《王平傳》：『平生長戎旅，手不能書，而所識不過十字，而口授作書，皆有意理。』《周書》卷二十七《梁臺列傳》：『臺性疏通，恕己待物。至於涖民處政，尤以仁愛為心。不過識千餘字，口占書啟，辭意可觀。年過六十，猶能被甲跨馬，足不躡鐙。馳射弋獵，矢不虛發。後以疾卒。』

六四

梁氏帝王，武帝、簡文爲勝，湘東次之〔一〕。武帝之《莫愁》，簡文之《烏棲》〔三〕，大有可諷。餘篇未免割裂，且佻浮淺下，建業、江陵之難，故不虛也〔四〕。昭明鑒裁有餘，自運不足〔五〕。

【校注】

〔一〕梁武帝蕭衍，梁簡文帝蕭綱，梁元帝蕭繹，初封湘東王。

〔二〕梁武帝蕭衍《河中之水歌》：『河中之水向東流，洛陽女兒名莫愁。莫愁十三能織綺，十四采桑南陌頭。十五嫁為盧家婦，十六生兒字阿侯。盧家蘭室桂為梁，中有鬱金蘇合香。頭上金釵十二行，足下絲履五文章。珊瑚掛鏡爛生光，平頭奴子擎履箱。人生富貴何所望，恨不早嫁東家王。』

〔三〕簡文帝蕭綱《烏栖曲》四首，其一曰：『芙蓉作船絲作綍，北斗橫天月將落。采桑渡頭礙黄河，郎今欲渡畏風波。』其二曰：『浮雲似帳月成鉤，那能夜夜南陌頭。宜城醖酒今行熟，停鞍繫馬暫棲宿。』其三曰：『青牛丹轂七香車，可憐今夜宿倡家。倡家高樹烏欲棲，羅幃翠帳向君低。』其四曰：『織成屏風金屈膝，朱唇玉面燈前出。相看氣息望君憐，誰能含羞不自前。』

〔四〕太清三年三月，侯景攻陷建業，梁武帝餓死。承聖元年十一月，梁元帝蕭繹即帝位於江陵。承聖三年十一月，西魏軍攻破江陵，梁元帝被殺。

〔五〕梁昭明太子蕭統，主持編纂《文選》三十卷。

六五

王籍『鳥鳴山更幽』，雖遜古質，亦是雋語，第合上句『蟬噪林逾静』讀之，遂不成章耳〔一〕。又有可笑者，『鳥鳴山更幽』，本是反『不鳴山幽』之意，王介甫何緣復取其本意而反之？且『一鳥不鳴山更幽』有何趣味〔二〕？宋人可笑，大概如此。

【校注】

〔一〕《梁書·文學傳》下：『王籍，字文海，琅邪臨沂人。……除輕車湘東王諮議參軍，隨府會稽。郡境有雲門、天柱山，籍嘗遊之，或累月不反。至若邪溪賦詩，其略云：「蟬噪林逾静，鳥鳴山更幽。」當時以為文外獨絕。』按王籍《入若邪溪》詩：『艅艎何泛泛，空水共悠悠。陰霞生遠岫，陽景逐回流。蟬噪林逾静，鳥鳴山更幽。此地動歸念，長年悲倦游。』

〔二〕曾季貍《艇齋詩話》：『南朝人詩云：「蟬噪林逾静，鳥鳴山更幽。」荆公嘗集句云：「風定花猶落，鳥鳴山更幽。」說者謂上句静中有動意，下句動中有静意，此說亦巧矣。至荆公絶句云：「茅檐相對坐終日，一鳥不鳴山更幽，」却覺無味。蓋鳥鳴即山不幽，鳥不鳴則山自幽矣，何必言「更幽」乎？此所以不如南朝之詩爲工也。』按王安石《鍾山即事》：『澗水無聲繞竹流，竹西花草弄春柔。茅檐相對坐終日，一鳥不鳴山更幽。』見《王臨川集》卷三十。

六六

何水部、柳吴興〔一〕，篇法不足，時時造佳致。何氣清而傷促，柳調短而傷凡〔二〕。吴均起語頗多五言律法，餘章綿麗，不堪大雅〔三〕。

【校注】

〔一〕何遜曾爲尚書水部郎。柳惲曾官吴興太守。

〔二〕沈德潛《古詩源》卷一三：『仲言詩雖乏風骨，而情詞宛轉，淺語俱深，宜爲沈、范心折。』又曰：『水部名句極多，然漸入近體。』王士禛《帶經堂詩話》卷四：『梁代右文，作者尤衆。繩以風雅，略其名位，則江淹、何遜，足爲兩雄；沈約、范雲、吴均、柳惲差堪羽翼。』

〔三〕張溥《漢魏六朝百三家集題辭》：『叔庠詩什纍纍，樂府尤高。』按叔庠，吴均字。

六七

吴興『庭皋木葉下，隴首秋雲飛』，〔一〕又『太液滄波起，長楊高樹秋』，〔二〕置之齊、梁月露間，矯矯有氣，上可以當康樂而不足，下可以淩子安而有餘〔三〕。

【校注】

〔一〕柳惲《擣衣詩》句。《梁書》卷二一《柳惲傳》：『惲立行貞素，以貴公子早有令名，少工篇什。始爲詩曰：「亭皋木葉下，隴首秋雲飛。」琅邪王元長見而嗟賞，因書齋壁。』

〔二〕柳惲《從武帝登景陽樓詩》句，《梁書》卷二一《柳惲傳》：『嘗奉和高祖登景陽樓中篇云：「太液滄波起，長楊高樹秋。翠華承漢遠，雕輦逐風游。」深爲高祖所美。』

〔三〕謝靈運，襲封康樂公。王勃，字子安。

六八

范詹事《獄中》一篇，雖太自標榜，其持論亦有可觀〔一〕。

【校注】

〔一〕范曄曾官太子詹事，故稱。『《獄中》一篇』，即《獄中與諸甥侄書》，其文曰：『吾狂釁覆滅，豈復可言，汝等皆當以罪人棄之。然平生行已在懷，猶應可尋，至於能不，意中所解，汝等或不悉知。吾少懶學問，晚成人，年三十許政始有向耳。自爾以來，轉為心化，推老將至者，亦當未已也。往往有微解，言乃不能自盡。為性不尋注書，心氣惡，小苦思便憒悶，口機又不調利，以此無談功。至於所通解處，皆自得之於胸懷耳。文章轉進，但才少思難，所以每於操筆，其所成篇，殆無全稱者。常恥作文士。文患其事盡於形，情急於藻，義牽其旨，韻移其意。雖時有能者，大較多不免此累，政可類工巧圖繢，竟無得也。常謂情志所托，故當以意為主，以文傳意。以意為主，則其旨必見；以文傳意，則其詞不流。然後抽其芬芳，振其金石耳。此中情性旨趣，千條百品，屈曲有成理。自謂頗識其數，嘗為人言，多不能賞，意或異故也。性別宮商，識清濁，斯自然也。觀古今文人，多不全了此處；縱有會此者，不必從根本中來。言之皆有實證，非為空談。年少中謝莊最有其分，手筆差易，文不拘韻故也。吾思乃無定方，特能濟難適輕重，所稟之分，猶當未盡，但多公家之言，少於事外遠致，以此為恨，亦由無意于文名故也。本未關史書，政恒覺其不可解耳。既造《後漢》，轉得統緒。詳觀古今著述及評論，殆少可意者。班氏最有高名，既任情無例，不可甲乙辨。後贊於理近無所得，唯志可推耳。博贍不可及之，整理未必愧也。吾雜傳論，皆有精意深旨，既有裁味，故約其詞句。至於《循史》以下及《六夷》諸序論，筆勢縱放，實天下之奇作。其中合者，往往不減《過秦》篇。嘗共比方班氏所作，非但不愧之而已。欲遍作諸志，《前漢》所有者悉令備。雖事不必多，且使見文得盡；又欲因事就卷內發論，以正一代得失，意復未果。贊自是吾文之傑思，殆無一字空設，奇變不窮，同含異體，乃自不知所以稱之。此書行，故應有賞音者。紀傳例為舉其大略耳，諸細意甚多。自古體大而思精，未有此也。恐世人不能盡之，多貴古賤今，所以稱情狂言耳。吾於音樂，聽功不及自揮，但所精非雅聲為可恨。然至於一絕處，亦復何異邪！其中體趣，言之不盡。絃外之意，虛響之音，不知所從而來。雖少許處，而旨態無極。亦嘗以授人，士庶者中未有一豪似者。此永不傳矣！吾書雖小小有意，筆勢不快。余竟不成就，每愧此名。』

六九

范、沈篇章，雖有多寡，要其裁造，亦昆季耳〔一〕。沈以四聲定韻，多可議者。唐人用之，遂足千古。

然以沈韻作唐律可耳，以己韻押古《選》，沈故自失之〔二〕。

【校注】

〔一〕范、沈：指范雲、沈約。鍾嶸《詩品》中：『范詩清便宛轉，如流風回雪。』又：『觀休文衆製，五言爲優，詳其文體，察其餘論，固知憲章鮑明遠也。所以不閑於經綸，而長於清怨。故當詞密於范，意淺於江也。』

〔二〕胡應麟《詩藪》外編卷二：『休文四聲八病，首發千古妙詮，其於近體，允謂作者之聖，而自運乃無一篇。諸作材力有餘，風神全乏，視彥昇、彥龍，僅能過之。世以鍾氏私憾置中品，非也。』按《南史·文學傳》曰：『鍾嶸嘗求譽於沈約，約拒之。及約卒，嶸品古今詩，為評言其優劣。……盖追宿憾，以此報約也。』

七〇

楊用脩謂七始即今切韻，宫、商、角、徵、羽之外，又有半商、半徵。蓋牙、齒、舌、喉、唇之外，有深淺二音故也。沈約以平、上、去、入爲四聲，自以爲得天地秘傳之妙〔一〕。然辨音雖當，辨字多訛，蓋偏方之舌，終難取裁耳。即無論沈約，今四詩、騷賦之韻，有不出於五方田畯婦女之所就乎？而可據以爲準乎？古韻時自天淵，沈韻亦多矛盾，至於叶音，真同鴃舌〔二〕。要之，爲此格不能捨此韻耳。天地中和之氣，似不在此。

【校注】

〔一〕沈約《宋書》卷六七《謝靈運傳論》曰：『夫五色相宣，八音協暢，由乎玄黄律吕，各適物宜。欲使宫羽相變，低昂互節，若前有浮聲，則後須切響。一簡之内，音韻盡殊；兩句之中，輕重悉異。妙達此旨，始可言文。至於先士茂製，諷高曆賞。子建「函京」之作，仲宣「灞岸」之篇，子荊「零雨」之章，正長「朔風」之句，並直舉胸情，非傍詩史，正以音律調韻，取高前式。自靈均以來，多歷年代，雖文體稍精，而此秘未睹。至於高言妙句，音韻天成，皆暗與理合，匪由思至。張、蔡、曹、王，曾無先覺；潘、陸、顔、謝，去之彌遠。世之知音者，有以得之，知此言非謬。』

〔二〕楊慎《升庵詩話》卷七：『大凡作古文賦頌，當用吴才老古韻，作近代詩詞，當用沈約韻。近世有倔强好異者，既不用古韻，又不屑用今韻，唯取口吻之便，鄉音之叶，而著之詩焉，良爲後人一笑資耳。』

七一

沈休文所載八病，如平頭、上尾、蜂腰、鶴膝、大韻、小韻、旁紐、正紐，以上尾、鶴膝爲最忌〔一〕。休文之拘滯，正與古體相反，唯近律差有關耳，然亦不免商君之酷〔二〕。今按平頭，謂第一字不得與第六字同平聲，律詩如『風勁角弓鳴，將軍獵渭城』，『風』之與『將』，何損其美〔三〕？上尾謂第五字不得與第十字同聲，如古詩『西北有高樓，上與浮雲齊』，雖隔韻何害〔四〕？律固無是矣。使同韻如前詩『鳴』之與『城』，又何妨也？蜂腰謂第二字與第四字同上、去、入韻，如老杜『望盡似猶見』，江淹『遠與君别者』之類〔五〕，近體宜少避之，亦無妨。鶴膝第五字不得與第十五字同，如老杜『水色含群動，朝光接太虚。年侵頻帳望』之類〔六〕。八句俱如是則不宜，一字犯亦無妨。五大韻謂重疊相犯，如『胡姬年十五，春日獨當罏』，又『端坐苦愁思，攬衣起西游』，『胡』與『罏』，『愁』與『游』犯〔七〕。六小韻，十字中自有韻，如『薄帷鑒明月，清風吹我襟』，『明』與『清』犯〔八〕。七傍紐，十字中已有『田』字，不得著『寅』、『延』字〔九〕。八正紐，十字中已有『壬』字，不得著『衽』、『任』〔一〇〕。後四病尤無謂，不足道也。

【校注】

〔一〕王應麟《困學紀聞》一〇引李淑《詩苑類格》：沈約曰：『詩病有八：平頭、上尾、蜂腰、鶴膝、大韻、小韻、旁紐、正紐。唯上尾、鶴膝最忌，餘病亦通。』又見遍照金剛《文鏡秘府》西卷《文二十八種病》及魏慶之《詩人玉屑》卷一一《詩病》。

〔二〕參看本卷第六九條注〔二〕。

〔三〕《文鏡秘府》西卷：『第一平頭。平頭詩者，五言詩第一字不得與第六字同聲，第二字不得與第七字同聲。同聲者，不得同平、上、去、入四聲，犯者名爲犯平頭。釋曰：「上句第一、二兩字是平聲，則下句六、七兩字不得復用平聲，爲用同二句之首，即犯爲病。餘三聲皆爾，不可不避。」』『風勁角弓鳴，將軍獵渭城』，王維《觀獵》詩句。

〔四〕《文鏡秘府》西卷：『第二上尾。或名土崩病。上尾詩者，五言詩中，第五字不得與第十字同聲，名爲上尾。詩曰：「西北有高樓，上與浮雲齊。」如此之類，是其病也。……釋曰：「此即犯上尾病。上句第五字是平聲，則下句第十字不得復用平聲，如此病，此來無有免者。此是詩之疣，急避。」』『西北有高樓，上與浮雲齊』，《古詩十九首》句。

〔五〕《文鏡秘府》西卷：『第三蜂腰。蜂腰詩者，五言詩一句之中，第二字不得與第五字同聲。言兩頭粗，中央細，似蜂腰也。釋曰：「凡一句五言之中，而論蜂腰，則初腰事須急避之，復是劇病。若安聲體，尋常詩中，無有免者。」劉氏曰：「蜂腰者，五言詩第二字不得與第五字同聲。……又第二字與第四字同聲，亦不能善。此雖世無的目，而甚於蜂腰。如魏武帝《樂府歌》云：『冬節南食稻，春日復北翔』是也。」』『望盡似猶見』，杜甫《孤雁詩》句。『遠與君别者』，江淹《古離别》詩句。

〔六〕《文鏡秘府》西卷：『第四鶴膝。鶴膝詩者，五言詩第五字不得與第十五字同聲。言兩頭細，中央粗，似鶴膝也，以其詩中央有病。詩曰：「拔掉金陵渚，遵流背城闕。浪蹙飛船影，山掛垂輪月。」……釋云：「取其兩字間似鶴膝，若上句第五『渚』字是上聲，則第三句末『影』字不得復用上聲，此即犯鶴膝。」』『水色』三句，杜甫《瀼西寒望詩》句。

〔七〕《文鏡秘府》西卷：『第五大韻。或名觸絶病。大韻詩者，五言詩若以「新」爲韻，上九字中，更不得安「人」、「津」、「鄰」、「身」、「陳」等字，既同其類，名犯大韻。』舊題魏文帝《詩格》：『八病：五曰大韻，謂二句中字與第十字同聲是犯。如古詩「端坐苦愁思，攬衣起四游」，又古詩「胡姬年十五，春日獨當壚」，「愁」與「游」，「胡」與「壚」是犯也。』『壚』原作『爐』，據《四庫》本改。『胡姬年十五，春日獨當壚』，辛延年《羽林郎詩》句。明梁橋《冰川詩式》四：『大韻者，重疊相犯。』

〔八〕《文鏡秘府》西卷：『第六小韻。或名傷音病。小韻詩，除韻以外，而有疊相犯者，名爲犯小韻病也。』《詩人玉屑》卷一一《詩病》：『六曰小韻，除本一字外，九字中不得有兩字同韻，如「遥」、「條」不同。』舊題魏文帝《詩格》：『小韻，謂九字中有「明」字，又用「清」字是犯。如古詩「薄帷鑒明月，清風吹我襟。」』『薄帷』二句，阮籍《詠懷詩》之一句。

〔九〕《文鏡秘府》西卷：『第七傍紐，亦名大紐，或名爽切病。傍紐詩者，五言詩一句之中有「月」字，更不得安「魚」、「元」、「阮」、「願」等之字，此即雙聲，雙聲即犯傍紐。亦曰五字中犯最急，十字中犯稍寬。如此之類，是其病。』《詩格》：『八曰旁紐，謂十字中有「田」字，又用「寅」、「延」字是犯。如古詩「田夫亦知禮，寅賓延上坐」。』

〔一〇〕《文鏡秘府》西卷：『第八正紐。亦名小紐，或亦名爽切病。正紐者，五言詩「壬」、「衽」、「任」、「入」四字爲一紐，一句之中，已有「壬」字，更不得安「衽」、「任」、「入」等字。如此之類，名爲犯正紐之病也。』

七二

《白狼》、《槃木》，夷詩也。夷語有長短，何以五言？蓋益部太守代爲之也〔一〕。諸佛經偈，梵語也。梵語有長短，何以五言〔二〕？鳩摩羅什、玄奘輩增損而就漢也〔三〕。諸偈詩在漢則漢，在唐則唐，不應天上變格乃爾，皆其時人僞爲之也。道經又有命張良注《度人經》敕表，其文辭絶類宋人之下俚者，至官秩亦然，可發一笑。

【校注】

〔一〕見逯欽立《先秦漢魏晉南北朝詩》漢詩卷五白狼王唐菆詩《莋都夷歌》三章注。按：三章均爲四言，此曰五言，不知何據。

〔二〕偈，梵語偈佗之簡稱，佛經中之頌詞。多用三言、四言、五言、六言、七言以至多言爲句，四句爲一偈，不盡五言。

〔三〕鳩摩羅什生平詳梁慧皎《高僧傳》二《鳩摩羅什》。玄奘生平詳唐道宣《續高僧傳》四《京大慈恩寺釋玄奘傳》。

七三

庾開府事實嚴重，而寡深致。所賦《枯樹》、《哀江南》僅如郗方回奴，小有意耳〔一〕，不知何以貴重若是〔二〕。江總、徐陵淫麗之辭，取給盃酒，責花鳥課，只後主君臣唱和，自是景陽宮井中物〔三〕。

【校注】

〔一〕《世説新語·品藻》：『郗司空家有傖奴，知及文章，事事有意。王右軍向劉尹稱之，劉問：「何如方回？」王曰：「此正小人有意向耳，何得便比方回？」劉曰：「若不如方回，故是常奴耳。」』方回，郗愔字。

〔二〕張鷟《朝野僉載》卷六：『梁庾信從南朝初至北方，文士多輕之。信將《枯樹賦》以示之，於後無敢言者。』

〔三〕南朝陳景陽殿之井，名胭脂井。事詳《南史》卷十《陳本紀》。胡應麟《詩藪》外編卷二：『總持、孝穆並以浮艷稱。而徐之公忠蹇諤，正色立朝，視江不啻薰蕕矣。』賀貽孫《詩筏》：『江總才華，豈不與徐、庾並驅，乃與孔、范等十人，稱狎客。八婦疊倡，十客賡和，君臣沉湎，男女淫褻。擘箋未幾，入井隨之；《玉樹》方闋，黃塵已斷。璧月瓊枝，千古同誚，江、孔之罪，可勝誅乎？』

七四

張正見詩律法已嚴於『四傑』，特作一二拗語爲六朝耳〔一〕。士衡、康樂已於古調中出俳偶〔二〕，總持、孝穆不能於俳偶中出古思〔三〕，所謂『今之諸侯，又五霸之罪人』也。

【校注】

〔一〕胡應麟《詩藪》外編卷二：『張正見詩，華藻不下徐陵、江總，聲骨雄整乃過之，唐律實濫觴此，而資望不甚表表。嚴氏誚其「雖多亦奚以爲」，得無以名取人耶？』

〔二〕《詩藪》内編卷二：『安仁、士衡，實曰冢嫡，而俳偶漸開。康樂風神華暢，似得天授，而駢儷已極。』又，『何仲默云：「陸詩體俳語不俳，謝詩體語俱俳。」可謂千古卓識。』

〔三〕《隋書》卷七六《文學傳序》：『梁自大同之後，雅道淪缺，漸乖典則，争馳新巧。簡文、湘東啓其淫放，徐陵、庾信分路揚鑣，其意淺而繁，其文匿而彩。詞尚輕險，情多哀思，格以延陵之聽，蓋亦亡國之音乎？』《陳書》卷二七《江總傳》：『（江總）好學能屬文，於五言、七言尤善，然傷於浮艷，故爲後主所愛幸。多有側篇，好事者相傳諷玩，於今不絶。』

七五

陶淵明《止酒》用二十『止』字，梁元帝《春日》用二十三『春』字，鮑泉和至用二十九『新』字，僧口口口用十七『化』字〔一〕。一時遊戲之語，不足多尚。

【校注】

〔一〕陶淵明《止酒》，見逯欽立《先秦漢魏晉南北朝詩》晉詩卷一七。梁元帝蕭繹《春日詩》，見前書梁詩卷二五。鮑泉《奉和湘東王春日詩》，見前書梁詩卷二四。晉廬山諸沙彌《觀化決疑詩》，見前書晉詩卷二〇。謝榛《四溟詩話》卷一：『梁元帝《春日詩》用二十三「春」字，鮑泉奉和，亦用二十九「新」字，不及淵明《止酒》，用二十「止」字，略無虚設，字字有味。』

七六

梁元帝詩，有『落星依遠戍，斜月半平林』；陳後主有『故鄉一水隔，風烟兩岸通』〔一〕，又『日月光天德，山河壯帝居』〔二〕，在沈、宋集中，當爲絶唱。隋煬帝『寒鴉千萬點，流水繞孤村』〔三〕，是中唐佳境。

【校注】

〔一〕按：此處所舉梁元帝、陳後主二人詩，逯欽立《先秦漢魏晉南北朝詩》均未見收録。楊慎《升庵詩話》卷一一：『「落星依遠戍，斜月半平林」，梁元帝句也。「故鄉一水隔，風烟兩岸通」，陳後主句也。唐人高處始能及之。見《五代新説》。』

〔二〕《南史》卷一〇《陳本紀》：『後主，諱叔寶，字元秀，小字黄奴，宣帝嫡長子也。……丙戌，晉王廣入據臺城，送後主于東宫。三月己巳，後主與王公百司，同發自建鄴，之長安。……及從（隋文帝）東巡，登芒山，侍飲，賦詩曰：「日月光天德，山河壯帝居。太平無以報，願上東封書。」并表請封禪，隋文帝優詔謙讓不許。』謝榛《四溟詩話》卷二：『陳後主曰：「日月光天德，山河壯帝居。」氣象宏闊，辭語精確，為子美五言句法之祖。』

〔三〕隋煬帝楊廣詩，見本書附録卷一第九條注〔四〕。

七七

古樂府如『護惜加窮袴，防閑托守宫』〔一〕，『朔氣傳金柝，寒光透鐵衣』〔二〕，『殺氣朝朝衝塞門，胡風夜夜吹邊月』，〔三〕全是唐律。

【校注】

〔一〕齊《雜曲歌辭·樂辭》，見逯欽立《先秦漢魏晉南北朝詩》齊詩卷六。

〔二〕《木蘭詩》二首之一句，見郭茂倩《樂府詩集》卷二五《横吹曲辭》。

〔三〕舊題蔡琰《胡笳十八拍》句，見《樂府詩集》卷五九《琴曲歌辭》。

七八

北朝戎馬縱横，未暇篇什。孝文始一倡之，屯而未暢〔一〕。温子昇『寒山一片石』足語及，爲當塗藏拙，雖江左輕薄之談，亦不大過〔二〕。薛道衡足號才子，未是名家〔三〕。唯楊處道奕奕有風骨〔四〕。

【校注】

〔一〕《北史》卷三《魏本紀·孝文帝紀》：『高祖孝文皇帝諱宏，獻文皇帝之太子也。……（帝）雅好讀書，手不釋卷。《五經》之義，覽之便講。學不師受，探其精奧，史傳百家，無不該涉。善談莊、老，尤精釋義。才藻富贍，好為文章，詩賦銘頌，任興而作。有大文筆，馬上口授，及其成也，不改一字。自太和十年已後，詔册皆帝文也。自餘文章，百有餘篇。……論曰：有魏始基代朔，廓平南夏；闢土經世，咸以威武為業。文教之事，所未遑也。孝文纂承洪緒，早著睿聖之風。時以文明攝事，優游恭己，玄覽獨得，著自不言，神契所標，固以符于冥化。及躬總大政，一日萬機，十許年間，曾不暇給，殊塗同歸，百慮一致。夫生靈所難行，人倫之高跡，雖尊居黃屋，盡蹈之矣。若乃欽明稽古，協御天人，帝王製作，朝野軌度，斟酌用捨，煥乎其有文章。海內黔黎，咸受耳目之賜。加以雄才大略，愛奇好士，視下如傷，役己利物，亦無得而稱之。其經緯天地，豈虛謚也！』

〔二〕温子昇《寒陵山寺碑》，見嚴可均《全後魏文》卷五一。張鷟《朝野僉載》卷六：『梁庾信從南朝初至北方，……時温子昇作《韓陵山寺碑》，信讀而寫其本。南人問信曰：「北方文士何如？」信曰：「唯有韓陵山一片石堪共語，薛道衡、盧思道少解把筆，自餘驢鳴犬吠，聒耳而已。」』

〔三〕《隋書》卷五七《薛道衡傳》：『薛道衡字玄卿，河東汾陰人也。……道衡六歲而孤，專精好學。年十三，講《左氏傳》，見子產相鄭之功，作《國僑贊》，頗有詞致，見者奇之。其後才名益著。陳使傅縡聘齊，以道衡兼主客郎接對之。縡贈詩五十韻，道衡和之，南北稱美。待詔文林館，與范陽盧思道、安平李德林齊名友善。』

〔四〕沈德潛《古詩源·例言》：『楊處道清思健筆，詞氣蒼然。』

七九

王簡棲《頭陀寺碑》，以北統之筆鋒，發南宗之心印，雖極俳偶，而絕無牽率之病〔一〕。温子昇之《寒陵》〔二〕，尚且退舍，江總持之《攝山》〔三〕，能不隔塵？昭明取舍，良不誣也。

【校注】

〔一〕《文選》卷五九王簡栖《頭陀寺碑》李善注引《姓氏英賢録》曰：『王屮，字簡栖，琅邪臨沂人也，有學業，爲《頭陀寺碑》，文詞巧麗，爲世所重。』陸游《入蜀記》卷四六：『簡栖爲此碑，駢儷卑弱，初無過人。世徒以載於《文選》，故貴之耳。』

〔二〕見本卷第七九條注〔二〕。

〔三〕江總《攝山栖霞寺碑》，見嚴可均《全隋文》卷一一。

〔四〕《文選》録《頭陀寺碑》而不録《寒陵》、《攝山》二碑，故云。按：温子昇（四九五—五四七）、江總（五一九—五九四）、蕭統（五〇一—五三一），據此則知昭明去世之時，江總年方十二。温子昇年歲略長於昭明，然其《韓陵山寺碑》作於北魏孝武帝元年（五三二），已在昭明去世之後。故此二碑毋論其優劣，均不可能被《文選》收録。弇州其疏於考證乎？

八〇

吾於文雖不好六朝人語，雖然，六朝人亦那可言。皇甫子循謂：『藻艶之中，有抑揚頓挫，語雖合璧，意若貫珠，非書窮五車，筆含萬化，未足云也。』〔一〕此固爲六朝人張價。然如潘、左諸賦，及王文考之《靈光》〔三〕，王簡棲之《頭陀》〔四〕，令韓、柳授觚，必至奪色。然柳州《晉問》，昌黎《南海神碑》、《毛穎傳》〔五〕，歐、蘇亦不能作，非直時代爲累，抑亦天受有限。

【校注】

〔一〕語見皇甫坊《解頤新語》卷八。

〔二〕潘、左：潘岳、左思。文考，東漢王延壽字。《靈光》，即《魯靈光殿賦》。

〔四〕《頭陀》即《頭陀寺碑》，參見本卷第八〇條注〔一〕。

〔五〕柳宗元《晉問》，見《柳河東集》卷一五。韓愈《南海神廟碑》、《毛穎傳》，分別見《韓昌黎集》卷三一、三六。

八一

《晉書》〔一〕、南北《史》〔二〕、《舊唐書》，稗官小説也〔三〕。《新唐書》，贋古書也〔四〕。《五代史》，學究史論也〔五〕。宋、元《史》，爛朝報也〔六〕。與其爲《新唐書》之簡，不若爲南、北《史》之繁；與其爲《宋史》之繁，不若爲《遼史》之簡〔七〕。

【校注】

〔一〕《晉書》一百三十卷，唐房玄齡等奉敕撰。劉知幾《史通》卷一二：『皇家貞觀中，有詔以前後晉史十有八家，製作雖多，未能盡善，乃敕史官更加纂録。採正典與雜説數十餘部，兼引偽史十六國書，為紀十、志二十、列傳七十、載記三十，並敘例、目録合為百三十二卷。自是言晉史者，皆棄其舊本，內有編年體，並棄之矣，竟從新撰者焉。』《四庫全書總目提要》卷四五《正史類》：『（《晉書》）全書宗旨，大概可知。其所褒貶，略實行而獎浮華。其所採擇，忽正典而取小說。波靡不返，有自來矣。……其所載者大抵弘奬風流，以資談柄。取劉義慶《世説新語》與劉孝標所注一一互勘，幾於全部收入。是直稗官之體，安得目曰史傳乎？……特以十八家之書並亡，考晉事者捨此無由，故歷代存之不廢耳。』

〔二〕《南史》八十卷，《北史》一百卷，唐李延壽撰。《四庫全書總目提要》卷四六正史類：『延壽承其父大師之志，為《北史》、《南史》，而《南史》先成。……宋人稱延壽之書刪煩補闕，為近世佳史。……蓋延壽當日專致力於《北史》、《南史》，不過因其舊文，排纂刪潤。故其減字節組，每失本意。間有所增益，又緣飾為多。』（《南史》）『自宋以後，《魏書》、《北齊書》、《周書》皆殘闕不全，唯此書僅《麥鐵杖傳》有闕文，《苟濟傳》脱去數行，其餘皆卷帙整齊，始末完具。徵北朝之故實者，終以是書為依據。』（《北史》）

〔三〕《舊唐書》二百卷，後晉劉昫等奉敕撰。《四庫全書總目提要》卷四六正史類：『今觀所述，大抵長慶以前，《本紀》唯書大事，簡而有體。《列傳》敘述詳明，贍而不穢。頗能存班、范之舊法。長慶以後，《本紀》則詩話、書序、婚狀、獄詞委悉具書，語多枝蔓。《列傳》則多敘官資，曾無事實。或但載寵遇，不具首尾。所謂繁略不均者，誠如宋人之所譏。……至長慶以後，史失其官，無復善本。昫等自採雜說傳記排纂成之，動乖體例，良有由矣。……平心而論，蓋瑕瑜不掩之作。』

〔四〕《新唐書》二百二十五卷，歐陽脩、宋祁等奉敕撰。《四庫全書總目提要》卷四六正史類：『是書本以補正劉昫之舛漏，自稱事增於前，文省於舊。劉安世《元城語録》則謂「事增文省，正新書之失」，而未明其所以然。今即其說而推之，史官記録，具載舊書，今必欲廣所未備，勢必蒐及小說，而至於猥雜。唐代詞章，體皆詳贍，今必欲減其文句，勢必變為澀體，而至於詰屈。安世之言，所謂中其病源者也。……然一代史書，網羅浩博，門分類別，端緒紛挐。出一手則精力難周，出眾手則體裁互異。爰從三史以逮八書，牴牾參差，均所不免。不獨此書為然。吕、宋之書，未知優劣。吴縝所糾，存備考證則可。因是以病新書，則一隅之見矣。』按：《四庫》館臣對新、舊《唐書》之評，乃持平之論，弇州直斥為稗官小說、贋古書，得非『一隅之見』乎？

〔五〕《新五代史》七十五卷，歐陽修撰。《四庫全書總目提要》卷四六正史類：『唐以後所脩諸史，唯是書為私撰，故當時未上於朝。脩歿之後，始詔取其書，付國子監開雕，遂至今列為正史。大致褒貶祖《春秋》，故義例謹嚴；敘述祖《史記》，故文章高簡，而事實則不甚經意。諸家攻駁，……引繩批根，動中要害，雖吹求或過，要不得謂之盡無當也。……元纂宋、遼、金三《史》，明纂《元史》，國朝纂《明史》，皆仍用舊規，不從脩例。豈非以破壞古法，不可以訓乎？此書之失，此為最大。』王鳴盛《十七史商榷》卷九三：『歐公手筆誠高，學《春秋》正是一病。……意主褒貶，將事實一意刪削，若非舊史複出，幾嗟無證。』按：弇州『學究史論』之譏，或正嫌其事實太少，議論過多歟？

〔六〕《宋史》四百九十六卷，元脱脱等奉敕撰。《四庫全書總目提要》卷四六正史類：『其書僅一代之史，而卷帙幾盈五百。檢校既已難周，又大旨以表章道學為宗，餘事皆不甚措意，故舛謬不能殫數。……自柯維騏以下，屢有改修。然年代綿邈，舊籍散亡。仍以是書為稿本，小小補苴，亦終無以相勝。故考兩宋之事，終以原書為據，迄今竟不可廢焉。』又《元史》二百十卷，明宋濂等奉敕撰。《四庫全書總目提要》卷四六正史類：『書始頒行，紛紛然已多竊議。迨後來遞相考證，紕漏彌彰。』按：弇州譏宋、元《史》為『爛朝報』，或因兩書材料繁蕪，舛漏滿目，缺乏剪裁編輯之功乎！

〔七〕《遼史》一百十六卷，元脱脱等奉敕撰。《四庫全書總目提要》卷四六正史類：『考遼制，書禁甚嚴。……迨五京兵燹之後，遂至舊章散失，澌滅無遺。……見聞既隘，又蕆功於一載之內，無暇旁搜，潦草成編，實多疏略。其間左支右詘，痕跡灼然。……然其書以實録為憑，無所粉飾。……較可征信。』按：《遼史》太簡，故清厲鶚有《遼史拾遺》二十四卷，楊循吉又有《遼史拾遺補》五卷。

八二

正史之外，有以偏方爲紀者，如劉知幾所稱，地理當以常璩《華陽國志》、盛弘之《荆州記》第一〔一〕。有以一言一事爲記者，如劉知幾所稱，瑣言當以劉義慶《世説新語》第一〔二〕。散文小傳，如伶玄《飛燕》雖近褻，《虬髯客》雖近誣，《毛穎》雖近戲，亦是其行中第一〔三〕。它如王粲《漢末英雄》〔四〕、崔鴻《十六國春秋》〔五〕、葛洪《西京雜記》〔六〕、周稱《陳留耆舊》、周楚之《汝南先賢》、陳壽《益部耆舊》、虞預《會稽典録》〔七〕、辛氏《三秦》、羅含《湘中》〔八〕、朱贛《九州》、闞駰《四國》〔九〕、《三輔黄圖》〔一〇〕、《酉陽雜俎》之類〔一一〕，皆流亞也。《水經注》非注，自是大地史〔一二〕。

【校注】

〔一〕劉知幾《史通》卷一〇《雜述》：『九州土宇，萬國山川，物產殊宜，風化異俗。如各志其本國，足以明此一方。若盛弘之《荆州記》、常璩《華陽國志》、辛氏《三秦》、羅含《湘中》，此之謂地理書者也。』《四庫全書總目提要》卷六六載記類：『《華陽國志》十二卷，晉常璩撰。璩字道將，江原人。李勢時官至散騎常侍。……其書所述，始於開闢，終於永和三年。首為《巴志》，次《漢中志》，次《蜀志》，次《南中志》，次《公孫劉二牧志》，次《劉先主志》，次《劉後主志》，次《大同志》。大同者，紀漢、晉平蜀之後事也。次李特、雄、期、壽、勢《志》。次《先賢士女總贊論》，次《後賢志》，次《序志》，次《三州士女目録》。』浦起龍《史通通釋》卷一〇：『地理與郡書略有辨，郡書主人物，地理主風土，但其中《華陽志》，似闌入。』按：浦釋甚是，《華陽國志》非地理書，《四庫》列于《史部・載記類》。

〔二〕《史通》卷一〇《雜述》：『街談巷議，時有可觀，小說巵言，猶賢於已。故好事君子，無所棄諸。若劉義慶《世說》、裴榮期《語林》、孔思尚《語録》、陽玠松《談藪》。此之謂瑣言者也。』《四庫全書總目提要》卷一四〇小說家類：『《世說新語》三卷，宋臨川王劉義慶撰，梁劉孝標注。……所記分三十六門，上起後漢，下迄東晉，皆軼事瑣語，足為談助。……義慶所述，劉知幾《史通》深以為譏，然義慶本小說家言，而知幾繩之以史法，擬不於倫，未為通論。孝標所注特為典贍，高似孫《緯略》亟推之，其糾正義慶之紕繆，尤為精核。所引諸書，今已佚其十之九，唯賴是注以傳，故與裴松之《三國志注》、酈道元《水經注》、李善《文選注》同為考證家所引據焉。』

〔三〕《四庫全書總目提要》卷一四三小說家類存目：『《飛燕外傳》一卷，舊本題漢伶元（玄）撰。……首尾僅六十字，亦無此體，大抵皆出於依托。……（案：此書記飛燕姊妹始末，實傳記之類。然純為小說家言，不可入之於史部，與《漢武內傳》諸書同一例也。）』

〔四〕《史通》卷一〇《雜述》：『普天率土，人物弘多，求其行事，罕能周悉。則有獨舉所知，編為短部。若戴逵《竹林名士》、王粲《漢末英雄》、蕭世誠《懷舊志》、盧子行《知己傳》。此之謂小録者也。』《四庫全書總目提要》卷六一傳記類存目：『《漢末英雄記》一卷，舊本題魏王粲撰。……其時黃星雖兆，玉步未更，不應名書以『漢末』，似後人之所追題。……《隋志》著録作八卷，注云殘闕。其本久佚。此本乃王世貞雜抄諸書成之。凡四十四人，大抵取於裴松之《三國志注》為多。』

〔五〕《史通》卷七《探賾》：『自二京板蕩，五胡稱制，崔鴻鳩諸偽史，聚成《春秋》，其所列者，十有六家而已。』《四庫全書總目提要》卷六六載記類：『《十六國春秋》一百卷，舊本題魏崔鴻撰，實則明嘉興屠喬孫、項琳之偽本也。鴻作《十六國春秋》一百二卷，見《魏書》本傳。《隋志》、《唐志》皆著録，宋初李昉等作《太平御覽》猶引之。《崇文總目》始佚其名，晁、陳諸家書目亦皆不載，是亡於北宋也。……其文皆聯綴古書，非由杜撰。考十六國之事者，固宜以是編為總匯焉。」

〔六〕《史通》卷一〇《雜述》：「國史之任，記事記言，視聽不該，必有遺逸。於是好奇之士，補其所亡。若和嶠《汲冢紀年》、葛洪《西京雜記》、顧協《瑣語》、謝綽《拾遺》。此之謂逸事者也。」《四庫全書總目提要》卷一四〇小說家類：『《西京雜記》六卷，舊本題晉葛洪撰。……案《隋書・經籍志》載此書二卷，不著撰人名氏。《漢書・匡衡傳》顏師古注稱今有《西京雜記》者，出於里巷，亦不言作者為何人。……指為葛洪者實起於唐，故《舊唐書・經籍志》載此書，遂注曰晉葛洪撰。……其中所述雖多為小說家言，而摭採繁富，取材不竭。李善注《文選》，徐堅作《初學記》，已引其文。杜甫詩用事謹嚴，亦多採其語，詞人沿用數百年，久成故實，固有不可遽廢者焉。」

〔七〕「圈稱」原作「周稱」，據劉知幾《史通》改。《史通》卷一〇《雜述》：「汝潁奇士，江漢英靈，人物所生，載光郡國，故鄉人學者編而記之。若圈稱《陳留耆舊》、周斐《汝南先賢》、陳壽《益部耆舊》、虞預《會稽典録》，此之謂郡書也。」浦起龍注：「《陳留耆舊傳》，《隋志》：漢議郎圈稱撰，二卷。」《隋志》：魏周斐《汝南先賢傳》五卷。《舊唐志》『斐』作『裴』。《益部耆舊傳》、《隋志》：陳壽撰，十四卷。《會稽典録》、《隋志》：虞預撰，二十四卷。

〔八〕浦起龍《史通通釋》卷一〇：「辛氏《三秦》，按：《後漢・李膺傳》章懷注引之，以證「龍門」語。其書宜未亡，而史志皆闕，卷帙無考。羅含《湘中》，《文獻經籍考》：《湘中山水記》三卷，晉耒陽羅含君章撰，范陽盧拯注。其書頗及隋、唐以後事，則後人附益也。」

〔九〕《史通》卷一〇《雜述》：「地理書者，若朱贛所採，浹於九州，闞駰所書，殫於四國。斯則言皆雅正，事無偏黨者矣。」浦起龍注：「朱贛，按《隋志・地理書》，陸澄合《山海經》已來百六十家，並多零失，見存四十二家。又任昉《地記》增多陸本八十四家，亦多零失，見存唯十二家。今考其所列見存書，皆無朱贛撰《九州》書名，豈在零失中耶？前辛氏《三秦》當亦然。《北史》：闞駰，敦煌人，字玄陰，樂安王丕引爲從事中郎，撰《十三州志》。《隋志》：《十三州志》十卷。』

〔一〇〕《史通》卷一〇《雜述》：『帝王桑梓，列聖遺塵，經始之制，不恒厥所。苟能書其軌則，可以龜鏡將來，若潘岳《關中》、陸機《洛陽》、《三輔黃圖》、《建康宮殿》。此之謂都邑簿者也。』《四庫全書總目提要》卷六八地理類：『《三輔黃圖》六卷，不著撰人名氏。晁公武《讀書志》據所引劉昭《續漢志注》，定為梁、陳間人作。程大昌《雍録》則謂……為唐肅宗以後人作。其說較公武為有據。其書皆記長安古跡，間及周代靈臺、靈囿諸事，然以漢為主，亦間及河間日華宮、梁曜華宮諸事，而以京師為主，故稱《三輔黃圖》。……所紀宮殿苑囿之制，條分縷析，至為詳備，考古者恒所取資。』

〔一一〕《四庫全書總目提要》卷一四二小說家類：『《酉陽雜俎》二十卷，續集十卷，唐段成式撰。……其書多詭怪不經之談，荒渺無稽之物。而遺文秘笈，亦往往錯出其中。故論者雖病其浮誇，而不能不相徵引。自唐以來，推為小說之翹楚，莫或廢也。』

〔一二〕《水經注》四十卷，後魏酈道元撰。詳本卷第二條注〔一〕。

八三

自古博學之士，兼長文筆者，如子產之別臺駘〔一〕，卜氏之辨三豕〔二〕，子政之記貳負〔三〕，終軍之識鼮鼠〔四〕，方朔之名藻廉〔五〕，文通之識科斗〔六〕，茂先、景純，種種該浹〔七〕，固無待言。自此以外，雖鑿壁恒勤，而操觚多繆，以至陸澄書廚〔八〕，李邕書簏〔九〕，傅昭學府〔一〇〕，房暉經庫〔一一〕，往往來藝苑之譏，乃至使儒林別傳。其故何也？毋乃天授有限，考索偏工，徒務夸多，不能割愛，心以目移，辭爲事使耶？

孫搴謂邢邵『我精騎三千，足敵君羸卒數萬』〔一二〕，則又非也。韓信用兵，多多益辦〔一三〕，此是化工造物之妙，與文同用。

【校注】

〔一〕《史記》卷四二《鄭世家》：『二十五年，鄭使子產於晉，問平公疾。平公曰：「卜而曰實沈、臺駘為祟。史官莫知，敢問？」對曰：「……昔金天氏有裔子曰昧，為玄冥師，生允格、臺駘。臺駘能業其官，宣汾、洮，障大澤，以處太原。帝用嘉之，國之汾川。沈、姒、蓐、黃實守其祀。今晉主汾川而滅之。由是觀之，則臺駘，汾、洮神也。然是二者不害君身。……若君疾，飲食哀樂女色所生也。」平公及叔向曰：「善，博物君子也。」厚為之禮於子產。』

〔二〕呂不韋《呂氏春秋·察傳》：『子夏之晉，過魏，有讀史記者曰：「晉師三豕涉河。」子夏曰：「非也，是己亥也，夫己與三相近，豕與亥相似。」至於晉而問之，則曰：「晉師己亥涉河也。」』高誘注：『子夏，孔子弟子卜商也。』

〔三〕《山海經·海内西經》：『貳負之臣曰危，危與貳負殺窫窳，帝乃梏之琉屬之山，桎其右足，反縛兩手與髮，繫之山上木，在開題西北。』注：『漢宣帝使人上郡發盤石，石室中得一人，跣裸被髮，反縛械一足。以問群臣，莫能知。劉子政（向）案此言對之。宣帝大驚。於是時人爭學《山海經》矣。論者多以爲是其尸象，非真體也。』王充《論衡·別通》：『董仲舒睹重常之鳥，劉子政曉貳負之尸，皆見《山海經》，故能立二事之説。』

〔四〕《爾雅注疏》卷一一：『豹文鼮鼠，鼠文彩如豹者。漢武帝時得此鼠，孝廉郎終軍知之，賜絹百匹。』按一説竇攸，見《文選》卷三八任彦昇《爲蕭揚州作薦士表》李善注。

〔五〕『藻廉』，《述異記》作『藻兼』。舊題梁任昉《述異記》下：『漢武（帝）宴於未央宮，忽聞人語云：「老臣負自訴。」不見其形。良久，見架上一老翁，長八九寸，面皺鬚白，拄杖僂步，至前。帝問曰：「叟何姓名？所訴者何？」翁緣拄放杖，叩頭不言，因仰視屋，俯視帝脚，忽不見。帝駭懼，問東方朔，朔曰：「其名爲藻兼，水木之精也，陛下頃來，頻興宮室，斬伐其居，故來訴耳。」』

〔六〕《南史》卷五九《江淹傳》：『江淹字文通，濟陽考城人也。……永明三年，兼尚書左丞。時襄陽人開古冢，得玉鏡及竹簡古書，字不可識。王僧虔善識字體，亦不能諳，直云似是科斗書。淹以科斗字推之，則周宣王之前也，簡殆如新。』

〔七〕《晉書》卷三六《張華傳》：『張華，字茂先，范陽方城人也。華學業優博，辭藻温麗，朗贍多通，圖緯方伎之書莫不詳覽。……强記默識，四海之内，若指諸掌。武帝嘗問漢宫室制度及建章千門萬户，華應對如流，聽者忘倦，畫地成圖，左右屬目。帝甚異之，時人比之子産。……性好人物，誘進不倦，至於窮賤侯門之士，有一介之善者，便咨嗟稱詠，為之延譽。雅愛書籍，身死之日，家無餘財，唯有文史溢於機篋。嘗徙居，載書三十乘。秘書監摯虞撰定官書，皆資華之本以取正焉。天下奇秘，世所希有者，悉在華所。由是博物洽聞，世無與比。……著《博物志》十篇及文章並行於世。』又《晉書》卷七二《郭璞傳》：『郭璞，字景純，河東聞喜人也。好經術，博学有高才，而訥於言論，辭賦為中興之冠。好古文奇字，妙於陰陽算歷。有郭公者，客居河東，精於卜筮，璞從之受業。公以《青囊中書》九卷與之，由是遂洞五行、天文、卜筮之術，攘災轉禍，通致無方，雖京房、管輅不能過也。……璞撰前後筮驗六十餘事，名為《洞林》。……又抄京、費諸家要最，更撰《新林》十篇、《卜韻》一篇。註釋《爾雅》，别為《音義》、《圖譜》。又注《三蒼》、《方言》、《穆天子傳》、《山海經》及《楚辭》、《子虚》、《上林賦》數十萬言，皆傳於世。所作詩賦誄頌，亦數萬言。』

〔八〕《南史》卷四八《陸澄傳》：『陸澄字彦深，吴郡吴人也。澄少好學，博覽無所不知，行坐眠食，手不釋卷。……澄當世稱為碩學，讀《易》三年，不解文義，欲撰《宋書》竟不成。王儉戲之曰：「陸公，書厨也。」家多墳籍，人所罕見，撰地理書及雜傳，死後乃出。』

〔九〕李邕，疑爲李善之誤。《新唐書》卷七九《文藝傳》中：『李邕字泰和，揚州江都人。父善，有雅行。淹貫古今，不能屬辭，故人號爲「書簏」。』簏，底本訛作『麓』，據《新唐書》改。

〔一〇〕《南史》卷六〇《傅昭傳》：『傅昭字茂遠，北地靈州人。昭所莅官，常以清静為政，不尚嚴肅。居朝廷，無所請謁，不畜私門生，不交私利。終日端居，以書記爲樂，雖老不衰。博極古今，尤善人物，魏、晉以來，官宦簿閥，姻通內外，舉而論之，無所遺失，世稱為「學府」。……後進宗其學，重其道，人人自以為不逮。』

〔一一〕《北史》卷八二《儒林傳》：『房暉遠，字崇儒，恒山真定人也，世世儒學。暉遠幼有志行，明《三禮》、《春秋三傳》、《詩》、《書》、《周易》，兼善圖緯。恒以教授為務，遠方負笈而從者，動以千計。……隋文帝受禪，遷太常博士。太常卿，牛弘每稱為「五經庫」。』

〔一二〕《北史》卷五五《孫搴傳》：『孫搴，字彥舉，樂安人。……搴學淺行薄，邢邵嘗謂曰：「須更讀書。」搴曰：「我精騎三千，足敵君羸卒數萬。」搴少時與溫子昇齊名，嘗謂子昇：「卿文何如我？」子昇謙曰：「不如卿。」搴要其為誓。子昇笑曰：「但知劣於卿便是，何勞旦旦？」搴悵然曰：「卿不為誓，事可知矣。」搴常服棘刺丸，李諧調之曰：「卿應自足，何假外求？」坐者皆笑。』『邵』原作『劭』，據《北史》改。

〔一三〕《史記》卷九二《淮陰侯列傳》：『上嘗從容與信言諸將能不，各有差。上問曰：「如我能將幾何？」信曰：「陛下不過能將十萬。」上曰：「於君何如？」曰：「臣多多而益善耳。」上笑曰：「多多益善，何為為我禽？」信曰：「陛下不能將兵，而善將將，此乃信之所以為陛下禽也。且陛下所謂天授，非人力也。」』

八四

吾覽鍾記室《詩品》，折衷情文，裁量事代，可謂允矣，詞亦奕奕發之。第所推源出於何者，恐未盡然〔一〕。邁、凱、昉、約，濫居中品，至魏文不列乎上，曹公屈第乎下，尤爲不公，少損連城之價〔二〕。吾獨愛其評子建『骨氣奇高，詞彩華茂，情兼雅怨，體被文質』； 嗣宗『言在耳目之内，情寄八荒之表』，靈運『名章迥句，處處間起。麗典新聲，絡驛奔會』； 越石『善爲悽悷之詞，自有清拔之氣』，明遠『得景陽之詭諔，含茂先之靡嫚。骨節强於謝混，驅邁疾於顔延。總四家而並美，跨兩代而孤出』，玄暉『奇章秀句，往往警遒，足使叔源失步，明遠變色』，文通『詩體總雜，善於摹擬，筋力於王微，成就於謝朓』。此數評者，贊許既實，措撰尤工。

【校注】

〔一〕謝榛《四溟詩話》卷二：『鍾嶸《詩品》，專論源流，若陶潛出應璩，應璩出於魏文，魏文出於李陵，李陵出於屈原，何其一脉不同邪？』《四友齋叢説》卷二四：『詩家相沿，各有流派。蓋潘、陸規模於子建，左思步驟於劉楨，而靖節質直，出於應璩之《百一》，蓋顯然明著者也。則鍾參軍《詩品》，亦自具眼。』

〔二〕鍾嶸《詩品》列宋參軍顧邁、宋參軍戴凱、梁太常任昉、梁左光禄沈約、魏文帝曹丕於中品，列魏武帝曹操於下品，按： 顧邁、戴凱二人詩已無傳，生平亦不可考。

藝苑巵言校注卷四

一

唐文皇手定中原，籠蓋一世，而詩語殊無丈夫氣，習使之也〔一〕。『雪恥酬百王，除兇報千古。』〔二〕『昔乘匹馬去，今驅萬乘來。』〔三〕差强人意，然是有意之作。《帝京篇》可耳〔四〕，餘者不免花草點綴，可謂遠遜漢武，近輸曹公〔五〕。

【校注】

〔一〕文皇，唐太宗李世民。《新唐書》卷二〇一《文藝上》：『唐有天下三百年，文章無慮三變。高祖、太宗，大難始夷，沿江左餘風，絺句繪章，揣合低昂，故王、楊為之伯。』胡震亨《唐音癸籤》卷五：『太宗文武間出，首辟吟源。宸藻概主豐麗，觀集中有詩學「庾信體」，宗嚮微旨可窺。』鍾惺《詩歸》初唐卷一：『太宗詩終帶陳、隋滯響，讀之不能暢人。』

〔二〕唐太宗《靈州勒石詩》殘句。按《全唐詩》原注曰：『貞觀二十年秋，帝幸靈州，破薛延陀，時鐵勒諸部遣使相繼入貢，請置吏，北荒悉平。帝為五言詩，勒石於靈州，以序其事。今止存此。』

〔三〕唐太宗《題河中府逍遙樓》詩殘句。

〔四〕唐太宗《帝京篇》十首載《全唐詩》卷一。文長不録。胡應麟《詩藪》内編卷二：『唐初唯文皇《帝京篇》藻贍精華，最爲傑作。視梁、陳神韻少減，而富麗過之。」

〔五〕賀裳《載酒園詩話》又編：「《大風歌》衝口而出，卓偉不群。即《鴻鵠》酸楚之音，猶有籠罩一世之氣。太宗沾沾鋪張功烈，粉飾治平，即此便輸漢祖一籌，不徒骨之靡弱。」潘德輿《養一齋詩話》卷七：「唐文皇『昔乘匹馬去，今驅萬乘來』、『新豐停翠輦，譙邑駐鳴笳。一朝辭此去，四海遂成家。』如此六句，乃陳、隋人氣格，特多填帝王門面語耳。較之魏武，猶有愧色，況漢高哉！」

二

中宗宴群臣『柏梁體』〔一〕，帝首云：『潤色鴻業寄賢才。』又『大明御寓臨萬方』。和者皆莫及，然是上官昭容筆耳〔二〕。內薛稷云：『宗伯秩禮天地開。』長寧公主云：『鸞鳴鳳舞向平陽。』太平公主云：『無心爲子輒求郎。』閻朝隱云：『著作不休出中腸。』差無愧古。

【校注】

〔一〕唐中宗李顯。計有功《唐詩紀事》卷一：「十月，帝誕辰，內殿宴群臣，聯句云：潤色鴻業寄賢才（帝云），叨居右弼愧鹽梅（李嶠）。運籌帷幄荷時來（宗楚客），職掌圖籍濫蓬萊（劉憲）。兩司謬忝謝鍾裴（崔湜），禮樂銓管效塵埃（鄭愔）。陳師振振清九垓（趙彥昭），欣承顧問待天杯（李適）。銜恩獻壽柏梁臺（蘇珽），黃縑青簡信康哉（盧藏用）。鯫生侍從忝王枚（李乂），右掖司言實不才（馬懷素）。宗伯秩禮天地開（薛稷），帝歌難續仰昭回（宋之問）。微臣捧日變寒灰（陸景初），遠慚班左愧游陪（上官婕妤）。」又：「景龍四年正月五日，移仗蓬萊宮，御大明殿，會吐蕃騎馬之戲，因重為柏梁體聯句。帝曰：大明御寓臨萬方。皇后曰：顧慚內政翊陶唐。長寧公主曰：鸞鳴鳳舞向平陽。安樂公主曰：秦樓魯館沐恩光。太平公主曰：無心為子輒求郎。溫王重茂曰：雄才七步謝陳王。上官昭容曰：當熊讓輦愧前芳。吏部侍郎崔湜曰：再司銓管恩可忘？著作郎鄭愔曰：文江學海思濟航。考工員外郎武平一曰：萬邦考績臣所詳。著作郎閻朝隱曰：著作不休出中腸。御史大夫竇從一曰：權豪屏跡肅嚴霜。將作大匠宗晉卿曰：鑄鼎開嶽造明堂。吐蕃舍人明悉獵曰：玉醴由來獻壽觴。上大悅。』

〔二〕上官婉兒，中宗時進拜昭容。《新唐書》卷七六《后妃上》：『婉兒勸帝侈大書館，增學士員，引大臣名儒充選。數賜宴賦詩，君臣賡和，婉兒常代帝及后、長寧、安樂二主，眾篇並作，而采麗益新。又差第群臣所賦，賜金爵，故朝廷靡然成風。當時屬辭者，大抵雖浮靡，然所得皆有可觀，婉兒力也。』

三

明皇藻艷不過文皇〔一〕，而骨氣勝之。語象則『春來津樹合，月落戍樓空』〔二〕。語境則『馬色分朝景，鷄聲逐曉風』〔三〕。語氣則『翠屏千仞合，丹嶂五丁開』〔三〕。語致則『豈不惜賢達，其如高尚心』〔四〕。雖使燕、許草創，沈、宋潤色，亦不過此〔五〕。

【校注】

〔一〕明皇，唐玄宗李隆基。

〔二〕二句為玄宗《早度蒲津關》句，參見《全唐詩》卷三。

〔三〕二句為玄宗《幸蜀西至劍門》句，參見《全唐詩》卷三。

〔四〕二句見玄宗《送賀知章歸四明》，參見《全唐詩》卷三

〔五〕《新唐書》卷一二五《蘇頲傳》：『自景龍後，與張説以文章顯，稱望略等，故時號「燕、許大手筆」。』張説封燕國公，蘇頲襲父爵許國公。《舊唐書》卷一九〇中《文苑中》：『（沈）佺期善屬文，尤長七言之作，與宋之問齊名，時人稱為沈、宋。』

四

盧、駱、王、楊號稱『四傑』〔一〕，詞旨華靡，固沿陳、隋之遺。翩翩意象，老境超然勝之，五言遂爲律家正始〔二〕。內子安稍近樂府，楊、盧尚宗漢、魏，賓王長歌雖極浮靡，亦有微瑕，而綴錦貫珠，滔滔洪遠，故是千秋絶藝〔三〕。《蕩子從軍》，獻吉改爲歌行，遂成雅什〔四〕。子安諸賦，皆歌行也，爲歌行則佳，爲賦則醜〔五〕。

【校注】

〔一〕《新唐書》卷二〇一《文藝上》：『（王）勃與盧照鄰、駱賓王、楊炯皆以文章齊名，天下稱王、楊、盧、駱四傑。』

〔二〕高棅《唐詩品彙》列王、楊、盧、駱等五十三人爲五言律詩正始。叙曰：『律體之興，雖自唐始，蓋由梁、陳以來儷句之漸也。……唐初之工者衆，王、楊、盧、駱四君子以儷句相尚，美麗相矜，終未脱陳、隋之習氣。』胡應麟《詩藪》內編卷四：『五言律體，兆自梁、陳。初唐四子，靡縟相矜，時或拗澀，未堪正始。神龍以還，卓然成調。』

〔三〕胡震亨《唐音癸籤》卷五：『王子安雖不廢藻飾，如璞含珠媚，自然發其彩光。盈川視王微加澄汰，清骨明姿，居然大雅。范陽較楊微豐，喜其領韻疏拔，時有一往任筆，不拘整對之意。義烏富有才情，兼深組織，正以太整且豐之故，得擅長什之譽，將無風骨，有可窺乎？』參看陸時雍《詩鏡總論》、胡應麟《少室山房類稿》卷一一八《與顧叔時論宋元二代詩》。

〔四〕詩見《空同子集》卷一八。其《序》曰：『《蕩子從軍行》者，本駱氏《蕩子從軍賦》也，余病其聲調不類，於是改焉。』駱賓王《蕩子從軍賦》見《全唐文》卷一九七。獻吉，明『前七子』李夢陽字。

〔五〕吴喬《圍爐詩話》卷二：『梁末始盛爲七言詩賦，今諸集皆不傳，類書所載可見。王子安《春思賦》、駱賓王《蕩子從軍賦》，皆徐、庾文體。王弇州、楊升庵不知，皆以爲歌行。弇州云：「以爲賦則醜。」誤矣！』

五

五言至沈、宋，始可稱律〔一〕。律爲音律、法律，天下無嚴於是者。知虛實平仄，不得任情而度明矣〔二〕。二君正是敵手，排律用韻穩妥，事不傍引，情無牽合，當爲最勝。摩詰似之，而才小不逮，少陵强力宏蓄，開闔排蕩，然不無利鈍〔三〕。餘子紛紛，未易悉數也。

【校注】

〔一〕元稹《唐故工部員外郎杜君墓繫銘》：『唐興，官學大振，歷世之文，能者互出。而又沈、宋之流，研練精切，穩順聲勢，謂之爲律詩。由是而後，文變之體極焉。』

〔二〕《唐子西文録》：『詩在與人商論，深求其疵而去之，等閒一字放過則不可。殆近法家，難以言恕矣，故謂之詩律。東坡云：「敢將詩律鬥深嚴。」余亦云：「律傷嚴，近寡恩。」』

〔三〕胡應麟《詩藪》内編卷四：『沈、宋本自並驅，然沈視宋稍偏枯，宋視沈較縝密。沈製作亦不如宋之繁富。沈排律工者不過三數篇，宋則遍集中無不工者。且篇篇平正典重，贍麗精嚴。初學入門，所當熟習。右丞韻度過之，而典重不如；少陵閎大有加，而精嚴略遜。』又參看胡震亨《唐音癸籤》卷一〇，賀貽孫《詩筏》。

六

兩謝《戲馬》之什，瞻冠群英〔一〕，沈、宋《昆明》之章，問收睿賞〔二〕。雖才俱匹敵，而境有神至，未足遂概平生也。時小許公有一聯云：『二石分河寫，雙珠代月移。』〔三〕一聯亦自工麗，惜全篇不稱耳。沈、宋中間警聯，無一字不敵，特佺期結語是累句中累句，之問結語是佳句中佳句耳，亦不難辨也〔四〕。

【校注】

〔一〕謝瞻《九日從宋公戲馬臺集送孔令詩》：『風至授寒服，霜降休百工。繁林收陽彩，密苑解華叢。巢幕無留燕，遵渚有來鴻。輕霞冠秋日，迅商薄清穹。聖心眷嘉節，揚鑾戾行宫。四筵霑芳醴，中堂起絲桐。扶光迫西汜，歡餘宴有窮。逝矣將歸客，養素克有終。臨流怨莫從，歡心歎飛蓬。』按《文選》卷二〇李善注引王儉《今書七志》曰：『謝瞻字宣遠，東郡人也。宋黄門郎，以弟晦權貴，求爲豫章太守，卒。高祖遊戲馬臺，命僚佐賦詩，瞻之所作冠於時。』又謝靈運《九日從宋公戲馬臺集送孔令詩》：『季秋邊朔苦，旅鴈違霜雪。淒淒陽卉腓，皎皎寒潭絜。良辰感聖心，雲旗興暮節。

嗚葭戾朱宮，蘭巵獻時哲。餞宴光有孚，和樂隆所缺。在宥天下理，吹萬羣方悅。歸客遂海隅，脱冠謝朝列。弭棹薄枉渚，指景待樂闋。河流有急瀾，浮驂無緩轍。豈伊川途念，宿心愧將別。彼美丘園道，喟焉傷薄劣。」

〔二〕《全唐詩》卷五三沈佺期《奉和晦日駕幸昆明池應制詩》：「法駕乘春轉，神池象漢回。雙星移舊石，孤月隱殘灰。戰鷁逢時去，恩魚望幸來。山花緹綺繞，堤柳幔城開。思逸橫汾唱，歡留宴鎬杯。微臣雕朽質，羞睹豫章材。」又卷九七宋之問《奉和晦日駕幸昆明池應制詩》：「春豫靈池會，滄波帳殿開。舟淩石鯨度，槎拂斗牛回。節晦蓂全落，春遲柳暗催。象溟看浴景，燒劫辨沉灰。鎬飲周文樂，汾歌漢武才。不愁明月盡，自有夜珠來。」

〔三〕蘇頲襲父封爵，號小許公。《全唐詩》卷七四蘇頲《奉和晦日駕幸昆明池應制》：「炎曆事邊陲，昆明始鑿池。豫遊光後聖，征戰罷前規。霽色清珍宇，年芳入錦陂。御杯蘭薦葉，僊仗柳交枝。二石分河瀉，雙珠代月移。微臣比翔泳，恩廣自無涯。」

〔四〕托名尤袤《全唐詩話》卷一：「中宗正月晦日幸昆明池賦詩，群臣應制百餘篇。帳殿前結綵樓，命昭容選一篇爲新飜御製曲。從臣悉集其下，須臾，紙落如飛，各從其名而懷之。既退，唯沈、宋二詩不下。移時，一紙飛墜，競取而觀之，乃沈詩也。及聞其評曰：「二詩工力悉敵，沈詩落句云：『微臣雕朽質，羞睹豫章才。』蓋詞氣已竭。宋詩云：『不愁明月盡，自有夜珠來。』猶陡健豪舉。」沈乃伏，不敢復爭。」

七

沈詹事七言律，高華勝於宋員外〔一〕。宋雖微少，亦見一斑，歌行覺自陡健〔二〕。

【校注】

〔一〕胡應麟《詩藪》内編卷四：『沈七言律高華勝宋，宋五言排律精碩過沈。』又：『初盛間七言律，沈佺期爲冠；排律，宋之問爲冠。』

〔二〕『陡健』原作『陟健』，據《四庫》本改。

八

裴行儉弗取『四傑』，懸斷終始，然亦臆中耳〔一〕。彼所重王勮、王勔、蘇味道者，一以鉤黨取族，一以摸稜貶竄〔二〕。區區相位，何益人毛髮事。千古肉食不識丁人，舉爲談柄，良可笑也。

【校注】

〔一〕《新唐書》卷一〇八《裴行儉傳》：『（裴）行儉通陰陽、曆術，每戰，豫道勝日。善知人，在吏部時，見蘇味道、王勮，謂曰：「二君後皆掌銓衡。」李敬玄盛稱王勃、楊炯、盧照鄰、駱賓王之才，引示行儉，行儉曰：「士之致遠，先器識，後文藝。如勃等，雖有才，而浮躁炫露，豈享爵祿者哉？炯頗沈嘿，可至令長，餘皆不得其死。」』

〔二〕《新唐書》卷二〇一《文藝傳》上：『王勮素善劉思禮，用為箕州刺史，與綦連耀謀反，勮與兄涇州刺史勔及助皆坐誅。』王讜《唐語林》卷五：『蘇味道初拜相，門人問曰：「方事之殷，相公何以燮和？」味道但以手摸床稜而已。時謂摸床稜宰相。』貶竄事見該書卷八第三八條注。

九

杜審言華藻整栗，小讓沈、宋，而氣度高逸，神情圓暢，自是中興之祖〔一〕。宜其矜率乃爾〔二〕。

【校注】

〔一〕胡應麟《詩藪》内編卷四：『初唐無七言律，五言亦未超然。二體之妙，杜審言實爲首倡，……皆極高華雄整。少陵繼起，百代規模，有自來矣。』王世懋《藝圃擷餘》：『杜必簡詩自佳，華於子昂，質於沈、宋，一代作家也。』鍾惺《唐詩歸》卷二：『初唐詩至必簡，整矣，暢矣，吾猶畏其少。』

〔二〕《新唐書》卷二〇一《文藝上》：『擢進士，為隰城尉，恃才高，以傲世見疾。蘇味道為天官侍郎，審言集判，出謂人曰：「味道必死。」人驚問故，答曰：「彼見吾判，且羞死。」又嘗語人曰：「吾文章當得屈、宋作衙官，吾筆當得王羲之北面。」其矜誕類此。』

一〇

『梅花落處疑殘雪』一句，便是初唐。『柳葉開時任好風』〔一〕，非再玩之，未有不以爲中、晚者。若萬楚《五日觀伎》詩：『眉黛奪將萱草色，紅裙妬殺石榴花。』真婉麗有梁、陳韻。至結語：『聞道五絲能續命，却令今日死君家。』〔二〕宋人所不能作，然亦不肯作。于鱗極嚴刻，却收此，吾所不解〔三〕。又起句『西施漫道浣春紗』，既與五日無干，『碧玉今時鬥麗華』，又不相比。

【校注】

〔一〕《全唐詩》卷六二杜審言《大酺》：『毗陵震澤九州通，士女歡娱萬國同。伐鼓撞鐘驚海上，新粧麗服照江東。梅花落處疑殘雪，柳葉開時任好風。火德雲官逢道泰，天長地久屬年豐。』

〔二〕《全唐詩》卷一四五萬楚《五日觀妓》：『西施謾道浣春紗，碧玉今時鬥麗華。眉黛奪將萱草色，紅裙妒殺石榴花。新歌一曲令人艷，醉舞雙眸斂鬢斜。誰道五絲能續命，卻令今日死君家。』

〔三〕李攀龍《古今詩删·唐詩選》取舍極爲嚴刻，王世懋《唐詩選序》稱其『代不數人，人不數篇』。然或亦有議其取捨失當者，如《巵言》此論是也。按：萬楚《五日觀妓》見録於《古今詩删》卷十七。

一一

陳正字陶洗六朝，鉛華都盡〔一〕，托寄大阮，微加斷裁，而天韻不及〔二〕。律體時時入古，亦是矯枉之過。開元彩筆，無過燕、許〔三〕，制册碑頌，春容大章。然比之六朝，明易差勝，而淵藻遠却，敷文則衍，徵事則狹。許之應制七言，宏麗有色，而他篇不及李嶠。燕公岳陽以後，感慨多工，而實際不如始興〔四〕。

【校注】

〔一〕《新唐書》卷一〇七《陳子昂傳》：『唐興，文章承徐、庾餘風，天下祖尚，子昂始變雅正。初，為《感遇詩》三十八章，王適曰：「是必為海內文宗。」乃請交。子昂所論著，當世以為法。』劉克莊《後村詩話》卷一：『唐初王、楊、沈、宋擅名，然不脱齊、梁之體。獨陳拾遺首倡高雅沖淡之音，一掃六朝之纖弱，趨於黄初、建安矣。太白、韋、柳繼出。皆自子昂發之。』

〔二〕鍾惺《唐詩歸》卷二：『（子昂）《感遇》數詩，其韻度雖與阮籍《詠懷》稍相近，身份銖兩實遠過之。俗人眼耳，賤近貴遠，不信也。』毛先舒《詩辯坻》卷四：『鍾惺謂子昂《感遇》過嗣宗《詠懷》，其識甚淺。阮逐興生，陳依義立。阮淺而遠，陳深而近。阮無起止，陳有結構。阮簡凈，陳密至。見過阮處，皆不及阮處也。』

〔三〕『燕公』，原作『燕之』，據《談藝珠叢》本改。《新唐書》卷一二五《蘇頲傳》：『自景龍後，（蘇頲）與張説以文章顯，稱望略等，故時號「燕許大手筆」。帝愛其文，曰：「卿所為詔令，別録副本，署臣某撰，朕當留中。」後遂為故事。其後李德裕著論曰「近世詔誥，唯頲敘事外自為文章」云。』又《張説傳》：『為文屬思精壯，長於碑誌，世所不逮。既謫岳州，而詩益悽婉，人謂得江山助云。』賀裳《載酒園詩話》又編：『燕公中年淹縶江潭，曲江晚亦淪落荆楚，其詩皆多哀傷憔悴。然燕公唯切歸闕之思，曲江已安止足之分，恬競自別。言發於衷，作者亦不自知也。』張九齡封始興伯，故稱。

一二

李于鱗評詩，少見筆札，獨《唐詩選序》云：『唐無五言古詩，陳子昂以其古詩爲古詩，弗取也。七言古詩唯杜子美不失初唐氣格，而縱横有之。太白縱横，往往彊弩之末，間雜長語，英雄欺人耳。』此段褒貶有至意。又云：『太白五、七言絶句，實唐三百年一人。蓋以不用意得之，即太白亦不自知其所至，而工者顧失焉。五言律、排律，諸家概多佳句。七言律體，諸家所難，王維、李頎頗臻其妙，即子美篇什雖衆，隤焉自放矣。』〔一〕余謂七言絶句，王江陵與太白争勝毫釐，俱是神品，而于鱗不及之〔二〕。王維、李頎雖極風雅之致，而調不甚響。子美固不無利鈍，終是上國武庫，此公地位乃爾〔三〕。獻吉當於何處生活，其微意所鍾，余蓋知之，不欲盡言也。

【校注】

〔一〕《選唐詩序》語，見《滄溟先生集》卷一五。『唐無五言古詩』原文作『唐無五言古詩而有其古詩』。

〔二〕潘德輿《養一齋李杜詩話》卷一：『高氏棅曰：「七言絶句，太白高於諸人，王少伯次之。」按《藝苑卮言》謂「七言絶句，王少伯與太白争勝毫釐，俱是神品」；《詩藪》謂「太白、江寧各有至處」。《弱侯詩評》謂「龍標、隴西七絶當家，足稱聯璧」。《漫堂説詩》謂「三唐絶句，並堪不朽，太白、龍標，絶倫逸群」。然吾獨取高氏「少伯次之」之説。夫少伯七絶，古雅深微，意在言表。低眼觀場，隨聲贊美，其實墮雲霧中，並不知其意脈所在。此其境地，豈可易求？顧余謂少伯詩，咀含有餘，而飛舞不足也。屈紹隆云：「詩以神行，若遠若近，若無若有，若雲之於天，月之於水，詩之神者也。而五、七絶尤貴以此道行之。昔之擅其妙者，在唐有太白一人，蓋非摩詰、龍標之所及，所謂鼓之舞之以盡神，由神入化者也。」細玩屈氏之論，則知高氏所謂「少伯次之」者，非臆見矣。王氏所謂「争勝毫釐」，太白勝龍標處，誠在毫釐之間。非老於詩律，不能下斯一語。惜王氏以「俱是神品」一語混之，説成李能勝王，王亦勝李。於是胡氏《詩藪》謂「李寫景入神，王言情造極。王宫辭樂府李不能寫，李覽勝紀行王不能爲」。意議淺滯，妄分畛域，更不足駁也已。』

〔三〕胡震亨《唐音癸籤》卷一〇：『七言律獨取王、李而絀老杜者，李于鱗也。夷王、李於岑、高而大家老杜者，高廷禮也。尊老杜而謂王不如李者，胡元瑞也。謂老杜即不無利鈍，終是上國武庫；又謂摩詰堪敵老杜，他皆莫及者，王弇州也。意見互殊，幾成諍論。雖然，吾終以弇州公之言爲衷。』

一三

李、杜光焰千古，人人知之。滄浪並極推尊，而不能致辨〔一〕。元微之獨重子美，宋人以爲談柄〔二〕。近時楊用脩爲李左袒，輕俊之士，往往傅耳〔三〕。要其所得，俱影響之間。五言古，《選》體，及七言歌行，太白以氣爲主，以自然爲宗，以俊逸高暢爲貴；子美以意爲主，以獨造爲宗，以奇拔沉雄爲貴。其歌行之妙，詠之使人飄揚欲僊者，太白也；使人慷慨激烈，歔欷欲絶者，子美也。《選》體，太白多露語、率語，子美多稚語、累語，置之陶、謝間，便覺傖父面目，乃欲使之奪曹氏父子位耶〔四〕？五言律，七言歌行，子美神矣；七言律，聖矣。五、七言絶，太白神矣，七言歌行聖矣，五言次之〔五〕。太白之七言律，子美之七言絶，皆變體，間爲之可耳，不足多法也〔六〕。

【校注】

〔一〕嚴羽《滄浪詩話・詩評》：『李、杜二公，正不當優劣。太自有一二妙處，子美不能道；子美有一二妙處，太白不能作。子美不能為太白之飄逸，太白不能為子美之沈鬱。』又《詩辨》：『詩之極致有一，曰入神。詩而入神，至矣盡矣，蔑以加矣！唯李、杜得之，他人得之蓋寡也。』按：滄浪所論對李、杜之詩不僅極其推尊，致辨亦甚明確詳審。唯滄浪於李、杜主要着眼於總體藝術風格，而對李、杜各體詩詳加評論辨析，細入毫芒者，則不能不首推弇州之論。

〔二〕自元微之始發揚杜抑李之説，經宋人稱引發揮，此論遂紛紛不絶。如魏慶之《詩人玉屑》卷十四《遯齋閑覽》引王安石語及宋黄徹《䂬溪詩話》卷三所述，即爲其例。

〔三〕楊慎《升庵詩話》卷一一：「楊誠齋曰：「李太白之詩，列子之禦風也。杜少陵之詩，靈均乘桂舟駕玉車也。無待者，神於詩者與？有待而未嘗有待者，聖於詩者與？宋則東坡似太白，山谷似少陵。」徐仲車云：「太白之詩，神鷹瞥漢；少陵之詩，駿馬絶塵。」二公之評，意同而語亦相近。余謂太白詩，僊翁劍客之語；少陵詩，雅士騷人之詞。比之文，太白則《史記》，少陵則《漢書》也。」

〔四〕賀裳《載酒園詩話》又編：『太白胸懷高曠，有置身雲漢，糠粃六合意，不屑屑爲體物之言。其言如風卷雲舒，無可縱跡。子美思深力大，善於隨事體察，其言如水歸墟，靡坎不盈。兩公之才，非唯不能兼，實亦不可兼也。杜自稱「沈鬱頓挫」，謂李「飛揚跋扈」，二語最善形容。』潘德輿《養一齋李杜詩話》卷二：『李于鱗謂「唐無五言古詩，而有其古詩」。蓋言唐人之五言，與漢、魏、六朝别也。王元美遂謂「杜長篇曼衍拖沓，於選體殊不類」。又謂「五言選體，太白以氣爲主，子美以意爲主。太白多露語、率語，子美多稚語、累語，置之陶、謝間，便覺不倫，乃欲使之奪曹氏父子耶？」王貽上亦以于鱗、元美爲定論，而謂「唐五言古詩，杜甫沉鬱，多出變調」。愚皆以爲不然。李之《古風》六十首（按：今實五十九首），直追正始以前，其才力更在射洪、曲江而上，昔人既以復古許之，不待言矣。杜之短篇，有建安氣骨者，昔人屢言之，今亦不縷述。即以杜之長篇論，《北征》一作，謂與《風》、《雅》相表裏可也，況漢以下乎？《奉先詠懷》一作，非即蔡文姬《悲憤》之規模，而又超出其上者乎？且《焦仲卿詩》、《贈白馬王彪》詩，或千餘字，或四五百字，皆非寥寥短章，故胡氏應麟謂「杜之長篇叙事，有漢人遺意」。乃于鱗、元美、貽上等，第以選體之清婉簡浄者號爲古詩，而忘漢、魏詩之犖犖大者，遂覺杜公之恢閎崛嵂，創此變調耳。確士亦不敢定爲漢、魏以來之正體，而特尊之曰「詩之變，情之正」，此與高廷禮不敢目爲「正宗」，而別以「大家」尊之，同一遷就調停之見，而不自知其眼光纖仄也。」

〔五〕王世貞《讀書後》卷三《書李白王維杜甫詩後》：「吾嘗謂太白之絶句與杜少陵之七言古詩歌當爲古今第一，少陵之五、七言律與太白之七言詩歌、五言律次之，當時微覺於摩詰鹵莽，徐更取讀之，真足三分鼎足，他皆莫及也。」何日愈《退庵詩話》卷一：「太白之長在歌行，子美之長在五、七律。子美之五、七律，太白不能辨，太白之歌行，子美雖不能爲，而沉著蒼健，旗鼓亦足相當，唯七絶遜太白耳。」

〔六〕趙翼《甌北詩話》卷一：「青蓮集中古詩多，律詩少。五律尚有七十餘首，七律祇十首而已。蓋才氣豪邁，全以神運，自不屑束縛於格律對偶，與雕繪者争長。……唯七律究未完善。……蓋開元、天寶之間，七律尚未盛行，至德以後，賈至等《早朝大明宮》諸作，互相琢磨，始覺盡善，而青蓮久已出都，故所作不多也。」《養一齋李杜詩話》卷三：「盧氏世潅曰：「天生太白、少伯，以主絶句之席，亘古今來，無復有驂乘者矣。子美恰與兩公同時，乃恣其崛强之性，頽然自放，獨成一家，可謂巧於用拙，長於用短，精於用粗，婉於用戇者也。」按胡氏應麟曰：「以少陵之才攻絶句，即不能爲太白，詎不若摩詰？彼自有不可磨滅者，無事更屑屑也。」又曰：「五、七絶各極其工者太白，五、七絶俱無所解者子美也。」又曰：「少陵不甚攻絶句，遍閲其集，得『東逾遼水北滹沱』、『中巴之東巴東山』二首，與太白《明皇幸蜀歌》相類。」信如胡氏之言，是杜之五、七絶，大率無足法矣。然敖氏英曰：「少陵絶句，古意黯然，風格矯然，用事奇崛樸健，與盛唐諸家不同。」鍾氏惺曰：「少陵七絶，長處在用生，往往有別趣，有似民謡者，有似填詞者。但筆力自高，寄托有在，運用不同。看詩取其音響稍諧者數首，則不如勿看。」觀此二説，則知杜公絶句，在盛唐中自創一格，乃由其才大力勁，不拘聲律所致。而無意求工，轉多古調，與太白、龍標正可各各單行，安得謂其不屑爲此，遂致絶無所解！」

一四

太白古樂府，窈冥惝怳，縱横變幻，極才人之致，然自是太白樂府〔一〕。

【校注】

〔一〕胡應麟《詩藪》内編卷二：『樂府則太白擅奇古今，少陵嗣跡風雅。《蜀道難》、《遠别離》等篇，出鬼入神，惝恍莫測。《兵車行》、《新婚别》等作，述情陳事，懇惻如見。』又：『太白《蜀道難》、《遠别離》、《天姥吟》、《堯祠歌》等，無首無尾，變幻錯綜，窈冥昏默，非其才力學之，立見顛踣。』潘德輿《養一齋李杜詩話》卷一：『《藝苑卮言》云：「太白古樂府，杳冥惝恍，縱横變幻，極才人之致，然自是太白樂府。」嘻！此以形似論樂府者也。齊、梁後之樂府，非太白起而振之，不至五代，已流入於詞矣。太白樹復古之偉功，王氏謂其極才人之能事而已，亦淺矣哉！』

一五

十首以前，少陵較難入；百首以後，青蓮較易厭〔一〕。揚之則高華，抑之則沉實，有色有聲，有氣有骨，有味有態，濃淡深淺，奇正開闔，各極其則，吾不能不伏膺少陵〔二〕。

【校注】

〔一〕葉燮《原詩》外篇下：『王世貞曰：「十首以前，少陵較難入；百首以後，青蓮較易厭。」斯言以蔽李、杜，而軒輊自見矣。以此推之，世有閲至終卷皆難入，才讀一篇即厭者，其過唯均。究之，難入者可加功，而即厭者終難藥也。』

〔二〕胡應麟《詩藪》内編卷四：『盛唐一味秀麗雄渾，杜則精粗、鉅細、巧拙、新陳、險易、淺深、濃淡、肥瘦，靡不畢具。參其格調，實與盛唐大别。其能會萃前人在此，濫觴後世亦在此。且言理近經，叙事兼史，尤詩家絶睹。』

一六

高、岑一時，不易上下〔一〕。岑氣骨不如達夫遒上，而婉縟過之。《選》體時時入古，岑尤陡健〔二〕。歌行磊落奇俊，高一起一伏，取是而已，尤爲正宗〔三〕。

【校注】

〔一〕鍾惺《唐詩歸》卷一二：『高、岑心手如出一人，其森秀之骨，淡遠之氣，皆相敵。』

〔二〕『陡健』，原作『陟健』，據《四庫》本改。

〔三〕殷璠《河岳英靈集》卷上：『高適詩多胸臆語，兼有氣骨，故朝野通賞其文。』又卷中：『岑參語奇體峻，意亦造奇，可謂逸才，宜稱幽致也。』王士禛《帶經堂詩話》卷一：『高、岑迴不相似。五言古，則高古樸，岑靈秀；七言古，則高雄渾，多正調；岑奇峭，多變調。强而同之，不已疏乎！』

一七

五言近體，高、岑俱不能佳〔一〕。七言，岑稍濃厚〔二〕。

【校注】

〔一〕鍾惺《唐詩歸》卷一二：『高、岑五言律衹如説話，其極煉、極厚、極潤、極活，往往從欹側歷落中出，人不得以整求之，又不得學其不整。』賀貽孫《詩筏》：『高、岑五言古、律俱臻化境，而高達夫尤妙於用虚。……李于鱗諸公謂高、岑有五言古詩而短於五言律，此豈高、岑知己哉！』張謙宜《絸齋詩談》卷五：『予讀嘉州全集，愛其峭蒨蒼秀，如對終南、太華。其近體略遜古詩。』

〔二〕喬億《劍溪説詩》卷下：『高常侍五言質樸，七律别有風味。岑嘉州微傷於巧，而體氣自厚。』

一八

摩詰才勝孟襄陽，由工入微，不犯痕跡，所以爲佳。間有失點檢者，如五言律中，『青門』、『白社』、『青菰』、『白鳥』一首互用〔一〕；七言律中『暮雲空磧時驅馬』、『玉靶角弓珠勒馬』，兩『馬』字覆壓〔二〕；『獨坐悲雙鬢』，又云『白髮終難變』〔三〕。他詩往往有之，雖不妨白璧，能無少損連城？觀者須略玄黄，取其神檢〔四〕。孟造思極苦，既成，乃得超然之致〔五〕。皮生擷其佳句，真足配古人〔六〕。第其句不能出五字外，篇不能出四十字外，此其所短也〔七〕。

【校注】

〔一〕王維《輞川閒居》：『一從歸白社，不復到青門。時倚檐前樹，遠看原上村。青菰臨水拔，白鳥向山飜。寂寞於陵子，桔槔方灌園。』

〔二〕王維《出塞》：『居延城外獵天驕，白草連山野火燒。暮雲空磧時驅馬，秋日平原好射雕。護羌校尉朝乘障，破虜將軍夜渡遼。玉靶角弓珠勒馬，漢家將賜霍嫖姚。』

〔三〕王維《秋夜獨坐》：『獨坐悲雙鬢，空堂欲二更。雨中山果落，燈下白頭人。白髮終難變，黄金不可成。欲知除老病，唯有學無生。』按：此首兩『白』字亦重。

〔四〕王世懋《藝圃擷餘》：『詩有古人所不忌，而今人以爲病者。摘瑕者因而酷病之，將並古人無所容，非也。然今古寬嚴不同，作語者既知是瑕，不妨並去。……今以古人詩病，後人宜避者，略具數條，以見其餘。如有重韻者，若任彦昇哭范僕射一詩，三壓「情」字。老杜排律，亦時有誤重韻，有重字者。若沈雲卿「天長地闊」之三「何」。至王摩詰尤多。若「暮雲空磧」，「玉靶角弓」，二「馬」俱壓在下。「一從歸白社，不復到青門」，「青菰臨水映，白鳥向山飜」，「青」、「白」重出，此皆是失檢點處，必不可借以自文也。……摩詰「獨坐悲雙鬢」、「白髮終難變」，語異意重。《九成宫避暑》三、四「衣上」、「鏡中」，五、六「林下」、「岩前」，在彼正自不覺，今用之，能無受人揶揄？至於失嚴之句，摩詰、嘉州特多，殊不妨其美，然就至美中亦覺有微缺陷。』沈德潛《唐詩别裁》卷一三：『二「馬」字押脚，亦是一病。』

〔五〕《全唐詩》卷一五九孟浩然小傳：『浩然爲詩，佇興而作，造意極苦。篇什既成，洗削凡近，超然獨妙。雖氣象清遠，而采秀内映，藻思所不及。』

〔六〕皮日休《皮子文藪》卷七《郢州孟亭記》：『明皇世，章句風大得建安體。論者推李翰林、杜工部爲之尤，介其間能不愧者，唯吾鄉之孟先生也。先生之作，遇思入詠，不拘奇抉異，令齷齪束人口者，涵涵然有干霄之興，若公輸氏當巧而不巧者也。北齊美蕭慤有「芙蓉露下落，楊柳月中疏」，先生則有「微雲淡河漢，疏雨滴梧桐」。樂府美王融「日霽沙嶼明，風動甘泉濁」，先生則有「氣蒸雲夢澤，波撼岳陽城」。謝朓之詩句精者有「露濕寒塘草，月映清淮流」，先生則有「荷風送香氣，竹露滴清聲」。此與古人争勝於毫釐也，他稱是者衆，不可悉數。』

〔七〕葉燮《原詩》外篇下：『孟浩然諸體似乎淡遠，然無縹渺幽深思致，如畫家寫意，墨氣都無。蘇軾謂：「浩然韻高而才短，如造内法酒手，而無材料。」誠爲知言。後人胸無才思，易於銜口而出，孟開其端也。』

一九

『居庸城外獵天驕』一首佳甚，非兩『馬』字犯〔一〕，當足壓卷。然兩字俱貴難易，或稍可改者，『暮雲』句『馬』字耳。

【校注】

〔一〕此王維《出塞》詩，參見本卷第一八條注〔一〕。

二〇

李頎『花宫僊梵』、『物在人亡』二章，〔一〕，高適『黄鳥翩翩』、『嗟君此别』二詠〔二〕，張謂『星軺計日』之句〔三〕，孟浩『縣城南面』之篇〔四〕，不作奇事麗語，以平調行之，却足一倡三歎。

【校注】

〔一〕此李頎《宿瑩公禪房聞梵》及《題盧五舊居》詩。《宿瑩公禪房聞梵》：『花宮僊梵遠微微，月隱高城鐘漏稀。夜動霜林驚落葉，曉聞天籟發清機。蕭條已入寒空靜，颯沓仍隨秋雨飛。始覺浮生無住著，頓令心地欲皈依。』又《題盧五舊居》：『物在人亡無見期，閒庭繫馬不勝悲。窗前綠竹生空地，門外青山如舊時。悵望秋天鳴墜葉，巑岏枯柳宿寒鴟。憶君淚落東流水，歲歲花開知為誰？』

〔二〕此高適《東平別前衛縣李宷少府》及《送李少府貶峽中王少府貶長沙》詩。《東平別前衛縣李宷少府》：『黃鳥翩翩楊柳垂，春風送客使人悲。怨別自驚千里外，論交卻憶十年時。雲開汶水孤帆遠，路繞梁山匹馬遲。此地從來可乘興，留君不住益悽其。』又《送李少府貶峽中王少府貶長沙》：『嗟君此別意何如？駐馬銜杯問謫居。巫峽猿啼數行淚，衡陽歸雁幾封書。青楓江上秋天遠，白帝城邊古木疏。聖代即今多雨露，暫時分手莫躊躇。』

〔三〕此張謂《別韋郎中》詩：『星軺計日赴岷峨，雲樹連天阻笑歌。南入洞庭隨雁去，西過巫峽聽猿多。崢嶸洲上飛黃蝶，滟滪堆邊起白波。不醉郎中桑落酒，教人無奈別離何。』

〔四〕此孟浩然《登安陽城樓》詩：『縣城南面漢江流，江漲開成南雍州。才子乘春來騁望，羣公暇日坐銷憂。樓臺晚映青山郭，羅綺晴嬌綠水洲。向夕波搖明月動，更疑神女弄珠遊。』

二一

于鱗選老杜七言律，似未識杜者。恨囊不爲極言之，似非忠告〔一〕。

【校注】

〔一〕胡應麟《詩藪》外篇卷四：『李于鱗選唐詩，……老杜律僅七篇，而首録《張氏隱居》之作。既於輿論不合，又已調不同。英雄欺人，不當至是。』潘德輿《養一齋詩話》卷九：『李于鱗選唐詩，所選七律，於老杜《諸將》、《詠懷古跡》等作，亦一概不録，若初唐人應制諸篇，則纍纍選之，不知有何意緒？』按：李攀龍《古今詩删》卷一七選録杜甫七律十三首：《題張氏隱居》、《宣政殿退朝晚出左掖》、《九日藍田崔氏莊》《和裴迪蜀州東亭送客逢早梅相憶見寄》、《野望》、《登樓》、《秋興》（三首）、《吹笛》、《閣夜》、《返照》、《九日登高》，而胡元瑞言『律僅七篇』，不知何據。養一齋所舉篇目則與今本《詩删》吻合。

二二

青蓮擬古樂府，以己意己才發之，尚沿六朝舊習，不如少陵以時事創新題也。少陵自是卓識，惜不盡得本來面目耳〔一〕。

【校注】

〔一〕元稹《元氏長慶集》卷二三《樂府古題序》：『自《風》、《雅》至於樂流，莫非諷興當時之事，以貽後代之人，沿襲古題，唱和重複。……近代唯詩人杜甫《悲陳陶》、《哀江頭》、《兵車》、《麗人》等，凡所歌行，率皆即事名篇，無復倚傍。予少時與友人樂天、李公垂輩謂是爲當，遂不復擬賦古題。』胡震亨《唐音癸籤》卷九：『擬古樂府，至太白幾無憾，以爲樂府第一手矣。誰知又有杜少陵出來，嫌模擬古題爲贅剩，別製新題，詠見事，以合風人刺美時政之義，盡跳出前人圈子，另換一番鉗錘。覺在古題中黐弄者仍落古人窠臼，未爲好手。』

二三

謝氏，俳之始也〔一〕。陳及初唐，俳之盛也。盛唐，俳之極也〔二〕。六朝不盡俳，乃不自然。盛唐俳，殊自然。未可以時代優劣也。

【校注】

〔一〕謝氏，蓋指南朝謝靈運。劉克莊《後村詩話》卷一：『詩至三謝，如玉人之攻玉，錦工之織錦，極天下之工巧組麗，而去建安、黄初遠矣。』

〔二〕胡震亨《唐音癸籤》卷一：『自古詩漸作偶對，音節亦漸叶而諧。宫體而降，其風彌盛。徐、庾、陰、何以及張正見、江總持之流，或數聯獨調，或全篇通穩，雖未有律之名，已寖具律之體。四子承之，尚餘拗澀。神龍而後，音對俱諧，諸家概有合作，沈、宋尤爲擅場。』

二四

七言絶句，盛唐主氣，氣完而意不盡工；中、晚唐主意，意工而氣不甚完。然各有至者，未可以時代優劣也〔一〕。

【校注】

〔一〕王世懋《藝圃擷餘》：『晚唐詩，萎薾無足言，獨七言絶句膾炙人口，其妙至欲勝盛唐。愚謂絶句覺妙，正是晚唐未妙處，其勝盛唐，乃其所以不及盛唐也。』胡應麟《詩藪》内編卷六：『盛唐絶句，興象玲瓏，句意深婉，無工可見，無跡可尋。中唐遽減風神，晚唐大露筋骨，可並論乎？』葉燮《原詩》外篇下：『王世貞曰：「七言絶句，盛唐主氣，氣完而意不盡工；中、晚唐主意，意工而氣不甚完，然各有至者。」斯言爲能持平。然盛唐主氣之説，謂李則可耳，他人不盡然也。宋人七絶，種族各别，然出奇入幽，不可端倪處竟有軼駕唐人者。若必曰唐，曰供奉，曰龍標以律之，則失之矣。』

二五

『遠公遁跡廬山岑』，刻本下皆云『開山幽居』〔一〕，不唯聲調不諧，抑亦意義無取。吾弟懋定以爲『開士』，甚妙〔二〕。蓋言昔日遠公遁跡之岑，今爲開士幽居之地。『開士』見佛書。

【校注】

〔一〕此為李頎《題璿公山池》句：『遠公遁跡廬山岑，開士幽居祇樹林。片石孤峰窺色相，清池皓月照禪心。指揮如意天花落，坐臥閒房春草深。此外俗塵都不染，唯餘玄度得相尋。』

〔二〕王世懋《藝圃擷餘》：『李頎七言律，最響亮整肅，忽於「遠公遁跡」詩第二句下一拗體，餘七句皆平正，一不合也。「開山」二字最不古，二不合也。「開山幽居」，文理不接，三不合也。重上一「山」字，四不合也。余謂必有誤，苦思得之曰，必「開士」也。易一字而對仗流轉，盡祛四失矣。余兄大喜，遂以書《藝苑卮言》。余後觀郎士元詩云：「高僧本姓竺，開士舊名林」，乃元襲用頎詩，益以自信。』胡震亨《唐音癸籤》卷二一：『李頎《題璿公山池》云：「遠公遁跡廬山岑，開山幽居祇樹林。」弇州公以「開山」聲調不協，欲改爲「開士」。此元人郝天挺《唐詩鼓吹》注中說也。吾謂遠公即指璿公，「開山」即就上廬山衍下做到山池上，意義突然，雖不叶，不可改也。不然，一人耳，既擬之遠公矣，復汎稱爲開士，可乎？』開士，菩薩之德名，亦爲僧徒之尊稱。

二六

盛唐七言律，老杜外，王維、李頎、岑參耳。李有風調而不甚麗，岑才甚麗而情不足，王差備美〔一〕。

【校注】

〔一〕高棅《唐詩品彙》卷八二：『（七律）盛唐作者雖不多，而聲調最遠，品格最高。……如賈至、王維、岑參早朝倡和之什，當時各極其妙，王之衆作尤勝諸人。至於李頎、高適，當與並驅，未論先後，是皆足爲萬世程法。』胡應麟《詩藪》內編卷五：『王、岑、高、李，世稱正鵠。嘉州詞勝意，句格壯麗而神韻未揚。常侍意勝詞，情致纏綿而筋骨不逮。王、李二家和平而不累氣，深厚而不傷格，濃麗而不乏情，幾於色相俱空，風雅備極。然製作不多，未足以盡其變。』

二七

六朝之末，衰颯甚矣〔一〕。然其偶儷頗切，音響稍諧，一變而雄，遂爲唐始。再加整栗，便成沈、宋〔二〕。人知沈、宋律家正宗，不知其權輿於三謝，橐籥於陳、隋也〔三〕。詩至大曆，高、岑、王、李之徒，號爲已盛，然才情所發，偶與境會，了不自知其墮者。如『到來函谷愁中月，歸去皤溪夢裏山』、『鴻雁不堪愁裏聽，雲山況是客中過』、『草色全經細雨濕，花枝欲動春風寒』〔四〕，非不佳致，隱隱逗漏錢、劉出來。至『百年强半仕三已，五畝就荒天一涯』〔五〕，便是長慶以後手段。吾故曰：『衰中有盛，盛中有衰，各含機藏隙。盛者得衰而變之，功在創始；衰者自盛而沿之，弊繇趨下。』又曰：『勝國之敗材，乃興邦之隆幹；熙朝之佚事，即衰世之危端。此雖人力，自是天地間陰陽剥復之妙。』

【校注】

〔一〕《隋書》卷六六李諤《上隋文帝革文華書》：『魏之三祖，更尚文詞，忽君人之大道，好雕蟲之小藝。下之從上，有同影響，競騁文華，遂成風俗。江左齊、梁，其弊彌甚，貴賤賢愚，唯務吟詠。遂復遺理存異，尋虚逐微，競一韻之奇，争一字之巧。連篇累牘，不出月露之形；積案盈箱，唯是風雲之狀。』

〔二〕《新唐書》卷二〇一《文藝上·杜甫傳贊》：『唐興，詩人承陳、隋風流，浮靡相矜。至宋之問、沈佺期等，研揣聲音，浮切不差，而號「律詩」，競相沿襲。』

〔三〕胡應麟《詩藪》外編卷二：『唐律雖濫觴沈、謝，於時音調未遒，篇什猶寡。梁室諸王，特崇此體。至庾肩吾，風神秀朗，洞合唐規。陰、何、吴、柳，相繼並興。陳、隋徐、薛諸人，唐初無異矣。』

〔四〕以上三聯分別是岑參《暮春虢州東亭送李司馬歸扶風別廬》、李頎《送魏萬之京》、王維《酌酒與裴迪》詩句。分別見《全唐詩》卷二〇一、卷一三四、卷一二八。

〔五〕高適《重陽》詩句。見《全唐詩》二一四卷。

二八

何仲默取沈雲卿《獨不見》，嚴滄浪取崔司勳《黄鶴樓》，爲七言律壓卷〔一〕。二詩固甚勝，百尺無枝，亭亭獨上，在厥體中，要不得爲第一也。沈末句是齊、梁樂府語，崔起法是盛唐歌行語。如織官錦間一尺繡，錦則錦矣，如全幅何〔二〕？老杜集中，吾甚愛『風急天高』一章，結亦微弱〔三〕，『玉露凋傷』、『老去悲秋』，首尾匀稱，而斤兩不足〔四〕，『昆明池水』，穠麗沉切，惜多平調，金石之聲微乖耳〔五〕，然竟當於四章求之。

【校注】

〔一〕沈佺期《古意呈補闕喬知之》：『盧家少婦鬱金堂，海燕雙棲玳瑁梁。九月寒砧催木葉，十年征戍憶遼陽。白狼河北音書斷，丹鳳城南秋夜長。誰為含愁獨不見，更教明月照流黄。』按：詩題一作『獨不見』。又崔顥《黄鶴樓》：『昔人已乘黄鶴去，此地空餘黄鶴樓。黄鶴一去不復返，白雲千載空悠悠。晴川歷歷漢陽樹，芳草萋萋鸚鵡洲。日暮鄉關何處是，煙波江上使人愁。』嚴羽《滄浪詩話・詩評》：『唐人七言律詩，當以崔顥《黄鶴樓》爲第一。』

〔二〕楊慎《升庵詩話》卷一〇：『宋嚴滄浪取崔顥《黄鶴樓》詩爲唐人七言律第一，近日何仲默、薛君采取沈佺期「盧家少婦鬱金堂」一首爲第一。二詩未易優劣，或以問予，予曰：「崔詩賦體多，沈詩比興多。以畫家法論之，沈詩披麻皴，崔詩大斧劈皴也。」』

〔三〕杜甫《登高》：『風急天高猿嘯哀，渚清沙白鳥飛回。無邊落木蕭蕭下，不盡長江滾滾來。萬里悲秋常作客，百年多病獨登臺。艱難苦恨繁霜鬢，潦倒新停濁酒杯。』

〔四〕杜甫《秋興八首》之一：『玉露凋傷楓樹林，巫山巫峽氣蕭森。江間波浪兼天湧，塞上風雲接地陰。叢菊兩開他日淚，孤舟一繫故園心。寒衣處處催刀尺，白帝城高急暮砧。』又《九日藍田崔氏莊》：『老去悲秋強自寬，興來今日盡君歡。羞將短髮還吹帽，笑倩旁人為正冠。藍水遠從千澗落，玉山高並兩峰寒。明年此會知誰健，醉把茱萸仔細看。』

〔五〕杜甫《秋興八首》之七：『昆明池水漢時功，武帝旌旗在眼中。織女機絲虛夜月，石鯨鱗甲動秋風。波漂菰米沉雲黑，露冷蓮房墜粉紅。關塞極天唯鳥道，江湖滿地一漁翁。』胡震亨《唐音癸籤》卷一〇：『七言律壓卷，迄無定論。宋嚴滄浪推崔顥《黄鶴樓》，近代何仲默、薛君采推沈佺期「盧家少婦」。王弇州則謂當從老杜「風急天高」、「老去悲秋」、「玉露凋傷」、「昆明池水」四章中求之。今觀崔詩自是歌行短章，律體之未成者，安得以太白嘗效之遂取壓卷。沈詩篇題原名《獨不見》，一結翻題取巧，六朝樂府變聲，非律詩正格也，不應借材取冠茲體。若杜四律，更尤可議：「風急天高」篇，無論結語膇重，即起處「鳥飛回」三字亦勉强屬對無意味。「老去悲秋」篇，本一落帽事，又生「冠」字爲對，無此用字法，「藍水」一聯尤乏生韻，類許用晦塞白語，僅一結思深耳，可因之便浪推耶？「玉露凋傷」篇，較前二作似匀稱，然斤兩自薄，況「一繫」對「兩開」，「一」字甚無着落，爲瑕不小。「昆明池水」前四語故自絶，奈頸聯肥重，「墜粉紅」尤俗。況律詩凡一題數篇者，前後皆有微度脈絡。此《秋興八首》，首詠夔府，二、三從夔府漸入京華，四方概言長安，五、六、七、八又各言長安一景，八首祇作一首，若相次相引者。通讀之始知其命篇之意，與一切貫穿映帶之法，未有於中獨摘其第一首及第六首能悉其妙，可詫爲壓卷者。取及此，尤無謂也。吾謂好詩自多，要在明眼略定等差，不誤所趨足耳。「轉益多師是汝師」，何必取宗一篇，效痴人作此生活！』

二九

李于鱗言唐人絶句，當以『秦時明月漢時關』壓卷。余始不信，以少伯集中有極工妙者〔一〕。既而思之，若落意解，當別有所取，若以有意無意、可解不可解間求之，不免此詩第一耳〔二〕。

【校注】

〔一〕少伯，王昌齡字。其《出塞》二首之一：『秦時明月漢時關，萬里長征人未還。但使龍城飛將在，不教胡馬度陰山。』楊慎《升庵詩話》卷二：『「秦時明月漢時關，……」此詩可入神品。』

〔二〕王世懋《藝圃擷餘》：『于鱗選唐七言絶句，取王龍標「秦時明月漢時關」爲第一，以語人，多不服。于鱗意止擊節「秦時明月」四字耳。必欲壓卷，還當於王翰「葡萄美酒」，王之渙「黄河遠上」二詩求之。』鍾惺《唐詩歸》卷一一王昌齡《出塞》評語：『詩但求其佳，不必問某首第一也。昔人問《三百篇》何句最佳，及《十九首》何句最佳，蓋亦興到之言；其稱某句佳者，各就其意之所感，非以盡全詩也。李于鱗乃以此首爲唐七言絶壓卷，固矣哉！無論其品第當否何如，茫茫一代，絶句不啻萬首，乃必求一首作第一，則其胸亦夢然矣。』

三〇

有一貴人時名者，嘗謂予：『少陵傖語，不得勝摩詰。所喜摩詰也。』〔一〕予答言：『恐足下不喜摩詰耳，喜摩詰又焉能失少陵也。少陵集中，不啻有數摩詰，能洗眼静坐三年讀之乎？』〔二〕其人意不懌去。

【校注】

〔一〕劉攽《中山詩話》：『楊大年不喜杜工部詩，謂爲村夫子。』『不得勝摩詰』，底本『詰』訛作『語』，據《歷代詩話續編》本改。

〔二〕潘德輿《養一齋李杜詩話》卷二：『屠隆氏曰：「王元美謂『少陵集中不啻有數摩詰』，此語誤也。少陵沉雄博大，多所包括，而獨少摩詰之沖然幽適，泠然獨往，此少陵生平所短也。少陵慷慨深沉，不除煩熱，摩詰參禪悟佛，心地清涼，胸次原自不同。」按少陵詩如「陰壑生虚籟，月林散清影」、「燈影照無睡，心清聞妙香」、「天寒鳥已歸，月出山更静」、「林疏黄葉墮，野静白鷗來」、「荻岸如秋水，松門似畫圖」、「谷鳥鳴還過，林花落又開」、「蟬聲集古寺，鳥影度寒塘」、「一逕野花落，孤村春水生」、「漁人網集澄潭下，估客船隨返照來」、「落花遊絲白日静，鳴鳩乳燕青春深」、「楚江巫峽半雲雨，清簟疏簾看弈棊」，如此之類，不堪枚舉，置之右丞集中，當亦高境。屠氏偏執之論，其不知詩猶可恕也。至謂少陵「不除煩熱」，彼將以感時憤俗，迸淚驚心，爲憚悟所不屑乎？不知倫紀纏綿，人生大節，一概掃除，置身何等？摩詰「凝碧池頭」一作將亦謂煩熱未除耶？耽禪味而忘詩教，此《三百篇》之罪人矣。且少陵詩集大成，何獨缺摩詰一體之有！

元美語自不誤，無可攻也。」

三一

「峨眉山月半輪秋，影入平羌江水流。夜發清溪向三峽，思君不見下渝州。」此是太白佳境。然二十八字中，有峨眉山，平羌江、清溪、三峽、渝州，使後人爲之，不勝痕跡矣，益見此老爐錘之妙〔一〕。

【校注】

〔一〕引詩為李白《峨眉山月歌》。王世懋《藝圃擷餘》：『作詩到精神傳處，隨分自佳，下得不覺痕跡，縱使一句兩入，兩句重犯，亦自無傷。如太白《蛾眉山月歌》，四句入地名者五，然古今目爲絶唱，殊不厭重，蜂腰鶴膝，雙聲疊韻，休文三尺法也，古今犯者不少，寧盡被汰邪？』周亮工《書影》卷二：『太白《峨嵋歌》，峨嵋山、平羌、清溪、三峽、渝州，一連用之。王摩詰《九成宫避暑》中四句：「隔窗雲霧生衣上，卷幔山泉入鏡中。簾下水聲喧笑語，檐前樹色隱房櫳。」衣上、鏡中、簾下、檐前，一連用之。孫逖《贈韋侍御詩》：「忽睹雲間數雁回，更逢山上一花開。河邊淑氣迎芳草，林下輕風待落梅。秋憲府中高唱入，春卿署裏和歌來。」雲間、山上、河邊、林下、府中、署裏，一連用之。沈佺期《過巫峽》云：「使君灘上草，神女廟前雲。樹悉江中見，猿多天外聞。」灘上、廟前、江中、天外，一直並用。駱賓王《送鄭少府入遼》云：「邊烽警榆塞，俠客度桑乾。柳葉開銀鏑，桃花照玉鞍。滿月臨弓影，連星入劍端。」六句一樣句法，且榆、桑、柳、桃連用。……在古人皆不以爲嫌，今人用之，不知何如揶揄矣。然細論之，唯《峨嵋山月》一氣渾成，絶無痕跡，反似當用許多地名者。餘則一説破便覺身分小減矣，雖詩之佳處正不在此，然終不如不犯之爲愈耳。』

三二

摩詰七言律，自『應制』、『早朝』諸篇外，往往不拘常調〔一〕。至『酌酒與君』一篇，四聯皆用仄法，此是初、盛唐所無，尤不可學〔二〕。凡爲摩詰體者，必以意興發端，神情傅合，渾融疏秀，不見穿鑿之跡，頓挫抑揚，自出宮商之表可耳〔三〕。雖老杜以歌行入律，亦是變風，不宜多作，作則傷境。

【校注】

〔一〕王維《奉和聖制從蓬萊向興慶閣道中留春雨中春望之作應制》：『渭水自縈秦塞曲，黄山舊繞漢宫斜。鑾輿迥出千門柳，閣道回看上苑花。雲裏帝城雙鳳闕，雨中春樹萬人家。為乘陽氣行時令，不是宸遊玩物華。』又《和賈舍人早朝大明宫之作》：『絳幘雞人送曉籌，尚衣方進翠雲裘。九天閶闔開宫殿，萬國衣冠拜冕旒。日色才臨僊掌動，香煙欲傍袞龍浮。朝罷須裁五色詔，佩聲歸向鳳池頭。』

〔二〕王維《酌酒與裴迪》：『酌酒與君君自寬，人情飜覆似波瀾。白首相知猶按劍，朱門先達笑彈冠。草色全經細雨濕，花枝欲動春風寒。世事浮雲何足問，不如高臥且加餐。』施補華《峴傭説詩》：『唐初七律有平仄一順者。至摩詰、少陵猶未改。如摩詰「酌酒與君」一首，第三聯「草色全經」平仄一順，少陵「天門日射」一首，第三聯「雲近蓬萊」平仄一順，此類甚多，要是當時初創此體，格調未嚴，今人不必學也。』

〔三〕方東樹《昭昧詹言》卷一六：『輞川於詩，亦稱一祖。然比之杜公，真如維摩之於如來，確然别爲一派。尋其所至，衹是以興象超遠，渾然元氣，爲後人所莫及，高華精警，極聲色之宗，而不落人間聲色，所以可貴。然愚乃不喜之，以其無血氣無性情也。譬如絳闕僊官，非不尊貴，而於世無益；又如畫工，圖寫逼肖，終非實物，何以用之？』

三三

孟襄陽『欲尋芳草去，惜與故人違』、『林花掃更落，徑草踏還生』〔一〕，韋左司『身多疾病思田里，邑有流亡愧俸錢』〔二〕，雖格調非正，而語意亦佳，于鱗乃深惡之〔三〕，未敢從也。

【校注】

〔一〕二聯分别為孟浩然詩《留别王侍御維》、《春中喜王九相尋》中句。

〔二〕韋應物曾官左司郎中，故稱。此聯為《寄李儋元錫》中句。

〔三〕按：李攀龍《古今詩删》卷一七録韋應物七律《自鞏洛舟行入黄河即事寄府縣僚友》一首，而未録此作。

三四

太白『鸚鵡洲』一篇，效顰《黄鶴》，可厭！『吴宫』、『晉代』二句，亦非作手〔一〕。律無全盛者，唯得兩結耳：『總爲浮雲能蔽日，長安不見使人愁。』〔二〕『借問欲棲珠樹鶴，何年却向帝城飛。』〔三〕

【校注】

〔一〕李白《登金陵鳳凰臺》：『鳳凰臺上鳳凰遊，鳳去臺空江自流。吴宫花草埋幽徑，晉代衣冠成古丘。三山半落青天外，二水中分白鷺洲。總為浮雲能蔽日，長安不見使人愁。』胡仔《苕溪漁隱叢話》前集卷五：『唐崔顥《題武昌黄鶴樓詩》云：「昔人已乘白雲去，此地空餘黄鶴樓。黄鶴一去不復返，白雲千載空悠悠。晴川歷歷漢陽樹，芳草萋萋鸚鵡洲。日暮家山何處在？烟波江上使人愁。」李太白負大名，尚曰：「眼前有景道不得，崔顥題詩在上頭」，欲擬之較勝負，乃作《金陵登鳳凰臺詩》。』

〔二〕瞿佑《歸田詩話》卷上：『崔顥題黄鶴樓，太白過之，不更作。時人有「眼前有景道不得，崔顥題詩在上頭」之譏。及登鳳凰臺作詩，可謂十倍曹丕矣。蓋顥結句云：「日暮鄉關何處是？烟波江上使人愁。」而太白結句云：「總爲浮雲能蔽日，長安不見使人愁。」愛君憂國之意，遠過鄉關之念，善占地步矣！』

〔三〕詩為李白《送賀監歸四明應制》中句。《養一齋詩話》卷九：『王元美「太白《鸚鵡洲》一篇」云云。夫作詩各有意到，何況供奉天才，豈難自立？《鳳凰臺》人疑學步，《鸚鵡洲》又説傚顰，太白非崔郎中，將不作七律耶？「吴宫」二語，閑接甚緊，婉接甚遒，正古氣流行變動處，所謂「非作手」者，將不能矜張字句以求工耶？「三山半落青天外，二水中分白鷺洲」、「瑶臺含霧星辰滿，僊嶠浮空島嶼微」，豈塵凡下士步伐思議所及者？獨以兩結爲美，將此超玄入天之句亦遺之耶？』

三五

太白不成語者少，老杜不成語者多，如『無食無兒』、『舉家聞若駭』之類〔一〕。凡看二公詩，不必病其累句，不必曲爲之護，正使瑕瑜不掩，亦是大家。

【校注】

〔一〕杜甫《又呈吴郎》詩有『堂前撲棗任西鄰，無食無兒一婦人』句；又《從人覓小胡孫許寄》有『人說南州路，山猿樹樹懸。舉家聞若駭，為寄小如拳』句。均見《全唐詩》卷二三一。『駭』原作『欬』，據《全唐詩》改。

三六

七言排律創自老杜，然亦不得佳。蓋七字爲句，束以聲偶，氣力已盡矣。又欲衍之使長，調高則難續而傷篇，調卑則易冗而傷句，合璧猶可，貫珠益艱〔一〕。

【校注】

〔一〕高棅《唐詩品彙》卷九〇：『七言排律唐人不多見，如太白《別山僧》、高適《宿田家》等作，雖聯對精密，而律調未純，終是古詩體段。』方世舉《蘭叢詩話》：『七排似起自老杜，此體尤難，過勁蕩又不是律，過軟款又不是排，與五排不同，句長氣難貫也。』

三七

楊用脩駁宋人『詩史』之説〔一〕，而譏少陵云：『詩刺淫亂，則曰「雝雝鳴雁，旭日始旦」，不必曰「慎莫近前丞相嗔」也〔二〕；憫流民，則曰「鴻雁於飛，哀鳴嗷嗷」，不必曰「千家今有百家存」也；傷暴斂，則曰「維南有箕，載翕其舌」，不必曰「哀哀寡婦誅求盡」也；叙饑荒，則曰「牂羊羵首，三星在罶」，不必曰「但有牙齒存，所堪骨髓乾」也。』〔三〕其言甚辯而覈，然不知向所稱皆興比耳。詩固有賦，以述情切事爲快，不盡含蓄也。語荒而曰『周餘黎民，靡有孑遺』〔四〕；勸樂而曰『宛其死矣，它人之室』〔五〕；譏失儀而曰『人而無禮，胡不遄死』〔六〕。怨讒而曰『豺虎不食，投之有畀』〔七〕。若使出少陵口，不知用脩何如貶剥也。且『慎莫近前丞相嗔』〔八〕，樂府雅語，用脩烏足知之〔九〕。

【校注】

〔一〕按：『詩史』之稱，始見於唐孟啟《本事詩·高逸》第三：『杜逢禄山之難，流離隴蜀，畢陳於詩，推見至隱，殆無遺事，故當時號爲「詩史」。』其後《新唐書·杜甫傳》、《詩人玉屑》等，皆有稱引。

〔二〕『丞相』，底本作『承相』，據《續古逸叢書》影《宋本杜工部集》改。按世經堂本多將『丞相』寫作『承相』，今統作修改，不再出校。

〔三〕見楊慎《升庵詩話》卷一一。

〔四〕《詩經·大雅·雲漢》句。

〔五〕《詩經·唐風·山有樞》句。『它人之室』，今通行本《詩經》多作『他人入室』。

〔六〕《詩經·鄘風·相鼠》句。

〔七〕《詩經·小雅·巷伯》句。『投之有畀』，今通行本《詩經》多作『投畀有北』。

〔八〕杜甫《麗人行》句，見《全唐詩》卷二一六。

〔九〕吴喬《圍爐詩話》卷四：『杜詩是非不謬於聖人，故曰「詩史」，非直指紀事之謂也。……詩可經，何不可史？同其「無邪」而已。用脩不喜宋人之説，並「詩史」非之，誤也。』

三八

劉隨州五言長城〔一〕，如『幽州白日寒』語〔二〕，不可多得。惜十章以還，便自雷同不耐檢〔三〕。

【校注】

〔一〕辛文房《唐才子傳》卷二載：『長卿，字文房，河間人。……長卿清才冠世，頗淩浮俗，性剛，多忤權門，故兩逢遷斥，人悉冤之。詩調雅暢，甚能煉飾。其自賦，傷而不怨，足以發揮風雅。權德輿稱為「五言長城」。』權德輿《秦徵君校書與劉隨州唱和集序》：『隨州劉君長卿贈答之卷，惜其長往，謂余宜叙。夫彼東漢守，嘗自以爲五言長城，而公緒用偏伍奇師，攻堅擊衆，雖無益壯，未嘗頓鋒。』

〔二〕劉長卿《穆陵關北逢人歸漁陽》：『逢君穆陵路，匹馬向桑乾。楚國蒼山古，幽州白日寒。城池百戰後，耆舊幾家殘。處處蓬蒿遍，歸人掩淚看。』

〔三〕唐高仲武《中興間氣集》卷下：『長卿詩體雖不新奇，甚能煉飾。大抵十首已上，語意稍同，於落句尤甚，思鋭才窄也。』

三九

錢、劉並稱故耳〔一〕，錢似不及劉。錢意揚，劉意沉；錢調輕，劉調重〔二〕。如『輕寒不入宫中樹，佳氣常浮仗外峰』〔三〕，是錢最得意句，然上句秀而過巧，下句寬而不稱。劉結語『匹馬翩翩春草緑，邵陵西去獵平原』，何等風調！『家散萬金酬士死，身留一劍答君恩』〔四〕，自是壯語。而于鱗不録，又所未解〔五〕。

【校注】

〔一〕辛文房《唐才子傳》卷四：『錢起與郎士元齊名。士林語曰：「前有沈、宋，後有錢、郎。」』賀裳《載酒園詩話》又編：『古稱「錢、郎」，今乃訛爲「錢、劉」，兩家實不相類。』

〔二〕張戒《歲寒堂詩話》卷上：『隨州詩，韻度不能如韋蘇州之高簡，意味不能如王摩詰、孟浩然之勝絶，然其筆力豪贍，氣格老成，則皆過之。與杜子美並時，其得意處，子美之匹亞也。「長城」之目，蓋不徒然。』翁方綱《石洲詩話》卷二：『盛唐之後，中唐之初，一時雄俊，無過「錢、劉」。然五言秀絶，固足接武，至於七言歌行，則獨立萬古，已被杜公占盡，仲文、文房皆浥右丞餘波耳。然却亦漸於轉調伸縮處微微小變。誠以熟到極處，不得不變，雖才力各有不同，而源委未嘗不從此導也。』

〔三〕錢起《和李員外扈駕幸溫泉宮》：「未央月曉度疏鐘，鳳輦時巡出九重。雪霽山門迎瑞日，雲開水殿候飛龍。輕寒不入宮中樹，佳氣常浮仗外峯。遙羨枚皋扈僊蹕，偏承霄漢渥恩濃。」

〔四〕劉長卿《獻淮寧軍節度使李相公》：「建牙吹角不聞喧，三十登壇衆所尊。家散萬金酬士死，身留一劍答君恩。漁陽老將多回席，魯國諸生半在門。白馬翩翩春草細，邵陵西去獵平原。」

〔五〕李攀龍《古今詩删》卷一七録錢起七律《贈闕下裴舍人》、《和王員外晴雪早朝》二首，而未録劉長卿之作，故云。

四〇

李長吉師心，故爾作怪〔一〕，亦有出人意表者。然奇過則凡，老過則穉，此君所謂不可無一，不可有二〔二〕。

【校注】

〔一〕《新唐書》卷二〇三《文藝下》：「（賀）辭尚奇詭，所得皆驚邁，絶去翰墨畦徑，當時無能效者。」魏慶之《詩人玉屑》卷一五引朱熹語：「李賀較怪得些子，不如太白自在。」

〔二〕張表臣《珊瑚鉤詩話》卷一：「篇章以平夷恬淡爲上，怪險蹶趨爲下。如李長吉錦囊句，非不奇也，而牛鬼蛇神太甚，所謂施諸廊廟則駭矣。」嚴羽《滄浪詩話·詩評》：「玉川之怪，長吉瑰詭，天地間自欠此體不得。」又：「太白僊才，長吉鬼才。然僊詩、鬼詩皆不堪多見，多見僊亦使人不敬，鬼亦使人不驚。」葉燮《原詩》外篇下：「余嘗謂世貞評詩，有極切當者，非同時諸家可比。「奇過則凡」一語，尤爲學李賀者下一痛砭也。」

四一

韋左司平淡和雅，爲元和之冠〔一〕。至於擬古，如『無事此離别，不知今生死』語，使枚、李諸公見之，不作嘔耶〔二〕？此不敢與文通同日〔三〕，宋人乃欲令之配陶陵謝〔四〕，豈知詩者！柳州刻削雖工，去之稍遠。近體卑凡，尤不足道〔五〕。

【校注】

〔一〕白居易《與元九書》：『近歲韋蘇州歌行，才麗之外，頗近諷興。其五言詩又高雅閑澹，自成一家之體，今之秉筆者誰能及之？』

〔二〕詩乃韋應物《擬古詩十二首》之二中句。枚、李指枚乘、李陵。

〔三〕江淹，字文通。嚴羽《滄浪詩話·詩評》：『擬古唯江文通最長，擬淵明似淵明，擬康樂似康樂，擬左思似左思，擬郭璞似郭璞，獨擬李都尉一首，不似西漢耳。』

〔四〕曾季貍《艇齋詩話》：『前人論詩，初不知有韋蘇州、柳子厚，論字亦不知有楊凝式。二者至東坡而後發此秘，遂以韋、柳配淵明，凝式配顔魯公，東坡真有德於三子也。』

〔五〕胡震亨《唐音癸籤》卷七：『柳子厚詩，世與韋應物並稱，然子厚之工緻，乃不若蘇州之蕭散自然。』賀裳《載酒園詩話》又編：『宋人又多以韋、柳並稱，余細觀其詩，亦甚相懸。韋無造作之煩，柳極鍛煉之力。韋真有曠達之懷，柳終帶排遣之意。詩爲心聲，自不可强。』

四二

韋左司『今朝郡齋冷』〔一〕，是唐選佳境。

【校注】

〔一〕韋應物《寄全椒山中道士》：『今朝郡齋冷，忽念山中客。澗底束荊薪，歸來煮白石。欲持一瓢酒，遠慰風雨夕。落葉滿空山，何處尋行跡。』

四三

韓退之於詩本無所解〔一〕，宋人呼爲大家，直是勢利他語〔二〕。子厚於《風》、《雅》、《騷》、賦，似得一斑〔三〕。

【校注】

〔一〕陳師道《後山詩話》：『學詩當以子美爲師，有規矩故可學。退之於詩，本無解處，以才高而好爾。』

〔二〕歐陽脩《六一詩話》：『退之筆力，無施不可，而嘗以詩為文章末事。……然其資談笑，助諧謔，敘人情，狀物態，一寓於詩，而曲盡其妙。此在雄文大手，固不足論，而余獨愛其工於用韻也。蓋其得寬韻，則波瀾橫溢，汎入旁韻，乍還乍離，出入迴合，殆不可拘以常格；得窄韻，則不復旁出，而因難見巧，愈險愈奇。……譬如善馭良馬者，通衢廣陌，從横馳逐，唯意所之。至於水曲蟻封，疾徐中節，而不少蹉跌，乃天下之至工也。』張戒《歲寒堂詩話》卷上：『韓退之詩，愛憎相半。愛者以爲雖杜子美亦不及，不愛者以爲退之於詩本無所得，自陳無己輩皆有此論。然二家之論俱過矣。以爲子美亦不及者固非，以爲退之於詩本無所得者，談何容易耶？退之詩，大抵才氣有餘，故能擒能縱，顛倒崛奇，無施不可。放之則如長江大河，瀾飜洶涌，滚滚不窮；收之則藏形匿影，乍出乍没，姿態横生，變怪百出，可喜可愕，可畏可服也。蘇黄門子由有云：「唐人詩當推韓，杜，韓詩豪，杜詩雄，然杜之雄亦可以兼韓之豪也。」此論得之。』

〔三〕嚴羽《滄浪詩話·詩評》：『唐人唯柳子厚深得《騷》學，退之、李觀皆所不及。』

四四

退之《海神廟碑》猶有相如之意〔一〕，《毛穎傳》尚規子長之法〔二〕。子厚《晉問》頗得枚叔之情〔三〕，《段太尉逸事》差存孟堅之造〔四〕，下此益遠矣。

【校注】

〔一〕韓愈《南海神廟碑》，見《韓昌黎集》卷三一。宋晶如、章榮注《廣注古文辭類纂》卷四〇引劉大魁曰：『昌黎文集大成，此文所以得於相如、子雲者爲文，故叙祠祀而《子虛》、《上林》、《甘泉》、《羽獵》之體奔赴腕下，富麗雄奇，極才人之能事，當屬碑文第一。』又引曾國藩曰：『筆力足以追相如作賦之才，而鋪叙稍傷平直，故王氏謂骨力差減也。』

〔二〕韓愈《毛穎傳》，見《韓昌黎集》卷三六。茅坤《八大家文鈔・韓文公文鈔》卷八評：『設虛景摹寫，工極古今，其連翩跌宕，刻劃司馬子長。』

〔三〕柳宗元《晉問》，見《河東先生集》卷一五。洪邁《容齋隨筆》卷七：『枚乘作《七發》，創意造端，麗旨腴詞，上薄騷些。柳子厚《晉問》，乃用其體，而超然別立新機杼，激越清壯，漢晉間諸文士之弊，於是一洗矣。』

〔四〕柳宗元《段太尉逸事狀》，見《柳河東集》卷八。

四五

子厚諸記，尚未是西京，是東京之潔峻有味者〔一〕。《梓人傳》，柳之懿乎？然大有可言。相職居簡握要，收功用賢，在於形容梓人處已妙，祇一語結束，有萬鈞之力，可也，乃更喋喋不已。夫使引者發而無味，發者冗而易厭，奚其文？奚其文〔二〕？

【校注】

〔一〕王世貞《讀書後》卷三《書柳文後》：『柳子才秀於韓而氣不及，金石之文亦峭麗，與韓相争長，而大篇則瞠乎其後矣。……永州諸記，峭拔緊結，其小語之冠乎。』宋晶如、章榮注《廣注古文辭類纂》卷五一引方苞語曰：『子厚諸記，以身閑境寂，又得山水以蕩其精神，故言皆稱心，探幽發奇，而出之若不經意。』又引劉大魁語曰：『山水之佳必奇峭，必幽冷，子厚得之以爲文，琢句練字，無不精工，古無此調，子厚創爲之。』

〔二〕柳宗元《梓人傳》，見《河東先生集》卷一七。

四六

張爲稱白樂天廣大教化主〔一〕。用語流便，使事平妥，固其所長，極有冗易可厭者〔二〕。少年與元稹角靡逞博，意在警策痛快〔三〕；晚更作知足語，千篇一律〔四〕。詩道未成，慎勿輕看，最能易人心手〔五〕。

【校注】

〔一〕唐張爲《詩人主客圖》，以白居易爲廣大教化主。

〔二〕張戒《歲寒堂詩話》卷上：『梅聖俞云：「狀難寫之景，如在目前。」元微之云：「道得人心中事。」此固白樂天長處，然情意失於太詳，景物失於太露，遂成淺近，略無餘蘊，此其所短處。』王若虛《滹南詩話》卷一：『樂天之詩，情致曲盡，入人肝脾，隨物賦形，所在充滿，殆與元氣相侔。至長韻大篇，動數百千言，而順適愜當，句句如一，無爭張牽强之態，而世或以淺易輕之，蓋不足與言矣。』

〔三〕趙翼《甌北詩話》卷四：『古來但有和詩，無和韻。唐人有和韻，尚無次韻，次韻實自元、白始。依次押韻，前後不差，此古所未有也。而且長篇累幅，多至百韻，少亦數十韻，爭能鬥巧，層出不窮，此又古所未有也。他人和韻，不過一二首，元、白則多至十六卷，凡一千餘篇，此又古所未有也。以此另成一格，推倒一世，自不能不傳。蓋元、白覷此一體，爲歷代所無，可從此出奇，自量才力，又爲之而有餘，故一往一來，彼此角勝，遂以之擅場。』

〔四〕王士禛《帶經堂詩話》卷二：『白古詩，晚歲重複什而七八。』

〔五〕田同之《西圃詩説》：『神韻超妙者絶，氣力雄渾者勝，元輕白俗，皆其病也。然病輕猶其小疵，病俗實爲大忌，故漁洋謂初學者不可讀樂天詩。』

四七

《連昌宮辭》似勝《長恨》，非謂議論也，《連昌》有風骨耳〔一〕。玉川《月蝕》是病熱人囈語。前則任華，後者盧仝、馬異，皆乞兒唱長短急口歌博酒食者〔二〕。

【校注】

〔一〕元稹《連昌宮辭》曰：『連昌宮中滿宮竹，歲久無人森似束。又有牆頭千葉桃，風動落花紅蔌蔌。宮邊老翁為余泣，小年進食曾因入。上皇正在望僊樓，太真同凭闌干立。樓上樓前盡珠翠，炫轉熒煌照天地。歸來如夢復如癡，何暇備言宮裏事。初過寒食一百六，店舍無煙宮樹綠。夜半月高絃索鳴，賀老琵琶定場屋。力士傳呼覓念奴，念奴潛伴諸郎宿。須臾覓得又連催，特敕街中許然燭。春嬌滿眼睡紅綃，掠削雲鬟旋裝束。飛上九天歌一聲，二十五郎吹管逐。逡巡大徧涼州徹，色色龜茲轟録續。李謨擫笛傍宮牆，偷得新翻數般曲。平明大駕發行宮，萬人歌舞塗路中。百官隊仗避岐薛，楊氏諸姨車鬭風。明年十月東都破，御路猶存祿山過。驅令供頓不敢藏，萬姓無聲淚潛墮。兩京定後六七年，卻尋家舍行宮前。莊園燒盡有枯井，行宮門閉樹宛然。爾後相傳六皇帝，不到離宮門久閉。往來年少說長安，玄武樓成花萼廢。去年敕使因斫竹，偶值門開暫相逐。荊榛櫛比塞池塘，狐兔驕癡緣樹木。舞榭攲傾基尚在，文窗窈窕紗猶綠。塵埋粉壁舊花鈿，烏啄風箏碎珠玉。上皇偏愛臨砌花，依然御榻臨階斜。蛇出燕巢盤鬭栱，菌生香案正當衙。寢殿相連端正樓，太真梳洗樓上頭。晨光未出簾影黑，至今反掛珊瑚鉤。指似傍人因慟哭，卻出宮門淚相續。自從此後還閉門，夜夜狐狸上門屋。我聞此語心骨悲，太平誰致亂者誰。翁言野父何分別，耳聞眼見為君說。姚崇宋璟作相公，勸諫上皇言語切。燮理陰陽禾黍豐，調和中外無兵戎。長官清平太守好，揀選皆言由相公。開元之末姚宋死，朝廷漸漸由妃子。祿山宮裏養作兒，虢國門前鬧如市。弄權宰相不記名，依稀憶得楊與李。廟謨顛倒四海搖，五十年來作瘡痏。今皇神聖丞相明，詔書才下吴蜀平。官軍又取淮西賊，此賊亦除天下寧。年年耕種宮前道，今年不遣子孫耕。老翁此意深望幸，努力廟謀休用兵。』洪邁《容齋隨筆》卷一六：『元微之、白樂天在唐元和、長慶間齊名，其賦詠天寶時事，《連昌宮辭》、《長恨歌》皆膾炙人口，使讀者之情性蕩搖，如身生其時，親見其事，殆未易以優劣論也。然《長恨歌》不過述明皇追愴貴妃始末，無他激揚，不若《連昌宮辭》有鑒戒規諷之意。……其末章及官軍討淮西，乞廟謨休用兵之語，蓋元和十一二年所作，殊得風人之旨，非《長恨歌》比云。』

〔二〕盧仝，號玉川子。《月蝕詩》曰：『新天子即位五年，歲次庚寅，斗柄插子，律調黃鐘。森森萬木夜殭立，寒氣贔屭頑無風。爛銀盤從海底出，出來照我草屋東。天色紺滑凝不流，冰光交貫寒曈曨。初疑白蓮花，浮出龍王宮。八月十五夜，比並不可雙。此時怪事發，有物吞食來。輪如壯士斧斫壞，桂似雪山風拉摧。百煉鏡，照見膽，平地埋寒灰。火龍珠，飛出腦，卻入蚌蛤胎。摧環破璧眼看盡，當天一搭如煤炲。磨蹤滅跡須臾間，便似萬古不可開。不料至神物，有此大狼狽。星如撒沙出，爭頭事光大。奴婢炷暗燈，揜菼如玳瑁。今夜吐焰長如虹，孔隙千道射戶外。玉川子，涕泗下，中庭獨自行，念此日月者。太陰太陽精，皇天要識物，日月乃化生。走天汲汲勞四體，與天作眼行光明。此眼不自保，天公行道何由行。吾見陰陽家有說，望日蝕月月光滅，朔月掩日日光缺。兩眼不相攻，此說吾不容。又孔子師老子云，五色令人目盲。吾恐天似人，好色即喪明。幸且非春時，萬物不嬌榮。青山破瓦色，綠水冰崢嶸。花枯無女豔，鳥死沉歌聲。頑冬何所好，偏使一目盲。傳聞古老說，蝕月蝦蟆精。徑圓千里入汝腹，汝此癡骸阿誰生。可從海窟來，便解緣青冥。恐是眶睫間，揜塞所化成。黃帝有二目，帝舜重瞳明。二帝懸四目，四海生光輝。吾不遇二帝，滉漭不可知。何故瞳子上，坐受蟲豸欺。長嗟白兔擣靈藥，恰似有意防姦非。藥成滿臼不中度，委任白兔夫何為。憶昔堯為天，十日燒九州。金爍水銀流，玉燭丹砂焦。六合烘為窯，堯心增百憂。帝見堯心憂，勃然發怒決洪流。立擬沃殺九日妖，天高日走沃不及，但見萬國赤子𧓍𧓍生魚頭。此時九御導九日，爭持節幡麾幢旒。駕車六九五十四頭蛟螭虯，掣電九火輈。汝若蝕開齱齵輪，御轡執索相爬鉤，推蕩轟訇入汝喉。紅鱗焰鳥燒口快，翎鬣倒側聲醆鄒。撐腸拄肚礧傀如山丘，自可飽死更不偷。不獨填饑坑，亦解堯心憂。恨汝時當食，藏頭擫腦不肯食。不當食，張唇哆觜食不休。食天之眼養逆命，安得上帝請汝劉。嗚呼，人養虎，被虎齧。天媚蟆，被蟆瞎。乃知恩非類，一一自作孽。吾見患眼人，必索良工訣。想天不異人，愛眼固應一。安得常娥氏，來習扁鵲術。手操舂喉戈，去此睛上物。其初猶朦朧，既久如抹漆。但恐功業成，便此不吐出。玉川子又涕泗下，心禱再拜額榻砂土中，地上蟣虱臣仝告愬帝天皇。臣心有鐵一寸，可刳妖蟆癡腸。上天不為臣立梯磴，臣血肉身，無由飛上天，揚天光。封詞付與小心風，颰排閶闔入紫宫。密邇玉几前擘坼，奏上臣仝頑愚胸。敢死橫干天，代天謀其長。東方蒼龍角，插戟尾捭風。當心開明堂，統領三百六十鱗蟲，坐理東方宫。月蝕不救援，安用東方龍。南方火鳥赤潑血，項長尾短飛跋躠，頭戴井冠高逵枅。月蝕鳥宫十三度，鳥為居停主人不覺察。貪向何人家，行赤口毒舌。毒蟲頭上吃卻月，不啄殺。虛眨鬼眼明突窬，鳥罪不可雪。西方攫虎立踦踦，斧為牙，鑿為齒。偷犧牲，食封豕。大蟆一臠，固當軟美。見似不見，是何道理。爪牙根天不念天，天若准擬錯准擬。北方寒龜被蛇縛，藏頭入殼如入獄。蛇筋束緊束破殼，寒龜夏鱉一種味。且當以其肉充臛，死殼沒信處，唯堪支床腳，不堪鑽灼與天卜。歲星主福德，官爵奉董秦。忍使黔婁生，覆尸無衣巾。天失眼不弔，歲星胡其仁。熒惑矍鑠翁，執法大不中。月明無罪過，不糾蝕月蟲。年年十月朝太微，支盧謫罰何災凶。土星與土性相背，反養福德生禍害。到人頭上死破敗，今夜月蝕安可會。太白真將軍，怒激鋒銋生。恒州陣斬酈定進，項骨脆甚春蔓菁。天唯兩眼失一眼，將軍何處行天兵。辰星任廷尉，天律自主持。人命在盆底，固應樂見天盲時。天若不肯信，試喚皋陶鬼一問。一如今日，三台文昌宫，作上天紀綱。環天二十八宿，磊磊尚書郎。整頓排班行，劍握他人將。一四太陽側，一四天市傍。操斧代大匠，兩手不怕傷。弧矢引滿反射人，天狼呀啄明煌煌。癡牛與騃女，不肯勤農桑。徒勞含淫思，旦夕遥相望。蚩尤簸旗弄旬朔，始搥天鼓鳴璫琅。枉矢能蛇行，眊目森森張。天狗下舐地，血流何滂滂。譎險萬萬黨，架構何可當。眯目釁成就，害我光明王。請留北斗一星相北極，指麾萬國懸中央。此外盡掃除，堆積如山岡，贖我父母光。當時常星沒，殞雨如迸漿。似天會事發，叱喝誅奸強。何故中道廢，自遺今日殃。善善又惡惡，郭公所以亡。願天神聖心，無信他人忠。玉川子詞訖，風色緊格格。近月黑暗邊，有似動劍戟。須臾癡蟆精，兩吻自決坼。初露半個璧，漸吐滿輪魄。衆星盡原赦，一蟆獨誅磔。腹肚忽脱落，依舊掛穹碧。光彩未蘇來，慘澹一片白。奈何萬里光，受此吞吐厄。再得見天眼，感荷天地力。或問玉川子，孔子脩春秋。二百四十年，月蝕盡不收。今子咄咄詞，頗合孔意不。玉川子笑答，或請聽逗留。孔子父母魯，諱魯不諱周。書外書大惡，故月蝕不見收。予命唐天，口食唐土。唐禮過三，唐樂過五。小猶不説，大不可數。災沴無有小大瘉，安得引衰周，研核其可否。日分晝，月分夜，辨寒暑。一主刑，二主德，政乃舉。孰爲人面上，一目偏可去。願天完兩目，照下萬方士。萬古更不瞽，萬萬古，更不瞽，照萬古。』賀裳《載酒園詩話》又編：『王弇州：「玉川《月蝕》詩，是病熱人囈語。前則任華，後則盧仝，皆乞兒唱長短歌博酒食者。」余甚快之。然此詩以指元和之黨，猶可説也。至贈馬異篇，不曰一之爲甚乎？其他可笑者，更不勝指。但讀至「相思一夜梅花發，忽到窗前疑是君」，不得不以勝流目之。』黎靖德編《朱子語類》卷一四〇：『如唐人玉川子輩，句語雖險怪，意思亦自有渾成氣象。』葉矯然《龍性堂詩話》續集：『玉川子爲退之所重，《月蝕詩》亦是忠愛熱血，詭托而出，蓋《離騷》之變體也。元美譏其病狂人囈語，恐元美猶是夢耳。又謂「任華、馬異，皆乞兒唱長短急口歌，博酒食者」。少年口過已甚，宜其晚節之懊悔也。』

四八

唐人有佳句而不成篇者，如孟浩然『微雲澹河漢，疏雨滴梧桐』〔一〕，楊汝士『昔日蘭亭無艷質，此時金谷有高人』〔二〕，尉遲匡『夜夜月爲青冢鏡，年年雪作黑山花』，每恨不見入集中〔三〕。楊用脩嘗爲『青冢黑山補』一首，終不能稱。近顧氏編《國雅》，乃稱爲用脩得意語，可笑〔四〕。

【校注】

〔一〕計有功《唐詩紀事》卷二三：『孟浩然……五言詩天下稱其盡善。閒遊秘省，秋月新霽，諸英聯詩，次當浩然，句曰：「微雲淡河漢，疏雨滴梧桐。」舉座嗟其清絶，咸以之閣筆，不復爲綴。』

〔二〕托名尤袤《全唐詩話》卷三：『裴令公居守東洛，夜宴半酣，公索句，元、白有得色。時公爲破題，次至汝士，曰：「昔日蘭亭無艷質，此時金谷有高人。」白知不能加，遽裂之曰：「笙歌鼎沸，勿作冷淡生活。」元顧白曰：「樂天所謂能全其名者也。」』

〔三〕『匡』，底本作『斥』，據《唐詩紀事》改。《唐詩紀事》卷二三：『幽并人尉遲匡，耿概士也，以頻年不第，投書林甫，皆擊刺之説。匡有《暮行潼關》之作云：「明月飛出海，黃河流上天。」又《觀内人樓上踏歌》云：「芙蓉初出水，桃李忽無言。」又《塞上曲》云：「夜夜月爲青冢鏡，年年雪作黑山花。」林甫曰：「蕭穎士嘗忤吏部王尚書，幾至鞭撲。子詩未及穎士，吾復名異於王重，欲相干，三思可矣。」匡知見怒，惶怖趨出，栖屑無依，退歸林野。』

〔四〕顧起綸《國雅品·士品二》：『楊脩字用脩，……其為詩如錦城雪棧，險怪高峻，……「夜夜月為青塚鏡，年年雪作黑山花」……非雕飾曼語。』

四九

白香山初與元相齊名，時稱『元、白』。元卒，與劉賓客俱分司洛中，遂稱『劉、白』〔一〕。白極重劉

『雪裏高山頭白早〔二〕，海中僊果子生遲』、『沉舟側畔千帆過，病樹前頭萬木春』，以爲有神助〔三〕。此不過學究之小有致者。白又時時頌李頎『渭水自清涇至濁，周公大聖接輿狂』，欲模擬之而不可得〔四〕。徐凝『千古長如白練飛，一條界破青山色』，極是惡境界，白亦喜之〔五〕，何也？風雅不復論矣。張打油、胡釘鉸，此老便是作俑〔六〕。

【校注】

〔一〕《新唐書》卷一一九《白居易傳》：『居易於文章精切，然最工詩。初，頗以規諷得失，及其多，更下偶俗好，至數千篇，當時士人爭傳。雞林行賈售其國相，率篇易一金，甚僞者，相輒能辯之。初，與元稹酬詠，故號「元、白」；稹卒，又與劉禹錫齊名，號「劉、白」。』

〔二〕原作『頭早白』，據《談藝珠叢》本改。

〔三〕二聯分别見劉禹錫《蘇州白舍人寄新詩有歎早白無兒之句因以贈之》、《酬樂天揚州初逢席上見贈》。《全唐詩》卷三六〇。

〔四〕計有功《唐詩紀事》卷二〇：樂天《放言詩序》云：『元九在江陵，有放言長句詩五韻，韻高而體律，意古而辭新，雖前輩深於詩者，未有此作。唯李頎有云：「濟水至清河自濁，周公大聖接輿狂。」斯句近之矣。』按：『渭水』二句，李頎《雜興》詩語，見《全唐詩》卷一三三。

〔五〕按：此徐凝《廬山瀑布詩》，見《全唐詩》卷四七四。王定保《唐摭言》卷二：『白樂天典杭州，江東進士多奔杭取解。時張祜自負詩名，以首冠爲己任。既而徐凝後至。會郡中有宴，樂天諷二子矛盾。祜曰：「僕爲解元，宜矣。」凝曰：「君有何嘉句？」祜曰：「《甘露寺詩》有『日月光先到，山河勢盡來』。又《金山寺詩》有『樹影中流見，鐘聲兩岸聞』。」凝曰：「善則善矣，奈無野人句云『千古長如白練飛，一條界破青山色』。」祜愕然不對。於是一座盡傾，凝奪之矣。」』參看范攄《雲溪友議》卷中。《王直方詩話》：『東坡云：「世傳徐凝《瀑布詩》，至爲塵陋。又僞作樂天詩，稱美此句，有賽不得之語。樂天雖涉淺易，豈至是哉？」乃作絶云：「帝遣銀河一派垂，古來唯有謫僊詞。飛流濺沫知多少，不與徐凝洗惡詩。」』參看魏泰《臨漢隱居詩話》。

〔六〕楊慎《升庵詩話》卷一四：『唐人有張打油作《雪詩》云：「江山一籠統，井上黑窟籠。黄狗身上白，白狗身上腫。」』范攄《雲溪友議》卷下：『列子終於鄭，今墓在郊藪，謂賢者之跡，而或禁其樵採焉。里有胡生者，性落拓，家貧，少爲洗鏡鎪釘之業，倏遇甘果、名茶、美醞，輒祭於列禦寇之祠壠，以求聰慧，而思學道。歷稔，忽夢一人，刀畫其腹開，以一卷之書，置於心腑。及睡覺，而吟詠之意，皆綺美之詞，所得不由於師友也。既成卷軸，尚不棄於猥賤之事，真隱者之風，遠近號爲「胡釘鉸」。』『釘』，底本作『打』，據《四庫》本改。

五〇

劉禹錫作詩，欲入『餳』字，而以《六經》無之乃已。不知宋之問已用押韻矣，云『馬上逢寒食，春來不見餳』，劉用字謹嚴乃爾〔一〕。然其答樂天，而有『筆底心猶毒，杯前膽不豩』。豩，呼關反。此何謂也〔二〕？

【校注】

〔一〕胡仔《苕溪漁隱叢話》前集卷二三：『《緗素雜記》引《劉夢得佳話》云：「為詩用僻字，須有來處。宋考功詩云：『馬上逢寒食，春來不見錫。』嘗疑此字。因讀《毛詩・鄭箋》，說吹簫處，云即今賣錫人家物，《六經》唯此注中有錫字。後輩業詩，即須有據，不可學常人率爾而道也。」……余比因閱沈雲卿《詠驩州不作寒食》詩云：「海外無寒食，春來不見錫。洛陽新甲子，何日是清明。花柳爭朝發，軒車滿路迎。帝鄉遥可念，腸斷報親情。」是時沈謫驩州，故有是詩，但未見宋考公全篇耳。考其詞意似是雲卿之詩。蓋沈、宋同仕武后朝，故所傳容有訛繆，所未詳也。」

〔二〕劉禹錫《答樂天見憶》句，見《全唐詩》卷三五八。

五一

『欸頭詩』、『目連變』、『破船』、『衛子』、『如厠』、『失貓』、『白日見鬼』，固是謔語，然亦詩之病〔一〕。

【校注】

〔一〕《太平廣記》卷二五一《詼諧》七：『張祜未識白居易。白刺史蘇州，始來謁。才相見，白謂曰：「久欽藉甚，嘗記得右款頭詩。」祜愕然曰：「舍人何所謂？」白曰：「鴛鴦鈿带抛何處，孔雀羅衫付阿誰？」非款頭何邪？張微笑，仰而答之曰：「祜亦嘗記得舍人目連變。」白曰：「何也？」曰：「上窮碧落下黄泉，兩處茫茫皆不見。」非目連變何邪？遂歡宴竟日。』托名尤袤《全唐詩話》卷五：『國初高英秀者，與贊寧爲詩友，辯捷滑稽，嘗譏古人詩病云：山甫《覽漢史》：「王莽弄來曾半破，曹公將去便平沉。」是破船詩。……羅隱曰：「雲中雞犬劉安過，月裏笙歌煬帝歸。」是見鬼詩。杜荀鶴：「今日偶題題似著，不知題後更誰題。」此衛子詩也，不然安有四蹄？』清梁紹壬《兩般秋雨庵隨筆》卷一《索詩瘢》：『「每日更忙須一到，夜深還自點燈來。」程師孟詠所築堂詩也，人以爲是「登溷詩」。』歐陽脩《六一詩話》：『聖俞嘗云：「詩句義理雖通，語涉淺俗而可笑者，亦其病也。」……又有《詠詩》者云：「盡日覓不得，有時還自來。」本謂詩之好句難得耳，而說者云：「此是人家失卻貓兒詩。」人皆以為笑也。』

五二

『元輕白俗，郊寒島瘦』，此是定論[一]。島詩『獨行潭底影，數息樹邊身』[二]，有何佳境？而三年始得，一吟淚流[三]。如『并州』及『三月三十日』[四]二絕乃可耳。又『秋風吹渭水，明月滿長安』[五]，置之盛唐，不復可別。

【校注】

〔一〕許顗《許彥周詩話》：『東坡《祭柳子玉文》：「郊寒島瘦，元輕白俗」，此語具眼。客見詰曰：「子盛稱白樂天、孟東野詩，又愛元微之詩，而取此語，何也？」僕曰：「論道當嚴，取人當恕，此八字東坡論道之語也。」』

〔二〕賈島《送無可上人》：『圭峰霽色新，送此草堂人。麈尾同離寺，蛩鳴暫別秦。獨行潭底影，數息樹邊身。終有煙霞約，天台作近鄰。』

〔三〕賈島《題詩後》：『二句三年得，一吟雙淚流。知音如不賞，歸臥故山秋。』原注：島吟成『獨行潭底影，數息樹邊身』二句，下注此一絕。

〔四〕賈島《渡桑乾》：『客舍并州已十霜，歸心日夜憶咸陽。無端更渡桑乾水，卻望并州是故鄉。』又《三月晦日贈劉評事》：『三月正當三十日，風光別我苦吟身。共君今夜不須睡，未到曉鐘猶是春。』

〔五〕賈島《憶江上吴處士》：『閩國揚帆去，蟾蜍虧復團。秋風吹渭水，落葉滿長安。此地聚會夕，當時雷雨寒。蘭橈殊未返，消息海雲端。』按：『明月』，《全唐詩》作『落葉』。

五三

昔人有言：『元和以後文士，學奇於韓愈，學澀於樊宗師。歌行則學放於張籍，詩句則學矯激於孟郊，學淺易於白居易，學淫靡於元稹，俱謂之「元和體」。』〔一〕

【校注】

〔一〕語見李肇《唐國史補》卷下，文字有出入。

五四

絶句，李益爲勝，韓翃次之〔一〕。權德輿、武元衡、馬戴、劉滄五言，皆鐵中錚錚者。『猿啼洞庭樹，人在木蘭舟』，真不減柳吴興〔二〕。『回樂峰』一章〔三〕，何必王龍標、李供奉。

【校注】

〔一〕胡應麟《詩藪》内編卷六：『七言絶，開元之下，便當以李益爲第一。如《夜上西城》、《從軍》、《北征》、《受降》、《春夜聞笛》諸篇，皆可與太白、龍標競爽，非中唐所得有也。』又：『中唐錢、劉雖有風味，氣骨頓衰，不如所爲近體。唯韓翃諸絶最高，如《江南曲》、《宿山中》、《贈張千牛》、《送齊山人》、《寒食》、《調馬》，皆可參入初唐間。』

〔二〕馬戴《楚江懷古》三首之一：『露氣寒光集，微陽下楚丘。猿啼洞庭樹，人在木蘭舟。廣澤生明月，蒼山夾亂流。雲中君不見，竟夕自悲秋。』楊慎《升庵詩話》卷七：『嚴羽卿云：「馬戴之詩，爲晚唐之冠。」信哉。其《薊門懷古》云：「荆卿西去不復返，易水東流無盡時。日暮蕭條薊城北，黄沙白草任風吹。」雅有古調。至如「猿啼洞庭樹，人在木蘭舟」，雖柳吴興，無以過也。』《梁書》卷二一《柳惲傳》：『惲立性貞素，以貴公子早有令名，少工篇什，為詩云：「亭皋木葉下，隴首秋雲飛。」琅邪王融見而嗟賞，因書齋壁及所執白團扇。武帝與宴，必詔惲賦詩。嘗和武帝《登景陽樓篇》云：「太液滄波起，長楊高樹秋。翠華承漢遠，雕輦逐風遊。」深見賞美。當時咸共稱傳。』

〔三〕李益《夜上受降城聞笛》：『回樂峰前沙似雪，受降城外月如霜。不知何處吹蘆管，一夜征人盡望鄉。』

五五

『可憐無定河邊骨，猶是深閨夢裏人。』用意工妙至此，可謂絶唱矣。惜爲前二句所累，筋骨畢露，令人厭憎〔一〕。『葡萄美酒』一絶，便是無瑕之璧。盛唐地位不凡乃爾〔二〕。

【校注】

〔一〕陳陶《隴西行》四首之二：『誓掃匈奴不顧身，五千貂錦喪胡塵。可憐無定河邊骨，猶是春閨夢裏人。』《臨漢隱居詩話》：『詩惡蹈襲古人之意，亦有襲而愈工若出於己者。蓋思之愈精，則造語愈深也。……李華《弔古戰場文》曰：「其存其没，家莫聞知。人或有言，將信將疑。娟娟心目，夢寐見之。」陳陶則云：「可憐無定河邊骨，猶是春閨夢裏人。」蓋愈工於前也。』

〔二〕王翰《涼州詞》：『葡萄美酒夜光杯，欲飲琵琶馬上催。醉臥沙場君莫笑，古來征戰幾人回？』沈德潛《唐詩別裁》卷二〇陳陶《隴西行》評：『作苦語無過此者，然使王之渙、王昌齡爲之，更有餘藴。此時代使然，作者亦不知其然而然也。』

五六

劉駕『馬上續殘夢』，境頗佳，下云『馬嘶而復驚』，遂不成語矣〔一〕。蘇子瞻用其語，下云：『不知朝日昇』，亦未是〔二〕。至復改爲『瘦馬兀殘夢』，愈墜惡道〔三〕。

【校注】

〔一〕劉駕《早行》：『馬上續殘夢，馬嘶時復驚。心孤多所虞，僮僕近我行。棲禽未分散，落月照古城。莫羡居者閒，家邊人已耕。』

〔二〕蘇軾《太白山下早行至横渠鎮書崇壽院壁》：『馬上續殘夢，不知朝日昇。亂山横翠幛，落月澹孤燈。奔走煩郵吏，安閒愧老僧。再遊應眷眷，聊亦記吾曾。』

〔三〕蘇軾《除夜大雪留濰州元日早晴遂行中途雪復作》：『除夜雪相留，元日晴相送。東風吹宿酒，瘦馬兀殘夢。……春雪雖云晚，春麥猶可種。敢怨行役勞，助爾歌飯甕。』楊慎《升庵詩話》卷一二：『劉駕詩體近卑，無可採者，獨「馬上續殘夢」一句，千古絶唱也。東坡改之作「瘦馬兀殘夢」，便覺無味矣。』

五七

杜詩善本勝者，如『把君詩過目』作『把君詩過日』，『愁對寒雲雪滿山』作『愁對寒雲白滿山』，『關山同一照』作『關山同一點』，『娟娟戲蝶過閑幔』作『娟娟戲蝶過開幔』〔一〕，『曾閃朱旗北斗殷』作『曾閃朱旗北斗閑』，『祇緣貧病人須棄』作『不知貧病關何事』，『握節漢臣回』作『禿節漢臣回』，『新炊間黄粱』作『新炊聞黄粱』〔二〕，又《麗人行》『珠壓腰衱穩稱身』下有『足下何所著？紅渠羅襪穿鐙銀』〔三〕，皆泓渟有妙趣。

【校注】

〔一〕楊慎《升庵詩話》附録：『杜工部詩「紛紛戲蝶過閑幔，張文潛本作「開幔」。』

〔二〕《升庵詩話》卷四：『晁以道家有宋子京手書《杜少陵詩》一卷，「握節漢臣歸」乃是「禿節」，「新炊間黄粱」乃是「聞黄粱」。』

〔三〕錢謙益《錢注杜詩》卷一《麗人行》題注：『楊慎曰：古本稱「身」下有「足下何所著？紅渠羅襪穿鐙銀」。

徧考宋刻本並無，知楊氏僞托也。』仇兆鰲《杜詩詳注》卷一：『楊慎謂松江陸深見古本尚有二句：「足下何所著？紅渠羅襪穿鐙銀。」今按：兩段各十句爲界限，添此反贅。』

五八

『天闕象緯逼』〔一〕，當如舊字，作『天閱』、『天閲』〔二〕，咸失之穿鑿〔三〕。

【校注】

〔一〕杜甫《遊龍門奉先寺》：『天闕象緯逼』，原注：『一作闊，一作閲，一作閱，一作開。』

〔二〕『天閱天閲』，原作『天閱閲』，據王世貞《全唐詩説》補。

〔三〕陳巖肖《庚溪詩話》卷上『杜子美《遊龍門奉先寺》詩曰：「天闕象緯逼，雲卧衣裳冷。」此寺在洛陽之龍門。按韋述《東都記》，龍門號雙闕，以與大内對，屹若天闕然。此詩天闕指龍門也。後人爲其屬對不切，改爲「天闚」，王介甫改爲「天閲」，蔡興宗又謂世傳古本作「天窺」，引《莊子》用管窺天爲證。以余觀之，皆臆説也。且「天闕象緯逼，雲卧衣裳冷」，乃此寺中即事耳。以彼天闕之高，則勢逼象緯，以我雲卧之幽，則冷浸衣裳，語自混成，何必屑屑較瑣碎失大體哉？』參看胡震亨《唐音癸籤》卷二二、王夫之《薑齋詩話》卷下。

五九

王勃：『河橋不相送，江樹遠含情。』〔一〕杜荀鶴：『承恩不在貌，教妾若爲容。』〔二〕皆五言律也，然去後四句作絶，乃妙。天寶妓女唱高達夫『開篋淚沾臆』，本長篇也，删作絶唱〔三〕。白居易『曾與情人橋上別』一首，乃六句詩也，亦删作絶，俱妙〔四〕。獨蘇氏欲去柳宗元『遥看天際』〔五〕，朱氏欲去謝玄暉『廣平聽方籍』二語〔六〕，吾所未解耳。

【校注】

〔一〕今本《王子安集》不載此詩。按：《全唐詩》卷五二作宋之問《送杜審言》詩。其詩曰：『臥病人事絶，嗟君萬里行。河橋不相送，江樹遠含情。別路追孫楚，維舟釣屈平。可惜龍泉劍，流落在豐城。』

〔二〕杜荀鶴《春宫怨》：『早被嬋娟誤，欲粧臨鏡慵。承恩不在貌，教妾若為容。風暖鳥聲碎，日高花影重。年年越溪女，相憶采芙蓉。』

〔三〕此高適《哭單父梁九少府》句，見《全唐詩》卷二一二。參看卷八第一一條注。賀裳《載酒園詩話》卷一：『詩中佳句，有宜於作絶句者，有宜於作律詩者。如高適《哭單父梁少府》，本係古詩長篇，《集異記》載旗亭伶宮所謳，乃截首四句爲短章：「開篋淚沾臆，見君前日書。夜臺猶寂寞，疑是子雲居。」以原詩並觀，絶句果言短意長，淒涼萬狀。』

〔四〕白居易《板橋路》：『梁苑城西二十里，一渠春水柳千條。若為此路今重過，十五年前舊板橋。曾共玉顔橋上別，不知消息到今朝。』

〔五〕胡仔《苕溪漁隱叢話》前集卷一九引《冷齋詩話》云：『（柳宗元）「漁翁夜傍西巖宿，曉汲清湘然楚竹。煙銷日出不見人，欸乃一聲山水緑。回看天際下中流，巖下無心雲相逐。」東坡云：「詩以奇趣為宗，反常合道為趣，熟味此詩，有奇趣，然其尾兩句，雖不必亦可。」』嚴羽《滄浪詩話・考證》：『柳子厚「漁翁夜傍西巖宿」之詩，東坡删去後二句，使子厚復生，亦必心服。』

〔六〕《滄浪詩話·考證》：『謝朓「洞庭張樂地，瀟湘帝子游。雲去蒼梧野，水還江漢流。停驂我悵望，輟棹子夷猶。廣平聽方籍，茂陵將見求。心事俱已矣，江上徒離憂」。予謂「廣平聽方籍，茂陵將見求」一聯刪去，衹用八句，方爲渾然。不知識者以爲何如？』毛先舒《詩辯坻》卷二：『《滄浪吟卷》欲芟謝朓「廣平」、「茂陵」一聯，……是不解六朝格律者。元美謂滄浪論古詩便鶻突，良然。』

六〇

王摩詰：『酌酒與君君自寬，人情飜覆似波瀾。白首相知猶按劍，朱門先達笑彈冠。草色全經細雨濕，花枝欲動春風寒。世事浮雲何足問，不如高卧且加餐。』岑嘉州：『嬌歌急管雜青絲，銀燭金尊映翠眉。使君地主能相送，河尹天明坐莫辭。春城月出人皆醉，野戍花深馬去遲。寄聲報爾山翁道，今日河南異昔時。』蘇子瞻：『我行日夜見江海，楓葉蘆花秋興長。平淮忽迷天遠近，青山久與船低昂。壽州已見白石塔，短棹又轉黄茅岡。波平風軟望不到，故人久立天蒼茫。』八句皆拗體也〔一〕，然自有唐宋之辯，讀者當自得之。

【校注】

〔一〕拗體詩，乃指打破固定格律，以拗句寫成之格律詩。唐初，近體尤其七言律詩尚未成熟，拗體詩甚為普遍，如前舉崔顥《黄鶴樓》、李白《金陵登鳳凰臺》均屬此類。此其一。其二作者為充分表達思想感情，有意突破格律之束縛，如上引王維、岑參詩即是。杜詩格律精嚴，自稱『晚節漸於詩律細』，然為不使詩句流於平庸軟熟，追求奇崛古拙之美，有時也有意寫作拗體詩。總之，除杜甫外，盛唐諸公之拗體，乃無意為之，興之所至，偶然不顧格律；而蘇、黄諸人，乃有意為之，意欲借此創造古奥奇崛之詩風。弇州所謂『唐宋之辨』，或即指此而言乎？

六一

岑參、李益詩語不多，而結法撰意雷同者幾半。始信少陵如韓淮陰，多多益辦耳〔一〕。

【校注】

〔一〕賀貽孫《詩筏》：『大凡讀子美洋洋大篇，當知他人能短者不能長，能少者不能多，能人者不能天。唯子美能短能長，能少能多，能人能天，亦復愈長愈短，愈多愈少，愈人愈天。如韓信用兵，多多益善，百萬人如一人。』

六二

謝茂秦謂許渾『荆樹有花兄弟樂』勝陸士衡『三荆歡同株』〔一〕，此語大瞶大瞶。陸是《選》體中常人語，許是近體中小兒語，豈可同日。

【校注】

〔一〕按『荊樹有花兄弟樂』，此許渾《題崔處士山居》句，見《全唐詩》卷五三五。『三荊歡同株』，陸機《豫章行》句。見逯欽立《先秦漢魏晉南北朝詩》晉詩卷五。謝榛《四溟詩話》卷二：『詩有簡而妙者，亦有簡而弗佳者，若陸機「三荊歡同株」，不如許渾「荊樹有花兄弟樂」。』

六三

宋延清集中《靈隱寺》一律，見《駱賓王集》〔一〕。《落花》一歌，見《劉希夷集》〔二〕。所載老僧及害劉事，余已有辨矣〔三〕。若究其詞氣格調，則《靈隱》自當屬宋，《落花》故應歸劉。

【校注】

〔一〕計有功《唐詩紀事》卷七：『宋之問貶黜，放還至江南，遊靈隱寺。夜月極明，長廊行吟曰：「鷲嶺鬱岧嶢，龍宮鎖寂寥。」句未屬，有老僧點長明燈，問曰：「少年夜久不寐，何耶？」之問曰：「適偶欲題此寺，而興思不屬。」僧請吟上聯，即曰：「何不云『樓觀滄海日，門對浙江潮』。」之問愕然，訝其遒麗。又續終篇曰：「桂子月中落，天香雲外飄。捫蘿登塔遠，刳木取泉遙。霜薄花更發，冰輕葉互凋。……待入天台路，看余度石橋。」遲明更訪之，則不復見矣。寺僧有知者曰：「此賓王也。」』按《全唐詩》駱賓王詩未録此詩，宋之問詩録之。

〔二〕此宋之問詩《有所思》，見《全唐詩》卷五一。按此首一作劉希夷詩，題爲《代悲白頭吟》，見《全唐詩》卷八二。

〔三〕辛文房《唐才子傳》卷一：『劉希夷嘗作《白頭吟》一聯云：「今年花落顏色改，明年花開復誰在？」……又吟曰：「年年歲歲花相似，歲歲年年人不同。」舅宋之問苦愛後一聯，知其未傳於人，懇求之，許而竟不與。之問怒其誑己，使奴以土囊壓殺於別舍，時未及三十，人悉憐之。」按：葉矯然《龍性堂詩話》續集：「王元美云：「唐人紀宋延清二事，吾皆疑之。……夫『落花』句雖自妍，要非至者，且延清自多佳境，何至苦欲得之？又按：延清與賓王年事不甚相遠，賓王有《江南贈宋五之問》及《兗州餞別詩》，何得言非舊識？若賓王果為老僧，而之問後謫至杭，亦且老矣，何得呼為少年？止由二詩並見集中，而好事者欲以證希夷之橫死，賓王之逃生，故令延清受此長誣耳。」元美此辯引據甚確。第此二事，總見佳句不易得之意，不必認真可耳。」

六四

盧照鄰語如『衰鬢似秋天』〔一〕，駱賓王語如『候月恒持滿，尋源屢鑿空』〔二〕，絕似老杜。

【校注】

〔一〕盧照鄰《送幽州陳參軍赴任寄呈鄉曲父老》句，見《全唐詩》卷四二。

〔二〕駱賓王《邊城落日》句，見《全唐詩》卷七九。

六五

僧皎然著《詩式》，跌宕格二品：一曰越俗，一曰駭俗。〔一〕內駭俗引王梵志詩：『天公强生我，生我復何爲？還你天公我，還我未生時。』〔二〕此俗語所不肯道者，何以駭爲？

【校注】

〔一〕皎然《詩式》卷三：『詩有三格，跌宕格二品，淈沒格一品，調笑格一品。跌宕格：越俗。評曰：其道如黃鶴臨風，貌逸神王，杳不可羈。駭俗。評曰：其道如楚有接輿，魯有原壤，外示驚俗之貌，內藏達人之度。』

〔二〕王梵志，初唐詩僧，本名梵天，衛州黎陽人。生平不詳。原集《道情詩》已軼，今人輯有《王梵志詩》，録詩三四八首。袁枚《隨園詩話補遺》卷一〇：『王梵志詩云：「昔我未生時，冥冥無所知。天公忽生我，生我復何為？無衣使我寒，無食使我饑。還你天公我，還我未生時」八句，是禪家上乘。』

六六

杜紫微掊擊元、白，不減霜臺之筆〔一〕。至賦《杜秋詩》，乃全法其遺響，何也〔二〕？其詠物，如『僊掌月明孤影過，長門燈暗數聲來』〔三〕，亦可觀。

【校注】

〔一〕杜牧《樊川文集》卷九《唐故平盧軍節度巡官隴西李府君墓誌銘》引李戡語：『嘗痛自元和以來，有元、白詩者，纖艷不逞，非莊士雅人，多爲其所破壞，流於民間，疏於屏壁，子父女母，交口教授。淫言媟語，冬寒夏熱，入人肌骨，不可除去。吾無位，不得用法以治之。欲使後代知有發憤者，因集國朝以來類於古詩得若干首，編爲三卷，目爲《唐詩》，爲序以道其志。』霜臺：御史臺。御使職司彈劾，如秋霜肅殺，故云。『霜臺之筆』，言其評論之嚴刻也。

〔二〕杜牧《杜秋娘詩並序》見《全唐詩》卷五二〇。序曰：『杜秋，金陵女也。年十五，為李錡妾。後錡叛滅，籍之入宮，有寵于景陵。穆宗即位，命秋為皇子傅姆。皇子壯，封漳王。鄭注用事，誣丞相欲去己者，指王為根。王被罪廢削，秋因賜歸故鄉。予過金陵，感其窮且老，為之賦詩。』詩曰：『京江水清滑，生女白如脂。其間杜秋者，不勞朱粉施。老濞即山鑄，後庭千雙眉。秋持玉斝醉，與唱金縷衣。濞既白首叛，秋亦紅淚滋。吳江落日渡，灞岸綠楊垂。聯裾見天子，盼眄獨依依。椒壁懸錦幕，鏡奩蟠蛟螭。低鬟認新寵，窈嫋復融怡。月上白璧門，桂影涼參差。金階露新重，閑撚紫簫吹。莓苔夾城路，南苑雁初飛。紅粉羽林杖，獨賜辟邪旗。歸來煮豹胎，饜飫不能飴。咸池升日慶，銅雀分香悲。雷音後車遠，事往落花時。燕禖得皇子，壯發綠緌緌。畫堂授傅姆，天人親捧持。虎睛珠絡褓，金盤犀鎮帷。長楊射熊羆，武帳弄啞咿。漸拋竹馬劇，稍出舞雞奇。嶄嶄整冠珮，侍宴坐瑤池。眉宇儼圖畫，神秀射朝輝。一尺桐偶人，江充知自欺。王幽茅土削，秋放故鄉歸。觚稜拂斗極，回首尚遲遲。四朝三十載，似夢復非疑。潼關識舊吏，吏髮已如絲。卻喚吳江渡，舟人那得知。歸來四鄰改，茂苑草菲菲。清血灑不盡，仰天知問誰。寒衣一匹素，夜借鄰人機。我昨金陵過，聞之為歔欷。自古皆一貫，變化安能推。夏姬滅兩國，逃作巫臣姬。西子下姑蘇，一舸逐鴟夷。織室魏豹俘，作漢太平基。誤置代籍中，兩朝尊母儀。光武紹高祖，本繫生唐兒。珊瑚破高齊，作婢舂黃糜。蕭后去揚州，突厥為閼氏。女子固不定，士林亦難期。射鉤後呼父，釣翁王者師。無國要孟子，有人毀仲尼。秦因逐客令，柄歸丞相斯。安知魏齊首，見斷簀中屍。給喪蹶張輩，廊廟冠峨危。珥貂七葉貴，何妨戎虜支。蘇武卻生返，鄧通終死饑。主張既難測，翻覆亦其宜。地盡有何物，天外復何之。指何為而捉，足何為而馳。耳何為而聽，目何為而窺。己身不自曉，此外何思惟。因傾一樽酒，題作杜秋詩。愁來獨長詠，聊可以自怡。』劉克莊《後村詩話》後集卷二：『杜牧罪元、白詩歌傳播，使子父女母交口誨淫，且曰：「恨吾無位，不得以法繩之。」余謂此論合是元魯山、陽道州輩人口中語。牧風情不淺，如《杜秋娘》、《張好好》諸篇，「青樓薄倖」之句，街吏平安之報，未知去元、白幾何？以燕伐燕，元、白豈肯心服！』

〔三〕此為杜牧《早雁》詩中句，見《全唐詩》卷五二二。

六七

唐自貞元以後，藩鎮富强，兼所辟召，能致通顯。一時遊客詞人，往往挾其所能，或行卷贄通〔一〕，或上章陳頌，大者以希拔用，小者以冀濡沫。而干旄之吏，多不能分別黑白，隨意支應。故剽竊雲擾，諂諛泉涌，取辦俄頃以爲捷，使事餖飣以爲工。至於貢舉〔二〕，本號詞場，而牽壓俗格，阿趨時好。上第巍峨，多是將相私人，座主密舊〔三〕。甚乃津私禁臠，自比優伶，關節倖璫，身爲軍吏。下第之後，尚爾乞憐主司，冀其復進。是以性情之真境，爲名利之鈎途，詩道日卑，寧非其故？

【校注】

〔一〕程大昌《演繁露》七：『唐人舉進士，必有行卷，爲緘軸，録其所著人，以獻主司。』

〔二〕貢士考試，參看劉肅《大唐新語》卷一〇。

〔三〕座主：唐代進士稱主考官爲座主。

六八

人謂唐以詩取士，故詩獨工，非也〔一〕。凡省試詩，類鮮佳者。如錢起《湘靈》之詩，億不得一〔二〕，李肱《霓裳》之製，萬不得一〔三〕。律賦尤爲可厭，白樂天所載《玄珠》、《斬蛇》〔四〕，並韓、柳集中存者，不啻村學究語。杜牧《阿房》，雖乖大雅，就厥體中，要自峥嶸擅場〔五〕。惜哉！其亂數語，議論益工，面目益遠〔六〕。

【校注】

〔一〕嚴羽《滄浪詩話·詩評》：『或問：「唐詩何以勝我朝？」唐以詩取士，故多專門之學，我朝之詩所以不及也。』參看楊慎《升庵詩話》卷七。

〔二〕辛文房《唐才子傳》卷一：『（錢）起字仲文，吴興人。……初從計吏至京口客舍，月夜閒步，聞戶外有行吟聲，哦曰：「曲終人不見，江上數峰青。」凡再三往來，起遽從之，無所見矣。嘗怪之。及就試粉闈，詩題乃《湘靈鼓瑟》。起輟就，即以鬼謠十字為落句。主文李暐深嘉美，擊節吟味久之，曰：「是必有神助之耳。」遂擢置高第。』按：錢起《省試湘靈鼓瑟》：『善鼓雲和瑟，常聞帝子靈。馮夷空自舞，楚客不堪聽。苦調凄金石，清音入杳冥。蒼梧來怨慕，白芷動芳馨。流水傳瀟浦，悲風過洞庭。曲終人不見，江上數峰青。』

〔三〕計有功《唐詩紀事》卷五二：『是年秋，帝命高鍇復司貢籍。……乃試《琴瑟合奏賦》、《霓裳羽衣曲詩》。主司先進五人詩，其最佳者李肱，次則王牧，乃以榜元及第。』按李肱《省試霓裳羽衣曲》：『開元太平時，萬國賀豐歲。梨園獻舊曲，玉座流新製。鳳管遞參差，霞衣競搖曳。誰罷水殿空，輦餘春草細。蓬壺事已久，僊藥功無替。詎肯聽遺音，聖明知善繼。』

〔四〕元稹《白香山集序》：『樂天一舉擢上第，明年，拔萃甲科，由是性習相近，遠求《玄珠》、《斬白蛇》等賦及百道判，新進士競相傳於京師矣。』按白居易《求玄珠賦》、《漢高皇帝親斬白蛇賦》，見《白香山集》卷二一。

〔五〕胡仔《苕溪漁隱叢話》前集卷二三：『南豐先生曾子固言《阿房宮賦》宏壯巨麗，馳騁上下，累數百言。至「楚人一炬，可憐焦土」，其論盛衰之變判於此矣。』

〔六〕吴訥《文章辨體序説》：『杜牧之《阿房宮賦》，古今膾炙，但太半是論體，不復可專目爲賦矣，毋亦惡俳律之過而特尚理以矯之乎？』

六九

樂府之所貴者，事與情而已。張籍善言情，王建善徵事，而境皆不佳〔一〕。

【校注】

〔一〕陸時雍《詩鏡總論》：『張籍、王建詩有三病：言之盡也，意之醜也，韻之庳也。言窮則盡，意衰則醜，韻軟則庳。』翁方綱《石洲詩話》卷二：『張、王樂府天然消削，不取聲音之大，亦不求格調之高，此真善於紹古者。較之昌谷，奇艷不及，而真切過之。』

七〇

『還君明珠雙淚垂，恨不相逢未嫁時』〔一〕，可謂能怨矣，宋人乃以繫雙羅襦少之〔二〕。若爾，則所謂『舒而帨帨兮，毋使尨也吠』〔三〕，可稱難犯之節乎哉！

【校注】

〔一〕張籍《節婦吟寄東平李司空師道》：『君知妾有夫，贈妾雙明珠。感君纏綿意，繫在紅羅襦。妾家高樓連苑起，良人執戟明光裏。知君用心如日月，事夫誓擬同生死。還君明珠雙淚垂，恨不相逢未嫁時。』

〔二〕洪邁《容齋詩話》卷一：『張籍在他鎮幕府，鄆帥李師古又以書幣辟之。籍却而不納，而作《節婦吟》一章寄之。』賀裳《載酒園詩話》卷一：『須溪評詩極佳，然亦有過當處。如張司業《節婦吟》，此詩一句一轉，語巽而峻，深得「行露」「白茅」之意。劉須溪曰：「好自好，但亦不宜繫。」余謂此説不唯苛細，兼亦不諳事宜。……詩人之言，可如是執乎！』

〔三〕《詩經·召南·野有死麕》句。

七一

義山浪子，薄有才藻，遂工儷對〔一〕。宋人慕之，號爲西崑〔二〕。楊、劉輩竭力馳騁，僅爾窺藩。許渾、鄭谷，厭厭有就泉下意。渾差有思句，故勝之〔三〕。

【校注】

〔一〕李商隱，字義山。《新唐書》卷二〇三《文藝下》：『商隱初爲文瓌邁奇古，及在令狐楚府，楚本工章奏，因授其學。商隱儷偶長短，而繁縟過之。時温庭筠、段成式俱用是相夸，號「三十六體」。』

〔二〕《王直方詩話》：『楊大年、錢文僖、晏元獻、劉子儀爲詩皆宗李義山，號西崑體。』劉攽《中山詩話》：『祥符、天禧中，楊大年、錢文僖、晏元獻、劉子儀以文章立朝，爲詩皆宗尚李義山，號「西崑體」，後進多竊義山語句。』參看楊億《西崑酬唱集序》、馮武《重刻西崑酬唱集序》。

〔三〕歐陽脩《六一詩話》：『鄭谷詩名盛於唐末，號《雲臺編》，而世俗但稱其官，爲「鄭都官詩」。其詩極有意思，亦多佳句，但其格不甚高。以其易曉，人家多以教小兒。』楊慎《升庵詩話》卷九：『唐詩至許渾，淺陋極矣，而俗喜傳之，至今不廢。……陳後山云：「近世無高學，舉俗愛許渾。」斯卓識矣。孫光憲云：「許渾詩，李遠賦，不如不做。」當時已有公論。』胡震亨《唐音癸籤》卷八：『世謂許渾詩不如不做，言其無才藻，鄙其無教化也。渾詩工有餘而味不足，如人形有餘而韻不足，詩豈專在對偶聲病而已。渾句聯多重用，其詩似才得一句便拿捉一句爲聯者，所以無自然真味。』

七二

今人以賦作有韻之文，爲《阿房》、《赤壁》累，固耳〔一〕。然長卿《子虛》，已極曼衍，《卜居》、《漁父》，實開其端〔二〕。又以俳偶之罪歸之三謝，識者謂起自陸平原。然《毛詩》已有之，曰：『受侮孔多，

遘閔不少。』〔三〕

【校注】

〔一〕李調元《賦話》卷六：『《秋聲》、《赤壁》，宋賦之最擅名者，其原出於《阿房》、《華山》諸篇，而奇變遠弗之逮，殊覺剽而不留，陳後山所謂「一片之文押幾個韻者耳」。朱子亦云：「宋朝文章之盛，前世莫不推歐陽文忠公，南豐曾公與眉山蘇公相繼疊起，各以文擅名一世，獨於楚人之賦有未數數然者，蓋以文爲賦則去風雅日遠也。」』

〔二〕吳訥《文體明辨序説·賦》：『故今分爲四體：一曰古賦，二曰俳賦，三曰文賦，四曰律賦。按《楚辭》《卜居》、《漁父》二篇，已肇文體，而《子虚》、《上林》、《兩都》等作，則首尾是文。後人倣之，純用此體，蓋議論有韻之文也。』

〔三〕今通行本《詩經·邶風·柏舟》作『覯閔既多，受侮不少』。

七三

七言歌行長篇，須讓盧、駱〔一〕。怪俗極於《月蝕》〔二〕，卑冗極於《津陽》〔三〕，俱不足法也。

【校注】

〔一〕高棅《唐詩品彙》卷二五《七言古詩叙目》：『歌行長篇唐初獨駱賓王有《帝京篇》、《疇昔篇》，文極富麗，至盛唐絶少。』鍾惺《唐詩鏡》：『盧《長安古意》端麗不乏風華，當在駱賓王《帝京篇》上。』

〔二〕余成教《石園詩話》：『玉川子《月蝕詩》，凡一千六百七十七字，艱澀險怪，讀之不易。』參見本卷第四七條注〔二〕。

〔三〕鄭嵎《津陽門詩》，見《全唐詩》卷五六七。管世銘《讀雪山房唐詩序例·七古凡例》：『鄭嵎《津陽門詩》，七言百韻，爲三唐歌行中第一長幅，可與《連昌宮詞》、《長恨歌》參觀。唯七言音節，昌黎以後，頓爾消亡。……此篇正恨其讀之不響耳。』

七四

薛徐州詩差勝蔡邕州，其佻矜相類。蔡之譏四皓曰：『如何鬢髮霜相似，更出深山定是非。』薛之譏孔明曰：『當時諸葛成何事，秖合終身作卧龍。』〔一〕二子功名不終，亦略相等，當是口業報〔二〕。

【校注】

〔一〕辛文房《唐才子傳》卷七：『薛能，字太拙，汾州人。……歷御史都官、刑部員外郎，……復節度徐州，徙鎮忠武。……能治政嚴察，絕請謁。耽癖於詩，日賦一章為課。性喜淩人，嘗以第一流自居，罕所拔拂。時劉得仁擅雅稱，持詩卷造能，能以句謝云：「千首如一首，卷初如卷終。」量人如此，非厚德君子。』計有功《唐詩紀事》卷七：『雍州蔡大夫京，……後以進士舉上第。……京亦自驕矜，作詩責商山四皓云：「秦末家家思逐鹿，商山四皓獨忘機。如何鬢髮雪相似，更出深山定是非。」』蔡京詩見《全唐詩》卷四七二。《全唐詩》卷五五八薛能《游嘉州後溪》：『山屐經過滿徑蹤，隔溪遙見夕陽春。當時諸葛成何事，只合終身作臥龍。』

〔二〕按：薛能後為叛將周岌所殺，蔡京亦病死於潭州。

七五

晚唐詩押二『樓』字，如『山雨欲來風滿樓』、『長笛一聲人倚樓』〔一〕，皆佳。又『湘潭雲盡暮煙出，時本皆作山，巴蜀雪消春水來』〔二〕，大是妙境。然讀之便知非長慶以前語。

【校注】

〔一〕許渾《咸陽城東樓》：『一上高城萬里愁，蒹葭楊柳似汀洲。溪雲初起日沉閣，山雨欲來風滿樓。鳥下綠蕪秦苑夕，蟬鳴黃葉漢宮秋。行人莫問當年事，故國東來渭水流。』趙嘏《長安晚秋》：『雲物淒涼拂曙流，漢家宮闕動高秋。殘星幾點雁橫塞，長笛一聲人倚樓。紫艷半開籬菊靜，紅衣落盡渚蓮愁。鱸魚正美不歸去，空戴南冠學楚囚。』按：計有功《唐詩紀事》卷五六：『杜紫薇覽嘏《早秋》詩云：「殘星幾點雁橫塞，長笛一聲人倚樓」，吟咏不已，因目嘏為「趙倚樓」。』

〔二〕許渾《淩歊臺》：『宋祖淩高樂未回，三千歌舞宿層臺。湘潭雲盡暮山出，巴蜀雪消春水來。行殿有基荒薺合，寢園無主野棠開。百年便作萬年計，岩畔古碑空綠苔。』

七六

李義山《錦瑟》，中二聯是麗語，作適、怨、清、和解，甚通。然不解則涉無謂，既解則意味都盡。以此知詩之難也〔一〕。

【校注】

〔一〕《全唐詩》卷五三九李商隱《錦瑟》：『錦瑟無端五十絃，一絃一柱思華年。莊生曉夢迷蝴蝶，望帝春心托杜鵑。滄海月明珠有淚，藍田日暖玉生煙。此情可待成追憶，只是當時已惘然。』胡仔《苕溪漁隱叢話》卷二二：『義山《錦瑟》詩，……山谷道人讀此詩，殊不曉其意，後以問東坡，東坡云：「此出《古今樂志》」，云：『錦瑟之爲器也，其絃五十，其柱如之，其聲也適怨清和。』」案李詩「莊生曉夢迷蝴蝶」，適也；「望帝春心托杜鵑」，怨也；「滄海月明珠有淚」，清也；「藍田日暖玉生煙」，和也；一篇之中，曲盡其意，史稱其瑰邁奇古，信然。』按：説此詩者，自宋以來即紛紜莫定。清朱鶴齡、朱彝尊、馮浩主悼亡説，何焯、宋翔鳳、張采田謂此篇乃自傷之詞，近人葉葱奇則以爲『客中思家之作』。『適怨清和』，乃宋人舊説，後人多疑其僞托不足信，朱鶴齡《李義山詩箋注》已斥之。弇州言『解之則意味都盡』，殆亦疑之矣。

七七

謝茂秦論詩，五言絶以少陵『日出籬東水』作詩法〔一〕。又宋人以『遲日江山麗』爲法〔二〕，此皆學究教小兒號嗄者。若『打起黄鶯兒，莫教枝上啼。啼時驚妾夢，不得到遼西』，與『山中何所有，嶺上多白雲。祇可自怡悦，不堪持贈君』一法〔三〕，不唯語意之高妙而已，其篇法圓緊，中間增一字不得，著一意不得。一結極斬絶〔四〕，然中自紆緩，無餘法而有餘味。

【校注】

〔一〕謝榛《四溟詩話》卷一：『杜子美詩：「日出籬東水，雲生舍北泥。竹高鳴翡翠，沙僻舞鵾鷄。」此一句一意，摘一句亦成詩也。蓋嘉運詩：「打起黄鶯兒，莫教枝上啼。啼時驚妾夢，不得到遼西。」此一篇一意，摘一句不成詩矣。』按：『打起黄鶯兒』乃金昌緒詩，見《全唐詩》卷七六八。

〔二〕羅大經《鶴林玉露》乙編卷二：『杜少陵絶句云：「遲日江山麗，春風花草香。泥融飛燕子，沙暖睡鴛鴦。」或謂此與兒童之屬對何以異。余曰：「不然」。上二句見兩間莫非生意，下二句見萬物莫不適性。於此而涵泳之，體認之，豈不足以感發吾心之真樂乎！大抵古人好詩，在人如何看，在人把做甚麽用。』

〔三〕陶弘景《詔問山中何所有賦詩以答》（答齊高帝詔），見《先秦漢魏晉南北朝詩》梁詩卷一五。

〔四〕『一結』，原作『起結』，據王世貞《全唐詩説》改。

七八

王少伯：『吴姬緩舞留君醉，隨意青楓白露寒。』『緩』字與『隨意』照應，是句眼，甚佳〔一〕。

【校注】

〔一〕王昌齡《重別李評事》：『莫道秋江離別難，舟船明日是長安。吴姬緩舞留君醉，隨意青楓白露寒。』句眼，亦稱詩眼，謂詩句中關鍵之詞語。何汶《竹莊詩話》卷一引《漫齋語録》云：『五字詩，以第三字爲句眼，七字詩，以第五字爲句眼。古人煉字，只於句眼上煉。』按：句眼之説，倡自山谷及江西諸子。山谷《豫章文集》卷一二《贈高子勉》曰：『拾遺句中有眼。』楊萬里《誠齋集》卷三《次乞米韻》詩亦曰：『句眼何愁著點塵。』元方虚谷具體而昌大其説，曰：『潘邠老以句中眼爲響字，吕居仁又有字字響，句句響之説，朱文公又以二人晚年詩不皆響責備焉。學者當先去其啞可也，亦在乎抑揚頓挫之間，以意爲脈，以格爲骨，以字爲眼，則盡之。』（見《瀛奎律髓》卷四）方氏論詩主格高，而煉字、造句、屬對，謀篇則爲形成高格之基礎。

七九

王子安『九月九日望鄉臺，他席他鄉送客杯』，與于鱗『黄鳥一聲酒一杯』皆一法〔一〕，而各自有風致。崔敏童『一年又過一年春，百歲曾無百歲人』〔二〕，亦此法也，調稍卑，情稍濃。敏童『能向花前幾回醉，十千沽酒莫辭貧』與王翰『醉卧沙場君莫笑，古來征戰幾人回』〔三〕，同一可憐意也。翰語爽，敏童語緩，其唤法亦兩反。

【校注】

〔一〕王勃《蜀中九日》：『九月九日望鄉臺，他席他鄉送客杯。人情已厭南中苦，鴻雁那從北地來。』見《全唐詩》卷五六。李攀龍《早夏示殿卿》二首之一：『長夏園林黄鳥來，百花春酒復新開。主人把酒聽黄鳥，黄鳥一聲酒一杯。』見《滄溟集》卷一三。

〔二〕『崔敏童』，底本作『崔敏重』。據《談藝珠叢》本及王世貞《全唐詩説》改。崔敏童《宴城東莊》：『一年又過一年春，百歲曾無百歲人。能向花前幾回醉，十千沽酒莫辭頻。』見《全唐詩》卷二五八。

〔三〕王翰《涼州詞》見卷四第五五條注〔二〕。

八〇

賈島『三月正當三十日』，與顧況『野人自愛山中宿』〔一〕同一法，以拙起喚出巧意，結語俱堪諷詠。

【校注】

〔一〕賈島詩見卷四第五二條注〔四〕。顧況《山中》：『野人自愛山中宿，況在葛洪丹井西。庭前有箇長松樹，夜半子規來上啼。』見《全唐詩》卷二六七。

八一

靈武回天，功推李、郭〔一〕，椒香犯蹕，禍始田、崔〔二〕，是則然矣。不知僖、昭困蜀、鳳時〔三〕，温、李、許、鄭輩得少陵、太白一語否〔四〕？有治世音，有亂世音，有亡國音，故曰：『聲音之道，與政通也。』〔五〕大力者爲之，故足挽回頹運，沉幾者知之，亦堪高蹈遠引。

【校注】

〔一〕《新唐書》卷一三六《李光弼傳》：『初，與郭子儀齊名，世稱「李、郭」，而戰功爲中興第一。』

〔二〕天祐元年八月，帝（昭宗李曄）在椒殿，朱全忠以左右龍武統軍朱友恭、氏叔琮，樞密使蔣玄暉兵犯宫門。帝方醉，遽起，單衣繞柱走。龍武牙官史太弑之。按田、崔，指田令孜、崔胤。事詳則《舊唐書》卷一八四《田令孜傳》、《新唐書》卷二二三《奸臣傳》。

〔三〕《新唐書》卷九《僖宗本紀》：『廣明元年十二月，黄巢陷京師。辛卯，次鳳翔。中和元年正月壬子如成都。』又：《新唐書》卷一〇《昭宗本紀》：『天復元年，十月戊戌，朱全忠犯京師，十一月己酉，陷同州，壬子，如鳳翔。』

〔四〕此言温庭筠、李商隱、許渾、鄭谷諸人詩無李白、杜甫憂時感事之語。按：李商隱（公元八一三—八五八年）、温庭筠（公元八一二—八六六年）、許渾（約公元八四四年前後在世）均死於唐僖宗即位（公元八七四年）之前，與僖、昭困蜀、鳳無涉。其有關係者，鄭谷一人而已。就總體而言，温、李、許、鄭固不如李、杜之憂時感事，然言其『一語都無』則過矣。而李商隱感時之作既多且好，又不得與其他三人並論。

〔五〕《禮記·樂記》語，見《禮記注疏》卷三七。

八二

宋詩如林和靖《梅花詩》，一時傳誦〔一〕。『暗香』、『疏影』景態雖佳，已落異境，是許渾至語，非開元、大曆人語。至『霜禽』、『粉蝶』，直五尺童耳〔二〕。老杜云：『幸不折來傷歲暮，若爲看去亂鄉愁。』〔三〕風骨蒼然。其次則李群玉云：『玉鱗寂寂飛斜月，素手亭亭對夕陽。』〔四〕大有神采，足爲梅花吐氣。

【校注】

〔一〕《林和靖先生詩集》卷二《山園小梅》二首之一：『衆芳搖落獨暄妍，占盡風光向小園。疏影横斜水清淺，暗香浮動月黄昏。霜禽欲下先偷眼，粉蝶如知合斷魂。幸有微吟可相狎，不須檀板與金樽。』周紫芝《竹坡詩話》：『林和靖賦《梅花詩》，有「疏影横斜水清淺，暗香浮動月黄昏」之語，膾炙天下殆二百年。』

〔二〕《蔡寬夫詩話》：『林和靖《梅花詩》：「疏影横斜水清淺，暗香浮動月黄昏」，誠爲警絶。然其下聯乃云：「霜禽欲下先偷眼，粉蝶如知合斷魂」，則與上聯氣格全不相類，若出兩人。乃知詩全篇佳者誠難得。』

〔三〕《全唐詩》卷二二六杜甫《和裴迪登蜀州東亭送客逢早梅相憶見寄》：『東閣官梅動詩興，還如何遜在揚州。此時對雪遥相憶，送客逢春可自由。幸不折來傷歲暮，若為看去亂鄉愁。江邊一樹垂垂發，朝夕催人欲白頭。』

〔四〕《全唐詩》卷五六九李群玉《人日梅花病中作》：『去年今日湘南寺，獨把寒梅愁斷腸。今年此日江邊宅，臥見瓊枝低壓墻。半落半開臨野岸，團情團思醉韶光。玉鱗寂寂飛斜月，素艷亭亭對夕陽。已被兒童苦攀摘，更遭風雨損馨香。洛陽桃李漸撩亂，回首行宫春景長。』

八三

詩格變自蘇、黄，固也〔一〕。黄意不滿蘇，直欲淩其上，然故不如蘇也〔二〕。何者？愈巧愈拙，愈新愈陳，愈近愈遠〔三〕。

【校注】

〔一〕嚴羽《滄浪詩話·詩辨》：『國初之詩尚沿襲唐人，……至東坡、山谷始自出己意以爲詩，唐人之風變矣。』

〔二〕趙翼《甌北詩話》卷一一：『北宋詩推蘇、黄兩家，蓋才力雄厚，書卷繁富，實旗鼓相當，然其間亦自有優劣。東坡隨物賦形，信筆揮灑，不拘一格，故雖瀾翻不窮，而不見有矜心作意之處。山谷則專以拗峭避俗，不肯作一尋常語，而無從容游泳之趣。且坡使事處，隨其意之所之，自有書卷供其驅駕，故無捃摭痕跡。山谷則書卷比坡更多數倍，幾於無一字無來歷，然專以選才庀料爲主，寧不工而不肯不典，寧不切而不肯不奥，故往往意爲詞累，而性情反爲所掩。此兩家詩境之不同也。』

〔三〕田同之《西圃詩説》：『弇州云：「詩格變自蘇、黄，黄意不滿蘇，然故不如蘇也。何者？愈巧愈拙，愈新愈陳，愈遠愈近耳。」數語直中詩家之款。』

八四

歐陽公自言《廬山高》、《明妃曲》，李、杜所不能作〔一〕。余謂此非公言也，果爾，公是一夜郎王耳。《廬山高》僅玉川之淺近者，無論其他，衹『半壁見海日，空中聞天鷄』〔二〕，太白率爾語，公能道否耶？二歌警句如：『紅顔勝人多薄命，莫怨春風强自嗟』，尋常閨閣，不足形容明妃也。『耳目所及尚如此，萬里安能制夷狄。』論學繩尺，公從何處削去之乎拾來？

【校注】

〔一〕歐陽脩《廬山高贈同年劉凝之歸南康》：『廬山高哉幾千仞兮，根盤幾百里，巀然屹立乎長江。長江西來走其下，是為揚瀾左蠡兮，洪濤巨浪日夕相衝撞。雲消風止水镜淨，泊舟登岸而遠望兮，上摩雲霄之晻靄，下壓后土之鴻龐。試往造乎其間兮，攀缘石磴窺空谾。千巖萬壑響松檜，懸崖巨石飛流淙。水聲聒聒亂人耳，六月飛雪灑石矼。儒翁釋子亦往往而逢兮，吾嘗惡其學幻而言哤。但見丹霞翠壁遠近映樓閣，晨鐘暮鼓杳靄羅幡幢。幽花野草不知其名兮，風吹露濕香澗谷，時有白鶴飛來雙。幽尋遠兮不可極，便欲絕世遺紛厖。羨君買田築室老其下，插秧盈疇兮，釀酒盈缸。欲令浮嵐暖翠千萬狀，坐卧常對乎軒窗。君懷磊砢有至寶，世俗不辨珉與玒。策名為吏二十載，青衫白首困一邦。寵榮聲利不可以苟屈兮，自非清泉白石有深趣，其氣兀硉何由降？丈夫壯節似君少，嗟我欲說安得巨筆如長杠。』又，《明妃曲和王介甫》二首：『胡人以鞍馬爲家，射獵為俗。泉甘草美無常處，鳥驚獸駭爭馳逐。誰將漢女嫁胡兒，風沙無情面如玉。身行不遇中國人，馬上自作思歸曲。推手為琵卻手琶，胡人共聽亦咨嗟。玉顏流落死天涯，琵琶卻傳來漢家。漢家爭按新聲譜，遺恨已深聲更苦。纖纖女手生洞房，學得琵琶不下堂。不識黃雲出塞路，豈知此聲能斷腸。』（其一）『漢宫有佳人，天子初未識。一朝隨漢使，遠嫁單于國。絕色天下無，一失難再得。雖能殺畫工，於事竟何益？耳目所及尚如此，萬里安能制夷狄！漢計誠已拙，女色難自誇。明妃去時淚，灑向枝上花。狂風日暮起，飄泊落誰家。紅顏勝人多薄命，莫怨春風當自嗟。』（其二）葉夢得《石林詩話》卷中：『前輩詩文，各有平生自得意處，不過數篇，然他人未必能盡知也。毗陵正素處士張子厚善書，余嘗於其家見歐陽文忠子棐以烏絲欄絹一軸，求子厚書文忠《明妃曲》兩篇，《廬山高》一篇。略云：『先公平日，未嘗矜大所為文。一日被酒，語棐曰：「吾《廬山高》，今人莫能為，唯李太白能之。《明妃曲》後篇，太白不能為，唯杜子美能之。至於前篇，則子美亦不能為，唯我能之也。」因欲別録此三篇也，藏之以志公意。』按：厲鶚《宋詩紀事》卷一二引《王直方詩話》：『郭功父少時喜誦文忠詩。一日，過梅聖俞，曰：「近得永叔詩，方作《廬山高詩送劉同年》，自以為得意，恨未見此詩。」功父為誦之，聖俞擊節歎賞曰：「使吾更作詩三十年，亦不能道其中一句。」功父再誦，不覺心醉。遂置酒，又再誦，酒數行，凡誦十數遍，不交一談而罷。梅聖俞《贈郭功父》詩，其略曰：「一誦《廬山高》，萬景不得藏。設令古畫師，極意未能詳。」

〔二〕李白《夢遊天姥吟留別》句，見《全唐詩》卷一四七。

八五

永叔不識佛理，强闢佛〔一〕；不識書，强評書〔二〕；不識詩，自標譽能詩。子瞻雖復墮落，就彼趣中，亦自一時雄快〔三〕。

【校注】

〔一〕《歐陽文忠公集·居士集》卷一七《本論上》：『佛法爲中國之患千餘歲，世之卓然不惑而有力者，莫不欲去之。』

〔二〕《歐陽文忠公集》有論書之作《筆説》、《試筆》各一卷，又有《集古録跋尾》十卷，專論書法金石。

〔三〕趙翼《甌北詩話》卷五：『東坡旁通佛老。……至於摹倣佛經，掉弄禪語，以之入詩，殊覺可厭。不得以其出自東坡，遂曲爲之説也。』劉熙載《藝概》卷五：『東坡詩如華嚴法界，文如萬斛泉源，唯書亦頗得此意。』

八六

魯直不足小乘，直是外道耳，已墮傍生趣中〔一〕。南渡以後，陸務觀頗近蘇氏而麄，楊萬里、劉改之俱弗如也。謝皋羽微見翹楚，《鴻門行》諸篇，大有唐人之致〔二〕。

【校注】

〔一〕小乘、外道、傍生趣均佛家語。魏泰《臨漢隱居詩話》：『黄庭堅喜作詩得名，好用南朝人語，專求古人未使之事。又一二奇事，綴葺而成詩，自以爲工，其實所見之僻也。故句雖新奇，而氣乏渾厚。』劉克莊《江西詩派小序》：『豫章稍後出，會萃百家句律之長，究極歷代體制之變，搜獵奇書，穿穴異聞，作爲古律，自成一家，雖隻字半句不輕出，遂爲本朝詩家宗祖，在禪學中比得達磨，不易之論也。』按：山谷詩歷來毁譽不一，譽者或過其實，毁者或損其真。弇州詩宗盛唐，故發此偏激之論。

〔二〕皋羽，謝皋字。《晞髮集》卷五謝翱《鴻門宴》：『天雲屬地汗流宇，杯影龍蛇分漢楚。楚人起舞本為楚，中有楚人為漢舞。鶡鴠淬光雌不語，楚國孤臣泣俘虜。他年疽背怒發此，芒碭雲歸作風雨。君看楚舞如楚何？楚舞未終聞楚歌。』《升庵詩話》卷一四：『謝皋羽《晞髮集》詩皆精緻奇峭，有唐人風，未可例於宋視之也。予尤愛其《鴻門宴》一篇，此詩雖使李賀復生，亦當心服。李賀集中亦有《鴻門宴》一篇，不及此遠甚，可謂青出於藍矣。元楊廉夫樂府力追李賀，亦有此篇，愈不及皋羽矣。』

八七

讀子瞻文，見才矣，然似不讀書者。讀子瞻詩，見學矣，然似絶無才者〔一〕。

【校注】

〔一〕劉大魁《論文偶記》：『王元美論東坡云：「觀其詩，有學矣，似無才者。觀其文，有才矣，似無學者。」此元美不知文，而以陳言爲學也。東坡詩於前人事詞無所不用，以詩可用陳言也，以文不可用陳言也，正可於此悟古人行文之法，與詩迥異。而元美見以爲有學無學。夫一人之詩文，何以忽有學忽無學哉？由不知文，故其言如此。元美所謂有學者，正古人之文所唾棄而不屑用，畏避而不敢用者也。東坡之文，如太空浩氣，何處可著一前言以貌爲學問哉？』賀裳《載酒園詩話》：『坡公之美不勝言，其病亦不勝摘。大率俊邁而少淵渟，瑰奇而失詳慎，故多粗豪處、滑稽處、草率處，又多以文爲詩，皆詩之病。然其才自是古今獨絶。』

八八

懶倦欲睡時，誦子瞻小文及小詞，亦覺神王〔一〕。

【校注】

〔一〕王灼《碧鷄漫志》卷二：「東坡先生非心醉於音律者，偶爾作歌，指出向上一路，新天下耳目，弄筆者始知自振。」吴德旋《初月樓古文緒論》：「蘇長公晚年之作，有隨筆寫出，不待安排，而自然超妙者。非天資高絶，不能學之。」

八九

剽竊模擬，詩之大病。亦有神與境觸，師心獨造，偶合古語者。如「客從遠方來」〔一〕、「白楊多悲風」〔二〕、「春水船如天上坐」〔三〕，不妨俱美，定非竊也。其次裒覽既富，機鋒亦圓，古詩口吻間，若不自覺。如鮑明遠「客行有苦樂，但問客何行」之於王仲宣「從軍有苦樂，但問所從誰」〔四〕，陶淵明「鷄鳴桑樹顛，狗吠深巷中」之於古樂府「鷄鳴高樹顛，狗吠深宫中」〔五〕，王摩詰「白鷺」、「黄鸝」〔六〕，近世獻吉、用脩亦時失之，然尚可言。又有全取古文，小加裁剪，如黄魯直《宜州》用白樂天諸絶句〔七〕，王半山「山中十日雨，雨晴門始開。坐看蒼苔色，欲上人衣來」，後二語全用輞川〔八〕，已是下乘。然猶彼我趣合，未致足厭。乃至割綴古語，用文已陋，痕跡宛然，如「河分岡勢」、「春入燒痕」之類，斯醜方極〔九〕。模擬之妙者，分岐逞力，窮勢盡態，不唯敵手，兼之無跡，方爲得耳。若陸機《辨亡》〔一〇〕、傅玄《秋胡》〔一一〕，近日獻吉「打鼓鳴鑼何處船」語〔一二〕，令人一見匿笑，再見嘔噦，皆不免爲盗跖、優孟所訾。

【校注】

〔一〕《古詩十九首》之十七『客從遠方來，遺我一書札。上言長相思，下言久離別』與十八『客從遠方來，遺我一端綺。相去萬餘里，故人心尚爾』，語意雷同。

〔二〕《古詩十九首》之十三『驅車上東門，遥望郭北墓。白楊何蕭蕭，松柏夾廣路』與十四『出郭門直視，但見丘與墳。古墓犁爲田，松柏摧爲薪。白楊多悲風，蕭蕭愁殺人』，語意雷同。

〔三〕宋蔡夢弼《杜工部草堂詩話》卷二『「船如天上坐，人似鏡中行。」「船如天上坐，魚似鏡中懸。」沈雲卿之詩也。雲卿得意於此，故屢用之。老杜「春水船如天上坐」，祖述佺期之語也，繼之以「老年花似霧中看」，蓋觸類而長之也。』

〔四〕鮑照句見《從臨海王上荆初發新渚詩》，王粲句見《從軍詩五首》之一。

〔五〕陶淵明句見《歸園田居五首》之一。樂府古辭句見《鷄鳴》。

〔六〕翁方綱《石洲詩話》卷一：『昔人稱李嘉祐詩「水田飛白鷺，夏木囀黄鸝」，右丞加「漠漠」、「陰陰」字，精彩數倍。此説阮亭先生以爲夢囈。蓋李嘉祐中唐時人，右丞何由預知，而加以「漠漠」、「陰陰」耶？此大可笑者也。然右丞此句，精神全在「漠漠」、「陰陰」字上，不得以前説之謬而概斥之。』參看葉夢得《石林詩話》卷上。

〔七〕葛立方《韻語陽秋》卷一：『山谷《黔南十絶》七篇全用樂天《花下對酒》、《渭川舊居》、《東城尋春》、《西樓》、《委順》、《竹窗》等詩，餘三篇用其詩略點化而已。樂天云：「相去六千里，地絶天邈然。十書九不到，何以開憂顔。」山谷則云：「相望六千里，天地隔江山。十書九不到，何用一開顔。」樂天云：「霜降水反壑，風落木歸山。苒苒歲時晏，物皆復本原。」山谷云：「霜降水反壑，風落水歸山。苒苒歲華晚，昆蟲皆閉關。」樂天詩云：「渴人多夢飲，饑人多夢餐。春來夢何處？合眼到東川。」山谷云：「病人多夢醫，囚人多夢赦。如何春來夢，合眼見鄉社。」』參看蔡正孫《詩林廣記》後集卷五黄山谷《謫居黔南十絶》、胡仔《苕溪漁隱叢話》前集卷四八。

〔八〕此王安石《春晴》詩，見《臨川先生文集》卷二六。按王維《書事》：『輕陰閣小雨，深院晝慵開。坐看蒼苔色，欲上人衣來。』較之兩詩，相襲之跡甚顯。

〔九〕『已陋』，底本作『已漏』，據《四庫》本改。司馬光《續詩話》：『僧惠崇詩有「劍静龍歸匣，旗閑虎繞竿」。其尤自負者，有「河分岡勢斷，春入燒痕青」。時人或有譏其犯古者嘲之：「河分岡勢司空曙，春入燒痕劉長卿。不是師兄多犯古，古人詩句犯師兄。」』

〔一〇〕按：劉勰《文心雕龍·論説》：『陸機《辨亡》，效《過秦》而不及。』詳范文瀾《文心雕龍注》卷四。

〔一一〕傅玄《秋胡行》共兩首，一爲四言，一爲五言，均詠秋胡之事。其五言模倣《陌上桑》之痕跡甚明顯。兩詩俱見逯欽立《先秦漢魏晉南北朝詩》晉詩卷一。

〔一二〕見李夢陽《空同集》卷二九《河發登望》。

九〇

唐人詩云：『海色晴看雨，鐘聲聽夜潮。』至周以言則云：『海色晴看近，鐘聲夜聽長。』〔一〕唐僧詩云：『經來白馬寺，僧到赤烏年。』至皇甫子循則云：『地是赤烏分教後，僧同白馬賜經時。』〔二〕雖以剽語得名，然猶未見大決撒。獨李太白有『人烟寒橘柚，秋色老梧桐』句，而黄魯直更之曰『人家圍橘柚，秋色老梧桐』。晁无咎極稱之，何也〔三〕？余謂中衹改兩字，而醜態畢具，真點金作鐵手耳〔四〕。

【校注】

〔一〕前詩乃唐祖詠《江南旅情》句，見《全唐詩》卷一三一。後詩乃明周詩《登金山》：『絶島中流出，蓬宫匝杳茫。谷雲通北固，津樹隔維揚。海色潮看近，江聲夜聽長，獨憐臨眺者，千古逝湯湯。』

〔二〕前詩詳托名尤袤《全唐詩話》卷六：『劉夢得引靈徹《芙蓉園新寺詩》句。』後詩乃皇甫汸《報恩寺浮圖》句。

〔三〕葉夢得《石林詩話》卷上：『頃見晁無咎舉魯直詩：「人家圍橘柚，秋色老梧桐。」張文潛云：「斜日兩竿眠犢晚，春波一頃去鳬寒。」皆自以爲莫能及。』按：『人烟』兩句，李白《秋登宣城謝朓北樓》詩中語，見《全唐詩》卷一八〇。

〔四〕黄庭堅《豫章先生文集》卷一九《答洪駒父書》：『古之能爲文章者，真能陶冶萬物，雖取古人之陳言入於翰墨，如靈丹一粒，點鐵成金也。』此反其意。

九一

又有點金成鐵者，少陵有句云：『昨夜月同行。』陳無己則云：『勤勤有月與同歸。』少陵云：『暗飛螢自照。』陳則曰：『飛螢元失照。』少陵云：『文章千古事。』陳則云：『文章平日事。』少陵云：『乾坤一腐儒。』陳則云：『乾坤着腐儒。』少陵云：『寒花祇暫香。』陳則云：『寒花祇自香。』〔一〕一覽可見。

【校注】

〔一〕以上所引杜詩，分別見《奉濟驛重送嚴公四韻》、《倦夜》、《偶題》、《江漢》、《薄游》，所引陳師道詩見《東禪》、《十五夜月》、《獨坐》、《西湖》。

九二

宋詩亦有單句不成詩者，如王介甫『青山捫虱坐，黄鳥挾書眠』，又黄魯直『人得交遊是風月，天開圖畫即江山』〔一〕，潘邠老『滿城風雨近重陽』〔二〕，雖境涉小佳，大有可議，覽者當自得之。

【校注】

〔一〕葉夢得《石林詩話》卷上：蔡天啟云：『荊公每稱老杜「鈎簾宿鷺起，丸藥流鶯囀」之句，以為用意高妙，五字之楷模。他日公作詩，得「青山捫蝨坐，黄鳥挾書眠」，自謂不減杜語，以為得意，然不能舉全篇。余頃嘗以語薛肇明，肇明後被旨編公集，求之終莫得。或云公但得此一聯，未嘗成章也。』又：『蜀人石異，黄魯直黔中時從游最久。嘗言見魯直自矜詩一聯云：「人得交遊是風月，天開圖畫即江山。」以為晚年最得意，每舉以教人，而終不能成篇，蓋不欲以常語雜之。』

〔二〕胡仔《苕溪漁隱叢話》前集卷五二引《冷齋夜話》云：『黄州潘大臨，工詩，有佳句，然貧甚。東坡、山谷尤喜之。臨川謝無逸以書問近新作詩否，潘答書曰：秋來暑物，件件是佳句，恨為俗氣所蔽翳。昨日清臥，聞攪林風雨聲，遂起提筆曰：「滿城風雨近重陽」，忽催稅人至，遂敗意，止此一句奉寄，聞者莫不笑其迂闊。』

九三

昔人謂崔塗『漸與骨肉遠，轉於僮僕親』，遠不及王維『孤客親僮僕』〔一〕，固然。然王語雖極簡切，入《選》尚未，崔語雖覺支離，近體差可，要在自得之〔二〕。

【校注】

〔一〕楊慎《升庵詩話》卷九：『崔塗《旅中》詩：「漸與骨肉遠，轉於僮僕親。」詩話亟稱之。然王維《鄭州》詩：「他鄉絶儔侶，孤客親僮僕。」已先道之矣，但王語渾含勝崔。』按：『漸與』二句，崔塗《巴山道中除夜書懷》語，見《全唐詩》卷六七九。『孤客』句，王維《宿鄭州》詩語，見《全唐詩》卷一二五。

〔二〕沈德潛《唐詩别裁》卷一二評：『「孤客親童僕」，何許簡貴！衍作十字，便不及前人。』

九四

談理而文，質而不厭者匡衡〔一〕；談事而文，俳而不厭者陸贄〔二〕。子瞻蓋慕贄而識未逮者〔三〕。

【校注】

〔一〕真德秀《文章正宗》卷一一：『（匡）衡之奏對本於經術，故在漢儒中論議最爲近理，可爲董仲舒之亞。』《藝概》卷一：『劉向、匡衡文皆本经术。』

〔二〕《四庫全書簡明目録》卷一五：『贄文多用駢句，蓋當日之體裁。然真意篤摯，反復曲暢，不復見排偶之跡。』

〔三〕張戒《歲寒堂詩話》卷上：『子瞻文章從《戰國策》、《陸宣公奏議》中來，長於議論而欠宏麗。』

九五

文至於隋、唐而靡極矣，韓、柳振之，曰斂華而實也〔一〕。至於五代而冗極矣，歐、蘇振之，曰化腐而新也〔二〕。然歐、蘇則有間焉，其流也使人畏難而好易。

【校注】

〔一〕茅坤《茅鹿門先生文集》卷一四《唐宋八大家文鈔總序》：『魏、晉、宋、齊、梁、陳、隋、唐之間，文日以靡，氣日以弱，强弩之末且不及魯縞矣，而況於穿札乎！昌黎韓愈首出而振之，柳柳州又從而和之。』劉熙載《藝概·文概》：『韓文起八代之衰，實集八代之成。蓋唯善用古者能變古，以無所不包，故能無所不掃也。』又：『昌黎謂柳州文雄深雅健似司馬子長。』

〔二〕茅坤《茅鹿門先生文集》卷一四《文旨贈許海岳沈虹臺二内翰先生》：『五代之間，浸微浸滅，歐陽脩、曾鞏及蘇氏父子兄弟出，而天下之文復趨於古。』

九六

楊、劉之文靡而俗〔一〕，元之之文旨而弱〔二〕，永叔之文雅而則〔三〕，明允之文渾而勁〔四〕，子瞻之文爽而俊〔五〕，子固之文腴而滿〔六〕，介甫之文峭而潔〔七〕，子由之文暢而平〔八〕。于鱗云：『憚於脩辭，理勝相掩』〔九〕，誠然哉。談理亦有優劣焉，茂叔之簡俊，子厚之沉深，二程之明當，紫陽其稍冗矣〔一〇〕，訓詁則無加焉。

【校注】

〔一〕楊億與劉筠齊名，時號『楊、劉』。石介《徂徠集》卷二《怪説》中：『楊億窮妍極態，綴風月，弄花草，淫巧侈麗，浮華篡組，刓鎪聖人之經，破碎聖人之言，離析聖人之意，蠹傷聖人之道……其爲怪大矣。』

〔二〕《四庫全書總目提要》卷一五二：『宋承五代之後，文體纖麗，禹偁始爲古雅簡淡之作，其奏疏尤極剴切，議論皆英偉可觀。應制駢偶之文，亦多宏麗典贍，不愧一時作手。』元之，王禹偁字。

〔三〕王世貞《讀書後》卷三《書歐陽文後》：『歐陽之文，雅渾不及韓，奇峻不及柳，而雅靚亦自勝之。記序之辭，紆徐曲折；碑誌之辭，整暇流動，而間於過折處或少力，結束處或無歸者。然如此十不一二也。獨不能工銘，詩易於造語，率於押韻，要不如韓之變化奇崛。他文亦有迂遠而不切，太淡而無味者，然要之宋文竟當與蘇氏據洛屋兩頭，曾、王而下，置之兩廡。』

〔四〕《讀書後》卷四《書三蘇文後》：『明允、子瞻俱善持論，而明允尤雄勁有氣力。獨其好勝而多馳，不甚曉事體，考故實，而輕爲可愕可喜之談，蓋自《戰國》中得之。』明允，蘇洵字。

〔五〕《讀書後》卷四《書三蘇文後》：『子瞻殊爽朗，其論策沾溉後人甚多。記叙之類，順流而易，竟不若歐陽之舒婉，然中多警俊語。』劉熙載《藝概》卷一：『坡文多微妙語，其論文曰快，曰達，曰了，正爲非此不足以發微闡妙也。』

〔六〕《讀書後》卷三《書曾子固文後》：『子固有識有學，尤近道理，其詞亦多宏闊遒美，而不免爲道理所束，間有闇塞而不暢者，牽纏而不了者，要之爲朱氏之濫觴也。』《藝概》卷一：『曾文窮盡事理，其氣味爾雅深厚，令人想見碩人之寬。』子固，曾鞏字。

〔七〕《讀書後》卷三《書王介甫文後》：『介甫於文章頗能持論，近道理而好以己勝。至於語務簡而意務多，欲以百餘言而中爲層疊宛曲，其所長在是，而其所病亦在是也。志傳之類，亦刻削有矩度，而好爲小巧，於字句間立法，此所短也。』《藝概》卷一：『荊公《游褒禪山記》云：「入之愈深，其進愈難，而其見愈奇。」余謂「深」、「難」、「奇」三字，公之學與文得失並見於此。』

〔八〕茅坤《唐宋八大家文鈔・蘇文定公文鈔序》：『蘇文定公之文，其鑱削之思或不如父，雄傑之氣或不如兄，然而沖和淡泊，遒逸疏宕，大者萬言，小者千餘言，譬之片帆截海，澄波不揚，而洲島之縈錯，雲霞之蔽虧，日星之閃爍，魚龍之出没，並席之掌上而綽約不窮者已，西漢以來别調也。』蘇轍。卒謚文定。

〔九〕語見李攀龍《滄溟先生集》卷一六《送王元美序》。

〔一〇〕茂叔，周敦頤字。子厚，張載字。二程：程顥、程頤。朱熹，號晦庵，人稱紫陽先生。李塗《文章精義》：『晦庵先生治經明理宗二程，而密於二程，如《易本義》、《詩集傳》、《小學書》、《通鑑綱目》之類，皆青於藍而寒於水也。但尋常文字，多不及二程。二程一句撒開，做得晦庵千句萬句，晦庵千句萬句，揪斂來祇作得二程一句，雖世變愈降，亦關天分不同。』

九七

或謂紫陽《齋居》大勝拾遺《感遇》〔一〕。善乎用脩言之也，曰：『青裙白髮之節婦，乃與靚粧袨服之冶女角色澤哉？』〔二〕

【校注】

〔一〕朱熹居崇安時，牓廳事曰紫陽書堂，故世稱『紫陽』。其《齋居感興》共二十首，見《朱子大全集》卷四。陳子昂《感遇》詩三十八首，見《全唐詩》卷八三。

〔二〕語見楊慎《升庵詩話》卷一一。李東陽《懷麓堂詩話》：『晦翁深於古詩，……《感興》之作，蓋以經史事理播之吟詠，豈可以後世詩家者例論哉？』王夫之《薑齋詩話》卷二：『陳正字、張曲江，始創《感遇》之作。……風雅源流，於斯不泯。朱子和陳、張之作，亦曠世而一遇。』劉熙載《藝概》卷二：『朱子《感興》二十篇，高峻寥曠，不在陳射洪下，蓋唯有理趣而無理障，是以至為難得。』

九八

詩自正宗之外〔一〕，如昔人所稱『廣大教化主』者，於長慶得一人，曰白樂天〔二〕，於元豐得一人焉，曰蘇子瞻〔三〕，於南渡後得一人，曰陸務觀〔四〕，爲其情事景物之悉備也〔五〕。然蘇之與白，塵矣；陸之與蘇，亦劫也〔六〕。

【校注】

〔一〕高棅《唐詩品彙·凡例》：「大略以初唐為正始，盛唐為正宗、大家、名家、羽翼。中唐為接武，晚唐為正變、餘響，方外、異人等詩為旁流，間有一二成家特立與時異者，不以世次拘之。」按：高棅列白居易五、七言古詩於餘響；五、七言律、絕於接武，均在正宗之外。

〔二〕張為《詩人主客圖》以白居易為廣大教化主。趙翼《甌北詩話》卷四：「中唐詩以韓、孟、元、白爲最。韓、孟尚奇警，務言人所不敢言；元、白尚坦易，務言人所共欲言。試平心論之，詩本性情，當以性情爲主。……此元、白較勝於韓、孟。」

〔三〕《甌北詩話》卷五：「昌黎之後，放翁之前，東坡自成一家，不可方物。」

〔四〕清闕名《静居緒言》：「南渡後詩一變，尤、蕭、楊、范、陸，時名相埒。尤延之、蕭千巖詩不概見，諸家中當以放翁爲巨擘，其體裁正大也。」

〔五〕李東陽《懷麓堂詩話》：「漢魏以前，詩格簡古，世間一切細事長語，皆著不得，其勢必久而漸窮。賴杜詩一出，乃稍爲開擴，庶幾可盡天下之情事。韓一衍之，蘇再衍之，於是情與事，無不可盡。而其爲格，亦漸粗矣。然非具宏才博學，逢原而汎應，誰與開後學之路哉？」

〔六〕塵劫，亦稱塵點劫，佛經語，言時間之久遠。《楞嚴經》一：「猶如煮沙，欲成嘉饌，縱經塵劫，終不能得。」此喻陸、蘇、白相距之遠。

九九

『所以嵇中散，至死薄殷周』，易安此語雖涉議論，是佳境，出宋人表〔一〕。用脩故峻其掊擊，不無矯枉之過。

【校注】

〔一〕厲鶚《宋詩紀事》卷八七引朱熹《游藝論》：『本朝婦人能文，只有李易安與魏夫人。李有詩大略云：「兩漢本繼紹，新室如贅疣。所以嵇中散，至死薄殷周。」中散非湯、武得國，引之以比王莽。如此等語，豈女子所能！』按：此為李清照《詠史》詩。

一〇〇

子瞻多用事實，從老杜五言古、排律中來。魯直用生拗句法，或拙或巧，從老杜歌行中來。介甫用生重字力於七言絶句及頷聯內，亦從老杜律中來〔一〕。但所謂差之毫釐，謬以千里耳〔二〕。骨格既定，宋詩亦不妨看〔三〕。

【校注】

〔一〕王士禛《帶經堂詩話》卷一：『宋、明以來詩人學杜子美者多矣，予謂退之得杜神，子瞻得杜氣，魯直得杜意。』參看《詩藪》外編卷五。

〔二〕張戒《歲寒堂詩話》卷上：『黄魯直自言學杜子美。魯直學子美，但得其格律耳。』王世貞《讀書後》卷四《書蘇詩後》：『蘇長公之詩……所以弗獲如少陵者，才有餘而不能制其横，氣有餘而不能汰其濁，角韻則險而不求妥，門事則逞而不避粗，所謂武庫中器，利鈍森然，誠有以切中其弊者。然當其所合作，亦自有斐然而不可掩。無論蘇公，即黄魯直傾奇峭峻，亦多得之少陵，特單薄無深味，蹊徑宛然，故離而益相遠耳。魯直不足觀也。莊生曰：「神奇化而臭腐」，蘇公時自犯之。臭腐復爲神奇，則在善觀蘇詩者。』

〔三〕朱熹《朱子大全集》卷一四〇：『作詩先用看李、杜，如士人治本經。本既立，次第方可看蘇、黄以次諸家詩。』王世貞《弇州山人四部稿》卷四一《宋詩選序》：『余所以抑宋者爲惜格也。然而代不能廢人，人不能廢篇，篇不能廢句，蓋不止前數公而已，此語於格之外者也。……雖然，以彼爲我則可，以我爲彼則不可。』

一〇一

嚴滄浪論詩，至欲如那吒太子析骨還父，析肉還母〔一〕。及其自運，僅具聲響，全乏才情，何也〔二〕？七言律得一聯云：『晴江木落時疑雨，暗浦風多欲上潮。』然是許渾境界。又『晴』、『暗』二字太巧穉，不如別本作『空江』、『別浦』差穩〔三〕。

【校注】

〔一〕嚴羽《滄浪詩話》附《答出繼叔臨安吴景僊書》：『妙喜自謂參禪精子，僕亦自謂參詩精子。嘗謁李友山論古今人詩，見僕辨析毫芒，每相激賞，因謂之曰：「吾論詩，若那吒太子，析骨還父，析肉還母。」友山深以為然。當時臨川相會匆匆，所惜多順情放過，蓋傾蓋執手，無暇引惹，恐未能卒竟其辨也。』

〔二〕李東陽《懷麓堂詩話》：『嚴滄浪所論，超離塵俗，真若有所自得，反復譬説，未嘗有失。顧其所自爲作，徒得唐人體面，而亦少超拔警策之處。予嘗謂識得十分，只做得八九分，其一二分拘於才力，其滄浪之謂乎？』

〔三〕嚴羽《滄浪吟》卷二《和上官偉長蕪城晚眺》：『平蕪古堞暮蕭條，歸思憑高黯未消。京口寒煙鴉外滅，歷陽秋色雁邊遥。清江木落長疑雨，暗浦風多欲上潮。惆悵此時頻極目，江南江北路迢迢。』

一〇二

嚴又云：『詩不必太切。』〔一〕予初疑此言，及讀子瞻詩，如『詩人老去』〔二〕、『孟嘉醉酒』〔三〕各二聯，方知嚴語之當。又近一老儒嘗詠道士號一鶴者云：『赤壁横江過，青城被箭歸。』使事非不極親切，而味之殆如嚼蠟耳。

【校注】

〔一〕嚴羽《滄浪詩話·詩法》：『不必太著題，不必多使事。』

〔二〕蘇軾《蘇文忠公詩集》卷一一《張子野年八十五尚聞買妾述古令作詩》：『錦里先生自笑狂，莫欺九尺鬢眉蒼。

詩人老去鶯鶯在，公子歸來燕燕忙。柱下相君猶有齒，江南刺史已無腸。半生謬作安昌客，略遣彭宣到後堂。』按：紀曉嵐評曰：『遊戲之筆，不以詩論。詩話以其能切張姓盛推之。然則案有《萬姓統譜》一部，即人人為作者矣。』

〔三〕蘇軾《蘇文忠公詩集》卷二一《太守徐君猷通守孟亨之皆不飲酒以詩戲之》：『孟嘉嗜酒桓溫笑，徐邈狂言孟德疑。公獨未知其趣爾，臣今時復一中之。風流自有高人識，通介寧隨薄俗遺。二子有靈應撫掌，吾孫還有獨醒時。』按：紀曉嵐評曰：『此種從姓起義，恰有孟、徐二酒事佐之，又不以切姓為嫌。』葛立方《韻語陽秋》卷一九：『張子野年八十五猶聘妾，東坡作詩所謂「詩人老去鶯鶯在，公子歸來燕燕忙」是也。』

一〇三

元裕之好問有《中州集》，皆金人詩也〔一〕。如宇文太學虛中、蔡丞相松年、蔡太常珪、党承旨懷英、周常山昂、趙尚書秉文、王内翰庭筠〔二〕，其大旨不出蘇、黄之外。要之，直於宋而傷殘，質於元而少情〔三〕。

【校注】

〔一〕《四庫全書總目提要》卷一八八：『《中州集》十卷，附《中州樂府》一卷，金元好問編。是集録金一代之詩。……其選録諸詩，頗極精審，實在宋末江湖諸派之上。』

〔二〕宇文虛中曾官翰林學士承旨，《金史》卷九七有傳。蔡松年官至右丞相，《金史》卷一二五有傳。蔡珪曾官户部員外郎兼太常丞，《金史》卷一二五有傳。党懷英官至翰林學士承旨，《金史》卷一二五有傳。周昂，常山郡真定人，《金史》卷一二六有傳。趙秉文官至禮部尚書，《金史》卷一〇〇有傳。王庭筠官至翰林修撰，《金史》卷一二六有傳。

〔三〕王士禛《帶經堂詩話》卷二：『弇州《卮言》評《中州集》云：「直於宋而太淺，質於元而少情。」二語最確。牧齋先生推之太過，所未喻也。』沈德潛《說詩晬語》卷下：『《中州集》，錢牧齋極為獎激。然可取者，元裕之小序。詩品薄弱，又在南宋諸公下也。集中所傳，如：「好景落誰詩句裏，蹇驢馱我畫圖間。」好句不過爾爾。王元美謂「直於宋而太淺。質於元而少情」，豈苛論哉？』

一〇四

元詩人元右丞好問、趙承旨孟頫、姚學士燧、劉學士因、馬中丞祖常、范應奉德機、楊員外仲弘、虞學士集、揭應奉傒斯、張句曲雨、楊提舉廉夫而已〔一〕。趙稍清麗而傷於淺〔二〕，虞頗健利〔三〕，劉多傖語而涉議論，爲時所歸〔四〕，廉夫本師長吉，而才不稱，以斷案雜之，遂成千里〔五〕。

【校注】

〔一〕元好問曾官尚書省左司員外郎。趙孟頫官至翰林學士承旨，《元史》卷一七二有傳。姚燧曾官翰林學士承旨，《元史》卷一七四有傳。劉因曾官翰林學士，《元史》卷一七一有傳。馬祖常曾官御史中丞，《元史》卷一四三有傳。范梈，一字德機，曾官翰林應奉，《元史》卷一八一有傳。楊載，字仲弘，《元史》卷一九〇有傳。虞集曾官奎章閣侍書學士，《元史》卷一八一有傳。揭傒斯曾官應奉翰林文字，《元史》卷一八一有傳。張雨自稱句曲外史。楊維楨，字廉夫，曾官遼西儒學提舉，《明史》卷一七三有傳。

〔二〕胡應麟《詩藪》外編卷六：『趙承旨首倡元音，《松雪集》諸詩何寥寥，卑近淡弱也。然體裁端雅，音節和平，自是勝國濫觴，非宋人末弩。』

〔三〕《詩藪》外編卷六：『虞奎章在元中葉，一代斗山。所傳《道園集》，渾厚典重，足掃晚宋尖新之習。第其才力不能遠過諸人，故製作規模，邊幅窘迫，宏逸沉深之軌，殊自杳然。』翁方綱《石洲詩話》卷五：『道園兼有六朝人醖藉，而全於含味不露中出之，所以其境高不可及。』

〔四〕《石洲詩話》卷五：『静脩詩，純是遺山架局，而不及遺山之雅正，似覺加意酣放，而轉有傖氣處。即以調論，細按亦微有未合。以遺山之天骨開張，學之者自應別有化裁。如静脩之詩，第以雄奇磊落之氣賞之可耳，若以詩家上下源流之脈言之，殊未入於室也。』

〔五〕《詩藪》外編卷六：『楊廉夫勝國末領袖一時，其才縱横豪麗，亶堪作者，而耽嗜瑰奇，沉淪綺藻。雖復含筠吐賀，要非全盛典刑。至他樂府小詩，香奩近體，俊逸濃爽，如有神助，余每讀未嘗不惜其大器小成也。』

一〇五

元文人自數子外，則有姚承旨樞、許祭酒衡、吴學士澄、黄侍講溍、柳國史貫、吴山長萊、危學士素〔一〕，然要而言之，曰無文可也〔二〕。

【校注】

〔一〕姚樞官至翰林學士承旨。許衡曾官集賢大學士兼國子祭酒，《元史》卷一五八均有傳。吴澄曾官翰林學士，《元史》卷一七一有傳。黄溍曾官侍講學士，《元史》卷一八一有傳。柳貫曾官翰林待制兼國史院編修官，《元史》卷一八一附《黄溍傳》。吴萊曾爲饒州路長薌書院山長，未行而卒，《元史》卷一八一附《黄溍傳》。危素曾官翰林侍講學士，《明史》卷二八五有傳。「承旨」，底本訛作「丞旨」，據文意改。「萊」，底本訛作「淶」，據《元史》改。

〔二〕《四庫全書總目提要》卷一六七：「有元一代，作者雲興，大德、延祐以還，尤爲極盛。……明人夸誕，動云「元無文」者，其殆未之詳檢乎？」

藝苑巵言校注卷五

一

高皇帝神武天授，生目不知書，既下集慶，始厭馬上〔一〕。長歌短篇，操筆輒韻，有魏武樂府風。制詞質古，一洗駢偶之習。

【校注】

〔一〕高皇帝，明太祖朱元璋謚號。詳《明史》卷一《太祖本紀》。集慶，今江蘇南京。至正十六年，朱元璋攻克集慶，改爲應天府。錢謙益《列朝詩集》乾集之上：『太祖高皇帝御製文集共五卷，翰林學士樂韶鳳、宋濂編録。』

二

仁宗皇帝在東宫時，獨好歐陽氏之文，以故楊文貞寵契非淺〔一〕。又喜王贊善汝玉詩，聖學最爲淵博〔二〕。宣宗天縱神敏，長歌短章，下筆即就。每遇南宫試，輒自草程式文曰：『我不當會元及第耶？』〔三〕而一時館閣諸公，無兩司馬之才，衡、向之學〔四〕，不能將順黼黻，良可歎也。

【校注】

〔一〕錢謙益《列朝詩集》乾集之上：『仁宗昭皇帝朱高熾。……酷好宋歐陽脩之文，乙夜翻閱，每至達旦。楊士奇，歐之鄉人，熟於歐文，帝以此深契之。』

〔二〕《列朝詩集》乙集：『王璲字汝玉，以字行，長洲人，洪武末，以薦攝郡學教授，招翰林五經博士。永樂初，曾官檢討春坊贊善，預脩大典。仁廟在東宮，特深眷注，嘗與群臣應制，撰《神龜賦》，汝玉居第一，解縉次之。汝玉後進，聲名大噪。』

〔三〕明宣宗朱瞻基。《列朝詩集》乾集之上：『帝天縱神敏，遜志經史，長篇短歌，援筆立就。每試進士，輒自撰程文曰：「我不當會元及第耶」！萬機之暇，遊戲翰墨，點染寫生，遂與宣和争勝。』

〔四〕兩司馬：指司馬遷、司馬相如。衡、向：匡衡、劉向。

三

勝國之季，業詩者道園以典麗爲貴〔一〕，廉夫以奇崛見推〔二〕。迨於明興，虞氏多助，大約立赤幟者二家而已。才情之美，無過季迪〔三〕，聲氣之雄，次及伯温〔四〕。當是時，孟載、景文、子高輩，實爲之羽翼〔五〕。而談者尚以元習短之，謂辭微於宋，所乏老蒼；格不及唐，僅窺季晚〔六〕。然是二三君子，工力深重，風調諧美，不得中行，猶稱殆庶，翩翩乎一時之選也。樂代熙朝，風不在下，斥沈思於宇外，摭流景於目前，志逞則滔滔大篇，尚裁則寂寂數語，武陵人之不知有晉，夜郎王之漢孰與大，非虛語也。其後成、弘之際，頗有俊民，稍見一班，號爲巨擘。然趣不及古，中道便止，搜不入深，遇境隨就。即事分題，一唯拙速，和章累押，無患才多。北地矯之，信陽嗣起，昌穀上翼，庭實下毗〔七〕，敦古昉自建安，掞華止於三謝，長歌取裁李、杜，近體定軌開元，一掃叔季之風，遂窺正始之途，天地再闢，日月爲朗，詎不媺哉〔八〕。然而正變雲擾，剽擬雷同，信陽之舍筏，不免良箴，北地之傚顰，寧無私議〔九〕？以故嘉靖之季，尚辭者醞風雲而成月露，存理者扶《感遇》而敓《詠懷》，喜華者敷藻於景龍，畏深者信情於元和，亦自斐然，不妨名世。第《感遇》無文，月露無質，景龍之境既狹，元和之蹊太廣，浸淫諸派，溷爲下流。中興之功，則濟南爲大矣〔一〇〕。今天下人握夜光，途遵上乘，然不免邯鄲之步，無復合浦之還，則以深造之力微，自得之趣寡。詩云：『有物有則。』〔一一〕又曰：『無聲無臭。』〔一二〕昔人有步趍華相國者，以爲形跡之外學之，去之彌遠。又人學書，日臨《蘭亭》一帖。有規之者云：『此從門而入，必不成書道。』然則情景妙合，風格自上，不爲古役，不墮蹊徑者，最也。隨質成分，隨分成詣，門户既立，聲實可觀者，次也。或名爲閏繼，實則盜魁，外堪皮相，中乃膚立，以此言家，久必敗矣〔一三〕。

【校注】

〔一〕道園，虞集號。參看卷四第一〇四條注〔三〕。

〔二〕廉夫，楊維楨字。參看卷四第一〇四條注〔五〕。

〔三〕《四庫全書總目提要》卷一六九：『（高）啓天才高逸，實據明一代詩人之上。凡古人之所長，無不兼之，振元末纖秾縟麗之習而返之於古，啓實爲有力。』

〔四〕沈德潛《明詩別裁》卷一：『元季詩都尚辭華，文成獨標高格，時欲追逐杜、韓，故超然獨勝，允爲一代之冠。』

〔五〕楊基字孟載，袁凱字景文，劉崧字子高。胡應麟《詩藪》續編卷一：『國初稱高、楊、張、徐。季迪風華穎邁，特過諸人。同時若劉誠意之清新，汪忠勤之開爽，袁海叟之峭拔，皆自成一家，足相羽翼。』

〔六〕楊慎《升庵詩話》卷七：『唐子元薦與予書，論本朝之詩：「洪武初，高季迪、袁可潛一變元風，首開大雅，卓乎冠矣。二公而下，又有林子羽、劉子高、孫炎、孫蕡、黄元之、楊孟載輩羽翼之。近日好高論者曰，沿習元體，其失也瞽。又曰國初無詩，其失也聾。一代之文，曷可誣哉！」』

〔七〕何景明，信陽人。李夢陽，慶陽人，徙大梁，人稱北地。錢謙益《列朝詩集》丙：『吴人袁袠曰：李、何、邊、徐，世稱「四傑」。邊稍不逮，只堪鼓吹三家耳。』

〔八〕《詩藪》續編卷一：『國朝詩流顯達，無若孝廟以還。李文正東陽、楊文襄一清、石文隱瑶、謝文肅鐸、吴文定寬、程學士敏政，凡所製作，務爲和平暢達，演繹有餘，覃研不足。自時厥後，李、何並作，宇宙一新矣。』何良俊《四友齋叢説》卷二六：『我朝如楊東里、李西涯二公，皆以文章經國，然只是相沿元人之習。至弘治間李空同出，遂極力振起之。何仲默、邊庭實、徐昌穀諸人相與附和，而古人之風幾遍域中矣。律以古人，空同其陳拾遺乎？』

〔九〕《升庵詩話》卷七：『至李、何二子一出，變而學杜，壯乎偉矣。然正變雲擾，而剽襲雷同，比興漸微，而風騷稍遠。』何景明《與李空同論詩書》：『追昔爲詩，空同子刻意古範，鑄形宿鏌，而獨守尺寸。僕則欲富於材積，臨景構結，不妨形跡。……僕觀堯、舜、周、孔、子思、孟氏之書，皆不相沿襲，而相發明，是故德日新而道廣，此實聖聖傳授之心也。……佛有筏喻，言捨筏則達岸矣，達岸則捨筏矣。』屠隆《由拳集》卷二三《文論》：『明興，北地李獻吉、信陽何仲默、姑蘇徐昌穀，始力興周、漢之文，詩自《三百篇》而下，則主初唐。厥後諸公繼起，氣昌而才雄，徒衆而力倍，古道遂以大興，可謂盛矣。然學士大夫之奮起其間者，或抱長才而乏遠識，踔厲之氣盛，而陶熔之力淺，言《左》、《國》者得其高峻而遺其和平，言《史》、《漢》者，得其豪宕而遺其渾博，模辭擬法，拘而不化，獨觀其一，則古色蒼然，總而讀之，則千篇一律也。』

〔一〇〕《詩藪》續編卷二：『嘉靖之爲初唐者，豐饒差類，宏遠未聞。爲中唐者流宛頗親，悠長殊乏。藉使學之酷肖，不過沈、宋、錢、劉，能與開元、天寶競乎？故取法不可不上也。』《明史》卷二八五《文苑列傳》：『迨嘉靖時，王慎中、唐順之輩，文宗歐、曾，詩倣初唐。李攀龍、王世貞輩，文主秦、漢，詩規盛唐。王、李之持論，大率與夢陽、景明相倡和也。』

〔一一〕《詩經·大雅·烝民》句。

〔一二〕《詩經·大雅·文王》句。

〔一三〕據此，則知弇州論詩並不專主摹擬，亦尚自得之趣，《巵言》各卷屢及之，此即一例。

四

文章之最達者，則無過宋文憲濂〔一〕、楊文貞士奇〔二〕、李文正東陽〔三〕、王文成守仁〔四〕。宋庀材甚博，持議頗當，第以敷腴朗暢爲主，而乏裁剪之功，體流沿而不返，詞枝蔓而不脩，此其短也。若乃機軸，則自出耳〔五〕。楊尚法，源出歐陽氏，以簡澹和易爲主，而乏充拓之功，至今貴之曰『臺閣體』〔六〕。李源出虞道園，穠於楊而法不如，簡於宋而學不足，豈非天才固優，憚於結撰故耶〔七〕？王資本超逸，雖不能湛思，而緣筆起趣，殊自斐然。晚立門户，辭達爲宗，遂無可取，其源實出蘇氏耳〔八〕。烏傷王禕、金華胡翰，雜用歐、曾、蘇、黄家語，空於文憲而力勝之〔九〕。劉誠意用諸子〔一〇〕。蘇伯衡、方希古皆出眉山父子。方才似高，然少波瀾耳〔一一〕。解大紳文實勝詩，頗自足發，不知所裁〔一二〕。胡光大、楊勉仁、金幼孜、黄宗豫、曾子啓、王行儉諸公，皆廬陵之羽翼也〔一三〕。劉文安充而近，丘文莊裁而俗，楊文懿該而凡，彭文思達而易〔一四〕。復有程克勤、吴原博、王濟之、謝鳴治諸君，亦李流輩也〔一五〕。王稍知慕昌黎，有體要，惜才短耳〔一六〕。南城羅景鳴欲振之，其源亦出昌黎，務抉奇奥，窮變態，意不能似也〔一七〕。吴中祝允明，始倣諸子，習六朝，材更僻澁不稱，皆似是而非者，然古文有機矣〔一八〕。何、李之外，始有康德涵。康原出秦、漢，然麤率而弗工，有質木者可取耳〔一九〕。王子衡出諸子，然拘碎而弗暢〔二〇〕。崔子鍾出《左氏》、《檀弓》、柳氏，才力綿淺，而能以法勝之，精簡有次〔二一〕。陸浚明出《班》、《史》、韓、柳氏，閒雅有法，小窘變態〔二二〕。黄勉之出潘、陸、任、庾，整麗而不圓〔二三〕。王允寧出《史》、《漢》，善叙事，工句而不曉篇法，神采不流動〔二四〕。高子業、陳約之出東京雜史，筆雅潔可喜，氣乃不長〔二五〕。江以達、屠文升、袁永之亦是流派。江豪而雜，屠法而冗，袁雅而弱〔二六〕。鄭繼之出西京，頗蒼老而短〔二七〕。晉江出曾氏而太繁，毗陵出蘇氏而微濃，皆一時射雕手也。晉江開闔既古，步驟多贅，能大而不能小，所以遜曾氏也。毗陵從偏處起論，從小處起法，是以墮彼雲霧中〔二八〕。

【校注】

〔一〕文憲，宋濂謚號。

〔二〕文貞，楊士奇謚號。

〔三〕文正，李東陽謚號。

〔四〕文成，王守仁謚號。

〔五〕《四庫全書總目提要》卷一六九：『元末文章，以吴萊、柳貫、黄溍爲一朝之後勁。濂初從萊學，既又學於貫與溍，其授受具有源流。又早從聞人夢吉講貫五經，其學問亦具有根柢。《明史》濂本傳稱其自少至老，未嘗一日去書卷，於學無所不通。爲文醇深演迤，與古作者並。』

〔六〕《四庫全書總目提要》卷一七〇：『明初「三楊」並稱，而士奇文章特優，制誥碑版，多出其手。仁宗雅好歐陽脩文，士奇文亦平正紆餘，得其倣佛。故鄭瑗《井觀瑣言》稱其文「典則無浮汎之病」。雜録叙事，極平穩不費力。後來館閣著作，沿爲流派，遂爲七子之口實。然李夢陽詩云：「宣德文體多渾淪，偉哉東里廊廟珍。」亦不盡没其所長。蓋其文雖乏新裁，而不失古格。前輩典型，遂主持數十年之風氣，非偶然也。』

〔七〕何良俊《四友齋叢説》卷二三：『弘治、正德以前之文，楊東里規模永叔，李西涯酷類子瞻，各自成家，皆可領袖一時，要之均爲不可廢者。』《四庫全書總目提要》卷一七〇：『東陽依阿劉瑾，人品事業，均無足深論，其文章則究爲明代一大宗。自李夢陽、何景明崛起弘、正之間，倡復古學。於是文必秦、漢，詩必盛唐，其才學足以籠罩一世，天下亦響然從之，茶陵之光焰幾燼。逮北地、信陽之派轉相摹擬，流弊漸深，論者乃稍稍復理東陽之傳，以相撑拄。蓋明洪、永以後，文以平正典雅爲宗。其究漸流於庸膚，庸膚之極，不得不變而求新。正、嘉以後，文以沉博偉麗爲宗。其究漸流於虚驕，虚驕之極，不得不返而務實。二百餘年，兩派互相勝負，蓋皆理勢之必然。平心而論，何、李如齊桓、晉文，功烈震天下，而霸氣終存。東陽如衰周弱魯，力不足禦强横，而典章文物尚有先王之遺風。殫後來雄偉奇傑之才，終不能擠而廢之，亦有由矣。』

〔八〕《四庫全書總目提要》卷一七一：『守仁勳業氣節，卓然見諸施行，而爲文博大昌達，詩亦秀逸有致，不獨事功可稱，其文章自足傳世也。』錢謙益《列朝詩集》丙：『先生在郎署，與李空同諸人游，刻意爲詞章。夷居以後，講道有得，遂不復措意工拙，然其俊爽之氣，往往涌出於行墨之間。』

〔九〕《四庫全書總目提要》卷一六九：『（王）褘師黄溍，友宋濂，學有淵源。故其文醇樸宏肆，有宋人軌範。濂序稱其文凡三變：初年所作，幅程廣而運化宏；壯年出遊之後，氣象益以沉雄；暨四十以後，乃渾然天成，條理不爽。可謂知褘之深矣。』又，『（胡）翰少從吴師道及吴萊爲古文，復登同邑許謙之門。今觀其文章，多得二吴遺法。而持論多切世用，與謙之坐談誠敬小殊。然嘗與脩《元史·五行志》，序論即其所撰，今見集中。於天人和同之際，剖析頗微。《犧尊辨》、《宗法論》諸篇，亦湛深經術，則又未嘗不精究儒理也。詩不多作，故卷帙寥寥，而格意特爲高秀。』

〔一〇〕《四庫全書總目提要》卷一六九：『《誠意伯文集》，明劉基撰。其文宏深肅括，亦宋濂、王褘之亞。楊守陳《序》謂「子房之策不見詞章，玄齡之文僅辦符檄，未見樹開國之勳業，而兼傳世之文章，可謂千古人豪」，斯言允矣。大抵其學問智略如耶律楚材、劉秉忠，而文章則非二人所及也。』

〔一一〕平仲，蘇伯衡字。希古，方孝孺字。宋濂《蘇平仲文集序》：『自秦以下，文章盛於宋，宋之文莫盛於蘇氏。……平仲，文定公之裔孫。少警敏絶倫，誦説不勞而習；中歲大肆於文辭，精博而不粗澀，敷腴而不苛縟，不求其似古而未始不似也。』王世貞《讀書後》卷四《書方正學文集後》：『先生之學出於宋文憲，不能如文憲之博，而純則過之。其文則不盡出文憲，所自托在昌黎氏，而不能脱蘇氏窠臼。大較飛湍瀑流之勢多，而烟波瀠洄之意少，持論則甚正而微涉迂。』

〔一二〕大紳，解縉字。《四庫全書總目提要》卷一七〇：『縉才氣放逸，下筆不能自休，當時有才子之目。迄今委巷流傳其少年夙慧諸事，率多鄙誕不經。故李東陽《懷麓堂詩話》謂其詩無全稿，真僞相半，蓋出於後人竄亂者爲多。然其中佳句間存，亦復不減作者。至其奏議，如《大庖西封事》、《白李善長冤》諸篇，俱明白剴切。黄汝亨《狂言紀略》詆其「文義繁縟，使當賈長沙，直是奴隸」。苛矣。』

〔一三〕光大，胡廣字。勉仁，楊榮字。宗豫，黄淮字。子棨，曾棨字。行儉，王直字。《四庫全書總目提要》卷一七〇：『榮當明全盛之日，歷事四朝，恩禮始終無間。儒生遭遇，可謂至榮。故發爲文章，具有富貴福澤之氣。應制諸作，渢渢雅音。其他詩文，亦皆雍容平易，肖其爲人。雖無深湛幽渺之思，縱横馳驟之才，足以震耀一世，而逶迤有度，醇實無疵，臺閣之文所由，與山林枯槁者異也。與楊士奇同主一代之文柄，亦有由矣。』又：『幼孜在洪武、建文之時，無所表見。至永樂以迄宣德，皆掌文翰機密，與楊士奇諸人相亞。其文章邊幅稍狹，不及士奇諸人之博大。而雍容雅步，頗亦肩隨。蓋其時明運方興，故廊廟賡颺，具有氣象，操觚者亦不知也。』又：『（淮）遭際之隆，幾與三楊相埒，其文章春容安雅，亦與三楊體格略同。』又卷一七五：『榮文章敏捷，信筆千百言立就……然往往才氣用事，而按切肌理，不耐推敲，是亦速成之過也。』又：『（直）詩文典雅。純正，有宋、元之遺風，自永樂初爲庶吉士，即承命入閣，典司制誥。後在翰林二十餘年，朝廷著作多出其手。當時與王英齊名，有西王、東王之目。而直尤爲老壽，巋然負一代重望。蕭鎡作是集序，稱其文汗漫演迤，若大河長川，沿洄曲折，輸寫萬狀。蓋明自中葉以後，文士始好以矯激取名。直當宣德、正統間，去開國之初未遠，淳樸之習，猶未全漓。文章不務勝人，唯求當理。故所作貌似平易，而温厚和平，實非後來所及。雖不能追古作者，亦可謂尚有典型者矣。』

〔一四〕文安，劉定之謚號。文莊，丘濬謚號。文懿，楊守陳謚號。文思，彭華謚號。《四庫全書總目提要》卷一七五：『《明史》本傳稱定之以文學名一時。嘗有《中旨命製元宵詩》，内使却立以俟，據案伸紙，立成絶句百首。又嘗一日草九制，筆不停書。有質宋人名字者，就列其世次，若譜系然，人服其敏博。然其榛楛勿翦，亦由於此。』又卷一七〇：『濬相業無可稱……然記誦淹洽，冠絶一時，故其文章爾雅，終勝於游談無根者流。在有明一代，亦不得不置諸作者之列焉。』《列朝詩集》丙：『守陳在翰林三十餘年，有《東觀》、《鑾坡》、《桂坊》諸集，李西涯爲序。』又：『（彭）華所著有《素庵集》九卷，李東陽序稱其文「嚴整峭潔，力追古作者」，今未見傳本。此本爲其六世孫篤福所編，視原集僅十之三矣。』

〔一五〕克勤，程敏政字。吴寬字原博，號匏庵。濟之，王鏊字。謝鐸字鳴治，有《桃溪净稿》。《四庫全書總目提要》

卷一七一：『敏政學問淹通，著作具有根柢，非游談無根者比。特以生於朱子之鄉，又自稱爲程子之裔，故於漢儒、宋儒判如冰炭，於蜀黨、洛黨亦争若寇讎。門户之見既深，徇其私心，遂往往傷於偏駁。如《奏考正祀典》，欲黜鄭康成祀於其鄉。作《蘇氏檮杌》，以鍛煉蘇軾，復伊川九世之讎，至今爲通人所詬厲。其文格亦頗頹唐，不出當時風氣。詩歌多至數千篇，尤多率易，求其警策者殊稀。然明之中葉，士大夫侈談性命，其病日流於空疏，敏政獨以雄才博學，挺出一時。集中徵引故實，恃其淹博，不加詳檢，舛誤者固多，其考證精當者亦時有可取。要爲一時之碩學，未可盡以蕪雜廢也。』李東陽《匏翁家藏集序》：『其爲文典而不俗，邕而不汎，約諸理義，以成一家之言。由是觀之，則其識見之真正，行履之端恪，情趣之沖泊無累者，不待挹其容儀，聆其論議而後可知也。其文之傳世，固不可少哉。』《四庫全書總目提要》卷一七五：『《桃溪净稿》八十四卷，明謝鐸撰。是集蓋李東陽因其舊本再取而芟之，故以《桃溪净稿》爲名。然瑕瑜參半，猶不能悉爲刊除也。』

〔一六〕王守仁《太傅王文恪公（鏊）傳》：『公之文規模昌黎，以及秦、漢，純而不流於弱，奇而不涉於怪。雄偉俊潔，體裁截然，振起一代之衰，得法於《孟子》，論辯多古人未發。』

〔一七〕景鳴，羅玘字。《四庫全書總目提要》卷一七一：『玘以氣節重一時，其文規模韓愈，戛戛獨造，多抑掩其意，迂折其詞，使人思之於言外。陳洪謨序稱：「聞其爲文，必嘔心積慮，至扃户牖；或踞木石，隱度逾旬日，或逾歲時，神生境具，而後命筆。稍涉於萎陋詘誕之微，雖數易稿不憚。」蓋與宋陳師道之吟詩不甚相遠，其幽渺奥折也固宜。而磊落嵚崎，有意作態，不能如韓文之渾噩，亦緣於是。殆性耽孤僻，有所偏詣歟？然在明人之中，亦可謂爲其難者矣。』

〔一八〕《四友齋叢説》卷二三：『祝枝山之文，其天才非不過人，但既鮮識見，又無古法，終未盡善。』《四庫全書總目提要》卷一七一：『允明與同郡唐寅並以任誕爲世指目，寅以畫名，允明以書名，文章均其餘事。……其文亦蕭灑自如，不甚倚門傍户。雖無江山萬里之鉅觀，而一丘一壑，時復有致。才人之作，亦不妨存備一格矣。」

〔一九〕德涵，康海字。王世懋《康對山集序》「夫文至弘、正間盛矣，於時關中稱「十才子」，而康先生德涵爲最。……先生當長沙柄文時，天下文靡弱矣。關中故多秦聲，而先生又以太史公質直之氣倡之，一時學士風移。先生卒用此得罪廢，而使先秦、兩漢之風至於今復振。」

〔二〇〕子衡，王廷相字。《四庫全書總目提要》卷一七六：「廷相詩文列名七子之中，然軌轍相循，亦不出北地、信陽門户。」

〔二一〕子鍾，崔銑字。《四庫全書總目提要》卷一七一：「銑力排王守仁之學，謂其不當舍良能而談良知。故持論行己，一歸篤實。……所作《政議》十篇，準今酌古，無儒生迂闊之習。他若《漫記》十條，可以補《宋史》之未備。《諷傳》兩則，可以靖明代之浮言。而《岳飛論》一篇，稱飛之急宜奉詔班師，尤識大體。蓋不以文章著，而文章自可傳也。」

〔二二〕浚明，陸粲字。《四庫全書總目提要》卷一七二：「粲早入詞館，負盛名。……徐時行序稱其「出入左氏、司馬遷，無論魏、晉」。彭年序以爲：「專法馬、班，雄深雅健，東漢諸家所不及。」推獎頗爲太過。至黄宗羲《明文海》云：「貞山文秀美平順，不起波瀾，得之王文恪居多，乃歐陽氏之支流。」則平心之論，當之無愧色矣。」

〔二三〕勉之，黄省曾字。《列朝詩集》丙：「勉之文學六朝，好譚經濟，有《五嶽山人集》」

〔二四〕允寧，王維禎字。《四友齋叢説》卷二三：「槐野先生之文與詩，皆宗尚空同，其才亦足相敵，但持論太高而氣亦過勁，人或以此議之。」

〔二五〕子業，高叔嗣字。約之，陳束字。《四庫全書總目提要》卷一七二：「（叔嗣）其雜文四卷，特附綴以行。陳東原序言其詩優於文，亦確論矣。」又卷一七七：「東與唐順之爲同年，共倡爲初唐、六朝之作，以矯李、何之習，而所學不逮順之。又自翰林改禮部主事，迨復官編，旋即外調，恒忽忽不樂，年僅三十餘而卒。文章亦未成就。故順之終以古文鳴，而東無稱焉。」

〔二六〕文升，屠應峻字。永之，袁袠字。《四庫全書總目提要》卷一七七：「朱彝尊《静志居詩話》曰：「午坡以北地文出廬陵、眉山之上。」又謂「昌黎詩不逮文，尚染習氣」云云。今考其語，見集中所載《張東沙集序》。然其《與霍渭崖論文書》云：「模形者神遺，斫句者氣索，景會者意脱，蕊繁者荄衰。譬諸畫地爲餅，以餤則難，刻木爲人，束之衣冠，與之酬色笑而施揖讓則不可。」其於正、嘉之時，剽竊摹擬之病，又未嘗不知之。而趨向如是，何耶？」陳田《明詩紀事》戊一六：「漸山（屠應峻號）文長於摹古，上規兩漢，下效唐人，格雖沿古而意取切今，非徒以字句爲藻繪者。」《四庫全書總目提要》卷一七七：「袠詩不失體格而特乏堅蒼，文亦俊爽，而醖釀未免少薄。」

〔二七〕繼之，鄭善夫字。

〔二八〕王慎中字道思，晉江人。唐順之，毗陵人。《明史》卷二八七《文苑列傳》三：「慎中爲文，初主秦、漢，謂東京下無可取。已悟歐、曾作文之法，乃盡焚舊作，一意師倣，尤得力於曾鞏。順之初不服，久亦變而從之。壯年廢棄，益肆力古文，演迤詳贍，卓然成家，與順之齊名，天下稱之曰「王、唐」，又曰「晉江毗陵」。」《四庫全書總目提要》卷一七二「《順之文章法度，具見《文編》一書，所録上自秦、漢以來，而大抵從唐、宋門庭沿溯以入。故於秦、漢之文，不似李夢陽之割剥字句，描摹面貌。於唐宋之文，亦不似茅坤之比擬間架，掉弄機鋒。在有明中葉，屹然爲一大宗。」又卷一八九：「正、嘉之後，北地、信陽聲價，奔走一世，太倉、歷下，流派彌長。而日久論定，言古文者終以順之及歸有光、王慎中三家爲歸。豈非以學七子者畫虎不成反類狗，學三家者刻鵠不成尚類鶩耶！」

五

余嘗序《文評》曰：「國初之業，潛溪爲冠，烏傷稱輔。臺閣之體，東里闢源，長沙道流。先秦之則，北地反正，歷下極深，新安見裁汪伯玉也。理學之逃，陽明造基。晉江、毗陵，藻棁六朝之華，昌穀示委，勉之汎瀾。』大要盡之矣。

六

七言律至何、李始暢〔一〕，然曩時亦有一二佳者，如高季迪《送沈左司》：『函關月落聽鷄度，華嶽雲開立馬看。』《京師秋興》：『仗同北郭知應濫，俸比東方愧已多。梁寺鐘来殘月落，漢宮砧斷早鴻過。』《送鄭都司》：『賜履已分無棣遠，舞戈還見有苗來。』《送行邊》：『兵馳空壁三千幟，客宴高堂十萬錢。』《西塢》：『松風吹壁鶴翎墮，梅雨過溪魚子生。』《謝送酒》：『欲沽百錢不易得，忽送一壺殊可憐。梳頭好鳥語窗下，洗盞流水到門前。』《梅花》：『雪滿山中高士卧，月明林下美人來。』『簾外鐘來初月上，燈前角斷忽霜飛。』『不共人言唯獨笑，忽疑君到正相思。』《清明》：『白下有山皆繞郭，清明無客不思家。』〔二〕郭子章：『家在淮南青桂老，門臨湖水白蘋深。』〔三〕王忠文《憶蕭山》：『夕陽玄度飛輪塔，曉雨文通夢筆橋。』〔四〕劉誠意《侍宴》：『萬里玉關傳露布，九霄金闕絢雲旗。』又『夜永星河低半樹，天清猿鶴響空山。』〔五〕宋潛溪《送張翰林歸娶》：『紅錦裁雲朝奠雁，紫簫吹月夜乘鸞。』〔六〕袁海叟《白燕》：『月明漢水初無影，雪滿梁園尚未歸。』〔七〕楊按察《春草》：『六朝舊恨斜陽外，南浦新愁細雨中。』〔八〕孫左司《遊僊》：『天與數書皆鳥跡，家傳一劍是龍精。』〔九〕董良史《海屋》：『過橋雲磬天台寺，泊岸風帆日本船。』〔一〇〕楊訓文《采石》：『千山落日送樵笛，萬里長風吹客衣。』〔一一〕又《江上》：『小孤殘照收江左，大別寒煙鎖漢陽。』〔一二〕郭舟屋《登太華寺》：『湖勢欲浮雙塔去，山形如涌五華來。』〔一三〕徐璲：『郢中白雪無人和，湖上青山有夢歸。』〔一四〕唐愚士：『葡萄引蔓青緣屋，苜蓿垂花紫滿畦。』〔一五〕顧觀《送人》：『重經白下橋邊路，頗憶玄都觀裏花。』又《吴江》：『鴻雁一聲天接水，兼葭八月露爲霜。』〔一六〕張士行《湖中觀月》：『地與樓臺相上下，天隨星斗共沉浮。』又《送人之安慶》：『年豐米穀上街賤，日落魚鰕入市鮮。』〔一七〕浦長源《送人》：『雲邊路繞巴山色，樹裏河流漢水聲。』〔一八〕又『衣上暮寒吴苑雨，馬頭秋色晉陵山。』〔一九〕謝元功《韓信城》：『天日可明歸漢志，風雲猶似下齊兵。』〔二〇〕方行《登秦住山》：『採窮江海無靈藥，歸到驪山有劫灰。』〔二一〕瞿佑《書事》：『射虎何年隨李廣，聞鷄中夜舞劉琨。』〔二二〕吴子愚《遣興》：『摩挲藥籠三年艾，濩落人寰五石瓢。』〔二三〕陳汝言《秋夜》：『佳人搗練秋如水，壯士吹笳月滿城。』〔二四〕顧文昱《白雁》：『錦瑟夜調冰作柱，玉關晨度雪沾衣。』〔二五〕解大紳《挽筠澗先生》：『山河百二歸真主，泉石東南隱少微。黄菊花時高士醉，青門瓜熟故侯歸。』〔二六〕胡虚白《送人之甘州》：『馬援橐中無薏苡，張騫槎上有葡萄。』〔二七〕高棅：『旌旗半卷天河落，閶闔平分曙色來。』〔二八〕王文安《贈李將軍》：『夜斬單于冰上渡，曉驅番馬雪中騎。』〔二九〕謝復古：『鶯聲盡入新豐樹，柳色遥分太液波。』〔三〇〕貝瓊：『白雪作花人面落，青山如鳳馬頭看。』〔三一〕劉崧：『林花落處頻中酒，海燕飛時獨倚樓。』〔三二〕陶瑾《山居》：『江燕定巢來自熟，巖花落子結還稀。』〔三三〕甘瑾：『東風門巷桃花落，流水池塘燕子飛。』又《錢唐懷古》：『秦關璧使星馳夕，漢苑銅僊露泣秋。』〔三四〕王悦《關山月》：『漢北征人齊倚劍，城南思婦獨登樓。』〔三五〕曾棨《維揚懷古》：『玉樹聽殘猶有曲，錦帆歸去已無家。』〔三六〕吴志淳：『燕來已覺社日近，寒退始知春意深。』〔三七〕林子羽：

『樓當太乙星辰近，樹拂勾陳雨露香。』又『堤柳欲眠鶯喚起，宮花乍落鳥啣來。』〔三八〕劉欽謨：『一春空自聞啼鳥，半夜誰來問守宮。』〔三九〕陳思賢：『山雲映水摇秋色，浦樹含風送晚涼。』〔四〇〕王希範《挽客》：『歸去天涯雙白髮，夢回江上一青山。』〔四一〕朱琉《舟曉》：『幾椽茅屋生春色，無數桃花燒野村。』〔四二〕牟倫《別友》：『天上故人青眼在，蜀中諸弟素書稀。』〔四三〕任原《送舒從事還海南》：『珠崖日落天低海，銅柱雲寒雨過城。』〔四四〕陳景祺《憶蕭山友》：『石巖晝暖花偏好，江樹春晴酒自香。』〔四五〕許彬《送人陝西》：『黄河九曲天邊落，華嶽三峰馬上來。』〔四六〕郭登《送岳正》：『青海四年羈旅客，白頭雙淚倚門親。』〔四七〕谷宏《經華陰》：『遠道雁聲寒雨外，離宮草色暮烟中。』又《登岳陽》：『中流雨散君山出，故國風多夢澤寒。』〔四八〕劉績《寄人》：『歌鐘暗度新豐柳，游騎晴驕上苑花。』〔四九〕僧來復《寄洞庭人》：『丹壑泉春雲碓藥，橘林風掃石床花。』〔五〇〕張光啓《送人入蜀》：『雲深蜀魄呼名語，月冷猿聲傍客啼。』〔五一〕姚廣孝《寄僧》：『林封蘿屋長疑雨，泉響松巖半是風。』〔五二〕晏振之《登樓》：『青山遠戍寒烟積，芳草平洲夕照多。』〔五三〕史明古《贈別》：『華髮鏡中看漸短，故人天際信全稀。 黄梅雨少河流澁，緑樹陰多日景微。』〔五四〕時用章《吴中》：『野店唤呼雙罸酒，漁舟爭買四腮鱸。』〔五五〕劉文安《英宗挽詩》：『天傾玉蓋旋從北，日昃金輪却復中。』〔五六〕沈啓南《從軍》：『匈奴久自忘甥舅，僕射今誰托弟兄。雲外旌旗娑勒渡，月中刁斗受降城。』〔五七〕馬東田《有感》：『衰信已憑雙鬢寄，世緣聊作一枰看。』〔五八〕童軒《九日》：『黄菊酒香人病後，白蘋風冷雁來時。』〔五九〕劉忠宣《游西山》：『幾處白雲前代事，數村流水野人家。』〔六〇〕吴文定《游東園》：『繁花落盡留紅藥，新筍叢生帶緑苔。』〔六一〕文太僕：『相思人在青山外，盡日舟行細雨中。』〔六二〕趙寬《偶成》：『槁木嗒然聊隱几，飛蓬搔盡不勝簪。』〔六三〕秦廷韶《和人》：『羅雀已空廷尉宅，沐猴誰製楚人冠。』〔六四〕石熊峰《早朝》：『烟靄著衣如過雨，御溝搖月欲生潮。』〔六五〕單句如張南安『六朝遺恨曉山青』〔六六〕，邵工部『半江帆影落樽前』〔六七〕。此等語入弘、正間，不復可辨，參之貞元、長慶，亦無愧色。

【校注】

〔一〕王世懋《王生詩序》：『國朝於詩，絶宋軼元，上接唐風，暢自北地、信陽諸君子，迄今淵淵金石，聲振宇内。』

〔二〕高啟《送沈左司從汪參政分省陝西》：『重臣分陝去臺端，賓從威儀盡漢官。四塞河山歸版籍，百年父老見衣冠。函關月落聽鷄度，華嶽雲開立馬看。知爾西行定回首，如今江左是長安。』高啟《京師秋興次謝太史韻》：『柳外秋風起御河，京華客子意如何。伎同南（一作北）郭知應濫，俸比東方愧已多。梁寺鐘來殘月冷，漢宮砧斷早鴻過。不才幸得同趨闕，幾度珊珊候曉珂。』高啟《送鄭都司赴大將軍營》：『上公承詔出蓬萊，立馬風煙萬里開。賜履已分無棣遠，舞干還見有苗來。牙前部曲多收績，幕下賓僚更倚才。後夜軍門知子到，郎星應是近三台。』高啟《送滎陽公行邊》：『風卷雙旌雪覆鞲，遠騎白馬出行邊。兵馳空壁三千幟，客宴高堂十萬錢。屏裏舊圖魚腹陣，燈前新注豹韜篇。功成他日論諸將，衹有荀郎最少年。』高啟《西塢》：『空山啄木聲敲鏗，花落水流縱復橫。松風吹壁鶴翎墮，梅雨過溪魚子生。尚有人家機杼遠，更無塵土衣裳輕。斜陽已沒月未出，樵子歸時吾獨行。』以上詩見《高青丘集》卷十四。高啟《謝周四秀才送酒》：『不忍醒愁衹欲眠，幾時花發自江邊。欲沽百錢未易得，忽送一壺真可憐。梳頭好鳥語窗下，洗盞流水到門前。今朝得醉已無恨，不使春光空一年。』高啟《梅花九首》之一：『瓊姿衹合在瑤臺，誰向江南處處栽？雪滿山中高士臥，月明林下美人來。寒依疏影蕭蕭竹，春掩殘香漠漠苔。自去何郎無好詠，東風愁寂幾回開。』之五：『雲霧為屏雪作宮，塵埃無路可能通。春風未動枝先覺，夜月初來樹欲空。翠袖佳人依竹下，白衣宰相住山中。寂寥此地君休怨，回首名園盡棘叢。』之九：『斷魂祇有月明知，無限春愁在一枝。不共人言成獨笑，忽疑君到正相思。歌成別院燒燈夜，粧罷深宮覽鏡時。舊夢已隨流水遠，山窗聊復伴題詩。』以上見《高青丘集》卷一五。高啟《清明呈館中諸公》：『新煙著柳禁垣斜，杏酪分香俗共誇。白下有山皆繞郭，清明無客不思家。卞侯墓上迷芳草，盧女門前暎落花。喜得故人同待詔，擬沽春酒醉京華。』見《高青丘集》卷一四。

〔三〕郭奎《宿雨》：『宿雨瀟瀟悴客心，高窗連日滯秋陰。一枝未遂鷦鷯托，四壁應愁蟋蟀吟。家在淮南青桂老，門臨湖水白蘋深。鯉魚風熟香秔早，釣艇誰撐近竹林？』見朱彝尊《明詩綜》卷一一。子章，郭奎字。

〔四〕王禕《次韻蕭山友人》：『長憶蕭然山下縣，去秋為客日招邀。夕陽玄度飛輪塔，曉雨文通夢筆橋。搜檢蟲魚窮爾雅，詠歌草木續《離騷》。舊遊回首成凋謝，莫遣音書似路遙。』見錢謙益《列朝詩集》甲集第十二。忠文，王禕謚號。

〔五〕劉基《侍宴鍾山應制》：『清和天氣雨晴時，翠麥黃花夾路岐。萬里玉關馳露布，九霄金闕絢雲旗。龍紋騕褭驂鸞輅，馬乳葡萄入羽卮。衰老自慚無補報，叨陪儀鳳侍瑤池。』見《誠意伯劉先生文集》卷一六。《次韻追和音上人》：『絕頂浮雲鎖石關，曲途危磴阻躋攀。他年甲楯孤臣泣，此日齋鐘老衲閑。夜永星河低半樹，天清猿鶴響空山。干戈未定歸無處，擬結茅廬積翠間。』見《誠意伯劉先生文集》卷九。劉基封誠意伯。

〔六〕宋濂《送編脩張仲藻還家畢姻》：『少年娶婦奏金鑾，喜得天顏一笑看。紅錦裁雲朝奠雁，紫簫吹月夜乘鑾。靈椿堂上承中饋，寶鏡臺前結合歡。從此梅花消息好，青綾不似玉堂寒。』見《列朝詩集》甲集第十二。潛溪，宋濂號。

〔七〕袁凱《白燕》：『故國飄零事已非，舊時王謝見應稀。月明漢水初無影，雪滿梁園尚未歸。柳絮池塘香入夢，梨花庭院冷侵衣。趙家姊妹多相忌，莫向昭陽殿裏飛。』見《列朝詩集》甲集第二。海叟，袁凱自號。

〔八〕楊基《春草》：『嫩綠柔香遠更濃，春來無處不茸茸。六朝舊恨斜陽裏，南浦新愁細雨中。近水欲迷歌扇綠，隔花偏襯舞裙紅。平川十里人歸晚，無數牛羊一笛風。』見《列朝詩集》甲集第七。楊基曾官山西按擦使。

〔九〕孫炎《贈黄煉師》：『留侯弟子有初平，九歲從師往玉京。天與數書皆鳥跡，家傳一劍是龍精。瑶池桃子無消息，海水桑田又淺清。我為紫芝歌一曲，夜深相答洞簫聲。』見《列朝詩集》甲集第十一。孫炎有《左司集》。

〔一〇〕董紀《海屋為彝古鼎賦》：『海上高僧屋數椽，珊瑚碧樹繞階前。過橋雲磬天台寺，泊岸風帆日本船。龍女獻珠來供佛，鮫人分席與參禪。百年劫數加彈指，眼見桑田幾變遷。』見《列朝詩集》甲集第十一。良史，董紀字。

〔一一〕楊訓文《采石》：『騎鯨僊人海上歸，至今草木猶清暉。千山落日送樵笛，萬里長風吹客衣。春空蛾眉浮翠黛，夜光犀渚沉珠璣。神遊故國應過此，高冢臨流知是非。』見陳田《明詩紀事》甲籤卷一二。按此首《列朝詩集》作滕毅詩。《明詩紀事》卷一二：『楊訓文字克明，潼川人。元淮海書院山長。明初徵為起居注，歷左司郎中、太常卿。出為湖州知府，改知汀州，擢禮部尚書，改戶部，出為河南參政。』

〔一二〕楊子善《江上秋懷》：『水國風高木葉霜，滿舟山色入荒涼。小孤殘照收江左，大別寒煙鎖漢陽。新飯軟炊菰米白，濁醪香汎菊花黄。故鄉千里空回首，雲樹茫茫鬢髮蒼。』見《列朝詩集》乙集第八。按此楊子善詩也。楊訓文、楊子善非同一人，《明詩紀事》甲籤卷二〇：『楊子善名善，以字行，天台人。洪武初以明經授應天府治中，遷沅州同知，改平樂府知事。坐事謫雲南，卒於謫所。』

〔一三〕郭文《太華寺》：『晚晴獨倚旃檀閣，煙景蒼蒼一望開。湖勢欲浮雙塔去，山形如擁五華來。僊遊應有飛空舄，僧去寧無渡水杯。不為平生僊骨在，安能得上妙高臺。』見《雲南通志》卷二九之十四。按朱彝尊《明詩綜》卷一五上：郭文字仲炳，號舟屋，滇中詩人。《列朝詩集》乙集：『郭文，號舟屋，蜀人，寓滇。』《明詩紀事》乙卷一三：『郭文字仲炳，昆明人。楊慎《丹鉛總録》：「滇中詩人，永樂間稱平、居、陳、郭。郭名文，號舟屋，其詩有唐風，三子遠不及也。……《登碧鷄山太華寺》一聯云：『湖勢欲浮雙塔去，山形如擁五華來。』一時擱筆，信佳句也，但全篇未稱耳。其全集予嘗見之，如二詩者，亦僅有也。」』

〔一四〕徐璲《秋日江館寫懷》：『水國天寒樹影稀，西風又見雁南飛。郢中白雪無人和，湖上青山有夢歸。獨對浮雲傷往事，驚看秋草又斜暉。十年浪跡煙波外，滿眼塵氛未拂衣。』見《列朝詩集》乙集第八。按《明詩紀事》乙籤卷二十二：『璲字德熙，吴人。』

〔一五〕唐之淳《長安留題》：『曉閣疏鐘午店鷄，客途風物剩堪題。葡萄引蔓青緣屋，苜蓿垂花紫滿畦。雁塔雨痕迷鳥篆，龍池柳色送鶯啼。前朝冠蓋多黄土，翁仲淒涼石馬嘶。』《明詩紀事》乙籤卷二：『唐愚士名之淳，以字行。紹興山陰人。應奉肅之子。建文初，用薦為翰林侍讀。有《萍居稿》。』

〔一六〕顧觀《送劉彦英》：『江右衣冠如向日，黑頭兄弟亦還家。重經白下橋邊路，頗憶玄都觀裏花。暮雨疏簾飛舊燕，暖風芳樹哺慈鴉。弓旌處處求巖穴，未許行吟玩物華。』又《過吴淞江》：『洞庭一水七百里，震澤與之俱渺茫。鴻雁一聲天接水，蒹葭八月露為霜。輕風謾引漁郎笛，落日偏驚估客航。我亦年來倦遊歷，解纓隨處濯滄浪。』見《列朝詩集》甲集前編第十一。按：顧觀，字利賓，丹陽人，寓居紹興。元季為星子縣尉。

〔一七〕張紳《湖中玩月》：『銀波千頃照神州，此夕人間別是秋。地與樓臺相上下，天隨星斗共沉浮。一塵不向空中住，萬象都於物外求。醉吸清華游碧落，更於何處覓瀛洲。』又《送人赴安慶僚》：『舒州城在大江邊，我昔過之曾繫船。年豐米穀上街賤，日落魚蝦入市鮮。山起正當官舍北，潮來直到驛樓前。知君此去紅蓮幕，民訟無多但晝眠。』見《列朝詩集》甲集第十八。《明詩紀事》甲籤卷一八：『張紳字仲紳，一字士行，登州人。官終浙江布政使。』

〔一八〕浦源《送人之荊門》：『長江風颺布帆輕，西入荊門感客情。三國已亡遺舊壘，幾家猶在住荒城。雲邊路繞巴山色，樹裏河流漢水聲。若過旗亭多買醉，不須弔古漫題名。』見《明詩紀事》甲籤卷一九。長源，浦源字。

〔一九〕《明詩紀事》甲籤卷一九引顧起綸《國雅品》云：『浦舍人長源，詞彩秀潤。……舍人句云：「衣上暮寒吴苑雨，馬頭秋色晉陵山。」亦是相中色語。』

〔二〇〕謝肅《韓信城》：『淮流浩蕩楚原平，歎息英雄不再生。天日可明歸漢志，風雲猶似下齊兵。千年城郭名空在，百戰山河姓幾更。還酹將軍一杯酒，黄鸝碧草不勝情。』見《列朝詩集》甲集第十八。元功，謝肅字。按：元功，一作原功。肅，上虞人，洪武時官福建按察司僉事，坐事下獄死。有《密庵集》。

〔二一〕方行《登秦柱山》：『此地曾經駐蹕來，秦王遺跡尚崔嵬。採窮滄海無靈藥，歸到驪山有劫灰。萬里黑風迷鬼國，一杯弱水隔蓬萊。詩人弔古應多思，落日高丘首重回。』見《列朝詩集》甲集前編第十。按：方行字明敏，黄巖人。詩名《東軒集》，宋濂序曰：『明敏仕於元，嘗參知政事於浙江行中書。』

〔二二〕瞿佑《旅舍書事》二首之一：『過卻春光獨掩門，澆愁謾有酒盈樽。孤燈聽雨心多感，一劍横空氣尚存。射虎何年隨李廣，聞雞中夜舞劉琨。平生家國縈懷抱，濕盡青山總淚痕。』見《列朝詩集》乙集第五。

〔二三〕吴哲《遣興答李道源》：『徒步何憂髀肉消，賦歸無待楚辭招。摩挲藥籠三年艾，濩落人寰五石瓢。蓑笠雨掩滄海釣，斧斤晴趁白雲樵。遊僊枕上西池月，轉覺東華曙色遥。』見《列朝詩集》甲集前編第十一。吴哲，字子愚，華亭人，號淡雲野人。曾出佐戎幕。

〔二四〕陳汝言《秋夜》二首之二：『喔喔荒鷄唱五更，起瞻北極大星明。佳人擣練秋如水，壯士吹笳月滿城。江漢久慚生計拙，干戈深動故園情。尺書望斷南來雁，悵惘空令涕泗横。』見《列朝詩集》甲集前編第十。

〔二五〕顧文昱《白雁》：『萬里西風吹羽儀，獨傳霜翰向南飛。蘆花映月迷清影，江水涵秋點素輝。錦瑟夜調冰作柱，玉關曉度雪沾衣。天涯兄弟離群久，皓首江湖猶未歸。』見《列朝詩集》甲集第十九。

〔二六〕解縉《輓筠澗先生》：『逐鹿兵還郊鼎移，故家風節似君稀。山河百二還真主，泉石東南隱少微。黄菊花時高士醉，青門瓜熟故侯歸。九原若遇余豳國，猶話孤城未解圍。』見《列朝詩集》乙集第一。

〔二七〕胡奎《送徐千户之甘州》：『春寒初試越羅袍，不惜千金買寶刀。馬援囊中無薏苡，張騫槎上有葡萄。崑崙西去黃河遠，函谷東來紫氣高。何事相逢又相別，隴雲邊月夜勞勞。』見《列朝詩集》甲集第十七。《明詩紀事》甲籤卷二十二：『胡奎，字虛白，海寧人。洪武中，以儒學徵授寧府教授。有《斗南老人集》六卷。』

〔二八〕高棅《擬奉和早朝大明宫之作》：『明光漏盡曉寒催，長樂疏鐘度鳳臺。月隱禁城雙闕迥，雲迎僊仗九重開。旌旗半掩天河落，閶闔平分曙色來。朝罷珮聲花外轉，回看佳氣滿蓬萊。』見《列朝詩集》乙集第三。《明詩紀事》甲籤卷一〇：『高廷禮初名棅，字彥恢，長樂人。永樂初，以布衣召入翰林為待詔，遷典籍。有《嘯臺集》。』

〔二九〕王英《贈李將軍》：『青春玉帳樹牙旗，蒲海風高列陣時。夜斬單于冰上度，曉驅番馬雪中騎。功存鐵券書丹字，冠著金貂侍玉墀。誰道廉頗今白髮，指麾猶可萬人師。』《明詩紀事》乙籤卷八：『王英，字時彥，金溪人。永樂甲申進士，……卒謚文安。有《泉坡集》。』

〔三〇〕黃閏《擬唐長安春望》：『南山晴望鬱嵯峨，上路春香御輦過。天近帝城雙闕迥，日臨僊仗五雲多。鶯聲盡入新豐樹，柳色遙分太液波。漢主離宫三十六，樓臺處處起笙歌。』見《列朝詩集》乙集第七。《明詩紀事》乙籤卷一一：『黃潤，字期餘，信豐人。永樂戊戌進士，選庶吉士，出為儀隴知縣。有《竹居吟稿》。』

〔三一〕貝瓊《送王克讓員外赴陝西》：『貂裘萬里獨衝寒，舊是含香漢署官。白雪作花人面落，青山如鳳馬頭看。關中相國資王猛，海內蒼生望謝安。應念東南有遺佚，採芝深谷尚盤桓。』見《列朝詩集》甲集第十五。

〔三二〕劉崧《寄范賓夫》：『細雨柴門生遠愁，向來詩帖若為酬。林花落處頻中酒，海燕飛時獨倚樓。北郭晚晴山更遠，南塘春盡水爭流。可能相別還相憶，莫遣楊花笑白頭。』見《列朝詩集》甲集第十四。《明詩紀事》甲籤卷一一：『劉崧初名楚，字子高，太和人。元末舉於鄉。洪武初以經明行脩舉，授兵部郎中。……徵拜禮部侍郎，署吏部尚書，致仕歸。有《槎翁詩選》十二卷。』

〔三三〕『陶瑾』，《明詩綜》作『陶誼』。《明詩綜》卷一二陶誼《山居》：『煙蘿寂寂蔭柴扉，路入蒼苔一徑微。江燕外郎。

定巢來自熟，蘆花結子落還稀。脩琴有制先鈔譜，沽酒無錢更典衣。采藥山童終日去，夜深常與鶴同歸。』按：元賴良編《大雅集》卷六以此詩為董紀所作，詩題為《題友人山居》，《列朝詩集》甲集前編十一同。陶誼，字漢生，天台人，官員外郎。

〔三四〕甘瑾《清明》：『輕寒天氣半晴時，隴麥畦桑綠漸肥。誰與試煙傳蠟燭，且謀沽酒典春衣。東風門巷桐花落，流水池塘燕子飛。吟罷不堪搔短髮，杜鵑祇解促春歸。』見《列朝詩集》甲集第十八。《明詩紀事》甲籤卷一七：『甘瑾字彥初，臨川人。明初嚴州府同知。』甘瑾《錢塘懷古》二首之二：『咸洛腥羶幾百州，中原誰切祖生憂。秦關璧使星馳夕，漢苑銅僊露泣秋。萬死姦諛和虜計，百年臣子戴天仇。欲從故老詢遺事，斗酒難澆磊塊愁。』見《列朝詩集》甲集第十八。《明詩紀事》甲籤卷一七：『甘瑾，字彥初，臨川人。明初嚴州府同知。』

〔三五〕王懌《關山月》：『漢月孤生瀚海頭，迥臨荒野照邊州。光殘金柝聲中曉，暈滿雕弓影外秋。漠北征人齊倚劍，城南思婦獨登樓。那堪今夜關山月，況有胡笳引淚流。』《明詩紀事》乙籤卷七：『王懌字內悅，紹興山陰人。正統初，官溧水知縣。有《娛清集》。』

〔三六〕曾棨《維揚懷古和胡祭酒韻》：『廣陵城裏晉繁華，煬帝行宮接紫霞。玉樹歌殘猶有曲，錦帆歸去已無家。樓臺處處唯芳草，風雨年年自落花。古往今來多少恨，祇將哀怨付啼鴉。』見《列朝詩集》乙集第二。

〔三七〕吳志淳《春遊》三首之二：『山中蘭麝香滿林，故人清遊能遠尋。燕來已覺社日近，寒退始知春意深。山光入眼凝遠翠，華影到湖生夕陰。慈雲咫尺不一去，薄暮還家空復吟。』見《列朝詩集》甲集前編第十一。按：吳志淳，字主一，以字行，無為州人。曾官待制。

〔三八〕林鴻《題中天樓觀圖》：『海上僊山接混茫，僊居遠在白雲鄉。樓當太乙星辰近，樹拂勾陳雨露香。絳節馭風來阿母，玉簫吹月醉周王。可憐八駿歸來晚，蕭颯蛾眉兩鬢霜。』又《春日游東苑應制》：『長樂鐘鳴玉殿開，千官步輦出蓬萊。已教旭日催龍馭，更借春流汎羽杯。堤柳欲眠鶯喚起，宮花乍落鳥銜來。宸遊好續簫韶奏，京國於今有鳳臺。』見《列朝詩集》甲集第二十。《明詩紀事》甲籤卷一〇：『林鴻字子羽，福清人。洪武初，以薦授將樂訓導，擢禮部員外郎。有《鳴盛集》四卷。』

〔三九〕刘昌《無題》五首之一：『簾幕深沉柳絮風，象床豹枕畫廊東。一春空自聞啼鳥，半夜誰來問守宮。眉學遠山低晚翠，心隨流水寄題紅。十旬不到門前去，零落棠梨野草中。』見《列朝詩集》乙集第六。欽謨，劉昌字。

〔四〇〕陳觀《九日陪李上猶登高》：『百年能幾遇重陽，逐伴登高引興長。邑宰喜陪元亮飲，參軍那似孟嘉狂。山雲映水搖秋色，浦樹含風送晚涼。滿路黄花應笑我，白頭猶自客他鄉。』陳觀，字思賢，海南人。見《明詩綜》卷一九上。

〔四一〕王洪《輓袁太常廷玉代時彦作》：『蚤從藩邸識天顔，喜得功名半世閑。歸去天涯雙白鬢，夢回江上一青山。寒巖夜静聞猿嘯，秋浦雲深見鶴還。寂寞遺莊何處是，數株煙柳夕陽間。』見《毅齋詩文集》卷三。希範，王洪字。

〔四二〕朱琉《舟曉》：『㶉鶒將雛護石根，莓苔綴纜雜衣痕。幾椽茅屋生春色，無數桃花燒野村。祈歲鄉儺簫鼓咽，坐風舟子笑歌喧。篷窗興劇誰憐汝，喚取青峰映緑樽。』見《列朝詩集》丙集第十六。按：朱琉，瀘州人。正德十一年進士，南京户部員外郎。

〔四三〕牟倫《留别京師諸友》：『行行策馬出皇畿，古木霜寒獨鳥飛。天上故人青眼在，蜀中諸弟素書稀。秋風故隴雲連棧，夜月胡笳露滿衣。白髮蕭蕭身萬里，不知别後竟何依。』見《列朝詩集》乙集第四。

〔四四〕任原《送舒從事還南海》：『老逢離别倍傷情，一騎臨秋復遠行。客路驚心孤雁影，家林入夢斷猿聲。珠崖日落天低海，銅柱雲寒雨過城。黏憶舊遊多感慨，獨嗟書劍誤儒生。』見《列朝詩集》甲集第十八。

〔四五〕陳禎《憶蕭山故友》：『西風吹雨暗書房，每憶蕭山别意長。馬駐西陵秋樹晚，詩吟東浙夜窗涼。石巖晝暖花空好，江樹春晴酒自香。何日南來重有約，蹇驢馱醉過錢塘。』見《列朝詩集》乙集第五。陳禎，字景祺，華亭人，永樂中，歷官河南右參政，謫知交阯丘溫縣，卒於官。

〔四六〕許彬《送李佑之赴陝西參議》：『十載含香侍上臺，旬宣分陝用奇才。黃河九曲天邊落，華嶽三峰馬上來。長樂月明笳鼓靜，終南雲斂障屏開。行行喜近重陽節，黃菊飄香入酒杯。』見《列朝詩集》乙集第四。按：許彬，字道中，寧陽人，永樂進士，官至南京禮部侍郎。

〔四七〕郭登《送岳季方承命釋累回京》：『蚤登黃閣贊經綸，欲報君恩敢愛身。青海四年羈旅客，白頭雙淚倚門親。鳴璫又喜趨僊仗，補袞還思用舊臣。謾道歸來心便了，天涯多少未歸人。』見《列朝詩集》乙集第四。按：郭登，字元登。土木堡之難，以軍功進封定襄伯。李西涯曰：『國朝武臣能詩者，莫過郭定襄。』有《聯珠集》。

〔四八〕谷宏《行經華陰》：『雲開太華倚三峰，積翠遙連渭水東。遠塞雁聲寒雨外，離宮草色莫煙中。秦關日落行人少，漢畤天陰古戍空。寂寂武皇巡幸處，祠前木葉起秋風。』。又《登岳陽望洞庭》：『對酒平臨百尺闌，洞庭南望楚天寬。中流雨散君山出，故國風高夢澤寒。帆掛夕陽鵬際沒，波涵遙月鏡中看。登臨最易輕冠冕，惆悵滄浪羨釣竿。』見《列朝詩集》甲集第十八。按：谷宏，閩人，一作新淦人。官中書舍人。

〔四九〕劉績《早春寄京師白虛室先生》：『帝城佳氣接煙霞，草色芊芊紫陌斜。霽雪未消雙鳳闕，春風先入五侯家。歌鐘暗度新豐樹，遊騎晴驕上苑花。獨有揚雄才思逸，應傳麗句滿京華。』見《列朝詩集》乙集第八。

〔五〇〕僧來復，字見心，豐城人，俗姓黃，禮南悅楚公爲師。早有詩名，游燕都。元政不綱，遂航海至鄞，止於雙林之定水寺。洪武初，召至京，除授僧録寺左覺義，詔往鳳陽槎芽山圓通院。後因事處死，年七十三，有《蒲庵集》。僧來復《寄洞庭葉隱君》：『一舸南歸鬢欲華，買山湖上臥煙霞。尊知北海應多酒，園擬東陵亦種瓜。丹甃泉春雲碓藥，橘林風掃石床花。傳家自與鄰翁異，祇説藏書有五車。』見《列朝詩集》閏集第一。

〔五一〕蘇平《送駱泰入蜀省兄》：『回首鴒原感別離，遠攜書劍上巴西。雲深蜀魄呼名語，月冷猿聲向客啼。諸葛祠堂春草沒，杜陵茅屋夕陽低。相思亦有南來雁，莫道音書懶醉題。』（此首一作張光啟詩）。見錢謙益《列朝詩集》乙集第七。《明詩紀事》乙籤卷二〇：『蘇平，字秉衡，海寧人。永樂中，舉賢良方正，不就。有《雪谿漁唱》。』

〔五二〕姚廣孝《寄虎丘蟾書記》：『聞道蟾公似贊公，一瓶一鉢寄山中。雲封蘿屋長疑雨，泉響松巖半是風。履破衹緣行腳久，囊空非為作詩窮。遙思短簿祠前夜，共聽寒鐘出澗東。』見《明詩紀事》乙籤卷三。按：姚廣孝，釋名道衍，俗姓姚。太宗即位，召至京師。立東宮，特授資善大夫，太子少師，復姚姓，賜名廣孝。卒年八十四。

〔五三〕晏鐸《登黃鶴樓》：『宦遊歲月易蹉跎，對景其如感慨何。黃鶴不來僊已去，古樓猶在客重過。青山遠戍寒煙積，芳草平洲夕照多。此日獨吟傷往事，長江渺渺水空波。』見《列朝詩集》乙集第七。按《明詩綜》卷一八下：『晏鐸，字振之，富順人。永樂戊戌進士。授福建道御使。有《青雲集》。』

〔五四〕史鑒《曹顒若載過訪以詩贈別》：『一樽相對思依依，老大空悲始願違。華髮鏡中看漸短，故人天際信來稀。黃梅雨少河流淺，綠樹陰多日景微。欲把漁竿江海上，卻愁風浪濕荷衣。』按：史鑒，字明古，吳江人。有《西村集》。

〔五五〕時用章《遠回吳中》『船首看山興不孤，西風吹我過姑蘇。寒煙古木夫差墓，落日平蕪范蠡湖。野店喚沽雙斝酒，漁舟爭賣四腮鱸。故鄉咫尺明朝到，十載離愁一旦無。』見《列朝詩集》乙集第七。按：時用章，無錫人，自號希微道人。

〔五六〕劉定之《裕陵輓詞》：『睿皇厭代返僊宮，武烈文謨有祖風。享國十年高帝業，臨朝八閏太宗同。天傾玉蓋旋從北，日昃金輪卻復中。賜第初元臣老朽，負恩未報泣遺弓。』見《列朝詩集》乙集第四。文安，劉定之謚號。

〔五七〕沈周《從軍行》：『馬上黃沙拂面行，漢家何日不勞兵。匈奴久自忘甥舅，僕射今誰托父兄。雲外旌旗娑勒渡，雲中刁斗受降城。左賢早待長繩縛，莫遺論功白髮生。』見《明詩紀事》丁籤卷一一。啟南，沈周字。

〔五八〕馬中錫《西掖晚歸有感時事聊賦述短章用呈同志者》：『矮窗缺月照人寒，殘雪留檐凍木乾。衰信已憑雙鬢寄，世緣聊作一枰看。斜封官好空批敕，神武門高未掛冠。誤卻登山與臨水，十年騎馬走長安。』見《列朝詩集》丙集第三。東田，馬中錫別號。

〔五九〕童軒《九日》：『瀟瀟木葉下高枝，又是深秋九日期。黄菊酒香人病後，白蘋風冷雁來時。參軍帽落誰同調，宋玉詩成益自悲。有約不能逢一笑，看山窗下獨支頤。』見《列朝詩集》乙集第五。按：童軒，字士昂，鄱陽人，景泰辛未進士，官至吏部尚書。有《清風亭集》。

〔六〇〕劉大夏《西山道中》：『曉來聯騎踏晴沙，風景蒼蒼一望賒。幾處白雲前代寺，數村流水野人家。鶯啼別墅春猶在，馬到西山日未斜。回首不知歸路遠，九重宫殿隔煙霞。』見《列朝詩集》丙集第三。忠宣，劉大夏謚號。

〔六一〕吴寬《太廟候祭復遊東園》：『百畝園依清廟開，去年初夏憶重來。繁花落盡留紅葉，新筍叢生帶緑苔。北闕倚雲通劍氣，南宫隔水見亭臺。令人頓作山林想，況有蕭蕭白髮催。』見《列朝詩集》丙集第六。文定，吴寬謚號。

〔六二〕文林《舟中有懷林待用》：『渺渺長波映遠空，依依新柳揚春風。相思人在青山外，盡日舟行細雨中。汲黯身為漢庭重，杜陵詩到錦城工。天王明聖江湖遠，贏得驅馳兩面蓬。』見《列朝詩集》丙集第六。文林曾官南京太僕寺丞，故稱。

〔六三〕趙寬《行臺日偶成》：『何處蕭蕭暝色侵，海雲將雨過寒林。間關旅雁天涯路，寂歷啼螿歲暮心。槁木嗒然聊隱几，飛蓬搔盡不勝簪。松垣深掩黄昏靜，唯有爐薰對苦吟。』見《列朝詩集》丙集第六。按：趙寬，字栗夫，吴江人。成化辛丑進士。官至廣東按察使。有《半江集》。

〔六四〕秦夔《和司馬通伯夜坐有感》：『仕路無媒雪鬢寒，枝頭黄菊抱香乾。冰山富貴從人競，雲雨交情洗眼看。羅雀已空廷尉宅，沐猴誰製楚人冠。唾壺擊碎吟懷惡，數盡長更睡未安。』見《列朝詩集》乙集第六。廷韶，秦夔字。

〔六五〕石珤《早朝追和匏老韻》：『蓬萊宮闕玉為橋，曳履年年侍早朝。鑪靄著衣如過雨，御溝搖月欲升潮。未排閶闔心猶壯，才望金莖渴已消。奏罷從容過東觀，五雲隱隱聽笙簫。』見《列朝詩集》丙集第五。按：石寶，字邦彦，藁城人。成化二十三年進士，官至吏部尚書兼文淵閣大學士。卒謚文隱。有《恒陽集》。

〔六六〕張弼，字汝弼，華亭人。成化丙戌進士，曾爲南安知府，有《東海集》。《列朝詩集》丙：『世傳東海《渡江詩》「六朝遺恨晚山青」，爲平生佳句，乃虞山錢曄詩，誤入東海集中也。』又乙集：『允輝《江行詩》，誤入張東海集中，「六朝遺恨晚山青」，遂爲東海平生警句，今改定爲允輝作。』按：錢曄，字允輝，常熟人。其《過江詩》曰：『蓬底茶香午夢醒，大江風急正揚舲。浪花作雨汀煙濕，沙鳥迎人水氣腥。三國舊愁春草碧，六朝遺恨晚山青。不知別後東湖上，誰愛菱歌倚棹聽。』

〔六七〕邵珪，字文敬，宜興人。成化乙丑進士，授户部主事，歷員外，郎中，出爲嚴州知府。有《半江集》六卷。李東陽《懷麓堂詩話》：『邵文敬善書工棋，詩亦有新意。如「江流白如龍，金焦雙角短」之類。又有「半江帆影落樽前」之句，人稱爲「邵半江」。』

七

五言律，清雅如『浮雲看富貴，流水澹鬚眉』〔一〕，『已歸仍似客，投老漸如僧』〔二〕，『老來諸事廢，歸去此身全』〔三〕，『往事愁人問，虛名畏客稱』〔四〕，『雨花知佛境，流水識禪心』〔五〕，『涼風動疏竹，明月在高樓』〔六〕，『聖代身全老，秋天景易悲』〔七〕，『霜林收橘柚，風磴坐莓苔』〔八〕，『分符來五馬，如練照雙旌』〔九〕，『一燈今夜雨，千里故人心』〔一〇〕，『樹從京口斷，山到海門稀』〔一一〕，『野蠶成繭盡，江燕引雛回』〔一二〕，『亂山黄葉寺，孤棹白蘋洲』〔一三〕，『啼鳥醒人夢，流泉浄客心』〔一四〕，『身世雙蓬鬢，功名一釣竿』〔一五〕，『古路無行客，閑門有白雲』〔一六〕，『聽雨愁如海，懷人夜似年』〔一七〕，『已知如意事，不逐苦吟人』〔一八〕，『卧雲歌酒德，對雨著茶經』〔一九〕，『野岸隨流曲，山門隱樹深』〔二〇〕，『雲烟謝家墅，松柏禹陵祠』〔二一〕，『避難疏狂客，長貧少定居』〔二二〕，『酒盡尋僧舍，書來問客船』〔二三〕，『泉聲溪碓急，山色野墻低』〔二四〕，『鳥青呼作使，鶴白養成群』〔二五〕，『看人兒女大，爲客歲年長』〔二六〕，『月從今夜滿，人在異鄉看』〔二七〕，『功成百戰後，老去一身輕』〔二八〕，『鄉淚看花落，愁腸縱酒寬』〔二九〕，『落日在高樹，涼風生客衣』〔三〇〕，『夜月柯亭市，涼風鏡水波』〔三一〕，『雲氣千峰暝，秋聲一院涼』〔三二〕，『旅況頻看月，鄉心獨聽潮』〔三三〕，『獨醒愁對雨，多病怕逢春』〔三四〕，『風塵仍作客，寒署易成翁』〔三五〕，『雁宿蘆中月，人歸草際烟』〔三六〕，『種黍都爲酒，誅茅小作庵』〔三七〕，『海闊疑天近，山空得月多』〔三八〕，『斷雲京口樹，殘月廣陵鐘』〔三九〕，『白日羲皇世，青山綺皓心』〔四〇〕，『夕鳥銜船過，寒波背郭流』〔四一〕，『草芳經雨歇，蟲響入秋多』〔四二〕。

壯麗如『水吞三楚白，山接九疑青』〔四三〕，『故國秋雲合，大江春水深』〔四四〕，『風旗春獵野，雪帳夜收兵』〔四五〕，『王者應無敵，胡塵不敢飛』〔四六〕，『舊射雙雕落，新乘五馬行』〔四七〕，『中郎長戟衛，丞相小車來』〔四八〕，『千山懸落日，一騎出孤城』〔四九〕，『新成賜將第，更築候神臺』〔五〇〕，『河山千古在，登眺幾人同』〔五一〕，『馬嘶秋草闊，雕没暮雲平』〔五二〕，『地登南極盡，波撼北溟回』〔五三〕，『山色元來蜀，江聲直到吴』〔五四〕，『千林喧客杵，一嶂起茶烟』〔五五〕，『入雲蒼隼健，坐浪白鷗閒』〔五六〕，『山雨蟲蛇出，江天螮蝀懸』〔五七〕，『天地兵聲合，關河秋色來』〔五八〕，『建鳳黄金榜，疏龍白玉除』〔五九〕。

【校注】

〔一〕劉基《題太公釣渭圖》：『璇室群釵夜，璜溪獨釣時。浮雲看富貴，流水澹鬚眉。偶應飛熊兆，尊為帝者師。軒裳如故有，千載起人思。』見《誠意伯劉先生文集》卷二二。

〔二〕楊基《江村雜興》十三首之四，見卷五第一〇條注〔一〕。

〔三〕王褘《送許時用歸越》：『舊擢庚寅第，新題甲子篇。老來諸事廢，歸去此身全。煙樹藏溪館，霜禾被石田。鑒湖求一曲，吾計尚茫然。』見錢謙益《列朝詩集》甲集第十二。

〔四〕高啟《江上答徐卿見贈》：『煙樹近松陵，扁舟晚獨乘。江黃連渚霧，野白滿田冰。往事愁人問，虛名畏客稱。無才任蕭散，敢望鶴書徵。』見《高青丘集》卷一三。

〔五〕唐肅《宿真慶庵得心字》：『落日古城陰，蕭蕭竹樹聲。雨花知佛境，流水識禪心。月到瓢經榻，苔緣掛壁琴。不因支許舊，那得遂幽尋。』見《列朝詩集》甲集第十八。

〔六〕藍智《秋夕懷張山人》：『鼓角邊聲壯，林塘夜色幽。涼風動疏竹，明月在高樓。久客形容老，孤城戰伐愁。不眠懷魏闕，長嘯拂吳鉤。』見《列朝詩集》甲集第十八。

〔七〕王誼《九日稽山懷古》：『山水自如昨，古人今復誰。雲煙謝家墅，松柏禹陵祠。聖代身全老，秋天景易悲。毋將搖落意，相對菊花枝。』見《列朝詩集》乙集第八。

〔八〕劉崧《張氏溪亭雜興》：『草閣經秋淨，柴扉近水開。霜林收橘柚，風磴坐莓苔。釣艇寒初放，樵歌晚獨回。城南車馬地，欲往更徘徊。』見《列朝詩集》甲集第十四。

〔九〕楊士奇《賦得滄浪送陳景祺之襄陽知府》：『漢水帶襄城，滄浪舊有名。分符來五馬，如練照雙旌。濟涉思為楫，聽歌想濯纓。須令郡人說，堪比使君清。』見《列朝詩集》乙集第一。

〔一〇〕王偁《送夏廷簡宿怡山蘭若》：『別路繞珠林，秋來落葉深。一燈今夜雨，千里故人心。已覺空門幻，還驚旅況侵。坐聞鐘鼓曙，離思轉沉沉。』見《列朝詩集》乙集第三。

〔一一〕陳璉《多景樓》：『獨倚闌干久，涼風滿客衣。樹從京口斷，山到海門稀。雁影橫秋色，蟬聲送夕暉。蕪城纔咫尺，樓堞望中微。』見《列朝詩集》乙集第二。

〔一二〕黎擴《西瀛草堂為廬陵宋内翰賦》二首之一：『聞説西溪上，春風小院開。野蠶成繭盡，江燕引雛回。竹裏圍棋局，荷香沁酒杯。晚涼疏雨過，隨意步蒼苔。』見《列朝詩集》乙集第八。

〔一三〕李禎《送周秀才游長沙》：『迢遞長沙道，蕭條晏歲遊。亂山黄葉寺，孤棹白蘋洲。夕鳥銜船過，寒波背郭流。毋論卑暑地，賈傅昔曾留。』見《列朝詩集》乙集第五。

〔一四〕劉定之《題姚公綬山水》：『幽意寫不盡，萬山深更深。白雲無出處，緑樹漫成林。啼鳥醒人夢，流泉淨客心。何當隨釣艇，看弈草堂陰。』見《列朝詩集》乙集第四。

〔一五〕張行中《贈逯西臯》三首之一：『無官貧亦樂，有暇趣偏寬。身世雙蓬鬢，功名一釣竿。透窗蟾影淡，落枕雁聲寒。猶恐梅開早，扶筇雪裏看。』詩見田汝成《西湖遊覽志餘》卷一二引。

〔一六〕王恭《寒村訪隱者》：『谷口微霜度，寒村獨見君。西風正蕭索，落葉不堪聞。古路無行客，閒門有白雲。為憐幽處好，不忍便離群。』見《列朝詩集》乙集第三。

〔一七〕王冕《寫懷》：『世情多曲折，客況自堪憐。聽雨愁如海，懷人夜似年。草肥燕地馬，花老蜀山鵑。冷澹無歸計，蒼苔滿石田。』見《竹齋詩集》卷三。

〔一八〕張羽《詩窮》：『道在何妨拙，身安一任貧。已知如意事，不逐苦吟人。瀑布空山月，梅花破屋春。奚囊有佳句，未肯寄朝紳。』陳田《明詩紀事》甲籤卷七：『張羽字來儀，潯陽人，徙於吴。有《靜居集》六卷。』

〔一九〕詹同《寄方壺道人》：『海上神僊館，天邊處士星。臥雲歌酒德，對雨著茶經。石洞龍虛氣，松巢鶴墜翎。都將金玉句，一一寫空青。』見《列朝詩集》甲集第十四。

〔二〇〕高啟《寄熹公》：『禪居紫閣陰，欲去問安心。野岸隨流曲，山門隱樹深。千燈燃雨塔，一磬出風林。想見跏趺處，雲多不可尋。』見《高青丘集》卷一二。

〔二一〕同本條注〔七〕

〔二二〕甘瑾《題張氏竹園别業》：『避難疏狂客，長貧少定居。採芝空有曲，種樹豈無書。擬製東山屐，看馳下澤書。肯容疏懶跡，来與狎樵漁。』見《列朝詩集》甲集第十八。

〔二三〕袁凱《泗州書懷》：『白髮三吴客，清秋泗水邊。官途隨老馬，歸夢逐風鳶。酒盡尋僧舍，書來問客船。淮南與淮北，漂泊過年年。』見《列朝詩集》甲集第三。

〔二四〕劉炳《郊居雜興》二首之一：『桃李謾成蹊，茅堂習隱棲。泉聲溪碓急，山色野墻低。相領原非燕，圍腰底用犀。不嫌生理拙，抱甕灌吾畦。』見《列朝詩集》甲集前編第九。

〔二五〕唐肅《劉松年山居圖》：『曾逐大茅君，峰頭臥古雲。鳥青呼作使，鶴白養成群。客較丹砂法，童窺玉券文。近來煙火斷，花氣作鑪熏。』見《列朝詩集》甲集第十八。

〔二六〕袁凱《客中除夕》：『今夕為何夕，他鄉說故鄉。看人兒女大，為客歲年長。戎馬無休歇，關山正渺茫。一杯椒葉酒，未敵淚千行。』見《列朝詩集》甲集第三。

〔二七〕陳汝言《秋興》二首之一：『暝色上高樓，砧聲處處秋。月從今夜滿，人在異鄉愁。烏鵲棲難定，星河影欲流。鄰家莫吹笛，歸思不能休。』見《列朝詩集》甲集前編第十。

〔二八〕王偁《送李校尉致仕還江左》：『雄劍委龍鳴，關河白髮生。功成百戰後，老去一身輕。夜月桓伊笛，秋風驃騎營。燕歌何處寫，曲罷有餘情。』見《列朝詩集》乙集第三。

〔二九〕劉績《送唐生從軍關陝》：『身逐征西將，休歌行路難。鳴弓霜力勁，舞劍雪稜寒。鄉淚看花落，邊愁縱酒寬。少年曾許國，直擬斬樓蘭。』見曹學佺《石倉歷代詩選》卷三三八。

〔三〇〕劉仔肩《別墅晚晴與鄰叟久立》：『郊原初雨歇，散步出荊扉。落日在高樹，涼風生客衣。佛香僧舍近，江影塞鴻飛。亦有南鄰叟，忘言相與歸。』見《列朝詩集》甲集第一七。

〔三一〕王誼《秋日懷孟熙先生》：『倏忽成遠別，幽棲仍薜蘿。草芳經雨歇，蟲響入秋多。夜月柯亭市，涼風鏡水波。相期盡一醉，何日重經過。』見《列朝詩集》乙集第八。

〔三二〕李禎《宿廢普濟寺》：『青山行欲盡，深樹見僧房。雲氣千峰暝，秋聲一院涼。長藤懸破衲，脫葉覆空廊。龍象黃金地，蕭蕭蔓草長。』見《列朝詩集》乙集第五。

〔三三〕蘇平《江南旅情》：『天涯為客久，生計日蕭條。旅況頻看鏡，鄉心獨聽潮。春歸江上早，家在夢中遙。無限相思意，東風白下橋。』見《列朝詩集》乙集第七。

〔三四〕劉仔肩《春日與李二文學遊城南》：『浩蕩關河遠，周流歲月新。獨醒愁對酒，多病怕逢春。楊柳南城路，鶯花紫陌塵。若為聯騎出，為爾謫僊人。』見《列朝詩集》甲集第十七。

〔三五〕劉績《送王內敬重戍遼海》：『別淚不可忍，杯行到手空。風塵重作客，寒暑易成翁。曙色連關樹，秋聲起塞鴻。天涯見親友，還與故園同。』見《列朝詩集》乙集第八。

〔三六〕徐賁《兵後過罣亭山》：『罣亭西去遠，一過一淒然。雁宿蘆中月，人歸草際煙。漁家多近水，戍壘半侵田。尚喜餘民在，停舟問昔年。』見《列朝詩集》甲集第十。

〔三七〕蘇伯衡《題劉汝弼東源小隱圖》：『東源山水好，聞說似終南。種黍都為酒，誅茅小作庵。過門人問字，看竹客停驂。亦有幽棲意，遲歸我獨慚。』見《列朝詩集》甲集第十二。

〔三八〕林鴻《宿雲門寺》：『龍宮臨水國，鳥道入煙蘿。海曠知天盡，山空見月多。鶴歸僧自老，松偃客重過。便欲依禪寂，塵纓可奈何。』見《列朝詩集》甲集第二十。

〔三九〕曾棨《淮南舟中》：『遠戍鷄聲曉，遙堤柳色濃。斷雲京口樹，殘月廣陵鐘。簫鼓官船發，圖書御寶封。朝臣多扈從，官佩日相逢。』見《列朝詩集》乙集第二。

〔四〇〕藍智《秋日遊石堂奉呈盧僉憲》：『荒郊通徑僻，野竹閉門深。白日羲皇世，青山綺皓心。潛蛟多在壑，宿鳥獨歸林。知爾荷鋤倦，時為梁甫吟。』見《列朝詩集》甲集第十八。

〔四一〕同本條注〔一三〕。此上重『風塵重作客，寒暑易成翁』，見注〔一五〕。

〔四二〕同本條注〔三二〕。此上重『一燈今夜雨，千里故人心』，見注〔一〇〕。

〔四三〕楊基《岳陽樓》：『春色醉巴陵，闌干落洞庭。水吞三楚白，山接九嶷青。空闊魚龍舞，娉婷帝子靈。何人夜吹笛，風急雨冥冥。』見《列朝詩集》甲集第七。

〔四四〕李德《寄馮朝泰》：『金陵昔會面，一別杳無音。故國秋雲合，大江春水深。宦情同契闊，老景各侵尋。縱有衡陽雁，何由寫宿心。』見《列朝詩集》甲集第二十一。

〔四五〕徐賁《送曾伯滋赴西河將幕》：『上將初分閫，儒官解習兵。風旗春獵野，雪帳夜歸營。洮水從岷下，祁山入隴平。知公能載筆，草檄報邊聲。』見《列朝詩集》甲集第十。

〔四六〕林鴻《出塞曲》四首之二：『玉關秋信早，未雪授征衣。王者應無敵，胡塵不敢飛。三河兵氣盛，五道羽書稀。日晚笳聲發，將軍射獵歸。』見《列朝詩集》甲集第二十。

〔四七〕高啟《送宿衛將出守鄧州》：『中郎身領仗，宿衛在承明。舊射雙鵰落，新乘五馬行。紅雲遙魏闕，白水近穰城。好勸諸年少，春來賣劍耕。』見《高青丘集》卷一二。

〔四八〕高啟《長安道》：『長樂鐘聲動，平津樹色開。中郎長戟衛，丞相小車來。新成賜將第，更築候神臺。誰念公車客，空懷作賦才。』見《高青丘集》卷一。按：此首《高青丘集》、《列朝詩集》均編入樂府詩。

〔四九〕章闓《送張二貢士》：『煙靄散春晴，亂鴉深樹鳴。千山懸落日，一騎出孤城。急管催離宴，飛花亂旅情。殷勤懷上策，謁帝向承明。』見《列朝詩集》甲集第十八。

〔五〇〕同本條注〔四八〕。

〔五一〕王洪《舟行雜興》四首之二：『故國遍芳草，高臺多大風。河山千古在，登眺幾人同。野澤鳴山雉，荒陂起塞鴻。新豐不可見，煙樹五陵東。』見《列朝詩集》乙集第二。

〔五二〕顧起綸《國雅品》士品二：『劉孟熙為會稽名家，其才思雄健，長歌頗放誕，如「馬嘶秋草闊，雕落暮雲平」云云』。按：《明詩紀事》乙籤卷一四：『劉績，字孟熙，紹興山陽人。會稽三劉稱詩，孟熙為最傑出。隱居不仕，人稱江西先生。』

〔五三〕程煜《過太湖》：『擊楫中流去，西風客思催。地吞南極盡，波撼北溟回。蛟館懸秋月，龍宮起夜雷。濯纓人不見，長嘯倒金罍。』見《列朝詩集》甲集前編第十一。按：程煜，字彥明，揚州人。寶坻縣丞。

〔五四〕唐肅《登蜀阜寺閣》：『同登梵閣孤，往事問浮屠。山色元來蜀，江聲直到吴。風檐鈴半落，雨壁畫全無。萬法俱空寂，何煩起歎吁。』見《石倉歷代詩選》卷三三七。

〔五五〕羅頎《遊僊詩》二首之二：『幽徑赤城顛，松蘿九曲連。千林喧藥杵，一嶂起茶煙。深竇源通海，層巖樹隱天。攜琴就猿鶴，同種玉峰田。』見《列朝詩集》乙集第八。按：羅頎，字儀甫，山陰人。有《梅山叢書》。

〔五六〕李戣《幽居》：『雨後看新水，天空望遠山。入雲蒼隼健，坐浪白鷗閒。慮淡時時遣，詩清字字刪。才疏信樗散，非為惜朱顔。』見《列朝詩集》乙集第七。《明詩紀事》乙籤卷二一：『李戣，字桓仲，無錫人。』

〔五七〕陶誼《送人從役》：『沅湘南去遠，古戍楚雲邊。山雨蟲蛇出，江天蝃蝀懸。相思知後夜，重會更何年。喜得風濤靜，官船任晝眠。』見《列朝詩集》甲集第十八。

〔五八〕林鴻《出塞曲》四首之一：『從軍呼延塞，勒馬單于臺。天地兵聲合，關河秋色來。酬恩憑玉劍，致遠見龍媒。旦夕邊城上，喧喧笳鼓哀。』見《列朝詩集》甲集第二十。

〔五九〕王直《帝京篇四首贈鍾中書子勤》之一：『繡殿宜春日，彤樓切太虛。卿雲連複道，顥氣護宸居。建鳳黃金榜，疏龍白玉除。僊蓂乘月吐，渾契史臣書。』見《列朝詩集》乙集第二。此上重『地吞南極盡，波撼北溟回』，見注〔五三〕，今刪去。

八

起句五言如『春色醉巴陵，闌干落洞庭』〔一〕，『江東風日晴，把酒送君行』〔二〕，『全家離故鄉，萬里謫窮荒』〔三〕，『別路繞珠林，秋來落葉深』〔四〕，『落日敞朱樓，江雲暝不流』〔五〕，『煙靄散春晴，亂鴉深處鳴』〔六〕，『斜日在松杉，千崖暝色酣』〔七〕，『長嘯拂吴鈎，南圖惜壯游』〔八〕，『聖恩寬逐客，不遣過輪臺』〔九〕，『不寐月當户，起行風滿天』〔一〇〕，『今夕爲何夕，他鄉説故鄉』〔一一〕，『長樂鐘聲動，平津樹色開』〔一二〕，『別離知不遠，情至亦潸然』〔一三〕，『涼風起江海，萬樹盡秋聲』〔一四〕，『青山行不盡，深樹見僧房』〔一五〕，『東源山色好，聞説似終南』〔一六〕，『我住湖西寺，君歸湖上山』〔一七〕，『別淚不可忍，杯行到手空』〔一八〕。

七言如『故人已乘赤龍去，君獨羊裘釣月明』〔一九〕，『八月十五夜何其，鵝湖漾舟人未歸』〔二〇〕，『今年南國天氣暖，十月赤城桃有花』〔二一〕，『日暮山風吹女蘿，故人舟楫定如何』〔二二〕，『督亢陂荒蔓草生，廣陽宮廢故城平』〔二三〕，『牛渚磯頭烟水生，蛾眉亭下大江横』〔二四〕。

【校注】

〔一〕楊基《岳陽樓》句，見卷五第七條注〔四三〕。

〔二〕汪廣洋《送院判俞子茂進兵番陽》：『江東風日晴，把酒送君行。好慰三千士，將收七十城。煙花催疊鼓，雲旗擁連營。山越人爭喜，殊方自此清。』見錢謙益《列朝詩集》甲集第十一。

〔三〕浦源《懷何士信謫西河》：『全家離故鄉，萬里謫窮荒。草木疏邊境，牛羊繞帳房。風聲連雨雪，漢語雜氐羌。遠念平生友，行吟淚數行。』見《列朝詩集》甲集第二十。

〔四〕王偁《送夏廷簡宿怡山蘭若》句，見卷五第七條注〔一〇〕。

〔五〕汪廣洋《賦江上停雲周生省親》：『落日敞朱樓，江雲暝不流。密依荊樹暗，遥帶晉陵秋。鳥外生歸思，天涯念舊遊。亦知親舍近，早晚放歸舟。』見《鳳池吟稿》卷五。

〔六〕章闓《送張二貢士》句，見卷五第七條注〔四九〕。

〔七〕劉丞直《題孫子讓山水》：『斜日在松杉，千崖暝色酣。山藏五柳宅，路轉百花潭。亂石明蒼玉，遥峰露碧簪。終希陪妙躅，來此脱征驂。』見《列朝詩集》甲集第十四。

〔八〕許伯旅《九月晦日感懷》：『長嘯拂吴鈎，南圖惜壯遊。乾坤同逆旅，風雨忽窮秋。牢落莊周劍，飄飖范蠡舟。行藏吾敢必，天意信悠悠。』見《列朝詩集》乙集第二。

〔九〕吴溥《寄宋子環》：『聖恩寬逐客，不遣過輪臺。談笑潼關去，雲霞僊掌開。故鄉深念汝，遠道竟能來。明日相思處，高秋鴻雁回。』見《列朝詩集》乙集第二。

〔一〇〕劉基《不寐》：『不寐月當戶，起行風滿天。山河青靄裏，刁斗白雲邊。避世慚商綺，匡時愧魯連。徘徊懷往事，愴惻感衰年。』見《誠意伯劉先生集》卷二三。

〔一一〕袁凱《客中除夕》句，見卷五第七條注〔二六〕。

〔一二〕高啟《長安道》句，見卷五第七條注〔四八〕。

〔一三〕劉師邵《送張孝廉》：『別離知不遠，情至亦潸然。樹引投京路，鷗隨出浦船。去程秋雨裏，歸夢曉霜前。親舊如相問，卑棲似往年。』見《列朝詩集》乙集第八。

〔一四〕高啟《送謝恭》：『涼風起江海，萬樹盡秋聲。搖落豈堪別，躊躇空復情。帆過京口渡，砧響石頭城。為客歸宜早，高堂白髮生。』見《高青丘集》卷一三。

〔一五〕李禎《宿廢普濟寺》句，見卷五第七條注〔三二〕。

〔一六〕蘇伯衡《題劉汝弼東源小隱圖》句，見卷五第七條注〔三七〕。

〔一七〕姚廣孝《送友人之武林》：『我住城西寺，君歸湖上山。馬聲知驛路，樹色認鄉關。遠戍雙鴻慘，荒汀雪鷺閑。自憐堤畔柳，愁緒不禁板。』見《逃虛子集》詩集卷五。

〔一八〕劉績《送王内敬重戍遼海》句，見卷五第七條注〔三五〕。

〔一九〕張以寧《嚴子陵釣臺》：『故人已乘赤龍去，君獨羊裘釣月明。魯國高名懸宇宙，漢家小吏待公卿。天回御榻星辰動，人去空臺山水清。我欲長竿數千尺，坐來東海看潮生。』見《列朝詩集》甲集第十三。

〔二〇〕周翼《中秋與楊氏諸昆季汎舟鵝津》：『八月十五夜何其，鵝湖漾舟人未歸。水生金浪兼天湧，雲度青冥傍月飛。鴻雁沙寒微有影，芰荷秋冷不成衣。故人一去渺何許，黃鶴舊磯今是非。』見《列朝詩集》甲集第十九。

〔二一〕劉基《冬暖》：『今年南國天氣暖，十月赤城桃有花。江楓未肯換故色，汀草強欲抽新牙。野畦落日舞殘蝶，小池過雨喧鳴蛙。城上幾時罷擊柝，愁見海雲蒸晚霞。』見《列朝詩集》甲集前編第三。

〔二二〕劉崧《寄萬德躬》：『日暮山風吹女蘿，故人舟楫定如何。吕僊祠下寒砧急，帝子閣前秋水多。閩海風塵鳴戍鼓，江湖煙雨暗漁蓑。何時醉把黃花酒，聽爾南征長短歌。』見陳田《明詩紀事》甲籤卷一一。

〔二三〕岳正《燕臺懷古》：『督亢陂荒蔓草生，廣陽宫廢故城平。秋風易水人何在，午夜盧溝月自明。召伯封疆經幾換，荊卿事業尚虚名。黃金不置高臺上，似怪年來士價輕。』見《列朝詩集》乙集第四。

〔二四〕王偁《登采石蛾眉亭》：『牛渚磯頭煙水生，蛾眉亭下大江横。春歸楚樹浮空盡，山阻淮雲入望平。瓊館有才堪倚馬，錦袍無夢借飛鯨。停橈欲和渝州曲，都付吴歌子夜聲。』見《列朝詩集》乙集第三。

九

七言結句如『沅湘一帶皆秋草，欲采芙蓉奈晚何』〔一〕，『見説蘭亭依舊在，祇今王謝少風流』〔二〕，『天邊楊柳雖無數，短葉長條非故園』〔三〕，『趙家姊妹多相忌，莫向昭陽殿裏飛』〔四〕，『前朝冠蓋皆黃土，翁仲淒涼石馬嘶』〔五〕，『知爾西行定回首，如今江左是長安』〔六〕，『近來聞説有奇事，買藥脩琴曾到城』〔七〕，『祭罷鰐魚歸去晚，刺桐花外月如鈎』〔八〕，『瑣窗獨對東風樹，歲歲花開它自春』〔九〕，俱有意味。

【校注】

〔一〕楊基《途次感秋》：『裊裊西風吹逝波，冥冥顥氣逼星河。宣王石鼓青苔澀，武帝金盤白露多。八陣雲開屯虎豹，三江潮落見黿鼉。沅湘一带皆秋草，欲采芙蓉奈晚何。』見《眉庵集》卷四。

〔二〕劉基《二月二日登樓作》：『薄寒疏雨集春愁，愁極難禁獨上樓。何處山中堪采藥，幾時湖上好乘舟。銜泥客燕聊相傍，汎水浮萍可自由。見說蘭亭依舊在，於今王謝少風流。』見《誠意伯劉先生文集》卷一三。

〔三〕袁凱《聞笛》：『花發吴淞江上春，隔花吹笛正黄昏。風塵遠道歸何日，燈火高樓欲斷魂。夜靜幾家無別淚，雨聲終日過閒門。天邊楊柳今無數，短葉長條非故園。』見錢謙益《列朝詩集》甲集第一。

〔四〕袁凱《白燕》句，見卷五第六條注〔一七〕。

〔五〕唐之淳《長安留題》句，見卷五第六條注〔一五〕。

〔六〕高啟《送沈左司從汪參政分省陝西》句，見卷五第六條注〔一一〕。

〔七〕桑悦《贈蕭時清》：『十里螺湖如掌平，開門正挹滄浪清。偶逢道士贈丹訣，閒課山童抄酒經。晝長燕子飛入戶，春盡樹陰鋪滿庭。近來聞說有奇事，賣藥脩琴曾到城。』見《列朝詩集》丙集第七。

〔八〕馬軾《奉餞季方先生》：『灤江江上水悠悠，送客江邊莫上樓。五嶺瘴高煙蔽日，兩孤雲濕雨鳴秋。豐城劍氣東南起，合浦珠光日夜浮。祭罷鱷魚歸去晚，刺桐花外月如鈎。』見《列朝詩集》乙集第四。按：馬軾，字敬瞻，嘉定人。正統己巳，以天文生從征廣東，除漏刻博士。

〔九〕莊昶《節婦》：『二十夫君棄妾身，諸郎癡小舅姑貧。自甘薄命同衰葉，不掃娥眉嫁別人。化石未成猶有淚，舞鸞雖在不驚塵。瑣窗獨向東風樹，歲歲花開他自春。』見《列朝詩集》丙集第四。

一〇

吾所以録此者，謂溪芼澗芷，亦可餖飣客席耳，非若二李輩之爲三臡八菹也〔一〕。又其全章，亦未盡稱，故聊摘之耳。

【校注】

〔一〕末數句意謂尋常野蔬，亦可上筵席，非必精美佳肴不可。用以比喻普通詩人之佳句，也值得肯定，非必名人之作不可，故録之。二李，指李夢陽、李攀龍。

一一

楊孟載有一起一聯，甚足情致，而不及之者，『判醉望愁醒，愁因醉轉增』，是詞中《菩薩蠻》調語；『尚短柳如新折後，已殘花似未開時』，是《浣溪沙》調語故也〔一〕。

【校注】

〔一〕楊基《江村雜興》之四：『判醉望愁醒，愁因醉轉增。已歸仍似客，投老漸如僧。詩興風樓笛，棋聲雪舫燈。莫言渾不解，此事野夫能。』見《列朝詩集》甲集第七。《春日白門寫懷用高季迪韻》五首之一：『得歸雖喜未忘悲，夢裏愁驚在別離。尚短柳如新折後，已殘梅似半開時。江雷殷夜蟲蛇早，山雨崇朝蛺蝶遲。制取烏紗籠白髮，免教春色笑人衰。』見《列朝詩集》甲集第七。

一二

湯惠休、謝混〔一〕、沈約、鍾嶸、張説、劉次莊、張芸叟〔二〕、鄭厚、敖陶孫、松雪齋於詩人俱有評擬，大約因袁昂評書之論而模倣之耳〔三〕。其宋人自相標榜，不足準則。吾獨愛湯惠休所云『初日芙蓉』〔四〕，沈約云『彈丸脱手』〔五〕，鍾嶸云『宛轉清便，如流風白雪；點綴映媚，如落花在草』〔六〕。其次則張芸叟云『春服乍成，醱醅初熟，登山臨水，竟日忘歸』〔七〕，鄭厚云『秋蛩草根，春鶯柳陰』〔八〕。不必盡當，而語頗造微。松雪齋不知爲何人，大似不知詩者。

【校注】

〔一〕『謝混』，原作『謝琨』，據《晉書》、《詩品》改。其評擬詩歌之語，今唯見鍾嶸《詩品》卷上《晉黄門郎潘岳》條引。

〔二〕芸叟，張舜民字。劉次莊，宋代書法家。

〔三〕袁昂有《古今書評》及《評書》，見嚴可均《全梁文》卷四八。

〔四〕鍾嶸《詩品》中：『宋光禄大夫顔延之。……湯惠休曰：「謝詩如芙蓉出水，顔如錯采鏤金。」』按：《南史·顔延之傳》：『延之嘗問鮑照己與靈運優劣，照曰：「謝五言如初發芙蓉，自然可愛。君詩若鋪錦列繡，亦雕繢滿眼。」』則以此爲鮑照語。

〔五〕《南史》卷二二《王曇首傳》：『沈約於御筵謂王志曰：「賢弟子文章之美，可謂後來獨步。謝朓嘗見語云：

『好詩圓美流轉如彈丸。』近見其數首，方知此言爲實。」』則以此爲沈約轉述謝脁語。

〔六〕見鍾嶸《詩品》中評范雲、丘遲語。

〔七〕見胡仔《苕溪漁隱叢話》後集卷三三引。

〔八〕陶宗儀《説郛》卷三一引《藝圃折中》：『鄭厚云：「孟東野則秋蛩草根，白樂天則春鶯柳陰，皆造化中一妙。」』

一三

敖陶孫評：『魏武帝如幽燕老將，氣韻沉雄；曹子建如三河少年，風流自賞；鮑明遠如饑鷹獨出，奇矯無前；謝康樂如東海揚帆，風日流麗；陶彭澤如絳雲在霄，舒卷自如；王右丞如秋水芙蓉，倚風自笑；韋蘇州如園客獨繭，暗合音徽；孟浩然如洞庭始波，木葉微落；杜牧之如銅丸走坂，駿馬注波；白樂天如山東父老課農桑，事事言言皆著實；元微之如龜年説天寶遺事，貌悴而神不傷；劉夢得如鏤冰雕瓊，流光自照；李太白如劉安鷄犬，遺響白雲，核其歸存，恍無定處；韓退之如囊沙背水，唯韓信獨能；李長吉如武帝食露盤，無補多欲；孟東野如埋泉斷劍，卧壑寒松；張籍如優工行鄉飲，酬獻秩如，時有詼氣；柳子厚如高秋獨眺，霽晚孤吹；李義山如百寶流蘇，千絲鐵網，綺密瑰妍，要非適用；宋朝蘇東坡如屈注天潢，倒連滄海，變眩百怪，終歸雄渾；歐公如四瑚八璉，正可施之宗廟；荆公如鄧艾縋兵入蜀，要以險絶爲功；山谷如陶弘景入官，析理談玄，而松風之夢故在；梅聖俞如關河放溜，瞬息無聲；秦少游如時女步春，終傷婉弱；陳後山如九皋獨淚，深林孤芳，沖寂自妍，不求識賞；韓子蒼如梨園按樂，排比得倫；呂居仁如散聖安禪，自能奇逸。其他作者，未易殫陳。獨唐杜工部如周公制作，後世莫能擬議。』語覺爽俊，而評似穩妥，唯少爲宋人曲筆耳，故全録之〔一〕。

【校注】

〔一〕敖陶孫語見魏慶之《詩人玉屑》卷二引，文字有出入。弇州詩崇盛唐，鄙薄宋、元，故發此論。

一四

余於國朝前輩名家，亦偶窺一斑，聊附於此，以當鼓腹。

詩：高季迪如射雕胡兒，伉健急利，往往命中；又如燕姬靚粧，巧笑便辟〔一〕。劉伯温如劉宋好武諸王，事力既稱，服藝華整，見王、謝衣冠子弟，不免低眉〔二〕。袁可潜如師手鳴琴，流利有情，高山尚遠〔三〕。劉子高如雨中素馨，雖復嫣然，不作寒梅老樹風骨〔四〕。楊孟載如西湖柳枝，綽約近人，情至之語，風雅掃地〔五〕。汪朝宗如胡琴羌管，雖非太常樂，琅琅有致〔六〕。徐幼文、張來儀如鄉士女，有質有情，而乏體度〔七〕。孫伯融如新就銜馬，步驟未熟，時見輕快〔八〕。孫仲衍如豪富兒入少年場，輕脱自好〔九〕。浦長源、林子羽如小乘法中作論師，生天則可，成佛甚遥〔一〇〕。解大紳如河朔大俠，鬚髯戟張，與之周旋，酒肉傖父〔一一〕。楊東里如流水平橋，粗成小致〔一二〕。曾子啓如封節度，募兵東征，鮮華雜沓，精騎殊少〔一三〕。湯公讓、劉原濟如淮陰少年，斗健作嗽人狀〔一四〕。劉欽謨如村女簪花，穠艷羞澁，正得各半〔一五〕。夏正夫如鄉嗇夫衣繡見達官，雖復整飭，時露本態〔一六〕。李西涯如陂塘秋潦，汪洋淡沲而易見底裏〔一七〕。謝方石如鄉里社塾師，日作小兒號嗄〔一八〕。吴匏庵如學究出身人，雖復閒雅，不脱酸習〔一九〕。沈啓南如老農老圃，無非實際，但多俚辭〔二〇〕。陳公甫如學禪家，偶得一自然語，謂爲游戲三昧〔二一〕。莊孔陽佳處不必言，惡處如村巫降神，里老罵坐〔二二〕。陸鼎儀如吃人作雅語，多在咽喉間〔二三〕。張亨父如作勞人唱歌，滔滔中俗子耳〔二四〕。張静之如小棹急流，一瞬而過，無復雅觀〔二五〕。楊文襄如老弋陽伎，發喉甚便，而多鼻音，不復見調〔二六〕。桑民懌如洛陽博徒，家無擔石，一擲百萬〔二七〕。林待用如太湖中頑石，非不具微致，無乃痴重何〔二八〕。喬希大如漢官出臨遠郡，亦自粗具威儀〔二九〕。祝希哲如盲賈人張肆，頗有珍玩，位置總雜不堪〔三〇〕。蔡九逵如灌莽中薔薇，汀際小鳥，時復娟然，一覽而已〔三一〕。王敬夫如漢武求僊，欲根正染，時復遇之，終非實境〔三二〕。石少保如披沙揀金，時時見寶〔三三〕。文徵仲如仕女淡粧，維摩坐語，又如小閣疏窗，位置都雅，而眼境易窮〔三四〕。康德涵如靖康中宰相，非不處貴，恇擾纍率，無大處分〔三五〕。蔣子雲如白蠟糖，看似甘美，不堪咀嚼〔三六〕。王欽佩如小女兒帶花，學作軟麗〔三七〕。唐虞佐如苦行頭陀，終少玄解〔三八〕。王子衡如外國人投唐，武將坐禪，威儀解悟中，不免露抗浪本色〔三九〕。熊士選如寒蟬乍鳴，疏林早秋，非不清楚，恨乏他致〔四〇〕。張琦如夜蛙鳴露，自極聲致，然不脱淤泥中〔四一〕。唐伯虎如乞兒唱《蓮花樂》，其少時亦復玉樓金埒〔四二〕。邊庭實如洛陽名園，處處綺卉，不必盡稱姚、魏；又如五陵裘馬，千金少年〔四三〕。顧華玉如春原盡花，蕪靡不少〔四四〕。劉元瑞如閩人强作齊語，多不辨〔四五〕。朱升之如桓宣武似劉司空，無所不恨〔四六〕。殷近夫如越兵縱橫江淮間，終不成霸〔四七〕。王新建如長爪梵志，彼法中錚錚動人〔四八〕。陸子淵如入貲官作文語雅步，雖自有餘，未脱本來面目〔四九〕。鄭繼之如冰凌石骨，質勁不華；又如天寶父老談喪亂，事皆實際，時時感慨〔五〇〕。孟望之如貧措大置酒，寒酸澹泊，然不至腥羶〔五一〕。黄勉之如假山池，雖爾華整，大費人力〔五二〕。高子業如高山鼓琴，沉思忽往，木葉盡脱，石氣自青；又如衛洗馬言愁，憔悴婉篤，令人心折〔五三〕。薛君采如宋人葉玉，幾奪天巧；又如倩女臨池，疏花獨笑〔五四〕。胡孝思如驕兒郎愛吴音，興到即謳，不必合板〔五五〕。馬仲房如程衛尉屯西宫，斥堠精嚴，甲仗雄整，而士乏樂用之氣〔五六〕。豐道生如沙苑馬，駑駿相半，姿情馳騁，中多敗蹶〔五七〕。王舜夫如敗鐵網取珊瑚，用力堅深，得寶自少〔五八〕。孫太初如雪夜偏師，間道入蔡；又如鳴蜩伏蚓，聲振月露，體滯泥壤〔五九〕。施子羽如寒鴉數點，流水孤村，惜其景物蕭條，迫晚意盡〔六〇〕。王履吉如鄉少年久游都會，風流詳雅，而不盡脱本來面目；又似揚州大宴，雖鮭珍水陸，而時有宿味〔六一〕。常明卿如沙苑兒駒，驕嘶自賞，未諧步驟〔六二〕。張文隱如藥鑄鼎，燦爛驚人，終乏古雅〔六三〕。王稚欽如良馬走坂，美女舞竿，五言尤自長城〔六四〕。陳約之如青樓小女，月下箜篌，初取閒適，終成淒楚；又如過雨殘荷，雖爾衰落，嫣然有態〔六五〕。楊用脩如暴富兒郎，銅山金埒，不曉喫飯著衣〔六六〕。李子中如刁家奴，煇赫車馬，施散金帛，原非己物〔六七〕。廖鳴吾如新決渠，浮楚濁泥，一瞬皆下〔六八〕。皇甫子安如玉盤露屑，清雅絶人，惜輕縑短幅，不堪裁剪〔六九〕。袁永之如王、謝門中貴子弟，動止可觀〔七〇〕。黄才伯如紫瑛石，大似靺鞨，晚年不無可恨〔七一〕。周以言如中智苾蒭，雖乏根具，不至出小乘語〔七二〕。施平叔如小邑民築室，器物俱完〔七三〕。張以言如甘州石斗，色澤似玉，膚理粗漫〔七四〕。胡承之如病措大習白猿公術，操舞如度，擊刺未堪〔七五〕。華子潛如盤石疏林，清溪短棹，雖在秋冬之際，不廢楓橘〔七六〕。張孟獨如罵陣兵，嗔目喧袖，果勢壯往〔七七〕。張愈光如拙匠琢山骨，斧鑿宛然；又如東銅錮腹，滿中外道〔七八〕。湯子重如鄉三老入城，威儀舉舉，終少華冶態〔七九〕。傅汝舟如言《法華》作風話，凡多聖少〔八〇〕。喬景叔如清泉放溜，新月掛樹，然此景殊少，不耐縱觀〔八一〕。蔡子木如驕女織流黄，不知絲理，强自斐然〔八二〕。王道思如鷩弋宿鳥，撲刺遒迅，殊愧幽閒之狀〔八三〕。許伯誠如賈胡子作狎游，隨事揮散，無論中節〔八四〕。陳羽伯如東市倡慕青樓價，微傅粉澤，强工顰笑〔八五〕。王允寧如馬服子陳師，自作奇正，不得兵法；又如項王嘔嘔未了，忽發喑嗚〔八六〕。徐昌穀如白雲自流，山泉泠然，殘雪在地，掩映新月；又如飛天僊人，偶游下界，不染塵俗〔八七〕。何仲默如朝霞點水，芙蕖試風；又如西施、毛嬙，毋論才藝，却扇一顧，粉黛無色〔八八〕。李獻吉如金鳷擘天，神龍戲海；又如韓信用兵，衆寡如意，排蕩莫測〔八九〕。李于鱗如峨眉積雪，閬風蒸霞，高華氣色，罕見其比；又如大商舶，明珠異寶，貴堪敵國，下者亦是木難、火齊〔九〇〕。宗子相如渥洼神駒，日可千里，未免嚙決之累；又如華山道士，語語烟霞，非人間事〔九一〕。梁公實如緑野山池，繁雅匀適；又如漢司隸衣冠，令人驚美，但非全盛儀物〔九二〕。吴峻伯如子陽在蜀，亦具威儀；又如初地人見聲聞則入，大乘則遠〔九三〕。馮汝行如幽州馬行客，雖見伉俍，殊乏都雅〔九四〕。馮汝言如晉人評會稽王，有遠體而無遠神〔九五〕。張茂參如荒傖度江，揖讓簡略，故是中原門第〔九六〕。盧少楩如翩翩濁世佳公子，輕俊自肆〔九七〕。朱子价如高坐道人，衩衣躡屐，忽發胡語〔九八〕。陳鳴埜如子玉兵，過三百乘則敗〔九九〕。彭孔嘉如光禄宴使臣，餖飣詳整，而中多宿物〔一〇〇〕。徐汝思如初調鷹見擊鶩，故難獲鮮〔一〇一〕。黄淳父如北里名姬作酒糾，才色既自可觀，時出俊語，爲客所賞〔一〇二〕。謝茂秦如太官舊庖，爲小邑設宴，雖事饌非奇，而餖飣不苟〔一〇三〕。魏順甫如黃梅坐人談上乘，縱未透汗，不失門宗〔一〇四〕。

【校注】

〔一〕王禕《缶鳴集序》：『季迪之詩，雋逸而清麗，如秋空飛隼，盤旋百折，招之不肯下；又如碧水芙渠，不假雕飾，翛然塵外。』徐泰《詩談》：『姑蘇高啓，岱峰雄秀，瀚海渾涵。』

〔二〕王世貞《明詩評》卷四：『（劉）基詩如河朔少年，充悅伉健；又如果下騮驕嘶有情。至乃坐策四維，逸推百算，籌運帷幄，勳留鼎彝。賈其餘力，尚追作者。豈言易哉！』

〔三〕何良俊《四友齋叢説》卷二五：『袁潛翁名介，字可潛，即海叟之父。可潛詩，世傳其《檢田吏》一篇，質直似《木蘭詩》。其有關時事，則少陵《石壕吏》，白太傅諷諭之類也。海叟詩格調雖高，亦祇是詩人之雄耳。苟以六義論之，較之家公，恐不得擅出藍之譽。』

〔四〕宋濂《宋文憲公全集》卷七《劉兵部（崧）詩集序》：『劉君之詩於是乎大昌矣。濂幸獲讀之，淩厲頓迅，鼓行無前，所謂緩急豐約，隱顯出没，皆中乎繩尺。至其所自得，則能隨物賦形，高下洪纖，變化有不可測。置之古人篇章中，幾無可辨者。』沈德潛《明詩別裁》卷二：『子高詩辭采鮮媚，骨格未高，應是學温飛卿一派。』

〔五〕顧起綸《國雅品》：『楊廉訪孟載才長逸蕩，興多雋永，且格高韻勝，汗然無跡。』《詩談》：『楊基天機雲錦，自然美麗，獨時出纖巧。』

〔六〕《明詩評》卷二：『丞相負排解之異才，表磊落可稱偉氣。作爲歌詩，如振鐵生光，跳珠呈曜。格姑未論，聲重一時矣。』《詩談》：『汪廣洋瑶臺月明，鳳笙獨奏。』《國雅品》：『汪忠勤朝宗，詩新調閑，不失唐人大檢。《巵言》云：「汪如胡琴羌管，雖非太常樂，琅琅有致。」余謂較之朱絃路鼗故不足，蘆簧土鼓尚有餘耳。』

〔七〕《國雅品》：『張司丞來儀，體裁精密，情喻幽深，頗似錢、郎。徐方伯幼文，詞彩遒麗，風韻淒朗，殆如楚客叢蘭，湘君芳杜，每多惆悵。』王夫之《船山明詩評選》卷四：『來儀沉雅，良宜五言，顧恒苦意言之繁，唯恐人不曉了。』又：『五言之制，國初諸公根科不妄者唯司丞耳。雖才不自攝，偶成煩沓，而當其純浹，真不知世有謝朓、王融，況俗目所驚之李、杜哉。曠世得師其知音，有獨焉者矣。』

〔八〕《明詩評》卷四：『左司俠氣鬱發，辨辭虹矯，疆國之寄，援分以没。今作歌詩，十不一二存者，然頗跌宕雄逸。青鳳吉光之裘，片羽千金；藏龍如意之珠，一照累乘，奚啻多哉？』《詩談》：『孫炎詞氣豪邁，類其爲人，渥窪神駒，一蹴千里。』

〔九〕《國雅品》：『孫翰籍仲衍、黄待制庸之、李長史仲脩，舊稱「廣中四傑」，並有盛才，特閑於七言，能自迥出常境，綺蘄處亦類初唐語。至五言近體，非其所長，故尺有所短耳。』《四庫全書總目提要》卷一六九：『孫賁當元季綺靡之餘，其詩獨卓然有古格，雖神骨雋異不及高啓，而要非林鴻諸人所及。』《詩談》：『嶺南孫仲衍、王彦舉、黄庸之、趙伯貞、李仲脩時稱「五傑」，唯仲衍清圓流麗，明珠走盤，不能自定。』

〔一〇〕《詩談》：『林鴻師法盛唐，唐臨晉帖，殆逼真矣，惜唯得其貌耳。』《國雅品》：『林員外子羽，才思藻麗，如游漁潛水，翔鳶薄天，高下各適情性。廬陵劉子高序其集云：「已窺陳拾遺之奧，大有開元之風。」』又：『浦舍人長源，詞彩秀潤，初游閩中，訪林員外子羽，自誦《荆門詩》云：「雲邊路繞巴山色，樹裏河流漢水聲。」於是林始驚歎，遂延入社。元美品浦、林爲小乘法師，言未到佛境界也。』

〔一一〕陳田《明詩紀事》乙三引《東里文集》：『解公詩豪宕豐贍似李、杜，其教學者恒曰：「寧爲有瑕玉，勿作無瑕石。」』《詩談》：『吉水解縉，獨駕青鸞，翺翔八極，使謫僊遇之，當懸榻以待。』

〔一二〕《明詩評》卷二：『少師韻語妥協，聲度和平，如潦倒書生，雖復酬酢馴雅，無復生氣。』李東陽《懷麓堂詩話》：『楊文貞公亦學杜待，古樂府諸篇，間有得魏晉遺意者。』

〔一三〕《國雅品》：『曾少詹子啓，該博逸蕩，其才長於七言。古遂切直，健捷爲工，頗以繁靡爲累，故永、成間多效其體。先輩於肅愍，楊文貞諸公，互相宗尚，亦一時藝林風氣使然也。其《行路難》、《敦煌》二作，頗不失唐家聲。袁氏獻實云：「曾公浩如懸河，所乏嚴潔。」此是確喻。』《詩談》：『天馬行空，不可控馭。』

〔一四〕《明詩評》卷三：『胤績雄才蓋世，與劉生雁行，盛氣所壓，政猶小巫見大巫耳。又一時有蘇平、甘瑾諸人，號「十才子」，僅劉、湯羽翼耳。』又：『溥詩如淮陰少年，斗健自足，時欲啖人；又如鍛容長髯，便稱劍俠。坎軻微位參將，隕裂窮荒，使少加揖遜，以飾兜鍪，亦一名流也。』

〔一五〕《明詩評》卷四：『欽謨才擅國琛，識窮夏鼎，尤工倩麗，更足風情。膾炙菁華，能重洛陽之紙；雕蟲綴羽，尚存吴閶之集。如村女簪花，非不豐艷，本態自如。』

〔一六〕正夫，夏寅字。《明詩評》卷四：『正夫既負穎達，刻意詞家，每卷中見欽謨姓名，不敢下筆，其雅慕相伏如此。晚年有作，衆謂過之。其詩如鄉里老人衣錦綉見達官，非不嚴麗，但鄙甚可厭。』

〔一七〕《詩談》：『李東陽大韶一奏，俗樂都廢。中興宗匠，邈焉寡儔。』《明詩紀事》丙一引楊一清《石淙類稿》：『西涯先生，高才絶識，獨步一時。詩文深厚雄渾，不爲倔奇可駭之辭，而法度森嚴，思味雋永，古意獨存。』

〔一八〕《懷麓堂詩話》：『謝方石鳴治出自東南，人始未之知。爲翰林庶吉士時，見其《送人兄弟》詩，争傳賞之。及月課《京都十景》律詩，皆精鑿不苟。』

〔一九〕朱承爵《承餘堂詩話》：『吴文定詩格尚渾厚，琢句沉著，用事果切，無漫然嘲風弄月之語。』《明詩紀事》丙三：『匏翁詩，體擅臺閣之華，氣含川澤之秀，沖情逸致，雅制清裁，是時西涯而外，當手屈一指。』

〔二〇〕《明詩評》卷三：『居士夙神畫理，兼精翰墨，冢筆可封，户履恒滿。其詩如村童唱榜歌，時操粤音，亦自近情可喜。一歌滄浪，便覺無復餘興。』吴寬《匏翁家藏集》卷四三《沈周石田稿序》：『（石田）古今諸體，各臻其妙，溪風渚月，谷靄岫雲，形跡若空，姿態倏變。玩之而愈佳，攬之而無盡，所謂清婉和平，高亢超絶者兼有之，故其名大播，不特江南而已。』

〔二一一〕公甫，陳獻章字。《明詩評》卷三：『獻章襟度瀟灑，神情充預。發爲詩歌，毋論工拙，頗自風雩，間作廋語，殊異本色。如禪家呵罵擊杖，非達磨正法；又類優人出諢，便極借扣，終乖大雅。』楊慎《升庵詩話》卷七：『白沙之詩，五言沖淡，有陶靖節遺意，然賞者少。徒見其七言近體，效簡齋、康節之渣滓，至於筋斗、樣子、打乖、個裏，如禪家呵佛罵祖之語，殆是《傳燈録》偈子，非詩也。若其古詩之美，何可掩哉？然謬解者，篇篇皆附於心學性理，則是痴人説夢矣。』

〔二一二〕《明詩評》卷三：『詩以緣物極興，非爲詁義訓辭。昶與陳獻章俱號「山林白眉」，至乃「鳥點天機」，「梅挑太極」，如巫師降神，里老罵座，兒女走聽，雅士掩耳，然昶詩別至，自有佳處，全篇不足存也。』錢謙益《列朝詩集》丙：『孟旸刻意爲詩，酷擬唐人，白沙推之，有「百煉不如莊定山」之句。多用道學語入詩，流傳藝苑，用爲口實。』

〔二一三〕鼎儀，陸釴字。《明詩評》卷二：『釴詩如噬乾胏，少有風味，殊難齮齕。西涯稱其有作必淫殫精劌，不肯苟就。然多晦澀之辭，無取敦彝之舊。』《詩談》：『陸釴九宵之禽，翩然高舉，莫測其意向。』

〔二一四〕亨父，張泰字。《明詩評》卷二：『泰詩如飲醇酪，甘鮮可口，不耐咀嚼，亦少筋骨。間有一二清絶，如曲澗流泉之致。長沙易殆猶甚，謂彼精思，不亦宜乎。』《詩談》：『張泰孫吴之兵，奇正疊出，人莫攖其鋒。』

〔二一五〕静之，張寧字。《明詩評》卷三：『静之既離瑣闥，旋就乞身，追念舊思，愴然興涕。歌詩本具才敏，因鮮沉思，大概一時之雄，終難百世之業。』

〔二一六〕文襄，楊一清謚號。朱彝尊《静志居詩話》卷八：『邃庵古詩，原本韓、蘇，近體一以陳簡齋、陸放翁爲師。獻吉《送昌穀詩》云：「吾師崛起楊與李，力挽元化回千鈞」，初意楊非李敵，不過爲師同耳。及觀《石淙集》，實有高出李者，乃知文士以千秋自命，類不輕許人也。」

〔二七〕《明詩評》卷四：『民懌一覽輒誦，千言不草，氣淩五侯，目鮮百代，可謂文陣之健兒，人群之逸驥矣。詩如洛陽博徒，家無擔石，一擲百萬。又如灌將軍罵座，雖復伉健，終鮮致語。』《國雅品》：『桑别駕民懌，狂士也。丘文莊公每屈節下之，其文詞多寡味。《巵言》云：「桑詩如家無擔石，一擲萬錢。」譏其俠而淺也。』

〔二八〕待用，林俊字。《明詩評》卷四：『俊詩頗極刻削，又復痴重，如灌莽中突起奇石，又如折翅角鷹，捩撇難振。』《四庫全書總目提要》卷一七一：『林俊爲文，體裁不一，大都奇崛博奥，不沿襲臺閣之派，其詩多學山谷、後山兩家，頗多隱澀之詞，而氣味頗能遠俗。』

〔二九〕《明史》卷一九四《喬宇列傳》：『宇幼從父京師，學於楊一清。成進士後，復從李東陽游。詩文雄雋，兼通篆籀。』《明詩紀事》丙八：『喬宇字希大，太原樂平人。……召拜吏部尚書，加少保，兼太子太保，贈少傅，謚莊簡，有《白巖集》二十卷。』

〔三〇〕《明詩評》卷二：『允明書法雄勝，滑稽傲睨。詩法六朝，兼采後代，如五陵少年，走馬峻壁；又如咸陽一炬，玉石難辨。作小解雜劇，頗累風人面目，諸他五七律未講，開元、大曆之間者也。』王夫之《明詩評選》卷四：『弘正間，希哲、子畏、九逵領袖大雅，起唐宋之衰，一掃韓、蘇淫詖之響。千秋絶學，一縷繫之。北地、信陽，尚欲頡頏而争，誠何爲耶？』

〔三一〕九逵，蔡羽字。《明詩評》卷二：『九逵少負煒藻，蹭蹬賢科，老得微官，婆娑留署。詩如灌莽中薔薇一枝，汀際小鳥，娟然潔白。至欲罵佛呵祖，可謂蜉蝣撼樹矣。』

〔三二〕《明詩評》卷二：『敬夫棲華禁署，振策天曹，連坐下遷，躡履泉石。康生同志，多托新聲，掞麗藻之景，抒淒鬱之抱，按錦瀉珠，良足悲賞。詩格渾渾，中歲倣何、李，如優孟孫叔，容笑頗似。暮年率易，遂露本色。』《國雅品》：『王吏部敬夫才雋思逸，鋭於綺麗。譬之湖外碧草，海東紅雲，流彩奪目。』

〔三三〕《明詩評》卷三：『文隱清脩之士，風調爾雅，詩亦僅類之。』《列朝詩集》丙：『其爲歌詩淹雅清峭，諷諭婉約，有詞人之風焉。李長沙評其詩曰：「邦彦詩詞，皆中矩度，而七言古詩，尤超脱凡近，衆所不及。」』文隱，石珤（寶）謚號。

〔三四〕《明詩評》卷三：『大抵徵明詩如老病維摩，不能起坐，頗入玄言；又如衣素女子，潔白掩映，情致親人，第無丈夫氣格，其它率易，種種可厭。』《國雅品》：『文翰詔徵仲，……其文恬寂整飭，詩亦從實境中出，特調稍纖弱。王元美謂其「如小閣疏窗，位置都雅，眼界易窮」，似或有之。』

〔三五〕康海，字德涵。《明詩評》卷二：『太史……詩如河朔丈夫，鬚髯戟張，借軀報讎，人疑大俠，與之周旋，乃是酒肉傖父。』《四庫全書總目提要》卷一七一：『明人論海集者是非不一，要以俞汝成「文過於詩」語爲不易之評。』

〔三六〕子雲，蔣山卿字。《明詩評》卷二：『子雲負一時才名，流麗清逸，固是當家，然乏沉雄之思，售價自淺。』《四庫全書總目提要》卷一七六：『《南泠集》十二卷，明蔣山卿撰。……顧璘序稱其「下筆千言，才情焕發，朋輩每爲斂手」，而王世貞又以「不堪咀嚼」少之，持論互異。今觀其集，正韓愈所謂無好無惡之詩耳。』

〔三七〕欽佩，王韋字。《明詩評》卷三：『太僕宛曲穠鮮，頗類温、李，風人之致，可挹而言。却乃妙舞霓裳，逸主猶憎其肉，靚粧妖婢，見人更羞舉止。斯爲所短，頗號難藥。』《四庫全書總目提要》卷一七六：『王韋《明史·文苑傳》附見《顧璘傳》中，韋與璘及朱應登、陳沂相友善，時有朱、顧、陳、王之目。朱、顧皆羽翼北地，共立壇墠；而韋與陳沂獨心儆剿襲之非，頗欲自出手眼。閣試《春陰》一篇，當時至謂有神助。然所作多尚穠麗，亦未能突過李、何。』

〔三八〕虞佐，唐龍字。《明詩評》卷四：『龍詩如永州石，奇重有致，不如太湖嵌空玲瓏。』《明詩綜》卷三三引穆敏甫云：『唐公詩若甲胄明光，赫然耀日。』又引陳卧子曰：『漁石五言本之少陵，已涉藩籬，漸窺堂奥。』唐龍有《漁石集》。

〔三九〕《明詩評》卷一：『廷相渾渾如高麗使人，抗浪意氣，殊乏精韻，古詩歌行，小勝近體。』《國雅品》：『王司馬子衡學古才辯，其爲文章，多漢晉人語，特閑於古體，如闕里孔檜，泰岳秦松，蒼秀挺鬱。王元美譏其稍露本色，不無有之。』《明詩綜》卷三一引陳卧子曰：『子衡詩，有沉鬱之思，壯麗之色。』又引宋轅文云：『子衡莊雅有法，長於五言，若近體則元美所云「武人坐禪」者是也。』

〔四〇〕士選，熊卓字。《明詩評》卷二：『侍御才短思苦，所著不多見，然風調秀質，亦一時名手也。如寒蟬乍鳴，清楚之外，更無別致耳。』《國雅品》：『熊侍御士選才華警拔，一句一字，酷尚初唐，如「野寺孤雲没，春山獨鳥歸」，「鷄鳴巖下寺，犬吠洞中春」，已得王、楊風彩，特少深致。』

〔四一〕《四庫全書總目提要》卷一七六：『張琦當何、李盛時，別以獨造爲宗，自開蹊徑。王世貞《藝苑卮言》謂其「如夜蛙鳴露，自極聲致，然不脱於泥中」。蓋其用思雖苦，煉骨未輕，有意生新，未免圭角太露。』

〔四二〕《明詩評》卷二：『（唐）寅實異才，中道齟齬，既伏吏議，任誕以終。詩少法初唐，如鄂杜春游，金錢鋪埒，公子調馬，胡兒射雕。暮年脱略傲睨，務諧俚俗。西子蒙垢土，南珠襲魚目，狐白絡犬皮，何足登床據几，爲珍重之觀哉？』顧元慶《夷白齋詩話》：『解元唐子畏，晚年作詩，專用俚語，而意愈新。嘗有詩云：「不煉金丹不坐禪，不爲商賈不耕田。起來就寫青山賣，不使人間造孽錢。」君子可以知其養矣。』《列朝詩集》丙，『伯虎詩少喜穠麗，學初唐，長好劉、白，多悽怨之詞。晚益自放，不計工拙，興寄爛漫，時復斐然。』

〔四三〕《國雅品》：『袁氏獻實曰：李、何、徐、邊，世稱「四傑」。李雄健，何秀逸，徐精融，邊樸質。故並負盛名，輝映當代，四公殆藝苑之菁英也。邊梢不逮，祇堪鼓吹三家耳。其集中篇章頗富，如「緑水閶門道，青山建業城」，「地入河源渺，天連塞日曛」，又「魯連箭滅遺書在，微子城荒故堞留」，「千盤鳥道懸雲上，五色龍江抱日流」，應是豪華語。《卮言》云：「廷實如五陵裘馬，千金少年。」信然。』《四友齋叢説》卷二六：『邊華泉興象飄逸，而語亦清圓，故當共推此人。』

〔四四〕華玉，顧璘字。《明詩評》卷二：『尚書器並瑚璉，材懸綺繡，束髮班行，遂屈郡公之左；珥管江表，首馳三傑之目。如春原盡花，蘼邁錯離；又如過雨殘荷，雖復衰落，尚有微情。』《列朝詩集》丙：『華玉詩矩矱唐人，才情爛然，格不必盡古，而以風調勝。』『蕪蘼』，原作『苞蘼』，據《四庫》本改。

〔四五〕元瑞，劉麟字。《明詩評》卷二：『司空朗爽登朝，榮躋八座，急流勇退，用諧素心。烟霞之癖更多，泉石之身難老。其詩如痴女兒能織鴛鴦，謂未藝絶，更綉鳳凰，並無此鳥，可發一笑。』《明詩紀事》丁七：『坦上翁人品高潔，居朝日，永陵以冰清玉潔目之。嘗與太白山人孫太初、龍霓、吳充、陸昆、施侃結社於苕溪，號「苕溪五隱」。所著興趣天然，頗似擊壤一派。』

〔四六〕昇之，朱應登字。《國雅品》：『朱大參昇之情過其才，亦時出新語。其《函谷歌》全效高常侍，稍有蹇礙粗麤處。《對雪》有「風急仍含雨，天低欲墮雲」，殆佳句也。《國寶新編》曰：「參政落筆，一掃千言，傍觀者往往奪氣，可謂詩豪矣。」』

〔四七〕近夫，殷雲霄字。《國雅品》：『殷給事近夫菁藻時髦，才情遒麗。……王元美謂其「如越兵縱横江淮，終不成霸」。蓋惜其蘭馨夙焚，桂叢忽折，不足悲夫！』《四庫全書總目提要》卷一七六：『（雲霄）多與孫一元唱和，詩派亦與相近，然大抵才清富贍，而骨格未堅。』《列朝詩集》丙：『雲霄……詩體逼側，略近繼之，而風調不及。』

〔四八〕《明詩評》卷四：『新建雄略蓋世，雋才逸群。詩初鋭意作者，未經體裁，奇語間出，自解爲多，雖謝專家之業，亦一羽翼之雋也。四時詩如五花駿馬，嘶踏雄麗，頗多蹶步。暮年如武士削髮，縱談玄理，傖語錯出，君子譏之。』《國雅品》：『王新建伯安，博學通達，詩非所優，然亦有幽逸思致。』

〔四九〕子淵，陸深字。《明詩評》卷三：『儋事天才卓逸，翰墨名家，流輩見推，彌布朝野。詩如梨園小兒，急健華利，所至動人，第愧大雅，亦短深趣。』《四庫全書總目提要》卷一七一：『當正、嘉之間，七子之派盛行，而獨以和平典雅爲宗，毅然不失其故步，抑亦可謂有守者矣。』

〔五〇〕《明詩評》卷一：『善夫……詩規放少陵，兼目變故，時寓幽憂，或傷稚樸。如黄河積水，寒色千仞，石骨巉巖，俯入深澗。連城之璧，不損微瑕。』顧璘《國寶新編》：『（繼之）氣秀巖谷，發情聲詩，雖才韻弗充，而古色精言。高映霞表，飄飄然有逍遥遠舉之志。』

〔五一〕望之，孟洋字。《國雅品》：『孟大理望之調雅詞綺，高響奇絶，倣佛天台石梁，羅浮水簾。其《瀟湘行》尤稱警拔。』《静志居詩話》卷九：『左孝廉舜齊，獻吉外弟也；孟大理望之，仲默外弟也。左詩近膚，孟詩太淺，比於郎伯，邈若雲淵。』

〔五二〕《明詩評》卷四：『勉之……詩刻意六朝諸家，綴集華麗之語，聯以艱深之法，如亂石垛疊，遠望鬱然，縱横難上；又如閶門肆中，五彩眩目，原非珍品，坐索高價。』《詩談》：『勉之詩宗六朝，如空江月明，獨鶴夜警。』

〔五三〕《國雅品》：『高參政子業負奇氣，博雅情，其爲詩若磊磊喬松，淩風迴秀，響振虚谷。……大抵高詩有情興，通篇讀去，頗沉鬱。王元美謂其「高山鼓琴，沉思忽往」者是也。』《明詩評選》卷四：『蘇門詩以貌取者以清題之，知者不謂其然，其獨至處正在密贍耳。』又：『一片俊偉之氣，欲空今古。皮相者驚空同之衝突，遂以衛玠目之，誰謂王元美有眼？』

〔五四〕《明詩評》卷一：『蕙詩如刻錦雲霞，疊石島嶼，欲以人巧，而擬自然，未及大觀，能亡激賞。間作沖淡，如落花游絲，情致可喜，稍更骨氣，便復無儔矣。五言古勝律，五言律勝七言。』《四庫全書總目提要》卷一七二：『正、嘉之際，文體初新，北地、信陽，聲華方盛。蕙詩獨以清削婉約介乎其間，古體上挹晉、宋，近體旁涉錢、郎。核其遺編，雖亦議擬多而變化少，然當其自得，覺筆墨之外別有微情，非生吞漢、魏，活剥盛唐者比。」

〔五五〕《明詩評》卷三：「中丞天質穎敏，風度瀟灑，亦一關中之儁。第命意淺率，不足多傳，雖緣是罹口，幾陷大僇，何益於己。」《四庫全書總目提要》卷一七六：「《鳥鼠山人集》，明胡纘宗撰。其詩激昂悲壯，頗近秦聲，無嫵媚之態，是其所長，多粗厲之音，是其所短。」

〔五六〕仲房，馬汝驥字。《國雅品》：「夏相公公謹，馬侍郎仲房，二公並稱儁才。夏優於詞，自成別調，頗多豔藻；馬優於律，取法初唐，尤多華整，並少情性耳。至馬之「盤危門入斗，嶠迴成通煙」，「香氣蒸雲上，鐘聲度漢迴」，是江光禄未授筆時語。」《明詩紀事》戊一三：「侍郎詩鏤金錯彩，頗極璀燦之觀，唯少變化。」

〔五七〕《明詩紀事》丁一一引《甬上耆舊集》云：「人翁歸，益自誕放，詩深合古法，雖時寫牢騷，殊未盡其狂也。」又曰：「南禺工書，詩亦激宕淩厲，寫其牢騷不平之氣。才人不得志，大抵類此，不足怪也。」按：豐坊，又字人翁，號南禺外史。

〔五八〕舜夫，王謳字。《明詩評》卷一：「謳詩頗饒氣格，兼多沉思，惜其純駁半之，如披沙見金，治璞取玉，殊勞匠手。」《明詩紀事》戊一三：「舜夫詩集存詩太多，蕪蔓不剪，時有俊篇，不愧名家，竹垞嗤爲關中下農，無乃唐突。」

〔五九〕《國雅品》：「孫山人太初，初號吟嘯，更太白山人，朗姿美髯，飄然風塵外物也。共才清趣逸，頗擅詩名。大都孫詩五言得孟襄陽幽處，七言得張句曲曠處，遂致徑庭懸絶。」《明詩紀事》丁四：「山人詩激宕處亦是摹杜，而煉句煉字，時出入於王摩詰、孟襄陽、岑嘉州諸公間。長歌氣魄稍弱，律絶固是一時之秀。」

〔六〇〕子羽，施漸字。《國雅品》：「施少府子羽余友，卓行博學，雅有詩名。所著詩文，嘗芟齊、梁之浮靡，涉曹、謝之高華。……其詩如春竹積雪，浮翠欲滴，寒松含籟，空濤勁發。佳篇各詣妙境，殆蕭條而風趣沖寂者。」《明詩紀事》己一九：「子羽近體，措詞清遠，琢句圓成。」

〔六一〕《明詩評》卷二：『履吉風流醞釀，詞翰珠璣，部使推許，聲名藉甚。累戰皆北，忳悒靡和，僅滿餼入太學，垂五十而歿，良可念哉。詩如光禄宴使臣，餖飣嚴整，不耐咀嚼，亦無珍貴，然以骨格差勝文生。』參見卷七第九條注〔五〕。

〔六二〕《四庫全書總目提要》卷一七六：『《常評事集》一卷，明常倫撰。王世貞謂其詩「如沙苑兒駒，驕嘶自賞，未諧步驟」。陳子龍則謂其「氣骨高朗，頗能自運」。今觀是編，合二人之論，乃爲定評。』

〔六三〕張治，謚文隱，隆慶改謚文毅。《國雅品》：『張文肅文邦，才雄思贍，抽緒錯彩，遒繹華曠，江漢横流，岌然衡嶽之秀也。公長於古風，其豪縱處如孫武將兵，甲隊嚴整，鼓而爲氣，窮力破敵，特沈機輕襲，非所屑也。』《明詩紀事》戊一四：『文毅五、七言律體，特饒清音。』

〔六四〕《明詩評》卷一：『裕州縱性爲狂，多才誤用，投美璧於頑礦，點麗錦以青蠅。逾冠登朝，未立罷免，既不能謝跡塵鞅，棲神玄境，又不能自勵絶翮，章賁雲衢。英氣徒栩於眉宇，激昂時出乎篇章。如黄河下流，迅決任性，雲錦蕩漾，風波潋漩，自無定則。五官或由感慨，或近自然，頗多佳境。七言更無一章，可謂才難矣。』《静志居詩話》卷一一：『稚欽逸藻波騰，雕文霞蔚，音高秋竹，色艷春蘭，樂府古詩，既多精詣，五言近體，亦是長城，固已邈後淩前，足稱才子。』

〔六五〕《國雅品》：『陳學憲約之，《巵言》云：「約之如青樓少女，月下箜篌。」余讀其集，篇篇都秀潤，句句少警拔，亦就色象中自然寫出，如波擎菡萏，淨麗天茁，尚未舒笑。』《明詩紀事》戊九：『今觀所作，意極矜煉，境乏閎深，趨步雖工，音節未壯。良由賦質荏弱，又傷早逝。采録遺詩，爲之三歎。』

〔六六〕《明詩評》卷一：『脩揖筆任手運，誦由目成，翱翔中秘，既窮青藜之校；流戍南滇，遂肆朱鼎之識。凡所取材，六朝爲冠，固一代之雄匠哉。特其搜擷太饒，格調時左，繁飾人工，或累天悟。又其微趣多在長吉，振奇之士，卑其刻羽雕葉，陋中之徒，駭其牛鬼蛇神。班郢之思獨苦，盲盲之病難醫，良可歎也。』《明詩別裁》卷六：『升庵以高明伉爽之才，宏博絶麗之學，隨題賦形，一空依傍，於李、何諸子外，拔戟自成一隊。』

〔六七〕李士允字子中，祥符人。正德丁丑進士。歷官陝西參政，兼苑馬寺卿。有《山藏集》。

〔六八〕鳴吾，廖道南字。《明詩評》卷四：『學士緣淩厲之資，發躁競之念，應制偏於側媚，酬送由乎頃刻，雖才若倚馬，而響同亂蛙。』《明詩紀事》戊一四：『學士在世宗朝，頗蒙優眷。生平著述甚富。詩句襞字輳，不稱其名。』

〔六九〕《明詩評》卷二：『涍以高第清曹，競心傲習，兩遭公議，悒悒而没。詩如蜀彩吴葩，爛爛鬱鬱，得意處如玉盤露屑，清甘可人，七言衰弱，更所不論。』《明詩紀事》戊五：『子安刻意摹擬，詞俊而格超，可謂鏤冰雕瓊，心手雙絶。』

〔七〇〕《明詩評》卷二：『袞詩如築室城邑，位置整嚴，終乏悠然之思。又若麓魚入水，圉圉未舒，滔滔莽莽，當讓關河之客。』《明詩紀事》戊一六：『永之詩雄詞快句，下筆淩厲，而直易之篇，傷於易盡，無復頓挫含蓄之妙，唯五律獨多合作。』

〔七一〕《明詩評》卷二：『佐詩如刁家黠奴，連車騎，交守相，揮散千金，原非己業。』《四庫全書總目提要》卷一七二：『佐詩吐屬沖和，頗見研練，於時茶陵之焰將熸，北地之鋒方鋭，獨能力存古格，可謂不失雅音。』

〔七二〕周詩，字以言，崑山人，有《虚巖山人集》。《明詩紀事》己二〇：『周山人詩爲皇甫兄弟所激賞，其興趣亦與皇甫爲近。』

〔七三〕平叔，施峻字。《四庫全書總目提要》卷一七七：『朱彝尊《静志居詩話》謂平叔以七律自詡，然殊不見好。諸體過脩邊幅，未免氣餒。是集有顧應祥序，亦謂唐以後詩，音調格律相尚，鍛煉益工，其氣益弱，亦似微致不滿焉。』

〔七四〕張應揚字以言，直隸休寧人，萬曆進士。

〔七五〕承之，胡侍字，咸寧人。正德丁丑進士，除刑部主事，歷員外，遷鴻臚少卿，謫潞州判官，以事斥爲民。

〔七六〕子潛，華察字。《明詩評》卷一：『學士刊洗浮靡，獨秀本色，如秋水涸，天根露，木葉脱，明蟾出。誠陶、韋之妙境，蓋詩宗之玄解也。惜才具稍乏，七言微短。』

〔七七〕孟獨，張治道字。《列朝詩集》丙：『與康德涵、王敬夫遨游中南、鄠、杜間，唱和無虚日。……今所傳《太微集》殊寥寥無聞。近體詩學杜，捧心傚顰，不勝其醜。』

〔七八〕愈光，張含字。《明詩評》卷四：『山人才氣粗横，律法少陵，僅得其拙。長歌下筆千言，節奏無端，精采不足，如落日忽霾，宿雅（鴉）成陣，勢雖猛快，無非惡聲。』

〔七九〕子重，湯珍字。《列朝詩集》丙：『珍與王履吉兄弟讀書石湖治平寺，凡十五年，爲前輩蔡林屋、文衡山所推重。衡山二子及彭年，皆出其門。』

〔八〇〕《明詩紀事》丁一六：『丁戊山人詩，初矜獨造，晚遁荒誕，擇其入格者亦是幽絃孤調。』按：傅汝舟字木虚，號丁戊山人。

〔八一〕景叔，喬世寧字。《明詩評》卷一：『參政趨本爾雅，調亦清和，規模沈、宋，時沿李白。《劉生入塞》、《寄王玉壘》諸作，如新月在樹，晶晶瑩瑩，清泉倒澗，琮琮琤琤，尤璧府之卞，珠林之隋也。楚政之後太簡率，寡沉鬱之思。昔人謂山川奇文章，何背馳爾耶？』

〔八二〕子木，蔡汝南字。《國雅品》：『蔡司空子木聲調淵雅，情興高朗，其集爲楊用脩所選者，爲藝林珍賞。晚歲率意應酬，似出二手。』《列朝詩集》丁：『同安洪朝選云：「蔡白石弱冠即以詩聞。初學六朝，即似六朝，既而學劉長卿，最後又學陶、韋。」唐應德曰：「白石詩洗盡鉛華，獨存本質。幽玄雅淡，一變而得古作者之精。」蓋嘉靖初，唐應德、陳束之反北郡之弊，變爲初唐之體，至是乃稍變爲中唐，而子木之風調，得之皇甫兄弟漸摩者居多。』

〔八三〕《明詩評》卷三：『道思聲譽赫然，縉紳歆慕。初年詩格艷麗，雖寡天造，良極人工。歸田以後，恃才信筆，極其粗野。一時後進靡識，翕然相師，遂成二竪之病，重起萬障之魔。』

〔八四〕伯誠，許宗魯字。《静志居詩話》卷一〇：『少華諸體皆工，寓和婉於悲壯之中，譬之秦箏，獨無西氣，足與邊庭實、王子衡並驅。』

〔八五〕羽伯，陳鳳字。《明詩紀事》戊一九引馮汝訥《光禄集》云：『羽伯五古，初啓唐人扃鑰，後入晉、魏閫奥。七言歌行豪逸雄俊，真得盛唐三昧。五七言近體，雅秀清暢，王、孟之流。』《明詩紀事》戊一九：『羽伯五字詩華妙，弇州擬之東市倡，無乃唐突。』

〔八六〕《明詩評》卷二：『宫諭高朗傑出，刻意少陵，一時藉甚之譽，海内無幾。宛轉屈曲，既乏天然；粗重突兀，良背人巧。自負詩宗上乘，永無改轍。冤哉千餘年杜氏，惜哉二十載王君！彼逐影迫聲之徒，何足道哉！』《明詩紀事》戊一九：『牧齋掊擊崆峒，故於允寧醜詆不遺餘力。……允寧五律亦有佳篇。竹垞「有句無篇」之説，亦爲牧齋之論所懾耳。』

〔八七〕《國雅品》：『余觀《迪功》二集，豪縱英裁，格高調雅，馳騁於漢、唐之間，婉而有味，渾而無跡。……皇甫子安云：「徐詩可以繼軌二晉，標冠一代。」子循亦云：「徐集獨綜菁英，莫可瑕纇。」王元美云：「如飛僊遊天，不染塵俗。」三公可謂知言矣。』《明詩紀事》丁二：『昌穀才力不及李、何富健，而清詞逸格，矯矯出群，不授後人指摘。』

〔八八〕王世貞《弇州山人四部稿》卷六四《何大復集序》：『緣情即象，觸物比類，靡所不遂。璧坐璣馳，文霞淪漪，緒飆摇曳，春華徐發，驟而如淺，復而彌深，疑無能逾何子而上者。』《明詩評》卷五：『何、李同時並駕，何之取材尤劣，於古詩則蔑陶、謝而宗潘尼，近體則舍沈、宋而師羅隱、杜荀鶴，又不得肖，大抵成乎打油、釘鉸語而已。』

〔八九〕《弇州山人四部稿》卷六四《何大復集序》：『李源風，……睹其沉深莽蕩，激昂鼓壯，喑嗚慘悽，忽正忽奇，正若嶽厲，奇若海颶，則李子哉！』《詩談》：『李夢陽崧高之秀，上薄青冥，龍門之流，一瀉千里。』《明詩評》卷七評《江行雜詩》：『如此爲雄渾，爲沉麗，又誰得而間之。北地五言小詩冠冕今古，足知此公才固有實，丰韻亦勝，胸中擘括亦極自鄭重。』

〔九〇〕《明詩評》卷一：『于鱗宏麗渾壯，鮮所不有，又濟之沉思，假以數年，奚讓二氏哉！太岳二室，芝菌樛結，光華若朝霞，芬旨入九咽，庶乎其近之矣。』《明詩別裁》卷八：『歷下詩，元美諸家推奬過盛，而受之掊擊，歡呼叫呶，幾至身無完膚，皆黨同伐私之見也。分而觀之，古樂府及五言古體臨摹太過，痕跡宛然；七言律及七言絶句高華矜貴，脱棄凡庸。去短取長，不存意見，歷下之真面目出矣。』

〔九一〕參看卷七第一五條注〔一〕。

〔九二〕《明詩選》卷四：『神情遠，音節舒，公實立七子中，如杜祁公入里社，儺鼓囂煩，獨抒静賞，居然有公輔之度。』參看卷七第一五條注〔四〕。

〔九三〕《列朝詩集》丁：『元美《詩評》云：「峻伯詩小巧清新，足炫市肆，無論風格。」詩之風格，有出於清新二字者乎？元美少年之論如此。』《静志居詩話》卷一四：『峻伯詩如鉛刀土花，不堪灑削。然其五律頗具岑嘉州、張司業風格。』

〔九四〕《明詩紀事》戊八：『臨朐四馮（按：指馮唯健汝强、馮唯重汝威、馮唯敏汝行、馮惟訥汝言），朱中立首推汝强詩。王秋史謂汝威爲四集之冠，朱竹垞謂汝言詩華整可觀，其賈氏之偉節乎？余謂終不若汝行之才氣縱横也。』

〔九五〕《列朝詩集》丁：『汝言有《馮光禄集》行世。評其詩者，以爲博洽多記，自出爲鮮。』《明詩紀事》戊八引《海岳靈秀集》：『少洲詩俊逸秀麗，縱横繩墨間，時出奇峰。』

〔九六〕張才字茂參，西安衛人。嘉靖甲辰進士，授户部主事，歷員外郎中，出爲僉事。《静志居詩話》卷一二：『元美評茂秦詩，比之「荒傖渡江」。茂秦之言曰：「自六義輟講，而詩教寖衰，五傳異觀，而文體漸裂，今昔殆不相及矣。務艱者氣鬱而不伸，樂易者神渙而弗耀，侈博者意累而靡潔，至或思不通圓，而極貌摹倣，識未周洽，而委心剽奪，支戾勿經，踳駁可厭，篇帙雖富，豈足稱哉！」其意亦似不滿於瑯琊、歷下二子，度其集必有可觀，而惜其罕傳。里有姚叟澣，曾問矇叟：「茂秦何名？」矇叟不能答，則其論詩之目，聞之者益鮮矣。」

〔九七〕《國雅品》：『盧少楩所爲詩，稍有短長。余嘗評之：其古體如寒流出谷，婉若調軫，音隨意適；近體如夕禽觸林，矯於避繒，象逐思馳。』《列朝詩集》丁：『楠騷賦最爲王元美所稱，律詩不如茂秦之細，而才氣横放，實可以驅駕七子。』少楩，盧楠字。

〔九八〕子价，朱曰藩字。楊慎《山帶閣集序》：『射陂取材《文選》、樂府，而憲章於六朝、初唐，不事蹈襲，不煩繩削，可以鳴世。』何良俊《四友齋叢説》卷二六：『余友朱射陂曰藩最工詩，但平生所慕向者，劉南坦、楊升庵二人，故喜用僻事，時作險怪語。……其七言律之學温、李者，可稱入律。』《明詩紀事》己八：『子价詩如烏衣子弟，風流自賞，自是才人標致。』

〔九九〕陳鶴字鳴野，一字九皋，號海樵山人。山陰人。《明詩評》卷二：『陳生氣色高華，風調鴻爽。初法杜氏，未由點化，後入中睿，亦鮮悟解。既寡全牛之語，復乏半豹之蓄，舂容乎短章，寂寥乎大篇，十室之肆，庶其寶而。』《徐謂集》卷二六《陳山人墓表》：『其所作爲古詩文，若騷賦、詞曲、草書、圖畫，能盡效諸名家，既已間出己意，工贍絶倫。其所自娱戲，雖瑣至吴歈越曲，緑章釋梵，巫史祝呪，櫂歌菱唱，伐木輓石，薤辭儺逐，侏儒伶倡，萬舞偶劇，投壺博戲，酒政閹籌，稗官小説，與一切四方之語言，樂師矇瞍，口誦而手奏者，一遇興至，身親爲之，靡不窮態極調。』

〔一〇〇〕《列朝詩集》丁：『彭年字孔嘉，長洲人。長身玉立，少磊落，嗜讀書，書法宗顔、歐，其名亞於文待詔。……卒以貧死。』

〔一〇一〕徐文通字汝思，永康人，有《徐汝思詩集》。《弇州山人四部稿》卷六五《徐汝思詩集序》：『語曰：寧玉而瑕，毋石而璠。今汝思詩具在，如《登岱》、《雲門》、《汎海》諸篇，渢渢乎有古遺響焉，殆欲超大曆而上之。』

〔一〇二〕黄姬水字淳父，黄省曾子，長洲人，有《白下集》、《高素齋集》。《列朝詩集》丁：『淳父有《白下》、《高素》

二集，托寓悽婉，人以《白下》爲最勝。」《明詩紀事》己二〇：『勉之北面空同，致失故步，不如其子淳父爲輕俊語，吴人而吴歙也。觀其自序《白下集》云「壯心不死，素發易生，雲霞鬱思，江山灑泣。昔人有游楚者，病且爲吴吟，予悲予之游楚而吴吟也」。可以知其指矣。』

〔一〇三〕《明詩評》卷一：『茂秦詩宗法少陵，窮體極變，原旨推用五七言律，得其十九，近時之麟鳳哉！布衣風格，從古未有，孟浩然亦當退舍。』《明詩綜》卷四六引陳臥子曰：『茂秦沉煉雄偉，真節制之師也。茂秦地位于鱗之下，徐、吴之上，元美評其所製最當，而未免以蕭、朱之嫌，左袒濟南，抑之太甚。此文人之交，不足重也。』《明詩紀事》己二一：「弇州《卮言》評五子詩，多有溢美，唯評茂秦詩至當不易。大抵以聲氣合者，語多假借，唯於茂秦始合終離，故公論出耳。」

〔一〇四〕順甫，魏裳字。《四庫全書總目提要》卷一七八：『當嘉、隆之際，李攀龍、王世貞方負盛名，而裳與南昌余曰德德甫、銅梁張佳允肖甫、新蔡張九一助甫實左右之，當時稱爲「四甫」。裳才地稍弱，尤爲墨守不變。集首佳允序，謂其「文非《左》、《國》，兩司馬，詩非建安、大曆則不以寓目」。此即其力持王、李餘論之證。故世貞《藝苑卮言》亦稱其「不失門宗」云。』《弇州山人四部稿》卷八二《魏順甫傳》：『其詩最善近體，沉鬱勁壯，有河朔風。於文尤精刻削，法森森立。』

一五

文：宋景濂如酒池肉林，直是豐饒，而寡芍藥之和〔一〕。王子充、胡仲申二公，如官廚内醞，差有風法，而不堪清絶〔二〕。劉伯温如叢臺少年入説社，便辟流利，小見口才〔三〕。高季迪如拍張檐幢，急迅眩眼〔四〕。蘇伯衡如十室之邑，粗有街市，而乏委曲〔五〕。方希直如奔流滔滔，一瀉千里，而瀠洄滉瀁之狀頗少〔六〕。解大紳如遞夾快馬，急速而少步驟〔七〕。楊士奇如措大作官人，雅步徐言，詳和中時露寒儉；又如新廷尉牘，有法而簡〔八〕。丘仲深如太倉粟，陳陳相因，不甚可食〔九〕。李賓之如開講法師上堂，敷腴可聽，而實寡精義〔一〇〕。陸鼎儀如何敬容好整潔，夏月熨衣焦背〔一一〕。程克勤如借面弔喪，緩步嚴服，動止舉舉，而乏至情〔一二〕。吴原博如茅舍竹籬，粗堪坐起，別無偉麗之觀〔一三〕。王濟之如長武城五千兵，閑整堪戰，而傷於寡〔一四〕。羅景鳴如藥鑄鼎，雖古色驚人，原非三代之器〔一五〕。桑民懌如社劇夷歌，亦自滿眼充耳〔一六〕。楊君謙如夜郎王小具君臣，不知漢大〔一七〕。羅彝正如姜斌道士升講壇，語不離法，而玄趣自少〔一八〕。陳公甫如坐禪僧聖諦一語，東塗西抹，亦自動人〔一九〕。祝希哲如吃人氣迫，期期艾艾；又如拙工製錦，絲理多恨〔二〇〕。王伯安如食哀家梨，吻咽快爽不可言；又如飛瀑布巖，一瀉千尺，無淵渟沉冥之致〔二一〕。崔子鍾如古法錦，文理黯然，雅色可愛，惜窘邊幅〔二二〕。湛源明如乞食道人，記經唄數語，沿門唱誦〔二三〕。李獻吉如樽彝錦綺，天下瓌寶，而不無追蝕絲理之病〔二四〕。何仲默如雉翬五彩，飛不百步，而能鑠人目睛〔二五〕。徐昌穀如風流少年，顧景自愛〔二六〕。鄭繼之如孔北海言事，志大才短〔二七〕。王子衡如絲笮旄牛，珍貴能負，而不曉步驟〔二八〕。康德涵如嘶聲人唱《霓裳》散序，格高音卑〔二九〕。王敬夫如狐禪鹿僊，亦自縱横〔三〇〕。高子業如玉盤露屑，故是清貴，如寒淡何〔三一〕！夏文愍如登小丘，展足見平野，然是疏議耳〔三二〕王稚欽書牘如麗人訴情，他文則改鼠爲璞，呼驢作衛〔三三〕。江景昭如入鴻臚館，鳥語侏儺，一字不曉〔三四〕。廖鳴吾如屠沽小肆，强作富人紛紜，殊增厭賤〔三五〕。郭价夫如鄉老叙事，粗見亹亹〔三六〕。豐道生如骨董肆，真贋雜陳，時亦見寶，而不堪儇詐〔三七〕。李舜臣如盆池中金魚，政使足翫，江湖空闊，便自渺然〔三八〕。陳約之如小徑落花，衰悴之中，微有委艷〔三九〕。黃德兆如山徭强作漢語，不免鴃舌〔四〇〕。黃勉之如新安大商，錢帛米穀金銀俱足，獨法書名畫不真〔四一〕。陸浚明如捉麈尾人，從容對談，名理不乏〔四二〕。江于順如試風雛鷹，矯健自肆〔四三〕。袁永之如王武子擇有才兵家兒，命相不厚〔四四〕。吕仲木如夢中囈語不休，偶然而止〔四五〕。馬伯循如河朔餐羊酪漢，羶肥逆鼻〔四六〕。顔唯喬如暴顯措大，不堪造作〔四七〕。楊用脩如繒彩作花，無種種生氣〔四八〕。屠文升如小家子充烏衣諸郎，終不甚似〔四九〕。王允寧如下邑工琢玉器，非不奇貴，痕跡宛然；又如王子師學華相國，在形跡間，所以愈遠〔五〇〕。羅達夫如講師參禪，兩處著脚，俱不堪高坐〔五一〕。王道思如金市中甲第，堂構華煥，巷空宛轉，第匠師手不讀《木經》，中多可憾〔五二〕。許伯誠如通津郵，資用本少，供億不虚〔五三〕。薛君采如嚼白蠟，杖青蘆，不勝淡弱〔五四〕。朱子价如小兒吹蘆笙，得一二聲似，欲隸太常〔五五〕。喬景叔如江東秀才，文弱都雅，而氣不壯〔五六〕。吴峻伯如佛門中講師，雖多而不識本面目〔五七〕。歸熙甫如秋潦在地，有時汪洋，不則一瀉而已〔五八〕。盧少楩如春水横流，滔蕩縱逸，而少歸宿〔五九〕。梁公實如貧士好古器，非不得一二醒眼者，政苦難繼耳〔六〇〕。宗子相如駿馬多蹶，又如妙音聲人，止解唱《渭城》一曲，日日在耳〔六一〕。李于鱗如商彝周鼎，海外瓌寶，身非三代人與波斯胡，可重不可議〔六二〕。

【校注】

〔一〕劉基《潛溪文粹序》：『昔者楚國大司徒歐陽文公玄贇公之文曰：「先生天分至高，極天下之書無不盡讀，以其所藴，大肆厥辭。其氣沉雄，如淮陰出師，百戰百勝，志不少懾。其神思飄逸，如列子御風，飄然騫舉，不沾塵土。其詞調清雅，如殷卣周彝，龍紋漫滅，古意獨存。其態度多變，如晴躋東南，衆騶前陳，應接不暇。非才具衆長，識邁千古，安能與於此？」嗚呼，文公之言至矣，盡矣。』參見卷五第四條注〔五〕。

〔二〕參看卷五第四條注〔九〕。

〔三〕參看卷五第四條注〔一〇〕。

〔四〕《四庫全書總目提要》卷一六九：『《鳧藻集》，明高啓撰。啓詩才高健，工於摹古，爲一代巨擘。而古文則不甚著名。然生於元末，距宋未遠，猶有前輩軌度，非洪、宣以後漸流爲膚廓冗沓，號臺閣體者所及。』參看卷五第三條注〔三〕。

〔五〕宋濂《送國子正蘇君還金華山中序》：『以論乎辭章，則體裁嚴比，姿態橫逸，如春陽被物，或根或荄，或卉或條，或小或大，或圓或偏，各隨其物而暢之，無有同者。其視膠滯一體，守常而不變者何如也？』參看卷五第四條注〔一二〕。

〔六〕陳田《明詩紀事》乙一：『希直文章，淵源出於宋景濂，而學術純正則過之。』參看卷五第四條注〔一一〕。

〔七〕《明詩紀事》乙三引《東里文集》：『解公文雄勁奇古，新意疊出，叙事高處，逼司馬子長、韓退之。』參看卷五第四條注〔一二〕。

〔八〕參看卷五第四條注〔六〕。

〔九〕焦竑《玉堂叢語・文學》：『丘濬文章雄渾壯麗，四方求者沓至。碑銘志序記詞賦之作，流布遠邇。然非其人，雖以厚幣請之不與。公瓌奇砄蕩，限韻命題，即席聯句，動輒數百言。豪詞警語，如壯濤激浪，飛雪走雷，雲觸山而電迸發。同時文正公西涯，峰回海立，公直欲相雄長，無畏。』參看卷五第四條注〔一四〕。

〔一〇〕參看卷五第四條注〔七〕。

〔一一〕李東陽《春雨堂稿序》：『先生自爲諸生時，所爲詩文已迥出流俗，及以省元及第，入翰林居史職，益肆爲宏衍優裕之言。既乃刊落華靡，澡雪鉛黛，深造遠詣，超然有獨得之妙。蓋其初詩主少陵，文主昌黎，後則專尚太白、六一，間以其所自得者參之。他於諸子百家之作，非唯有所擇，而若有弗屑焉者；及其章成而聲協，足以上鳴國家之盛，而下爲學者指歸，其可謂一代之傑作也已。」

〔一二〕參看卷五第四條注〔一五〕。

〔一三〕《玉堂叢語·文學》：「吴文定爲文，不事雕琢，體裁具存，外若簡淡，而意味雋永。紆徐則有歐之態，老成則有韓之格。」《四庫全書總目提要》卷一七一：「寬學有根柢，爲當時館閣鉅手。平生學宗蘇氏，字法亦酷肖東坡。詩文亦和平恬雅，有鳴鸞珮玉之風。」參看卷五第四條注〔一五〕。

〔一四〕參看卷五第四條注〔一六〕。

〔一五〕《玉堂叢語·文學》：「羅玘肆力古文，欲卓然樹立，成一家言，同館類皆推遜。弘治己酉，授編脩，名益重，求者户屨相接。然益自重，不苟作。有所酬應，常杜門謝客，終日苦思，必得意，乃始命筆。意苟未愜，稿雖數易，不厭也。每一篇出，醲鬱頓挫，多不經人道語，士林傳誦，文體爲之一新。」參看卷五第四條注〔一七〕。

〔一六〕《四庫全書總目提要》卷一七五：「史稱悦爲人怪妄，敢爲大言以欺人。朱彝尊《静志居詩話》稱悦在長沙，著《庸言》，自詡窮究天人之際，非儒者所知。又自稱其詩根於太極，則史所云怪妄，不虛也。所作《兩都賦》，有名於時，然去班固、張衡實不可道里計，而夸誕如是，淺之乎其爲人矣。」

〔一七〕《四庫全書總目提要》卷一七五：「循吉平生詩文雜著幾及千卷，蕪累頗甚。是集雖經别裁，尚多俗體。蓋循吉任誕不羈，故其詞往往近俳云。」

〔一八〕《四庫全書總目提要》卷一七〇：「倫與陳獻章稱石交，然獻章以超悟爲宗，而倫篤守宋儒之途轍，所學則殊。《明儒學案》云：「倫剛介絶俗，生平不作合同之語，不爲軟巽之行。凍餒幾於死亡，而無足以動其中，庶可謂之無欲。」今覽其文，剛毅之氣，形於楮墨，詩亦磊砢不凡。雖執義過堅，時或失於迂闊，又喜排疊先儒傳注成語，少淘汰之功，或失於繁冗，然亦多心得之言，非外强中乾者比也。」

〔一九〕《四庫全書總目提要》卷一七〇：『史稱獻章之學以静爲主。其教學者但令端坐澄心，於静中養出端倪，頗近於禪，至今毁譽參半。其詩文偶然有合，或高妙不可思議；偶然率意，或粗野不可嚮邇，至今毁譽亦參半。王世貞集中有書《白沙集》後曰：「公甫詩不入法，文不入體，又皆不入題。而其妙處有超出法與體與題之外者。」可謂兼盡其短長。蓋以高明絶異之姿，而又加以静悟之力，如宗門老衲，空諸障翳，心境虚明，隨處圓通，辨才無礙。有時俚詞鄙語，衝口而談，有時妙義微言，應機而發。其見於文章者亦仍如其學問而已。雖未可謂之正宗，要未可謂非豪傑之士也。』參看卷五第一三條注〔一一〕。

〔二〇〕參看卷五第四條注〔一八〕。

〔二一〕王世貞《讀書後》卷四《書王文成公集後》一：『王氏之文，少不必道而往往有精思，晚不必法而匆匆無深味，其自負若兩得，而幾所謂兩墮者也。……所上封奏陳事理，敘功略，捭闔宏暢，使人目醒，當不在蘇氏下。』參看卷五第四條注〔八〕。

〔二二〕王世貞《讀書後》卷四《書洹詞後》：『崔子鍾於文務剪裁而無沛然之氣，蹊徑斧鑿靡所不有，蓋慕子雲之《法言》而工不足者也。吾每讀歸熙甫時義，厭其不可了，若千尺綫；每讀崔子文，句句可了，若綫斷珠落。恨未有并州剪刀翦歸生，以端午續命絲續崔氏也。』參看卷五第四條注〔一一〕。

〔二三〕湛若水字元明，增城人。官至兵部尚書，謚文莊。有《甘泉集》。《四庫全書總目提要》卷一七六：『其集語録居十之九，詩文其餘贅耳。』

〔二四〕〔二五〕參看卷五第一三條注〔七〕、〔八〕、〔九〕。

〔二六〕李夢陽《迪功集序》：『今詳其文，温雅以發情，微婉以諷事，爽暢以達其氣，比興以則其義，蒼古以蓄其詞，議擬以一其格，悲鳴以泄不平，參伍以錯其變，該物理人道之懿，闡幽別奥，紀記名實，即有蹊徑，厥儷鮮已。』何良俊《四友齋叢説》卷二三：『徐昌穀之文，不本於六朝，似倣佛建安七子之作，出典雅於藻蒨之中，若美女滌去鉛華而豐腴艷冶，天然一國色也。苟以西北諸公比之，彼真一傖父耳。』

〔二七〕參看卷五第一三條注〔五〇〕。

〔二八〕參看卷五第四條注〔二〇〕；又，第一三條注〔三九〕。

〔二九〕《四友齋叢説》卷二三：『康對山之文，天下慕向之，如鳳毛麟角。後刻集一出，殊不愜人意。前見槐野先生嘗語及之。槐野云：「對山之文甚有奇者，編次之人將好者盡皆删去，不知何故。即余所見而集中不載者，亦無下數十篇。余歸華州，當爲尋訪續刻以傳。」後槐野歸不久，即有地震之禍，對山之奇文遂湮没不傳。可歎，可歎。』

〔三〇〕《四庫全書總目提要》卷一七六：『敬夫平生相砥礪者，在李夢陽、康海二人，故其詩體文格與二人相似。而詩之富健不及夢陽，文之粗率尤甚於海。蓋樂府是其長技，他皆未稱其名也。』參看卷五第一三條注〔三二〕。

〔三一〕《四友齋叢説》卷二三：『近時如偃師高蘇門、關中喬三石，其文皆宗康、李，然能更造平典。雖曰大輅始於椎輪，層冰由於積水，亦由其稟氣和粹，正得其平耳。』參看卷五第四條注〔二五〕。

〔三二〕《四庫全書總目提要》卷一七六：『夏言詩文宏整而平易，猶明中葉之舊格。』

〔三三〕《四庫全書總目提要》卷一七二：『稚欽雜文藻采太多，華掩其實，等諸自鄶無譏，無庸深論也。』參看卷五第一三條注〔六四〕。

〔三四〕江景昭，不詳。

〔三五〕《明詩紀事》戊一四：『學士在世宗朝，頗蒙優眷，纂脩明倫大典成，進侍讀，在經筵，講《洪範》稱旨，其説具載實録。』參看卷五第一三條注〔六八〕。廖道南曾官侍講学士。

〔三六〕《四庫全書總目提要》卷一七六：『維藩是集詩文各五卷，皆乏深湛之思。其門人河南巡撫蔡汝楠序稱所著《經筵》、《南雍》二稿，俱不可見。此集已非完書，由維藩存日，無意傳其詞章。蓋亦道其實也。』

〔三七〕錢謙益《列朝詩集》丁：『豐坊，字存禮。……改名道生，字人翁。……張司馬時徹序其集曰：「公質禀靈奇，才彰卓詭，論事則談鋒横出，摛詞則藻撰立成。士林擬之鳳毛，藝苑方諸逸駟。然而性不諧俗，行或盭中。片語合意，輒出肺肝相啖；睚眦蒙嗔，即援戈矛相刺。亦或譽嫫母爲嬋娟，斥蘭荃爲蒉菉。旁若無人，罕所顧忌。知者以爲激詭，而不知者以爲窮奇也。由是雌黄間作，轉相詆諆，出有争席之夫，居無式閭之敬。鶉衣藍縷，濕突不炊。僮奴絶粒而逋亡，賓客過門而不入。顑頷煢獨，以終其身，不亦悲夫！」存禮負俗多累，蒙謗下流，司馬持論，瑕瑜不掩，使後人猶有撫卷歎惜者，存禮可以無憾於九京矣。』參看卷五第一三條注〔五七〕。

〔三八〕《四庫全書總目提要》卷一七二：『（李）舜臣字茂欽，號愚谷，又號未邨居士。是集詩四卷，文六卷。文皆古質，而稍覺有意謹嚴，或鏟削太過。故王世貞嘗有體制纖小之譏。然於時北地、信陽之學盛行於世，方以鈎棘涂飾相高，而舜臣獨以樸直存古法。其序記多名論，而《西橋逸事狀》一篇，觸張璁、桂萼之鋒，直書不諱。文出之日，天下咋舌。抑亦剛正之士矣。』

〔三九〕參看卷五第四條注〔一二五〕。

〔四〇〕黄德兆，王士禛《池北偶談》卷一一：『黄楨，字德兆，安丘人。嘉靖癸未進士，歷文選郎中。與李太僕舜臣齊名，號爲「李、黄」。』

〔四一〕《四庫全書總目提要》卷一七七：『是集王世貞序稱其「古今體詩皆出自六代、三唐」，於他文亦推許甚至。及其爲《藝苑卮言》，則云：「勉之詩如假山，雖爾華整，大費人力。」朱彝尊《静志居詩話》亦謂其「詩品太庸，沙礫盈前，無金可採。」今觀其集，兩家之説不虚矣。……其《客問》雜論物理，多臆揣之説。《擬詩外傳》未免優孟衣冠，至《家語》創立篇名，儼同孔氏，抑又僭矣。』參看卷五第四條注〔一一三〕、第一三條注〔五二〕。

〔四二〕參看卷五第四條注〔一一二〕。王世貞《弇州山人四部稿》卷一一八《答陸汝陳書》：『所見唯陸濬明差强人耳。陸之叙事，頗亦典則，往往未極而盡，當是才短。』又：卷一二五《與陸濬明先生書》：『遠辱寄高文，讀之至再三，不作一今人語，又不襲一古人語，抑何奇也。某所知者海内王參政、唐太史二君子號稱巨擘，覺揮霍有餘，裁割不足。執事之文，如水中之月，空中之相，不落蹊徑，不窘邊幅。僕間與吴峻伯論之，謂正統在執事也。』

〔四三〕〔四四〕參看卷五第四條注〔一一六〕。

〔四五〕《四庫全書總目提要》卷一七六：『楠之學出薛敬之，敬之之學出於薛瑄，授受有源，故大旨不失醇正。然頗刻意於字句，好以詰屈奧澀爲高古。往往離奇不常，掩抑不盡，貌似周、秦間子書，其亦漸漬於空同之説者歟！』吕楠，字仲木。

〔四六〕《四庫全書總目提要》卷一七六：『理少從王恕游，務爲篤實之學。故所詁諸經，亦多所闡發。唯其文喜摹《尚書》，似夏侯湛《昆弟誥》之體。遺詞宅句，涂飾雕刻，其爲贋古，視李夢陽又甚焉。』馬理，字伯循。

〔四七〕參看卷七第三條注〔一〕。

〔四八〕《四庫全書總目提要》卷一七二：『慎以博洽冠一時，其詩含吐六朝，於明代獨立門户。文雖不及其詩，然猶存古法，賢於何、李諸家窒塞艱澀，不可句讀者。蓋多見古書，薰蒸沉浸，吐屬自無鄙語，譬諸世禄之家，天然無寒儉之氣。』參看卷五第一三條注〔六六〕。

〔四九〕參看卷五第四條注〔一一六〕。

〔五〇〕參看卷五第四條注〔一一四〕。

〔五一〕達夫，羅洪先字。《四庫全書總目提要》卷一七二：『洪先人品高潔，嚴嵩欲薦之而不得，則可謂鳳翔千仞者矣，其集……門人胡直序之，稱其學凡三變，文亦因之。初效李夢陽，既而厭之，乃從唐順之等相講磨。晚乃自行己意。其《答友人書》取譬於水，謂古之人有能者，必其中有自得實見，斯道之流行，無所不在。雖欲不爲波濤湍瀾之致，不可得。斯亦有見之言也。』

〔五二〕參看卷五第四條注〔二一八〕。

〔五三〕東侯，許宗魯字。《列朝詩集》丙：『東侯才氣宏放，開府雄邊，多所建置。在遼東，奏寢三衛北虜門市，遼人賴之。家本秦人，承康、王之流風，罷官家居，日召故人，置酒賦詩，時時作金、元詞曲，無夕不縱倡樂。』參看卷五第一三條注〔八四〕。

〔五四〕《四庫全書總目提要》卷一七六：『《西原遺書》二卷，明薛蕙撰……蕙本詩人，《考功》一集，馳驟於何景明、徐禎卿、高叔嗣間，並駕争先，原足以自傳不朽。乃求名不已，晚年忽遁而講學。所講之學，又舛駁如是，反貽嗤點於後來。蛇本無足，子爲之足，其蕙之謂乎？』

〔五五〕《列朝詩集》丁：『子价按察使（朱）應登升之之子也。歷南京刑、兵二部，轉禮部主客郎中，留都事簡，閉户讀書，詞翰傾動海内。……當李、何崛起之日，南方文士與相應和者，昌穀、華玉、升之三人，而升之尤爲獻吉所推許。子价承襲家學，深知拆洗活剥之病，於時流波靡之外，另出手眼。其爲詩，取材《文選》。樂府，出入六朝、初唐，風華映帶，輕俊自賞，寧失之佻達淺易，而不以割剽爲能事。其於升之，可謂諍子矣。』參看卷五第一三條注〔九八〕。

〔五六〕參看卷五第一三條注〔八一〕。

〔五七〕參看卷五第一三條注〔九三〕。

〔五八〕王錫爵《明太僕寺丞歸公墓誌銘》：『先生於書無所不通，然其大指，必取衷《六經》，而好太史公書。所爲抒寫懷抱之文，温潤典麗，如清廟之瑟，一唱三歎，無意於感人，而歡愉慘惻之思，溢於言語之外，嗟歎之，淫佚之，自不能已已。』王世貞《答陸汝陳書》：『歸生筆力，小竟勝之，而規格旁離，操縱唯意，單辭甚工，邊幅不足。每得其文，讀之未竟輒解，隨解輒竭，若欲含至法於辭中，吐餘勁於言外，雖復累事，殆難其選。』《四庫全書總目提要》卷一七二：『初，太倉王世貞傳北地、信陽之説，以秦、漢之文倡率天下，無不靡然從風，相與剽剟古人，求附壇坫。有光獨抱唐、宋諸家遺集，與二三弟子講授於荒江老屋之間，毅然與之抗衡，至詆世貞爲庸妄巨子。世貞初亦牴牾，迨於晚年，乃始心折。故其題有光遺象贊曰：「風行水上，渙爲文章。風定波息，與水相忘。千載唯公，繼韓、歐陽。余豈異趣，久而自傷。」蓋所持者正，雖以世貞之高名盛氣，終無以奪之。自明季以來，學者知由韓、柳、歐、蘇沿洄以溯秦、漢者，有光實有力焉！』

〔五九〕《四庫全書總目提要》卷一七二：『是集爲嘉靖癸卯（盧）柟所自編。凡雜文二卷，賦一卷，詩二卷。前有自序，稱「蠛蠓」者，醯鷄也，取其潔於自奉，介於自守，不如蚊蚋之侵穢强啖。又以事繫獄，類蠛蠓之厄燕吭、罹蛛網，振其音而喑喑者，故以名集。史稱其騷賦最爲王世貞所稱，詩亦豪放，如其爲人。今觀其集，雖生當嘉、隆之間，王、李之焰方熾，而一意往還，真氣坌涌，絶不染鈎棘塗飾之習。蓋其人光明磊落，藐玩一時，不與七子爭聲名，故亦不隨七子學步趨。』參看卷五第一三條注〔九七〕。

〔六〇〕參看卷五第一三條注〔九二〕。

〔六一〕參見卷七第一五條注〔一〕。

〔六二〕參看卷五第一三條注〔九〇〕、卷七第二一條。

一

高帝嘗謂宋濂：『浙東人才，唯卿與王禕耳。才思之雄，卿不如禕；學問之博，禕不如卿。』〔一〕又嘗與劉誠意論文，誠意謂：『宋濂第一，其次臣不敢多讓，又其次張孟兼。』孟兼性剛愎，好出人上。爲按察副使，上冢歸，邑令謁之，不爲禮，帝聞之弗善也。又與布政使吴印争，帝大怒，摘捶之幾絶，乃賜死〔二〕。

【校注】

〔一〕錢謙益《列朝詩集》甲：『王禕字子充，義烏人。少宋景濂十二歲，同出柳待制、黄侍講之門。太祖徵爲中書省掾，進《平江西頌》，上喜曰：「浙東有二儒者，卿與宋濂。學問之博，卿不如濂；才思之雄，濂不如卿。」詔脩《元史》，與濂同爲總裁官。』

〔二〕《明史·文苑列傳》一：『張孟兼，浦江人，名丁，以字行。……史成，授國子學録，歷禮部主事、太常司丞。劉基嘗為太祖言：「今天下文章，宋濂第一，其次即臣基，又次即孟兼。」太祖頷之。孟兼性傲，嘗坐累謫輸作。已，復官，太祖顧孟兼謂濂曰：「卿門人邪？」濂對：「非門人，乃邑子也。其為文有才，臣劉基嘗稱之。」太祖熟視孟兼曰：「生骨相薄，仕宦，徐徐乃可耳。」未幾，用為山西僉事。廉勁疾惡，糾摘奸猾，令相牽引，每事輒株連數十人。吏民聞張僉事行部，凜然墮膽。聲聞於朝，擢山東副使。布政使吴印者，僧也，太祖驟貴之，寵眷甚，孟兼易之。印謁孟兼，由中門入，孟兼杖守門卒。已，又以他事与相拄。太祖先入印言，逮笞孟兼。孟兼憤，捕為印書奏者，欲論以罪。印復上書言狀，太祖大怒曰：「豎儒与我抗邪！」械至闕下，命棄市。」

二

當是時詩名家者，無過劉誠意伯温、高太史季迪、袁侍御可師〔一〕。劉雖以籌策佐命，然爲讒邪所間，主恩幾不終，又中胡惟庸之毒以死〔二〕。高太史辭遷命歸，教授諸生，以草魏守觀《上梁文》腰斬〔三〕。袁可師爲御史，以解懿文太子忤旨，僞爲風癲，備極艱苦，數年而後得老死〔四〕。文名家者，無過宋學士景濂、王待制子充。景濂致仕後，以孫慎詿誤，一子一孫大辟，流竄蜀道而死〔五〕。子充出使雲南，爲元孽所殺，歸骨無地〔六〕。嗚呼，士生於斯，亦不幸哉。

【校注】

〔一〕《明史》卷二八五《文苑列傳》一：『明初，文學之士承元季虞、柳、黄、吴之後，師友講貫，學有本原。宋濂、王禕、方孝孺以文雄，高、楊、張、徐、劉基、袁凱以詩著。』

〔二〕《明史》卷一二八《劉基列傳》：『胡惟庸方以左丞掌省事，挾前憾，使吏訐基，謂談洋地有王氣，基圖為墓，民弗與，則請立巡檢逐民。帝雖不罪基，然頗為所動，遂奪基祿。基懼入謝，乃留京，不敢歸。未幾，唯庸相，基大慼曰：『使吾言不驗，蒼生福也。』憂憤疾作。八年三月，帝親製文賜之，遣使護歸。抵家，疾篤，……居一月而卒，年六十五。基在京病時，唯庸以醫來，飲其药，有物積腹中如拳石。其後中丞涂節首惟庸逆謀，並謂其毒基致死云。』

〔三〕《明史》卷二八五《文苑列傳》一：『高啟，字季迪，長洲人。……洪武初，被薦，偕同縣謝徽召脩《元史》，授翰林院國史編脩官，復命教授諸王。三年秋，帝御闕樓，啟、徽俱入對，擢啟户部右侍郎，徽吏部郎中。啟自陳年少不敢當重任，徽亦固辭，乃見許。已，併賜白金放還。啟嘗賦詩，有所諷刺，帝嗛之未發也。及歸，居青丘，授書自給。知府魏觀為移其家郡中，旦夕延見，甚歡。觀以改修府治，獲譴。帝見啟所作上梁文，因發怒，腰斬于市，年三十有九。』

〔四〕錢謙益《列朝詩集》甲：『袁凱字景文，華亭人，自號海叟。……洪武間為御史，上慮囚畢，命凱送東宮覆審，東宮遞減之。凱還報，上問：「朕與東宮孰是？」凱頓首曰：「陛下法之正，東宮心之慈。」上不懌而罷，以為持兩端，心銜之。凱惶懼，托瘋疾辭歸。上使人詗之，佯狂得免。』

〔五〕《明史》卷一二八《宋濂列傳》：『十三年，長孫慎坐胡惟庸黨，帝欲置濂死。皇后、太子力救，乃安置茂州。……其明年，卒于夔，年七十二。』

〔六〕《明史》卷二八九《忠義列傳》：『五年正月，議招諭雲南，命禕齎詔往。至則諭梁王，亟宜奉版圖歸職方，不然天討旦夕至。王不听，館別室。他日，又諭曰：「朝廷以雲南百萬生靈，不欲殲于鋒刃。若恃險遠，抗明命，龍驤艗艫，會戰昆明，悔無及矣。」梁王駭服，即為改館。會元遺脱脱徵餉，脅王以危言，必欲殺禕。王不得已出禕見之，脱脱欲屈禕，禕叱曰：「天既訖汝元命，我朝實代之。汝爝火餘燼，敢與日月争明邪！且我與汝皆使也，豈為汝屈！」……遂遇害。』

三

劉誠意伯温與夏煜、孫炎輩，皆以豪詩酒得名〔一〕。一日游西湖，望建業五色雲起，諸君謂爲慶雲，擬賦詩。劉獨引大白慷慨曰：『此王氣也，後十年有英主出，吾當輔之。』衆皆掩耳〔二〕。尋高皇帝下金陵，劉建帷幄之勛，爲上佐，開茅土，其言若契。

【校注】

〔一〕錢謙益《列朝詩集》甲：『孫炎字伯融，長於歌詩。……至正中，天台丁復、同郡夏煜，皆以詩名，日夜相切劘，下筆快掃，百紙可立盡。常與煜對飲賦詩，務出奇相勝，每得一雋語，捶案大呼，嘩聲撼四鄰。』又：『夏煜字允中，金陵人。元季，丁復仲容以詩名，煜爲入室弟子。……太祖西伐友諒，儒臣唯劉基與煜二三人侍左右。』

〔二〕焦竑《玉堂叢語》卷七《術解》：『劉伯溫與夏煜、孫炎輩皆以豪詩酒得名。一日游西湖，望建業五色雲起，諸人謂為慶雲，擬賦詩，劉獨引大白，慷慨曰：「此天子氣也，後十年其下有英主出，吾當輔之。」众皆掩耳。尋高帝下金陵，劉建帷幄勳，為上佐，開茅土，其言若契。上使都督馮勝將兵攻某城，命劉基授方略，基書紙授之，使夜半出兵，云至某所，見某方青雲起，即伏兵，；頃有黑雲起者，是賊伏也，慎勿妄動。日後黑雲漸薄而回與青雲接者，此賊歸也，即銜枚躡其後，擊之，可盡擒也。众初莫肯信，至夜半，詣所指地，果有雲起，如基言，众以為神，莫敢違，竟拔城擒賊而還。』又參見《明史》卷一二八《劉基列傳》。

四

吾崑山顧瑛、無錫倪元鎮，俱以猗卓之資，更挾才藻，風流豪賞，爲東南之冠，而楊廉夫實主斯盟〔一〕。倪繪事尤稱絕倫〔二〕。高皇帝徵廉夫脩《元史》，欲官之，廉夫作《老客婦謠》示不屈，乃放之歸〔三〕。時危素太樸爲弘文館學士，方貴重。上一日聞履聲，問爲誰，太樸率然曰：『老臣危素。』上不懌曰：『吾以爲文天祥耶！』謫佃臨濠死〔四〕。人以定楊、危之優劣。倪、顧各散家貲，顧仍畫其像，題曰：『儒衣僧帽道人鞋，天下青山骨可埋。若説少年豪俠處，五陵鞍馬洛陽街。』至今人傳之〔五〕。夫以顧、倪之富與廉夫之豪縱而若此，其於陶靖節，可謂異軌同操。

【校注】

〔一〕《明史》卷二八五《文苑列傳》：『楊維楨字廉夫，山陰人……維楨詩名擅一時，號鐵崖體。與永嘉李孝光、茅山張羽、錫山倪瓚、崑山顧瑛為詩文友。……詩震蕩陵厲，鬼設神施，尤號名家。』《列朝詩集》甲：『維楨狷直忤物，十年不調。會兵亂，避地富春山，徙錢塘。張士誠累招之，不往。……自蘇徙松，築玄圃蓬臺於松江之上。海內薦紳大夫與東南才俊之士，造門納履，殆無虛日。』

〔二〕《明史》卷二九八《隱逸列傳》：『倪瓚家雄於貲，工詩，善書畫。』按：倪瓚，字元鎮，元代著名畫家。詳《附録》卷二。

〔三〕《明史》卷二八五《文苑列傳》：『洪武二年，太祖召諸儒纂禮樂書，以維楨前朝遺老，遣翰林詹同奉幣詣門，維楨謝曰：「豈有老婦將就木，而再理嫁者邪？」明年復遣有司敦促，賦《老客婦謠》一章進御，曰：「皇帝竭吾之能，不強吾所不能則可，否則有蹈海死耳。」帝許之，賜安車詣闕廷，留百有一十日，所纂敘例略定，即乞骸骨。帝成其志，仍給安車還山。……宋濂贈之詩曰：「不受君王五色詔，白衣宣至白衣還」，蓋高之也。』

〔四〕事詳錢謙益《列朝詩集》甲、《明史》卷二八五《文苑列傳》一。

〔五〕《列朝詩集》甲前：『至正初，天下無事，（瓚）忽盡鬻其家産，得錢盡推與舊知，人皆竊笑。及兵興，富家盡被剿掠，元鎮扁舟箬笠，往來湖泖間，人始服其前識也。』《列朝詩集》甲前：『仲瑛自畫小像，浴馬、摘阮、補釋典，寫道經，最後則方床曲几，與一老翁對語，而題詩其上，世所傳「儒衣僧帽道人鞋」絶句是也。』

五

當勝國時，法網寬，人不必仕宦。浙中每歲有詩社，聘一二名宿，如廉夫輩主之，刻其尤者爲式。饒介之仕僞吴，求諸彦作《醉樵歌》，以張仲簡第一，季迪次之〔一〕。贈仲簡黄金十兩，季迪白金三斤。後承平久，張洪修撰每爲人作一文〔二〕，僅得五百錢。

【校注】

〔一〕澆介，字介之，臨川人。事詳錢謙益《列朝詩集》甲前。張簡字仲簡，吴人。初師張伯雨，爲黄冠，隱居鴻山。元季兵亂，以母老歸養，遂返巾服。洪武二年，召修《元史》。按：張簡、高啓《醉樵歌》、《贈醉樵》二詩，見陳田《明詩紀事》甲七。張簡《醉樵歌》：『東吴市中逢醉樵，鐵冠欹側髮飄蕭。兩肩矻矻何所負？青松一枝懸酒瓢。自言華蓋峰頭住，足跡踏遍人間路。學劍學書總不成，唯有飲酒得真趣。管樂本是王霸才，松喬自有烟霞具。手持崑岡白玉斧，曾向月裏斫桂樹。月裏僊人不我嗔，特令下飲洞庭春。興來一吸海水盡，卻把珊瑚樵作薪。醒時邂逅逢王質，石上看棋黄鵠立。斧柯爛盡不成僊，不如一醉三千日。于今老去名空在，處處題詩償酒債。淋漓醉墨落人間，夜夜風雷起光怪。』又高啟《贈醉樵》：『川釣已遭獵，野耕終改圖。不如山中樵，醉卧誰得呼。採山不採松，松花可為酒。酒熟誰共斟，木客为我友。木客已去空石床，舉杯向月邀吴剛。借汝快斧斫大桂，要令四海增清光。林風吹髮寒擁耳，獨枕空尊碧巖裏。此時忘卻負薪歸，猛虎一聲驚不起。世間萬事如浮烟，看棋何必逢神僊？青松化石鶴未返，酒醒又是三千年。』

〔一〕張洪，字宗海，常熟人。仁宗時爲翰林修撰。

六

解大紳十八舉鄉試第一，以進士爲中書庶吉士。上試詩，稱旨，賜鞍馬筆札，而縉率易無所讓。嘗入兵部索皂人，不得，即之尚書所嫚駡。尚書以聞，上弗責也，曰：『縉逸當爾耶！苦以御史。』即除御史。久之，事文皇帝入内閣，詞筆敏捷，爲一時冠，而意氣闊疏，又性剛多忤，上聞之，亦弗善也。出參議廣西，日與王檢討偁探奇山水自適，上書請鑿章江水便來往。上大怒，徵下獄。三載，命獄吏沃以燒酒，埋雪中死〔一〕。

【校注】

〔一〕事詳錢謙益《列朝詩集》乙集、《明史》卷一四七《解縉列傳》。

七

曾學士子啓，上嘗召試《天馬歌》，援筆立就，佳之，賜寶帶。又因醉遺火，延燒民居，上弗罪也。後病卒，且氣絶，呼酒飲至醉，題曰：『宮詹非小，六十非夭。我以爲多，人以爲少。易簀蓋棺，此外何求？白雲青山，樂哉斯丘。』〔一〕

【校注】

〔一〕錢謙益《列朝詩集》乙集：『曾棨，字子棨，吉之永豐人。永樂二年進士，廷試第一人。太宗親批所對策，褒美之。詔選進士二十八人進學文淵閣，子棨為之首。嘗召問典故，奏對如響。應制賦《天馬青海歌》於上前，子棨獨先成，賜寶帶名馬。……宣德初，進詹事府少詹事，日直文淵閣。逾年卒於位，年六十一。……子棨為文章，才思奔放，頃刻千百言，文不加點。楊文貞稱其詩文如「園林得春，群芳奮發，錦繡爛然，可翫可悅。狀寫之工，極其天趣。他人不足，彼嘗有餘」。而王元美《詩評》則云：「曾子棨如封節度募兵，精華雜沓，殊少精騎。」合兩公之論，則子棨之所造，為可見矣。』

八

景泰中，稱詩豪者『十才子』，而劉溥、湯胤績爲之首〔一〕。劉，太醫吏目〔二〕；湯，參將也〔三〕。湯尤縱誕，每稱杜陵無好句。然與劉論詩，伏不出一語〔四〕。劉欽謨載其事及溥《白鵲詩》甚詳。成化中，郎署有詩名者，無過於劉昌欽謨、夏寅正夫。欽謨《無題》與正夫《虔州懷古詩》，《懷麓堂詩話》亦載之，然俱平平耳，他作愈不稱〔五〕。

【校注】

〔一〕《明史》卷二八六《文苑列傳》二：『劉溥……其詩初學西崑，後更奇縱，與湯胤勣、蘇平、蘇正、沈愚、王淮、晏鐸、鄒亮、蔣忠、王貞慶號「景泰十才子」，溥爲主盟。』

〔二〕《明史》卷二八六《文苑列傳》二：『劉溥字原博，長洲人。祖彥，父士賓，皆以醫得官。溥八歲賦《溝水詩》，時目為聖童。長侍祖父游兩京，研究經史兼通天文、曆數。宣德時，以文學徵。有言溥善醫者，授惠民局副使，調太醫院吏目。恥以醫自名，日吟詠為事。』

〔三〕《明史》卷一二六《湯和列傳》：『湯和曾孫胤勣，字公讓。為諸生，工詩，負才使氣。……成化三年，擢署都指揮僉事，為延綏東路參將，分守孤山堡。胤勣奏請築城聚糧，增兵戍守。未報，寇大至。胤勣病，力疾上馬，陷伏死。』

〔四〕錢謙益《列朝詩集》乙集《劉御醫溥》：『於時有晏鐸、王淮、湯胤勣、蘇平諸人，號十才子，每推原博為盟主。湯尤自豪，不可一世，遇原博輒俯首屈服。』參看陸容《菽園雜記》卷五。

〔五〕李東陽《懷麓堂詩話》：『夏正夫、劉欽謨同在南曹，有詩名。初劉有俊思，名差勝。如《無題》詩曰：「簾幕深沉柳絮風，象床豹枕畫廊東。一春空自聞啼鳥，半夜誰來問守宮？眉學遠山低晚翠，心隨流水寄題紅。十年不到門前去，零落棠梨野草中。」人盛傳之。夏每見卷中有劉欽謨詩，則累月不下筆，必求所以勝之者。後劉早卒，夏造詣益深，竟出其右。如《虔州懷古》詩曰：「宋家後葉如東晉，南渡虔州益可哀。母后撤簾行在所，相臣開府濟時才。虎頭城向江心起，龍脈泉從地底來。人代興亡今又古，春風回首鬱孤臺。」若此者甚多。然東南士夫猶不喜夏作，至以爲頭巾詩。』

九

桑民懌家貧，亡所蓄書，從肆中鬻得，讀過輒焚棄之。敢爲大言，不自量，時銓次古人，以孟軻自況，原、遷而下，弗論也。而更非薄韓愈氏，曰：『此小兒號嗄，何傳！』問翰林文今爲誰？曰：『虚無人，舉天下亦唯悦，其次祝允明，又次羅玘。』悦髫椎而補博士弟子，部使者按水利下邑，悦前謁之，書刺『江南才人桑悦』。博士弟子業不當刺，又厚自譽，使者大駭。已問，知悦素，乃延之校書，而預刊落以試。悦校至不屬，即索筆請書，亡誤。使者大悦服，折節交悦矣。十九舉鄉試，再試，禮部奇其文。至閲《道統論》，則曰：『夫子傳之我。』縮舌曰：『得非江南桑生耶？大狂士。』斥不取。時丘濬爲尚書，慕悦名，召令具賓主。已，出己文令觀，紿曰：『某先輩撰。』悦心知之，曰：『公謂悦爲逐穢也耶？奈何得若文而令悦觀。』濬曰：『生試更爲之。』歸撰以奏，濬稱善。已令進他文，濬未嘗不稱善也。悦名在乙榜，請謝不爲官，俟後試。而時竟以悦狂，抑弗許，調邑博士。悦爲博士踰歲，而按察視學者別丘濬，濬曰：『吾故人桑悦，幸無以屬吏視也。』按察既行部抵邑，不見悦，顧問長吏：『悦今安在，豈有恙乎？』長吏素恨悦，皆曰：『無恙，自負不肯迎耳。』乃使吏往召之。悦曰：『連宵旦雨淫，傳舍圮，守妻子亡暇，何候若！』按察久不待，更兩吏促之。悦益怒曰：『若真無耳者。即按察力能屈博士，可屈桑先生乎！爲若期三日先生來，不三日不來矣。』按察欲遂收悦，緣濬不果。三日，悦詣按察，長揖立，不跪。按察厲聲曰：『博士分不當得跪耶！』悦前曰：『漢汲長孺長揖大將軍，明公貴豈踰大將軍？而長孺固亡賢於悦。奈何以面皮相恐，寥廓天下士哉？悦今去，天下自謂明公不容悦，曷解耳？』因脱帽徑出。按察度亡已，乃下留之。他日當選兩博士自隨，悦在選。故事博士侍左右立竟日，悦請曰：『犬馬齒長，不能以筋力爲禮，亦不能久任立，願假借，且使得坐。』即移所便坐。御史聞悦名，數召問，謂曰：『匡説詩，解人頤。子有是乎？』曰：『悦所談玄妙，何匡鼎敢望！即鼎在，亦解頤。公幸賜清燕，畢頃刻之長。』御史壯之，令坐講。少休，悦除襪，跣而爬足垢。御史不能禁，令出。尋復薦之，遷長沙倅，再調柳州。悦實惡州荒落，不欲往。人問之，輒曰：『宗元小生，擅此州名久，吾一旦往，掩奪其上，不安耳。』爲柳州歲餘，父喪歸。服除，遂不起。居家益任誕，褐衣楚製，往來郡邑間。

一〇

楊君謙爲儀部主事，與郎中不相得，因謝病歸。久之，病良已，起復除原官。循吉多病而好讀書，最不喜人間酬應。嘗開卷至得意，因起踔掉不休，人遂相目呼『顛主事』云。復官彌月，再乞病告。吏部以格不可，曰：『郎病已，復病耶？安得告？而可爲者致仕耳。』循吉恚曰：『吾難致仕何！』即自劾罷，時僅三十餘〔一〕。既以歸，益亡復問外事，而踪跡益詭怪寡合，出敝冠服羸輿馬，故以起人易而更侮之，又好緣文章語中傷人〔二〕。正德末，循吉老且貧，嘗識伶臧賢，爲上所幸愛。上一日問：『誰爲善詞者？與偕來。』賢頓首曰：『故主事楊循吉，吴人也，善詞。』上輒爲詔起循吉。郡邑守令心知故，强前爲循吉治裝，見循吉冠武人冠，韎韐戎錦，已怪之。又乘勢，語多侵守令。已見上畢，上每有所幸燕，令循吉應制爲新聲，咸稱旨受賞，然賞亡異伶伍。又不授循吉官與秩，間謂曰：『若嫻樂，能爲伶長乎？』循吉愧悔，汗洽背，謀於賢，乃以他語懇上放歸〔三〕。歸益不自懌，諸後進少年非薄之，亡禮問者。而其文亦漸落，不復進。卒窮老以死，所著《奚囊雜纂》未成書〔四〕。

【校注】

〔一〕何良俊《四友齋叢説》卷一五：『楊南峰少年舉進士，除儀制主事，即欲上疏請釋放高墻建庶人子孫。匏庵知之，語南峰曰：「汝安得爲此族滅事耶？」奪其疏不得上。南峰以志不得行，即日棄官歸。徑往小金山讀書，數年不入城，其陳義甚高。如此舉措，即古人何遠。』

〔二〕錢謙益《列朝詩集》丙：『居家好畜書，聞某所有異本，必購求繕寫。結廬支硎山下，課讀經史，以松枝爲籌，不精熱不止，多至千卷。作文淫思竟日，不肯苟。性狷狹，好持人短長，又好以學問窮人，至頳赤不顧。』

〔三〕《四友齋叢説》卷一五：『至晚年騷屑之甚。武宗南巡時，因徐髯僊進《打虎詞》以希進用，竟不得志。此正所謂血氣既衰，戒在苟得者耶。』《明史》卷二八六《文苑列傳》二：『武宗駐蹕南都，召賦《打虎曲》，稱旨。易武人裝，日侍御前爲樂府、小令。帝以優俳畜之，不授官，循吉以爲恥，閱九月辭歸。』

〔四〕《列朝詩集》丙：『晚節落莫，益堅僻自好，寄食以卒。自爲壙志，年八十有九。其詩文總自定爲《松籌堂集》，會粹諸總類書曰《奚囊手鏡》，多人間未見之書，最爲該博。劉子威、王元美分得其稿，今散佚不存，可惜也。』

一一

祝希哲生而右手指枝，因自號枝指生。爲人好酒色六博，不脩行檢。嘗傅粉黛，從優伶酒間度新聲。俠少年好慕之，多齎金游允明甚洽。舉鄉薦，從春官試，下第。是時海内漸熟允明名，索其文及書者接踵。或輦金幣至門，允明輒以疾辭不見。然允明多醉伎館中，掩之雖累紙可得。而家故給，以不問僮奴作業，又捐業蓄古法書名籍，售者或故昂直欺之，弗算。至或留客，計無所出酒，窘甚，以所蓄易置，得初直什一二耳。當其窘時，黠者持少錢米乞文及手書輒與，已小饒，更自貴也。嘗遺黑貂裘甚美，欲市之。或曰：『青女至矣，何故市之？』允明曰：『昨蒼頭言始識，不市而忘敝之篋，何益？』後拜廣中邑令，歸，所請受橐中裝可千金。歸日張酒，呼故狎游宴，歌呼爲壽，不兩年都盡矣。允明好負逋責，出則群萃而訶誶者至接踵，竟弗顧去。

一二

唐伯虎與里中生張夢晉善〔一〕。張才大不及唐，而放誕過之。恒曰：『日休小豎子耳，尚能稱醉士，我獨不耶！』一日游虎丘，會數賈飲山上亭，且詠。靈曰：『此養物技不過弄杯酒間具，何當論詩，我且戲之。』事更衣爲丐者，上丐賈。食已，前請曰：『謬勞諸君食，無以報。雖不能句，而以狗尾續，奈何？』賈大笑，漫舉詠中事試之，如響。賈不測，始令賡。張復丐酒，連舉大白十數，揮毫頃而成百首，不謝竟去，易維蘿陰下。賈陰使人伺之，無見也，大駭，以爲神僊云。張度賈遠，則上亭，朱衣金目，作胡人舞，形狀殊絕。伯虎舉鄉試第一，坐事免。家以好酒益落，有妒婦，斥去之，以故愈自棄不得〔二〕。嘗作《答文徵明書》〔三〕及《桃花庵歌》〔四〕，見者靡不酸鼻也。

【校注】

〔一〕朱承爵《存餘堂詩話》：『張靈字夢晉，吴中名士也。早歲功名未偶，落魄不羈，寄情詩酒間。臨終之前三日，作詩云：「一枚蟬蜕塌當中，命也難辭付太空。垂死尚思玄墓麓，滿山寒雪一林松。」後一日又作詩云：「倣佛飛魂亂哭聲，多情於此轉多情。欲將衆淚澆心火，何日張家再托生？」二詩可想其風致，亦足悲夫！』

〔二〕錢謙益《列朝詩集》丙：『唐寅，字伯虎，一字子畏，吴縣吴趨里人。……弘治戊午，舉鄉試第一。……己未會試，（程）敏政為考官，同舍舉子關通考官家人，事延伯虎，詔獄掠問無狀，竟坐乞文事，論發為吏。……築室桃花塢，與客般飲其中，年五十四而卒。伯虎不治生產，既免歸，緣故去其妻。每自恨放廢，無所建立，譬諸梧枝旅霜，苟延奚為？復感激曰：「丈夫雖不成名，要當慷慨，何廼效楚囚？」家無儋石，客嘗滿座，文章風采，照耀江表。圖其石曰：「江南第一風流才子。」歸心佛氏，取四句偈，自號六如。外雖頹放，中實沉玄，人莫得而知也。』

〔三〕袁袠《唐伯虎集序》：『故大學士梁公儲，讀其文驚歎，以爲異材，遂薦第一，由是聲稱籍甚。會試禮部，衆擬伯虎復當首選，伯虎亦自負。江陰徐經者，通賄考官故尚書程公敏政家人，得其節目，以示伯虎，且倩代草文字。事露，逮錦衣衛獄，掠問無狀。先是梁公奉使外夷，伯虎乞程公文送之，竟以此論發爲吏，恥不就，免歸。友人文徵明以書切責之，伯虎答書自明。』唐寅《與文徵明書》，見《唐伯虎全集》卷五。

〔四〕唐寅《桃花庵歌》：『桃花塢裏桃花庵，桃花庵裏桃花僊。桃花僊人種桃樹，又摘桃花換酒錢。酒醒衹在花前坐，酒醉還來花下眠。半醒半醉日復日，花落花開年復年。但願老死花酒間，不願鞠躬車馬前。車塵馬足貴者趣，酒盞花枝貧者緣。若將富貴比貧者，一在平地一在天；若將貧賤比車馬，他得驅馳我得閑。別人笑我忒瘋癲，我笑他人看不穿。不見五陵豪傑墓，無花無酒鋤作田。』見《唐伯虎全集》卷一。

一三

文徵仲太史有戒不爲人作詩文、書、畫者三：一諸王國，一中貴人，一外夷。生平不近女色，不干謁公府，不通宰執書〔一〕，誠吾吳傑出者也。吾少年時不經事，意輕其詩文，雖與酬酢，而甚鹵莽。年來從其次孫請，爲作傳，亦足稱懺悔文耳〔二〕。

【校注】

〔一〕何良俊《四友齋叢説》卷一五：『衡山先生於辭受界限極嚴。人但見其有里巷小人持餅餌一篭來索書者，欣然納之，遂以爲可浼。嘗聞唐王曾以黃金數笏，遣一承奉賫捧來蘇，求衡山作畫，先生堅拒不納。竟不見其使，書不肯啓封。此承奉逡巡數日而去。』參看《明史》卷二八七《文苑列傳》三、《四友齋叢説》卷一五、《藝苑卮言》附録卷四。

〔二〕王世貞《弇州山人四部稿》卷八三《文先生傳》：『余向者東還時一再侍文先生，然不能以貌盡先生，而今可十五載，度所取天下士，折衷無如文先生者。乃大悔，與先生之子彭及孫元發撰次其事。』

一四

長沙公少爲詩有聲，既得大位，愈自喜，攜拔少年輕俊者，一時争慕歸之〔一〕。雖模楷不足，而鼓舞攸賴。長沙之於何、李也，其陳涉之啓漢高乎〔二〕？

【校注】

〔一〕何良俊《四友齋叢説》卷二六：『李西涯當國時，其門生滿朝。西涯又喜延納獎拔，故門生或朝罷或散衙後即群集其家，講藝談文，通日徹夜，率歲中以爲常。公於弘治、正德之間爲一時宗匠，陶鑄天下之士，亦豈偶然者哉？』李東陽，字賓之，號西崖，祖籍湖广长沙府茶陵（今湖南茶陵），故尊稱之為長沙公，卒謚文正。

〔二〕顧起綸《國雅品》：『李文正公以大雅之宗，尤能推轂後進，而李、何、徐諸公作矣。《卮言》曰：「長沙之於何、李，其陳涉之起漢高乎？」頗善比興。』王士禛《池北偶談》卷一四：『空同、大復皆及西涯之門。虞山撰《列朝選》，乃力分左右袒，長沙、何、李，界若鴻溝。後生小子，竟不知源流所自，誤後學不淺。』

一五

獻吉才氣高雄，風骨遒利，天授既奇，師法復古，手闢草昧，爲一代詞人之冠〔一〕。要其所詣，亦可略陳：騷、賦，上擬屈、宋，下及六朝，根委有餘，精思未極；擬樂府，自魏而後有逼真者，然不如自運滔滔莽莽；《選》體、建安以至李、杜，無所不有，第於謝監未是『初日芙蓉』，僅作顔光禄耳；七言歌行，縱横如意，開闔有法，最爲合作；五言律及五、七言絶，時詣妙境；七言，雄渾豪麗，深於少陵，抵掌捧心，不能厭服衆志〔二〕；文，酷倣左氏、司馬，叙事則奇，持論則短，間出應酬，頗傷率易。

【校注】

〔一〕王廷相《王氏家藏集》卷二二《李空同集序》：『空同李子獻吉以恢閎統辯之才，成沉博偉麗之文，厥思超玄，厥調寡和，游精於秦、漢，割正於六朝，執符於雅謨，參變於諸子。用成一家之言，遂能掩蔽前賢，命令當世，秦、漢以來寡見其儔矣。』

〔二〕《列朝詩集》丙十一：『獻吉以復古自命，曰古詩必漢、魏，必三謝，今體必初盛唐，必杜，捨是無詩焉。牽率模擬，剽賊於聲句字之間，如嬰兒之學語，如桐子之洛誦，字則字，句則句，篇則篇，毫不能吐其心之所有，古之人固如是乎？天地之運會，人世之景物，新新不停，生生相續，而必曰漢後無文，唐後無詩，此數百年之宇宙日月，盡皆缺陷晦蒙，直待獻吉而洪荒再辟乎？』《明詩別裁》卷四：『空同五言古宗法陳思、康樂，然過於雕刻，未極自然。七言古雄渾悲壯，縱横變化。七言近體開合動盪，不拘故方，準之杜陵，幾於具體，故當雄視一代，邈焉寡儔。而錢受之詆其模擬剽賊，等於嬰兒之學語，至謂讀書種子從此斷絶，吾不知其爲何心也。』

一六

仲默才秀於李氏，而不能如其大。又義取師心，功期舍筏，以故有弱調而無累句。詩體翩翩，俱在雁行〔一〕。顧華玉稱其『咳唾珠璣，人倫之雋』〔二〕。騷、賦、啓、發，擬六朝者頗佳，他文促薄，似未稱是〔三〕。

【校注】

〔一〕皇甫汸《解頤新語》卷四：『薛君采云：「俊逸真憐何大復，粗豪不解李空同。」大復未足於俊逸，空同不全於粗豪也。』沈德潛《明詩別裁》卷五：『北地詩以雄渾勝，信陽詩以秀朗勝，同是憲章少陵，而所造各異。』

〔二〕顧璘《國寶新編》：『何景明，字仲默，信陽人，仕至陝西按察副使。……觀其與李氏論文，直取舍筏登岸為優，斯將盡棄法程，專崇質性，苟為己地，固非確論。賦詠著述，互見短長，自古恒然，匪徒今日。若乃天才騰逸，咳唾成珠，實亦人倫之雋乎。」

〔三〕王廷相《王氏家藏集》卷二三《何氏集序》：「今詳其文，侵《謨》匹《雅》，喝《騷》儷《選》，遐追周、漢，俯視六朝，温醇典雅，色澤豐容，妙緒鴻裁，靡不備舉。」康海《對山文集》卷八《何仲默集序》：「夫序述以明事，要之在實；論辯以稽理，要之在明；文辭以達是二者，要之在近厥指意。凡仲默之所作，三者備焉。」王世貞《弇州四部稿》卷六四《何大復集序》：「何子爲文，刻工《左》、《史》、《韓非》、劉向家言。」

一七

昌穀少即摛詞，文匠齊、梁，詩沿晚季，迨舉進士，見獻吉，始大悔改〔一〕。其樂府、《選》體、歌行、絶句，咀六朝之精旨，採唐初之妙則，天才高朗，英英獨照。律體微乖整栗，亦是浩然、太白之遺也。騷、誄、頌、劄，宛爾潘、陸，惜微短耳。今中原豪傑，師尊獻吉；後俊開敏，服膺何生；三吴輕雋，復爲昌穀左袒〔二〕。摘瑕攻纇，以模剽病李，不知李才大固苞何孕徐，不掩瑜也。李所不足者，删之則精；二子所不足者，加我數年，亦未至矣〔三〕。

【校注】

〔一〕《明史》卷二八六《文苑列傳》二：「禎卿少與祝允明、唐寅、文徵明齊名，號「吴中四才子」。其爲詩喜白居易、劉禹錫。既登第，與李夢陽、何景明游，悔其少作，改而趨漢、魏、盛唐。」

〔二〕《明史》卷二八六《文苑列傳》二：「夢陽主摹倣，景明則主創造，各樹堅壘不相下，兩人交遊亦遂分左右祖。……然天下語詩文必並稱何、李，又與邊貢、徐禎卿並稱「四傑」。』

〔三〕《四庫全書總目提要》卷一七一：『夢陽才雄而氣盛，故枵張其詞；禎卿慮淡而思深，故密運以意。當時不能與夢陽争先，日久論定，亦不與夢陽俱廢。』

一八

徐昌穀有六朝之才而無其學，楊用脩有六朝之學而非其才〔一〕。薛君采才不如徐，學不如楊，而小撮其短，又事事不如何、李，樂府、五言古可得伯仲耳〔二〕。

【校注】

〔一〕胡應麟《詩藪》續編卷一：『楊用脩格不能高，而清新綺縟，獨掇六朝之秀，合作者殊自斐然。』王士禛《香祖筆記》卷五：『明詩至楊升庵，另辟一境，真以六朝之才，而兼有六朝之學者。』

〔二〕朱彝尊《静志居詩話》卷三五：『薛公古詩自「河梁」以及六朝，近體自神龍以迄五季，靡不句追字琢，心慕手追，斂北地之菁英，具信陽之雅藻，兼迪功之精詣，卓然名家。』陳田《明詩紀事》戊三：『君采詩長於擬古，氣馥蘭茝，音振瓊瑶。其論詩云：「神韻爲勝，才學次之。」又云：「清遠秀麗，深服康樂。」可以識其意境矣。』

一九

昌穀之於詩也，黄鵠之於鳥，瓊瑶之於石，松桂之於木也〔一〕。高叔嗣空谷之幽蘭，崇庭之鼎彝也。高季迪之流暢，邊庭實之開麗，鄭繼之之雄健，王子衡之宏大，孫太初之奇拔〔二〕，顧華玉之和適，李賓之之通爽，馬仲房之華整〔三〕，皆其次也，可謂兼能而不足。薛君采、俞仲蔚之於五言古〔四〕，王稚欽、吴明卿之於五言律〔五〕，又明卿、子與之於七言律〔六〕，高子業之於五言古、近體〔七〕，各極妙境，可謂專至而有餘。

【校注】

〔一〕佚名《環溪詩話》：『徐迪功詩，如洞天僊子，偶落人間。』錢謙益《列朝詩集》丙：『禎卿標格清妍，摛詞婉約，絶不染中原傖父槎牙奡兀之習。』

〔二〕《四庫全書總目提要》卷一七一：『王世貞題一元墓詩曰：「死不必孫與子，生不必父與祖。突作憑陵千古人，依然寂寞一抔土。」蓋其縱跡詭異，當時即莫之詳也。嘗棲太白之顛，故稱太白山人。一元才地超軼，其詩排奡淩厲，往往多悲壯激越之音。』朱彝尊《静志居詩話》謂其瓣香在黄庭堅，體格固略相近，然庭堅之詩，沉思研練而入之，故蟠拏崛强之勢多，一元之詩軒豁披露而出之，故淋漓豪宕之氣盛，其意境亦小殊也。』

〔三〕以上諸人之評論，參看卷五第一三條及其注。

〔四〕《静志居詩話》卷一三：『七子之教，五言必宗「河梁」、建安，竊優孟之冠，學壽陵之步，求其合而愈離。當日二子於五古極口仲蔚，然仲蔚殊少神解，余意尚在盧次楩下。」

〔五〕《四庫全書總目提要》卷一七二：『王廷陳《夢澤集》，其詩意警語圓，軒然出俗，則不得不稱爲一時之秀。王世貞《藝苑卮言》稱：「王稚欽、吴明卿之五言律各集，妙境專至而有餘。」』胡應麟《詩藪》續編卷二：『明卿五、七言律，整密沉雄，足可方駕（于鱗）。然于鱗則用字多同，明卿則用句多同，故十篇而外，不耐多讀。』

〔六〕胡應麟《詩藪》續編卷二：『徐子與七言律，閎大雄整，卓然名家，惜少沉深之致耳。』

〔七〕沈德潛《明詩別裁》卷七：『蘇門五言，沖淡得韋蘇州體。』喬億《劍溪説詩》下：『高子業專工五言，語多悽怨，殊乏歡悰，良由夙抱羸疾使然。其神采或稍遜仲默、昌穀，然邊、顧已下，鮮其儷也。』

二〇

李文正爲古樂府，一史斷耳，十不能得一〔一〕。黄才伯辭不稱法，顧華玉、邊庭實、劉伯温〔二〕，法不勝辭，此四人者，十不能得三。王子衡差自質勝，十不能得四。徐昌穀雖不得叩源推委，而風調高秀，十不能得五。何、李乃鐃本色，然時時已調雜之，十不能得七。于鱗字字合矣，然可謂十不失一，亦不能得八〔三〕。

【校注】

〔一〕王世貞《讀書後》卷四《書李西涯古樂府後》：『吾向者於李賓之擬古樂府，病其太涉論議，過爾抑剪，以爲「十不得一」。自今觀之，奇旨創造，名語疊出，終不可被之管絃，自是天地間一種文字。若使字字求諧於《房中》、《鐃吹》之調，取其聲語斷爛者而模倣之，以爲樂府在是，毋亦西子之顰、邯鄲之步而已。』朱彝尊《明詩綜》卷二二引陳元孝語：『西涯樂府得古詩之遺，風刺並見，含蓄可味，使人自得於言外，别爲一格，奚而不可？』

〔二〕陆蓥《問花樓詩話》卷二：『劉誠意擬樂府諸篇，評者云在文昌、仲初之間。』

〔三〕朱彝尊《静志居詩話》卷一三：『于鱗樂府，止規字句，而遺其神明，是何異安漢公之《金縢》、《大誥》，文中子之續經乎？唯《相和》短章，稍有足録者。』

二一

何仲默與李獻吉交誼良厚，李爲逆瑾所惡，仲默上書李長沙相救之，又畫策令康修撰居間，乃免。以後論文相掊擊，遂致小間。蓋何晚出，名遽抗李，李漸不能平耳〔一〕。何病革屬後事，謂墓文必出李手。時張以言、孟望之在側，私曰：『何君没，恐不能得李文，李文恐不得何意，吾曹與戴仲鶡、樊少南共成之可也。』〔二〕今望之銘，亦寥落不甚稱。

【校注】

〔一〕《明史》卷二八六《文苑列傳》二：『正德改元，劉瑾竊柄。……李夢陽下獄，眾莫敢為直，景明上書吏部尚書楊一清救之。……景明志操耿介，尚節義，鄙榮利，與夢陽並有國士風。兩人為詩文，初相得甚歡，名成之後，互相詆諆。夢陽主模倣，景明則主創造，各樹堅壘不相下，兩人交游亦遂分左右袒。』又：『康海，字德涵，武功人。……正德初，劉瑾亂政。以海同鄉，慕海名，欲招致之，海不肯往。會夢陽下獄，書片紙招海曰：「對山救我。」海乃謁瑾，瑾大喜，為倒屣迎。海因設詭辭説之，瑾意解，明日釋夢陽。』

〔二〕陳田《明詩紀事》引李開先《閒居集》：『大復病危，屬墓文必出空同手。時孟有涯、張崑崙並其侄某在側，相與私議曰：「自詩論失歡後，絶交之久矣，狀去，空同文必不來。吾輩並樊少南、戴仲鶡，亦可攢湊一空同。」』按：張詩，字子言，號崑崙山人。曾學詩於何景明，景明亡，哭之於汝南。孟洋字大理，信陽人，爲何景明之妹婿。樊鵬字少南，信陽人，曾師事何景明。戴冠字仲鶡，信陽人，與何景明爲詩友。

二二

李獻吉爲户部郎，以上書極論壽寧侯事下獄，賴上恩得免。一夕醉遇侯於大市街，罵其生事害人，以鞭梢擊墮其齒。侯恚極，欲陳其事，爲前疏未久，隱忍而止〔一〕。獻吉後有詩云：『半醉唾罵文成侯。』〔二〕蓋指此事也。

【校注】

〔一〕《明史》卷二八六《文苑列傳》二：『李夢陽字獻吉，慶陽人。……十八年應詔上書陳二病、三害、六漸，凡五千餘言，極論得失。末言：「壽寧侯張鶴齡，招納無賴，罔利賊民，勢如翼虎。」鶴齡奏辨，摘疏中「陛下厚張氏」語，誣夢陽訕母后為張氏，罪當斬。時皇后有寵，后母金夫人泣愬帝，帝不得已，繫夢陽錦衣獄，尋宥出，奪俸。金夫人愬不已，帝弗聽，召鶴齡閒處，切責之，鶴齡免冠叩頭乃已。……他日，夢陽途遇壽寧侯，詈之，擊以馬箠，墮二齒，壽寧侯不敢校也。』

〔二〕李夢陽《戲作放歌寄别吴子》句，見《空同集》卷一八。

二三

李獻吉既以直節忤時，起憲江西，名重天下。俞中丞諫督兵平寇，用二廣例，抑諸司長跪，李獨植立。俞怪，問：『足下何官耶？』李徐答云：『公奉天子詔督諸軍，吾奉天子詔督諸生。』竟出。後與御史有隙，即率諸生手鋃鐺，欲鎖御史，御史杜門不敢應。坐構免，名益重。方兵部使過汴，必謁李，年位既不甚高，見則據正坐，使客侍坐，往往不堪。乃起寧藩之獄，陷李幾死。林尚書待用力救得免，自是不復振〔一〕。

【校注】

〔一〕事詳《明史》卷二八六《文苑列傳》二。林俊，字待用，福建莆田人。成化進士，官至刑部尚書。

二四

何仲默謂獻吉振大雅，超百世，書薄子雲，賦追屈原。王子衡云：『執符於《雅謨》，游精於漢魏，以雄渾爲堂奥，以藴藉爲神樞，思入玄而調寡和。如鳳矯龍變，人罔不知其爲祥，亦罔不駭其異。』〔一〕黄勉之云：『興起學士，挽回古文，五色錯以彪章，八音和而協美。如玄造包乎品物，海渤匯夫波流。』又云：『江西以後，愈妙而化，如玄造範物，鴻鈞播氣，種種殊別，新新無已。』〔二〕其推尊之可謂至矣。然王敬夫、薛君采，各有《漫興》詩，王詠何云：『若使老夫須下拜，便教獻吉也低頭。』〔三〕薛云：『俊逸終憐何大復，粗豪不解李空同。』〔四〕則似有不盡然者。及觀何之駁李詩，有云：『詩意象應曰合，意象乖曰離。空同丙寅間詩爲合，江西以後詩爲離。試取丙寅作，叩其音，尚中金石，而江西以後之作，辭艱者意反近，意苦者辭反常，色黯淡而中理，披慢讀之若摇鞞鐸耳。』〔五〕李之駁何則曰：『如摶沙弄泥，散而不瑩。闊大者鮮把持，文又無針綫。』又云：『如仲默「《神女賦》、《帝京篇》，南游日，北上年」，四句接用，古有此法乎？蓋彼知神情會處，下筆成章爲高，而不知高而不法，其勢如摶巨蛇，駕風螭，步驟雖奇，不足訓也。君詩結語太咄易，七言律與絶句等，更不成篇，亦寡音節。「百年」、「萬里」，何其層見疊出也。七言若剪得上二字，言何必七也。』〔六〕二子之言，雖中若戈矛，而功等藥石。特何謂李江西以後爲離，與勉之言背馳，此未識李耳。李自有二病，曰：模倣多，則牽合而傷跡；結構易，則麤縱而弗工。

【校注】

〔一〕王廷相《李空同集序》語，見《王氏家藏集》卷二三，文字有出入。

〔二〕黄省曾《與李空同書》語，見《空同集》卷六一附。

〔三〕王九思《漫興》句，見《渼陂集》卷六。

〔四〕薛蕙《戲成五絶》句，見《考功集》卷八。

〔五〕何景明《與李空同論詩書》語，見《何大復先生集》卷三二。

〔六〕李夢陽《再與何氏書》語，見《李空同全集》卷六一。文字有出入。

二五

獻吉之於文，復古功大矣〔一〕，所以不能厭服衆志者，何居？一曰操撰易，一曰下語雜。易則沉思者病之，雜則顓古者卑之〔二〕。

【校注】

〔一〕皇甫訪《解頤新語》卷二：「關中李獻吉、大梁何仲默、吴下徐昌穀，起衰振秀，挽唐風而追魏、晉之軌，邊、熊、王、薛嗣響接武，或一室晤言，千里投劄，商榷評定，凡宋聲之調，汰浣殆盡，三君之力也。」

〔二〕顧璘《國寶新編》：「李獻吉朗暢玉立，傲睨當世，初讀書斷自漢、魏以上……故其詩文卓爾不群。晚始汎濫諸家，益濟宏博，或失則粗，抑矯枉之偏，不得不然耳。」

二六

獻吉文，如譜傳《于肅愍》、《康長公碑》〔一〕，封事數章佳耳，其他多涉套，而送行序尤率意可厭。殷少保正甫爲于鱗志銘云：『能不爲獻吉也者，乃能爲獻吉者乎。』〔二〕唯于鱗自云亦然。

【校注】

〔一〕李夢陽《少保兵部尚書于公祠重脩碑》、《將仕郎平陽府經歷司知事贈儒林郎翰林院修撰康長公墓碑》，見《空同集》卷四一、四二。

〔二〕殷士儋《明故嘉議大夫河南按察司按察使李公墓志銘》：『于鱗雄渾勁迅，掉鞅於詩壇。彼其視獻吉詩，猶傅會龐雜，文蔆蔆寡灝溔鴻洞之氣。所爲推獻吉者，多其剗除草昧功故也。故曰：「能爲獻吉輩者，乃能不爲獻吉輩者。」』見《滄溟先生集》附録。

二七

歌行之有獻吉也，其猶龍乎〔一〕？仲默、于鱗，其麟鳳乎〔二〕？夫鳳質而龍變，吾聞其語矣，未見其人也〔三〕。

【校注】

〔一〕胡應麟《詩藪》内編卷三《古體下·七言》：『獻吉宗師子美，並奪其神，間作青蓮，亦得其貌。然爲初唐則遠。』沈德潛《明詩別裁》卷四：『空同七言古雄渾悲壯，縱横變化，故當雄視一代。』

〔二〕《詩藪》内編卷三：『仲默，李同調，氣稍不如。《明月》、《帝京》，風神朗邁，遂過盧、駱。』參看《帶經堂詩話》

卷一。

〔三〕《詩藪》續編卷二：『李饒變化而乏莊嚴，何極整秀而寡飛動，「鳳質龍變」，弇州自謂耶？』

二八

賦至何、李，差足吐氣，然亦未是當家。近見盧次楩，繁麗濃至，是伊門第一手也〔一〕。惜應酬爲累，未盡陶洗之力耳。余與李于鱗言：『盧是一富賈胡，群寶悉聚，所乏陶朱公通融出入之妙。』李大笑以爲知言〔二〕。然李材高，不肯作賦，不知何也〔三〕。俞仲蔚小，乃時得佳者，其爲誄贊，辭殊古。

【校注】

〔一〕《明史》卷二八七《文苑列傳》三：『柟騷賦最爲王世貞所稱，詩亦豪放如其爲人。』

〔二〕田同之《西圃詩説》：『鳳洲、滄溟論盧次楩云：「盧足一富賈胡，群寶悉聚，所乏陶朱公通融出入之妙。」以此知詩之爲道，別有化裁，區區書簏，恐不足道也！』

〔三〕王世貞《弇州山人四部稿》卷七七《書與于鱗論詩事》：『于鱗乃曰：「吾於騷賦未及爲耳，爲當不讓足下，足下故盧柟儔也。」』

二九

余嘗於同年袁生處，見獻吉與其父永之僉憲書〔一〕，極言其内弟左國璣猜忌之狀。末有云：『此人尚爾，何況邊、李耶？』邊蓋尚書庭實，與獻吉素稱國士交者〔二〕。又獻吉晚爲其甥曹嘉所厄良苦〔三〕，豈文士結習，例不免中人忌耶？

【校注】

〔一〕袁袠字永之，曾官廣西提學僉事。子尊尼，字魯望，嘉靖乙丑進士。

〔二〕邊貢曾拜户部尚書。左國璣字舜齊，祥符人，李夢陽妻弟。

〔三〕錢謙益《列朝詩集》丙：『獻吉有姊子曰曹嘉，字仲禮，舉進士……累遷山西布政使。嘉亦有才名，好鬥無禮，所至人畏而避之。獻吉晚年爲嘉所厄良苦。』

三〇

仲默《别集》亦不能佳〔一〕。唯《空同集》是獻吉自選，然亦多駁雜可删者。余見李嵩憲長稱其『黄河水繞漢宫墻，河上秋風雁幾行。客子過壕追野馬，將軍韜箭射天狼。黄塵古渡迷飛輓，白月横空冷戰塲。聞道朔方多勇略，祇今誰是郭汾陽』一首〔二〕。李開先少卿誦其逸詩凡十餘首，極有雄渾流麗，勝其集中存者。爾時不見選，何也？余往被酒跌宕，不能請録之，深以爲恨。

【校注】

〔一〕胡應麟《詩藪》續編卷二：『仲默、昌穀外集殊不佳。仲默是後人集其幼時未成之作，昌穀是後人集其初年未變之作。』

〔二〕李夢陽《望秋》，見《空同子集》卷三二《補録》。

三一

昌穀自選《迪功集》，咸自精美，無復可憾〔一〕。近皇甫氏爲刻《外集》，袁氏爲刻《五集》。《五集》即少年時所稱『文章江左家家玉，煙月揚州樹樹花』者是已。餘多稚俗之語，不堪復誦〔二〕。世人猥以重名，遂概收梓，不知舞陽、絳、灌既貴後，爲人稱其屠狗吹簫以爲佳事，寧不泚顙？

【校注】

〔一〕《四庫全書總目提要》卷一七一：『《迪功集》六卷，明徐禎卿撰。王士禛《居易録》稱：「黄庭堅自定其詩爲《精華録》，僅三百首，禎卿自定《迪功集》亦三百首。」此本共一百八十二首，不足三百之數。而五卷以下則爲雜文二十四篇。題正德庚辰刊，前有李夢陽、顧璘序，並稱六卷，當是原本，不知何以與士禎所言不符，豈士禎所見别有一本歟？』

〔二〕毛先舒《詩辯坻》卷三：『徐昌穀《迪功集》外，復有《徐迪功外集》，吴郡皇甫子安爲序而刻之者。又有《徐氏别稿五集》，其名有《鸚鵡編》、《焦桐集》、《花間集》、《野興集》、《自慚集》，總爲五集。《迪功集》或云是其自選，風骨最高，體律嚴正。《外集》殊復奕奕。《别稿五集》中：《蕉桐》多近體，最疵；《鸚鵡》多學六朝，間雜晚唐，頗有《竹枝》、《楊柳》之韻。《花間》「文章江左家家玉，煙月揚州樹樹花」，詩爲小乘，入詞亦苦方不稱。他如「花間打散雙蝴蝶，飛過墻兒又作團」，《詠柳花》云：「轉眼春風有遺恨，井泥流水是前程」，便是詞家情語之最。』

三二

五、七言律，至仲默而暢，至獻吉而大，至于鱗而高〔一〕。絶句俱有大力，要之有化境在〔二〕。

【校注】

〔一〕胡應麟《詩藪》續編卷二：『獻吉、仲默各有《秋興》八章。李專主子美，何兼取盛唐，故李以骨力勝，何以神韻超。學何不至，不失雕龍；學李不成，終類畫虎。』又『李以氣骨勝，微近粗；何以丰神勝，微近弱，濟南可謂兼之』。葉矯然《龍性堂詩話續編》：『于鱗七言律多至三百餘首，祇一格調，數見不鮮耳。其實工穩華縟，自足以鼓吹當代，領袖時賢。』

〔二〕《詩藪》續編卷二：『七言絶如太白、龍標，皆千秋絶技。……明則李于鱗之七言絶，可謂異代同工。』沈德潛《明詩别裁》卷八：『歷下七言絶句，有神無跡，語近情深，故應跨越餘子。』

三三

獻吉有《限韻贈黄子》一律云：『禁烟春日紫烟重，子昔爲雲我作龍。有酒每邀東省月，退朝曾對掖門松。十年放逐同梁苑，中夜悲歌泣孝宗。老體幸强黄犢健，柳吟花醉莫辭從。』〔一〕昌穀有《寄獻吉》一律云：『汝放金鷄别帝鄉，何如李白在潯陽。日暮經過燕市曲，解裘同醉酒罏傍。徘徊桂樹涼風發，仰視明河秋夜長。此去梁園逢雨雪，知子遥度赤城梁。』〔二〕李雖自少陵，徐自青蓮，而李得青蓮長篇法，徐得崔、沈琢句法，當爲本朝七言律翹楚〔三〕。而諸家選俱未及，于鱗亦遺之，皆所未解也。

【校注】

〔一〕見李夢陽《空同子集》卷三。

〔二〕見徐禎卿《迪功集》卷二。

〔三〕參看卷五第一三條注〔八七〕，卷六第一五條。

三四

國朝習杜者凡數家：華容孫宜得杜肉〔一〕，東郡謝榛得杜貌〔二〕，華州王維禎得杜一支〔三〕，閩州鄭善夫得杜骨〔四〕。然就其所得，亦近似耳，唯夢陽具體而微〔五〕。

【校注】

〔一〕錢謙益《列朝詩集》丙：『（孫）宜字仲可，……仲可《洞庭漁人集》詩多至三千八百餘首，王元美評詩云：「華容孫宜得杜肉。」余觀其詩，剽擬字句，了無意味，求杜之片鱗半爪不可得，而况其肉乎？』

〔二〕《列朝詩集》丁上：『茂秦今體，功力深厚，句響而字穩，七子、五子之流皆不及也。』《靜志居詩話》卷一三：『四溟論詩云：「平順卻難嶮巇易」，斤斤局守格律，尺寸不踰，有雋句而乏遠神，有雄句而無生氣。』沈德潛《明詩別裁》卷八：『茂秦五言近體，句烹字鍊，氣逸調高，七子中故推獨步。古體局守規格，有宗法而無生氣。』

〔三〕參看卷七第三三條注。

〔四〕王士禛《池北偶談》卷一六：『宋明以來，詩人學杜子美者多矣。予謂退之得杜神，子瞻得杜氣，魯直得杜意，獻吉得杜體，鄭繼之得杜骨。』參看葉矯然《龍性堂詩話》續集、陳田《明詩紀事》丁四。

〔五〕胡應麟《詩藪》續編卷二：『國朝學杜者，獻吉歌行，如龍跳天門。明卿近體，如虎卧鳳閣。獻吉得杜之神，明卿得杜之氣。皆未嘗用其一語，允可爲後學法。』

三五

李少卿《報蘇屬國書》〔一〕，不必論其文及中有逗脱者，其傅合史傳，纖毫畢備，贋作無疑〔二〕，第其辭感慨悲壯，宛篤有致，故是六朝高手。明唐伯虎《報文徵明》〔三〕、王稚欽《答余懋昭》二書〔四〕，差堪叔季。

伯虎他作俱不稱〔五〕，稚欽於文割裂，比擬亡當者，獨尺牘差工耳〔六〕。

【校注】

〔一〕即《李少卿答蘇武書》，見《文選》卷四一。

〔二〕蘇軾《答劉沔都曹書》：『梁蕭統《文選》，世以爲工。以軾觀之，拙於文而陋於識者。……及陵與武書，詞句儇淺，正齊、梁間小兒所擬作，決非西漢文。』參看于慎行《谷山筆麈》卷八，梁章鉅《文選旁證》卷二五。

〔三〕見卷六第一二條注。

〔四〕王廷陳《寄余子書》，見《夢澤集》卷一七。

〔五〕錢謙益《列朝詩集》丙：『伯虎詩少喜儂麗，學初唐，長好劉、白，多悽怨之詞。晚益自放，不計工拙，興寄爛熳，時復斐然。』

〔六〕《列朝詩集》丙：『稚欽有《夢澤集》十七卷。其詩婉麗多風，爲詞人所稱，而文尤長於尺牘。《寄余懋昭》、《舒國裳》二劄，即楊惲之報會宗，君子讀而悲之。』

三六

講學者動以詞藻爲雕搜之技，工文者則舉拙語爲談笑之資，若枘鑿不相入，無論也。七言最不易工，吾姑舉諸公數聯，如『翼軫衆星朝北極，岷嶓諸嶺導南條。天連巫峽常多雨，江過潯陽始上潮』，此薛文清句也〔一〕。『溪聲夢醒偏隨枕，山色樓高不礙墻』，『狂搔短髮孤鴻外，病臥高樓細雨中』，『千家小聚村村暝，萬里河流處處同』，『殘書漢楚燈前壘，小閣江山霧裹詩』，『化石未成猶有淚，舞鸞雖在不驚塵』〔二〕，此莊孔暘句也。『竹林背水題將遍，石筍穿沙坐欲平』，『出墻老竹青千箇，汎浦春鷗白一雙』，『時時竹几眠看客，處處桃符寫似人』，『竹逕傍通沽酒寺，桃花亂點釣魚船』〔三〕，此陳公甫句也。『萬里滄江生白髮，幾人燈火坐黃昏』，『半空虛閣有雲住，六月深松無暑來』，『春山日暮成孤坐，遊子天涯正憶歸』，『沙邊宿鷺寒無影，洞口流雲夜有聲』，『春巖過雨林芳淡，暗水穿花石溜分』，『且留南國春山興，共聽西堂夜雨聲』，『天迴樓臺含氣象，月明星斗避光輝』，『幽人月出每孤往，棲鳥山空時一鳴』，『山色古今餘王氣，江流天地變秋聲』，『棋聲竹裏消閒晝，藥裹窗前對病僧』，『月繞旌旗千嶂暗，風傳鈴柝九溪寒』〔四〕，此王文成句也，何嘗不極其致？

【校注】

〔一〕薛瑄《沅州雜詩》：『辰沅風壤帶三苗，一望乾坤納納遙。翼軫眾星朝北極，岷嶓諸嶺導南條。天鄰巫峽常多雨，江過潯陽始有潮。近日詩懷殊浩渺，謾將新句寫芭蕉。』見《薛文清公集》卷八。

〔二〕莊昶《雨宿羅漢寺和蓋鄉員外》其二：『天地那容也謬莊，白頭還醉我公觴。溪聲夢醒偏隨枕，山色樓高不礙牆。定性無書天我泯，風雲有趣古今長。可知漏泄西林意，詩滿寒衾月一房。』又《用韻寄黃提學》：『秋老青山色更濃，年年此地問元龍。狂搔短髮孤鴻外，病臥高樓細雨中。詩寄故人如見面，年過五十敢稱翁。何時許作西巖會，一日一壺傾一峰。』又《濟寧舟中》：『不管青天問去鴻，百年都祇此杯中。千家小聚村村暝，萬里河流岸岸同。遠樹入河留返照，布帆隨力飽西風。南來北往奔波地，留與兒童笑老翁。』又《病眼》：『天嗔白眼陳參政，我輩山中白眼誰。世事相乘難兩得，先生內照恐無虧。殘書漢楚燈前壘，草閣江山霧裏詩。一點明通終可藉，濂溪夫子是神醫。』又《節婦》：『二十夫君棄妾身，諸郎癡小舅姑貧。自甘薄命同衰葉，不掃蛾眉嫁別人。化石未成猶有淚，舞鸞雖在不驚塵。瑣窗獨向東風樹，歲歲花開他自春。』以上諸詩均見《定山集》卷四。

〔三〕陳獻章《次韻定山先生種樹》其三：『花时風日美新晴，北浒南垞迤邐行。春色酣酣熏我醉，年光衮衮嘆人生。竹林背水題將遍，石筍穿沙坐欲平。客問定山何所有，满山紅紫數聲鶯。』見《白沙集》卷七。又《春日偶成》：『蛺蝶飛飛花映窗，流鶯恰恰柳垂江。出墻老竹青千個，汎浦輕鷗白一雙。暖日風暄酣獨卧，來牛去馬亂相撞。江山指點非無句，誰致先生酒百缸。』見《白沙集》卷八。《辛丑元旦戲筆》：『酒杯不與年顏老，詩思还随物候新。分外不加毫末事，意中长满十分春。棲棲竹几眠看客，處處桃符寫似人。除卻東風花鳥句，更將何事答洪鈞。』《次韻莊定山清江雜興》：『家學華山一覺眠，圖書亦在枕頭邊。傍花随柳我尋句，剩水殘山天賜年。竹徑傍通沽酒市，桃花亂點釣魚船。平生我愛孫思邈，自古高人方又圓。』二詩見《白沙集》卷七。

〔四〕王守仁《因雨和杜韻》：『晚堂疏雨暗柴門，忽入殘荷瀉石盆。萬里滄江生白髮，幾人燈火坐黄昏。客途最覺秋先到，荒徑誰憐菊尚存。卻憶故園耕釣處，短蓑長笛下江村。』《移居勝果寺》：『江上但知山色好，峰回始見寺門開。半空虛閣有雲住，六月深松無暑來。病肺正思移枕簟，洗心兼得遠塵埃。富春咫尺煙濤外，時倚層霞望釣臺。』《春日遊齊山寺用杜牧之韻》：『倦鳥投枝已亂飛，林間暝色漸霏微。春山日暮成孤坐，遊子天涯正憶歸。古洞濕雲含宿雨，碧溪明月弄清暉。桃花不管人間事，祇笑山人未拂衣。』《霽夜》：『雨霽僧堂鐘磬清，春溪月色特分明。沙邊宿鷺寒無影，洞口流雲夜有聲。靜後始知群動妄，閒來還覺道心驚。問津久已慚沮溺，歸向東皋學耦耕。』《再經武雲觀書林玉璣道士壁》：『碧山道士曾相約，歸路還來宿武雲。月滿僊臺依鶴侶，書留蒼壁看鵝群。春巖多雨林芳淡，暗水穿花石溜分。奔走連年家尚遠，空餘魂夢到柴門。』《別希顏》：『後會難期別未輕，莫辭行李滯江城。且留南國春山興，共聽西堂夜雨聲。歸路終知雲外去，晴湖想見鏡中行。為尋洞裏幽棲處，還有峰頭雙鶴鳴。』《秋夜》：『春園花木始菲菲，又是高秋落葉稀。天迥樓臺含氣象，月明星斗避光輝。閒來心地入空水，靜後天機見隱微。深院寂寥群動息，獨憐烏鵲繞枝飛。』《龍潭夜坐》：『何處花香入夜清，石林茅屋隔溪聲。幽人月出每孤往，棲鳥山空時一鳴。草露不辭芒屨濕，松風偏與葛衣輕。臨流欲寫猗蘭意，江北江南無限情。』《登閱江樓》：『絕頂樓荒舊有名，高皇曾此駐龍旌。險存道德虚天塹，守在蠻夷豈石城。山色古今餘王氣，江流天地變秋聲。登臨授簡誰能賦，千古新亭一愴情。』《宿淨寺》二首之一：『老屋深松覆古藤，羈棲猶記昔年曾。棋聲竹裏消閒晝，藥裹窗前對病僧。煙艇避人長曉出，高峰望遠亦時登。而今更是多牽繫，欲似當時又不能。』《謁伏波廟》：『樓船金鼓宿烏蠻，魚麗群舟夜上灘。月繞旌旗千嶂靜，風傳鈴柝九溪寒。荒夷未必先聲服，神武由來不殺難。想見虞廷新氣象，兩階干羽五雲端。』以上諸詩均見《王文成全書》卷二〇。

三七

公甫少不甚攻詩，伯安少攻詩而未就，故公甫出之若無意者，伯安出之不免有意也；公甫微近自然，伯安時有警策〔一〕。

【校注】

〔一〕王世貞《讀書後》卷四《書王文成公集後》：『王氏之爲詩，少年時亦求所謂工者，而爲才所使，不能深造而衷於法。晚節盡舉而歸之道，而尚爲少年意所累，不能渾融而出於自然。……以世眼觀之，公甫固不如；以法眼觀之，伯安瞠乎後矣。』參看卷五第一三條注〔二一〕，卷五第一四條注〔一九〕及卷五第四條注〔八〕、第一四條注〔二一〕。

三八

顧華玉才華在朱、鄭之上，特以其調少下耳〔一〕。如『君王自信圖中貌，静女虚迎夢裏車』，又『古寺頻來僧盡老，重陽欲近蟹争肥』，無論體裁，俱雋婉有味。至『御前卻輦言無忌，衆裏當熊死不辭』〔二〕，尤覺矯矯壯麗。朱句如『寒菊抱花餘舊摘，慈鴉將子試新飛』〔三〕，亦自楚楚。華玉填楚，詔脩《承天志》，以王庭陳、顔木應。後不稱旨，一時人亦以爲非宜〔四〕。自今思之，自不可及。華玉能識今江陵公於未冠時，足稱具眼〔五〕。

【校注】

〔一〕《明史》卷二八六《文苑列傳》二：『初，璘與同里陳沂、王韋號「金陵三俊」。其後寶應朱應登繼起，稱四大家。』朱、鄭，指朱應登、鄭善夫。參看卷五第一三條注〔四四〕。

〔二〕顧璘《擬宫怨》七首之三：『翠靨金蟬入帝家，擬將新寵屬鉛華。君王自信圖中貌，静女虚迎夢裏車。帳殿秋陰生角枕，屧廊空響應琵琶。含情獨倚朱闌暮，滿院微風動落花。』見《息園存稿》卷二。《登清涼寺後西塞山亭》：『晚上高亭對落暉，萬山寒翠濕秋衣。江流一道杯中瀉，雲樹千門鳥外微。古寺頻來僧盡老，重陽欲近蟹爭肥。霜楓惡作蕭條色，故弄殘紅繞客飛。』見《息園存稿》卷一三。《擬宫怨》七首之四：『漢皇宫殿月明時，曾侍宸遊百子池。舞馬登床春進酒，盤龍銜燭夜觀棋。御前卻輦言無忌，衆裏當熊死不辭。舊恨飄零同落葉，春風空繞萬年枝。』見《息園存稿》卷二。

〔三〕朱應登《起坐》：『窗含曉日尚熹微，起坐從容意不違。寒菊抱花餘舊摘，慈鴉將子試新飛。久知初服無羈束，始信浮名有是非。暫欲展書還棄擲，閒心已習静中機。』見《淩溪先生集》卷九。

〔四〕錢謙益《列朝詩集》丙：『詔修《承天大志》，聘楚名士屏棄者王廷陳、王格、顏木分任之。書成，不稱旨。士論以此益附之。』

〔五〕《明史》卷二一三《張居正列傳》：『張居正字叔大，江陵人。少穎敏絶倫，十五爲諸生。巡撫顧璘奇其文，曰：「國器也。」未幾，居正舉於鄉，璘解犀帶以贈，且曰：「君異日當腰玉，犀不足溷子。」』

三九

王敬夫七言律，有『出門二月已三月，騎馬陳州來亳州』一首〔一〕，風調佳甚，而選者俱不之知，何也？

【校注】

〔一〕王九思《渼陂集》卷五《亳州》：『出門二月已三月，騎馬陳州來亳州。暮雨桃花此客館，春風燕子誰家樓。簿書堆案不相放，郡守下堂仍苦留。浮名羈絆有如此，愧爾沙邊雙白鷗。』

四〇

邊庭實《聞己卯南征事》云：『不信土人傳接駕，似聞天語詔班師。』此欲爲古人惻怛忠厚之語，而未免紐造也。至結語『東海細臣瞻巨斗，北樞終夜幾曾移』〔一〕，愈有理趣而愈不佳。『東海』、『北樞』，猶爲彼善，『細臣』、『巨斗』，二字何出？吾最愛其『庭際何所有，有萱復有芋。自聞秋雨聲，不種芭蕉樹』〔二〕。于鱗《詩删》亦收之。然芭蕉豈可言樹，芋豈庭中佳物，且獨無雨聲乎？俱屬未妥。若作『自憐秋雨滴，不復種芭蕉』，或云『自聞秋雨聲，不愛芭蕉色』，則上韻亦自可押，而意尤深婉。如《題文山祠》『花外子規燕市月，柳邊精衛浙江潮』〔三〕，却甚精麗。

【校注】

〔一〕邊貢《書事》：『六軍南下九秋時，江寇平來廟算奇。不信土人傳接駕，似聞天語詔班師。閭閻稼穡真須問，水陸兵戈恐未宜。東海細臣瞻巨斗，北樞終夜幾曾移。』見《華泉集》卷六。

〔二〕邊貢《無題》二首之二。見《華泉集》卷七。毛先舒《詩辯坻》卷三：『邊貢詩「自聞秋雨聲，不種芭蕉樹」，王世貞謂芭蕉豈可言樹，余謂北齊武成後謠云：「千金買菓園，中有芙蓉樹。破券不分明，蓮子隨它去。」是不定木本乃稱樹也。』

〔三〕邊貢《謁文山祠》：『丞相英靈消未消，絳帷燈火颯寒飆。乾坤浩蕩身難寄，道路間關夢且遥。花外子規燕市月，水邊精衛浙江潮。祠堂亦有西湖樹，不遺南枝向北朝。』見《華泉集》卷六。

四一

邊庭實以按察移疾還〔一〕，每醉，則使兩伎肩臂，扶路唱樂，觀者如堵，了不爲怪。關中許宗魯、何棟，西蜀楊名，無夕不縱倡，漸以成俗〔二〕。有規楊用脩者，答書云：『文有仗境生情，詩或托物起興。如崔延伯，每臨陣則召田僧超爲《壯士歌》；宋子京脩史，使麗竪爇椽燭；吴元中起草，令遠山磨隃麋。是或一道也，走豈能執鞭古人！聊以耗壯心，遣餘年，所謂老顛欲裂風景者，良亦有以。不知我者不可聞此言，知我者不可不聞此言。』〔三〕

【校注】

〔一〕《明史》卷二八六《文苑列傳》二：『貢早負才名，美風姿，所交悉海内名士。久官留都，優閒無事，遊覽江山，揮毫浮白，夜以繼日。都御史劾其縱酒廢職，遂罷歸。』

〔二〕錢謙益《列朝詩集》丙：『（許）宗魯家本秦人，承康、王之流風。罷官家居，日召故人，置酒賦詩，時時作金元詞曲，無夕不縱倡樂。關中何棟、西蜀楊石，浸淫成俗。熙朝樂事，至今士大夫猶艷稱之。』

〔三〕楊慎《答重慶太守劉嵩陽書》語，見《升庵全集》卷六。按：劉繪《與升庵太史書》，附見於《升庵全集》卷六，可參看。

四二

康德涵六十，要名伎百人，爲百歲會。既會畢，了無一錢，第持箋命詩送王邸處置。時鄠杜王敬夫名位差亞，而才情勝之，倡和章詞，流布人間，遂爲關西風流領袖，浸淫汴洛間，遂以成俗〔一〕。

【校注】

〔一〕《明史》卷二八六《文苑列傳》二：『（康）海、（王）九思同里同官，同以瑾黨廢。每相聚沜東、鄠杜間，挾聲伎酣飲，製樂造歌曲，自比俳優，以寄其怫鬱。九思嘗費重資購樂工學琵琶，海搊彈尤善。後人傳相倣傚，大雅之道微矣。』參看焦竑《玉堂叢語》卷七。

四三

崔子鍾好劇飲，嘗至五鼓，踏月長安街，席地坐。李文正時以元相朝天，偶過早，遥望之曰：『非子鍾耶？』崔便趨至輿傍拱曰：『老師得少住乎？』李曰：『佳。』便脱衣行觴，火城漸繁，始分手別。崔每一舉百餘觥船不醉，醉輒呼：『劉伶小子，恨不見我。』〔一〕

【校注】

〔一〕焦竑《玉堂叢語》卷七：『崔侍郎銑，飲量洪，亡可敵。每酣輒歌：「劉伶能飲幾杯酒？也留名姓在人間。」』

四四

楊用脩自滇中戍暫歸瀘，已七十餘，而滇士有讒之撫臣昺者。昺俗戾人也，使四指揮以鋃鐺鎖來。用脩不得已至滇，則昺已墨敗。然用脩遂不能歸，病寓禪寺以没〔一〕。

【校注】

〔一〕《明史》卷一九二《楊慎列傳》：『嘉靖八年聞廷和訃，奔告巡撫歐陽重請於朝，獲歸葬，葬訖復還。自是，或歸蜀，或居雲南會城，或留戍所，大吏咸善視之。及年七十，還蜀，巡撫遣四指揮逮之還。嘉靖三十八年七月卒，年七十二。』

四五

明興，稱博學饒著述者，蓋無如用脩〔一〕。其所撰有《升庵詩集》、《升庵文集》、《升庵玉堂集》、《南中集》、《南中續集》、《七十行戍稿》、《升庵長短句》、《陶情樂府》、《續陶情樂府》、《洞天玄記》、《滇載記》、《轉注古音略》、《古音叢目》、《古音獵要》、《古音複字》、《古音駢字》、《古音附録》、《異魚圖贊》、《丹鉛餘録》、《丹鉛續録》、《丹鉛摘録》、《丹鉛閏録》、《丹鉛別録》、《丹鉛總録》、《墨池瑣録》、《書品》、《詞品》、《升庵詩話》、《詩話補遺》、《箜篌新詠》、《月節詞》、《檀弓叢訓》、《墐户録》、《瀑布泉行須候記》、《夏小正録》、《升庵經説》、《楊子卮言》、《卮言閏集》、《敝帚病榻手欥》、《晞籛瓻》、《六書索隱》、《六書練證》、《經書指要》。其所編纂有《詞林萬選》、《禪藻集》、《風雅逸編》、《藝林伐山》、《五言律祖》、《蜀藝文志》、《唐絶精選》、《唐音百絶》、《皇明詩鈔》、《赤牘清裁》、《赤牘拾遺》、《經義模範》、《古文韻語叙》、《管子録》、《引書晶釓》、《選詩外編》、《交游詩録》、《絶句辨體》、《蘇黄詩體》、《宛陵六一詩選》、《五言三韻詩選》、《五言別選》、《李詩選》、《杜詩選》、《宋詩選》、《元詩選》、《群書麗句》、《名奏菁英》、《群公四六節文》、《古今風謡》、《古韻詩略》、《説文先訓》、《文海釣鰲》、《禪林鈎玄》、《填詞選格》、《百琲明珠》、《古今詞英》、《填詞玉屑》、《韻藻》、《古諺》、《古雋》、《寰中秀句》、《六書練證》、《逸古編》、《經書指要》、《詩林振秀》。

【校注】

〔一〕《明史》卷一九二《楊慎列傳》：『（慎）既投荒多暇，書無所不覽。嘗語人曰：「資性不足恃，日新德業，當從學問中來。」故好學窮理，老而彌篤。明世記誦之博，著作之富，推慎爲第一。詩文外，雜著至一百餘種，並行於世。』

四六

楊工於證經而疏於解經，博於稗史而忽於正史，詳於詩事而不得詩旨，精於字學而拙於字法，求之宇宙之外而失之耳目之前。凡有援據，不妨墨守，稍涉評擊，未盡輸攻〔一〕。

【校注】

〔一〕錢謙益《列朝詩集》丙：『援據博則舛錯良多，摹倣慣則瑕疵互見。竄改古人，假托往籍，英雄欺人，亦時有之。要其鈎索淵深，彩藻繁會，自足以牢籠當世，鼓吹前哲。……王元美曰：「用脩工於證經而疏於解經，詳於稗史而忽於正史，詳於詩事而不得詩旨，求之宇宙之外而失之耳口之前。」斯言也，庶哉楊氏之諍友乎！』

四七

用脩謫滇中，有東山之癖〔一〕。諸夷酋欲得其詩翰，不可，乃以精白綾作裓〔二〕，遺諸伎服之，使酒間乞書。楊欣然命筆，醉墨淋漓裙袖。酋重賞伎女，購歸裝潢成卷。楊後亦知之，便以爲快。

【校注】

〔一〕東山之癖，《晉書》卷七九《謝安傳》：『謝安字安石，……初辟司徒府，除佐著作郎，並以疾辭。寓居會稽，與王羲之、高陽許詢、桑門支遁游處，出則漁弋山水，入則言詠屬文，無處世意。……有司奏安被召，歷年不至，禁錮終身，遂棲遲東土。嘗往臨安山中，坐石室，臨浚谷，悠然歎曰：「此去伯夷何遠！」安雖放情丘壑，然每游賞，必以妓女從。』

〔二〕裓，衣前襟。

四八

用脩在瀘州，嘗醉，胡粉傅面，作雙丫髻插花，門生舁之，諸伎捧觴，遊行城市，了不爲怍。人謂此君故自污，非也。一措大裹赭衣，何所可忌？特是壯心不堪牢落，故耗磨之耳〔一〕。

【校注】

〔一〕錢謙益《列朝詩集》丙：『用脩在滇，世廟意不能忘，每問楊慎云何。閣臣以老病對，乃稍解。慎聞之，益自放。……嘗語人曰：「老顛欲裂風景，聊以耗壯心，遣餘年耳。」』參看卷六第四一條注〔三〕，卷六第四六條。

四九

予少時嘗見傳楊用脩《春興》，末聯云：『虚擬短衣隨李廣，漢家無事勒燕然。』〔一〕甚美其意，爲之擊節。又讀陸子淵《聞警》一聯云：『大將能揮白羽扇，君王不愛紫貂裘。』〔二〕紫貂事雖稍涉宋，然不甚露。其使事之工，駢整含蓄，殊不易匹。後得全什讀之，俱不稱也，因記於此。

【校注】

〔一〕楊慎《春興》六首之一：『遥岑樓上俯晴川，萬里登臨絶塞邊。碣石東浮三絳色，秀峰西合點蒼烟。天涯游子懸雙淚，海畔孤臣謫九年。虚擬短衣随李廣，漢家無事勒燕然。』見《升庵全集》卷二六。

〔二〕陸深《夜坐念東征諸將》：『長河乘夜渡貔貅，兵氣如雲擁上游。大將能揮白羽扇，君王不愛紫貂裘。十二關山齊故國，百年疆域漢神州。不眠霜月聞刁斗，自啟茅堂望斗牛。』見《儼山集》卷九。

五〇

常明卿多力善射〔一〕，雖爲文法吏，時韎韋跗注兩鞬騎而馳於郊。諸徹侯子弟從俠少年飲，常前突據上坐，起角射，咸不及。問，稍知爲常評事，敬之，奉大白爲壽。常引滿沾醉，竟馳去弗顧。又時過倡家宿，至日高春徐起，或參會不及，長吏訶之，敖然曰：『故賤時過從胡姬飲，不欲居薄耳。』竟用考調判陳州，庭詈御史，以法罷歸，益縱酒自放。居恒從歌伎酒間。度新聲，悲壯艷麗，稱其爲人。又好彭老御内術，自謂得之，神僊可立致。一日省墓，從外舅滕洗馬飲，大醉，衣紅，腰雙刀，馳馬塵絶，從者不及前。渡水，馬顧見水中影，驚蹶墮水，刃出於腹，潰腸死，年僅三十四。平陽守王溱其故人，爲收葬之。常有詩吊韓信曰：『漢代稱靈武，將軍第一人。禍奇緣躡足，功大不謀身。帶礪山河在，丹青祠廟新。長陵一抔土，寂寞亦三秦。』〔二〕至今爲中原豪俠之冠。

【校注】

〔一〕常倫詩《過韓信嶺》，見沈德潛《明詩別裁》卷六。倫，字明卿。

五一

豐坊者，初字存禮，舉進士高第，爲禮部主事，以無行黜歸家。坐法竄吴中，改名道生，字人翁，年老篤病死〔一〕。坊高材博學，精書法，其於《十三經》，自爲訓詁，多所發明，稍誕而僻者，則托名古注疏，或創稱外國本。於搆詩文，下筆數千言立就，則多刻它名士大夫印章。僞撰字稍怪拙，則假曰：『此某碑某碑體也。』又爲人撰定法書，以真易贋，不可窮詰。又用蓄毒蛇藥殺人，强淫子女，奪攘財産，事露，人畏而恥之。吾友沈嘉則〔二〕云：『蓄毒蛇以下事無之，第狂僻縱口，若含沙之蠱，且類得心疾者。』因舉其一端云：『嘗要嘉則具盛饌，結忘年交。居一歲，而人或惡之曰：「是嘗笑公文者。」即大怒，設醮詛之上帝。凡三等，云：「在世者宜速捕之，死者下無間獄，勿令得人身。一等皆公卿大夫與有睚眦者也；二等文士或田野布衣，嘉則爲首；三等鼠蠅蚤蝨蚊也。」』此極大可笑。

【校注】

〔一〕事詳《明史》卷一九一《豐熙列傳》、錢謙益《列朝詩集》丁。

〔二〕沈明臣字嘉則，鄞縣人。嘉靖中爲諸生，曾參胡宗憲幕。王元美狎主詞盟，引爲同調。有《豐對樓詩選》等。

中國古典文學理論批評專著選輯

藝苑巵言校注

下

王世貞　著

羅仲鼎　校注

人民文學出版社

藝苑卮言校注卷七

一

高子業少負淵敏，生支干與僞漢友諒同。既遷楚臬，恒邑邑不自得，發病卒，寔友諒彭湖之歲也〔一〕。其詩如『積賤詎有基，履榮誠無階』，『既妨來者途，誰明去矣懷』〔二〕，『茫然大楚國，白日失兼城』〔三〕，『久臥不知春，茫然怨行役』〔四〕，『爲客難稱意，逢人未敢言』〔五〕，『失路還爲客，他鄉獨送君』〔六〕，『衆女競中閨，獨退反成怒』〔七〕，『寒星出戶少，秋露墜衣繁』〔八〕，『以我不如意，逢君同此心』〔九〕，『當軒留駟馬，出戶倚雙童』〔一〇〕，『里中夷門監，墻外酒家胡』〔一一〕，『爲農信可歡，世自薄耕稼』〔一二〕，『問年有短髮，逐世無長策』〔一三〕，『林深得日薄，地靜覺蟬多』〔一四〕。又『文章知汝在』〔一五〕，『功名何物是』〔一六〕，『騎馬問春星』〔一七〕，『殘雨夕陽移』〔一八〕，清婉深至，五言上乘〔一九〕。

【校注】

〔一〕高叔嗣，字子業，號蘇門山人。少時，受知于李夢陽。嘉靖二年進士。有《蘇門集》八卷。

〔二〕高叔嗣《再調考功作》句，見《蘇門集》卷一。

〔三〕高叔嗣《古歌》句，見《蘇門集》卷一。

〔四〕高叔嗣《病起偶題》句，見《蘇門集》卷一。

〔五〕高叔嗣《與王庸之飲》句，見《蘇門集》卷一。

〔六〕高叔嗣《送別德兆武選放歸》句，見《蘇門集》卷一。

〔七〕高叔嗣《簡永之獄中》之二句，見《蘇門集》卷一。

〔八〕高叔嗣《中秋同栗夢吉飲》句，見《蘇門集》卷一。

〔九〕高叔嗣《歲暮答許武部廷議懷歸》句，見《蘇門集》卷一。

〔一〇〕高叔嗣《子脩侍御見過時謝病》句，見《蘇門集》卷二。

〔一一〕高叔嗣《少年行》句，見《蘇門集》卷二。

〔一二〕高叔嗣《與客集何氏園》句，見《蘇門集》卷二。

〔一三〕高叔嗣《秋夕》句，見《蘇門集》卷二。

〔一四〕按此乃李夢陽《伏日載酒尋高司封讀書處二首》之二句，見《空同集》卷二六。詩曰：『養寂為園臥，尋幽當暑過。林深得日薄，地静覺蟬多。舊業元秔稻，新亭復薜蘿。誰憐朱紱客，遽戀白雲窩。』

〔一五〕高叔嗣《飲任文選宅》句，見《蘇門集》卷二。

〔一六〕高叔嗣《送別家兄張掖門時謫開州》句，見《蘇門集》卷一。

〔一七〕高叔嗣《謝病後初朝》句，見《蘇門集》卷一。

〔一八〕高叔嗣《偶題》句，見《蘇門集》卷二。

〔一九〕陳束《蘇門集序》：『其篇什往往直舉胸情，刮抉浮華，存之隱冥，獨妙閑曠，合於《風》、《騷》。……詞質而腴，興近而遠，洋洋乎斯可謂之詩也。』

二

王稚欽少爲文，頃刻便就，多奇氣，然好狎遊，黏竿、風鴟諸童子樂，又蹶不可馴，父每抶扑之，輒呼曰：『大人奈何輒虐海內名士耶？』爲翰林庶吉士，詩已有名，其意不可一世，僅推何景明，而好薛蕙、鄭善夫。故事：學士二人爲庶吉士師，甚嚴重。稚欽獨心易之，時登院署中樹而窺，學士過，故作聲驚使見。大恚，然度無如何，佯爲不知也，乃已。當授官給事中，用言事，故詔特予外補裕州守。既中不屑州，而以諫出，知當召，益驕甚。臺省監司過州，不出迎，亦無所托疾。人或勸之，怒曰：『齷齪諸盲官，受廷陳迎耶？當不愧死。』一日出候其師蔡潮，以他藩道者。潮好謂曰：『生來候我固厚，而分守從後來，亦一見否？且生厚我以師故，即分守，君命也。』稚欽曰：『善。』乃前迎分守。而分守既下車，數州吏微過，當稚欽笞之十。稚欽大罵曰：『蔡師悮王先生見辱。』挺身出，悉呼其吏卒從守，勿更侍。一府中慴伏，亡敢留者。分守窘不能具朝餔，謀於蔡潮。潮爲謝過，稍給之，僅得夜引去〔一〕。於是監司相戒，莫敢道裕州，而恨稚欽益甚，爲文致逮下獄，削秩歸。家居愈益自放，達官貴人來購文好見者，稚欽多蓬首垢足囚服應之。間衣紅紵窄衫，跨馬或騎牛，嘯歌田野間，人多望而避者。晚節詩律尤精，好縱倡樂。有《聞箏》一首：『花月可憐春，房櫳映玉人。思繁纖指亂，愁劇翠蛾顰。授色歌頻變，留賓態轉新。曲終仍自敘，家世本西秦。』〔二〕又一書答人云：『綺席屢改，伎倆雜陳，絲肉競奏，宮徵暗和。羲和既逝，蘭膏嗣輝。逸興狎悰，干霄薄雲，禮廢罰弛，履遺纓絶。』〔三〕俱妙極形容，可謂才子。

【校注】

〔一〕王廷陳，字稚欽，號夢澤。正德十二年進士。詩文名重於當世，有《夢澤集》二三卷。詳《明史》卷二八六《文苑列傳》二。

〔二〕見王廷陳《夢澤集》卷七。

〔三〕語見王廷陳《答人書》，見《夢澤集》卷一七。

三

顔唯喬爲亳守，有幹聲，與武帥構訐，罷歸。故人爲分守，至，隨訪之，屏跡不可復見。既行部他邑，有田父荷擔，以隻鷄甗酒由中道入者，訶之，乃唯喬也。因留劇飲至醉，委甗擔而去。追問邸舍人，莫能蹤跡。唯喬草《隨志》，稱良史，余讀之殊不稱。又徐子與致其全集若干卷，亦平平耳，遠不逮王裕州〔一〕。

【校注】

〔一〕陳田《明詩紀事》戊籤卷一三：『顔木字維喬，應山人。正德丁丑進士，除許州知州，改亳州。』錢謙益《列朝詩集》丙：『顔木，稚欽同年進士，知許州，亦以州民詰奏，下獄免官，任誕自放，其蹤跡亦略倣稚欽，兩人聞之，交相得也。唯喬詩質率，了無才情，而其名亞於稚欽。撰《隨志》，雜用史法，體例踳駁，而顧華玉推其有良史才，殆名過其實者也。』

四

鄭郎中善夫初不識王儀封廷相，作《漫興》十首，中有云：『海內談詩王子衡，春風坐遍魯諸生。』後鄭卒，王始知之，爲位而哭，走使千里致奠，爲經紀其喪，仍刻其遺文。人之愛名也如此。

【校注】

〔一〕鄭善夫《送克相侍御使齊魯》五首之四，見《少谷集》卷八。

五

孫太初玉立美髯，風神俊邁，嘗寓居武林。費文憲罷相東歸〔一〕，訪之，值其晝寢。孫故臥不起。久之，費坐語益恭，孫乃出，又了不謝。送之及門，第矯首東望曰：『海上碧雲起，遂接赤城，大奇大奇。』文憲出，謂馭者曰：『吾一生未嘗見此人。』〔二〕

【校注】

〔一〕文憲，費宏謚號。《明史》卷一九三《費宏列傳》：『費宏，字子充。……甫冠，舉成化二十三年進士第一，授修撰，正德五年進尚書。卒，年六十有八。』

〔二〕顧起綸《國雅品》：『孫山人太初，初號吟嘯，更太白山人。朗姿美髯，飄然風塵外物也。其才清趣逸，頗擅詩名。曾寓先公蓉湖别墅，時與殷靖江近夫遊，先公每論其高致。一日，費閣老訪之，竟日曠談，率就偃卧，去不相顧，其落魄多類是。費大奇之，曰：「我接海岱奇士多矣，未有此人。」後浪遊西湖、苕溪間，一時名士咸欽其風。』

六

吴中如徐博士昌穀詩〔一〕，祝京兆希哲書〔二〕，沈山人啓南畫〔三〕，足稱國朝三絶。

【校注】

〔一〕徐禎卿曾官國子博士。《明史》卷二八六《文苑二》：『徐禎卿，字昌穀，吴縣人。資穎特，家不蓄一書，而無所不通。自為諸生，已工詩歌，與里人唐寅善，寅言之沈周、楊循吉，由是知名。舉弘治十八年進士。孝宗遣中使問禎卿與華亭陸深名，深遂得館選，而禎卿以貌寢不與。授大理左寺副，坐失囚，貶國子博士。禎卿少與祝允明、唐寅、文徵明齊名，號「吴中四才子」。其為詩，喜白居易、劉禹錫。既登第，與李夢陽、何景明遊，悔其少作，改而趨漢、魏、盛唐，然故習猶在，夢陽譏其守而未化。卒，年二十有三。禎卿體癯神清，詩熔煉精警，為吴中詩人之冠，年雖不永，名滿士林。』按：徐禎卿生於明憲宗成化十五年，卒於明武宗正德六年，年三三歲，此言二十三，誤。

〔二〕《明史》卷二八六《文苑傳二》：『祝允明，字希哲，長洲人。祖顥，正統四年進士。允明生而枝指，故自號枝山。……五歲作徑尺字，九歲能詩。稍長，博覽群集。文章有奇氣，當筵疾書，思若湧泉。尤工書法，名動海内。好酒色六博，善新聲，求文及書者踵至，多賄妓掩得之。』《藝苑卮言》附録卷三：『天下書法歸吾吴，而祝京兆允明爲最。文待詔徵明、王貢士寵次之。京兆少年楷法自元常、二王、永師、秘監、率更、河南、吴興，行草則大令、永師、河南、狂素、顛旭、北海、眉山、豫章、襄陽，靡不臨寫工絶。晚節變化出入，不可端倪，風骨爛漫，天真縱逸，直足上配吴興，他所不論也。』

〔三〕《明史》卷二九八《隱逸傳》：『沈周，字啟南，長洲人。……文摹左氏，詩擬白居易、蘇軾、陸游，字倣黄庭堅，並為世所愛重。尤工於畫，評者謂為明世第一。』《藝苑卮言》附録卷四：『沈周字啓南，別號石田，其父亦善畫，至啓南而造妙。凡北宋、胡元名手，一一能變化出入，而獨重於董北苑、僧巨然，李營丘尤得心印，稍以已意發之。遇得意處，恐諸公未必便過也。』

七

楊修撰之《南中稿》〔一〕，穠麗婉至；華學士之《巖居稿》，清淡簡遠，俱遠勝玉堂之作〔二〕。然楊稿自南充王公刻外，絶不能佳。貴精不貴多，寧獨用兵而已哉。

【校注】

〔一〕楊慎正德辛未，舉會試第二，廷試第一，授翰林修撰。

〔二〕華察官至侍讀學士，有《巖居稿》。王慎中《王遵巖文集》卷二三《巖居稿序》：『灑然自立於塵埃情累之表，意象之超越，音韻之淒清，不受垢氛而獨契溟涬，若木居草茹，服食導練，淪隱聲跡者之所爲言，非世人語也。』陳田《明詩紀事》戊四：『子潛出使朝鮮，有《皇華集》，詩不足存。唯《巖居》一稿，五言最勝，有柴桑遺韻。』

八

胡孝思〔一〕嘗爲吾吴郡守，才敏風流，前後罕儷。公暇多遊行湖山園亭間，從諸名士一觴一詠，題墨淋漓，遍於壁石。後遷御史中丞，撫河南。肅帝幸楚，爲一律紀事云：『聞道鑾輿曉渡河，嶽雲縹緲護晴珂。千官玉帛嵩呼盛，萬國衣冠禹貢多。鎖鑰北門留統制，璿璣南極扈羲和。穆天八駿空飛電，湘竹英皇淚不磨。』〔二〕刻之石。後以他事坐罷，家居者數載矣。嘗扑一貪令王聯，其人爲戶部主事，以不職免，殺人下獄當死，乃指『穆天』、『湘竹』爲怨望咒詛，而所繇成獄及生平睚眥，皆指爲孝思奸黨，奏之。上大怒，悉捕下獄，欲論死。分宜相〔三〕、陶真人力救解〔四〕，久之乃罷免，猶摘杖孝思三十。當是時，孝思將八十矣，了不怖懾，取錦衣獄中杻械之類八，曰制獄八景，爲詩紀之。衆爭咎孝思，掣其筆曰：『君正坐詩至此耳，尚何吾伊爲！』孝思澹然詠不輟，曰：『坐詩當死，今不作詩，得免死耶？』出獄時，謝茂秦貽之詩，有云：『白首全生逢聖主，青山何意見騷人。』〔五〕孝思方病杖創甚，呻吟間，猶口占韻以謝。人謂孝思意氣差勝蘇長公，才不及耳。

【校注】

〔一〕孝思，胡纘宗字。

〔二〕胡纘宗《聞道》六首之三，見《鳥鼠山人集》卷九。

〔三〕嚴嵩，分宜人，時爲相。

〔四〕陶仲文，嘉靖時封神霄保國弘烈宣教振法通真忠孝秉一真人。事詳《明史》卷三〇七《佞倖列傳》。

〔五〕謝榛《送鳥鼠山人胡世甫西歸》：『愁中忽過薊門春，歸騎蕭條復向秦。白首全生逢聖主，青山何意見騷人。隴雲朝度鄉關近，渭水晴分草樹新。自是揚雄多著述，百年寧負舊綸巾。』見《四溟全集》卷一一。

九

孝思守吴日，於諸生最好黄勉之、王履吉、袁永之，而不能知陸浚明〔一〕。黄、王俱不振以死〔二〕，而永之領解甲第臚傳〔三〕。浚明再魁省會試，館選第一，爲給事中，主試浙江。時孝思以左參政與鹿鳴宴，頗遭譏訕，人兩不與也〔四〕。勉之爲人本任誕，而矜局自位置，時引勝流爲重，最稱博洽；於文多擬古而不出自然，好持論而不甚當，負經濟而寡切用，然視吴人膚立皮相者天壤矣。履吉玉立秀雅，饒酒德，使人愛而思之，詩筆翩翩華麗，足稱名家〔五〕。浚明高爽奇逸，尚氣慷慨，急人之難甚於己，頗負用世才而不究。永之高狷自好，時有恡聲。然二子文實清雅典則〔六〕，非它瑣瑣比也。浚明不長於詩，亦不以詩自顯〔七〕。

【校注】

〔一〕胡纘宗曾爲蘇州知府。陳田《明詩紀事》戊籤卷一六：『陸粲字子餘，一字浚明，長洲人。』

〔二〕錢謙益《列朝詩集》丁：『勉之一再試不利，輒棄去，爲古學。』又：『寵爲諸生，受知於郡守胡孝思，八試鎖院，不利。以年資貢入太學。（其兄）履約舉進士，以都御史撫治鄖陽，而履吉已前死。』

〔三〕袁袠第嘉靖丙戌進士，選庶吉士。授刑部主事。有《胥臺集》。

〔四〕《明詩紀事》戊一六：『世傳胡孝思爲蘇州太守，試士，賞拔王履吉爲第一，子餘少後。及子餘衡文浙江，孝思適爲參政。公燕日，相對忸怩。余檢子餘集《致天水胡公書》，情致不淺，或世誤傳也。』

〔五〕顧璘《國寶新編》：『王履吉清夷廉曠，與物無競，人擬之黄叔度。詩詞刻尚風骨，擺脱輕靡，陶熔李、杜，汰滌情文，既正體裁，復滅蹊徑，可謂後來之高足。』參看文徵明《甫田集》卷三一《王履吉墓誌銘》、何良俊《四友齋叢話》卷二六。

〔六〕董復表彙輯《弇州史料》：『貞山爲文，精雅有法，得班氏及韓、歐遺意。』又《列朝詩集》丁：『子餘疏眉目，美鬚髯，面骨稜稜起，嗜學，無不通，尤悉本朝典章，叩之若引繩貫珠，纚纚不可窮也。詩不多，獨出機杼，不落窠臼，文尤雅健典則，自成一家。』

〔七〕《明詩紀事》戊一六：『子餘詩長於古體，存詩不多，咸自精美，以世多賞其文，故爲所掩耳。』

一〇

黄才伯詩亦有佳語，如『青山知我吏情澹，明月照人歸夢長』，又『長空贈我以明月，海内知心唯酒杯。門前馬躍簫鼓動，柵上鷄啼天地開。倦遊卻憶少年事，笑擁如花歌落梅』〔一〕，雖格不甚古，而逸宕可取。然至末句，乃自注云：『欲盡理還之喻。』蓋此公作美官講學，恐人得而持之也〔二〕。可發詞林一笑。

【校注】

〔一〕黃佐《阻水寓蕭氏樓上作》：『朔風蕭蕭吹雪霜，登樓獨坐生悲涼。青山知我吏情澹，明月照人歸夢長。雲影有時連去雁，水聲何日到垂楊。側身天地頻回首，誰道江湖遠廟廊。』又《春夜大醉言志》：『拔劍起舞臨高臺，北斗插地銀河迴。長空贈我以明月，天下知心唯酒杯。門前馬躍簫鼓動，柵上雞啼天地開。倦游卻憶少年事，笑擁如花歌落梅。』均見《泰泉集》卷一二

〔二〕朱彝尊《靜志居詩話》卷三七：『文裕撰體頗正，而取材太陳，故格雖聳高而氣少奔逸。嶺南詩派，文裕實爲領袖，功不可磨也。』文裕，黃佐謚號。《四庫全書總目提要》卷一七二：『唯其《春夜大醉言志詩》有云：「倦遊卻憶少年事，笑擁如花歌落梅。」自注以爲「欲盡理還之喻」，是將以嘲風弄月之詞，而牽合於理學，殊爲無謂。王世貞《藝苑卮言》謂此乃佐爲儒官講學，恐人得而持之，故有此語。當得其情。』錢謙益《列朝詩集》丁：『才伯有漫興詩，落句云：「倦遊卻憶少年事，笑擁如花歌落梅。」自注云：「欲盡理還之喻。」王元美云：「此公作美官講學，恐人得而持之故也。」今刻《泰泉集》不入此注，故附記之。』

一一

少陵句云：『淮王門有客，終不愧孫登。』〔一〕頗無關涉，爲韻所強耳。後世不解事人黐以爲法。至於北地所謂『鄭綮騎驢，無功行縣』〔二〕，『行縣』、『騎驢』既非實事，王績、鄭綮又否通人，生俗無謂，大可

戒也。近代謝茂秦大有此病，蓋不學之故。

【校注】

〔一〕杜甫詩《贈特進汝陽王二十韻》句，見《全唐詩》卷二二四。

〔二〕計有功《唐詩紀事》卷六五：『相國綮善詩。……或曰：「相國近爲新詩否？」對曰：「詩思在灞橋風雪中，驢子上，此何處以得之。」蓋言平生苦心也。』《唐詩紀事》卷四：『（王）績大業末仕爲六合丞，嗜酒不任事，因解去。』

一二

江暉字景暘〔一〕，文昭公瀾子也。以翰林修撰爲按察僉事，年三十六死。有文集曰《亹爰子集》。按《山海經》曰：『亹爰之山多水，無草木，不可以上。有獸焉，其狀如貍而有髮，名曰類，自爲牝牡，食者不妬。』〔二〕取以名集，別無深義。暉好以奇癖字作文，初若不易解者，解之得平平耳〔三〕。王稚欽有詩嘲之云：『江生突兀揚文風，千奇萬怪難與窮。博物豈唯精《爾雅》，識字何止過揚雄。古心已出《丘》《索》上，邃旨或與神明通。求深索隱苦不置，一言忌使流俗同。令弟大篆逼鐘鼎，絶藝恥作斯邕等。生也爲文遺弟書，一出皆稱二難並。縱有楚史不可讀，滿堂觀者徒張目。少年往往致譏評，生也不言但捫腹。君不見好醜從來安可期，豪傑有時翻自疑。伯牙竟爲知音惜，卞氏能無抱璞悲。請君寶此無易轍，聖人復起當相知。』〔四〕讀此大略可見。

【校注】

〔一〕按：景暘，錢謙益《列朝詩集》丙、李攀龍《明詩選》、陳田《明詩紀事》均作字景孚。

〔二〕語見《山海經》卷一《南山經》。

〔三〕皇甫坊《皇甫司勛集》卷三六《夢澤集序》：『江子爲文，鈎玄獵秘，雜以古文奇字。指既閎眇，語復聱牙，令讀者謬眩霓，至莫能句。』

〔四〕王廷陳《寄嘲江子》，見《夢澤集》卷四。

一三

黄五嶽省曾言，南城羅公圮好爲奇古〔一〕，而率多怪險俎飣之辭。居金陵時，每有撰造，必棲踞於喬樹之巔，霞思天想。或時閉坐一室，客有於隙間窺者，見其容色枯槁，有死人氣，皆緩履以出。都少卿穆乞伊考墓銘〔二〕，銘成，語少卿曰：『吾爲此銘，瞑去四五度矣。』今其所傳《圭峰稿》者〔三〕，大抵皆樹巔死去之所得也。

【校注】

〔一〕黄省曾有《五嶽山人集》，羅圮，南城人。

〔二〕都穆年五十四乞休，加太僕少卿致仕。

〔三〕《四庫全書總目提要》卷一七一：『《羅圭峰文集》三十卷，明羅圮撰。其文規模韓愈，戛戛獨造，多抑掩其意，迂折其詞，使人思之於言外。陳洪謨序稱：「聞其爲文，必嘔心積慮，至扃戶牖，或踞木石，隱度逾旬日，或逾歲時，神生境具，而後命筆。稍涉於萎陋詘誕之微，雖數易稿不憚。」蓋與宋陳師道之吟詩不甚相遠，其幽渺奥折也固宜，而磊落嶔崎，有意作態，不能如韓文之渾噩，亦緣於是。殆性耽孤僻，有所偏詣歟？然在明人之中，亦可謂爲其難者矣。」

一四

『宮采初傳長命縷，中官競插辟兵符。』〔一〕『衡陽刺史新除道，濟北藩王已上書。』〔二〕『雪後錦裘行塞外，月明清嘯滿樓中。』〔三〕『賜第近連平樂觀，入朝新給羽林兵。儒生東閣承顏色，酋長西羌識姓名。』〔四〕『繁花向日宜供笑，幽鳥逢春各異啼。』〔五〕『老去自吹秦篳栗，西征曾比漢嫖姚。』〔六〕『水落盡如雷電過，山回俱作鳳皇飛。』〔七〕『山學翠屏開作畫，水從金谷瀉成春。』〔八〕『門逕近連馳道樹，池塘遥接漢宮流。』〔九〕『雲裁玉葉和煙潤，瀑濺珠花映雨飛。』〔一〇〕此嘉靖時爲初唐者也。『細雨薛蘿侵石徑，深秋粳稻滿山田。』〔一一〕『業淨六根成慧眼，身無一物到茅庵。』〔一二〕『空庭廬嶽晴雲色，燕坐潯陽江水聲。』〔一三〕『虎患已從鄰境去，猿聲偏近郡齋前。』〔一四〕『萬里辭家身是夢，三年作郡口爲碑。』〔一五〕『遶院松林嵐翠重，滿庭蕉葉雨聲多。清樽自對叢花發，高枕無如啼鳥何。』〔一六〕此其稍變而中唐者也。

【校注】

〔一〕陳束《端午侍宴闕下》：『天中佳節盛歡娱，闕下平明式大酺。宮采初傳長命縷，中官競插辟兵符。饌分玉食調僊桂，酒酌璚杯汎苑蒲。為問寰中浴蘭者，得如天上沐恩無。』

〔二〕陳束《楚門春興》：『帝在青陽念八區，傳聞東豫及春初。鶯花二月迎緹騎，龍檢千年望翠旗。衡陽刺史新除道，濟北藩王已上書。留滯周南知不恨，將因一得奉宸車。』二詩均見《陳後崗集》。按：陈束字約之，鄞縣人。嘉靖己丑進士，選庶吉士。官至河南提學副使。有《後崗集》。

〔三〕唐順之《寄周中丞備禦關口》：『牙旗高建白羊東，鼓角殷殷瀚海空。雪後錦裘行塞外，月明清嘯滿樓中。幕南五部思歸義，薊北諸軍盡立功。燕頷書生人共羡，一朝投筆去平戎。』見《荊川先生文集》卷一。

〔四〕唐順之《張相公壽詩》：『帷中運策九州清，共說留侯在漢京。賜第近連平樂觀，入朝初給羽林兵。儒生東閣承顏色，酋長西蕃識姓名。卻望上臺多氣象，年年長傍紫宸明。』見《荊川先生文集》卷一。

〔五〕屠應埈《遊城東觀》：『病起尋遊強杖藜，琳宮寂寂枕回溪。繁花向日俱宜笑，幽鳥逢春各異啼。雲滿客衣庭樹合，氣薰山酌芷蘭齊。郊行亦有桃源在，明日重來路不迷。』見《列朝詩集》丁集第三。按：屠應埈字文升，平湖人。嘉靖丙戌進士，選庶吉士。改刑部主事。再改禮部，歷員外、郎中，仍改修撰。歷侍讀，進春坊右諭德。有《蘭輝堂集》。

〔六〕任翰《留別岐州翟千戶》：『岐侯拔劍舞清宵，秋滿樊川萬木凋。老去自吹秦觱篥，西征曾比漢嫖姚。玉關許割桓伊郡，宣室難容賈誼朝。莫遣音書太寥落，世情人事正蕭條。』見錢謙益《列朝詩集》丁集第一。按：任翰，字少海，南充人。嘉靖己丑進士，選庶吉士。改禮部主事，歷員外、郎中，改春坊司直，兼翰林檢討。有《忠齋集》。

〔七〕陳鶴《除夕前一日與駱行簡呂南夫張侯中沈純甫蟾山晚宴有作》：『巖邊樹色隱丹扉，日下僊輿度翠微。水落盡如雷電過，山回俱作鳳凰飛。星臺似結僊人掌，雲路疑通織女機。幽賞不殊椒酒會，合歡須並月驂歸。』見《列朝詩集》丁集第十一。

〔八〕皇甫汸《題史考功池亭》：『名園十畝與城鄰，日夕風煙逐眺新。山擁翠屏開作畫，水從金谷瀉成春。憑軒不斷啼花鳥，閉戶應逢看竹人。見說玄暉池尚在，知君前是謝家身。』見《皇甫司勳集》卷二十七。

〔九〕蔡汝楠《遊徐公子西園》：『西園飛蓋月中遊，隨意登攀自可留。門徑近連馳道樹，池塘遙接漢宮流。坐看虛牖明朱巘，行見深松間畫樓。一自王孫開別第，鳳臺花鳥不知秋。』見《列朝詩集》丁集第四。

〔一〇〕包節《晚望蒼山即事》：『吏散庭閒靜掩扉，點蒼西望翠霏微。雲裁玉葉和煙潤，瀑濺珠花映雨飛。石洞經秋龍不起，松枝將暝鶴初歸。泠然忽動餐霞思，擬陟丹梯一振衣。』見《列朝詩集》丁集第三。按：包節字元達，華亭人。嘉靖壬辰進士，授東昌推官，徵授御史。以劾中官廖斌下獄，遣戍莊浪衛。有《侍御集》。

〔一一〕唐順之《廣德道中》：『蒼山百轉見炊煙，茅屋高棲古樹巔。細雨薜蘿侵石徑，深秋粳稻滿山田。雲中望影迷遙岫，草裏聞聲覺暗泉。倘遇秦人應不識，只疑誤入武陵川。』見《荊川先生文集》卷一。

〔一二〕唐順之《贈庵中老僧僧解相人術少嘗遊歷江南晚歸庵中》：『早從祝髮事棲巖，為禮名師每向南。業淨六根成慧眼，身無一物寄茅庵。廚邊引澗寧須汲，松下翻經幾到龕。若使焚香能證道，前身應說是香嚴。』見《荊川先生文集》卷三。

〔一三〕皇甫汸《送王戶曹擢九江守》：『甘泉獻賦早知名，才子為郎在兩京。闕下承符初出守，郡中森戟已相迎。空庭廬嶽晴雲色，燕坐潯陽江水聲。試覓古來循吏傳，幾人年少寄專城。』見《皇甫司勳集》卷二十七。

〔一四〕皇甫汸《寄許夔州》：『城開白帝錦江連，見說偎郎出守年。虎患已從鄰境去，猿聲偏近郡齋前。相如文藻流巴蜀，黃霸功名在潁川。應是漢庭求吏治，非關相府賤英賢。』見《皇甫司勳集》卷二十六。

〔一五〕金鑾《淮上送唐池嶼別駕赴部》：『與君南北漫相期，惆悵東風楚水涯。萬里辭家身是夢，三年作郡口為碑。重將直道干明主，肯負初心答故知。芳草接天春望迴，一尊相對復何時。』見《列朝詩集》丁集第七。按：金鑾字在衡，隴西人。僑居南京，善詩詞曲。有《徙倚軒稿》。

〔一六〕蔡汝楠《自題前山草堂》：『草堂舊結北山阿，逋客還家洽薜蘿。繞院松林嵐翠重，滿庭蕉葉雨聲多。清樽自對叢花發，高枕無如啼鳥何。若道世情堪澹處，門前終日俯滄波。』見《列朝詩集》丁集第四。按：蔡汝楠字子木，德清人。嘉靖壬辰進士。官至兵部侍郎，改南工部。有《自知堂集》。

一五

吾友宗子相，天才奇秀，其詩以氣爲主，務於勝人。間有小瑕及遠本色者，弗恤也〔一〕。吴明卿才不勝宗，而能求詣實境，務使首尾匀稱，宮商諧律，情實相配。子相自謂勝吴，默已不戰屈矣〔二〕。徐子與斟酌二子，頗得其中，已是境地，精思便達〔三〕。梁公實工力故久，才亦稱之，嘗爲别余輩詩一百韻，膾炙人口〔四〕。惜悟汗未幾，中道摧殞，每一念之，不勝威明絶鍔之痛〔五〕。

【校注】

〔一〕朱彝尊《靜志居詩話》卷四六：『子相詩才娟秀，本以太白爲師，跌宕自喜，使其不遇王、李，充之不難與昌穀、蘇門伯仲。自入七子之社，習氣日深，取材日窘，撰體日弱，「薜荔芙蓉」、「蘼蕪楊柳」，百篇一律，訖未成家而夭，最可惋惜。』

〔二〕王世懋《藝圃擷餘》：『余嘗服明卿五、七言律，謂他人詩多於高處失穩，明卿詩多於穩處藏高，與于鱗作身後戰場，未知鹿死誰手。』

〔三〕李攀龍《滄溟先生集》卷三〇《與徐子與》：『佳集璧上，中多不可易之聯，不可得之語。……即元美所云「斟酌二子」，殊有味乎斯言，而曰「精思便達」，似有子與所少。余觀丙寅稿數章已詣境地，何以更俟精思？蓋詩之難，正唯境地不可至耳，至其境地矣，精思安在哉？」

〔四〕《靜志居詩話》卷四六：『蘭汀學詩於泰泉，又與鄉人結社，號「南園後五子」，所得於師友者深，雖入王、李之林，習染未甚，誦其古詩，猶循《選》體，五、七律無叫囂之狀。四溟而下，庶幾此人。度越徐、吴，奚啻十倍。』

〔五〕按：宗臣、梁有譽卒年俱三十六，故云。

一六

子相自閩中手一編遺余〔一〕，乃五、七言近體。予摘其佳句書之屏間，雖沈侯采王筠之華，皮生推浩然之秀，不是過也〔二〕。世言古今不相及，殊瞶瞶，有識者當辨之耳。中聯寄贈予者，如『萬里蘼蕪色，秋風一夜深』〔三〕，又『一身詩作癖，萬事酒相捐。枕簟疏秋雨，江山隔暮煙』〔四〕，又『金山一柱立，滄海萬波隨』〔五〕，又『愁來失俯仰，書去畏江河』〔六〕，又『屢書心盡折，一字眼堪枯』〔七〕，又『袖中芳草寒相負，馬首梅花春自憐。孤角千家滄海戍，故人雙鬢薊門烟』〔八〕。他作如『開尊銷夜燭，聽雨長春蔬』〔九〕，又『爾輩甘雲臥，吾生豈陸沉』〔一〇〕，又『宦情疏病後，世事得愁先』〔一一〕，又『青山移病遠，白雁寄書輕』〔一二〕，又『忽雨新楓橘，如雲長蕨薇』〔一三〕，又『江樹低從密，溪流曲更分』〔一四〕，又『雨氣千江入，秋聲萬木多』〔一五〕，又『日落中原紫，天高北斗垂』〔一六〕，又『夜立殘砧杵，園行久薜蘿』〔一七〕，又『江平低雁翼，潮落進漁竿』〔一八〕，又『星河雙杵夕，風雨七陵秋』〔一九〕，又『戰伐乾坤色，安危將相功』〔二〇〕，又『白雪孤調世，黃金巧識人』〔二一〕，又『種橘開新溜，尋芝數落霞』〔二二〕，又『生難看白髮，死豈負青山』〔二三〕，又『誰家羌笛吹明月，無數梅花落早春』〔二四〕，又『愁邊鴻雁中原去，眼底龍蛇畏路多』〔二五〕，又『衝泥匹馬時時立，入座寒雲片片孤』〔二六〕，又『絶壁晝開風雨色，斷虹秋掛薜蘿長』〔二七〕。結句如『登樓知有賦，莫向衆人傳』〔二八〕，又『浮生同遠近，斟酌向鸕鷀』〔二九〕，又『泰陵千古淚，一灑翠華東』〔三〇〕，又『吾將付風雨，片片作龍鱗』《筍賦》〔三一〕，又『自知寒色甚，不敢怨明珠』〔三二〕，又『薊門舊侶能相憶，八月雙鴻起太湖』〔三三〕，又『衣裳歲暮吾將換，好與青山長薜蘿』〔三四〕，又『浮生轉覺江湖窄，難把衣裳任芰荷』〔三五〕，又『醉來偃蹇三湘裏，更是何人《白雪篇》』〔三六〕，又『江門十里垂楊色，莫把時名負釣綸』〔三七〕。精言秀語，高處可掩王、孟，下亦不失錢、劉〔三八〕。

【校注】

〔一〕宗臣曾爲稽勳員外郎，嚴嵩惡之，出爲福建參議，遷提學副使，卒於官。

〔二〕《南史》卷二二《王曇首列傳》附王筠傳：『約每見筠文諮嗟。……約於郊居宅閣齋，請筠爲草木十詠書之壁，皆直寫文辭，不加篇題，約謂人曰：「此詩指物程形，無假題署。」』『皮生推浩然之秀』，見卷四第一八條注〔六〕。

〔三〕、〔四〕宗臣《問元美病》句，見《宗子相集》卷六。

〔五〕宗臣《元美有江上之約未得遽赴愴然有思》句，見《宗子相集》卷六。

〔六〕宗臣《吳中兵亂海上徵援感事賦懷因寄元美》句，見《宗子相集》卷六。

〔七〕宗臣《得元美書》句，見《宗子相集》卷六。

〔八〕宗臣《遲元美不至》句，見《宗子相集》卷九。

〔九〕、〔一〇〕宗臣《寄懷鄉園遊好》句，見《宗子相集》卷六。

〔一一〕宗臣《病中答明卿》句，見《宗子相集》卷六。

〔一二〕宗臣《答周明府》句，見《宗子相集》卷六。

〔一三〕宗臣《有客》句，見《宗子相集》卷六。

〔一四〕宗臣《白馬湖汎舟》句，見《宗子相集》卷六。

〔一五〕宗臣《夜雨沈二丈至》句，見《宗子相集》卷六。

〔一六〕宗臣《進艇》句，見《宗子相集》卷六。

〔一七〕、〔一八〕宗臣《簡陸子和》句，見《宗子相集》卷七。

〔一九〕宗臣《問余德甫病》句，見《宗子相集》卷七。

〔二〇〕、〔二一〕宗臣《答明卿》句，見《宗子相集》卷七。

〔二二〕宗臣《東皋隱居爲子與尊人賦》句，見《宗子相集》卷七。

〔二三〕宗臣《哭公實》句，見《宗子相集》卷七。

〔二四〕宗臣《春日》句，見《宗子相集》卷八。

〔二五〕宗臣《除夕錢唯重夜至》句，見《宗子相集》卷八。

〔二六〕宗臣《大雪集張助甫》句，見《宗子相集》卷九。

〔二七〕宗臣《登觀音山》句，見《宗子相集》卷九。

〔二八〕同注〔四〕。

〔二九〕同注〔六〕。

〔三〇〕宗臣《山陵陪祀》句，見《宗子相集》卷七。

〔三一〕宗臣《明卿宅同元美分賦得席上筍》句，見《宗子相集》卷七。

〔三二〕同注〔七〕。

〔三三〕宗臣《送熊守之太倉因便省覲》句，見《宗子相集》卷八。

〔三四〕同注〔二五〕。

〔三五〕宗臣《春興》句，見《宗子相集》卷八。

〔三六〕宗臣《早春寄明卿舍人時以使事還楚》句，見《宗子相集》卷八。

〔三七〕宗臣《同明卿送孫子昇得春字》句，見《宗子相集》卷九。

〔三八〕錢謙益《列朝詩集》丁：『子相詩，元美稱其天才奇秀，雄放橫厲，又摘其佳句書之屏間，以爲上掩王、孟，下亦錢、劉。而其所就，止於如此，則子與、德甫之倫，爲可知矣。』陳田《明詩紀事》己集卷二引《明詩選》：『陳臥子曰：「子相意取秀逸，不尚深思，從此入者，易流淺俗。」李舒章曰：「子相天姿明佚，好自頽宕，其得意處，僅得太白之粗者。」』

一七

謝茂秦曳裾趙藩，嘗謁崔文敏銑，崔有詩贈之〔一〕。後以救盧次楩，北游燕，刻意吟詠，遂成一家〔二〕。句如『風生萬馬間』〔三〕，又『馬渡黃河春草生』〔四〕，皆佳境也。其排比聲偶，爲一時之最，第興寄小薄，變化差少。僕嘗謂其七言不如五言，絶句不如律，古體不如絶句；又謂如程不識兵，部伍肅然，刁斗時擊，而寡樂用之氣〔五〕。

【校注】

〔一〕錢謙益《列朝詩集》丁上：『謝山人榛寓居鄴下，趙康王賓禮之。……崔銑字子鍾，安陽人，贈禮部尚書，謚文敏。有《贈謝茂秦》詩曰：「三月清洹上，翩翩兩度來。摛詞傾玉海，弔古賦銅臺。歧路楊朱淚，江湖李白杯。令公今謝事，回首尚憐才。」』

〔二〕《明史》卷二八七《文苑列傳》三：『盧柟，字少楩，濬縣人。家素封，輸貲為國學生。……為人跅弛，好使酒罵座。常為具召邑令，日晏不至，柟大怒，徹席滅炬而卧。令至，柟已大醉，不具賓主禮。會柟役夫被搒，他日墻壓死，令即捕柟，論死，繫獄，破其家。……謝榛入京師，見諸貴人，泣訴其冤狀曰：「生有一盧柟不能救，乃從千古哀沅而弔湘乎？」平湖陸光祖選得濬令，因榛言平反其獄。柟出，走謁榛。榛方客趙康王所，王立召見柟，禮為上賓。』

〔三〕謝榛《榆河曉發》：『朝暉開眾山，遙見居庸關。雲出三邊外，風生萬馬間。征塵何日靜，古戍幾人閒。忽憶棄繻者，空慚旅鬢斑。』見《四溟全集》卷四。

〔四〕謝榛《送王侍御子梁按河南》：『塞上初歸復此行，燕南極目送飛旌。天連嵩嶽寒雲盡，馬度黃河春草生。簪筆常思未央殿，封章時發大梁城。知君最愛應劉賦，更向西園一寄聲。』見《四溟全集》卷一一。

〔五〕參閱王世貞《弇州山人四部稿》卷六四《謝茂秦集序》、沈德潛《明詩別裁》卷八。

一八

吾嘗合刻盧次楩、俞仲蔚及茂秦集，蓋取次楩騷賦，俞五言古，謝近體爲一耳〔一〕。然歌行既乏，絕句亦少。俞嘗有《寶劍篇》，中云：『海内嘗令萬事平，匣中不惜千年死。』〔二〕如此語亦不可多得。

【校注】

〔一〕參閲王世貞《弇州山人四部稿》卷六四《盧次楩集序》、《俞仲蔚集序》。

〔二〕俞允文《寶劍篇》：『吾聞龍泉太阿之寶劍，此物往往鍾神英。人間得名千百載，國内唯有徵求兵。昆吾之潁茨山精，銀花繡出霜雪明。星氣朝朝鸊鵜紫，龍光夜夜芙蓉生。文章已足清朝貴，勳業還為猛將驚。七雄五列雖已矣，報仇報恩心未已。非但飄淪古獄邊，亦會提攜楚城裏。崢嶸磊落世兩見，斷蛟剸兕竊所恥。天下嘗令萬事平，匣中不惜千年死。朝馳咸陽暮雲中，此間未必皆成功。但看古來功名士，殺身濺血俱英雄。嗟哉！神物會遇亦有以，至今升騰變化為飛龍。』見《俞仲蔚集》卷四。

一九

徐子與之於各體，無所不工〔一〕。明卿乃有獨至〔二〕。

【校注】

〔一〕參看卷七第一五條注〔三〕。

〔二〕參看卷七第一五條注〔二〕。

二〇

李于鱗文，無一語作漢以後，亦無一字不出漢以前〔一〕。其自敘樂府云：『擬議以成其變化。』又云：『日新之謂盛德。』〔二〕亦此意也。若尋端議擬以求日新，則不能無微憾。世之君子，乃欲淺摘而痛訾之，是訾古人矣。

【校注】

〔一〕殷士儋《李于鱗墓誌銘》：『于鱗以疾告歸，則益發憤勵志，陳百家言，附而讀之，務鈎其微，抉其精，取恒人所置不解者拾之以績學。蓋文自西漢以下，詩自天寶以下，若爲其毫素污者，輒不忍爲也。』

〔二〕語見李攀龍《滄溟先生集》卷一《古樂府敘》。

二一

文繁而法，且有委，吾得其人曰李于鱗〔一〕。簡而法，且有致，吾得其人曰汪伯玉〔二〕。

【校注】

〔一〕王世貞《弇州山人四部稿》卷一二八《答陸汝陳書》：『于鱗生平胸中無唐以後書，停滀古始，無往不造。至於敘致宛轉，窮極苦心。然僕猶以爲顧、陸、張、王之肖物，神色態度了無小憾，比之化工，尚隔一塵。』《野獲篇》卷二五：『王、李七子起時。汪太涵雖與弇州同年，尚未得與其列。太涵後以江陵公（張居正）心膂驟貴，其副墨行世，暴得時名。弇州力引之，世遂稱元美、伯玉。而七子中僅存吴明卿、余德甫俱出其下矣。汪文刻意摹古，盡有合處，至牌板紀事之文，時援古語以證今事，往往捍格不暢，其病大抵與歷下同。弇州晚年甚不服之，嘗云：「予心服江陵之功，而口不敢言，以世所曹惡也；予心誹太涵之文，而口不敢言，以世所曹好也，無奈此二屈事何？」是亦定論。』參看錢謙益《列朝詩集》丁。

二二

余嘗有《漫興十絶》〔一〕，其一云：『野夫興到不復删，大海回風生紫瀾。欲問濟南奇絶處，蛾眉天半雪中看〔二〕。』於乎，此義邈矣，寥寥誰解者！

【校注】

〔一〕按：今存八首，見王世貞《弇州山人四部稿》卷四九。

〔二〕見《弇州山人四部稿》卷四九《漫興八首》之七。

二三

于鱗與子與書云：『許殿卿《海右集》屬某中尉爲序，不佞嘗欲畀諸炎火，乃周公瑕亦曰是。既已不能禁其傳，然不可以欺智者，亦唯任之。』〔一〕昨歐楨伯〔二〕訪海上云：『某謂于鱗近過一國尉園亭賦詩，落句云：「司馬相如字長卿」，鄙不成語乃爾，定虛得名耳。』此正是遊戲三昧，似稚非稚，似拙非拙，似巧非巧，不損大家，特此法無勞模擬耳。于鱗之欲焚某序，的然不錯也〔三〕。

【校注】

〔一〕語見李攀龍《滄溟先生集》卷三〇《與徐子與書》。

〔二〕歐大任字楨伯。

〔三〕錢謙益《列朝詩集》丁上：『許邦才字殿卿，歷城人。與于鱗相友善，著《海右倡和集》，因于鱗以聞於當世。于鱗與人書云：「殿卿《海右集》，屬某中尉爲序。不佞嘗欲畀諸炎火。」元美亦以爲然。一時文士護前樹黨，百年而後海内人各有心眼，于鱗亦無如之何也。』

二四

于鱗才，可謂前無古人，至於裁鑒，亦不能無意向。余爲其《古今詩删》〔一〕序云：『令于鱗而輕退古之作者間有之，于鱗舍格而輕進古之作者則無是也。』〔二〕此語雖爲于鱗解紛，然亦大是實録。

【校注】

〔一〕《四庫全書總目提要》卷一八九：『《古今詩删》三四卷，明李攀龍編。是編爲所録歷代之詩，每代各自分體，始於古逸，次以漢、魏、南北朝，次以唐；唐以後繼以明。多録同時諸人之作，而不及宋、元。蓋自李夢陽倡不讀唐以後書之説，前後七子，率以此論相尚，攀龍是選，猶是志也。』參看屠隆《鴻苞》卷一七。

〔二〕序見王世貞《弇州山人四部稿》卷六七。

二五

始見于鱗選明詩，余謂如此何以鼓吹唐音。及見唐詩，謂何以衿裾古選。及見古選，謂何以箕裘《風》、《雅》。乃至陳思《贈白馬》，杜陵、李白歌行，亦多棄擲，豈所謂英雄欺人，不可盡信耶〔一〕？

【校注】

〔一〕胡應麟《少室山房類稿》卷一一二《雜柬次公四通》之三：『李于鱗以詩鳴，而《唐詩選》一書，去取乖方，靡關軌筏。李序説大自矜持，陳篇名，高自標目，良可作對。往嘗疑《詩删》匪出于鱗，乍始得之執事，將英雄欺人，或才識異軌耶？』屠隆《白榆集》卷三《高以達少參選唐詩序》：『至李于鱗《選》，更加精焉。然取其悲壯而去清遠，采峭直而舍婉麗，重氣骨而略性情，猶不無遺恨焉。』

二六

于鱗爲按察副使，視陜西學，而鄉人殷者來巡撫。殷以刻覈名，尤傲而無禮，嘗下檄于鱗代撰奠章及送行序。于鱗不樂，移病乞歸，殷固留之。入謝，乃請曰：『臺下但以一介來命，不則尺蹏見屬，無不應者，似不必檄也。』殷愕然起謝過，有所屬撰，以名刺往，而久之復移檄。于鱗恚曰：『彼豈以我重去官耶？』即上疏乞休，不待報，竟歸。吏部惜之，用何景明例，許養疾，疾愈起用，蓋異數也。于鱗歸杜門，自兩臺監司以下請見不得，去亦無所報謝，以是得簡倨聲。又嘗爲詩，有云：『意氣還從我輩生，功名且付兒曹立。』〔一〕諸公聞之，有欲甘心者矣。

【校注】

〔一〕李攀龍《逼除過右史水村江山人同賦》詩句，見《滄溟先生集》卷五，原文作：『意氣還須我輩看，功名但任兒曹立。』

二七

于鱗一日酒間，顧余而笑曰：『世固無無偶者，有仲尼，則必有左丘明。』余不答，第目攝之。遽曰：『吾悮矣，有仲尼，則必有老聃耳。』其自任誕如此。

二八

于鱗嘗爲朱司空賦新河詩，中一聯曰：『春流無恙桃花水，秋色依然瓠子宫。』〔一〕不知者以爲上單下重。按三月水謂之桃花水，爲害極大。此聯對偶精切，使事用意之妙，有不可言者。闞駰《九州記》：『正月解凍水，二月白蘋水，三月桃花水，四月瓜蔓水，五月麥黄水，六月山礬水，七月豆花水，八月荻苗水，九月霜降水，十月後槽水，十一月走凌水，十二月蹙凌水。』

【校注】

〔一〕李攀龍《上朱大司空》二首之二：『河堤使者大司空，兼領中丞節制同。轉餉千年軍國壯，朝宗萬里帝圖雄。春流無恙桃花水，秋色依然瓠子宫。太史但裁溝洫志，丈人何減漢臣風。』見《滄溟先生集》卷一一。

二九

于鱗自棄官以前，七言律極高華。然其大意，恐以字累句，以句累篇，守其俊語，不輕變化，故三首而外，不耐雷同。晚節始極旁搜，使事該切，措法操縱，雖思探溟海，而不墮魔境〔一〕。世之耳觀者，乃謂其比前少退，可笑也。歌行方入化而遂沒，惜其不多，寥寥絶響。

【校注】

〔一〕胡應麟《詩藪》續編卷二：『（李）于鱗七言律絶，高華傑起，一代宗風。』又：『于鱗七律所以能奔走一代者，實源流《早朝》、《秋興》，李頎、祖詠等詩。大率句法得之老杜，篇法得之李頎。屬對多偏枯，屬詞多重犯，是其小疵，未妨大雅。』朱彝尊《靜志居詩話》卷四六：『于鱗七律人所共推，心慕手追者，王維、李頎也。合而觀之，句重字複，氣斷續而神仳離，亦非絶品。元美比之峨眉天半雪，至謂：「文許先秦上，詩卑正始還。」譽過其實。』

三〇

余爲比部郎，嘗與蔡子木臬副、徐子與主事、吴明卿舍人、謝茂秦布衣飲〔一〕。謝時再遊京師，詩漸落，子木數侵之。已被酒，高歌其夔州諸詠，亦平平耳。甫發歌，明卿輒鼾寢，鼾聲與歌相低昂，歌竟，鼾亦止，爲若初醒者。子木面色如土，雖予輩亦私過之。子與復與子木論文，不合而罷。後五歲，子木以中丞撫河南，子與守汝寧，明卿謫歸德司理，張肖甫謫裕州同知，皆屬吏也。子木張宴，備賓主，身行酒炙，曰：『吾烏得有其一以慢三君子！』尋具疏薦之。余謂子木雅士不俗，居然前輩風，近更寥寥也〔二〕。

【校注】

〔一〕蔡汝南，字子木，曾官右副都御史。徐中行曾官刑部主事。吴國倫曾爲中書舍人。

〔二〕王士禎《香祖筆記》卷三：『弇州《巵言》載：「蔡子木入覲，酒間自歌其夔州諸作，吴明卿輒鼾睡，鼾聲與歌聲相低昂，歌罷，鼾亦止。」今觀明卿詩品亦未能過子木也，文士護前，往往夜郎王自大，適足為識者軒渠耳。厥後蔡巡撫中州，吴謫歸德府推官，與徐子與、張肖甫皆爲屬官。蔡身爲行酒曰：「吾安敢有其一以傲三君子哉！」子木固盛德，不知爾時明卿當復置身何地？』

三一

王允寧爲修撰時，余嘗一再識之。長大白皙，談説時事，慷慨激烈，男子也。於文，遠則祖述司馬、少陵，近則師稱北地而已，意不可一世士。又好嫚罵人，人多外慕而中畏之〔一〕。其所最善者，孫尚書陞，時爲中允。其同年敖祭酒，以書規切之。允寧答云：『僕猶夫故吾耳。顧於南中不宜，且南中亦不宜於吾，以故人取其近似者以爲名，曰伉厲守高也。且僕戇直朴略，受性已定，猶僕之貌，脩幹廣顙，昂首掀眉，揭膺闊步，皆造化陶冶，不可移易。古之挾僊術者，能蛻人骨，不能易人貌。今公責僕勿高勿卑，擇中而居之，亦嘗有以里婦之傚顰聞於公者乎？僕即死勿願也。』〔二〕允寧後念其母老病，乞南，得國子祭酒。歸省，道經華山，爲文祭之，大約以母素敬神而不蒙庇，即愈吾母病，吾太史也，能爲文以不朽神。其詞頗支離怪誕。居無何，以地震死〔三〕。西安李戶部愈素恨允寧，假華山神爲文詈而僇之，今並傳關中。

【校注】

〔一〕事詳《明史》卷二八六《文苑列傳》二。

〔二〕王維禎《答敖祭酒書》語，見《王氏存笥稿》卷一五。

〔三〕錢謙益《列朝詩集》丁：『嘉靖乙卯，關中地震，與朝邑韓邦奇，三原馬理同日死。』

三二

謝茂秦年來益老誖，嘗寄示擬李、杜長歌，醜俗稚鈍，一字不通，而自爲序，高自稱許。其略云：『客居禪宇，假佛書以開悟，暨觀太白、少陵長篇，氣充格勝，然飄逸沉鬱不同，遂合之爲一，入乎渾淪，各塑其象，神存兩妙，此亦攝精奪髓之法也。』〔一〕此等語何不以溺自照〔二〕。又俞仲蔚古調本是名家，五言律亦不惡，沾沾爲七言律不已，何也〔三〕？乃知宇宙大矣，無所不有。

【校注】

〔一〕按：嘉靖刻二十四卷本《四溟全集》録效李、杜長篇若干首，而不見此序，留以待考。

〔二〕朱彝尊《靜志居詩話》卷一三：『（四溟）布衣，高論不爲同社所安。歷下遺書絶交，而曰：「豈其使一眇君子，肆於二三兄弟之上，必不然矣。」跡其隙末，乃因明卿入社，四溟喻以糞土，由是布惡於衆。元美別定五子，遽削其名。……故四溟賦《雜感詩》有「奈何君子交，中道兩棄置」之句，亦可憫矣。歷下有言：「眇君子雖耄，而繩墨猶存。」則亦未嘗深絶之。特明時重資格，於章服中雜以韋布，終以爲嫌爾。」

〔三〕《靜志居詩話》卷一三：『七子之教，五言必宗「河梁」、建安，竊優孟之冠，學壽陵之步，求其合而愈離。當日二子，于五言古極口仲蔚。然仲蔚殊少神解，余意尚在盧次楩下。二子之言，出一時之好，未為定論。』

三三

王允寧生平所推伏者，獨杜少陵。其所好談説，以爲獨解者，七言律耳。大要貴有照應，有開闔，有關鍵，有頓挫，其意主興，主比，其法有正插，有倒插〔一〕。要之杜詩亦一二有之耳，不必盡然。予謂允寧釋杜詩法如朱子注《中庸》一經，支離聖賢之言，束縛小乘律，都無禪解。

【校注】

〔一〕錢謙益《列朝詩集》丙：『論詩服膺少陵，自謂獨得神解，尤深於七言近體，以爲有照應、開闔、關鍵、頓挫，其意主興，主比，其法有正插，有倒插，而善用頓挫倒插之法者，宋元以來唯李空同一人。及其自運，則粗笨棘澀，滓穢滿紙，譬如潦倒措大，經書講義，填塞腹笥，拈題竪義，十指便如懸錐，累人捧腹，良可笑也。』朱彝尊《靜志居詩話》卷一一：『王允寧、孫仲可皆學杜而不得其門。允寧自詡七律，然猶懦鈍，五言有句無篇。』陳田《明詩紀事》戊籤卷一九：『允寧五律，亦有佳篇。朱竹垞有句無篇之説，亦為牧齋之論所懾耳。』

三四

于鱗擬古樂府，無一字一句不精美，然不堪與古樂府並看，看則似臨摹帖耳。五言古，出西京、建安者，酷得風神。大抵其體不宜多作，多不足以盡變，而嫌於襲；出三謝以後者，峭峻過之，不甚合也。七言歌行，初甚工於辭，而微傷其氣，晚節雄麗精美，縱橫自如，燁然春工之妙。五、七言律，自是神境，無容擬議。絶句亦是太白、少伯雁行。排律比擬沈、宋，而不能盡少陵之變。志傳之文出入左氏、司馬，法甚高，少不滿者，損益今事以附古語耳。序論雜用《戰國策》、《韓非》諸子，意深而詞博，微苦纏擾。銘辭奇雅而寡變。記辭古峻而太琢。書牘無一筆凡語〔一〕。若以獻吉並論，于鱗高，獻吉大；于鱗英，獻吉雄；于鱗潔，獻吉冗；于鱗艱，獻吉率。令具眼者左右袒，必有歸也〔二〕。

【校注】

〔一〕屠隆《鴻苞》卷一七《論詩文》：『元美推尊于鱗誠過。當時諸公，揮毫或未免稚弱，于鱗晚出一首，蒼健驚人，奈何不壓服曹偶。今若盡讀于鱗詩，初則喜其雄俊，多則厭其雷同，若雜一首於衆作之中，則陡覺于鱗矯然而特出，不翅衆鳥中一蒼隼矣。宜其爲元美所賞詫如此。晚年之論定，當不復爾。』施閏章《滄溟先生墓碑》：『其詩七言近體高華典麗，有峨眉天半之目，拔其尤者，千人皆廢。樂府、五言古摹漢、魏，古文詞摹《左》、《國》、先秦，高自稱引，及元美所標榜，頗失之太過，要之，非近代小家所能措手。』

〔一〕按：弇州推尊于鱗誠有過當之處，然此條言其古樂府『似臨摹帖』，五言多作則『嫌於襲』，七言歌行『工於辭而微傷其氣』，排律『不能盡少陵之變』，志傳之文『損益今事以附古語』，序論『微苦纏擾』，銘辭『寡變』，記辭『太琢』，足見並非一味推尊，亦不乏中肯之批評。

三五

馮汝言纂取古詩，自穹古以至陳、隋，無所不採，且人傳其略，可謂詞家之苦心，藝苑之功人矣〔一〕。然遠則延壽《易林》〔二〕、《山海經圖讚》〔三〕，近而周興嗣《千文》〔四〕，皆在所遺，恐當補録。

【校注】

〔一〕馮惟訥曾輯《古詩紀》一五六卷。《四庫全書總目提要》卷一八九：『其書前集十卷，皆古逸詩。正集一百三十卷，則漢、魏以下，陳，隋以前之詩。外集四卷，附録僊鬼之詩。别集十二卷，則前人論詩之語也。時代綿長，采摭繁富，其中真僞錯雜以及牴牾舛漏，所不能無，故馮舒作《詩紀匡謬》以糾其失。然上薄古初，下迄六代，有韻之作，無不兼收。溯詩家之淵源者，不能外是書而别求，固亦採珠之滄海，伐木之鄧林也。』

〔二〕見卷二第一六條注〔一〕。

〔三〕《四庫全書總目提要》卷一四二：『隋、唐《志》又有郭璞《山海經圖讚》二卷，今其《讚》猶載璞集中，其圖則《宋志》已不著録，知久佚矣。』按：《圖讚》均爲四言韻語。

〔四〕《千字文》，南朝梁周興嗣撰，爲四言韻語。

三六

喬景叔世寧己酉歲以楚藩參入賀萬壽，余時見之，短而髯，溫然長者也。所有行卷，僅百餘篇耳，頗膾炙人口。又十餘年，景叔卒。近有以其《丘隅集》來者，云景叔所自選。余猶記其行卷內一七言律《寄王太史元思謫戍玉壘》者云：『學士兩朝供奉年，上林詞賦萬人傳。一從玉壘長爲客，幾放金鷄未擬還。聞道買田臨灌口，能忘歸馬向秦川。五陵它日多豪俊，空望城南尺五天。』詞頗佳，而集不之選，何也？集詩小弱不稱〔一〕，豈梓行者有長吉友人之恨耶〔二〕？聞康得涵卒後，佳文章俱爲張孟獨摘取，今其集殊不滿人意〔三〕。以此予於于鱗不爲删削耳。

【校注】

〔一〕朱彝尊《靜志居詩話》卷一二：『何仲默視學秦中，景叔親受詩法，譚必移日。故其詩整而不浮，可與許少華肩並，餘蔑有過焉者。』

〔二〕辛文房《唐才子傳》卷五：『李賀死時才二十七歲，莫不憐之。李藩綴集其歌詩，因托賀表兄訪所遺失，並加點竄，付以成本，彌年絶跡。及詰之，曰：「每恨其傲忽，其文已焚之矣。」今存十之四五，杜牧爲序者五卷，今傳。』

〔三〕錢謙益《列朝詩集》丙：『（張治道）與康得涵、王敬夫邀遊中南鄠、杜間，唱和無虚日。德涵歿，孟獨輯其遺文，且爲之序。人言孟獨較德涵詩，多取其佳者掩爲己有。今所傳《太微集》，殊寥寥無聞。近體詩學杜，捧心傚顰，不勝其醜，則竊鈇之疑，亦不待辨而明矣。』按：張治道字孟獨，長安人。正德甲戌進士，官至刑部主事。有《太微集》。

三七

太原兄弟，俱擅菁華[一]：貢士沖、司直洊、司勳汸、虞部濂。汝南父子，嗣振騷雅[二]。省曾、姬水。徵仲三絕，彭、嘉有二[三]。道復二妙，括得其一[四]。吴中一時之秀，海内寡儔。

【校注】

[一]《明史》卷二八七《文苑列傳》三：『皇甫洊，字子安，長洲人。父録，弘治九年進士，任重慶知府。生四子，沖，洊，汸，濂。兄弟並好學工詩，稱「皇甫四傑」。』

[二]陳田《明詩紀事》戊一七引《今雨瑤華》語曰：『五嶽情熔李、杜，辭體梁、陳，遊覽之餘，操觚靡倦。剪剔綺繡，咀嚼瓊瑛，每篇輟筆，粲然驚目。』《靜志居詩話》卷一四：『勉之詩品太庸，沙礫盈前，無金可揀。當時從遊何、李，漫無師資之益，反不若方山、澍溪二賈人子，尚有秀句可採也。』錢謙益《列朝詩集》丁上：『黄姬水，字淳父，長洲人。五嶽山人省曾之子也。……淳父有《白下》、《高素》二集，托寓淒婉，人以《白下》為最勝。』

[三]徵仲三絕：謂善詩、書、畫也。《四庫全書總目提要》卷一七二：『徵明與沈周皆以書畫名，亦並能詩。』徵明子文彭，字壽承；文嘉，字休承。《列朝詩集》丙：『壽承工書法，講六書之學；休承以畫名。人謂壽承書類待詔，而休承畫蕭然簡遠，遇其得意，或反過之。二承皆明經脩行，……真王、謝家子弟也。以其詩言之，則膚淺沓拖，了無佳句，祖父風流，於焉夐絶矣。』

〔四〕《藝苑巵言》附録卷四：『陳淳字道復，長洲人，後以字行。道復善詞翰，少年作畫，亦學元人，爲精工。中歲忽斟酌二米、高尚書間，寫意而已。其於花鳥，尤有深趣。而淺色淡墨，久之漸無矣。子括，於花卉似勝。』

三八

皇甫子安之《東覽》，古《選》頗勝〔一〕；子循之《禪棲》，近體爲佳〔二〕。子安卒，蔡子木以詩哭之云：『五字沉吟詩品絶，一官憔悴世途難』〔三〕，可謂實録。蔡每對余讀，輒哽咽淚。又華先生哭施子羽云：『生前獨行殊寡諧，死後遺文更誰輯。』〔五〕比之『一領青衫消不得』者，更神傷矣。

【校注】

〔一〕明劉鳳《續吴先賢贊》：『涍對策高第爲郎。……其在越詩曰《東覽》最盛，以五言名。』文徵明《甫田集》卷三三：『子安雅性閒靖，慕玄晏先生所爲，自號少玄子。詩沉蔚偉麗，早歲規倣初唐，旋入魏、晉。晚益玄造，鑄詞命意，直欲窺曹、劉之奥而及之，惜乎未見其止。』

〔二〕朱彝尊《静志居詩話》卷一三：『百泉清音藻思，五言整於小謝，五律雋於中唐，唯七言葸弱。其五言清真朗潤，妙絶時人。』按：皇甫汸，號百泉。

〔三〕蔡汝南《哭皇甫子安》：『與君闕下共彈冠，翰墨筵中更結歡。五字沉吟詩品絶，一官憔悴世途難。清琴欲鼓含愁斷，短札猶存掩淚看。詞客招魂終渺邈，獨慚作誄似潘安。』見錢謙益《列朝詩集》丁集第四。

〔四〕顧起綸《國雅品》：『施子羽，余友，卓行博學，雅有詩名。學士華子潛公哭之有云：「世上交遊安足多，丈夫從來貴知己。憐君家徒四壁立，中歲罷官常不給。生前獨行殊寡諧，歿後遺文更誰輯？」』

三九

余十五時，受《易》山陰駱行簡先生。一日，有鬻刀者，先生戲分韻教余詩，余得『漠』字，輒成句云：『少年醉舞洛陽街，將軍血戰黄沙漠。』先生大奇之，曰：『子異日必以文鳴世。』〔一〕是時畏家嚴，未敢染指，然時時取司馬、班史，李、杜詩竊讀之，毋論盡解，意欣然自喻快也。十八舉鄉試，乃間於篇什中得一二語合者。又四年成進士，隸事大理〔二〕。山東李伯承燁燁有俊聲，雅善余，持論頗相下上〔三〕。明年爲刑部郎，同舍郎吴峻伯、王新甫、袁履善進余於社〔四〕。吴時稱前輩，名文章家，然每余一篇出，未嘗不擊節稱善也。亡何，各用使事，及遷去，而伯承者前已通余於于鱗，又時時爲余言于鱗也。久之，始定交〔五〕。自是詩知大曆以前，文知西京而上矣〔六〕。已于鱗所善者布衣謝茂秦來，已同舍郎徐子與、梁公實來，吏部郎宗子相來。休沐則相與揚扢，冀於探作者之微，蓋彬彬稱同調云〔七〕。而茂秦、公實復又解去，于鱗乃倡爲五子詩，用以紀一時交游之誼耳。又明年，而余使事竣還北，于鱗守順德，出茂秦，登吴明卿。又明年，同舍郎余德甫來。又明年，户部郎張肖甫來，吟詠時流布人間，或稱『七子』，或『八子』，吾曹實未嘗相標榜也〔八〕。而分宜氏當國，自謂得旁採《風》、《雅》權，讒者間之，耽耽虎視，俱不免矣。

【校注】

〔一〕王世貞《弇州山人四部稿》卷六《明詩評後敘》：『吾少僅逾髫也，受業山陰駱先生。而先生間試予歌寶刀。予未究所謂歌者，漫應之。而先生重賞且激曰：「大雅在子哉！」』

〔二〕《明史》卷二八七《文苑列傳》三：『年十九，舉嘉靖二十六年進士，授刑部主事。』

〔三〕李先芳，字伯承，號北山，監利人。嘉靖二六年進士，官尚寶司少卿，有《東岱山房稿》。王世貞《明詩評後敘》：『既舉進士京師，稍稍學爲詩矣，而始隸籍大理，與濮人李先芳游。李自其微時，即已厭罷時俗，顧日夜工爲詩，格調出襄陽、嘉州間，秀越溫潤，悟入象外。』

〔四〕王宗沐字新甫，臨海人。嘉靖二十三年進士，授刑部主事，官至刑部左侍郎，卒謚襄裕。有《敬所文集》。袁福徵字履善，華亭人。《明史》卷二八七《文苑列傳》三：『世貞好爲詩、古文，官京師，入王宗沐、李先芳、吴維嶽等詩社。』

〔五〕錢謙益《列朝詩集》丁：『始伯承未第時，詩名籍甚齊、魯間，先於李于鱗。通籍後，結詩社於長安。元美隸事大理，招延入社，元美實扳附焉。又爲介元美於于鱗，嘉靖七子之社，伯承其若敖蚡冒也。』

〔六〕《明史》卷二八七《文苑列傳》三：『世貞始與李攀龍狎主文盟。其持論，文必西漢，詩必盛唐，大曆以後書勿讀。』

〔七〕王世貞《明詩評後敘》：『予居京師七年，友師李攀龍，次謝榛，次李先芳。近爲社友者，吴興徐中行、南海梁有譽、濰楊宗臣耳。』《明史》卷二八七《文苑列傳》三：『攀龍之始官刑曹也，與濮州李先芳、臨清謝榛、孝豐吴維嶽輩倡詩社。王世貞初釋褐，先芳引入社，遂與攀龍定交。明年，先芳出爲外吏。又二年宗臣、梁有譽入，是爲五子。未幾，徐中行、吴國倫亦至，乃改稱七子。諸人多少年，才高氣鋭，互相標榜，視當世無人，七才子之名播天下。擯先芳、維嶽不與，已而榛亦被擯，攀龍遂爲之魁。其持論謂文自西京，詩自天寶而下，俱無足觀，於本朝獨推李夢陽。攀龍才思勁鷙，名最高，獨心重世貞，天下亦並稱王、李。』

〔八〕《列朝詩集》丁：『子相在郎署，與李于鱗、王元美諸人結社於都下。於時稱五子者：東郡謝榛、濟南李攀龍、吴郡王世貞、長興徐中行、廣陵宗臣、南海梁有譽，名五子，實六子也。已而謝、李交惡，遂黜榛而進武昌吴國倫，又益以南昌余曰德、銅梁張佳胤，則所謂七子者也。于鱗既歿，元美爲政，援引同類，咸稱五子，而七子之名獨著。』

四〇

余自遘家難時，櫜饘之暇，杜門塊處〔一〕，獨新蔡張助甫爲驗封郎，旬一再至〔二〕。余固卻之，張笑曰：『足下乃以一吏部榮我乎？』余歸，張亦竟左遷以去。自是吾黨有『三甫』〔三〕：肖甫之雄爽流暢〔四〕，助甫之奇秀超詣〔五〕，德甫之精嚴穩稱〔六〕，皆吾所不及也。

【校注】

〔一〕《明史》卷二八六《文苑列傳》三：『王世貞，字元美，太倉人，右都御史忬子也。……年十九，舉嘉靖二十六年進士，授刑部主事。……奸人閻姓者犯法，匿錦衣都督陸炳家，世貞搜得之。丙介嚴嵩以請，不許。楊繼盛下吏，時進湯藥。其妻訟夫冤，為代草。既死，復棺殮之。嵩大恨。父忬以灤河失事，嵩搆之，論死繫獄。世貞解官奔赴，與弟世懋日蒲伏嵩門，涕泣求貸。……兩人又日囚服跽道旁，遮諸貴人輿，搏顙乞救。諸貴人畏嵩不敢言，忬竟死西市。兄弟哀號欲絕，持喪歸，素食三年，不入內寢。既除服，猶卻冠帶，苴履葛巾，不赴宴會。』

〔二〕張九一，字助甫，新蔡人。嘉靖癸丑進士，擢吏部驗封主事。

〔三〕《明史》卷二八七《文苑列傳》：『余曰德字德甫，張佳胤字肖甫，張九一字助甫，世貞詩所謂「吾黨有三甫」也。』

〔四〕朱彝尊《靜志居詩話》卷四七：『肖甫以功業顯，其詩亦多慨慷奮厲之氣。……人皆稱其近體不若五古較勝十籌。』

〔五〕陳田《明詩紀事》己三：『助甫能作奇語，與子相略同。古體不及子相，近體秀拔流逸，乃復過之。』

〔六〕《四庫全書總目提要》卷一七八：『余德甫集十四卷。王世貞稱其詩：「古近體無所不佳，近體獨超，近體五、七言無所不超，七言獨妙。」《靜志居詩話》則謂其詩：「尚未見門戶。」元美冠諸後五子之首，未免阿其所好。今觀是集，彝尊所論公矣。』

四一

吾弟世懋自家難服除後，一操觚，遂爾靈異，神造之句，凴陵作者。唯未爲古樂府耳，其它皆具體而微〔一〕。吾偶遣信問于鱗，漫及之曰：『家弟軼塵而奔，咄咄來逼人，賴其好飲，稍自寬耳。』〔二〕于鱗亦云：『敬美視助甫輩自先驅，視元美雁行也。嘗取謝句「花萼嚶鳴」標君家兄弟，不然耶？』〔三〕又一書云：『敬美乃負包宗含吴之志，稱天下事未可量，眈眈欲作江南一小英雄。尋將火攻伯仁，奈何不善備之也。』〔四〕其見賞如此。

【校注】

〔一〕胡應麟《詩藪》續編卷二：『敬美王公特拔新標，異於四家、七子之外。古詩歌行，勁逸遒爽，宗、吴、李、謝，方之蔑如，以配哲昆，誠無愧色。五言律氣骨雖自老杜，旨趣時屬右丞。至七言律，即右丞不能脱穠麗，而獨以清空簡遠出之，詞直而意婉，語淡而致濃，此格古未睹也。』朱彝尊《靜志居詩話》卷一四：『敬美才雖不逮哲昆，習氣猶未陷溺。』陳田《明詩紀事》己籤卷七：『敬美早年所作不離二君窠臼，晚作《藝圃擷餘》始云「海内為詩者，爭事剽竊于麟，紛紛刻鶩，至使人厭。」又有「李、何尚有興廢，徐、高必無絕響」之論，可謂妙悟。惜其才非殊絕，不足以副其言耳。』

〔二〕參看王世貞《弇州山人四部稿》卷一四〇《亡弟中順大夫太常寺少卿敬美行狀》。

〔三〕李攀龍《與王元美書》語，見《滄溟先生集》卷三〇。

〔四〕李攀龍《答元美書》語，見《滄溟先生集》卷三〇。

四二

吴人顧季狂，頗豪於詩，不得志吴，出遊人間〔一〕。每謂余不滿吴子輩，至有筆之書者。間一有之，而未盡然也。記中年挂冠，時命游屐，與諸子周旋。章道華用短，不入卑調〔二〕；劉子威用長，不作凡語〔三〕；周公瑕挫名割愛，潛心吾黨〔四〕；黄淳父麗句精言，時時驚坐〔五〕；王百穀苟能去巧去多，便足名世〔六〕；魏季朗滔滔洪藻〔七〕，張幼于朗朗警思〔八〕，伯起正自斐然〔九〕，魯望必爲娓娓〔一〇〕。對陸叔平、俞仲蔚便似見古人〔一一〕。又雲間莫雲卿、練川殷無美，詞翰清麗，時時命駕吾廬〔一二〕。步武之外，有曹甥子念者，近體、歌行酷似其舅〔一三〕。王君載者，能爲騷賦古文，饒酒德，亦何嘗落莫也。吾在晉陽有感云：『借問吴閶詩酒席，十年鷄口有誰爭。』〔一四〕殆是實録。

【校注】

〔一〕顧聖少，字季狂，吴郡南宫里人。錢謙益《列朝詩集》丁：『（季狂）少無鄉曲之譽，陷於縲紲，佯狂去鄉里。年四十始稱詩，游燕、趙、齊、魯間，客諸王邸中，死於閩。』

〔二〕章美中字道華，常熟人。嘉靖丁未進士，官至四川副使。《列朝詩集》丁：『美中子士雅，字循之。父子皆能詩，道華與皇甫子循、王元美善，而循之授《毛詩》於魏季朗。王伯穀敘其詩，以爲季朗工六朝，道華工初唐，而循之兼得之。』

〔三〕劉鳳字子威，長洲人。嘉靖二十三年進士，官至河南僉事。有《子威集》等。《列朝詩集》丁：『子威博覽群籍，苦心鉤索，著騷、賦、古文數十萬言。觀者驚其繁富，憚其奧僻，相與駭掉栗眩，望洋而歎，以爲古之振奇人也。嘗試爲之解駁疏通，不再尋繹，肌擘理解，已而索然不見其所有矣。』

〔四〕《列朝詩集》丁：『周天球字公瑕，長洲人。爲諸生，篤志古學，善大小篆、隸、行、草。』《詩藪》續編卷二：『周公瑕以書名一代，詩五言律沉婉有致，七言律尤工。合作處高華整麗，足上下嘉、隆諸子。』

〔五〕陳田《明詩紀事》己二〇：『觀其自序《白下集》云：「壯心不死，素髮易生，雲霞鬱思，江山灑泣。昔人有游楚者，病且爲吴吟，予悲予之游楚而吴吟也。」可以知其指矣。』

〔六〕百穀，《明史》作『伯穀』，王稚登字。王稚登，武進人，後移居吴門。有《晉陵》、《金昌》、《燕市》、《雨航》、《青雀》等集。沈德符《萬曆野獲編》卷二三：『近年詞客寥落，唯王百穀巍然《魯靈光》。其詩纖秀，爲人所愛，亦間受譏彈。』參看《列朝詩集》丁。

〔七〕魏學禮字季朗，長洲人。歲貢生，選鎮江訓導，遷國子正學。《列朝詩集》丁：『季朗詩名因子威而起，南皮李時遠評《比玉集》云：「季朗詞鋒甚鋭，當勝子威一籌。」識者以爲知言。』

〔八〕張獻翼字幼于，一名敉。國子監生，有《文起堂集》。王世貞《弇州山人四部稿續稿》：『幼于五、七言近體皆佳，而七言尤自錚錚，態度都雅，音徽清孅，時造真境。七言古絶似高、岑，而間有費力處。押仄韻少操吴音，白璧之小瑕也。』《列朝詩集》丁：『獻翼與皇甫子循及黄姬水、徐緯刻意爲歌詩，於是三張之名，獨幼于籍甚。』按：三張指張鳳翼、張獻翼、張燕翼兄弟三人。

〔九〕張鳳翼字伯起，獻翼兄，長洲人。嘉靖甲子舉人。有《處實堂集》。《四庫全書總目提要》卷一七八：『鳳翼才氣亞於其弟獻翼，故不似獻翼之狂誕，而詞采亦復少遜。』

〔一〇〕袁尊尼字魯望，長洲人。嘉靖乙丑進士，官至山東副使，有《魯望集》。《明詩紀事》己籖一五：『魯望才華不及乃翁，出語雅令，不落叫囂之習。』

〔一一〕陸治字叔平，吴人。工寫生，詩亦有秀句。《列朝詩集》丁：『叔平工寫生，得徐、黄遺意。山水喜倣宋人，而時出己意。詩亦有秀句可誦。』

〔一二〕莫是龍字雲卿，以字行，更字廷韓。華亭人。《列朝詩集》丁：『廷韓有才情，風姿玉立。少謁王道思於閩，道思贈詩云：「風流絶世美何如，一片瑤枝出樹初。畫舫夜吟令客駐，練裙書卧有人書。」其風致可想也。廷韓猶妙於書法，嘗作《送春賦》，手自繕寫，詞翰清麗，皇甫子循、王元美皆激賞之。』《明詩紀事》庚籖卷一四：『（殷）都字無美，蘇州嘉定人。萬曆癸未進士，除夷陵知州，入為兵部員外郎，歷郎中，改南刑部。有《爾雅齋集》。田按：無美列元美四十子之一。……詩有豪氣，惜集不傳。』

〔一三〕曹子念字以新，太倉人。王世貞之甥。《列朝詩集》丁：『（子念）爲人倜儻，重然諾，有河朔俠士之風。元美歿，移居吴門，蕭然窮巷，門無雜賓，與王百穀先後卒。』

〔一四〕王世貞《偶成》：『燕京除目時時下，那有單符入晉城。白首祇應安薄禄，清朝真不採虚名。人間欲去齊三士，門下須收魯兩生。借問吴閶詩酒席，十年雞口許誰爭？』見《弇州四部稿》卷四一。

四三

吾於詩文不作專家，亦不雜調，夫意在筆先，筆隨意到，法不累氣，才不累法，有境必窮，有證必切，敢於數子云有微長，庶幾未之逮也，而竊有志耳〔一〕。

【校注】

〔一〕朱彝尊《静志居詩話》卷一三：『嘉靖七子中，元美才氣十倍于鱗，唯病在愛博，筆削千兔，詩裁兩牛，自以爲靡所不有，方成大家。一時詩流，皆望其品題。推崇過實，諛言日至，箴規不聞。究之千篇一律，安在其靡所不有也？樂府變，奇奇正正，易陳爲新，遠非于鱗生吞活剝者比。七律高華，七絶典麗，亦未遽出于鱗下。當日名雖七子，實則一雄。』沈德潛《明詩别裁》卷八：『弇州天分既高，學殖亦富，自珊瑚木難及牛溲馬勃，無所不有。樂府、古體，高出歷下，何啻數倍；七言近體，亦規大家，而鍛鍊未純，故華贍之餘，時露淺率。』

四四

有娀氏二女，居九成之臺，得天燕，覆以玉筐。既而發視之，燕遺二卵，飛去不返。二女作歌，始爲北音。禹省南土，嵞山之女令其媵候禹於嵞山之陽。女乃作歌，始爲南音。夏后、孔甲田於東陽萯山，天大風晦，入民室，其主方乳，或曰：『后來，良日也，必吉。』或曰：『不勝之，必有殃。』孔甲曰：『以爲余子，誰敢殃之。』後折橑，斧斷其足。孔甲曰：『嗚呼，命矣！』乃作《破斧》之歌，始爲東音。周昭王之右辛餘靡，有功，封於西翟，徙西河而思故處，始爲西音〔一〕。所謂四方之歌，風之始也。若在朝而奏者，被之鍾鼓管籥爲《雅》、《頌》。秦青響遏行雲〔二〕，虞公梁上塵起〔三〕，韓娥之音，繞梁三夜〔四〕，臨乘老姥，傅谷數日〔五〕，綿駒、王豹〔六〕之流，皆古歌之聖者，然亦單歌不合樂。以後江南《子夜》、《前溪》、《團扇》、《懊儂》之屬，是其遺響〔七〕。唐妓女所歌王之渙〔八〕、高適及伶工歌元、白之詩，皆是絶句。宋之詞，今之南北曲，凡幾變而失其本質矣。唯吴中人棹歌，雖俚字鄉語，不能離俗，而得古風人遺意。其辭亦有可採者，如陸文量所記〔九〕：『月子彎彎照九州，幾家歡樂幾家愁？幾人夫婦同羅帳，幾人飄散在它州？』又所聞：『約郎約到月上時，衹見月上東方不見渠音其。不知奴處山低月上早，又不知郎處山高月上遲？』即使子建、太白降爲俚調，恐亦不能過也〔一〇〕。然此田畯紅女作勞之歌，長年樵青，山澤相和，入城市間，愧汗塞吻矣。然則聽古樂而恐臥者，寧獨一魏文侯也〔一一〕？

【校注】

〔一〕事詳吕不韋《吕氏春秋》卷上《季夏紀·音初》。

〔二〕《列子》卷五《湯問》：『薛譚學謳於秦青，未窮青之技，自謂盡之，遂辭歸。秦青弗止，餞於郊衢，撫節悲歌，聲振林木，響遏行雲。薛譚乃謝求反，終身不敢言歸。』

〔三〕歐陽詢《藝文類聚》卷四三引漢劉向《别録》：『漢興以來，喜《雅歌》者魯人虞公，發聲清哀，蓋動梁塵。』

〔四〕《列子·湯問》：『昔韓娥東之齊，匱糧，過雍門鬻歌假食。既去，餘音繞梁欐，三日不絶。』

〔五〕樂史《太平寰宇紀》卷九六引《後吴録》：『剡縣有天姥山，傳云登者聞天姥歌謡之響。』《一統志》：『天姥峰在台州天台縣西北，其峰孤峭，下臨嵊縣，仰望如在天表。』

〔六〕《孟子·告子下》：『昔者王豹處於淇，而河西善謳；緜駒處於高唐，而齊右善歌。』

〔七〕《子夜》、《前溪》、《團扇》、《懊儂》屬《清商曲辭·吴聲歌曲》。郭茂倩《樂府詩集》卷四四《吴聲歌曲》一：『《晉書·樂志》曰：「吴歌雜曲，並出江南。東晉已來，稍有增廣。其始皆徒歌，既而被之管絃。蓋自永嘉渡江之後，下及梁、陳，咸都建業，《吴聲歌曲》起於此也。」』

〔八〕『王之涣』，底本訛作『王涣之』，據《四庫》本改，參見卷八第一三條注〔一〕。

〔九〕陸容字文量。有《式齋集》、《菽園雜記》等。

〔一〇〕按：明代中葉以後，民歌繁榮，前後七子均重視民歌。據李開先《詞謔·論時調》記載：有學詩文於李崆峒者，自旁郡而之汴省。崆峒教以：『若似得傳唱《鎖南枝》，則詩文無以加矣。』請問其詳，崆峒告以：『不能悉記也。祇在街市上閑行，必有唱之者。』越數日，果聞之，喜躍如獲重寶，即至崆峒處謝曰：『誠如尊教！』何大復繼至汴省，亦酷愛之，曰：『時調中狀元也。如十五國風，出諸里巷婦女之口者，情詞婉曲，自非後世詩人墨客操觚染翰刻骨流血所能及者，以其真也。』每唱一遍，則進一杯酒。終席唱數十遍，酒數亦如之，更不及他詞而散。弇州亦然，此則可證。

〔一一〕《禮記·樂記》：『魏文侯問於子夏曰：「吾端冕而聽古樂，則唯恐臥；聽鄭、衛之音，則不知倦。敢問古樂之如彼，何也？新樂之如此，何也？」』

四五

正德間有伎女，失其名，於客所分詠，以骰子爲題。妓應聲曰：『一片寒微骨，翻成面面心。自從遭點污，拋擲到如今。』〔一〕極清切感慨可喜。又一妓得一聯云：『故國五更蝴蝶夢，異鄉千里子規心。』亦自成語。

【校注】

〔一〕朱孟震《續玉笥詩談》：『王中丞《卮言》：「正德間有妓女，失其名，於客所分詠，以骰子爲題云：『一片寒微骨，翻成面面心。自從遭點汙，拋擲到如今。』」考元人關漢卿雜劇載錢可、謝天香事亦有之。謝云：「一把低微骨，置君掌握中。料應嫌點涴，拋擲任東風。」錢云：「爲伊通四六，聊擎在手中。色緣有深意，誰爲馬牛風。」特後人稍易其語耳。』

四六

潮陽蘇福八歲賦《初月》詩：『氣朔盈虚又一初，嫦娥底事半分無。卻於無處分明有，恰似先天太極圖。』惜乎十四而夭。令陳白沙〔一〕、莊定山〔二〕白首操觚，未必能勝。

【校注】

〔一〕陳獻章，人稱白沙先生。參看卷五第一三條注〔一一〕。

〔二〕莊昶，人稱定山先生。參看卷五第一三條注〔一二〕。

藝苑卮言校注卷八

一

自三代而後，人主文章之美，無過於漢武帝、魏文帝者〔一〕，其次則漢文、宣、光武、明、肅〔二〕，魏高貴鄉公〔三〕，晉簡文〔四〕，劉宋文帝、孝武、明帝〔五〕，元魏孝文、孝靜〔六〕，梁武、簡文、元帝〔七〕，陳後主〔八〕，隋煬帝〔九〕，唐文皇、明皇、德宗、文宗〔一〇〕，南唐元宗、後主〔一一〕，蜀主衍、孟主昶〔一二〕，宋徽、高、孝〔一三〕，凡二十九主。而著作之盛，則無如蕭梁父子。高祖著《孝經》、《周易》、《樂社》、《毛詩》、《春秋》、《中庸》、《尚書》，孔、老《義疏》、《正言》、《答問》二百卷；《涅槃》、《大品》、《淨名》、《三慧》等經義復數百卷，《通史》六百卷，文集百二十卷、《金海》三十卷，《三禮斷疑》一千卷〔一四〕。昭明太子文，集二十卷，撰古今典誥文言爲《正序》十卷，五言詩之善者爲《文章英華》二十卷，《文選》三十卷〔一五〕。簡文帝，《昭明太子傳》五卷，《諸王傳》三十卷，《禮大義》二十卷，老、莊《義》各二卷，《長春義記》一百卷，《法寶連璧》三百卷，《易簡》五十卷，詩文集一百卷，雜著《光明符》等書五十九卷〔一六〕。元帝《孝德》、《忠臣傳》各三十卷，《丹陽尹傳》十卷，注《漢書》一百十五卷，《易講疏》十卷，《內典博要》一百卷，《連山》三十卷，《洞林》三卷，《玉韜》、《金樓子》、《補闕子》各十卷，《老子講疏》四卷，《全德》、《懷舊志》各一卷，《荊南志》、《江州記》、《職貢圖》、《古今同姓録》各一卷，《筮經》十二卷，《式贊》三卷，文集五十卷〔一七〕。昭明才不足而識有餘，簡文才有餘而識不足。武、元二主，才識小不逮，而學勝之。人則昭明美矣。

【校注】

〔一〕《漢書》卷六《武帝紀》：「孝武皇帝，景帝中子也。……七歲為皇太子，母為皇后。十六歲，後三年正月，景帝崩。甲子，太子即皇帝位。……贊曰：孝武初立，卓然罷黜百家，表彰六經。遂疇咨海內，舉其俊茂，與之立功。興太學，脩郊廟，改正朔，定曆數，協音律，作詩樂，建封壇，禮百神，紹周後，號令文章，煥焉可述。後嗣得遵洪業，而有三代之風。」《三國志》卷二《魏書·文帝紀》：「文皇帝諱丕，字子桓，武帝太子也。……初帝好文學，以著述為務，自所勒成垂百篇。又使諸儒撰集經傳，隨類相從，凡千餘篇，號曰《皇覽》。……評曰：文帝天資文藻，下筆成章，博聞強識，才藝兼該。」

〔二〕漢文帝劉恒，漢宣帝劉詢，漢光武帝劉秀，漢明帝劉莊，漢章帝劉炟。事分別詳《漢書》卷四《文帝紀》，卷八《宣帝紀》、《後漢書》卷一《光武帝紀》，卷二《顯宗孝明帝紀》，卷三《肅宗孝章帝紀》。

〔三〕《三國志》卷四《魏書·三少帝紀》：「高貴鄉公諱髦，字彥士，文帝孫。……高貴公才慧夙成，好問尚辭，蓋亦文帝之風流也。」

〔四〕《晉書》卷九《簡文帝紀》：「簡文皇帝諱昱，字道萬，元帝之少子也。……帝少有風儀，善容止，留心典籍，不以居處為意，凝塵滿席，湛如也。」

〔五〕《宋書》卷五《文帝本紀》：「太祖文皇帝諱義隆，小字車兒，武帝第三子也。……是歲入朝，時年十四，長七尺五寸，博涉經史，善隸書。」《南史》卷二《宋本紀》：「世祖孝武皇帝諱駿，字休龍，文帝第三子也。……少機穎，神明爽發，讀書七行俱下，才藻甚美。」《宋書》卷八《明帝本紀》：「太宗明皇帝諱彧，字休炳，文帝第十一子也。……好讀書，愛文義，在藩時，撰《江左以來文章志》，又續衛瓘所注《論語》二卷，行於世。及接大位，才學之士，多蒙引進，參侍文籍，應對左右。於華林園含芳堂講《周易》，常日臨聽。』

〔六〕《北史》卷三《魏本紀》第三：『高祖孝文皇帝諱宏，獻文皇帝之太子也。……雅好讀書，手不釋卷。五經之義，覽之便講。學不師受，探其精奧，史傳百家，無不該涉。善談《莊》、《老》，尤精釋義。才藻富贍，好為文章，詩賦銘頌，在興而作。有大手筆，馬上口授，及其成也，不改一字。泰和十年已後，詔冊皆帝文也。自餘文章，百有多篇。』《北史》卷五《魏本紀》第五：『東魏孝靜皇帝諱善見，清河文宣王亶之世子也。……帝好文，美容儀，力能挾石師子以踰墻，射無不中。嘉辰宴會，多命群臣賦詩。從容沉雅，有孝文風。』

〔七〕《南史》卷六《梁本紀上》：『梁高祖武皇帝諱衍，字叔達，小字練兒，南蘭陵中都里人。……少而篤學，能事畢究，雖萬機多務，猶卷不輟手，然燭側光，常至戊夜。……六藝備閑，棋登逸品，陰陽、緯候、卜筮、占決、草隸、尺牘、騎射，莫不稱妙。』《南史》卷八《梁本紀下》：『太宗簡文皇帝諱綱，字世讚，小字六通，武帝第三子。……帝幼而聰睿，六歲便能屬文，讀書十行俱下，辭藻艷發，博綜群言，善談玄理。……弘納文學之士，賞接無倦。嘗於玄圃述武帝所製《五經講疏》，聽者傾朝野。雅好賦詩，其自序云：「七歲有詩癖，長而不倦。」然帝文傷於輕靡，時號「宮體」。』《南史》卷八《梁本紀下》：『世祖孝元皇帝諱繹，字世誠，小字七符，武帝第七子也。帝聰悟俊朗，天才英發。……年五六歲，武帝嘗問所讀書，對曰：「能誦《曲禮》。」武帝使誦之，即誦上篇。……及長好學，博極群書。……帝工書善畫，自圖宣尼像，為之贊而書之，時人謂之三絕。性愛書籍，既患目，多不自執卷，置讀書左右，番次上直，晝夜為常。……雖戎略殷湊，機務繁多，軍書羽檄，文章詔誥，點毫便就，殆不遊手。常曰：「我韜於文士，愧於武夫。」論者以為得言。著作繁多，有《孝德傳》等數十種。』

〔八〕《南史》卷一〇《陳本紀下》：『後主諱叔寶，字元秀，小字黃奴，宣帝嫡長子也。……後主荒於酒色，不恤政事。常使張貴妃、孔貴人等八人夾坐，江總、孔範等十人預宴，號曰「狎客」，先令八婦人襞采箋，製五言詩，十客一時繼和，遲則罰酒。君臣酣飲，從夕達旦，以此為常。」

〔九〕《隋書》卷三《煬帝紀》：「隋皇帝諱廣，一名英，高祖第二子也。」又《隋書》卷七六《文學列傳》：「煬帝初習藝文，有非輕側之論。暨乎即位，一變其風，其《與越公書》、《建東都詔》、《冬至受朝詩》及《擬飲馬長城窟》，並存雅體，歸於典制。雖意在驕淫，而詞無浮蕩，故當時綴文之士，遂得依而取正焉。」

〔一〇〕《舊唐書》卷二、三《太宗本紀》：「太宗文武大聖大廣孝皇帝，諱世民，高祖第二子也。」唐太宗《帝京篇序》云：「余以萬機之暇，遊息文藝。」托名尤袤《全唐詩話》卷一：「貞觀六年九月，帝幸慶善宮，帝生時故宅也。因與貴臣宴賦詩。起居郎請平宮商，被之管絃，命曰《功成慶善樂》。使童子八佾為九功之舞，大宴會，與《破陣舞》偕奏於庭。」又：「帝嘗作宮體詩，使虞世南賡和。世南曰：「聖作誠工，然體非雅正。上有所好，下必盛焉。恐此詩一傳，天下風靡，不敢奉詔。」……後帝為詩一篇，述古興亡。既而歎曰：「鍾子期死，伯牙不復鼓琴。朕此詩何所示邪？」敕褚遂良即世南靈座焚之。」又《舊唐書》卷九《玄宗本紀》：「玄宗至道大聖大明孝皇帝，諱隆基，睿宗第三子也。……性英斷多藝，尤知音律，善八分書。儀範偉麗，有非常之表。」又《舊唐書》卷一二、一三《德宗本紀》：「德宗神武孝文皇帝諱适，代宗長子。……史臣曰：天才秀茂，文思雕華。灑翰金鑾，無愧淮南之作；屬辭鉛槧，何慚隴坻之書。文雅中興，夐高前代。二南三祖，豈盛於茲？」計有功《唐詩紀事》卷二：「帝善為文，尤長於篇什，每與學士言詩於浴堂殿，夜分不寐。」《舊唐書》卷一七：「文宗元聖昭獻孝皇帝諱昂，穆宗第二子。」《唐詩紀事》卷二文宗：「裴度拜中書令，以疾未任朝謝。上巳曲江賜宴，群臣賦詩，帝遣中使賜度詩。……常謂左右曰：「若不甲夜視事，乙夜觀書，則何以為人君耶？每試進士，多自出題目。即所司進所試，披覽吟詠，終日忘倦。常延學士於內廷，討論經義。……帝好五言，自製品格多同蕭代，而古調清峻。」

〔一一〕馬令《南唐書・嗣主書》：「嗣主諱璟，字伯玉，初名景通，烈主元子也。……有文學，甫十歲，吟《新竹詩》。」《南唐書・後主書》：「後主名煜，字重光，初名從嘉，元宗第六子也。少而聰慧，善屬文，工書畫。……九年春，俘至京師，封違命侯。薨，年四十二。王著《雜說》百篇，時人以為可繼《典論》。又妙於音律，舊曲有《念家山》。」

〔一二〕《舊五代史》卷一三六《僭偽列傳》：「王衍，王建之幼子也。建卒，衍襲偽位，改元乾德。唐莊宗下旨伐蜀，……魏王至成都北五里升僊橋，偽百官班於橋下，衍乘行輿至，素衣白馬，牽羊，草索繫首，面縛銜璧，輿櫬而後。二十八日，王師入成都。」又：「昶，（孟）知祥之第三子也。知祥僭號，偽冊為皇太子。知祥卒，遂襲其偽位，時年十六。……乾德三年春，王師平蜀，詔昶舉族赴闕，賜甲第於京師……尋冊封為楚王。是歲秋，卒於東京，時年四十七。」

〔一三〕《宋史》卷一九、二二：「徽宗諱佶，神宗第十一子也。靖康元年正月，……明年三月丁卯，金人脅帝北行。紹興五年四月甲子，崩於五國城，年五十有四。」《宋史》卷二四、三二《高宗本紀》：「高宗諱構，字德基，徽宗第九子。淳熙十四年十月乙亥，崩於德壽殿，年八十一。廟號高宗。」《宋史》卷三三、三五《孝宗本紀》：「孝宗諱眘，字元永，太祖七世孫也。紹熙五年六月戊戌，崩於重華殿。廟號孝宗。」

〔一四〕按：《金海》三十卷，《梁書》作《金策》三十卷。《三禮斷疑》一千卷，《梁書》、《南史》並稱：「天監初，何佟之、賀瑒、嚴植之、明山賓等覆述制旨，並撰吉、凶、賓、軍、嘉五禮，凡千餘卷，高祖稱制斷疑焉。」

〔一五〕《梁書》卷七《昭明太子列傳》：「昭明太子統，字德施，高祖長子也。……引納才學之士，賞愛無倦。恒自討論篇籍，或與學士商榷古今；閒則繼以文章著述，率以為常。於時東宮有書三萬卷，名才並集，文學之盛，晉、宋以來，未之有也。」

〔一六〕分別見《梁書》卷三《簡文帝本紀》、《南史》卷八《梁本紀下》。

〔一七〕分別見《梁書》卷三《元帝本紀》、《南史》卷八《梁本紀下》。按：「洞林」，《南史》作「詞林」。

二

自古文章與人主未必遇，遇者政不必佳耳。獨司馬相如於漢武帝奏《子虛賦》，不謂其令人主歎曰：『朕獨不得此人同時哉！』奏《大人賦》則大悦，飄飄有淩雲之氣，似游天地間。既死，索其遺篇，得《封禪書》，覽而異之〔一〕。此是千古君臣相遇，令傅粉大家讀之，且不能句矣。下此則隋煬恨『空梁』於道衡〔二〕，梁武絀徵事於孝標〔三〕，李朱崖至屏白香山詩不見，曰：『見便當愛之。』〔四〕僧虔拙筆〔五〕，明遠累辭〔六〕，於乎！忌則忌矣，後世覓一解忌人，了不可得。

【校注】

〔一〕事詳《史記》卷一一七《司馬相如列傳》。

〔二〕見本卷第三五條注〔一六〕。按：『空梁落燕泥』，薛道衡詩《昔昔鹽》中句，見逯欽立《先秦漢魏晉南北朝詩》隋詩卷四。

〔三〕《南史》卷四九《劉懷珍傳》附：『劉峻字孝標，本名法武，懷珍從父弟也。……梁武帝招文學之士，有高才者多被引進，擢以不次。峻率性而動，不能隨衆沉浮。武帝每集文士策經史事，時范雲、沈約之徒，皆引短推長，帝乃悦，加其賞賚。會策錦碑事，咸言已罄，帝試呼問峻，峻時貧悴冗散，忽請紙筆，疏十餘事，坐客皆驚，帝不覺失色，自是惡之，不復引見。及峻《類苑》成，凡一百二十卷，帝即命諸學士撰《華林徧略》以高之，竟不見用。乃著《辯命論》以寄其懷。』

〔四〕胡仔《苕溪漁隱叢話》卷三八引《蔡寬夫詩話》：『白樂天，楊虞卿之姑夫，故世言與李文饒不相能。文饒藏其文集，不肯看，以爲看則必好之。』參看孫光憲《北夢瑣言》卷一。

〔五〕《南齊書》卷三三《王僧虔傳》：『孝武欲擅書名，僧虔不敢顯跡。大明世，常用拙筆書，以此見容。』

〔六〕《南史》卷一三《臨川烈武王道規傳》附《鮑照傳》：『文帝以爲中書舍人。上好爲文章，自謂人莫能及。照悟其旨，爲文章多鄙言累句。咸謂照才盡，實不然也。』

三

『孝成帝翫弄衆書，善揚子雲，出入遊獵，子雲乘從。』〔一〕又以桓君山藏書多，待詔門下。時人語曰：『玩揚子雲之篇，樂於居千石之官；挾桓君山之書，富於積猗頓之財。』〔二〕

【校注】

〔一〕《論衡·佚文篇》：『孝武善《子虛》之賦，徵司馬長卿。孝成玩弄眾書之多，善揚子雲，出入遊獵，子雲乘從。使長卿、桓君山、子雲作吏，書所不能盈牘，文所不能成句，則武帝何貪，成帝何欲？故曰：「玩揚子雲之篇，樂於居千石之官；挾桓君山之書，富於積猗頓之財。」』

〔二〕又見陸應陽《廣輿記》二一，文字略有出入。

四

王充有云：『韓非之書，傳在秦廷，始皇歎不得與此人同時；陸賈《新語》奏一篇，高祖稱善，左右呼萬歲。』『王莽時，郎吏上奏，劉子駿章尤美，因至大用。』『永平中，神雀群集，孝明詔上《爵頌》，百官文皆比瓦石，唯班固、賈逵、傅毅、楊終、侯諷五頌若金玉，孝明覽而異焉。』〔一〕當時人主自曉文藝，作主試，令人躍然。

【校注】

〔一〕並見王充《論衡·佚文篇》，文字略有出入。

五

『孝成讀《尚書》百篇，博士莫曉，徵天下能爲《尚書》者。東海張霸通《左氏春秋》，以《左氏》訓義解《尚書》百二篇，上覆案秘書，無一應者。吏當霸辜大不謹，帝奇其才，赦其辜，亦不廢其經。』『楊子山爲郡上計吏，見三府爲《哀牢傳》，不能成篇，歸郡重作上，孝明奇之，徵在蘭臺。』〔一〕然則永樂中之罪朱季友〔二〕，嘉靖中之罪林希元〔三〕，弘治中之罪薦董文玉者〔四〕，似亦未盡右文之意也。

【校注】

〔一〕均見王充《論衡・佚文篇》，文字略有出入。《哀牢傳》，《論衡》作《哀牢傳》。

〔二〕事詳夏燮《明通鑒》卷一四。「季友」原作「季支」，據《明通鑒》改。楊士奇《三朝聖諭録》記此事曰：『永樂二年，饒州府士人朱季友獻所著書，專斥濂、洛、關、閩之説，肆其醜詆。上覽之，甚怒，曰：「此儒之賊也。」時禮部尚書李至剛、翰林學士解縉、侍讀胡廣、侍講楊士奇侍側，上以其書示之。觀畢，縉對曰：「惑世誣民莫甚於此。」至剛曰：「不罪之，無以示儆。宜杖之，擯之遐裔。」士奇曰：「當毀其所著書，庶幾不誤後人。」廣曰：「聞其人已七十，毀書示儆足矣。」上曰：「謗先賢，毀正道，非常之罪，治之可拘常例耶？」即敕行人押季友遺饒州，會布政司、府、縣官及鄉之士人，明論其罪，笞以示罰。及搜檢其家，所著書會衆焚之。又諭諸臣曰：「除惡不可不盡，悉毀所著書最是。」』參看鄧世龍《國朝典故》卷四五。

〔三〕《明通鑒》卷五六：『嘉靖十四年六月己亥，大理寺丞林希元，見大同兵變以來，朝廷專務姑息，而廣寧之變，曾銑奏不以實。乃抗疏曰……疏入，上責希元妄言，下錦衣衛，令對狀，而錦衣衛指揮王佐等，亦諱言繫囚事，遂降希元外任。』按：林希元，字懋貞，號次崖，晉江人。正德十二年進士，授大理評事。

〔四〕陳田《明詩紀事》丁籤卷十：『董玘，字文玉，會稽人。弘治乙丑第二人及第，授編脩。以忤劉瑾，出為成安知縣。瑾誅，復故官，進吏部侍郎。有《中峰稿》。』事詳淩迪知《國朝名世類苑》卷二八。

六

梁武帝令謝吏部景滁與王侍中暕即席爲詩答贈，善之。仍使復作，復合旨。乃賜詩曰：『雙文即後進，二少實名家。豈伊止棟隆，信乃俱聲華。』〔一〕又於九日朝宴，獨命蕭景陽曰：『今雲物甚美，卿得不斐然？』乃賦詩。詩成，又降旨曰：『可謂才子。』〔二〕

【校注】

〔一〕《南史》卷二〇《謝弘微傳》附：『謝覽，字景滌，選尚齊錢唐公主，拜駙馬都尉。梁武平建業，朝士王亮、王瑩等數人揖，自餘皆拜。覽時年二十餘，為太子舍人，亦長揖而已。意氣閑雅，視瞻聰明。……天監元年，為中書郎，掌吏部事，頃之即真。嘗侍坐，受敕與侍中王暕為詩答贈，其文甚工，乃使重作，復合旨。帝賜詩曰……為侍中，頗樂酒，因宴席與散騎常侍蕭琛相詆毀，為有司所奏。武帝以覽年少不直，出為中權長史。』

〔二〕《南史》卷四二《齊高帝諸子傳上》：『蕭子顯，字景陽。……子顯身長八尺，狀貌甚雅，好學，工屬文。……梁武帝雅愛子顯才，又嘉其容止吐納，每御筵侍坐，偏顧訪焉。……子顯風神灑落，雍容閒雅，簡通賓客，不畏鬼神。性愛山水，為《伐社文》以見其志。……及掌選，見九流賓客，不與交言，但舉扇一撝而已，衣冠竊恨。然簡文素重其為人，在東宮時，每引與促宴。子顯嘗起更衣，簡文謂坐客曰：「常聞異人間出，今日始見，知是蕭尚書。」其見重如此。子顯嘗為《自序》，其略云：……天監六年，始預九日朝宴，稠人廣座，獨受旨云：「今雲物甚美，卿將不斐然賦詩。」詩既成，又降旨曰：「可謂才子。」余退謂人曰：「一顧之恩，非望而至，遂方賈誼何如哉？未易當也。」』

七

陳後主在東宮集宮僚宴詠〔一〕，學士張譏在坐，時新造玉柄麈尾成，後主親執之，曰：『當今雖復多士如林，堪執此者獨譏耳。』即手授之，仍令於溫文殿講《莊》、《老》。高宗臨聽，賜御所服衣一襲〔二〕。

【校注】

〔一〕『宮』，底本作『官』，據《南史·儒林傳》改。

〔二〕《南史》卷七一《儒林傳》：『張譏字直言，清河武城人也。譏幼聰俊，年十四，通《孝經》、《論語》，篤好玄學。受學于汝南周弘正，每有新意，為先輩推服。……宣帝時，為武陵王限內記室，兼東宮學士。後主在東宮，集宮僚置宴，時造玉柄塵尾新成，後主親執之曰：「當今雖復多士如林，至於堪捉此者，獨張譏耳。」即手授譏。仍令於溫文殿講《莊》、《老》。宣帝幸宮臨聽，賜御所服衣一襲。後主嗣位，為國子博士、東宮學士。……陳亡入隋，終於長安，年七十六。』

八

魏孝靜人日登雲龍門，崔㥄侍宴〔一〕，又敕其子瞻令近御坐，亦有應詔詩。帝問邢卲曰：『此詩何如其父？』邢曰：『㥄博雅弘麗，瞻氣調清新，並詩人之冠。』燕罷，共嗟賞之，咸曰：『今日之讌，並爲崔瞻父子。』〔二〕

【校注】

〔一〕『惔』，底本作『惔』。據《北史》改。

〔二〕事詳《北史》卷二四《崔贍傳》。

九

煬帝爲諸王時，每有文什，輒令柳䛒〔一〕藻潤。學士百餘，䛒爲之冠。既即位，彌見幸重，與諸葛穎等，離宫曲殿，狎宴清遊，靡不在坐。猶念昏夜銅龍易乖，爰命偃師之流爲木偶，效䛒面目，施以機械，使能坐起，續對酣飲，往往丙夜。事雖不經，可謂寵異矣〔二〕。

【校注】

〔一〕『柳䛒』，原作『柳𧭈』，據《北史·文苑傳》改。

〔二〕事詳《北史》卷八三《文苑傳》。

一〇

燕公大雅，稱三兄第一〔一〕，萬迴聖僧，呼詹事才子〔二〕，外議似不專宋〔三〕。獨應制爭標，往往擅場，如昆明夜珠，入上官之選〔四〕；龍池錦袍，奪東方之氣〔五〕，聲華艷羨，遂無其偶。延清詩達如此，直得一橫死耳〔六〕。又有武平一者，以正月八日立春綵花應制詩成，中宗手敕批云：『平一年雖最少，文甚警新，悅紅蕊之先開，訝黃鶯之未囀，循環吟咀，賞歎兼懷，今更賜花一枝，以彰其美。』所賜學士花並插，後復以謔詞賜酒一杯，當時歎羨〔七〕。讀《中宗紀》，令人懣懣氣塞〔八〕，唯於詩道，似有小助。至離宮列席，領略佳候，使才士操觚，次第稱賞，亦是人主快事，爲詞林佳話。

【校注】

〔一〕劉餗《隋唐嘉話》卷下：『沈佺期以工詩著名，燕公張説嘗謂之曰：「沈三兄詩，直須還他第一。」』

〔二〕李昉等《太平廣記》卷九二：『萬迴師，閿鄉人也，俗姓張。後則天追入内，語事多驗。景龍中，時時出入，士庶貴賤，競來禮拜。』

〔三〕宋，指宋之問。

〔四〕見卷四第六條注〔二〕。

〔五〕《隋唐嘉話》卷下：『武后遊龍門，命群官賦詩，先成者賞錦袍。左史東方虬既拜賜，坐未安，宋之問詩復成，文理兼美，左右莫不稱善，乃就奪袍衣之。』

〔六〕辛文房《唐才子傳》卷一：『（宋）之問，字延清。以知舉，賄賂狼藉，下遷越州長史。睿宗立，以無悛悟之心，流欽州，御史劾奏賜死。』

〔七〕武平一，名甄，以字行。武后時，畏禍隱嵩山。中宗雖宴豫，嘗因詩規諷，然不能卓然自引去。明皇時終亦被謫。計有功《唐詩紀事》卷十一：『《正月八日立春内出彩花賜近臣應制》云：「鑾輅青旗下帝臺，東郊上苑望春來。

黄鶯未解林間囀，紅蕊先從殿裏開。畫閣條風初變柳，銀塘曲水半含苔。欣逢睿藻光韶律，更促霞觴畏景催。」是日，中宗手敕批云：『平一年雖最少，文甚警新，悦紅蕊之先開，訝黄鶯之未囀，循環吟咀，賞歎兼懷。今更賜花一枝，以彰其美。」所賜學士花，並令插在頭上，後所賜者，平一左右交插，因舞蹈拜謝。時崔日用乘酣飲，欲奪平一所賜花，上於簾下見之，謂平一曰：「日用何為奪卿花？」平一跪奏曰：「讀書萬卷，從日用滿口虚張；賜花一枝，學平一終身不獲。」上及侍臣大笑，因更賜酒一杯，當時歎美。』

〔八〕《新唐書》卷四《則天皇后·中宗本紀》：『中宗大和大聖大昭孝皇帝諱顯，高宗第七子也。母曰則天順聖皇后武氏。高宗崩，以皇太子即皇帝位，而皇太后臨朝稱制。嗣聖元年正月，廢居於均州，又選于房州。聖曆二年，復為皇太子。……贊曰：昔者孔子作《春秋》而亂臣賊子懼，其於弑君篡國之主，皆不黜絶之，豈以其盗而有之者，莫大之罪也，不没其實，所以著其大惡而不隱歟？自司馬遷、班固皆作《高后紀》，吕氏雖非篡漢，而盗執其國政，遂不敢没其實，豈其得聖人之意歟？抑亦偶合於《春秋》之法也。唐之舊史因之，列武后於本紀，蓋其所從來遠矣。夫吉凶之於人，猶影響也，而為善者得吉常多，其不幸而罹於凶者有矣；為惡者未始不及於凶，其幸而免者亦時有焉。而小人之慮，遂以為天道難知，為善未必福，而為惡未必禍也。武后之惡，不及於大戮，所謂倖免者也。至中宗韋氏，則禍不旋踵矣。然其親遭母后之難，而躬自蹈之，所謂下愚之不移者歟！』

一一

開元帝性既豪麗，復工詞墨，故於宰相拜上，岳牧出鎮，往往親御宸章，普令和贈，爲一時盛事〔一〕。四明狂客以庶僚投老得之，尤足佳絶〔二〕。青蓮起自布素，入爲供奉，龍舟移饌，獸錦奪袍，見於杜詩及他傳奇，所載天子調羹，宮妃捧硯，晚雖淪落，亦自可兒〔三〕。

【校注】

〔一〕托名尤袤《全唐詩話》卷一：『開元十六年，帝自擇廷臣爲諸州刺史。許景先治虢州，源光裕鄭州，寇泚宋州，鄭溫琦邠州，袁仁恭杭州，崔志廉襄州，李昇期邢州，鄭放定州，蔣挺湖州，裴觀滄州，崔成遂州，凡十一人。行，詔宰相、諸王、御史以上，祖道洛濱，盛供具，奏太常樂，帛舫水嬉。命高力士賜詩，令題座右。帝親書，且給筆紙，令自賦，賚絹三千遣之。』參看計有功《唐詩紀事》卷二『明皇』條。

〔二〕《全唐詩話》卷一：『賀知章年八十六，臥病。……疾損，上表乞為道士還鄉。明皇許之。捨宅為觀，賜名千秋，命其男曾子會稽郡司馬，賜鑒湖剡川一曲。詔令供帳東門，百僚祖餞。御製送詩。』按：詩見卷四第三條注〔四〕。

〔三〕李白自號青蓮居士。杜甫《寄李十二白二十韻》：『龍舟移棹晚，獸錦奪袍新。』《新唐書》卷二〇二《文藝傳》中：『客任城，與孔巢父、韓準、裴政、張叔明、陶沔居徂徠山，日沉飲，號「竹溪六逸」。天寶初，南入會稽，與吳筠善。筠被召，故白亦至長安，往見賀知章。知章見其文歎曰：「子謫僊人也。」言於玄宗，召見金鑾殿，論當世事，奏頌一篇。帝賜食，親爲調羹，有詔供奉翰林。……帝愛其才，數宴見。白嘗侍帝，醉，使高力士脫靴，力士素貴，恥之，擿其詩以激楊貴妃。帝欲官白，妃輒沮止。白自知不爲親近所容，……懇求還山，帝賜金放還。』參看辛文房《唐才子傳》卷二。

一二

柳誠懸『淚痕』之詠〔一〕，與虞永興『調憨』詩絕相類〔二〕，不唯見人主親狎詞臣，邇時秘密，亦所不避。

【校注】

〔一〕誠懸，柳公權字。王定保《唐摭言》卷一三：『柳公權武宗朝在内庭，上常怒一宫嬪久之，既而復召，謂公權曰：「朕怪此人，然若得學士一篇，當釋然矣。」目御前有蜀箋數十幅，因命授之。公權略不佇思而成一絶曰：「不忿前時忤主恩，已甘寂寞守長門。今朝卻得君王顧，重入椒房拭淚痕。」上大悦，賜錦彩二十匹。令宫人拜謝之。』

〔二〕虞世南封永興縣公。託名尤袤《全唐詩話》卷一：『顔師古《隋朝遺事》載洛陽獻合蒂迎輦花，煬帝令袁寶兒持之，號司花女。時詔世南草《征遼指揮德音敕》於帝側，寶兒注視久之。帝曰：「昔傳飛燕可掌上舞，今得寶兒，方昭前事。然多憨態，今注目於卿，卿才人，可便嘲之。」世南爲絶句曰：「學畫鵶黄半未成，垂肩嚲袖太憨生。緣憨卻得君王惜，長把花枝傍輦行。」』

一三

唐時伶官伎女所歌，多採名人五、七言絶句，亦有自長篇摘者，如『開篋淚沾臆，見君前日書。夜臺猶寂寞，疑是子雲居』之類是也〔一〕。王昌齡、王之渙、高適微服酒樓〔二〕，諸名伎歌者咸是其詩，因而歡飲竟日〔三〕。大曆中，賣一女子，姿首如常，而索價至數十萬，云：『此女子誦得白學士《長恨歌》，安可他比！』〔四〕李嶠『汾水』之作，歌之，明皇至爲泫然，曰：『李嶠真才子。』〔五〕又宣宗因見伶官歌白《楊柳枝詞》『永豐坊裏千條柳』，趣令取永豐柳兩株，栽之禁中〔六〕。元稹《連昌宫》等辭凡百餘章，宫人咸歌之，且呼爲元才子〔七〕。李賀樂府數十首，流傳管絃。又李益與賀齊名，每一篇出，輒以重賂購之樂府，稱爲『二李』〔八〕。嗚呼！彼伶工女子者，今安在乎哉？

【校注】

〔一〕事詳卷四第五九條注〔三〕。

〔二〕薛用弱《集異記》：『開元中，詩人王昌齡、高適、王渙之（當作之渙，下同。引者注）齊名，……一日，三詩人共詣旗亭，貰酒小飲。……俄有妙妓四輩，尋續而至，……旋則奏樂，皆當時之名部也。昌齡等私相約曰：「我輩各擅詩名，每不自定其甲乙，今者可以密觀諸伶所謳，若詩入歌詞之多者，則爲優矣。」俄而一伶拊節而唱曰：「寒雨連江夜入吴，平明送客楚山孤。洛陽親友如相問，一片冰心在玉壺。」昌齡則引手畫壁曰：「一絶句。」尋又一伶謳曰：「奉帚平明金殿開，强將團扇共徘徊。玉顔不及寒鴉色，猶帶昭陽日影來。」昌齡則又引手畫曰：「二絶句。」渙之自以得名已久，……因指諸妓之中最佳者曰：「待此子所唱，如非我詩，吾即終身不敢與子爭衡矣。脱是吾詩，子等當須拜床下，奉吾爲師。」因歡笑而俟之。須臾次至雙鬟發聲，則曰：「黄河遠上白雲間，一片孤城萬仞山。羌笛何須怨楊柳，春風不度玉門關。」渙之即揶揄二子曰：「田舍奴，我豈妄哉！」因大諧笑。』

〔三〕白居易《與元九書》：『及再來長安，又聞有軍使高霞寓者，欲娉倡妓。妓大誇曰：「我誦得白學士《長恨歌》，豈同他妓哉？」由是增價。』見《白香山集》卷二八。

〔四〕孟啟《本事詩・事感》第二：『天寶末，玄宗嘗乘月登勤政樓，命梨園弟子歌數闋。有唱李嶠詩者云：「富貴榮華能幾時？山川滿目淚沾衣。不見祇今汾水上，唯有年年秋雁飛。」時上春秋已高，問是誰詩，或對曰李嶠，因淒然泣下，不終曲而起，曰：「李嶠真才子也。」又明年，幸蜀，登白衛嶺，覽眺久之，又歌是詞，復言「李嶠真才子」，不勝感歎。』

按：此李嶠七言古詩《汾陰行》中句。

〔五〕《本事詩·事感》第二：『白尚書姬人樊素，善歌；妓人小蠻，善舞。嘗爲詩曰：「櫻桃樊素口，楊柳小蠻腰。」年既高邁，而小蠻方豐艷。因爲「楊柳」之詞以托意，曰：「一樹春風萬萬枝，嫩於金色軟於絲。永豐坊裏東南角，盡日無人屬阿誰？」及宣宗朝，國樂唱此詞，上問誰詞，永豐在何處，左右具以對之。遂因東使，命取永豐柳兩枝，植於禁中。白感上知其名，且好尚風雅，又爲詩一章，其末句曰：「定知此後天文裏，柳宿光中添兩枝。」』

〔六〕計有功《唐詩紀事》卷三七：『穆宗時，嬪御多誦（元）稹歌，宮中號爲「元才子」。後荊南監軍崔峻歸朝，出稹《連昌宮詞》等百餘篇，奏御，穆宗大悦，即日拜祠部郎中，知制誥。』

〔七〕《新唐書·文藝傳》下：『李賀……辭尚奇詭，所得皆警邁，絕去翰墨蹊徑，當時無能效者。樂府數十篇，雲韶諸工皆合之絃管。為協律郎，卒年二十七。』辛文房《唐才子傳》卷四：『（李益）風流有辭藻，與宗人賀相埒，每一篇就，樂工賂求之，被於雅樂，供奉天子。』

一四

宋王岐公珪爲學士，嘗月夜上召入禁中，對設一榻賜坐，王謝不敢。上曰：『所以夜相命者，正欲略去苛禮，領略風月耳。』既宴，水陸奇珍、《僊韶》、《霓羽》，酒行無算。左右姬嬪悉以領巾紈扇索詩，王一一爲之，咸以珠花一枝潤筆，衣袖皆滿。五夜，乃令以金蓮歸院。翌日，都下盛傳天子請客〔一〕。宣政以還，京、攸、王、李諧謔唱和，寵焰一時〔二〕。德壽、重華〔三〕、史衛公〔四〕、吴郡王〔五〕、曾覿〔六〕、張掄亦復接踵，然皆亡國之徵，或是偏安逸豫，不足多載。

【校注】

〔一〕王珪，字禹玉，封岐國公，事詳宋錢愐《錢氏私志》。

〔二〕指蔡京、蔡攸、王黼、李邦彥。事分別詳《宋史》卷四七二《姦臣傳》、卷四七〇《佞幸列傳》、卷三五二《李邦彥列傳》。

〔三〕德壽，宋高宗宮名。重華，宋孝宗宮名。事分別詳《宋史》卷三一《高宗本紀》，卷三五《孝宗本紀》。

〔四〕史彌遠，字同叔，相寧宗十七年、理宗九年，擅權用事。卒，追封衛王。事詳《宋史》卷一七三《史彌遠列傳》。

〔五〕吳益，吳蓋曾封太寧郡王、新興郡王，事詳《宋史》卷四六五《外戚列傳》。

〔六〕事詳《宋史》卷四七〇《佞幸列傳》。

一五

明興，高帝創自馬上，亦復優禮儒碩，至親調甘露漿及御撰《醉學士歌》，賜金華宋承旨濂〔一〕。

【校注】

〔一〕《明史》卷一二八《宋濂傳》：『宋濂字景濂，其先金華之潛溪人，至濂乃遷浦江。……每燕見，必設坐命茶，每旦必令侍膳，往復諮詢，常夜分乃罷。濂不能飲，帝嘗強之至三觴，行不成步。帝大歡樂，御製《楚辭》一章，命詞臣賦《醉學士詩》。又嘗調甘露於湯，手酌以飲濂，曰：「此能愈疾延年，願與卿共之。」又詔太子賜濂良馬，復為製《白馬歌》一章，亦命詞臣和焉，其寵待如此。九年，進學士承旨知制誥，兼贊善如故。』

一六

宣宗與蹇、夏、三楊遊萬歲山〔一〕。少保黄淮，時以致仕趨朝謝恩，特令從宴，仍賜肩輿。賡歌贊詠，爲一時盛事，有光前古〔二〕。

【校注】

〔一〕蹇、夏，蹇義、夏原吉；三楊，楊士奇、楊榮、楊溥。事分别詳《明史》卷一四九《蹇義傳》、卷一四八《楊溥傳》。遊萬歲山事見《明史》卷一一三《后妃列傳》一。

〔二〕陳田《明詩紀事》乙籤卷四引《翰林記》：『宣德初，大學士黄淮，乞骸骨不許，固請，始令歸田養疾。賜楮鏹萬貫，陛辭，加賜萬貫。既歸，遂乞致仕。丁外艱，賜祭葬以一品禮。淮入謝，賜遊西苑，召淮之子采從行，且特命乘肩輿，登萬歲山，賜宴於山之麓。淮獻詩謝，上悦。比辭，宴餞於太液池，親灑宸翰，製詩送之，給路費，賜織金紗衣一襲，且諭之曰：「明年朕生日，卿其復來。」如期至，上留之數月，乃辭歸去。』

一七

梁時使臣至吐谷渾，見床頭數卷，乃《劉孝標集》〔一〕。天后朝，日本、西番重用金寶購張鷟文〔二〕。

大曆中，新羅國上書，請以蕭夫子穎士爲師〔三〕。元和中，鷄林賈人鬻元、白詩，云：『東國宰相以百金易一篇，僞者輒能辨。』〔四〕元豐中，契丹使人俱能誦蘇子瞻文〔五〕。洪武中，日本、安南俱上章，以金幣乞宋景濂碑文〔六〕。嘉靖初，朝鮮國上言，願頒示關西吕某、馬某文以爲式。所謂一蟹不如一蟹。

【校注】

〔一〕《北史》卷八三《文苑列傳》：『梁使張皋寫（温）子昇文筆傳於江外，梁武稱之曰：「曹植、陸機復生於北土，恨我辭人，數窮百六。」陽夏守傅摽使吐谷渾，見其國主床頭有書數卷，乃是子昇文也。』此言劉孝標，未詳所出。

〔二〕《舊唐書》卷一四九《張薦傳》附：『張鷟，字文成。聰警絶倫，無書不覽。……凡八應舉，皆登甲科。然性偏躁，不持士行，尤為端士所惡。開元初，澄正風俗，鷟為御史李全交所糾，言鷟語多譏刺時，坐貶嶺南。鷟文筆敏速，著述尤多。新羅、日本、東夷諸藩，尤重其文，每遣使入朝，必重出金貝以購其文，其才名遠播如此。』

〔三〕《新唐書》卷二〇二《文藝列傳》中：『蕭穎士字茂挺，梁鄱陽王恢七世孫。……倭國遣使入朝，自陳國人願得蕭夫子為師者，中書舍人張漸等諫不可而止。』

〔四〕元稹《白香山集序》：『鷄林賈人求市頗切，自云本國宰相每以百金換一篇，其甚僞者宰相輒能辨別之。』按：鷄林賈，古朝鮮之商人。參看《新唐書》卷一一九《白居易傳》。

〔五〕王辟之《澠水燕談録》卷七：『張芸叟奉使大遼，宿幽州館中，有題子瞻《老人行》於壁者。聞范陽書肆亦刻子瞻詩數十篇，謂《大蘇小集》。子瞻才名重當代，外至夷虜，亦愛服如此。芸叟題其後曰：「誰題佳句到幽都，逢著胡兒問大蘇。」』

〔六〕《明史》卷一二八《宋濂列傳》：『推為開國文臣之首，士大夫造門乞文者，後先相踵，外國貢使亦知其名，……

高麗、安南、日本至出兼金購文集。』

一八

王方慶高、曾二十八祖，俱擅臨池〔一〕；劉孝綽群從七十餘人，咸工掞藻，盛哉！孝綽有三妹，適王叔英、張嵊、徐悱，有文學，悱妻尤清拔〔二〕。王元禮與諸兒論家集云：『史稱安平崔氏及汝南應氏，並累世有文才，所以范蔚宗稱世擅雕龍，然不過兩三世耳，非有七葉之中，名德重光，爵位相繼，如吾世者也。彼梁、鄧、金、張，貂綿蟬聯者，何足道哉。』〔三〕

【校注】

〔一〕方慶，王綝字。《新唐書》卷一一六《王綝列傳》：『（武）后嘗就求羲之書，方慶奏：「十世從祖羲之書四十餘番，太宗求之，先臣悉上送，今所存唯一軸。並上十一世祖導、十世祖洽、九世祖珣、八世祖曇首、七世祖僧綽、六世祖仲寶、五世祖騫、高祖規、曾祖褒並九世從祖獻之等凡二十八人書共十篇。」后御武成殿遍示群臣，詔中書舍人崔融序其代閥，號《寶章集》，復以賜方慶。』參看附録卷四第二四條注。

〔二〕《南史》卷三九《劉孝綽列傳》：『孝綽辭藻為後進所宗，……兄弟及群從子姪當時有七十人，並能屬文，近古未之有也。其三妹，一適琅琊王叔英，一適吳郡張嵊，一適東海徐悱，並有才學。悱妻文尤清拔，所謂劉三娘者也。悱為晉安郡卒，喪還建業，妻為祭文，辭甚悽愴。悱父勉本欲為哀辭，及見此文，乃擱筆。』

〔三〕元禮，王筠字。事詳《梁書》卷三三《王筠傳》。

一九

何憲等諸學士於王仲寶第隸事，賭巾箱几案雜服飾，人人各一兩物。陸彥深後成，隸出人表，一時奪去〔一〕。憲又於仲寶隸事獨勝，仲寶賞以五花簟、白團扇，意殊自得。王摛後至，操筆便成，事既奧博，辭亦華美，衆皆擊賞。摛乃命左右抽簟，手自掣扇，登車而去〔二〕。憲之犯對，便是後來東方虬〔三〕，然亦一時佳事。

【校注】

〔一〕仲寶，王儉字；彥深，陸澄字。《南史》卷四八《陸澄傳》：『（王）儉自以博聞多識，讀書過澄。澄謂曰：「僕少來無事，唯以讀書為業，且年位已高；今君少便鞅掌王務，雖復一覽便諳，然見卷軸未必多僕。」儉集學士何憲等盛自商略，澄待儉語畢，然後談所遺漏數百千條，皆儉所未睹。儉乃歎服。儉在尚書省出巾箱几案雜服飾，令學士隸事，事多者與之，人人各得一兩物。澄後來，更出諸人所不知事，復各數條，並舊物奪將去。』

〔二〕《南史》卷四九《王諶傳》：『諶從叔摛，以博學見知。尚書令王儉嘗集才學之士，總校虛實，類物隸之，謂之隸事，自此始也。儉嘗使賓客隸事多者賞之，事皆窮，唯廬江何憲為勝，乃賞以五花簟、白團扇。坐簟執扇，容氣甚自得。摛後至，儉以所隸示之，曰：「卿能奪之乎？」摛操筆便成，文章既奧，辭亦華美，舉坐擊賞。摛乃命左右抽憲簟，手自掣取扇，登車而去。儉笑曰：「所謂大力者負之而趨。」』

〔三〕見卷八第一〇條注〔五〕。

二〇

袁彦伯、伏玄度在桓公府，俱有文名。孝武當大會，伏預坐還，下車先呼子系之曰：『百人高會，天子先問伏滔在否，爲人作父定何如？』〔一〕府中呼爲『袁、伏』。然袁恒恥之，每歎曰：『公之厚恩，未優國士，而與伏滔比肩，何辱如之！』〔二〕魏收從叔季景，有才學，名位在收前。頓丘李庶謂曰：『霸朝便有二魏。』收對曰：『以從叔見比，便是耶輸之比卿。』耶輸者，庶癡叔也〔四〕。

【校注】

〔一〕袁宏，字彦伯；伏滔，字玄度。《晉書》卷九二《文苑·袁宏傳》：『袁宏字彦伯，侍中猷之孫也。父勗，臨汝令。宏有逸才，文章絶美，曾為詠史詩，是其風情所寄。……（謝）尚為安西將軍豫州刺史，引宏參其軍事，累遷大司馬桓溫府記室。溫重其文筆，專綜書記。……太元初，卒於東陽，時年四十九。撰《後漢記》三十卷及《竹林名士傳》三卷，詩賦、誄、表等雜文凡三百首傳於世。』又《伏滔傳》：『伏滔字玄度，平昌安丘人也。有才學，少知名，州舉秀才、辟別駕，皆不就。大司馬桓溫引為參軍，深加禮接，每宴集之所，必命滔同遊。……溫薨，征西將軍桓豁引為參軍，領華容令。太元中拜著作郎，專掌國史，領本州大中正。孝武帝嘗會於西堂，滔豫坐還，下車先呼子系之謂曰：「百人高會，天子先問伏滔在坐不，此故未易得，為人作父如此，定何如也？」遷遊擊將軍，著作如故，卒官。子系之亦有文才，歷黄門郎、侍郎、侍中、尚書、光禄大夫。』

〔二〕《晉書》卷九二《袁宏傳》：『性彊正亮直，雖被溫禮遇，至於辯論，每不阿屈，故榮任不至。與伏滔同在溫府，府中呼為「袁、伏」。宏心恥之，每歎曰：「公之厚恩，未優國士，而與滔比肩，何辱如之！」』

〔三〕事詳《北史》卷五六《魏收傳》。

二一

淮南《鴻寶》，謂挾風霜之氣〔一〕，與公《天台》，云有金石之聲〔二〕。吳邁遠嘗語人：『吾詩可爲汝詩父。』每於得意語，擲地呼：『曹子建何足道哉！』〔三〕杜必簡死謂宋、武：『吾在久壓公等。』又云：『吾文章可使屈、宋作衙官。』〔四〕王融謂劉孝綽曰：『天下文章，若無我，當歸阿士。』〔五〕丘靈鞠見人談沈約文進，曰：『何如我未進時？』〔六〕近代桑民懌見丘相公，問天下文人誰高者，曰：『唯桑悅最高，其次祝允明，其次羅玘耳。』〔七〕文人矜誇，自古而然，便是氣習。

【校注】

〔一〕托名葛洪《西京雜記》卷三：『淮安王安著《鴻烈》二十一篇。……號爲《淮南子》，一曰《劉安子》，自云：「字中皆挾風霜。」』又《漢書》卷三六《劉向傳》：『淮南有《枕中鴻寶》、《苑秘書》。』

〔二〕《世説新語·文學》：『孫興公作《天台賦》成，以示范榮期，云：「卿拭擲地，要作金石聲。」范曰：「恐子之金石，非宮商中聲。」然每至佳句，輒云：「應是我輩語。」』

〔三〕事詳《南史》卷七二《文學列傳》。

〔四〕辛文房《唐才子傳》卷一：『杜審言字必簡，京兆人。……恃高才傲世見疾。謂人曰：「吾文章當得屈、宋作銜官，吾筆當得王羲之北面。」初，審言病，宋之問、武平一往省候，曰：「甚為造化小兒相苦，尚何言！然吾在，久壓公等。今且死，但恨不見替人也。」少與李嶠、崔融、蘇味道為文章四友。』『宋、武』，原作『沈、武』，據《新唐書·文藝傳》改。

〔五〕事詳《南史》卷三九《劉孝綽傳》。阿士，劉孝綽小名。

〔六〕『靈』，底本作『陵』，據《南齊書》、《南史》改。又，據《南齊書》、《南史》，『沈約』恐爲『沈淵』之誤。《南齊書》卷五二《文學傳》：『丘靈鞠，吴興烏程人也。……靈鞠好飲酒，臧否人物，在沈淵座，見王儉詩。淵曰：「王令文章大進。」靈鞠曰：「何如我未進時？」』

〔七〕事詳卷六第九條。

二二

崔信明『楓落吴江冷』，以它句不稱投地〔一〕。崔顥『十五嫁王昌』，得小兒無禮之呵〔二〕。世固有好面折人者。楊君謙每以文示人，其人曰：『佳。』即掩卷曰：『何處佳？』其人卒不能答，便去不復別〔三〕。蔡九逵每對人罵杜家小兒〔四〕。王允寧一日謂余曰：『趙刑部某治狀何如？』余曰：『循吏也。甚慕公詩，且苦吟。』王大笑曰：『循吏可作，詩何可便作。』又謂余曰：『見王某詩否？』曰：『見之。』又曰：『曾示我一冊，吾欲與評之，渠意不受評，渠欲吾延譽，令吾無可譽。』

【校注】

〔一〕辛文房《唐才子傳》卷一：『崔信明，青州人。少英敏，及長強記，美文章。……信明恃才蹇亢，嘗自矜其文。

時有揚州録事參軍滎陽鄭世翼，亦驁倨忤物，遇信明於江中，謂曰：「聞君有『楓落吴江冷』之句，仍願見其餘。」信明欣然多出舊製。鄭覽未終曰：「所見不逮所聞！」投卷於水中，引舟而去。』

〔二〕《唐才子傳》卷一：『崔顥，汴州人。……初，李邕聞其才名，虚舍邀之。顥至，獻詩首章云：「十五嫁王昌。」邕叱曰：「小兒無禮！」不與接而入。』

〔三〕錢謙益《列朝詩集》丙集：『楊循吉，字君謙。……性狷狹，好持人短長，又好以學問窮人，至頳赤不顧。』

〔四〕《列朝詩集》丙集：『蔡羽，字九逵，……居嘗論詩，謂少陵不足法，閲者疑或笑之。當是時，李獻吉以學杜雄壓海内，竄竊剽賊，靡然成風。九逵不欲訟言攻之，而藉口於少陵，少陵且不足法，則撏撦割剥之徒，更於何地生活？此其立言之微指也。』

二三

李于鱗守順德時，有胡提學者過之。其人，蜀人也。于鱗往訪，方掇茶次，漫問之曰：『楊升庵健飯否？』胡忽云：『升庵錦心繡腸，不若陳白沙鳶飛魚躍也。』于鱗拂衣去，口咄咄不絶。後按察關中，過許中丞宗魯，許問今天下名能詩何人。于鱗云：『唯王某謂余也〔一〕，其次爲宗臣子相。』時子相爲考功郎。許請子相詩觀之，于鱗忽勃然曰：『夜來火燒卻。』許面赤而已。

【校注】

〔一〕『謂余也』，底本字號大小同上文，據文意，此當為注文，因改為小字。

二四

李昌符《婢僕詩》五十韻〔一〕，路德延《稚子詩》一百韻〔二〕，皆可鄙笑者，然曲盡形容，頗見才致。昌符至以取上第〔三〕，而德延觸怒沉河而死〔四〕，幸不幸乃如此。要之，死者可用爲戒。

【校注】

〔一〕李昌符《婢僕詩》五十首，《全唐詩》及《全唐詩外編》、《全唐詩補編》均未見收未録，或已軼失。

〔二〕『德延』，底本作『敬延』，清輯《全唐詩》作『德延』，據以改訂。路德延《稚子詩》，《全唐詩》卷七一九作《小兒詩》。

〔三〕孫光憲《北夢瑣言》卷一〇：『唐咸通中，前進士李昌符有詩名，久不登第。常歲卷軸，怠於裝修。因出一奇，乃作《婢僕詩》五十首，於公卿間行之。有詩云：「春娘愛上酒家樓，不怕歸遲總不留。推道那家娘子臥，且留教住待梳頭。」又云：「不論秋菊與春花，個個能噇空肚茶。無事莫教頻入庫，一名閒物要些些。」諸篇皆中婢僕之諱。浹旬，京城盛傳其詩篇，爲奶嫗輩怪駡騰沸，盡要摑其面。是年登第，與夫桃杖虎靴，事雖不同，用奇即無異也。』

〔四〕計有功《唐詩紀事》卷六三：『德延，儋州巖相之猶子。……天祐中，授拾遺。會河中節度使朱有謙領鎮，辟掌書記，友謙甚禮之。然德延浮薄，動多忤物。友謙解體，德延乃作《小兒詩》五十韻以刺。友謙聞而大怒，乃因醉沉之黃河。』

二五

寶月盜東陽《柴廓》之什，其子幾成搆訟。延清愛劉希夷之詠，遂至殺人〔一〕。魏收、邢劭交罵爲任昉、沈約之賊〔二〕。楊衡行卷爲人竊以進取〔三〕。至生剝少陵，撏撦義山〔四〕。今世何、李，亦遂體無完膚，可供一笑。

【校注】

〔一〕詳卷四第六三條注〔三〕。鍾嶸《詩品》卷下：『庾、白二胡，亦有清句，《行路難》是東陽柴廓所造。寶月嘗憩其家，會廓亡，因竊而有之。廓子賫手本出都，欲訟此事，乃厚賂止之。』按：陳延傑注引《古今樂録》曰：『釋寶月，齊武帝時人，善解音律。』寶月《行路難》一首，見録《玉臺新詠》卷九，吴兆宜注：『《選詩外編》作柴廓。』

〔二〕《北史》卷五六《魏收列傳》：『魏收字伯起。……始，收比温子昇、邢邵稍為後進。邵既被疏出，子升以罪死，收遂大被任用，獨步一時。議論更相訾毁，各有朋黨。收每議陋邢文，邵又云：「江南任昉，文體本疏；魏收非直模擬，亦大偷竊。」收聞乃曰：「伊常於沈約集中作賊，何意道我偷任！」任、沈各有重名，邢、魏各有所好。』

〔三〕托名尤袤《全唐詩話》卷四：『（楊衡）初隱廬山，有盜其文登第者。衡因詣闕，亦登第。見其人，盛怒曰：「『一一鶴聲飛上天』在否？」答曰：「此句知兄最惜，不敢偷。」衡笑曰：「猶可恕也。」』

〔四〕劉攽《中山詩話》：『祥符、天禧中，楊大年、錢文僖、晏元獻、劉子儀以文章立朝，爲詩皆宗尚李義山，號「西崑體」，後進多竊義山語句。賜宴，優人有爲義山者，衣服敗蔽，告人曰：「我爲諸館職撏扯至此。」聞者大笑。』

二六

巧遲拙速，摛辭與用兵，故絶不同。語曰：『枚皋拙速，相如工遲。』又曰：『工而速者，唯士簡一人。』士簡，張率也，第一時賞譽之稱耳〔一〕。皇甫氏以入談，何也〔二〕？時又有蘭陵蕭文琰、吴興丘令楷，一擊銅鉢，響滅而詩成〔三〕。唐温飛卿八叉手而成八韻小賦〔四〕。俱不足言。蓋有工而速者，如淮南王〔五〕、禰正平〔六〕、陳思王〔七〕、王子安〔八〕、李太白〔九〕之流，差足倫耳。然《鸚鵡》一揮〔一〇〕，《子虛》百日〔一一〕，《煮豆》七步〔一二〕，《三都》十年〔一三〕，不妨兼美。

【校注】

〔一〕《南史》卷三一《張裕傳》附：『（張）率字士簡。……梁天監中，為司徒謝朏掾，直文德待詔省，敕使抄乙部書，又使撰古婦人事。……率取假東歸，論者謂為傲世。率懼，乃為《待詔賦》奏之，甚見稱賞。手敕答曰：「相如工而不敏，枚皋速而不工，卿可謂兼二子於金馬矣。」』

〔二〕皇甫汸《解頤新語》卷四：『才有遲速，而文之優劣固不繫焉。拙若枚皋，何取於速；工如長卿，奚病於遲？兼二子於金馬，千載以來，士簡一人而已。』

〔三〕《南史》卷五九《王僧孺傳》附：『蕭文琰，蘭陵人；丘令楷，吴興人；江洪，濟南人。竟陵王子良嘗夜集學士，刻燭為詩，四韻者則刻一寸，以此為率。文琰曰：「頓燒一寸燭，而成四韻詩，何難之有？」乃與令楷、江洪等共打銅鉢立韻，響滅則詩成，皆可觀覽。』

〔四〕辛文房《唐才子傳》卷八：『庭筠，字飛卿……才情綺麗，尤工律賦。每試，押官韻，燭下未嘗起草，但籠袖憑几，每一韻一吟而已。場中曰「溫八吟」，又謂八叉手成八韻，名「溫八叉」。』

〔五〕《漢書》卷四四《淮南王傳》：『淮南王安入朝，獻所作《內篇》，新出，上愛秘之。（武帝）使爲《離騷傳》，旦受詔，日食時上。』

〔六〕參看本條注〔一〇〕。

〔七〕《三國志》卷一九《魏書·陳思王傳》：『陳思王植字子建。年十餘歲，誦讀《詩》、《論》及辭賦數十萬言，善屬文。太祖嘗觀其文，謂植曰：「汝倩人邪？」植跪曰：「言出為論，下筆成章，顧當面試，奈何倩人！」時鄴銅爵臺新成，太祖悉將諸子登臺，使各為賦。植援筆立成，可觀，太祖甚異之。』

〔八〕《唐才子傳》卷一：『王勃字子安，太原人。……父福時坐是左遷交趾令，勃往省覲，途過南昌。時都督閻公新修滕王閣成，九月九日，大會賓客，將令其婿作記，以誇盛事。勃至入謁，帥知其能，因請為之。勃欣然對客操觚，頃刻而就，文不加點，滿座大驚。』

〔九〕《舊唐書》卷一九〇《文苑傳》下：『李白字太白。……玄宗度曲欲造樂府新詞，亟召白，白已臥於酒肆矣。召入，以水灑面，即令秉筆。頃之，成十餘章，帝頗嘉之。』

〔一〇〕《後漢書》卷八〇《文苑傳》：『禰衡字正平，平原般人也。……劉表先服其才名，甚賓禮之。……後復侮慢於表，表恥不能容。以江夏太守黃祖性急，故送衡與之，祖亦善待焉。……祖長子射為章陵太守，尤善於衡。射時大會賓客，人有獻鸚鵡者，射舉卮於衡曰：「願先生賦之，以娛嘉賓。」衡攬筆而作，文無加點，辭采甚麗。』

〔一一〕托名葛洪《西京雜記》卷二：『司馬相如爲《上林》、《子虛賦》，意思蕭散，不復與外事相關，控引天地，錯綜古今，忽然如睡，煥然而興，幾百日而後成。』

〔一二〕《世說新語·文學》：『文帝嘗令東阿王七步中作詩，不成者行大法。應聲便為詩曰：「煮豆持作羹，漉菽以為汁。萁在釜下然，豆在釜中泣。本自同根生，相煎何太急？」帝深有愧色。』

〔一三〕《晉書》卷九二《文苑傳》：『（左思）復欲賦《三都》，……遂構思十年，門庭藩溷皆著筆紙，遇得一句，即便疏之。』

二七

文通裂錦還筆入夢以來，便無佳句，人謂才盡〔一〕。鮑照亦謂才盡，殆非也〔二〕。昔人夜聞歌《渭城》甚佳，質明跡之，乃一小民傭酒館者，捐百緡予使鬻酒，久之不復能歌《謂城》矣。近一江右貴人，彊仕之始，詩頗清淡，既涉貴顯，雖篇什日繁，而惡道坌出。人怪其故，予曰：『此不能歌《渭城》也。』或云：『鮑是避禍令拙耳。』

【校注】

〔一〕《南史》卷五九《江淹列傳》：『淹少以文章顯，晚節才思微退，云爲宣城太守時罷歸，始泊禪靈寺渚，夜夢一人自稱張景陽，謂曰：「前以一匹錦相寄，今可見還。」淹探懷中得數尺與之，此人大恚曰：「那得割截都盡！」顧見丘遲謂曰：「餘此數尺既無所用，以遺君。」自爾淹文章躓矣。又嘗宿於冶亭，夢一丈夫自稱郭璞，謂淹曰：「吾有筆在卿處多年，可以見還。」淹乃探懷中得五色筆一以授之。爾後爲詩絕無美句，時人謂之才盡。』

〔二〕見本卷第二條注〔六〕。

二八

謝安石見阮光祿《白馬論》，不即解，重相咨盡。阮歎曰：『非唯能言人不可得。』〔一〕杜公有云：『文章千古事，得失寸心知。』〔二〕亦謂此耳。夫劇鉥心腑，指摘造化，如探大海出珊瑚，奈何令逐臭吠聲之士輕讀之也。至於有美必賞，如響之應，連城隱璞，卞生動容〔三〕；流水離絃，鍾子拊心〔四〕，古人所以重知己而薄感恩，夫豈欺我！

【校注】

〔一〕《世說新語·文學》：『謝安年少時，請阮光祿道《白馬論》，為論以示謝。於時謝不即解阮語，重相咨盡。阮乃歎曰：「非但能言人不可得，正索解人也不可得。」』按：阮裕字思曠，曾以金紫光祿大夫領琅邪王師，故稱。

〔二〕杜甫《偶題》句，見《全唐詩》卷二三〇。

〔三〕《韓非子·和氏》：『楚人和氏得玉璞楚山中，奉而獻之厲王。厲王使玉人相之，玉人曰：「石也。」王以和為誑而刖其左足。及厲王薨，武王即位，和又奉其璞而獻之武王。武王使玉人相之，又曰：「石也。」王又以和為誑而刖其右足。武王薨，文王即位，和乃抱其璞而哭於楚山之下，三日三夜，淚盡而繼之以血。王聞之，使人問其故，曰：「天下之刖者多矣，子奚哭之悲也？」和曰：「吾非悲刖也，悲夫寶玉而題之以石，貞士而名之以誑，此吾所以悲也。」王乃使玉人理其璞而得寶焉。遂命曰「和氏之璧」。』

〔四〕呂不韋《呂氏春秋·孝行覽·本味》：『伯牙鼓琴，鍾子期聽之。方鼓琴而志在泰山，鍾子期曰：「善哉乎鼓琴，巍巍乎若泰山。」少選之間而志在流水，鍾子期又曰：「善哉乎鼓琴，湯湯乎若流水。」鍾子期死，伯牙破琴絕絃，終身不復鼓琴，以為世無足復為鼓琴者。」

二九

謝靈運移籍會稽，脩營別業，傍山帶江，盡幽居之美。每一詩至都，貴賤莫不競寫，宿昔之間，士庶皆徧〔一〕。梁世，南則劉孝綽，北則邢子才，雕虫之美，獨步一時。每一文出，京師爲之紙貴，讀誦俄遍遠近〔二〕。靈運尤吾所賞，惜其不終，所謂東山志立，當與天下推之，豈唯鼻祖〔三〕。

【校注】

〔一〕《宋書》卷六七《謝靈運傳》：「在郡一周，稱疾去職。……靈運父祖並葬始寧縣，並有故宅及墅，遂移籍會稽，脩營別業，旁山帶江，盡幽居之美。與隱士王弘之、孔淳之等，縱放為娛，有終焉之志。每有一詩至都邑，貴賤莫不競寫，宿昔之間，士庶皆遍。遠近欽慕，名動京師。」

〔二〕《梁書》卷三三《劉孝綽傳》：「孝綽辭藻為後進所宗，世重其文，每作一篇，朝成暮遍，好事者咸諷誦傳寫，流聞絕域。」《北史》卷四三《邢巒傳》附：「(邢)邵字子才，……文章典麗，既贍且速。年未二十，名動衣冠。……自孝明之後，文雅大盛，邵雕蟲之美，獨步當時。每一文初出，京師為之紙貴，讀誦俄遍遠近。」

〔三〕《宋書》卷六七《謝靈運傳》：「(太祖)以為臨川內史，賜秩中二千石。(靈運)在郡，遊放不異永嘉，為有司所糾，司徒遣使隨州從事鄭望生收靈運。靈運執録望生，興兵叛逸，遂有逆志。……太祖詔於廣州行棄市刑，時元嘉十年，年四十九。』東山之志，《晉書》卷七九《謝安傳》：『安雖受朝寄，而東山之志始末不渝，每形於言色。』

三〇

每歎嵇生琴，夏侯色〔一〕，令千古他人覽之，猶爲不堪，況其身乎！與陶徵士自祭預挽〔二〕，皆超脱人累，默契禪宗，得藴空解證無生忍者。陶云：『但恨在生時，飲酒未得足。』〔三〕此非牽障語，第乘謔云耳。孔文舉『生存何所慮，長寢萬事畢』〔四〕，歐陽堅石『窮達有定分，慷慨復何歎』〔五〕，石季倫『天下殺英雄，卿亦何爲爾』〔六〕，潘安仁『俊士填溝壑，餘波來及人』〔七〕，謝靈運『邂逅竟幾何，脩短非所愍』〔八〕，以豁至苻朗『冥心乘和暢，未覺有終始』〔九〕，元真興『何以明是節，將解七尺身』〔一〇〕，皆能驅使大雅，怖，便未真得，猶足過人。若乃息夫絶命於玄雲〔一一〕，蔚宗推魄於一丘〔一二〕，可謂利口，則吾誰欺。

【校注】

〔一〕《三國志》卷二一《嵇康傳》注引《魏氏春秋》：『康臨刑自若，援琴而鼓，既而歎曰：「雅音於是絶矣。」時人莫不哀之。』《三國志》卷九《夏侯玄傳》：『玄格量弘濟，臨斬東市，顔色不變，舉動自若，時年四十六。』范曄《臨終詩》：『雖無嵇生琴，庶同夏侯色。』

〔二〕陶淵明有《自祭文》、《擬挽歌辭》三首。

〔三〕陶淵明《擬挽歌辭》三首之一：『有生必有死，早終非命促。昨暮同為人，今旦為鬼録。魂氣散何之，枯形寄空木。嬌兒索父啼，良友撫我哭。得失不復知，是非安能覺？千秋萬歲後，誰知榮與辱。但恨在世時，飲酒不得足。』

〔四〕孔融《臨終詩》：『言多令事敗，氣漏苦不密。河潰蟻孔端，山壞由猿穴。涓涓江漢流，天窗通冥室。讒邪害公正，浮雲翳白日。靡辭無忠誠，華繁竟不實。人有兩三心，安能合為一。三人成市虎，浸漬解膠漆。生存多所慮，長寢萬事畢。』

〔五〕歐陽建，字堅石，石崇甥。永康元年，與崇同見殺。臨命作詩，文甚哀楚。其詩曰：『伯陽適西戎，孔子欲居蠻。苟懷四方志，所在可遊盤。況乃遭屯蹇，顛沛遇災患。古人達機兆，策馬遊近關。咨余沖且暗，抱責守微官。潛圖密已構，成此禍福端。恢恢六合間，四海一何寬。天網布紘綱，投足不獲安。松柏隆冬翠，然後知歲寒。不涉太行險，誰知斯路難。真偽因事顯，人情難預觀。窮達有定分，慷慨復何歎。上負慈母恩，痛酷摧心肝。下顧所憐女，惻惻心中酸。二子棄若遺，念皆遘凶殘。不惜一身死，唯此如循環。執紙五情塞，揮筆涕汍瀾。』

〔六〕、〔七〕《世説新語·讎隙》劉孝標注引《語林》曰：『潘、石同刑東市，石謂潘曰：「天下殺英雄，卿復何爲？」潘曰：「俊士填溝壑，餘波來及人。」』

〔八〕謝靈運《臨終詩》：『龔勝無餘生，李業有終盡。嵇公理既迫，霍生命亦殞。悽悽後霜柏，納納衝風菌。邂逅竟無時，脩短非所湣。恨我君子志，不得巖下泯。送心正覺前，斯痛久已忍。唯願乘來生，怨親同心朕。』

〔九〕符朗字元達，洛陽臨渭氐人。苻堅從兄子。太元中王國寶僭而殺之。其臨終詩曰：『四大起何因，聚散無窮已。既適一生中，又入一死理。冥心乘和暢，未覺有終始。如何箕山夫，奄焉處東市。曠此百年期，遠同嵇叔子。命也歸自天，委化任冥紀。』

〔一〇〕《魏書》卷一九下《南安王列傳》附：『（元）熙字真興，……初，熙兄弟並爲清河王懌所昵，及劉騰、元叉隔絕二宮，矯詔殺懌，熙乃起兵。長史柳元章、別駕游荊，魏郡太守李孝怡率諸城人，鼓噪而入，殺熙左右四十餘人，執熙，置之高樓，並其子弟。又遣尚書左丞盧同斬之於鄴街，傳首京師。熙臨刑爲五言詩，示其僚吏曰：「義實動君子，主辱死忠臣。何以明是節，將解七尺身。」」

〔一一〕《漢書》卷四五《息夫躬傳》：「初，（息夫）躬待詔，數危言高論，自恐遭害，著絶命辭曰：『玄雲泱鬱，將安歸兮！鷹隼横絶，鸞徘徊兮！矰若浮猋，動則機兮！蘽棘棧棧，曷可棲兮。……』後數年乃死，如其文。」

〔一二〕范曄以謀逆罪入獄，獄中詩有『好醜共一丘，何足異枉直』之句。而臨刑悲泣流漣，惶怖不堪，其甥謝綜嘲之曰：『舅殊不及夏侯色。』事詳《宋書》卷六九《范曄傳》。

三一

左太沖、謝靈運、邢子才篇賦一出，能令紙貴〔一〕。王元長、徐孝穆、蘇道衡朝所吟諷，夕傳遐方〔二〕。鷄林購白學士什，至值百金〔三〕。蜀𣗥獲梅都官詩，繡之法錦〔四〕。而子雲寂寞玄亭〔五〕，元亮徘徊東籬〔六〕，子美躑躅浣花〔七〕，昌齡零落窮障，寄食人手，共衣酒家〔八〕。工部云：『名豈文章著？』〔九〕悲哉乎其自解也，令數百歲後有人無所復虞。第作者不賞，賞者不作，以此恨恨耳。

【校注】

〔一〕見本卷第二六條注〔一三〕、第二九條注〔一〕、〔二〕。《晉書》卷九二《文苑傳》：「左思作《三都賦》，司空張華見而歎曰：「班、張之流也。使讀之者盡而有餘，久而更新。」於是豪貴之家競相傳寫，洛陽為之紙貴。初，陸機入洛，欲為此賦，聞思作之，撫掌而笑，與弟雲書曰：「此間有傖父，欲作《三都賦》，須其成，當以覆酒甕耳。」及思賦出，機絶歎伏，以為不能加也，遂輟筆焉。』

〔二〕《南齊書》卷四七《王融傳》：『融字元長，琅邪臨沂人也。融少而神明警惠，博涉有文才。舉秀才，遷太子舍人。融文辭辯捷，尤善倉卒屬綴，有所造作，援筆可待。』《南史》卷六二《徐摛傳》附：『徐陵字孝穆。……自陳創業，文檄軍書及受禪詔策，皆陵所製，為一代文宗。文、宣之時，國家有大手筆，必命陵草之。其文頗變舊體，緝裁巧密，多有新意。每一文出，好事者已傳寫成誦，遂傳於周、齊，家有其本。』蘇道衡，疑爲薛道衡之誤。按：《隋書》卷五七《薛道衡傳》：『遼東雅好篇什，陳主尤愛雕蟲，道衡每有所作，南人無不吟誦焉。』

〔三〕見本卷第一七條注〔四〕。

〔四〕歐陽脩《六一詩話》：『蘇子瞻學士，蜀人也。嘗於淯井監得西南夷人所賣蠻布弓衣，其文織成梅聖俞《春雪》詩。此詩在聖俞集中未爲絶唱，豈其名重天下，一篇一詠，傳落夷狄，而異域之人，貴重之如此耳。』又：『鄭谷詩名盛于唐末，號《雲臺編》，而世俗但稱其官，為「鄭都官詩」。梅聖俞晚年官亦至都官，……未幾，聖俞病卒，余為序其詩為《宛陵集》，而今日但謂之「梅都官詩」。』

〔五〕《漢書》卷八七《揚雄傳》：『揚雄字子雲，蜀郡成都人也。……雄少而好學，不為章句，訓詁通而已，博覽無所不見。為人簡易佚蕩，口吃不能劇談，默而好深湛之思，清靜亡為，少嗜欲，不汲汲於富貴，不戚戚於貧賤，不脩廉隅以徼名當世。家産不過十金，乏無儋石之儲，晏如也。……贊曰：以為經莫大於《易》，故作《太玄》；傳莫大於《論語》，作《法言》。……用心於內，不求於外，於時人皆忽之。唯劉歆及范逡敬焉，而桓譚以為絶倫。』按：玄亭，即揚雄草《玄》之處。劉禹錫《陋室銘》：『西蜀子雲亭。』

〔六〕陶淵明《飲酒》二十首之五有『採菊東籬下，悠然見南山』之句。

〔七〕辛文房《唐才子傳》卷二：『（甫）流落劍南，營草堂成都西郭浣花溪。』

〔八〕《唐才子傳》卷二：『昌齡太原人。開元十五年李嶷榜進士，授汜水尉。又中宏辭，遷校書郎。後以不護細行，貶龍標尉。以刀火之際歸鄉里，爲刺史閭丘曉所忌而殺。』『寄食』事不詳所出。

〔九〕杜甫《旅夜書懷》句，見《全唐詩》卷二二九。

三二

《雲溪友議》稱章仇劍南爲陳拾遺雪獄，高適侍御爲王江寧申冤〔一〕，此事殊快人，足立藝林一幟，但不見正史及他書耳。

【校注】

〔一〕范攄《雲溪友議·嚴黄門》：『或謂章仇大夫兼瓊爲陳拾遺雪獄，高適侍御為王江寧申冤，當時用為義士也。』按：章仇兼瓊，潁川人，曾爲劍南節度使。

三三

古人云：『詩能窮人〔一〕。』究其質情，誠有合者。今夫貧老愁病，流竄滯留，人所不謂佳者也，然而入詩則佳。富貴榮顯，人所謂佳者也，然而入詩則不佳，是一合也。泄造化之秘，則真宰默讎；擅人群之譬，則衆心未厭。故呻佔椎琢，幾於伐性之斧[二]；豪吟縱揮，自傳爰書之竹[三]，矛刃起於兔鋒，羅網布於雁池，是二合也。循覽往匠，良少完終，爲之愴然以慨，肅然以恐。曩與同人戲爲文章九命：一曰貧困，二曰嫌忌，三曰玷缺，四曰偃蹇，五曰流竄，六曰刑辱，七曰夭折，八曰無終，九曰無後。

【校注】

[一]歐陽脩《梅聖俞詩集序》：『予聞世謂詩人少達而多窮。夫豈然哉？蓋愈窮則愈工。然則非詩之能窮人，殆窮者而後工也。』

[二]呂不韋《呂氏春秋·孟春紀·本生》：『靡曼皓齒，鄭、衛之音，務以自樂，命之曰伐性之斧。』

[三]《史記》卷一二二《張湯傳》：『湯掘窟得盜鼠及餘肉，劾鼠掠治，傳爰書，訊鞫論報。』《索隱》引韋昭語：『爰，換也。古者重刑，嫌有愛惡，故移換獄書，使他官考實之，故曰「傳爰書」也。』

三四

一貧困：顏淵簞食瓢飲[一]；原思藜藿不糝[二]；子夏衣若懸鶉[三]；列子不足嫁衛[四]；莊周貸粟監河，枯魚自擬[五]；黔婁被不覆形[六]；東方朔苦饑欲死，願比侏儒[七]；司馬相如家徒壁立，典鸘鷞陽昌家傭酒[八]；太史公無賂贖罪，乃至就腐[九]；匡衡爲人傭書[一〇]；東郭先生履行雪中，足指盡露[一一]；王章病無被，臥牛衣中[一二]；王充遊市肆，閱所賣書[一三]；范史雲釜中生塵[一四]；

第五頡無田宅，寄上靈臺中，或十日不炊〔一五〕； 郭林宗以衣一幅障出入，入則護前，出則掩後〔一六〕；孫晨有藁一束，暮臥旦卷〔一七〕； 吴瑾傭作讀書〔一八〕； 趙壹言『文籍雖滿腹，不如一囊錢』〔一九〕； 東晳債家相敦，乞貸無處〔二〇〕； 王尼食車牛，竟餓死〔二一〕； 董京殘絮覆體，乞丐於市〔二二〕； 夏統採稆求食〔二三〕； 郤詵養鷄種蒜，以給治喪〔二四〕； 陶潛驅饑乞食，思效冥報〔二五〕； 應璩居蘇發撤，機檎見謀〔二六〕； 吞道元《與天公箋》，言布衣麤短，申腳足出，攣捲脊露〔二七〕； 張融寄居一小船，放岸上〔二八〕； 虞龢遇雨，舒被覆書，身乃大濕〔二九〕； 王智深嘗五日不得食，掘莧根食之〔三〇〕； 劉峻家有悍室，轗軻憔悴〔三一〕； 裴子野借官地二畝，蓋茅屋數間〔三二〕； 盧叟每作一布囊，至貴家飲噉後，餘肉餅付螟蛉〔三三〕； 杜甫浣花蠶月，乞人一絲兩絲〔三四〕； 鄭虔履穿四明雪，饑拾山陰橡〔三五〕； 蘇源明爇薪照字，垢衣生蘚〔三六〕； 陽城屑榆作粥，不干鄰里〔三七〕； 賈島歎鬢絲如雪，不堪織衣〔三八〕； 孟郊苦寒，恨敲石無火〔三九〕； 盧仝長鬚赤腳，灌園自資〔四〇〕； 周朴寄食僧居，不能娶婦〔四一〕。 國朝如聶大年、唐寅輩，咸旅食廛居，不堪其憂〔四二〕。 邇來謝客糊口四方〔四三〕； 俞子抱影寒廬〔四四〕； 盧生無立錐之地以死〔四五〕。 余嘗有詩貽謝云：『隱士代失職，達者慚其故。』〔四六〕

【校注】

〔一〕《論語·雍也》：子曰：『賢哉回也，一簞食，一瓢飲，在陋巷，人不堪其憂，回也不改其樂，賢哉回也。』

〔二〕《史記》卷七六《仲尼弟子列傳》：『原憲字子思。……孔子卒，原憲遂亡在草澤中。子貢相衛，而結駟連騎，排藜藿，入窮閻，過謝原憲。憲攝敝衣冠見子貢。子貢恥之曰：「夫子豈病乎？」原憲曰：「吾聞之，無財者謂之貧，學道而不能行者謂之病。若憲，貧也，非病也。」子貢慚，不懌而去，終身恥其言之過也。』藜藿不糁：《莊子·讓王》：『孔子窮於陳蔡之間，七日不火食，藜羹不糁。』

〔三〕《荀子·大略》：『子夏貧，衣若懸鶉。人曰：「子何不仕？」曰：「諸侯之驕我者吾不為臣，大夫之驕我者吾不復見。」』

〔四〕《莊子·讓王》：『子列子窮，容貌有饑色。客有言之於鄭子陽者。……鄭子陽即令官遺之粟。子列子見使者，再拜而辭。』《列子·天瑞篇》：『子列子適衛，食於道。』

〔五〕《莊子·外物》：莊周家貧，故往貸粟於監河侯。監河侯曰：『諾。我將得邑金，將貸子三百金，可乎？』莊周忿然作色曰：『周昨來，有中道而呼者，周顧視車轍中有鮒魚焉。周問之曰：「鮒魚來，子何為者邪？」對曰：「我東海之波臣也。君豈有斗升之水而活我哉！」周曰：「諾。我且南遊吳越之王，激西江之水而迎子，可乎？」鮒魚忿然作色曰：「吾失我常與，我無所處。我得斗升之水然活耳。君乃言此，曾不如早索我於枯魚之肆。」』

〔六〕劉向《列女傳》卷二《魯黔婁妻》：『先生死，曾子與門人往弔之。上堂，見先生之屍在牖下，枕墼席稾，縕袍不表，覆以布被，手足不盡斂，覆頭則足見，覆足則頭見。』

〔七〕《漢書》卷六五《東方朔傳》：『上知朔多端，召問朔：「何恐侏儒為？」對曰：「臣朔生亦言，死亦言。侏儒長三尺餘，奉一囊粟，錢二百四十。臣朔長九尺餘，亦奉一囊粟，錢二百四十。侏儒飽欲死，臣朔饑欲死。臣言可用，幸異其禮；不可用，罷之，無令但索長安米。」』

〔八〕《史記》卷一一七《司馬相如列傳》：『文君夜亡奔相如，相如乃與馳歸成都，家居徒四壁立。』《西京雜記》卷二：『司馬相如初與卓文君還成都，居貧愁懣，以所著鸘鷞裘就市人陽昌貰酒，與文君為歡。既而文君抱頸而泣。曰：「我平生富足，今乃以衣裘貰酒。」遂相與謀於成都賣酒。』

〔九〕《漢書》卷六二司馬遷《報任安書》：「拳拳之忠，終不能自列，因為誣上，卒從吏議。家貧，財賂不足以自贖，交遊莫救，左右親近不為壹言。身非木石，都與法吏為伍，深幽囹圄之中，誰可告訴者？」

〔一〇〕托名葛洪《西京雜記》卷二：「匡衡字稚圭，……邑人大姓文不識，家富多書，衡乃與其傭作而不求償。主人怪，問衡，衡曰：『願得主人書遍讀之。』主人感歎，資給以書，遂成大學。」

〔一一〕《史記》卷一二六《滑稽列傳》：「東郭先生久待詔公車，貧困飢寒，衣敝，履不完。行雪中，履有上無下，足盡踐地。」

〔一二〕《漢書》卷七六《王章傳》：「初，章為諸生學長安，獨與妻居。章疾病，無被，臥牛衣中。與妻訣，涕泣。」

〔一三〕《後漢書》卷四九《王充傳》：「王充字仲任，會稽上虞人也。……家貧無書，常遊洛陽市肆閱所賣書，一見輒能誦憶，遂博通眾流百家之言。」

〔一四〕《後漢書》卷八一《獨行列傳·范冉》：「范冉字史雲，陳留外黃人也。……桓帝時，以冉為萊蕪長，遭母憂，不到官。……遭黨人禁錮，遂推鹿車，載妻子，捃拾自資，或寓息客廬，或依宿林蔭，如此十餘年，乃結草室而居焉。所止卑陋，有時糧粒盡，窮居自若，言貌無改。閭里歌之曰：『甑中生塵范史雲，釜中生魚范萊蕪。』」

〔一五〕《後漢書》卷四一《第五倫傳》引《三輔決録注》：「（第五）頡字子陵，為郡功曹，州從事，公府辟舉高第，為侍御史，南頓令，桂陽、南陽、廬江三郡太守，諫議大夫。洛陽無主人，鄉里無田宅，客至靈臺中，或十日不炊。」

〔一六〕《太平御覽》卷四八五引《郭林宗別傳》：「林宗家貧，初欲遊學無資。就姊夫貸五千錢，乃遠至成皋，從師受業。併日而食，衣布蔽形，常以蓋幅自障出入，入則護前，出則掩後。」

〔一七〕《藝文類聚》卷三五引《三輔決録》：「孫晨字元公，家貧不仕，生居城中，織箕為業。明詩書，為郡功曹。冬月無被，有藁一束，暮臥中，旦收起。」

〔一八〕吴瑾，未詳，疑爲侯瑾之誤。按《後漢書》卷八〇《文苑列傳》下：『侯瑾，字子瑜，敦煌人也。少孤貧，依宗人居。性篤學，恒傭作爲資，暮還輒然柴以讀書。……州郡累召，公車有道徵，並稱疾不到。』

〔一九〕《後漢書》卷八〇《文藝列傳》下：『趙壹字元叔，漢陽西縣人也。……作《刺世疾邪賦》以舒其怨憤。……乃為詩曰：「河清不可俟，人命不可延。順風激靡草，富貴者稱賢。文籍雖滿腹，不如一囊錢。伊優北堂上，抗髒倚門邊。」』

〔二〇〕嚴可均《全晉文》卷八七束皙《貧家賦》：『余遭家世之轗軻，嬰六極之困屯。恒勤身以勞思，丁飢寒之苦辛。……債家至而相敦，乃取東而償西。行乞貸而無處，退顧影以自憐。』

〔二一〕《晉書》卷四九《王尼傳》：『王尼字孝孫。……洛陽陷，避亂江夏。時王澄為荊州刺史，遇之甚厚。尼早喪婦，止有一子。無居宅，唯蓄露車，有牛一頭。每行，輒使子禦之，暮則共宿車上。常歎曰：「滄海横流，處處不安也。」俄而澄卒，荊土饑荒，尼不得食，乃殺牛壞車，煮肉噉之，既盡，父子俱餓死。』

〔二二〕《晉書》卷九四《隱逸・董京傳》：『董京字威輦，不知何郡人也。初與隴西計吏俱至洛陽，被髪而行，逍遥吟詠，常宿白社中。時乞於市，得殘碎繒絮，結以自覆，全帛佳綿則不肯受。或見推排罵辱，曾無怒色。』

〔二三〕《晉書》卷九四《隱逸・夏統傳》：『夏統字仲御，會稽永興人也。幼孤貧，養親以孝聞，睦於兄弟。每採稆求食，星行夜歸。』

〔二四〕《晉書》卷五二《郤詵傳》：『郤詵字廣基，濟陰單父人也。……以對策上第，拜議郎。母憂去職。詵母病，苦無車，及亡，不欲車載柩，家貧無以市馬，乃於所住堂北壁外假葬，開戶，朝夕拜哭。養雞種蒜，竭其方術。喪過三年，得馬八匹，輿柩至冢，負土成墳。』

〔二五〕陶淵明詩《乞食》：『饑來驅我去，不知竟何之。行行至斯里，叩門拙言辭。主人解余意，遺贈豈虚來。談諧終日夕，觴至輒傾杯。情欣新知歡，言詠遂賦詩。感子漂母惠，愧我非韓才。銜戢知何謝，冥報以相貽。」

〔二一六〕嚴可均《全三國文》卷三〇應璩《與韋仲將書》：『夫以原憲懸磬之居，而值皇天無已之雨，室宇漸而作漏，堂館洽而爲泥。薪芻既盡，舊穀亦傾匱。屠蘇發撤，機榻見謀，進無顔子不改之志，退無揚雄晏然之情，是以懷蹙，良不可堪。』

〔二一七〕嚴可均《全宋文》卷五七作『喬道元』《與天公箋》：『冬則兩幅之薄被，上有牽棉與蔽絮，撤以三股之絲綖，袷以四升之粗布，狹領不掩其巨形，促緣不覆其長度，伸腿則足出，攣卷則脊露。』

〔二一八〕《南齊書》卷四一《張融傳》：『張融字思光，吴郡吴人也。……融假東出，世祖問融住在何處。融答曰：「臣陸處無屋，舟居非水。」後日上以問融從兄緒，緒曰：「融近東出，未有居止，權牽小船於岸上住。」上大笑。』

〔二一九〕《南史》卷七二《文學傳》：『虞龢位中書郎，廷尉，少好學。居貧屋漏，恐濕墳典，乃舒被覆書，書獲全而被大濕。』

〔二二〇〕《南齊書》卷五二《文學傳》：『王智深字雲才，琅邪臨沂人也。家貧無人事，嘗餓五日不得食，掘莧根食之。司空王僧虔及子志分其衣食。』

〔二二一〕《梁書》卷五〇《文學傳》下：『（劉）峻又嘗為《自序》，其略曰：「余自比馮敬通，而有同之者三，異之者四。……敬通有忌妻，至於身操井臼；余有悍室，亦令家道轗軻，此三同也。」』

〔二二二〕《梁書》卷三〇《裴子野傳》：『子野在禁省十餘年，靜默自守，未嘗有所請謁。外家及中表貧乏，所得俸悉分給之。無宅，借官地二畝，起茅屋數間。妻子恒苦饑寒，唯以教誨為本。』

〔二二三〕盧叟，或當作胡叟。按：《魏書》卷五二《胡叟傳》：『胡叟，字倫許，安定臨涇人也。……叟不治產業，常苦饑貧，然不以為恥。養子字螟蛉，以自給養。每至貴勝之門，恒乘一牸牛，敝韋袴褶而已。作布囊，容三四斗，飲啖醉飽，便盛餘肉餅以付螟蛉。見車馬榮華者，視之蔑如也。』

〔三四〕馮贄《雲僊雜記》卷三引《浣花旅地志》曰：『杜甫寓蜀，每蠶熟，即與兒躬行而乞曰：「如或相憫，惠我一絲兩絲。」』

〔三五〕計有功《唐詩紀事》卷二〇：『子美詩云：『履穿四明雪，饑拾楢溪橡。』按：此杜甫《八哀詩·故著作郎貶台州司戶滎陽鄭公虔》句，見《全唐詩》卷二二二。

〔三六〕《唐詩紀事》卷一九：『子美《八哀詩》：「夜字照爇薪，垢衣生碧蘚。」』按：此杜甫《八哀詩·故秘書少監武功蘇公源明》句，見《全唐詩》卷二二二。

〔三七〕《新唐書》卷一九四《卓行傳》：『陽城字元宗，定州北平人。……及進士第，乃去隱中條山。……歲饑，屏跡不過鄰里，屑榆為粥，講論不輟。』

〔三八〕賈島詩《客喜》：『鬢邊雖有絲，不堪織寒衣。』見《全唐詩》卷五七一。

〔三九〕《唐詩紀事》卷三五：『孟郊《苦寒吟》：「天寒色青蒼，北風叫枯桑。厚冰無裂文，短日有冷光。敲石不得火，壯陰奪正陽。」』

〔四〇〕辛文房《唐才子傳》卷五：『盧仝，范陽人。初隱少室山，號玉川子，家甚貧，唯圖書堆積。後卜居洛城，破屋數間而已。一奴，長鬚，不裹頭；一婢，赤足，老無齒。終日苦哦，鄰僧送米。朝廷知其清介之節，凡兩備禮，徵為諫議大夫，不起。』

〔四一〕《唐詩紀事》卷七一：『周朴，唐末詩人，寓於閩中，於僧寺假丈室以居。不飲酒茹葷，塊然獨處。諸僧晨粥卯食，朴亦攜巾盂厠諸僧下，畢食而退，率以為常。』

〔四二〕錢謙益《列朝詩集》乙集：『（聶大年）字壽卿，臨川人。用薦授長州仁和教官，篤意古文，尤工唐詩。……

高自稱許，為上官所惡。秋闈考文，四省交聘，咸以病辭。景泰六年徵詣翰林，脩實録，卒於京師。』《列朝詩集》丙：『（唐）寅，字伯虎，一字子畏，吴縣吴趨里人。……伯虎不治生産，既免歸，緣故去其妻，自恨放廢，無所建立。……家無儋石，客常滿座，文章風采，照耀江表。』

〔四三〕謝客，指謝榛，事詳《明史》卷二八六《文苑列傳》三。

〔四四〕王世貞《弇州山人四部稿》卷六四《俞仲蔚集序》：『仲蔚好里居，又善病，病則不出應客。家人數米而炊，旦夕不辦治飯，即且治糜耳。終不復能有所干謁。凡仲蔚所爲行，桑樞甕牖，咀黎裋褐，不厭死而已。』

〔四五〕盧生指盧柟，事詳《明史》卷二八七《文苑列傳》三。

〔四六〕王世貞《再贈謝榛》句，見《弇州山人四部稿》卷一三。

三五

二嫌忌：　屈原見忌上官〔一〕，孫臏見忌龐涓〔二〕，韓非見忌李斯〔三〕，莊周見忌惠子〔四〕，荀卿見忌春申〔五〕，賈誼見忌絳、灌〔六〕，董仲舒見忌公孫〔七〕，蔡邕見忌王允〔八〕，邊讓、孔融、楊脩見忌魏武〔九〕，曹植見忌文帝〔一〇〕，虞翻見忌孫權〔一一〕，張華見忌荀勗〔一二〕，陸機見忌盧志〔一三〕，謝混見忌宋祖〔一四〕，劉峻見忌梁高〔一五〕，薛道衡、王胄見忌隋煬〔一六〕，柳䛒見忌諸葛穎〔一七〕，張九齡、李邕、蕭穎士見忌李林甫〔一八〕，顏真卿見忌元載〔一九〕，武元衡見忌王叔文〔二〇〕，韓愈見忌李逢吉〔二一〕，李德裕見忌李宗閔〔二二〕，白居易見忌李德裕〔二三〕，溫庭筠、李商隱見忌令狐綯〔二四〕，韓偓見忌崔胤〔二五〕，楊億見忌丁謂〔二六〕，蘇軾見忌舒亶、李定〔二七〕，石介見忌夏竦〔二八〕。或以材高畏逼，或以詞藻嶄工。大則斧質，小猶貝錦〔二九〕。近代如李獻吉〔三〇〕、薛君采輩〔三一〕，亦遭讒沮，不可悉徵。

【校注】

〔一〕《史記》卷八四《屈原列傳》：『屈原者名平，楚之同姓也。上官大夫與之同列，爭寵而心害其能。……因讒之曰：「王使屈平為令，眾莫不知。每一令出，平伐其功，以為非我莫能為也。」王怒而疏屈平。』

〔二〕《史記》卷六五《孫子吴起列傳》：『孫臏嘗與龐涓俱學兵法。龐涓既仕魏，而自以為不能及臏，乃陰使召孫臏。臏至，龐涓恐其賢於己也，疾之，則以法刑斷其兩足而黥之，欲隱勿見。』

〔三〕《史記》卷六三《韓非列傳》：『韓非者，韓之諸公子也。……與李斯俱事荀卿，斯自以為不如非。……秦國急攻韓，韓王始不用非，及急，乃遣非使秦。秦王悅之。……李斯、姚賈害之，毀之曰：……秦王以為然，下吏治非。李斯使人遺非藥，使自殺。』

〔四〕《莊子·秋水》：『惠子相梁，莊子往見之。或謂惠子曰：「莊子來，欲代子相。」於是惠子恐，搜於國中三日三夜。』

〔五〕按：《史記》卷七四《荀卿列傳》：『齊人或讒荀卿，荀卿乃適楚，而春申君以爲蘭陵令。春申君死而荀卿廢，因家蘭陵。』此言見忌，未詳所出。

〔六〕《史記》卷八四《賈生列傳》：『天子議以賈生公卿之位。絳、灌、東陽侯、馮敬之屬盡害之，乃短賈生曰：「雒陽之人，年少初學，專欲擅權，紛亂諸事。」於是天子後亦疏之，不用其議，乃以賈生為長沙王太傅。』

〔七〕《漢書》卷五六《董仲舒傳》：『仲舒為人廉直。……公孫弘治《春秋》不如仲舒，而弘希世用事，位至公卿。仲舒以弘為從諛，弘疾之。膠西王亦，上兄也，尤縱恣，數害吏二千石。弘乃言於上曰：「獨董仲舒可使相膠西王。」膠西王聞仲舒大儒，善待之。仲舒恐久獲罪，病免。」

〔八〕《後漢書》卷六〇《蔡邕列傳》：『（董）卓重邕才學，厚相遇待。及卓被誅，邕在司徒王允坐，殊不意言之而歎，有動於色。允勃然斥之曰……即收付廷尉治罪。邕陳辭謝，乞鯨首刖足，繼成《漢史》。士大夫多矜救之，不能得。……邕遂死獄中。』

〔九〕《後漢書》卷八〇《文苑列傳》：『邊讓字文禮，陳留浚儀人也。少辯博，能屬文。……初平中，王室大亂，讓去官還家。恃才氣，不屈曹操，多輕侮之言。建安中，其鄉人有構讓於操，操告郡就殺之。』《後漢書》卷七〇《孔融列傳》：『孔融字文舉，魯國人，孔子二十世孫也。……曹操既積嫌忌，而郗慮復構成其罪，遂令丞相軍謀祭酒路粹枉狀奏融。……書奏，下獄棄市，時年五十六，妻子皆被誅。』《三國志》卷一九《陳思王傳》：『植既以才見異，而丁儀、丁廙、楊脩等為之羽翼。……太祖既慮終始之變，以楊脩頗有才策，而又袁氏之甥也，於是以罪誅脩。』

〔一〇〕《三國志》卷一九《陳思王傳》：『文帝即王位，誅丁儀、丁廙並其男口。植每欲求別見獨談，幸冀試用，終不能得。十一年中而三徙都，常汲汲無歡，遂發疾薨。』

〔一一〕《三國志》卷五七《虞翻傳》：『虞翻字仲翔，會稽餘姚人也。……翻性疏直，數有酒失。權與張昭論及神僊，翻指昭曰：「彼皆死人，而語神僊，世豈有僊人邪？」權積怒非一，遂徙翻交州。』

〔一二〕《晉書》卷三六《張華列傳》：『華名重一時，眾所推服，有臺輔之望。……而荀勖自以大族，恃帝恩深，憎疾之，每伺間隙，欲出華外鎮。會帝問華：「誰可托寄後事者？」對曰：「明德至親，莫如齊王攸。」既非上意所在，微為忤旨，間言遂行。乃出華為持節、都督幽州諸軍事。』

〔一三〕《晉書》卷五四《陸機列傳》：『時成都王穎以機參大將軍軍事，表為平原內史。……穎左長史盧志心害機寵，言於穎曰：「陸機自比管、樂，擬君闇主。自古命將遺師，未有臣陵其君而可以濟事者也。」穎默然。』

〔一四〕《晉書》卷七九《謝安列傳》附：『謝混字叔源，少有美譽，善屬文。……歷中書令、中領軍、尚書左僕射，領選。以黨劉毅誅，國除。』

〔一五〕《梁書》卷五〇《文學傳》：『高祖招文學之士，有高才者多被引進。（劉）峻率性而動，不能隨衆沉浮。高祖頗嫌之，故不任用。』

〔一六〕劉餗《隋唐嘉話》上：『煬帝善屬文，而不欲人出其右。司隸薛道衡由是得罪。後因事誅之，曰：「更能作『空梁落燕泥』否？」』又：『煬帝爲《燕歌行》，文士皆和，著作郎王胄獨不下帝，帝每銜之。胄竟坐此見害，而誦其警句曰：「庭草無人隨意緑」，復能作此語耶？』參看《隋書》卷五七《薛道衡列傳》、《北史》卷八三《文苑列傳》。

〔一七〕『柳䛒』，原作『柳䛒』。《北史》卷八三《文苑列傳》：『諸葛潁字漢，……煬帝即位，遷著作郎，甚見親幸，出入臥内。潁因間隙多所譖毁，是以時人謂之「冶葛」。潁性褊急，與柳䛒每相忿鬩，帝屢責怒之，而猶不止。』

〔一八〕《新唐書》卷一二六《張九齡傳》：『李林甫無學術，見九齡文雅為帝知，内忌之。……將以凉州都督牛僊客為尚書，九齡執曰不可。帝不悦。翌日，林甫進曰：「僊客，宰相才也，乃不堪尚書邪？九齡文吏，拘古義，失大體。」……卒以尚書右丞相罷政事。』又《新唐書》卷二〇二《文藝列傳》：『李邕字泰和，揚州江都人。……天寶中，左驍衛兵曹參軍柳勣有罪下獄，邕嘗遺勣馬，故吉溫使引邕嘗以休咎相語，陰賂遺。宰相李林甫素忌邕，因傅以罪。詔刑部員外郎祁順之、監察御史羅希奭就郡杖殺之，時年七十。』又：『蕭穎士字茂挺，……宰相李林甫欲見之。穎士方父喪，不詣。林甫嘗至故人舍邀穎士，穎士前往，哭門内以待，林甫不得已，前弔乃去。怒其不下己，調廣陵參軍事。穎士急中不能堪，作《伐櫻桃樹賦》以譏林甫云。會母喪免，流播吴越。』

〔一九〕《新唐書》卷一五三《顔真卿列傳》：『帝自陜還，真卿請先謁陵廟而即宫，宰相元載以為迂。真卿怒曰：「用捨在公，言者何罪？然朝廷事豈堪公再破壞邪！」載銜之。……後攝事太廟，言祭器不飭。載以為誹謗，貶峽州別駕，改吉州司馬。」

〔二一〇〕《舊唐書》卷一五八《武元衡列傳》：『武元衡字伯蒼。……王叔文等使其黨以權利誘元衡，元衡拒之。時奉德宗山陵，元衡為儀仗使。監察御史劉禹錫，叔文之黨也，求充儀仗判官，元衡不與。其黨滋不悦，數日，罷元衡為右庶子。』

〔二一一〕《新唐書》卷一七六《韓愈列傳》：『時宰相李逢吉惡李紳，欲逐之，遂以愈為京兆尹兼御史大夫。……而除紳中丞。紳果劾奏愈，愈以詔自解，其後文刺紛然。宰相以臺、府不協，遂罷愈為兵部侍郎，而出紳江西觀察使。』

〔二一二〕《新唐書》卷一八〇《李德裕列傳》：『李德裕字文饒。……大和三年，召拜兵部侍郎。裴度薦材堪宰相。而李宗閔以中人助，先秉政，且得君，出德裕為鄭滑節度使。』

〔二一三〕見本卷第二條注〔四〕。

〔二一四〕辛文房《唐才子傳》卷八：『溫庭筠字飛卿，舊名岐。……舉進士，數上又不第。出入令狐綯相國書館中，待遇甚優。時宣宗喜歌《菩薩蠻》，綯假其新撰進之，戒令勿泄，而遽言於人。綯又問玉條脱事，對以出《南華經》，且曰：「非僻書，相公燮理之暇，亦宜覽古。」又有言曰：「中書省內坐將軍。」譏綯無學。由是漸疏之。』又《新唐書》卷二〇三《文藝列傳》載李商隱事曰：『王茂元鎮河陽，愛其才，表掌書記，以子妻之，得侍御史。茂元善李德裕，……綯以為忘家恩，放利偷合，謝不通。……綯當國，商隱歸窮自解，綯憾不置。』

〔二一五〕《新唐書》卷一八三《韓偓列傳》：『韓偓字致光。京兆萬年人。……有譖偓喜侵侮有位，（崔）胤亦與偓貳。帝以王贊、趙崇為相，胤執贊、崇非宰相器，帝不得已而罷，贊、崇皆偓所薦為宰相者。（朱）全忠見帝，斥偓罪。帝數顧胤，胤不為解。……貶濮州司馬。』

〔二一六〕江少虞《宋朝事實類苑》卷一一：『寇萊公欲廢章獻，立仁宗而誅丁謂、曹利用等，於是引李迪、楊億等叶力。會萊公因醉酒漏言，有人馳報晉公，晉公夜乘犢車往利用家謀之。明日利用入，盡以萊公所謀白太后，遂矯真宗上僊，乃指萊公謀反，而投海上。……楊億臨死，取當時所為詔誥，及始末事跡，付遵勉收之。至章獻上僊，遵勉乃抱所留書進呈仁宗……遂下詔湔滌其冤。」

〔二七〕《宋史》卷三三八《蘇軾列傳》：「軾又以事不便民者不敢言，以詩托諷，庶有補於國。御史李定、舒亶、何正臣摘其表語，並媒蘖所為詩以為訕謗，逮赴臺獄，欲置之死，鍛煉久之不決。神宗獨憐之，以黃州團練副使安置。」

〔二八〕《宋史》卷四三二《儒林列傳》：「石介字守道，兗州奉符人。……作《慶歷聖德詩》，詩所稱多一時名臣，其言大奸，蓋斥（夏）竦也。詩且出，孫復曰：「子禍始於此矣！」不自安，求出，通判濮州，未赴，卒。」

〔二九〕貝錦，《詩經・小雅・巷伯》：『萋兮斐兮，成是貝錦。彼譖人者，亦已大甚。』《箋》：『喻讒人集作已過以成於罪，猶女工之集采色以成錦文。』

〔三〇〕《明史》卷二八六《文苑列傳》二：『李夢陽，字獻吉，慶陽人。……十八年應詔上書，極論得失。末言：「壽寧侯張鶴齡招納無賴，罔利賊民，勢如翼虎。」鶴齡奏辨，摘疏中「陛下厚張氏」語，誣夢陽訕母后為張氏，罪當斬。時皇后有寵，后母金夫人泣愬帝，帝不得已繫夢陽錦衣獄。尋宥出，奪俸。』

〔三一〕《明史》卷一九一《薛蕙列傳》：『薛蕙，字君采，亳州人。年十二能詩。舉正德九年進士，授刑部主事。諫武宗南巡，受杖奪俸。……嘉靖二年廷臣數爭大禮，與張璁、桂萼等相持不下。蕙撰《為人後解》、《為人後辨》及辨璁、萼所論七事，合數萬言上於朝，……書奏，天子大怒，下鎮撫司考訊。……會給事中陳洸外轉，疑事由文選郎夏良勝及蕙。良勝已被訐見斥，而蕙故在。時亳州知州顏木方坐罪，乃誣蕙與木同年相關通，疑有奸利。章下所司，蕙亦奏辨。帝不聽，令解任聽勘，蕙遂南歸。』

三六

三玷缺：　顔光禄《家訓》云：『自古文人，多陷輕薄。屈原顯暴君過，宋玉見遇俳優，東方曼倩滑稽不雅，司馬長卿竊貲無操，王褒過彰僮約，揚雄德敗美新，李陵降辱夷虜，劉歆反復莽世，傅毅黨附權門，班固盜竊父史，趙元叔抗竦過度，馮敬通浮華擯壓，馬季長佞媚獲誚，蔡伯喈同惡受誅，吴質詆訶鄉里，曹植悖慢犯法，杜篤乞假無厭，路粹隘狹已甚，陳琳實號麤疏，繁欽性無檢格，劉楨屈強輸作，王粲率躁見嫌，孔融、禰衡傲誕致殞，楊脩、丁廙扇動取斃，阮籍無禮敗俗，嵇康陵物凶終，傅玄忿鬬免官，孫楚矜誇凌上，陸機犯順履險，潘岳乾沒取危，顔延年負氣摧黜，謝靈運空疏亂紀，王元長凶賊自貽，謝玄暉侮慢見及。雖天子有才華者，漢武、魏太祖、文帝、明帝、宋孝武，皆負世議。』〔一〕予謂顔公談尚未悉，如儀、秦、代、厲權謀翻覆〔二〕，韓非刻薄招忌〔三〕，李斯臾虐覆宗〔四〕，劉安好亂亡國〔五〕，陸賈納賂夷荒〔六〕，枚臯輕冶媟賤〔七〕，楊惲怨望被刑〔八〕，匡衡阿比中貴〔九〕，劉向誣罔黄白〔一〇〕，谷、杜宗傅戚里〔一一〕，王充狂誕非聖〔一二〕，陳壽售米史筆〔一三〕，劉琨少沒權游〔一四〕，孫綽人稱穢行〔一五〕，王儉市國取相〔一六〕，沈約乘時邀封〔一七〕，張纘杯酒殺人〔一八〕，謝超宗鮑鮓納間〔一九〕，伏挺納賄削髮〔二〇〕，魏收淫婢徵賄〔二一〕，江總獻諂麗詞〔二二〕，世基從臾荒君〔二三〕，世南遨遊二帝〔二四〕，四傑皆競輕浮〔二五〕，沈、宋並馳險獪〔二六〕，李嶠浮沉致責〔二七〕，蘇味道模棱充位〔二八〕，張説大肆苞苴〔二九〕，賀知章縱心沉湎〔三〇〕，王維、鄭虔陷身逆虜〔三一〕，柳宗元、劉禹錫躁事權臣〔三二〕，劉長卿怨懟多忤〔三三〕，嚴武驕矜無上〔三四〕，李白見辟狂王〔三五〕，崔顥數棄伉偶〔三六〕，元稹改節奧援〔三七〕，李德裕樹黨掊擊〔三八〕，王建連姻貂璫〔三九〕，李益感恩藩鎮〔四〇〕，楊億詆侮同舍〔四一〕，曾鞏陵轢維桑〔四二〕，歐陽脩乖名濮議〔四三〕，蘇軾取攻蜀黨〔四四〕，王安石元豐斂怨〔四五〕，陸游平原失身〔四六〕。人主如梁武、隋煬、湘東、長城、違命、昏德〔四七〕，不足言矣。以唐文、玄之賢，而閨門之行，不可三緘〔四八〕，況其他乎！即如吴邁遠、杜必簡之流，不能盡徵〔四九〕。邇時李獻吉，氣誼高世，亦不免狂簡之譏〔五〇〕。他若解大紳、劉原博、桑民懌、唐伯虎、王稚欽、常明卿、孫太初、王敬夫、康得涵，皆紛紛負此聲者〔五一〕，何也？內侍則出入弗矜，外忌則攻摘加苦故爾。然寧爲有瑕璧，勿作無瑕石。

【校注】

〔一〕語見顔之推《顔氏家訓》卷四《文章》。

〔二〕指蘇秦、張儀及蘇秦之弟蘇代、蘇厲。《史記》卷六九《蘇秦列傳》：『太史公曰：蘇秦兄弟三人，皆游說諸侯以顯名，其術長於權變。』又《史記》卷七〇《張儀列傳》：『太史公曰：夫張儀之行事，甚於蘇秦。』

〔三〕《史記》卷六三《韓非列傳》：『太史公曰：韓子引繩墨，切事情，明是非，極其慘礉寡恩。』

〔四〕《史記》卷八七《李斯列傳》：『李斯者，上蔡人也。……二世二年七月，具斯五刑，論腰斬咸陽市。斯出獄，與其中子俱執，顧謂其中子曰：「吾欲與若復牽黄犬，俱出上蔡東門逐狡兔，豈可得乎？」遂父子相哭，而夷其三族。』

〔五〕《漢書》卷四四《淮南王傳》：『淮南王安，……初，王數以舉兵謀問伍被，被常諫止。……伍被自詣吏，具告與淮南王謀反。上使宗正以符節治王。未至，安自刑殺，后、太子諸所與謀皆收夷，國除為九江郡。』

〔六〕《漢書》卷四三《陸賈傳》：『陸賈，楚人也。……時中國初定，尉佗平南越，因王之。高祖使賈賜佗印，為越南王。……(佗)賜賈橐中裝直千金,它送亦千金。賈卒拜佗為南越王,令稱臣奉漢約。歸報,高帝大悅,拜賈為太中大夫。」

〔七〕《漢書》卷五一《枚乘傳》附:「(枚)皋不通經術,詼笑類俳倡,為賦頌好嫚戲,以故得媟黷貴幸,比東方朔、郭舍人等。」

〔八〕《漢書》卷六六《楊敞傳》附:「敞子忠,忠弟惲,字子幼。……惲既失爵位,家居治產業。起室宅,以財自娛。……會有日食變,騶馬猥佐成上書告惲「驕奢不悔過,日食之咎,此人所致」。章下廷尉案驗,得所予會宗書,宣帝見而惡之,廷尉當惲大逆無道,腰斬。」

〔九〕《漢書》卷八一《匡衡傳》:「匡衡,字稚圭,東海乘人也。……會宣帝崩,元帝初即位,樂陵侯史高以外屬為大司馬車騎將軍。……長安令楊興說高曰:「平原文學匡衡材智有餘,經學絕倫。將軍誠招置莫府,學士歙然歸仁。……貢之朝廷必為國器,以此顯示眾庶,名流於世。」高然其言,辟衡為議曹史,薦衡於上,上以為郎中,遷博士、給事中。」

〔一〇〕《漢書》卷三六《楚元王傳》:「劉向字子政,本名更生。……上復興神僊方術之事,而淮南有枕中《鴻寶》、《苑秘書》。書言神僊使鬼物為金之術,及鄒衍重道延命方。世人莫見,而更生父德,武帝時治淮南獄得其書。更生幼而讀誦,以為奇,獻之,言黃金可成。上令典上方鑄作事,費甚多,方不驗。上乃下更生吏。」

〔一一〕《漢書》卷八五《谷永杜鄴傳》:「上初即位,謙讓委政元舅大將軍王鳳,永知鳳方見柄用,陰欲自托。……時對者數十人,永與杜欽為上第焉。由是擢為光祿大夫。」又:「杜鄴,……與車騎將軍王音善。……音甚嘉其言,由是與成都侯商親密,二人皆重鄴。商為大司馬衛將軍,除鄴主簿,以為腹心。」

〔一二〕《四庫全書總目提要》卷一二〇《論衡提要》:「充書大致詳於《自紀》一篇,蓋內傷時命之坎坷,外疾世俗之虛僞，故發憤著書，其言多激。《刺孟》、《問孔》二篇，至於奮其筆端，以與聖賢相軋，可謂誖矣。』

〔一三〕《晉書》卷八二《陳壽列傳》：『陳壽撰魏、吴、蜀《三國志》……或云丁儀、丁廙有盛名於魏。壽謂其子曰：「可覓千斛米見與，當為尊公作佳傳。」丁不與之，竟不為立傳。』

〔一四〕《晉書》卷六二《劉琨列傳》：『時征虜將軍石崇河南金谷澗中有別廬，冠絶時輩，引致賓客。……(劉)琨預其間，文詠頗為當時所許。秘書監賈謐參管朝政。……石崇、歐陽建、陸機、陸雲之徒，並以文才降節事謐，琨兄弟亦在其間，號曰「二十四友」。』

〔一五〕《世説新語·品藻》：『孫興公、許玄度皆一時名流。或重許高情，則鄙孫穢行，或愛孫才藻，而無取於許。』劉孝標注引《續晉陽秋》曰：『綽雖有文才，而誕縱多穢行，時人鄙之。』

〔一六〕《南史》卷二二《王曇首列傳》附：『王儉字仲寶。……丹陽尹袁粲聞其名，言之宋明帝，選尚陽羨公主，拜駙馬都尉。……及齊高帝為太尉，引儉為右長史，尋轉左，專見任用。齊臺建，遷尚書右僕射。』

〔一七〕《南史》卷五七《沈約列傳》：『沈約字休文，吴興武康人也。……初，約久處端揆，有志台司，而帝終不用。與徐勉素善，遂以書陳情於勉，勉為言於帝，請三司之儀。弗許，但加鼓吹而已。』

〔一八〕《南史》卷五六《張弘策列傳》附：『初，吴興吴規頗有才學，邵陵王綸引為賓客，深相禮遇。及綸作牧郢蕃，規隨從江夏。遇(張)纘出之湘鎮，路經郢服，綸餞之南浦。纘見規在坐，意不能平，忽舉杯曰：「吴規，此酒慶汝得陪今宴。」規尋起還，其子翁孺見父不悦，問而知之，翁孺因氣結，爾夜便卒。規恨纘慟兒，憤哭兼至，信次之間又致殞。規妻深痛夫、子，翌日又亡。時人謂張纘一杯酒殺吴氏三人，其輕傲皆此類也。』

〔一九〕《南史》卷二三《王誕列傳》附：『(王懋子)瑩，字奉光，選尚宋臨淮公主，拜駙馬都尉。累遷義興太守，代謝超宗。超宗去郡，與瑩交惡，還都，就懋求書屬瑩求一吏，曰：「丈人一旨，如湯澆雪耳。」及至，瑩答旨以公吏不可。超宗往懋處，對諸賓謂懋曰：「湯定不可澆雪。」懋面洞赤，唯大恥愧。懋後往超宗處，設精白、美鮓、獐肚。懋問那得佳味，超宗詭言義興始見餉；陽驚曰：「丈人豈應不得邪？」懋大忿，言於朝廷，稱瑩供養不足。坐失郡，廢棄久之。』

〔二〇〕《南史》卷七一《儒林列傳》：『伏挺字士標，……少有盛名，又善處當世，朝中勢素多與交游，故不能久事隱靜。後遂出仕，除南臺書侍御史。因事納賄被劾，懼罪，乃變服出家，名僧挺，久之藏匿，後遇赦，乃出天心寺。』

〔二一〕《北史》卷五六《魏收傳》：『魏收，字伯起，小字佛助，鉅鹿下曲陽人也。……收在館，遂買吴婢入館，其部下有買婢者，收亦喚取，遍行姦穢，梁朝館司皆為之獲罪。……收性頗急，不甚能平，夙有怨者，多沒其善。每言：「何物小子，敢共魏收作色，舉之則使上天，按之當使入地。」初，收在神武時為太常少卿，修國史，得陽休之助，因謝休之曰：「無以謝德，當為卿作佳傳。」休之父固，魏世為北平太守，以貪虐為中尉李平所彈獲罪，載在《魏起居注》。收書云：「固為北平，甚有惠政，坐公事免官。」……爾朱榮於魏為賊，收以高氏出自爾朱，且納榮子金，故減其惡而增其善，論云：「若修德義之風，則韓、彭、伊、霍，夫何足數。」時論既言收著史不平，文宣詔收于尚書省，與諸家子孫共加論討，前後投訴百有餘人。……於是眾口喧然，號謂「穢史」。』

〔二二〕《陳書》卷二七《江總傳》：『江總，字總持，濟陽考城人也。……為後主所愛幸，多有側篇，好事者相傳諷玩，於今不絕。後主之世，總當權宰，不持政務，但日與後主遊宴後庭，共陳暄、孔範等十餘人，當時謂之「狎客」。』

〔二三〕《隋書》卷六七《虞世基列傳》：『煬帝幸江都，……於時天下大亂，世基知帝不可諫止，又以高熲、張衡等相繼誅戮，懼禍及己，雖居近侍，唯諾取容，不敢忤意。世基貌沉審，言多合意，是以特見親愛，朝臣無與為比。』

〔二四〕《新唐書》卷一〇二《虞世南列傳》：『陳滅，與(兄)世基入隋，大業中累至秘書郎。為竇建德所獲，署黃門侍郎。秦王滅建德，引為府參軍。王踐祚，拜員外散騎侍郎，弘文館學士。』

〔二五〕參見卷四第八條注。

〔二六〕《新唐書》卷二〇二《文藝列傳》：『沈佺期，字雲卿，相州內黃人。宋之問，字延清，一名少連，汾州人。……於時張易之等烝昵寵甚，之問與閻朝隱、沈佺期、劉允濟傾心媚附，易之所賦諸篇，盡之問、朝隱所為，至為易之奉溺器。及敗，貶瀧州，朝隱崖州，並參軍事。之問逃歸洛陽，匿張仲之家。會武三思復用事，仲之與王同皎謀殺三思安王室，之問得其實，令兄子曇與冉祖雍上急變，因丐贖罪，由是擢鴻臚主簿，天下醜其行。』

〔二七〕《新唐書》卷一二三《李嶠列傳》：『嶠在吏部時，陰欲藉時望復宰相，乃奏置員外官數千。既吏眾猥，府庫虛耗，乃上書歸咎於時。……中宗以嶠身宰相，乃自陳失政，丐罷官，無所嫁非，手詔詰讓。嶠惶恐，復視事。』

〔二八〕參看卷四第八條注〔二〕。

〔二九〕鄭處誨《明皇雜録》卷上：『姚元崇與張説同爲宰輔，頗懷疑阻，屢以事相侵，張銜之頗切。姚既病，誡諸子曰：「張丞相與我不叶，釁隙甚深。然其人少懷奢侈，尤好服玩，吾身殁之後，以吾嘗同寮，當來吊。汝其盛陳吾平生服玩寶帶重器，羅列於帳前，若不顧，汝速計家事，舉族無類矣。目此，吾屬無所虞，便當録其玩用，致於張公，仍以神道碑爲請。既獲其文，登時便寫進，仍先礱石以待之，便令鐫刻。張丞相見事遲於我，數日之後必當悔，若卻徵碑文，以刊削爲辭，當引使視其鐫刻，仍告以聞上訖。」姚既殁，張果至，目其玩服三四，姚氏諸孤，悉如教誡。不數日文成，敍述該詳，時爲極筆。……後數日，果使使取文本，以為詞未周密，欲重為刪改。姚氏諸子乃引使者視其碑，且告以奏御。使者復命，悔恨拊膺曰：「死姚崇猶能算生張説，吾今日方知才之不及也遠矣。」』

〔三〇〕《新唐書》卷一九六《隱逸列傳》：『賀知章晚節尤誕放，遨嬉里巷，自號「四明狂客」及「秘書外監」。每醉，輒屬辭，筆不停書，咸有可觀。』

〔三一〕《新唐書》卷二〇二《文藝列傳》：『安祿山反，玄宗西狩。（王）維為賊得。……祿山素知其才，迎置洛陽，迫為給事中。……賊平，皆下獄。』又：『安祿山遣張通儒劫百官置東都，偽授（鄭）虔水部郎中。……賊平，與張通、王維並囚宣陽里。』

〔三二〕《新唐書》卷一六八《劉禹錫列傳》：『王叔文得幸太子，禹錫以名重一時，與之交。太子即位，朝廷大議秘策多出叔文，引禹錫及柳宗元與議禁中，所言必從。……凡所進退，視愛怒重輕，人不敢指其名，號「二王、劉、柳」。』

〔三三〕辛文房《唐才子傳》卷二：『長卿清才冠世，頗淩浮俗，性剛多忤權門，故兩逢遷斥，人悉冤之。』

〔三四〕《新唐書》卷一二九《嚴挺之傳》附：『子武字季鷹。……母裴不為挺之所容，獨厚其妾英。武始八歲，奮然以鐵鎚就英寢，碎其首。……擢武成都尹、劍南節度使。武在蜀，頗放肆。（房）琯以故宰相為巡內刺史，武慢倨不為禮。』

〔三五〕《唐才子傳》卷二：『祿山反，明皇在蜀，永王璘節度東南。白時臥廬山，闢爲僚佐。璘起兵反，白逃還彭澤。璘敗，累繫潯陽獄。』

〔三六〕《唐才子傳》卷一：『崔顥好蒲博嗜酒，娶妻擇美者，稍不愜即棄之，凡易三四。』

〔三七〕《舊唐書》卷一六六《元稹傳》：『荊南監軍崔潭峻甚禮接稹，不以掾吏遇之，常徵其詩什諷誦之。長慶初，潭峻歸朝，出稹《連昌宮辭》等百餘篇奏御。穆宗大悅，問稹安在。對曰：「今為南宮散郎。」即日轉祠部郎中、知制誥。……居無何，召入翰林，為中書舍人、承旨學士。中人以潭峻之故，爭與稹交。而知樞密魏弘簡尤與稹相善，穆宗愈深知重。……穆宗顧中外人情，乃罷稹內職，授工部侍郎。上恩顧未衰。長慶二年，拜平章事。詔下之日，朝野莫不輕笑之。』

〔三八〕袁樞《通鑑紀事本末》卷三五下《朋黨之亂》：『五年春正月，文宗崩，武宗即位。……召淮南節度使李德裕入朝。九月甲戌朔，至京師。丁丑，以德裕為門下侍郎同平章事。四年九月，李德裕怨太子太傅東都留守牛僧孺、湖州刺史李宗閔，言於上曰：「劉從諫據上黨十年，大和中入朝，僧孺、宗閔執政不留之，加宰相縱去，以成今日之患，竭天下力乃能取之，皆二人之罪也。」德裕又使人於潞州求僧孺、宗閔與從諫通書疏，無所得。乃令孔目官鄭慶言從諫每得僧孺、宗閔書疏，皆自焚毀。詔追慶下御史臺按問。……德裕奏述書，上大怒，以僧孺為太子少保分司，宗閔為漳州刺史。戊子，再貶僧孺汀州刺史，宗閔漳州長史。冬十一月，復貶牛僧孺循州長史，李宗閔長流封州。」又：「李德裕秉政日久，好恂愛憎，人多怨之。六年春三月甲子，上崩，以李德裕攝冢宰。丁卯，宣宗即位。宣宗素惡德裕之專。壬申，以門下侍郎同平章事李德裕同平章事充荊南節度使。九月以荊南節度使李德裕為東都留守解平章事。」

〔三九〕《唐才子傳》卷四：「建初與樞密使王守澄有宗人之分，守澄以弟呼之，談間故多知禁掖事，作《宮詞》百篇。」

〔四〇〕《新唐書》卷二〇三《文藝列傳》：「同輩行稍稍進顯，益獨不調，鬱鬱去。遊燕，劉濟辟置幕府，進為營田副使。」

〔四一〕劉攽《中山詩話》：「楊大年與梁同翰、朱昂同在禁掖，楊未及滿三十，而二公皆老，數見靳侮，梁謂之曰：「公毋侮我老，此老亦將留與公耳。」」

〔四二〕王銍《默記》：「曾子固作中書舍人，還朝，自恃前輩，輕蔑士大夫，」又朱弁《曲洧舊聞》：「曾子固性多傲忽。」

〔四三〕《宋史》卷三一九《歐陽脩列傳》：「帝將追崇濮王，命有司議，皆謂當稱皇伯，改封大國。脩引《喪服記》以為：為人後者，為其父母報。……太后出手書，許帝稱親，尊王為皇，三夫人為后。於是御史呂誨等詆脩主此議，爭論不已，皆被逐。唯蔣之奇之説合脩意，脩薦為御史，衆目為奸邪。」

〔四四〕陳邦瞻《宋史紀事本末》卷四五《洛蜀黨議》：「時呂公著獨當國，群賢咸在朝，不能以類相從，遂有洛黨、蜀黨、朔黨之語。洛黨以程頤為首，而朱光庭、賈易為輔；蜀黨以蘇軾為首，而呂陶等為輔；朔黨以劉摯、梁燾、王巖叟、劉安世為首，而輔之者尤眾。是時熙、豐用事之臣，退休散地，怨入骨髓，陰伺間隙。諸賢不悟，各為黨比，以相訾議。唯吕大防，秦人，戇直無黨；范祖禹、司馬光不立黨。既而帝聞之，以問胡宗愈，宗愈對曰：「君子指小人為奸，則小人指君子為黨。陛下能擇中立之士而用之，則黨禍熄矣。」』又：『張溥曰：元祐之初，正人登進。程頤以崇正殿說書召，蘇軾以翰林學士召，咸拔擢不次，在帝左右。未幾，以言論不合，賈易、朱光庭等劾軾；胡宗愈、孔文仲、顧臨等劾頤。雒、蜀交攻，遂分二黨，六七年間，廢罷不一。終宣仁清明之世，竟未施用，海內惜之。』

〔四五〕《宋史》卷三二七《王安石傳》：『二年二月，拜參知政事。……安石令其黨吕惠卿任其事。而農田水利、青苗、均輸、保甲、免役、市易、保馬、方田諸役，相繼並興，號為新法，頒行天下。……司馬光答詔，有「士夫沸騰，黎民騷動」之語，安石怒。』

〔四六〕羅大經《鶴林玉露》卷四：『陸務觀晚年爲韓平原（侂胄）作《南園記》，除從官。……然《南園記》唯勉以忠獻之事業，無諛詞。』

〔四七〕梁武帝蕭衍、隋煬帝楊廣。梁元帝蕭繹曾封湘東郡王。陳後主叔寶死後封長城縣公。事分別詳《梁書·武帝本紀》、《隋書·煬帝記》、《梁書·元帝本紀》、《陳書·陳後主本紀》。又《新五代史》卷六二《南唐世家》：『九年，（李）煜俘至京師，太祖赦之，封煜違命侯，拜左千牛衛將軍。』《金史》卷三《本紀三》：『丁丑，以宋二庶人（指宋徽宗趙佶及其子欽宗趙恒）素服見太祖廟，遂入見於乾元殿。封其父昏德公，子重昏侯。』

〔四八〕唐太宗李世民謚曰文。唐玄宗李隆基。事分別詳《新唐書·太宗本紀》、《玄宗本紀》、《則天皇后本紀》、《后妃列傳》。

〔四九〕吴邁遠、杜必簡事，見本卷第二一條。『吴邁遠』，底本作『吴邁袁』，據《南史》改。

〔五〇〕《明史》卷二八六《文苑列傳》：『劾（李）夢陽陵轢同列，挾制上官，遂以冠帶閒住去。……夢陽既家居，益跅弛負氣，治園池，招賓客，日縱俠少射獵繁臺、晉丘間，自號空同子，名震海内。』

〔五一〕解縉、劉溥、桑悅、唐寅、王廷陳、常倫、康海事詳《明史》卷二八六《文苑列傳》。王九思、孫一元事詳《列朝詩集》丙集。『劉原博』，底本作『劉原溥』，據《明史》改。

三七

四偃蹇：孫卿垂老蘭陵，避讒引卻〔一〕；孟氏再説不合，徬徨出晝〔二〕；長卿爲郎數免，婆娑茂陵〔三〕；仲舒既罷江都，衡門教授〔四〕；賈生長沙卑濕，作《鵩賦》〔五〕；東方朔久困執戟，作《客難》〔六〕；揚雄白首校書，作《解嘲》〔七〕；馮衍老廢於家，作《顯志賦》〔八〕；陳壽以謗議，再致絀辱〔九〕；孫楚以輕石苞，湮廢積年〔一〇〕；夏侯湛中郎不調，作《抵疑》〔一一〕；郤正三十年不過六百石，作《釋譏》〔一二〕；潘安仁三十年一進階，再免，一除名，一不拜，作《閒居賦》〔一三〕；卞彬擯棄形骸，仕既不遂，作《蚤蝨》、《蝸蟲》賦〔一四〕；劉峻爲梁武所抑，不見用，作《辨命論》〔一五〕；何僩宦遊不進，作《拍張賦》〔一六〕；盧思道宦途遲滯，作《孤鴻賦》〔一七〕；盧詢祖斥脩邊堠，作《長城賦》〔一八〕；王沈爲掾鬱鬱，作《釋時論》〔一九〕；蔡凝爲長史不得志，作《小室賦》〔二〇〕；劉顯六十餘，曳裾王府〔二一〕；丘靈鞠不樂武位，欲掘顧榮冢〔二二〕；劉孝綽前後五免〔二三〕；蕭惠開仕不得志，齋前悉種白楊〔二四〕庾仲容、王籍、謝幾卿俱久不調，沉酣以終〔二五〕；伏挺十八出仕，老而不達，其子以恚恨從賊〔二六〕；侯白欲用輒止，得五品食，旬日而終〔二七〕；四傑唯盈川至令長〔二八〕；李、杜淪落吳、蜀〔二九〕；孟浩然以禁中忤旨，放還終老〔三〇〕；　薛令之以苜蓿致嫌奪官〔三一〕；　蕭穎士及第三十年，才爲記室〔三二〕；　王昌齡詩名滿世，棲遲一尉〔三三〕；　賈島、溫飛卿皆以龍鱗魚服，顛躓不振〔三四〕；　孟郊、公乘億、溫憲、劉言史、潘賁之徒，老困名場，僅得一第，或方鎮一辟，憔悴以死〔三五〕。至其詩所謂『鬢毛如雪心如死，猶作長安下第人』〔三六〕，『十上十年皆下第，一家一半已成塵』〔三七〕，『一領青衫消不得，著朱騎馬是何人』。又有『揶揄路鬼』，『憔悴波臣』〔三八〕，『獮猴騎土牛』，『鮎魚上竹竿』〔三九〕之喻。噫！其窮甚矣。胡仲申〔四〇〕、聶大年〔四一〕、劉欽謨〔四二〕、卞華伯〔四三〕、李獻吉〔四四〕、康得涵〔四五〕、王敬夫〔四六〕、薛君采〔四七〕、常明卿〔四八〕、王稚欽〔四九〕皇甫子安、子循〔五〇〕、王道思〔五一〕，皆邇時之偃蹇者。

【校注】

〔一〕事詳《史記》卷七四《孟子荀卿列傳》。見本卷第三五條注〔五〕。

〔二〕《孟子·公孫丑》下：『孟子去齊，……曰：「千里而見王，是予所欲也；不遇故去，豈予所欲哉？予不得已也。予三宿而出晝，於予心猶以為速。王庶幾改之，王如改諸，則必反予。夫出晝而王不予追也，予然後浩然有歸志。」』

〔三〕《漢書》卷五七《司馬相如傳》：『賦奏，天子以為郎。……其後有人上書言相如使時受金，失官。居歲餘，復召為郎。……相如既病免，家居茂陵。』

〔四〕《漢書》卷五六《董仲舒傳》：『天子以仲舒為江都相，事易王。……及去位歸居，終不問家產，以脩學著書為事。』

〔五〕《史記》卷八四《屈原賈生列傳》：『賈生為長沙王太傅，三年，有鵩飛入賈生舍，止於坐隅。楚人命鵩曰「服」。

賈生既以適居長沙，長沙卑濕，自以為壽不得長，乃為賦以自廣。」

〔六〕《漢書》卷六五《東方朔傳》：『朔上書欲求試用，終不見用。朔因著論，設客難己，用位卑以自慰諭。其辭曰：「今子大夫悉力盡忠以事聖帝，曠日持久，官不過侍郎，位不過執戟，意者尚有遺行邪？」』

〔七〕《漢書》卷八七《揚雄傳》：『哀帝時丁、傅、董賢用事，諸附離之者或起家至二千石。時雄方草《太玄》，有以自守，泊如也。或嘲雄以玄尚白，而雄解之，號曰《解嘲》。』

〔八〕《後漢書》卷二八《馮衍傳》：『後衛尉陰興、新陽侯陰就以外戚貴顯，深敬重衍，衍遂與交結，由是為諸王所聘請，尋為司隸從事。帝懲西京外戚賓客，故皆以法繩之。……衍由是得罪，嘗自詣獄，有詔不問。西歸故郡，閉門自保，不敢復與親故通。建武末上書自陳，書奏，猶以前過不用。衍不得志，乃作賦自勵，命其篇曰《顯志》。』

〔九〕《晉書》卷八二《陳壽傳》：『張華將舉壽為中書郎，荀勖忌華而疾壽，遂諷吏部，遷壽為長廣太守。杜預將之鎮，復薦之於帝，由是授御史治書，以母憂去職。母遺言令葬洛陽，壽遵其志，又坐不以母歸葬，竟被貶議。初，譙周嘗為壽曰：「當被損折，亦非不幸也，宜深慎之。」壽至此再致廢辱，皆如周言。』

〔一〇〕《晉書》卷五六《孫楚傳》：『遷佐著作郎，復參石苞驃騎軍事。楚既負其材氣，頗侮易於苞。……因此而嫌隙遂構。苞奏楚與吴人孫世山共訕毁時政，楚亦抗表自理，紛紜經年，事未判；又與鄉人郭奕忿爭。武帝雖不顯明其罪，然以少賤受責，遂湮廢積年。』

〔一一〕《晉書》卷五五《夏侯湛傳》：『夏侯湛，字孝若，譙國譙人也。……少為太尉掾。泰始中舉賢良，對策中第，拜郎中。累年不調，乃作《抵疑》以自廣。』

〔一二〕《三國志》卷四二《蜀書・郤正傳》：『性淡於榮利，而尤耽意文章。……自在内職，與宦人皓比屋周旋，經三十年。皓從微至貴，操弄威權。正既不為皓所愛亦不為皓所憎，是以官不過六百石，而免於憂患。依責先儒，假文見意，號曰《釋譏》。」

〔一三〕潘岳《閒居賦序》：「自弱冠涉於知命之年，八徙官而一進階，再免，一除名，一不拜職，遷者三而已矣。……乃作閒居之賦以歌事遂情焉。」見《文選》卷一六。

〔一四〕《南史》卷七二《文學傳》：「卞彬字士蔚，濟陰冤句人也。……彬頗飲酒，擯棄形骸，仕既不遂，乃著《蚤蝨》、《蝸居》、《蝦蟆》等賦，皆大有指斥。」

〔一五〕見本卷三五條注〔一五〕。

〔一六〕《南史》卷三三《何承天傳》附：「（何）遜從叔僩，字彥夷，亦以才著聞。宦遊不達，作《拍張賦》以喻意。」

〔一七〕《北史》卷三〇《盧玄傳》附：「（盧）思道，字子行，聰爽俊辯，通侻不羈。……隋文帝為丞相，遷武陽太守。位下，不得志，為《孤鴻賦》以寄其情。」

〔一八〕《北史》卷三〇《盧觀傳》附：「（盧）詢祖有學術，文辭華美，為後生之俊。……天保末，為築長城子使。自負其才，內懷鬱泱，既至役所，作《築長城賦》以寄其意。」

〔一九〕《晉書》卷九二《文苑傳》：「王沈字彥伯，高平人也。少有俊材，出於寒素，不能隨俗沉浮，為時豪所抑。仕郡文學掾，鬱鬱不得志。乃作《釋時論》。」

〔二〇〕《陳書》卷三四《文學傳》：「後主謂吏部尚書蔡徵曰：「蔡凝負地矜才，無所用也。」尋遷信威晉熙王府長史，鬱鬱不得志。……因製《小室賦》以見志，甚有辭理。」

〔二一〕《南史》卷五〇《劉瓛傳》附：「劉顯，字嗣芳，瓛族子也。顯幼而聰敏，號曰神童。遷尚書左丞，除國子博士。……帝因忌其能，出之。後為雲麾邵陵王長史。王遷鎮郢州，除平西府諮議參軍，久在府不得志。大同九年終於夏口。時年六十三。」

〔二二二〕「丘靈鞠」，底本訛作「丘陵鞠」，據《南史》改。《南齊書》卷五二《文學傳》：「（丘）靈鞠不樂武位，謂人曰：「我應還東掘顧榮冢。江南地方數千里，士子風流，皆出此中。顧榮忽引諸傖渡，妨我輩塗轍，死有餘罪。」」按：顧榮，字彥先，事見《晉書》卷六八《顧榮傳》。

〔二二三〕劉孝綽本名冉，彭城人。幼聰敏，七歲能屬文，號曰神童。曾多次因事免官。事詳《梁書》卷三三《劉孝綽傳》。

〔二二四〕《南史》卷一八《蕭思話傳》附：「長子惠開少有風氣，涉獵文史。……惠開素剛，至是益不得志。……寺內所住齋前，向種花草甚美，惠開悉劃除別種白楊。每為人曰：「人生不得行胸懷，雖壽百歲猶為夭也。」發病嘔血，吐物如肝肺者，卒。」

〔二二五〕《南史》卷三五《庾悅傳》：「仲容博學，少有盛名，頗任氣使酒，好危言高論，士友以此少之。唯與王籍、謝幾卿情好相得，二人時亦不調，遂相追隨，誕縱酣飲，不持檢操。遇太清亂，遊會稽卒。」參看《南史》卷二一《王弘傳》、卷一九《謝靈運傳》。

〔二二六〕《南史》卷七一《儒林傳》：「梁武帝師至，（伏）挺迎謁於新林。帝見之甚悅，謂之顏子，引為征東行參軍，時年十八。……子知命，以其父宦途不進，怨朝廷，後遂盡心侯景。」

〔二二七〕《北史》卷八三《文苑傳》：「魏郡侯白……文帝聞其名，召與語，悅之，令於秘書脩國史。每將擢用，輒曰：「白不勝官」而止。後給五品食，月餘而死，時人傷其命薄。」

〔二二八〕辛文房《唐才子傳》卷一：「楊炯，華陰人，永隆二年，皇太子舍奠，表豪俊充崇文館學士。後爲婺州盈川令，卒。」

〔二二九〕裴敬《翰林學士李公墓碑》：「（李白）其後以脅從得罪，既免，遂放浪江南，死宣城，葬當塗青山下。」《新唐書》卷二〇一《文藝列傳・杜甫》：『關輔饑，輒棄官去。……流落劍南，結廬成都西郭。……會嚴武節度劍南東西川，往依焉。』

〔三〇〕《唐才子傳》卷二：『孟浩然，襄陽人。工五言詩，張九齡、王維極稱道之。維待詔金鑾，一旦私邀入，商較風雅。俄報玄宗臨幸。浩然錯愕，伏匿床下。維不敢隱，因奏聞。帝喜曰：「朕素聞其人，而未見之。」詔出，再拜。帝問曰：「卿將詩來耶？」對曰：「偶不齎。」即命吟近作，誦至「不才明主棄，多病故人疏」之句，帝慨然曰：「卿不求仕，朕何嘗棄卿，奈何誣我？」因命放還南山。』

〔三一〕計有功《唐詩紀事》卷二〇：『薛令之，閩之長溪人。及第，遷右庶子。開元中，東宮官僚清淡，令之題詩自悼曰：「朝日上團團，照見先生盤。盤中何所有？苜蓿長闌干。……無以謀朝夕，何由保歲寒？」上幸東宮，覽之，索筆題其傍曰：「啄木口嘴長，鳳凰羽毛短。若嫌松桂寒，任逐桑榆暖。」令之遂謝病歸。』

〔三二〕見本卷第三五條注〔一八〕，參看《新唐書》卷二〇二《文藝列傳》。

〔三三〕《唐才子傳》卷二：『王昌齡字少伯。開元十五年李嶷榜進士，授汜水尉。又中宏辭，遷校書郎，後以不護細行，貶龍標尉。』

〔三四〕《唐才子傳》卷五：『賈島字閬僊，范陽人也。初連敗文場，囊篋空甚，遂為浮屠，名無本。……授遂州長江主簿，後稍遷普州司倉。臨死之日，家無一錢，唯病驢、古琴而已。』又卷八：『庭筠少敏悟天才，能走筆成萬言。……與李商隱齊名，時號「溫李」。才情綺麗，尤工律賦。……然薄行無檢幅。……謫方城尉，仕終國子助教，竟流落而死。』參看本卷三五條注〔二四〕。

〔三五〕《唐才子傳》卷五：『孟郊字東野，洛陽人。……貞元十二年李程榜進士，時年五十矣，調溧陽尉。……興元節度使鄭餘慶奏為參謀，試大理寺評事，卒。』《唐才子傳》卷九：『（公乘）億，字壽山，咸通十二年進士，善作賦。』《唐才子傳》卷四：『劉言史，趙州人也。少尚氣節，不舉進士。詔授棗強令，辭疾不就，時人重之。……故相國隴西公李夷簡為漢南節度，與言史少同遊習，由是為漢南幕賓。……歲餘奏升秩，不恙而終。』馬令《南唐書》卷二三《歸明傳》：『潘賁，七歲能詩，性寒特，自負才器，以藐勢位。既而動多屯躓，五舉猶爲白丁。及屬皇朝……賁凡三過省闈，輒以目疾止。……謂人曰：「白首場屋，不登一第，豈非命邪！」』

〔三六〕托名尤袤《全唐詩話》卷五：『溫憲，員外庭筠子也。僖、昭之間，就試於有司，值鄭相延昌掌邦貢，以其父文多刺時，復傲毀朝士，抑而不録。既不第，遂題一絶於崇慶寺壁。詩曰：「十口溝隍待一身，半年千里絶音塵。鬢毛如雪心如死，猶作長安下第人。」』

〔三七〕《全唐詩話》卷五：『（公乘）億以詞賦著名。後旬日登第，億嘗有詩云：「十上十年皆落第，一家一半已成塵。」可知其屈矣。』

〔三八〕許顗《彥周詩話》：『本朝王元之詩可重，大抵語迫切而意雍容，如「身後聲名文集草，眼前衣食簿書堆」；又云：「澤畔騷人正憔悴，道旁山鬼謾揶揄。」大類樂天也。』楊慎《升庵詩話》卷四：『晚唐亦有數等，如羅隱、杜荀鶴，晚唐之下者；李山甫、盧延讓（按：「讓」原作「遜」，據《全唐詩話》改），又其下下者，望羅、杜又不及矣。其詩如「一個禰衡容不得」，又「一領青衫消不得」之句。其他如：「我有心中事，不向韋三說。昨夜洛陽城，明月照張八。」又如：「餓貓窺鼠穴，饑犬舐魚砧」，此類皆下淨優人口中語，而宋人採以為詩法，……可乎？』

〔三九〕歐陽脩《歸田録》卷二：『梅聖俞以詩知名，三十年終不得一館職。晚年與脩《唐書》，書成未奏而卒，士大夫莫不歎息。其初受敕修《唐書》，語其妻刁氏曰：「吾之脩書，可謂猢猻入布袋矣。」刁氏對曰：「君於仕宦，亦何異鮎魚上竹竿耶！」』又：《三國志·魏書》卷二八《鄧艾傳》裴松之注引《世語》：『宣王為泰會，使尚書鍾繇調泰：「君釋褐登宰輔，三十六日擁麾蓋，守兵馬郡；乞兒乘小牛，一何駛乎？」泰曰：『誠有此。君，名公之子，少有文采，故守吏職；　獼猴騎土牛，又何遲也？』眾賓咸悅。』

〔四〇〕錢謙益《列朝詩集》甲集：『胡翰字仲申，金華人。國初，大臣交薦其文行，上閔其老，命為衢州教授，召脩元史。史成，賜金帛遣歸，……暮年無子，移居北山。』

〔四一〕《列朝詩集》乙集：『聶大年字壽卿，臨川人。……高自稱許，為上官所惡。秋闈考文，四省交聘，咸以病辭。景泰六年，徵詣翰林，脩實録，卒於京師。』

〔四二〕《列朝詩集》乙集：『劉昌字欽謨，吴縣人。舉進士，對策忤時宰，抑置二甲。……景泰初，詔選儒臣簒脩宋、元史。史事寢，復舊職。……居艱服闋，卒於家。』

〔四三〕《列朝詩集》乙集：『卞榮字華伯，江陰人。舉進士，終户部郎中。』

〔四四〕見本卷三六條注〔五〇〕。

〔四五〕見卷六第四二條注〔一〕。

〔四六〕《列朝詩集》丙集：『王九思字敬夫，鄠縣人。弘治丙辰進士，選翰林院庶吉士，授檢討。值劉瑾亂政，翰林悉調部屬，歷練政務，敬夫獨得吏部，不數月，長文選。瑾敗，降壽州同知。居一年，言官鈎瑾餘黨，勒致仕。』

〔四七〕見本卷第三五條注〔三一〕。

〔四八〕見卷六第四九條。

〔四九〕《列朝詩集》丙集：『王廷陳，字稚欽，黄岡人。……正德丁丑舉進士，選翰林庶吉士。……出為裕州知州。稚欽既不習為吏，訟牒堆案，慢不省視。左遷失職，怏怏無所發怒，有所案治，榜掠過當。……裕州州民被案者，佚出詣闕下，訐奏稚欽不法事，收捕下獄，削秩免歸。』

〔五〇〕《列朝詩集》丁集：『黄甫涍，字子安，嘉靖壬辰進士。除工部虞衡主事，累遷主客郎中。……甫三月，坐南計論黜。未及赴調，鬱鬱不樂，發病卒。』又：『皇甫汸，字子循。嘉靖己丑進士，歷工部虞衡司郎中，謫黄州推官，……又謫開州同知，量移處州府同知，升雲南按察司僉事，以大計免官。』

〔五二〕《列朝詩集》丁集：『王慎中，字道思，晉江人。嘉靖丙戌進士。年十八，授戶部主事，改禮部祠祭司。為永嘉所惡，謫判常州。……辛丑外計，又為貴溪所惡，內批不謹，罷歸。』

三八

五流貶：流徙則屈原、吕不韋〔一〕、馬融、蔡邕〔二〕、虞翻〔三〕、顧譚〔四〕、薛瑩〔五〕、卞鑠〔六〕、諸葛厷〔七〕、張溫〔八〕，王誕、謝靈運〔九〕、謝超宗、劉祥〔一〇〕、李義府、鄭世翼〔一一〕、沈佺期、宋之問〔一二〕、元萬頃、閻朝隱、郭元振、崔液、李善〔一三〕、李白、吴武陵〔一四〕。明則宋濂〔一五〕、瞿佑、唐肅〔一六〕、豐熙、王元正、楊慎〔一七〕。貶竄則賈誼〔一八〕、杜審言、杜易簡、韋元旦〔一九〕、杜甫、劉允濟、李邕〔二〇〕、張説、張九齡、李嶠〔二一〕、王勃〔二二〕、蘇味道、崔日用、武平一〔二三〕、王翰〔二四〕、鄭虔〔二五〕、蕭穎士〔二六〕、李華〔二七〕、王昌齡〔二八〕、劉長卿、錢起〔二九〕、韓愈、柳宗元、李紳〔三〇〕、白居易、劉禹錫、吕溫、陸贄、李德裕、牛僧孺、楊虞卿〔三一〕、李商隱、溫庭筠、賈島、韓偓〔三二〕、韓熙載〔三三〕、徐鉉〔三四〕、王禹偁、尹洙〔三五〕、歐陽脩、蘇軾、蘇轍、黄庭堅、秦觀、王安中、陸游〔三六〕。明則解縉〔三七〕、王九思〔三八〕、王廷相〔三九〕、顧璘〔四〇〕、常倫〔四一〕、王慎中〔四二〕輩，俱所不免。窮則窮矣，然山川之勝，與精神有相發者。

【校注】

〔一〕《史記》卷八四《屈原列傳》：『令尹子蘭聞之大怒，卒使上官大夫短屈原於頃襄王，頃襄王怒而遷之。』《史記》卷八五《呂不韋列傳》：『秦王十年十月，免相國呂不韋。……呂不韋自度稍侵，恐誅，乃飲酖而死。』

〔二〕《後漢書》卷六〇《馬融列傳》：『馬融字季常，扶風茂陵人也。……桓帝時為南郡太守。先是，融有事忤大將軍梁冀旨，冀諷有司奏融在郡貪濁，免官，髡徙朔方。』《後漢書》卷六〇《蔡邕列傳》：『於是下邕質於洛陽獄，劾以仇怨奉公，議害大臣，大不敬，棄市。事奏，中常侍呂強愍邕無罪，請之。……有詔減死一等，與家屬髡鉗徙朔方，不得以赦令除。』

〔三〕虞翻，見本卷三五條注〔一一〕。

〔四〕《三國志》卷五二《吳書・顧譚傳》：『譚字子默，弱冠與諸葛恪等為太子四友，從中庶子轉輔正都尉。……（全）寄父子益恨，共搆會譚，譚坐徙交州，幽而發憤，著《新言》二十篇。其《知難篇》蓋以自悼傷也。見流二年，年四十二，卒於交阯。』

〔五〕薛榮，疑爲薛瑩之誤。《三國志》卷五三《吳書・薛綜傳》附：『子珝，……珝弟瑩，字道言，初為秘府中書郎。孫休即位，為散騎中常侍。……是歲，何定建議鑿聖溪以通江淮，皓令瑩督萬人往，遂以多盤石難施功罷還，出爲武昌左都督。後（何）定被誅，皓追聖溪事，下瑩獄，徙廣州。』

〔六〕《南史》卷七二《文學列傳》：『初，仲明與劉融、卞鑠俱為袁粲所賞，恒在坐席。粲為丹陽尹，取鑠為主簿。好詩賦，多譏刺世人，坐徙巴州。』

〔七〕《世說新語・文學》劉孝標注引王隱《晉書》：『諸葛厷，字茂遠，琅邪人。魏雍州刺史緒之子。有逸才，仕至司空主簿。』又《黜免》：『諸葛厷在西朝，少有清譽……後爲繼母族黨所讒，誣之爲狂逆，將遠徙。』

〔八〕《三國志》卷五七《吴書・張溫傳》：『張溫字惠恕，吴郡吴人也。……權既陰銜溫稱美蜀政，又嫌其聲名大盛，即罪溫。斥還本郡，以給廝吏。將軍駱統表理溫，……權終不納。』

〔九〕《南史》卷二三《王誕傳》：『王誕字茂世，太保弘從祖兄也。……元顯討桓玄，欲悉誅諸桓，誕救桓脩等，由此得免。脩，誕甥也。及玄得志，將見誅，脩為陳請，乃徙廣州。』《宋書》卷六七《謝靈運傳》：『為有司所糾，……靈運興兵叛逸。追討禽之，送廷尉治罪。……上愛其才，降死一等，徙付廣州。』

〔一〇〕《南齊書》卷三六《謝超宗傳》：『謝超宗，陳郡陽夏人也。祖靈運，宋臨川内史。……詔曰：「超宗釁同大逆，罪不容誅。彖匿情欺國，愛朋罔主，事合極法，特原收治，免官如案，禁錮十年。」超宗下廷尉，一宿髮白皓首。詔徙越州，行至豫章，上敕豫章内史虞悰曰：「謝超宗令於彼賜自盡，勿傷其形骸。」』《南齊書》卷三六《劉祥傳》：『劉祥，字顯徵，東莞莒人也。……有以祥《連珠》啟上者，上令御史中丞任遐奏曰：「……如所列與風聞符同，請免官付廷尉。」……乃徙廣州。祥至廣州，不得意，終日縱酒，少時病卒，年三十九。』

〔一一〕《舊唐書》卷八二《李義府列傳》：『李義府，瀛州饒陽人也。……於是右金吾倉曹參軍楊行穎表言義府罪狀，……按皆有實，乃下制曰：「可除名長流振州。」……乾封元年，大赦，長流人不許還，義府憂憤發疾卒，年五十餘。』《新唐書》卷二〇一《文藝列傳》：『（鄭）世翼，鄭州滎陽人。……貞觀時，坐怨謗流死巂州。』

〔一二〕沈佺期、宋之問事，見本卷三六條注〔二六〕。

〔一三〕《新唐書》卷二〇一《文藝列傳》上：『元萬頃從李勣征高麗，管書記。……勣使萬頃草檄讓高麗，而譏其不知守鴨淥之險，莫離支報曰：「謹聞命。」徙兵固守，軍不得入。高宗聞之，投萬頃嶺外。』《新唐書》卷二〇二《文藝列傳》中：『閻朝隱，字友倩，趙州欒城人。……景龍初，自崖州遇赦還，累遷著作郎。先天中，為秘書少監，坐事貶通州別駕，卒。』《新唐書》卷一二二《郭震列傳》：『郭震，字元振，魏州貴鄉人。……為朔方大總管，以備突厥。未行，會玄宗講武驪山，既三令，帝親鼓之，元振遽奏禮止，帝怒軍容不整，引坐纛下，將斬之。劉幽求、張說扣馬諫。乃赦死，流新州。』《新唐書》卷九九《崔仁師列傳》附：『（崔）液尤工五言之作，湜常歎伏之曰：「海子，我家之龜也。」海子即液小名，官至殿中侍御史，坐兄配流，逃匿於郢州人胡履虛之家。作《幽征賦》以見意，辭甚典麗。遇赦還，道病卒。』《新唐書》卷二〇二《文藝列傳》中：『（李善）有雅行。淹貫古今。……除潞王府記室參軍。坐與賀蘭敏之善，流姚州。遇赦得還，以教授為業，居汴、鄭間。』

〔一四〕《新唐書》卷二〇三《文藝列傳》下：『吳武陵，信州人。……入為太學博士。後出為韶州刺史，以贓貶潘州司戶參軍，卒。』

〔一五〕見卷六第二條注〔六〕。

〔一六〕錢謙益《列朝詩集》乙集：『（瞿）佑字宗吉，錢塘人。……洪武中，以薦歷仁和、臨安、宜陽訓導，陞周府右長史。永樂間，下詔獄，謫戍保安十年。』《列朝詩集》甲：『唐肅字處敬，會稽人。……召脩禮樂書，擢應奉翰林文字，兼國史院編脩官。以疾失朝，罷歸里，謫佃濠之瞿相山，歲餘卒。』

〔一七〕《明史》卷一九一《豐熙傳》：『熙字原學，鄞人。……世宗即位，進翰林學士。興獻王「大禮」議起，熙偕禮官數力爭。……遂下詔獄掠治，復杖之闕廷，遣戍，熙得福建鎮海衛。』《明史》卷一九二《楊慎傳》附：『王元正字舜卿。與慎同年進士，由庶吉士授檢討。……竟以爭「大禮」謫戍茂州，卒。』《明史》卷一九二《楊慎列傳》『楊慎字用脩，新都人。……慎、元正、濟並謫戍，慎得雲南永昌。』

〔一八〕見本卷第三五條注〔六〕。

〔一九〕《新唐書》卷二〇一《文藝列傳》上：『杜審言，……累遷洛陽丞，坐事貶吉州司戶參軍。……後武后召審言，授著作佐郎，遷膳部員外郎。神龍初，坐交通張易之，流峰州。』《新唐書》卷二〇一《文藝列傳》上：『（杜審言）從祖兄易簡，擢進士。……嘗道遇吏部尚書李敬玄，不避，敬玄恨，召為考功員外郎屈之。……易簡上書言敬玄罪，敬玄因奏易簡險躁。高宗怒，貶開州司馬。』《新唐書》卷二〇二《文藝列傳》中：『韋元旦，京兆萬年人。……元旦擢進士第，補東阿尉，遷左臺監察御史。與張易之有姻屬，易之敗，貶感義尉。』

〔二一〇〕《舊唐書》卷一九〇《文苑傳》：『杜甫，字子美。……明年春，（房）琯罷相。甫上疏言琯有才，不宜罷免。肅宗怒，貶琯為刺史，出甫為華州司功參軍。』《新唐書》卷二〇二《文藝列傳》中：『劉允濟字允濟，河南鞏人。……為來俊臣飛構當死，以母老丐餘年，繫獄，貶大庾尉。』《新唐書》卷二〇二《文藝列傳》中：『李邕，……會仇人告邕贓貸枉法，下獄當死。許昌男子上書天子曰：……疏奏，邕得減死，貶遵化尉，流璋嶺南。』

〔二一一〕《舊唐書》卷九七《張說傳》：『張說字道濟。……俄而為姚崇所構，出為相州刺史，仍充河北道按察使。俄又坐事左轉岳州刺史。』《新唐書》卷一二六《張九齡列傳》：『張九齡字子壽，韶州曲江人。……嘗薦長安尉周子諒為監察御史，子諒劾奏僊客，其語援讖書。帝怒，杖子諒於朝堂，流瀼州，死於道。九齡坐舉非其人，貶荊州長史。』《新唐書》卷一二三《李嶠列傳》：『李嶠，字巨山，……張易之敗，坐附會貶豫州刺史，未行，改通州。……睿宗立，罷政事，下除懷州刺史，致仕。』

〔二一二〕《新唐書》卷二〇一《文藝列傳》上：『王勃，字子安。……？勃既廢，客劍南。倚才陵藉，為僚吏共嫉。官奴曹達抵罪，匿勃所，懼事泄，輒殺之。事覺當誅，會赦除名。父福畤，繇雍州司功參軍，坐勃故左遷交阯令。勃往省，度海溺水，痵而卒，年二十九。』

〔二一三〕《舊唐書》卷九四《蘇味道傳》：『蘇味道，趙州欒城人也。……神龍初，以親附張易之、昌宗，貶授郿州刺史。』《新唐書》卷一二二《崔日用列傳》：『崔日用，滑州靈昌人。……久之，坐兄累，出為常州刺史。後徙汝州。開元七年，徙并州長史，卒年五十。』《新唐書》卷一一九《武平一列傳》：『武平一，名甄，以字行，潁川郡王載德子也。……

玄宗立，貶蘇州參軍，徙金壇令。平一見寵中宗，時雖宴豫，嘗因詩頌規誡，然不能卓然自引去，故被謫。』

〔二四〕《新唐書》卷二〇二《文藝列傳》中：『王翰，字子羽，并州晉陽人。……張説罷宰相，翰出為汝州長史，徙僊州別駕。日與才士豪俠飲樂遊畋，伐鼓窮歡，坐貶道州司馬，卒。』

〔二五〕《新唐書》卷二〇二《文藝列傳》中：『安祿山反，……偽授虔水部郎中。……卒免死，貶台州司戶參軍事。』

〔二六〕見本卷三五條注〔一八〕。

〔二七〕《新唐書》卷二〇三《文藝列傳》下：『李華字遐叔，趙州贊皇人。安祿山反，知玄宗入蜀，百官解竄，華母在鄴，欲間行輦母以逃，為盜所得，僞署鳳閣舍人。賊平，貶杭州司戶參軍。』

〔二八〕見本卷三七條注〔三三〕。

〔二九〕辛文房《唐才子傳》卷二：『劉長卿，字文房，河間人。……吴仲孺誣奏，非罪繫姑蘇獄。久之，貶潘州南巴尉。會有為辨之者，量移睦州司馬，終隨州刺史。長卿清才冠世，頗陵浮俗，性剛，多忤權門，故兩逢遷斥，人悉冤之。』查新舊《唐書》、《唐才子傳》、《唐詩紀事》均未見錢起貶竄之事，詩文集中亦不見反映，未詳所出。

〔三〇〕《新唐書》卷一七六《韓愈列傳》：『憲宗遣使者往鳳翔迎佛骨入禁中，三日，乃送佛祠。愈聞惡之，乃上表曰：……表入，帝大怒，持示宰相，將抵以死。裴度、崔群曰：「愈言訐牾，罪之誠宜。然非內懷至忠，安能及此？願少寬假，以來諫爭。」於是中外駭懼，雖戚里諸貴，亦為愈言，乃貶潮州刺史。』《新唐書》卷一六八《柳宗元列傳》：『善王叔文、韋執誼，二人者奇其才。……擢禮部員外郎，欲大進用。俄而叔文敗，貶邵州刺史，不半道，貶永州司馬。……元和十年，徙柳州刺史。』《新唐書》卷一八一《李紳列傳》：『李紳，字公垂，中書令敬玄曾孫。……逢吉乘間言紳嘗不利於陛下，請逐之。帝初即位，不能辨，乃貶紳為端州司馬。』

〔三一〕《新唐書》卷一一九《白居易列傳》：『宰相嫌其出位，不悅。俄有言：「居易母墮井死，而居易賦《新井篇》，言浮華，無實行，不可用。」出為州刺史。中書舍人王涯上言不宜治郡，追貶江州司馬。』《唐才子傳》卷五：『時王叔文得幸，禹錫與之交。……憲宗立，叔文敗，斥朗州司馬。……久之召還，欲任南省郎，而作《玄都觀看花君子》，詩語譏忿，當路不喜，又謫守播州。』《新唐書》卷一六〇《吕渭傳》附：『溫字和叔，一字化光。……性險躁，譎詭而好利，與竇群、羊士諤相昵。時吉甫為宦侍所抑，溫乘其間謀逐之。會吉甫病，夜召術士宿於第，即捕士掠訊，且奏吉甫陰事。憲宗駭異，既詰辯，皆妄言，將悉誅(竇)群等，吉甫苦救乃免，於是貶溫均州刺史。議者不厭，再貶為道州。久之，徙衡州，治有善狀。卒年四十。』《新唐書》卷一五七《陸贄傳》：『俄而延齡奸佞得君，天下仇惡，無敢言。贄上書苦諫，帝不懌。……延齡揣帝意薄，譖短百緒，帝遂發怒，欲誅贄，賴陽城等交章論辨，乃貶忠州別駕。』《新唐書》卷一八〇《李德裕傳》：『白敏中、令狐綯、崔鉉皆素仇，大中元年，使黨人李咸斥德裕陰事。故以太子少保分司東都，再貶潮州司馬。明年，又導吴汝納訟李紳殺吴湘事，……乃貶為崖州司戶參軍事。明年，卒，年六十三。』《新唐書》卷一七四《牛僧孺傳》：『牛僧孺，字思黯。……劉稹誅，河南少尹吕述言：「僧孺聞稹誅，恨歎之。」武宗怒，黜為太師少保，分司東都，累貶循州長史。宣宗立，徙衡、汝二州。』《新唐書》卷一七五《楊虞卿傳》：『楊虞卿，字師皋，虢州弘農人。……太和九年，京師訛言鄭注為帝治丹，剔小兒肝心用之。……帝不悅，注亦內不安，而雅與虞卿有怨，即約李訓奏言：「語出虞卿家。……」御史大夫李固言素嫉虞卿周比，因傅左端倪。帝大怒，下虞卿詔獄。於是諸子弟自囚闕下稱冤，虞卿得釋，貶虔州司戶參軍，死。』

〔三二〕《新唐書》卷二〇三《文藝列傳》下：『李商隱，……王茂元鎮河陽，愛其才，表掌書記，以子妻之，得侍御史。茂元善李德裕，而牛、李黨人蚩謫商隱，以為詭薄無行，共排笮之。茂元死，來遊京師，久不調，更依桂管觀察使鄭亞府為判官。亞謫循州，商隱從之。……京兆尹盧弘止表為府參軍，典箋奏。弘止鎮徐州，表為掌書記。柳仲郢節度劍南、東川，辟判官，檢校工部員外郎。』參見本卷三七條注〔三四〕及本卷三五條注〔一一五〕。

〔三三〕陸游《南唐書》卷一二《韓熙載傳》：『韓熙載字叔言，北海人。……陳覺、馮延魯福州喪師，初議置軍法。（宋）齊邱為之請，止削官，遷外郡。熙載上書請無赦，又數言齊邱黨與，必基禍亂。熙載不能飲，齊邱誣以酒狂，貶和州司士參軍，徙宣州節度推官。』

〔三四〕《宋史》卷四四一《文苑列傳》：『徐鉉，字鼎臣，揚州廣陵人。……仕南唐李昪父子，試知制誥，與宰相宋齊邱不協。時有得軍中書檄者，鉉及弟鍇評其援引不當。檄乃湯悅所作，悅與齊邱誣鉉、鍇泄機事，鉉坐貶泰州司戶掾。……淳化二年，廬州女僧道安誣鉉姦私事，下吏，道安坐不實抵罪，鉉亦貶靖難行軍司馬。』

〔三五〕《宋史》卷二九三《王禹偁列傳》：『王禹偁，字元之，濟州鉅野人。……判大理寺，廬州妖尼道安誣訟徐鉉，道安當反坐，有詔勿治。禹偁抗疏雪鉉，請論道安罪，坐貶商州團練副使，歲餘移解州。……時宰相張齊賢、李沆不協，意禹偁議論輕重其間。出知黃州，嘗作《三黜賦》以見志。』《宋史》卷二九五《尹洙列傳》：『尹洙，字師魯，河南人。……夏竦奏洙擅發兵，降通判濠州，卒徙洙慶州，又徙晉州。……遷起居舍人、直龍圖閣、知潞州。會士廉詣闕上書訟洙，而洙以部將孫用由軍校補邊，自京師貸息錢到官，亡以償。……坐貶崇信軍節度副使，徙監均州酒稅，感疾卒，年四十七。』

〔三六〕《宋史》卷三一九《歐陽脩列傳》：『范仲淹以言事貶，在廷多論救，司諫高若訥獨以為當黜。脩遺書責之，謂其不復知人間有羞恥事。若訥上其書，坐貶夷陵令。……方是時，杜衍等相繼以黨議罷去，脩慨然上疏，……於是邪黨益忌脩，因其孤甥張氏獄傳致以罪，左遷知制誥、知滁州。居二年，徙揚州、潁州。』《宋史》卷三三八《蘇軾列傳》：『紹聖初，御史論軾掌內外日制，所作詞命，以為譏斥先朝。遂以本官知英州，未至，貶寧遠軍節度副使，惠州安置。居三年，又貶瓊州別駕，居昌化。』參見本卷第三五條注〔一七〕。《宋史》卷三三九《蘇轍列傳》：『居二年，坐兄軾以詩得罪，謫監筠州鹽酒稅，五年不得調。移知績溪縣。……哲宗覽奏，以為引武帝方先朝，不悅，落職知汝州。居數月，……再責知袁州。……三年，又責化州別駕，雷州安置，移循州。徽宗即位，徙永州、岳州。崇寧中，蔡京當國，又降朝請大夫，罷祠，居許州。』《宋史》卷四四四《文苑列傳》六：『黄庭堅字魯直，洪州分寧人。……服除，為秘書丞，提點明道宮兼國史編脩官。章惇、蔡卞與其黨論《實録》多誣，貶涪州別駕、黔州安置，移戎州。徽宗即位。……庭堅在河北與趙挺之有微隙，挺之執政，轉運判官陳舉承風旨，上其所作《荊南承天院記》，指為幸災，復除名，羈管宜州。三年，徙永州，未聞命而卒，年六十一。』《宋史》卷四四四《文苑列傳》六：『秦觀字少游，一字太虛，揚州高郵人。……紹聖初，坐黨籍，出通判杭州。以御史劉拯論其增損《實録》，貶監處州酒稅。使者承風望指，候伺過失，既而無所得，則以謁告寫佛書為罪，削秩徙郴州，繼編管橫州，又徙雷州。徽宗立，復宣德郎，放還。至藤州，……卒。』《宋史》卷三五二《王安中列傳》：『王安中字履道，中山陽曲人。……靖康初，言者論其締合王黼、童貫及不幾察郭藥師叛命，罷為觀文殿大學士、提舉嵩山崇福宮；又責授朝議大夫、秘書少監、分司南京，隨州居住；又貶單州團練副使，象州安置。……未幾卒，年五十九。』《宋史》卷三九五《陸游列傳》：『陸游字務觀，越州山陰人。……時龍大淵、曾覿用事，游為樞臣張燾言：「覿、大淵招權植黨，熒惑聖聽，公及今不言，異日將不可去。」燾遽以聞。上詰語所從來，燾以游對。上怒，出通判建康府，尋易隆興府。言者論游交結臺諫，鼓唱是非，力說張浚用兵，免歸。久之，通判夔州。』

〔三七〕《明史》卷一四七《解縉列傳》：『解縉，字大紳，吉水人。……明年，縉坐廷試讀卷不公，謫廣西布政司參議。既行，禮部郎中李至剛言縉怨望，改交阯，命督餉化州。』

〔三八〕見卷八第三七條注〔四六〕。

〔三九〕《明史》卷一九四《王廷相列傳》：『王廷相，字子衡，儀封人。……正德初，劉瑾中以罪，謫亳州判官。……召為御史，已，出按陝西，裁抑鎮守中官廖堂，被誣，逮繫詔獄，謫贛榆丞。』

〔四〇〕《明史》卷二八六《文苑列傳》二：『顧璘，字華玉，上元人。……弘治九年進士。……正德四年出為開封知府，數與鎮守太監廖堂、王宏忤，逮下錦衣獄，謫全州知州。……罷歸，年七十餘卒。』

〔四一〕見本卷第三七條注〔四八〕。

〔四二〕見本卷三七條注〔五一〕，參看《明史》卷二八七《文苑列傳》三。

三九

六刑辱：孫臏刖足〔一〕，范雎折脅〔二〕，張儀捶至數百〔三〕，司馬遷腐刑〔四〕，申公胥靡〔五〕，禰衡鼓史〔六〕，劉楨尚方磨石〔七〕，張溫幽繫〔八〕，馬融、蔡邕〔九〕、班固之流〔一〇〕，至謝莊、崔慰祖、袁彖、陸厥輩，咸髡鉗短後，城旦鬼薪〔一一〕。諸葛勗有《東野徒賦》〔一二〕，酈炎有《遺令》四貼〔一三〕，高爽有《鑊魚賦》〔一四〕，杜篤有《吳漢誄》〔一五〕，鄒陽、江淹俱有上書，皆是囚繫中成者〔一六〕。明初文士往往輸作耕佃，邇來三木赭衣〔一七〕，亦所不免。

【校注】

〔一〕見本卷第三五條注〔一二〕。

〔二〕《史記》卷七九《范雎列傳》：『范雎者，魏人也，字叔。……魏齊大怒，使舍人笞擊雎，折脅摺齒，雎詳死，即卷以簀，置廁中。』

〔三〕《史記》卷七〇《張儀列傳》：『張儀者，魏人也。……嘗從楚相飲，已而楚相亡璧，門下意張儀，共執張儀掠笞數百，不服，釋之。』

〔四〕《漢書》卷六二《司馬遷傳》：『十年而遭李陵之禍，……遷既被刑之後，故人益州刺史任安予遷書，遷報之曰：「悲莫痛於傷心，行莫醜於辱先，而詬莫大於宫刑。刑餘之人，無所比數，所從來久矣。」』

〔五〕《漢書》卷八八《儒林傳》：『申公，魯人也。楚王令申公傅太子戊，戊不好學，病申公。及戊立為王，胥靡申公。申公愧之，歸魯，退居家教，終身不出門。』按：胥靡，腐刑也。

〔六〕《後漢書》卷八〇《文苑列傳》：『(孔)融既愛衡才，數稱述於曹操。操欲見之，而衡素相輕疾，自稱狂病，不肯往，而數有恣言。操懷忿，……聞衡善擊鼓，乃召為鼓吏。因大會賓客，閱試音節。……次至衡，衡方為《漁陽叁撾》，蹀躞而前，容態有異，聲節悲壯，聽者莫不慷慨。……畢，復叁撾而去，顏色不怍。操笑曰：「本欲辱衡，衡反辱孤。」』

〔七〕《世説新語·言語》劉孝標注引《典略》：『劉楨，字公幹，東平寧陽人。』又引《文士傳》曰：『坐平視甄夫人，配輸作部，使磨石。武帝至尚方觀作者，見楨匡坐正色磨石。武帝問曰：「石何如？」楨因得喻己自理，跪而對曰：「石出荆山，懸岩之巔，外有五色之章，内含卞氏之珍，磨之不加瑩，雕之不增文，稟氣堅貞，受之自然，顧其理枉屈紆繞而不得申。」帝顧左右大笑，即日赦之。』

〔八〕見本卷第三八條注〔八〕。

〔九〕見本卷第三八條注〔一一〕。

〔一〇〕《後漢書》卷四〇下《班固列傳》：『永元初，大將軍竇憲出征匈奴，以固為中護軍。……及竇憲敗，固先坐免官。固不教學諸子，諸子多不遵法度，吏人苦之。初，洛陽令種兢嘗行，固奴干其車騎，吏椎呼之，奴醉罵，兢大怒，畏憲不敢發，心銜之。及竇氏賓客皆逮考，兢因此捕繫固，遂死獄中，時年六十一。』

〔一一〕《南史》卷二〇《謝弘微傳》附：『謝莊字希逸。……是年拜吏部尚書。莊素多疾，不願居選部。……三年，坐疾多免官。』又《南史》卷三四《顏延之傳》附：『顏師伯，字長深。……七年，為尚書右僕射。時分置二選，陳郡謝莊、琅邪王曇生並為吏部尚書。……師伯坐以子預職，莊、曇生免官。……初，師伯專斷朝事，不與沈慶之參懷，謂令史曰：「沈公爪牙者耳，安得預政事？」慶之聞而切齒，乃泄其謀。尋與太宰江夏王義恭同誅，六子皆見殺。』《南史》卷七二《文學列傳》：『崔慰祖字悅宗，清河東武城人也。為始安王遙光撫軍刑獄，兼記室。……與丹陽丞劉渢素善，遙光據東府反，慰祖在城內。城未潰一日，渢謂之曰：「卿有老母，宜出。」命門者出之。慰祖詣闕自首，繫尚方，病卒。』《南史》卷二六《袁湛列傳》附：『袁彖字偉才。……彖性剛固，以微言忤武帝，上銜怒良久。彖到郡，坐過用祿錢，免官付東冶。』《南史》卷四八《陸慧曉傳》附：『陸厥字韓卿，少有風概，好屬文。……永元元年，始安王遙光反，厥父閑被誅，厥坐繫尚方。尋有赦，厥感慟而卒，年二十八。』崔慰祖事參看本卷第四〇條注〔一四〕。陸厥事參看本卷第四〇條注〔一七〕。

〔一二〕《南史》卷七二《文學列傳》：『永明中，琅邪諸葛勖為國子生。……坐事繫東冶，作《東冶徒賦》。武帝見，赦之。』

〔一三〕《後漢書》卷八〇《文苑列傳》下：『酈炎字文勝，范陽人。……炎後風病慌忽。性至孝，遭母憂，病甚發動。妻始產而驚死，妻家訟之，收繫獄。炎病不能理對，熹平六年，遂死獄中，年二十八。』其《遺令書》四首，見《古文苑》卷一〇。

〔一四〕《南史》卷七二《文學列傳》：『時有廣陵高爽，博學多材。……坐事被繫，作《鑊魚賦》以自況，其文甚工。後遇赦免，卒。』

〔一五〕《後漢書》卷八〇《文苑列傳》上：『杜篤字季雅，京兆杜陵人也。……居美陽，與美陽令遊，數從請托，不諧，頗相恨。令怒，收篤送京師。會大司馬吳漢薨，光武詔諸儒誄之，篤於獄中為誄，辭最高，帝美之，賜帛免刑。』

〔一六〕《史記》卷八三《鄒陽列傳》：『鄒陽者，齊人也。……上書而介於羊勝、公孫詭之間。勝等嫉鄒陽，惡之梁孝王。孝王怒，下之吏，將欲殺之。鄒陽客遊，以讒見禽，恐死而負累，乃從獄中上書曰：……書奏梁孝王，孝王使人出之，卒為上客。』《南史》卷五九《江淹列傳》：『江淹字文通。……宋建平王景素好士，淹隨景素在南兗州。廣陵令郭彥文得罪，辭連淹，言受金，淹被繫獄。自獄中上書曰：……景素覽書，即日出之。』

〔一七〕《後漢書》卷六七《范滂列傳》：『滂等皆三木囊頭。』李賢《注》：『三木，項及手足皆有械，更以物蒙覆其頭也。』

四〇

七夭折：揚烏七歲預玄文，九歲卒〔一〕；夏侯榮七歲屬文，十三歲戰歿〔二〕；范攄子七歲能詩，十歲卒〔三〕；王子晉十五對師曠，十七上賓於帝〔四〕；周不疑、蕭子回十七被殺〔五〕；林傑六歲能文，十七歲卒〔六〕；夏侯稱、劉義真、蕭鏗、陳叔慎、陳伯茂俱十八，義真及鏗俱賜死〔七〕；袁著十九〔八〕；陸瓚、邢居實二十〔九〕；王寂、蕭瓛二十一〔一〇〕；徐份九歲爲《夢賦》，與何炯俱二十二〔一一〕；劉宏二十三〔一二〕；王弼、王脩、王延壽、王絢、何子朗俱二十四〔一三〕；袁耽、劉景素二十五〔一四〕；禰衡、王訓、李賀俱二十六〔一五〕；衛玠、王融俱二十七〔一六〕；酈炎、陸厥、崔長謙俱二十八〔一七〕；楊經、沈友、王勃俱二十九〔一八〕；陶丘洪、阮瞻、到鏡、到沆、劉苞、歐陽建俱三十〔一九〕；梁昭明、劉訏俱三十一〔二〇〕；顏淵、陸績、劉歆、盧詢祖俱三十二〔二一〕；賈誼、王僧綽俱三十三〔二二〕；陸琰三十四〔二三〕；蕭子良、謝瞻、崔慰祖俱三十五〔二四〕；駱統、王洽、劉琰、王錫、王僧達、謝朓俱三十六〔二五〕；謝晦、王曇首、謝惠連、蕭緬、陸玠俱三十七〔二六〕；王珉、王儉、王肅俱三十八〔二七〕；王濛三十九〔二八〕；嵇康、歐陽詹俱四十〔二九〕。近代高啓、鄭善夫、何景明、高叔嗣俱三十九〔三〇〕；王謳、殷雲霄、林大欽及友人宗臣俱三十六〔三一〕；梁有譽三十五〔三二〕；常倫三十四〔三三〕；徐禎卿、陳束俱三十三〔三四〕；李兆先二十七〔三五〕；梁懷仁、馬拯〔三六〕僅二十餘。又有蘇福年十四，蔣壽十七〔三七〕。蘭摧玉折，信哉！

【校注】

〔一〕揚雄《法言·問神》：『育而不苗者，吾家之童烏乎？九齡而與我玄文。』李軌注：『童烏，子雲之子也。』

〔二〕《三國志》卷九《魏書·夏侯淵傳》裴松之注引《世語》：『淵第五子榮，字幼權。幼聰惠，七歲能屬文，誦書日千言，經目輒識之。……漢中之敗，榮年十三，左右提之走，不肯，曰：「君親在難，焉所逃死！」乃奮劍而戰，遂沒陣。』

〔三〕計有功《唐詩紀事》卷七一：『吳人范攄處士之子，七歲能詩，《贈隱者》曰：「掃葉隨風便，澆花趁日陰。」方干曰：「此子他年必成名。」又吟《夏日》云：「閒雲不生雨，病葉落非秋。」干曰：「惜哉必不享壽！」果十歲卒。』

〔四〕《逸周書》卷九《太子晉解》第六十四：『晉平公使叔譽于周，見太子晉而與之言。五稱而五窮，逡巡而退，其不遂。歸告□曰：「太子晉行年十五，而臣弗能與言。君請歸聲就、復與田，若不反，及有天下，將以為誅。」平公將歸之。師曠不可，曰：「請使暝臣往與之言，若能幪予，反而復之。」師曠見太子，稱曰：……師曠歸。未及三年，告死者至。』

〔五〕《三國志》卷六《魏書·劉表傳》裴松之注引《先賢傳》：『（周）不疑幼有異才，聰明敏達，太祖欲以女妻之，不疑不敢當。太祖愛子倉舒夙有才智，謂可與不疑爲儔。及倉舒卒，太祖心忌不疑，欲除之。文帝諫以爲不可。太祖曰：「此人非汝所能駕御也。」乃遣刺客殺之。』摯虞《文章志》曰：『不疑死時年十七。』

〔六〕《唐詩紀事》卷五九：『林傑，字智問。幼而秀異，言則成文。年六歲，請舉童子。至年十七，方結束琴書，將西邁而殂。」

〔七〕《三國志》卷九《魏書·夏侯淵傳》裴松之注引《世語》：「（淵）第三子稱，字叔權。……與文帝爲布衣之交，每宴會，氣陵一坐，辯士不能屈，世之高名者多與之遊。年十八卒。」《宋書》卷六一《武三王列傳》：「景平二年六月癸未，羡之等遣使殺義真於徙所，時年十八。」《南齊書》卷三五《高祖十二王列傳》：「宜都王鏗，字宣嚴，太祖第十六子也。……延興元年，見害，年十八。」《陳書》卷二八《高宗二十九王列傳》：「岳陽王叔慎，字子敬，高宗第十六子也。……仁恩虜叔慎、正理、居業及其黨與十餘人，秦王斬之於漢口。叔慎時年十八。」《陳書》卷二八《世祖九王列傳》：「始興王伯茂，字鬱之，世祖第二子也。……於路遇盜，殞於車中，時年十八。」「劉義真」下，底本衍「竹」字，據文義删。

〔八〕《後漢書》卷三四《梁統列傳》：「時郎中汝南袁著，年十九，見冀凶縱，不勝其憤，乃詣闕上書。……冀聞而密遣掩捕著。著乃變易姓名，後托病偽死，結蒲為人，市棺殯送。冀廉問知其詐，陰求得，笞殺之。」

〔九〕陸瓚，據《梁書》及《南史》疑當作陸繢。《梁書》卷二七《陸倕傳》附：「第四子繢，早慧，十歲通經，爲童子奉車郎，卒。」《宋史》卷四七一《奸臣傳》：「（邢恕）子居實，有異材，八歲為《明妃引》。……卒時年十九。」

〔一〇〕《南齊書》卷三三《王僧虔列傳》附：「第九子寂字子玄。……初為秘書郎，卒，年二十一。」《周書》卷四八《蕭詧傳》附：「（蕭）巘字欽文。幼有令譽，能屬文。……入陳授侍中。及陳亡，吴人推為主，以禦隋師。戰而敗，與（蕭）巖同時伏法。」

〔一一〕《陳書》卷二六《徐陵傳》附：「（陵子）份，少有父風。年九歲，為《夢賦》。……太建二年卒，時年二十二。」《梁書》卷四七《孝行傳》：「何炯字士光，廬江灊人也。炯年十五從兄胤受業，一期通五經章句。……及父卒，號慟不絶聲，枕塊藉地，腰虚腳腫，竟以毀卒。」

〔一二〕《宋書》卷七二《文九王列傳》：『建平宣簡王（劉）宏，字休度，文帝第七子也。宏少而多病，大明二年疾動，其年薨，時年二十五。』

〔一三〕《三國志》卷二八《魏書·鍾會傳》：『會弱冠與山陽王弼並知名。』裴松之注：『王弼字輔嗣。正始十年，其秋遇癘疾亡，時年二十四，無子絕嗣。』《晉書》卷九三《外戚傳》：『王脩字敬仁。年十二，作《賢全論》。卒，年二十四。』《後漢書》卷八〇《文苑傳》：『（王逸）子延壽，字文考，有儁才，少遊魯國，作《靈光殿賦》。後溺水死，時年二十餘。』《南史》卷二三《王彧傳》附：『長子絢，字長素，早慧。位秘書丞，先景文卒。』《梁書》卷五〇《文學列傳》：『（何）子朗，字世明，早有才思。歷官散騎侍郎，出為國山令，卒年二十四。』

〔一四〕《晉書》卷八三《袁瓌列傳》附：『袁耽字彥道，少有才氣。……為（王）導從事中郎，方加大任，卒，時年二十五。』《宋書》卷七二《文九王列傳》：『建平宣簡王劉宏，子景素，少愛文學，有父風。……右衛殿中將軍張倪奴，前將軍周盤龍攻陷京城，倪奴禽景素斬之，時年二十五。』

〔一五〕《後漢書》卷八〇《文苑列傳》：『黃祖在蒙衝船上大會賓客，而衡言不遜順，祖大怒，令五百將出，欲加箠，衡為大罵，祖忿，遂令殺之，……衡時年二十六。』《梁書》卷二一《王暕傳》附：『子訓字懷範，……美容儀，善進止，文章之美，為後進領袖。在春宮，特被恩禮。以疾終於位，時年二十六。』《新唐書》卷二〇三《文藝列傳》下：『李賀字長吉，……為協律郎，卒年二十七。』按：杜牧《李賀集序》：『賀生二十七年死矣。』李商隱《李長吉小傳》：『長吉生時二十七年。』辛文房《唐才子傳》：『（李賀）死時才二十七，莫不憐之。』並言賀卒年二十七，此言二十六，不知何據。

〔一六〕《晉書》卷三六《衛瓘列傳》附：『衛玠字叔寶。……風神秀異，……京師人聞其姿容，觀者如堵。玠勞疾遂甚，永嘉六年卒，時年二十七，時人謂玠被看殺。』《南齊書》卷四七《王融列傳》：『王融字元長，……鬱林深忿疾融，即位十餘日，收下廷尉獄。……詔於獄賜死，時年二十七。』

〔一七〕酈炎、陸厥事見本卷三九條注〔一三〕、〔一一〕。又《魏書》卷六九《崔休列傳》附：「（休弟夤）子長謙，好學脩立，少有令名。……兼散騎常侍，使蕭衍，還，卒於宿豫，時人惜之。」

〔一八〕《文選》卷五六潘岳《楊仲武誄序》：「楊綏，字仲武，滎陽宛陵人也，東武康侯（楊潭）之子也。……子以妙年之秀，固能綜覽義旨，而規式模範矣。雖舅氏隆盛，而孤貧守約，心安陋巷。……不幸短命，春秋二十九，元康九年夏五月己亥卒，嗚呼哀哉。」按：孫志祖《文選考異》：「楊綏，袁本、茶陵本『綏』作『經』，是也。何、陳校皆改『經』。」《三國志》卷四七《吴書·吴主傳》裴松之注引《吴録》：「沈友字子正，吴郡人。……正色立朝，清議峻厲，為庸臣所譖，誣以謀反。權亦以終不為己用，故害之，時年二十九。」王勃事見本卷第三八條注〔四二〕。

〔一九〕《後漢書》卷六四《史弼傳》李賢注引《青州先賢傳》：「陶丘洪字子林，平原人也。清達辯博，文冠當代。舉孝廉，不行，辟太尉府。年三十卒。」《晉書》卷四九《阮籍列傳》附：「（阮）瞻字千里。永嘉中，為太子舍人。……病卒於倉垣，時年三十。」《梁書》卷四〇《到溉傳》附：「子鏡，字圓照，安西湘東王法曹行參軍，太子舍人，早卒。」《梁書》卷四九《文學傳》：「到沆字茂瀣，彭城武原人也。……既長，勤學，善屬文，工篆隸。……五年，卒官，年三十。」《梁書》卷四九《文學傳》：「劉苞字孝嘗，彭城人也。……少好學，能屬文。天監十年卒，時年三十。」《晉書》卷三三《石苞列傳》附：「歐陽建字堅石，世為冀方右族。雅有理思，才藻美贍，擅名北州。……及遇禍，年三十餘。」

〔二〇〕《南史》卷五三《梁武帝諸子列傳》：「昭明太子統，字德施，小字維摩，武帝長子也。……三年三月，遊後池，姬人蕩舟，沒溺而得出，因動股。……四月乙巳，暴惡，馳啟武帝，比至已薨，時年三十一。」《梁書》卷五一《處士傳》：「劉訏字彦度，平原人也。訏善玄言，尤精釋典。天監十七年，卒，時年三十一。」

〔二一〕《史記》卷六七《仲尼弟子列傳》：「顔回字子淵，……三十一早死。」《三國志》卷五七《吴書·陸績傳》：「陸績字公紀，吴郡吴人也。年三十二卒。」《梁書》卷五一《處士傳》：「劉歊字士光，博學有文才，不娶不仕。疾卒，時年三十二。』盧詢祖事見本卷第三七條注〔一八〕。

〔一二二〕《史記》卷八四《屈原賈生列傳》：『賈生之死，時年三十三矣。』《宋書》卷七一《王僧綽傳》：『劭料檢太祖巾箱及江湛家書疏，得僧綽所啟饗士並廢諸王事，乃收害焉，時年三十一。』按：弇州言三十三，與史載異，不知何據。

〔一二三〕《陳書》卷三四《文學傳》：『陸琰，字溫玉，吏部尚書瓊之從父弟也。……丁母憂去官。五年卒，時年三十四。』

〔一二四〕《南齊書》卷四〇《武十七王列傳》：『竟陵文宣王子良，字雲英，世祖第二子也。隆昌元年，進督南徐州。其年疾篤，尋薨，時年三十五。』《宋書》卷五六《謝瞻列傳》：『永初二年，在郡遇疾，不肯自治。……卒時年三十五。』《南齊書》卷五二《文學傳》：『崔慰祖，……病卒時年三十五。』

〔一二五〕《三國志》卷六五《吳書·駱統傳》：『駱統字公緒，會稽烏傷人也。……年三十六，黃初七年卒。』《晉書》卷三五《王導列傳》附：『王洽字敬和，導諸子中最知名。……升平二年卒於官，年三十六。』《三國志》卷四〇《蜀書·劉琰傳》：『琰妻胡氏入賀太后，太后令特留胡氏，經月乃出。胡氏有美色，琰疑其與後主有私，呼（卒）五百撾胡，至於以履搏面，而後棄遣。胡具以告言琰，琰坐下獄。有司議曰：『卒非撾妻之人，面非受履之地。』琰竟棄市。自是大臣妻母朝慶遂絕。』《梁書》卷二一《王份傳》附：『王錫字公嘏，琳之第二子也。……中大通六年，卒，時年三十六。』《宋書》卷七五《王僧達列傳》：『僧達屢經狂逆，上以其終無悛心，因高闍事陷之，於獄賜死，時年三十六。』《南齊書》卷四七《謝朓傳》：『謝朓少好學，有美名，文章清麗。……朓善草隸，長五言詩，沈約常云：「二百年來無此詩也。」……使御史中丞范岫奏收朓，下獄死，時年三十六。』

〔一二六〕《宋書》卷四四《謝晦列傳》：『謝晦，字宣明，陳郡陽夏人也。……晦美風姿，善言笑，眉目分明，鬢髮如點漆。涉獵文義，朗贍多通，高祖深加愛賞，群僚莫及。……晦、遯、兄子世基、世猷等並伏誅。世基，絢之子也，有才氣。

臨死為連句詩曰：「偉哉橫海鱗，壯矣垂天翼。一旦失風水，飜為螻蟻食。」晦續之曰：「功遂侔昔人，保退無智力。既涉太行險，斯路信難陟。」晦死時，年三十七。』《南史》卷二二《王曇首傳》：『王曇首，太保弘之弟也。……七年卒，時年三十七。』《宋書》卷五三《謝方明列傳》：『子惠連，幼而聰敏，年十歲，能屬文。……十年卒，時年三十七。』按：《文選・雪賦》李善注引《宋書》作『年二十七卒』。《南齊書》卷四五《宗室列傳》：『安陸昭王（蕭）緬，字景業。善容止。初為秘書郎、宋邵陵王文學、中書郎。建元元年，封安陸侯。……九年，卒。喪還，百姓緣沔水悲泣設祭，於峴山為立祠。贈侍中、衛將軍，持節、都督，刺史如故。給鼓吹一部。謚昭侯。年三十七。』《陳書》卷三四《文學傳》：『（陸）玠字潤玉，梁大匠卿晏子之子。弘雅有識度，好學，能屬文。舉秀才，對策高第。吏部尚書袁樞薦之于世祖，超授衡陽王文學，直天保殿學士。……八年卒，時年三十七。』

〔二一七〕《晉書》卷六五《王導傳》附：『王珉字季琰，少有才藝，善行書。……代王獻之為長兼中書令，二人素齊名，世謂獻之為「大令」，珉為「小令」。太元十三年卒，時年三十八。』《南齊書》卷二三《王儉列傳》：『王儉字仲寶，琅邪臨沂人也。祖曇首，宋右光祿。父僧綽，金紫光祿大夫。儉生而僧綽遇害，為叔父僧虔所養。……幼有神采，專心篤學，手不釋卷。丹陽尹袁粲聞其名，言之於明帝，尚陽羨公主，拜駙馬都尉。……其年疾，上親臨視，薨，年三十八。』《北史》卷四二《王肅傳》：『王肅字恭懿，琅邪臨沂人也。……以破齊將裴叔業功，進號鎮南將軍。……景明二年，薨於壽春，年三十八。』

〔二一八〕《晉書》卷九三《外戚列傳》：『王濛字仲祖，哀靖皇后父也。……疾漸篤，於燈下轉麈尾視之，歎曰：「如此人曾不得四十也。」年三十九卒。臨殯，劉惔以犀杷麈尾置棺中，因慟絶久之。謝安亦常稱美濛云：「王長史語甚不多，可謂有令音。」』

〔二一九〕《晉書》卷四九《嵇康傳》：『康將刑東市，太學生三千人請以為師，弗許。……時年四十。』《新唐書》卷二〇三《文藝列傳》：『歐陽詹字行周，泉州晉江人。……與韓愈友善。卒年四十餘。』

〔三〇〕高啟事見卷六第二條注〔一〕。《列朝詩集》丙集：『鄭善夫，閩縣人。嘉靖初，用薦起南刑部。……其赴召也，便道遊武夷，深入九曲，絕糧抱病，放舟南下，抵家而卒，年三十九。』錢謙益《列朝詩集》丙集：『何景明，……出為陝西提學副使，居四年，勞瘁嘔血，投劾歸。抵家六日而卒，年三十九。』《列朝詩集》丁集：『高叔嗣字子業，祥符人。……出為山西參政，升湖廣按察使。卒年三十七。』按：《明史·文苑傳》同，此言三十九，未知何據。

〔三一〕《列朝詩集》丙集：『王諷字舜夫，白水人。正德丁丑進士，除工部主事，遷按察司僉事。引疾歸，卒年三十六。』《列朝詩集》丙集：『殷雲霄字近夫，壽張人。弘治乙丑進士。……升南京工科給事中，卒於官，年三十七。』又：『林大欽字敬夫，號東莆，潮州海陽人。嘉靖十一年進士，翰林院修撰。以母老乞歸終養，嘉靖二十四年卒，年三十五。《列朝詩集》丁集：『宗臣字子相，興化人，嘉靖庚戌進士。……出為福建參議，遷提學副使，卒於官，年三十六。』

〔三二〕《列朝詩集》丁集：『梁有譽字公實，順德人。嘉靖庚戌進士，授刑部主事，以念母移病歸里。與黎民表約遊羅浮，觀滄海日出，海颶大作，中寒病作，遂不起，年三十六。』

〔三三〕常倫事見卷六第四九條注。

〔三四〕《列朝詩集》丙集：『徐禎卿字昌穀，常熟人。弘治乙丑舉進士。除大理寺左寺副，會失囚，降國子監博士，卒於京師，年三十三。』《列朝詩集》丁集：『陳束字約之，嘉靖乙丑進士。遷福建提學副使，改河南，卒於官，年三十三。』

〔三五〕《列朝詩集》丙集：『李兆先字徵伯，西涯先生之子也。生十餘歲，能為歌詩古文，驚其長老，以蔭為國子生。年二十七而夭。』

〔三六〕梁懷仁字宅之，福建晉江人。生而慧絕，十六貢禮部，明嘉靖八年進士，授南吏部驗封主事。居三月卒，年僅二十三。見《閩書》。馬拯字壯輿，號雙村，海南人。少穎悟，嘉靖戊戌進士，曾官雲南參政。卒年二十一。

〔三七〕郭震春《嘉靖潮州府志》：『蘇福，惠來人。五歲能誦經史，舊稱神童。年十四卒。』參看卷七第四六條。蔣焘，字子範，吳縣人。十一為府學生，有《東壁遺稿》二卷。王世貞《弇州山人四部稿》卷六七《東壁遺稿序》：『余幼則侍先恭人歸其外王大父劉翁，翁奇余而歎曰：「見孺子令我思蔣生。」蔣生者，其婦弟焘仰仁也，故樂亭令遺腹子。十一而補諸生，十四應試天文，馳譽公卿間。又三載，卒。』

四一

八無終：韓非〔一〕、蒙毅〔二〕、鼂錯〔三〕、楊惲〔四〕、京房〔五〕、賈捐之〔六〕、班固〔七〕、袁著〔八〕、崔琦〔九〕、蔡邕〔一〇〕、孔融〔一一〕、楊脩〔一二〕、禰衡〔一三〕、邊讓〔一四〕、張裕〔一五〕、周不疑〔一六〕、酈炎〔一七〕、夏侯玄〔一八〕、高岱〔一九〕、沈友〔二〇〕、韋曜〔二一〕、賀邵〔二二〕、韋昭〔二三〕、嵇康〔二四〕、呂安〔二五〕、張華〔二六〕、裴頠〔二七〕、石崇〔二八〕、潘岳〔二九〕、孫拯〔三〇〕、歐陽建〔三一〕、陸機〔三二〕、陸雲〔三三〕、苻朗〔三四〕、謝混〔三五〕、顏竣〔三六〕，劉義真〔三七〕、劉景素〔三八〕、沈懷文〔三九〕、謝朓〔四〇〕、劉之遴〔四一〕、王僧達〔四二〕、王融〔四三〕、檀超〔四四〕、丘巨源〔四五〕、謝超宗〔四六〕、荀丕〔四七〕、蕭鏘〔四八〕、蕭鑠〔四九〕、蕭鋒〔五〇〕、蕭賁〔五一〕、崔浩〔五二〕、荀濟〔五三〕、王昕〔五四〕、宇文弼〔五五〕、楊汪〔五六〕、陸琛〔五七〕、王炘〔五八〕、楊愔〔五九〕、溫子昇〔六〇〕、虞綽〔六一〕、傅縡〔六二〕、章華〔六三〕、王胄〔六四〕、薛道衡〔六五〕、劉逖〔六六〕、歐陽秬〔六七〕、張蘊古〔六八〕、劉禕之〔六九〕、李福業〔七〇〕、王無競〔七一〕、王勮、王勔〔七二〕、范履冰〔七三〕、苗神客〔七四〕、陳子昂〔七五〕、王昌齡〔七六〕、李邕〔七七〕、王涯〔七八〕、舒元輿〔七九〕、盧仝〔八〇〕、姚漢衡〔八一〕、劇燕〔八二〕、路德延〔八三〕、汪台符〔八四〕、郭昭慶〔八五〕、鍾謨〔八六〕、潘佑〔八七〕、高啓〔八八〕、張羽〔八九〕、張孟兼〔九〇〕、孫賁〔九一〕、解縉〔九二〕以冤。李斯〔九三〕、劉安〔九四〕、主父偃〔九五〕、息夫躬〔九六〕、何晏〔九七〕、鄧颺〔九八〕、隱蕃〔九九〕、桓玄〔一〇〇〕、殷仲文〔一〇一〕、傅亮〔一〇二〕、謝晦〔一〇三〕、謝靈運〔一〇四〕、范曄〔一〇五〕、孔熙先〔一〇六〕、謝綜〔一〇七〕、王偉〔一〇八〕、伏知命〔一〇九〕、張衡〔一一〇〕、鄭愔〔一一一〕、宋之問〔一一二〕、崔湜、蕭至忠〔一一三〕、薛稷〔一一四〕、蘇渙〔一一五〕、江爲〔一一六〕、宋齊丘〔一一七〕、鄭首〔一一八〕俱以法。屈原〔一一九〕、杜篤〔一二〇〕、周處〔一二一〕、劉琨〔一二二〕、郭璞〔一二三〕、任孝恭〔一二四〕、袁淑〔一二五〕、袁粲〔一二六〕、王僧綽〔一二七〕、陳叔慎〔一二八〕、許善心〔一二九〕、駱賓王〔一三〇〕、張巡〔一三一〕、顔真卿〔一三二〕、溫庭皓〔一三三〕、周朴〔一三四〕、孫晟〔一三五〕、陳喬〔一三六〕、文天祥〔一三七〕、余闕〔一三八〕、王禕〔一三九〕，方孝孺〔一四〇〕以義。陳遵〔一四一〕、鍾會〔一四二〕、蔣顯〔一四三〕、夏侯榮〔一四四〕、衛恒〔一四五〕、曹攄〔一四六〕、王衍〔一四七〕、庾敳〔一四八〕、袁甝〔一四九〕、袁山松〔一五〇〕、殷仲堪〔一五一〕、羊璿之〔一五二〕、沈警〔一五三〕、沈穆之〔一五四〕、鮑照〔一五五〕、袁嘏〔一五六〕、張纘〔一五七〕、江簡〔一五八〕、鮑泉〔一五九〕、尹式〔一六〇〕、孔德紹〔一六一〕、王由〔一六二〕、韋諛〔一六三〕、蕭瓛〔一六四〕、王頍〔一六五〕、祖君彥〔一六六〕、虞世基〔一六七〕、皮日休〔一六八〕以亂。他如王筠以井〔一六九〕；王延壽〔一七〇〕、何長瑜〔一七一〕、盧照鄰〔一七二〕以水；張始均以火〔一七三〕；伊璠以猛獸〔一七四〕。近代常倫以狂刃〔一七五〕；韓邦奇〔一七六〕、馬理〔一七七〕、王維禎〔一七八〕以地震。至若高貴鄉公〔一七九〕、梁簡文〔一八〇〕、湘東王〔一八一〕、魏孝靜〔一八二〕、隋煬〔一八三〕，所不敢論。

【校注】

〔一〕見本卷第三五條注〔三〕。

〔二〕《史記》卷八八《蒙恬列傳》附：『蒙恬弟毅。始皇甚尊寵蒙氏，而親近蒙毅。趙高因為胡亥忠計，欲以滅蒙氏，乃言曰，……胡亥聽而繫蒙毅於代，……遂殺之。』

〔三〕《漢書》卷四九《鼂錯傳》：『鼂錯，潁川人也。景帝即位，以錯為內史，幸傾九卿，法令多所更定。吳、楚七國俱反，以誅錯為名。……錯衣朝衣斬東市。』

〔四〕見本卷第三六條注〔八〕。

〔五〕《漢書》卷七五《京房傳》：『京房字君明，東郡頓丘人也。……（石）顯告房與張博通謀，誹謗政治，歸惡天子，詿誤諸侯王。房、博皆棄市。』

〔六〕《漢書》卷六四《賈捐之傳》：『賈捐之字君房，賈誼之曾孫也。元帝初即位，上疏言得失，召待詔金馬門。……長安令楊興新以材能得幸，與捐之相善。捐之即與興共為薦顯奏，又共為薦興奏。石顯聞之，白之上。乃下興、捐之獄。……捐之竟坐棄市。』

〔七〕見本卷第三九條注〔一〇〕。

〔八〕見本卷第四〇條注〔八〕。

〔九〕《後漢書》卷八〇《文苑列傳》：『崔琦字子瑋，涿郡安平人。……（梁）冀行多不規，琦數引古今成敗以戒之，冀不能受，乃作《外戚箴》。……冀後竟捕殺之。』

〔一〇〕見本卷第三五條注〔八〕。

〔一一〕、〔一二〕見本卷第三五條注〔九〕。

〔一三〕見本卷第四〇條注〔一五〕。

〔一四〕見本卷第三五條注〔九〕。

〔一五〕《三國志》卷四二《蜀書・周群傳》附：『時州後部司馬蜀郡張裕亦曉占候，而天才過群。諫先主曰：「不可爭漢中，軍必不利。」先主竟不用裕言，果得地而不得民也。……裕又私語人曰：「歲在庚子，天下當易代，劉氏祚盡矣。主公得益州，九年之後，寅卯之間當失之。」人密白其言。……先主常銜其不遜，加忿其漏言，乃顯裕諫爭漢中不驗，下獄，將誅之。諸葛亮表請其罪，先主答曰：「芳蘭生門，不得不鉏。」裕遂棄市。』

〔一六〕見本卷第四〇條注〔五〕。

〔一七〕見本卷第四〇條注〔一七〕。

〔一八〕見本卷第三〇條注〔一〕。

〔一九〕《三國志》卷四六《吴書・孫策傳》裴松之注引《吴録》：『時有高岱者，隱於餘姚。策命出使，會稽丞陸昭逆之，策虚己候焉。……及與論《傳》，或答不知。策果怒，以為輕己，乃囚之。知交及時人皆露坐為請。策登樓，望見數里中填滿。策惡其收衆心，遂殺之。』

〔二〇〕見本卷第四〇條注〔一八〕。

〔二一〕《三國志》卷六五《吴書・韋曜列傳》：『韋曜字弘嗣，吴郡雲陽人也。……（孫）皓以為不承用詔命，意不忠盡，遂積前後嫌忿，收曜付獄。……遂誅曜，徙其家零陵。』

〔二二〕《三國志》卷六五《吴書・賀邵列傳》：『賀邵字興伯，會稽山陰人也。……皓凶暴驕矜，政事日弊。邵上書諫，書奏，皓深恨之。……竟見殺害，家屬徙臨海。』

〔二三〕按：韋昭，即韋曜。《三國志》卷六五《吴書・韋曜列傳》注：『名昭，史爲晉諱，改之。』弇州或誤為二人。

〔二四〕、〔二五〕《三國志》卷二一《魏書・嵇康列傳》裴松之注引《魏氏春秋》：『初，康與東平吕昭子巽及巽弟安親善。會巽淫安妻徐氏，而誣安不孝，囚之。安引康為證，康義不負心，保明其事。安亦至烈，有濟世志。鍾會勸大將軍因此除之，遂殺安及康。」

〔二六〕《晉書》卷三六《張華列傳》：「華知秀等必成篡奪，乃距之。……是夜難作，詐稱詔召華，遂與裴頠俱被收，害之於前殿馬南道，夷三族，朝野莫不悲痛之。」

〔二七〕《晉書》卷三五《裴頠列傳》：「初趙王倫諂事賈后，頠甚惡之。……倫又潛懷篡逆，欲先除朝望，因廢賈后之際遂誅之。」

〔二八〕、〔二九〕見本卷第三〇條注〔六〕、〔七〕。

〔三〇〕《晉書》卷五四《陸機列傳》附：「孫拯者，字顯世，吳都富春人也。……（陸）機既為孟玖等所誣，收（孫）拯考掠，兩踝見骨，終不變辭，曰：「吾義不可誣枉知故。……」拯遂死獄中。」

〔三一〕見本卷第四〇條注〔一九〕。

〔三二〕《晉書》卷四五《陸機列傳》：「穎大怒，使秀密收機。……機釋戎服，著白帢，與秀相見，神色自若。……既而歎曰：「華亭鶴唳，豈可復聞乎？」遂遇害於軍中，時年四十三。二子蔚、夏亦同被害。」

〔三三〕《晉書》卷五四《陸雲列傳》：「機之敗也，並收雲。……僚屬隨（蔡）克入者數十人，流涕固請，穎惻然有宥雲色。孟玖扶穎入，催令殺雲，時年四十二。有二女，無男。」

〔三四〕《晉書》卷一一四《苻堅載記》下：「苻朗，字元達，堅之從兄子也。……後數年，王國寶譖而殺之。臨刑，志色自若。」參看本卷第三〇條注〔九〕。

〔三五〕見本卷第三五條注〔一四〕。

〔三六〕《宋書》卷七五《顏竣列傳》：「顏竣，字士遜，琅邪臨沂人。光祿大夫顏延之子也。……及竟陵王誕為逆，因此陷之，召御史中丞庾徽之於前為奏，奏成，詔曰：「峻孤負恩養，乃可至此。於獄賜死，妻息宥之。」」

〔三七〕見本卷第四〇條注〔七〕。

〔三八〕見本卷第四〇條注〔一四〕。

〔三九〕《宋書》卷八二《沈懷文列傳》：『沈懷文字思明，吴興武康人也。……懷文少好玄理，善為文章，嘗為楚昭王二妃詩，見稱於世。初州辟從事，轉西曹，江夏王義恭司空行參軍，隨府轉司徒參軍事，東閤祭酒。既被免，賣宅欲還東。上大怒，收付廷尉，賜死，時年五十四。』

〔四〇〕見本卷第四〇條注〔二五〕。

〔四一〕《梁書》卷四〇《劉之遴傳》：『劉之遴字思貞，南陽陧陽人也。之遴八歲能屬文，沈約、任昉見而異之。……太清二年侯景亂，之遴避難還鄉，未至，卒於夏口。』

〔四二〕見本卷第四〇條注〔二五〕。

〔四三〕見本卷第四〇條注〔一六〕。

〔四四〕《南史》卷七二《文學列傳》：『檀超字悦祖，高平金鄉人也。……建元二年，初置史官，以超與驃騎記室江淹掌史職。……既與物多忤，史功未就，徙交州，於路見殺。』

〔四五〕《南史》卷七二《文學列傳》：『丘巨源，蘭陵人也。……明帝為吴興，巨源作《秋胡詩》，有譏刺語，以事見殺。』

〔四六〕本卷第三八條注〔一〇〕。

〔四七〕《南史》卷四二《齊高帝諸子列傳》：『潁川荀丕，字令哲。……上書極諫武帝，言甚直，帝不悦，丕竟於荊州獄賜死。』

〔四八〕、〔四九〕、〔五〇〕《南齊書》卷三五《高帝十二王列傳》：『鄱陽王（蕭）鏘，字宣韶，太祖第七子也。……數日，高宗遣二千人圍鏘宅害鏘，謝粲等皆見殺。』又：『桂陽王鑠字宣朗，太祖第八子也。……鄱陽王見害，鑠不自安。……三更中，兵至見害，時年二十五。』又：『江夏王鋒，字宣穎，太祖第十二子。高宗殺諸王，鋒遺書誚責，……高宗深憚之，不敢於第收鋒，使兼祠官於太廟，夜遣兵廟中收之，時年二十。』

〔五一〕《南史》卷四四《齊武帝諸子列傳》：『（蕭）賁字文奐，幼好學，有文才，能書善畫。……及亂，王為檄，……王聞之大怒，收付獄，遂以餓終。』

〔五二〕《北史》卷二一《崔宏傳》附：『（宏子）浩，字伯深。……神麚六年詔集諸文人摭録國書，浩及弟覽等共參著作，敘成國書三十卷。著作令史太原閔堪、趙郡郄標素諂事浩，乃請立石，銘載國書，以彰直筆。……帝大怒，誅浩，盡夷其族。』

〔五三〕《北史》卷八三《文苑傳》：『荀濟字子通，其先潁川人，世居江左。……及是見執，齊文襄惜其才，將不殺，親謂曰：「荀公何意反？」濟曰：「奉詔誅將軍高澄，何為反？」於是燔殺之。』

〔五四〕《北史》卷二四《王憲傳》附：『昕字元景，少篤學，能誦書，……齊文宣踐祚，帝怒臨漳令嵇曄及舍人李文師，以曄賜薛豐洛，文師賜崔士順為奴。鄭子默私誘昕曰：「自古無朝士作奴。」昕曰：「箕子為之奴，何言無也？」子默遂以昕言啟文宣，仍曰：「王景元比陛下於紂。」……帝後與朝臣酣飲，昕稱疾不至。帝遣騎執之，見其方搖膝吟詠，遂斬於御前，投屍漳水。』

〔五五〕《北史》卷七五《宇文弼傳》：『宇文弼字公輔，洛陽人也。……煬帝頗忌之。時帝漸好聲色，尤勤遠略。弼謂高熲曰：「昔周天元好聲色亡國，以今方之，不亦甚乎？」有人奏之，坐誅，天下冤之。』

〔五六〕《北史》卷七四《楊汪傳》：『楊汪字元度。……後煬帝崩，王世充推越王侗為主，徵拜吏部尚書，頗見親委。及世充僭號，汪復用事。世充平，遂以兇黨伏誅。』

〔五七〕《陳書》卷三四《文學傳》：『（陸）琛字潔玉。……後主嗣位，遷給事黃門侍郎，中書舍人，參掌機密。琛性頗疏，坐漏泄禁中語，詔賜死，時年四十二。』

〔五八〕王炘，未詳。

〔五九〕《北史》卷四一《楊播傳》附：『（楊）愔字遵彥。……濟南嗣業，任遇益隆，朝章國命，一人而已。乾明元年二月，為孝昭帝所誅，時年五十。』

〔六〇〕《北史》卷八三《文苑傳》：『溫子昇字鵬舉。……及元瑾等作亂，文襄疑子昇知其謀。方使之作《神武碑》，文既成，乃餓諸晉陽獄，食弊襦而死。棄屍路隅，沒其家口。』

〔六一〕《北史》卷八三《文苑傳》：『虞綽字士裕，會稽餘姚人也。……時禮部侍郎楊玄感稱其貴踞，虛己禮之，與結布衣之友，綽數從之遊。……及玄感敗，其妓妾並入宮，帝因問之曰：「玄感平常時與何人交往？」其妾以虞綽對。……帝怒不解，徙綽於邊，綽至長安而亡。吏逮之急，於是潛渡江，變姓名，自稱吳卓。……歲餘，綽與人爭田相訟，有知綽者而告之，竟為吏所執，坐斬江都。』

〔六二〕《南史》卷六九《傅縡列傳》：『傅縡，字宜事，北地靈州人也。……甚為後主所重。然性木強，……朝士多銜之。會施文慶、沈客卿以佞見幸，因共譖之，後主收縡下獄。縡素剛，因憤恚，於獄中上書，書奏，後主大怒，……賜死獄中。』

〔六三〕《陳書》卷三〇《傅縡傳》附：『時有吳興章華字仲宗。後主即位，朝臣以華素無閥閱，競排詆之。乃除大市令，鬱鬱不得志。禎明初，上書極諫，書奏，後主大怒，即日命斬之。』

〔六四〕、〔六五〕見本卷第三五條注〔一六〕。

〔六六〕《北齊書》卷四五《文苑列傳》：『劉逖字子長。……未幾與崔寄舒等同時被戮，時年四十九。』

〔六七〕《新唐書》卷二〇三《文藝列傳》：『歐陽詹從子秬，字降之，亦工為文。……其子稹拒命，秬方休假還家，稹表斥損時政，或言秬為之。詔流崖州，賜死。』

〔六八〕《舊唐書》卷一九〇《文苑列傳》：『張蘊古，相州洹水人也。……除大理丞。初，河内人李好德，素有風疾，而語涉妖妄。蘊古究其獄，稱好德癲病有徵，法不當坐。權萬紀劾蘊古家住相州，好德之兄厚德為其刺史，情在阿縱，奏事不實。太宗大怒，令斬於東市。』

〔六九〕《新唐書》卷一一七《劉禕之列傳》：『垂拱中，或告禕之受歸誠州都督孫萬榮金，與許敬宗妾私通。太后遣肅州刺史王本立鞫治，以敕示禕之。禕之曰：「不經鳳閣鸞臺，何謂之敕？」后以為拒制使，賜死於家。』

〔七〇〕《新唐書》卷一二〇《桓彥範列傳》：『御史李福業者，嘗與彥範謀。及被殺，福業亦流番禺。後亡匿吉州參軍敬元禮家，吏捕得，元禮俱坐死。』

〔七一〕《新唐書》卷一〇七《陳子昂列傳》附：『王無競者字仲烈，……張易之等誅，坐嘗交往，貶廣州，仇家矯制榜殺之。』

〔七二〕見卷四第八條注〔一二〕。

〔七三〕、〔七四〕《新唐書》卷二〇一《文藝列傳》：『范履冰者河内人。垂拱中，同鳳閣鸞臺平章事，兼修國史。……坐舉逆人被殺。』又：『苗神客，東光人，終著作郎。』又《則天皇后本紀》：『（天授元年）戊辰，殺流人元萬頃、苗神客。』

〔七五〕《新唐書》卷一〇七《陳子昂列傳》：『縣令段簡貪暴，聞其富，欲害子昂。家人納錢二十萬緡。簡薄其賂，捕送獄中。……果死獄中，年四十二。』

〔七六〕、〔七七〕《新唐書》卷二〇二《文藝列傳》：『昌齡以世亂還鄉里，為刺史閭丘曉所殺。』李邕事見本卷第三五條注〔一八〕。

〔七八〕《新唐書》卷一七九《王涯列傳》：『王涯字廣津。……李訓敗，乃及禍。涯年過七十，嗜權固位，偷合訓等，不能絜去就，以至覆宗。……昭宗天復初，大赦，明涯、訓之冤，追復爵位，官其後裔。』

〔七九〕《新唐書》卷一七九《李訓列傳》：『舒元輿，婺州東陽人。……後一日，兩神策兵將涯等赴郊廟，過兩市，皆腰斬梟首以徇。（賈）餗臨刑憤叱，獨（舒）元輿曰：「晁錯、張華尚不免，豈特吾屬哉？」』

〔八〇〕辛文房《唐才子傳》卷五：『時王涯秉政，胥怨於人。及禍起，（盧）仝偶與諸客會食涯書館中，因留宿。吏卒掩捕，仝曰：「我盧山人也，於衆無怨，何罪之有？」吏曰：「既云山人，來宰相宅，容非罪乎？」蒼忙不能自理，竟同甘露之禍。』

〔八一〕姚漢衡，唐人。生平及里貫均不詳。

〔八二〕王定保《唐摭言》一〇：『劇燕，蒲阪人也，工為雅正詩。王重榮鎮河中，燕投贈王曰：「只向國門安四海，不離鄉井拜三公。」重榮甚禮重。為人多縱，陵轢諸從事，竟為正平之禍。』

〔八三〕見本卷第二四條注〔四〕。

〔八四〕馬令《南唐書》卷一四《儒者傳》：『汪台符，歙州人也。宋齊邱疾其才高，屢為詆訾，台符由是不平，貽書誚之。……（齊邱）因使親信誘台符乘舟痛飲，推沈石城蚵（坡）磯下。』

〔八五〕《南唐書》卷一四《儒者傳》：『郭昭慶，廬陵人。……後主遂署為著作郎。常以才名自居，徐鉉、徐鍇尤嫉之。……昭慶之居，與客將李師義為鄰，而師義與鍇為姻婭。鍇因令師義召昭慶飲，潛置鴆於酒，昭慶飲之不疑。詰旦入朝，及階而仆，遂絕。』

〔八六〕《南唐書》卷一九《誅死傳》：『鍾謨字仲益，會稽人也。……謨既秉權，恃其才能，尤横恣不法。……世宗崩，遂貶謨著作佐郎，饒州安置。……謨時病風眩，至郡月餘，遣人就縊殺之。』

〔八七〕《南唐書》卷一九《誅死傳》：『潘佑，……韓熙載薦之，輔後主於東宮。後主即位，遷虞部員外郎。……恩寵日洽，改知制誥，居中用事。極論時政，無所迴避。後主惡之，因誣以他事，佑自剄。』

〔八八〕見卷六第二條注〔三〕。

〔八九〕《明史》卷二八五《文苑列傳》一：『張羽字來儀。……太祖重其文。……尋坐事竄嶺南，未半道，召還。羽自知不免，投龍江以死。』

〔九〇〕見卷六第一條注〔二〕。

〔九一〕《明史》卷二八五《文苑列傳》一：『孫蕡字仲衍，廣東順德人。……已，大治藍玉黨，蕡嘗為玉題畫，遂論死。』

〔九二〕見卷六第六條。

〔九三〕見本卷第三六條注〔四〕。

〔九四〕見本卷第三六條注〔五〕。

〔九五〕《史記》卷一一二《主父偃列傳》：『元朔二年，上拜主父為齊相。……趙王恐其為國患，即使人上書，告言主父偃受諸侯金。……及齊王自殺，上聞大怒，以為主父劫其王令自殺，乃遂族主父偃。』

〔九六〕《漢書》卷四五《息夫躬傳》：『息夫躬，字子微，河內南陽人也。少為博士弟子，受春秋，通覽記書。容貌壯麗，為眾所異。……有人上書言躬懷怨恨，非笑朝廷所進，候星宿，視天子吉凶，與巫同祝詛。上遣侍御史、廷尉監逮躬，繫雒陽詔獄。欲掠問，躬仰天大呼，因僵仆。吏就問，云咽已絕，血從鼻耳出。食頃，死。黨友謀議相連下獄百餘人。』

〔九七〕、〔九八〕《三國志》卷九《魏書·曹爽列傳》：『南陽何晏、鄧颺咸有名聲，進趣於時，明帝以其浮華，皆抑黜之。及爽秉政，乃復進敘，任為腹心。……初，張當私以所擇才人張、何等與爽。疑其有姦，收當治罪。當陳爽等陰謀反逆，……於是收爽、晏、颺等，皆伏誅，夷三族。』

〔九九〕《三國志》卷六二《吴書·胡綜傳》附：『青州人隱蕃歸吴。權以蕃盛論刑獄，用為廷尉監。……後蕃謀叛，事覺伏誅。』

〔一〇〇〕《晉書》卷九九《桓玄列傳》：『桓玄字敬道，一名靈寶。……益州督護馮遷抽刀而前，玄拔頭上玉導與之，仍曰：「是何人邪？敢殺天子？」遷曰：「欲殺天子之賊耳！」遂斬之。時年三十六。』

〔一〇一〕《晉書》卷九九《殷仲文列傳》：『殷仲文，南蠻校尉覬之弟也。少有才藻，美容貌。……會桓玄與朝廷有隙，玄之姊，仲文之妻，疑而間之，左遷新安太守。仲文於玄雖為姻親，而素不交密，及聞玄平京師，便棄郡投焉。玄甚悦之，以為諮議參軍。……玄將為亂，使總領詔命，以為侍中，領左衛將軍。……義熙三年，又以仲文與駱球等謀反，及其弟南蠻校尉叔文並伏誅。』

〔一〇二〕《宋書》卷四三《傅亮列傳》：『傅亮字季友，北地靈州人也。……亮博涉經史，尤善文詞。……元嘉三年，太祖欲誅亮，先呼入見。省内有密報之者，亮辭以嫂病篤，求暫還家，遣信報徐羡之。……屯騎校尉郭泓收付廷尉，伏誅。』

〔一〇三〕見本卷第四〇條注〔二六〕。

〔一〇四〕見本卷第二九條注〔三〕。

〔一〇五〕見本卷第三〇條注〔一一〕。

〔一〇六〕《宋書》卷六九《范曄列傳》：『魯國孔熙先，博學有縱横才志，曄遂相與異常，申莫逆之好。……收曄家，曄及子藹、遥、叔蒦、孔熙先及弟休先、景先、思先，熙先子桂甫，桂甫子白民，謝綜及弟約，仲承祖、許耀，諸所連及，並伏誅。』

〔一〇七〕《宋書》卷五二《謝景仁列傳》附：『（謝）綜有才藝，善隸書，為太子中舍人。與舅范曄謀反，伏誅。』

〔一〇八〕《梁書》卷五六《侯景傳》附：『王偉，陳留人，少有才學，景之表、啟、書、檄，皆其所製。……及囚送江陵，烹於市。』

〔一〇九〕《梁書》卷五〇《文學傳》：『（伏）知命先隨挺事邵陵王。……王於郢州奔敗，知命仍下投侯景。及景篡位，為中書舍人，專任權寵，勢傾內外。景敗被執，送江陵，於獄中幽死。』

〔一一〇〕《北史》卷七四《張衡列傳》：『張衡，字建平，河內人也。煬帝嗣位，……甚見親重。……八年，帝自遼東還都，妾言衡冤望，謗訕朝政，帝賜死於家。』

〔一一一〕計有功《唐詩紀事》卷一一：『鄭愔字文靖，年十七，進士擢第。……神龍中為中書舍人，與崔日用等托武三思，權熏炙中外。或曰，初附來俊臣，俊臣誅；附易之，易之誅；托韋庶人，後附譙王，卒被戮。』

〔一一二〕《唐才子傳》卷一：『睿宗立，以（之問）無悛悟之心，流欽州，御史劾奏賜死。』

〔一一三〕《新唐書》卷九九《崔仁師列傳》附：『崔湜字澄瀾，少以文辭稱，……帝將誅蕭至忠等，……對問失旨。至忠等誅，湜徙嶺外。……又宮人元稱嘗與湜謀進酖於帝，追及荊州賜死。』

〔一一四〕《新唐書》卷九八《薛收列傳》附：『（薛稷）字嗣通，道衡曾孫。歷太子少保、禮部尚書。帝以翊贊功，每召入宮中與決事，恩冠群臣。竇懷貞誅，稷以知本謀，賜死萬年獄。』

〔一一五〕《唐才子傳》卷三：『蘇渙，……湖南崔中臣瓘辟爲從事。瓘遇害，繼走交、廣，扇動歌舒晃跋扈，如蛟龍見血，本質彰矣，……居無何，伏誅。』

〔一一六〕《南唐書》卷一四《儒者傳》：『江為，……詣金陵求舉，屢黜於有司，……欲束書亡越，而會同謀者上變，按得其狀，伏罪。』

〔一一七〕《南唐書》卷二〇《黨與傳》：『宋齊邱，豫章人也。……在富貴權要之地三十年，唯欲人之順己，其一言不同者，必被排擯。及放歸青陽，即舊第之外，别院處之。重門外鎖，穴墻以給食，明年，自縊死。』

〔一一八〕朱國禎《湧幢小品》卷三：『鄭首字晉信，福清人。少年強記，有俊才，能文。年十九魁鄉薦。……（宋）高宗南渡，大赦天下。首以赦書不文，别撰數語。……又以鄉人借地架屋，首戲答之曰：「近來土地窄狹，無處可借。」遂為人所訐，有詔賜死。臨刑之際，天霧酸黑。太史奏，東南文星墜。上有旨赦之，而首已死矣。有《六經解》及《榕溪文集》行於世。』

〔一一九〕《史記》卷八四《屈原列傳》：『（原）乃作《懷沙》之賦，……於是懷石，遂自沉汨羅以死。』

〔一二〇〕《後漢書》卷八〇《文苑列傳》：『杜篤字季雅，京兆杜陵人也。……建初三年，車騎將軍馬防擊西羌，請篤為從事中郎，戰沒於射姑山。』

〔一二一〕《晉書》卷五八《周處列傳》：『周處字子隱，義興陽羨人也。……及氐人齊萬年反，朝臣惡處強直，皆曰：「處，吴之名將也，忠烈果毅。」乃使隸夏侯駿西征，……遂力戰而沒。』

〔一二二〕《晉書》卷六二《劉琨列傳》：『劉琨，字越石，中山魏昌人。……會王敦密使匹磾殺琨，匹磾遂縊之，時年四十八，子侄四人俱被害。』

〔一二三〕《晉書》卷七二《郭璞列傳》：『（王）敦將舉兵，又使璞筮，璞曰：「無成。」……敦怒，收璞，詣南崗斬之。』

〔一二四〕《梁書》卷五〇《文學傳》：『任孝恭，字孝恭。……太清二年侯景寇逼，孝恭啟募兵，隸蕭正德屯南岸。及賊至，正德舉眾入城。孝恭還赴臺，臺門已閉，因奔入東府，尋為賊所攻，城陷見害。』

〔一二五〕《宋書》卷七〇《袁淑列傳》：『袁淑字陽源，陳郡陽夏人。……元兇將為弑逆，其夜淑在直，……淑及斌並曰：「自古無此，願加善思。」劭怒變色。劭使登車，又辭不上。劭因命左右與手刃，見殺於奉化門外。』

〔一二六〕《宋書》卷八九《袁粲列傳》：『（齊王）遣軍主戴僧靜向石頭助薛淵，自倉門得入。時粲與秉等列兵登東門，僧靜分兵攻府西門。粲與秉欲還赴府，既下城，列燭自照，僧靜挺身暗往。粲子最覺有異人，以身衛粲。僧靜直前斬之，父子俱殞，左右各分散。粲死時，年五十八。』

〔一二七〕見本卷第四〇條注〔一二二〕。

〔一二八〕見本卷第四〇條注〔七〕。

〔一二九〕《北史》卷八三《文苑傳》：『許善心字務本，高陽北新城人也。……十四年，化及弑逆之日，隋官盡詣朝堂謁賀，善心獨不至。……遣人就宅執至朝堂。……其黨輒牽曳，遂害之。』

〔一三〇〕《新唐書》卷二〇一《文苑列傳》：『徐敬業亂，署賓王為府屬，為敬業傳檄天下，斥武后罪。……敬業敗，賓王亡命，不知所之。』

〔一三一〕《舊唐書》卷一八七《忠義列傳》：『張巡，蒲州河東人。兄弟皆以文行知名。……祿山之亂，巡為真源令，說譙郡太守，令完城，募市人，為拒賊之勢。……十月城陷，巡與姚誾、南霽雲、許遠皆為賊所執，同被害。』

〔一三二〕《新唐書》卷一五三《顏真卿列傳》：『顏真卿字清臣，秘書監師古五世從孫。少孤，母殷躬加訓導。既長，博學，工辭章，事親孝。……希烈弟希倩坐朱泚誅，希烈因發怒，使閹奴等害真卿，曰：「有詔。」真卿再拜。奴曰：「宜賜卿死。」曰：「老臣無狀，罪當死，然使人何日長安來？」奴曰：「從大梁來。」罵曰：「乃逆賊耳，何詔云！」遂縊殺之。』

〔一三三〕《新唐書》卷九一《溫大雅列傳》附：『（溫庭筠）弟廷皓，咸通中，署徐州觀察使崔彥曾幕府。龐勛反，以刃脅廷皓，使為表求節度使，廷皓紿曰：「表聞天子，當為公信宿思之。」勛喜。歸與妻子決，明日復見，勛索表，倨答曰：「我豈以筆硯事汝邪？其速殺我。」勛熟視笑曰：「儒生有膽耶，吾動衆百萬，無一人操檄乎？」囚之，更使周重草表。彥曾遇害，廷皓亦死，詔贈兵部郎中。』

〔一三四〕《唐才子傳》卷九：『（周）朴字見素，長樂人。……乾符中為巢賊所得，以不屈，竟及於禍。遠近聞之，莫不流涕。』

〔一三五〕《舊五代史》卷一三一《周書列傳第十一》：『（孫）晟性慷慨，常感李景之厚遇，誓死以報之。及將下獄，世宗令近臣問以江南可取之狀，晟默然不對。臨刑之際，整其衣冠，南望金陵再拜而言曰：「臣唯以死謝。」遂伏誅。』

〔一三六〕《南唐書》卷一七《義死傳》下：『陳喬字子喬，世為廬陵玉笥人。……後主即位，遷吏部侍郎翰林學士承旨、門下侍郎兼樞密使，遂總軍國事。……及王師問罪，喬誓以死守。……及城將防，後主自為降款，俾喬與世子仲防開城門納之。……喬入見曰：「自古豈有不亡之國乎？降無益也。」「臣當大政而致國家如此，非死無以報。臣死而歸之以逆命之罪，則陛下保無恙也。」掣其手去，入視事堂，召二親吏解所服金帶遺之曰：「吾死掩屍無泄。」遂自縊。』

〔一三七〕《宋史》卷四一八《文天祥列傳》：『文天祥，字宋瑞，又字履善，吉之吉水人也。至元十九年，……召入諭之曰：「汝何願？」天祥對曰：「天祥受宋恩，為宰相，安事二姓？願賜之一死足矣。」……天祥臨刑殊從容，謂吏卒曰：「吾事畢矣。」南鄉拜而死。數日，其妻歐陽氏收其屍，面如生，年四十七。其衣帶中有贊曰：「孔曰成仁，孟曰取義，唯其義盡，所以仁至。讀聖賢書，所學何事，而今而後，庶幾無愧。」』

〔一三八〕『余闕』，底本作『俞闕』，據《元史》改。《元史》卷一四三《余闕列傳》：『余闕，字廷心，一字天心，唐兀氏，世家河西武威。父沙剌臧卜，官廬州，遂為廬州人。……陳友諒自上游直擣小孤山。……日中城陷，城中火起，闕知不可為，引刀自剄，墮清水塘中。』

〔一三九〕見卷六第二條注〔七〕。

〔一四〇〕《明史》卷一四一《方孝孺列傳》：『方孝孺，字希直，一字希古，寧海人。……及惠帝即位，召為翰林侍講。明年遷侍講學士，國家大政事輒咨之。……（成祖）欲使草詔。召至，悲慟聲徹殿陛。……顧左右授筆札，曰：「詔天下，非先生草不可！」孝孺投筆於地，且哭且罵曰：「死即死耳，詔不可草。」成祖怒，命磔諸市。……時年四十有六。』

〔一四一〕《漢書》卷九二《遊俠傳》：『陳遵字孟公，杜陵人也。……更始至長安，大臣薦遵為大司馬護軍，與歸德侯劉颯俱使匈奴。……會更始敗，遵留朔方，為賊所敗，時醉見殺。』

〔一四二〕《三國志》卷二八《魏書・鍾會傳》：『鍾會字士季。會內有異志，自謂功名蓋世，不可復為人下，遂謀反。……姜維率會左右戰，手殺五六人。眾既格斬維，爭赴殺會。……會兄子邕，隨會與俱死。會所養兄子毅及峻、辿等下獄，當伏誅。司馬文王表天子下詔曰：「峻、辿兄弟特原，唯毅及邕悉伏法。」』

〔一四三〕《三國志》卷四四《蜀書・蔣琬傳》附：『後主既降鄧艾，（蔣）斌詣會於涪。……隨會至成都，為亂兵所殺。斌弟顯為太子僕，會亦愛其才學，與斌同時死。』

〔一四四〕見本卷第四〇條注〔二〕。

〔一四五〕《晉書》卷三六《衛瓘列傳》附：『（瓘子）恒，字巨山。及瓘為楚王瑋所構，恒聞變，以何劭，嫂之父也，從墻孔中詣之，以問消息。劭知而不告。恒還經廚下，收人正食，因而遇害。』

〔一四六〕《晉書》卷九〇《良吏列傳》：『曹攄字顏遠。永嘉二年，高密王簡鎮襄陽，以攄為征南司馬。其年流人王卣等聚眾屯冠軍，寇掠城邑。簡遣參軍崔曠討之，令攄督護曠。曠奸兇人也。譎攄前戰，期為後繼，既而不至。攄獨與卣戰於酈縣，軍敗死之。』

〔一四七〕《晉書》卷四七《王戎列傳》附：『（戎從弟）衍，字夷甫，神情明秀，風姿詳雅。總角嘗造山濤，濤嗟歎良久，既去，目而送之曰：「何物老嫗，生寧馨兒！然誤天下蒼生者，未必非此人也。」魏正始中，何晏、王弼等祖述老莊。……衍既有盛才美貌，明悟若神，常自比子貢。兼聲名藉甚，傾動當世。妙善玄言，唯談老、莊為事。累居顯職，後進之士，莫不景慕放效。選舉登朝，皆以為稱首。矜高浮誕，遂成風俗焉。……越之討苟晞也，衍以太尉為太傅軍司。及越薨，眾共推為元帥。衍以賊寇鋒起，懼不敢當。辭曰：……俄而舉軍為石勒所破。……衍自說少不豫事，欲求自免，因勸勒稱尊號。勒怒曰：「君名蓋四海，身居重任，少壯登朝，至於白首，何得言不豫世事邪！破壞天下，正是君罪。」……使人夜排牆填殺之。衍將死，顧而言曰：「嗚呼！吾曹雖不如古人，向若不祖尚浮虛，戮力以匡天下，猶可不至今日。」時年五十六。』

〔一四八〕《晉書》卷五〇《庾峻列傳》附：『庾敳字子嵩。太尉王衍雅重之。……石勒之亂，與衍俱被害。』

〔一四九〕《北史》卷四七《袁翻傳》：『袁翻，字景翔，陳郡項人也。……翻名位俱重，賢達咸推與之。然獨善其身，無所獎拔。建義初，遇害河陰。』

〔一五〇〕《晉書》卷八三《袁瓌列傳》附：『（袁）山松少有才名，博學有文章。……為吳郡太守，孫恩作亂，山松守滬瀆，城陷被害。』

〔一五一〕《晉書》卷八四《殷仲堪列傳》：『仲堪急召佺期，佺期率眾赴之，直濟江擊玄，為（桓）玄所敗，走還襄陽。仲堪出奔酇城，為玄追兵所獲，逼令自殺，死於柞溪。』

〔一五二〕《宋書》卷六七《謝靈運傳》附：『羊璿之字曜璠，臨川內史。為司空竟陵王誕所遇，誕敗坐誅。』

〔一五三〕、〔一五四〕按：『穆之』恐爲『穆夫』之誤。《宋書》卷一〇〇《自序》：『（沈）警字世明，惇篤有行業，學通《左氏春秋》。……子穆夫字彥和，少好學，亦通左氏春秋。王恭命為前軍主簿。……隆安三年，恩於會稽作亂，自稱征東將軍，三吳皆響應。穆夫時在會稽，恩以為前部參軍、振武將軍、餘姚令。其年十二月二十八日，恩為劉牢之所破，輔國將軍高素於山陰回踵逮執穆夫及偽吴郡太守陸瑰之、吴興太守丘尪，並見害，函首送京邑，事見《隆安故事》。先是宗人沈預素無士行，為警所疾，至是警聞穆夫預亂，逃藏將免矣。預以告官，警及穆夫、弟仲夫、任夫、預夫、佩夫並遇害，唯穆夫子淵子、雲子、田子、林子、虔子獲全。』

〔一五五〕《南史》卷一三《宋宗室及諸王傳》附：『臨海王子頊為荆州，（鮑）照為前軍參軍，掌書記之任。子頊敗，為亂兵所殺。』

〔一五六〕《南齊書》卷五二《文學列傳》：『陳郡袁嘏，自重其文。……建武末為諸暨令，被王敬則所殺。』

〔一五七〕《梁書》卷三四《張緬傳》附：『（張）纘字伯緒，緬第三弟也。其年，詧舉兵襲江陵，……及軍退敗，防守纘者慮追兵至，遂害之，棄屍而去。』

〔一五八〕按：江簡，疑爲江從簡之誤。《梁書》卷三六《江革傳》：『次子從簡，少有文情，年十七，作《採荷詞》以刺敬容，爲當時所賞。歷官司徒從事中郎。侯景亂，為任約所害。子兼叩頭流血，乞代父命，以身蔽刃，遂俱見殺，天下莫不痛之。』

〔一五九〕《梁書》卷三〇《鮑泉傳》：『鮑泉字潤岳，東海人也。……郢州平，元帝以長子方諸為刺史，泉為長史，行府州事。侯景密遣將宋子僊、任約率精騎襲之，方諸與泉不恤軍政，唯蒲酒自樂。賊騎至，百姓奔告，方諸與泉方雙陸，不信，曰：「徐文盛大軍在東，賊何由得至？」既而傳告者衆，始令闔門，賊縱火焚之，莫有抗者，賊騎遂入，城乃陷。執方諸及泉送之景所。後景攻王僧辯於巴陵，不克，敗還，乃殺泉於江夏，沉其屍於黄鵠磯。』

〔一六〇〕《隋書》卷七六《文學列傳》：『河間尹式，博學解屬文，少有令聞。仁壽中，官至漢王記室。及漢王敗，式自殺。』

〔一六一〕《隋書》卷七六《文學列傳》：『會稽孔德紹，有清才。竇建德稱王，署為中書令，專典書檄。及建德敗，伏誅。」

〔一六二〕《魏書》卷七一《王世弼列傳》附：「次子由，字茂道，……好學，有文才。歷給事中、尚書郎、東萊太守。……天平初，元洪威構逆，大軍攻討，為亂兵所害。」

〔一六三〕按：韋諛，《晉書》、崔鴻《十六國春秋》、嚴可均《全晉文》均作「韋謏」。《晉書》卷九一：「韋謏字憲道，京兆人也。雅好儒學，善著述，於群言秘要之義，無不綜覽。仕於劉曜，為黃門郎。後又入石季龍，署為散騎常侍，歷守七郡，咸以清化著名。……至冉閔，又署為光祿大夫。時閔拜其子胤為大單于，而以降胡一千處之麾下。謏諫曰：「今降胡數千，接之如舊，誠是招誘之恩。然胡羯本為仇敵，今之款附，苟全性命耳。或有刺客，變起須臾，敗而悔之，何所及也！」閔志在綏撫，銳於澄定，聞其言，大怒，遂誅之，並殺其子伯陽。」

〔一六四〕見本卷第四〇條注〔一〇〕。

〔一六五〕《隋書》卷七六《文學列傳》：「王頍字景文，……及高祖崩，（漢王）諒遂舉兵反，多頍之計也。既而兵敗，將歸突厥，至山中，徑路斷絕，……於是自殺。」

〔一六六〕《隋書》卷七六《文學列傳》：「范陽祖君彥，有才學。……郡陷於翟讓，因為李密所得。密甚禮之，署為記室。及密敗，為王世充所殺。」

〔一六七〕《隋書》卷六七《虞世基列傳》：「虞世基，字茂世，會稽餘姚人也。仕陳，釋褐建安王法曹參軍事，歷祠部、殿中二曹郎、太子中舍人。還中庶子、散騎常侍、尚書左丞。……煬帝即位，顧遇彌隆。……宇文化及弒逆也，世基乃見害焉。」

〔一六八〕《唐才子傳》卷八：「皮日休字襲美，襄陽人也。……乾符喪亂，東出關，為毗陵副使，陷巢賊中。巢惜其才，授以翰林學士。日休惶恐，蹈蹴欲死，未能劫。令作讖文以惑眾。……賊疑其裹恨必譏己，遂殺之。臨刑神色自若，無知不知皆痛惋也。』

〔一六九〕《梁書》卷三三《王筠傳》：『王筠字元禮，一字德柔，琅邪臨沂人。祖僧虔，齊司空簡穆公。父楫，太中大夫。筠幼警寤，七歲能屬文。年十六，為《芍藥賦》，甚美。……筠舊宅先為賊所焚，乃寓居國子祭酒蕭子雲宅。夜忽有盜攻之，驚懼墜井卒。家人十三口同遇害，人棄屍積於空井中。』

〔一七〇〕見本卷第四〇條注〔一三〕。

〔一七一〕《南史》卷一九《謝靈運列傳》附：『東海何長瑜，……廬陵王紹鎮潯陽，以長瑜為南中郎行參軍，掌書記之任。行至板橋，遇暴風溺死。』

〔一七二〕《唐才子傳》卷一：『盧照鄰字升之。……遷新都尉，嬰疾去官，手足攣緩，不起行已十年。……與親屬訣，自沉潁水。』

〔一七三〕《魏書》卷六四《張彝列傳》附：『神龜二年，羽林虎賁幾將千人，相率至尚書省詬罵，求其長子尚書郎始均，不獲。……直造其第，曳彝堂下，捶辱極意，唱呼嗸嗸，焚其屋宇。……始均回救其父，拜伏群小，以請父命。羽林等就加毆擊，生投之於烟火之中。』

〔一七四〕《唐詩紀事》卷七〇：『伊璠，登咸通四年進士第，曾為涇陽令。至黄巢亂，璠陷寇，屢脱命於刃下。其後逃避，與其家相失，夜至藍關，猛獸搏而食之。』

〔一七五〕見卷六第四九條。

〔一七六〕、〔一七七〕、〔一七八〕均見卷七第三一條注〔三〕。

〔一七九〕《三國志》卷四《魏書·三少帝紀》裴松之注引《漢魏春秋》曰：『帝（高貴鄉公曹髦）見威權日去，不勝其忿。乃召侍中王沈、尚書王經、散騎常侍王業，謂曰：「司馬昭之心，路人所知也。吾不能坐受廢辱，今日當與卿〔等〕自出討之。」王經曰：「昔魯昭公不忍季氏，敗走失國，為天下笑。今權在其門，為日久矣，朝廷四方皆為之致死，不顧逆順之理，非一日也。且宿衛空闕，兵甲寡弱，陛下何所資用，而一旦如此，無乃欲除疾而更深之邪！禍殆不測，宜見重詳。」帝乃出懷中版令投地，曰：「行之決矣。正使死，何所懼？況不必死邪！」於是入白太后，沈、業奔走告文王，文王為之備。帝遂帥僮僕數百，鼓譟而出。文王弟屯騎校尉伷入，遇帝於東止車門，左右呵之，伷眾奔走。中護軍賈充又逆帝戰於南闕下，帝自用劍。眾欲退，太子舍人成濟問充曰：「事急矣。當云何？」充曰：「畜養汝等，正謂今日。今日之事，無所問也。」濟即前刺帝，刃出於背。』

〔一八〇〕《南史》卷八《梁本紀》下：『太宗簡文皇帝諱綱，字世讚，小字六通，武帝第三子，昭明太子母弟也。……帝知將見殺，乃盡酣。……既醉而寢，偉乃出，僞進土囊，王脩纂坐上，乃崩。偉撤戶扉為棺，遷殯於城北酒庫中。』

〔一八一〕《南史》卷八《梁本紀》下：『世祖孝元皇帝諱繹，字世誠，小字七符，武帝第七子也。……封湘東王。魏師至凡二十八日，徵兵四方，未至而城見剋。（帝）在幽逼，求酒飲之，製詩四絕。……梁王詧遣尚書傅準監行刑，準捧詩流淚不能禁，進土囊而殞之。』

〔一八二〕《魏書》卷一二《孝靜紀》：『孝靜皇帝諱善見，清河文宣王亶之世子也，母曰胡妃。……及禪位於文宣，……帝乃下御座，步就東廊，口詠范蔚宗《後漢書贊》。……乃與夫人妃嬪已下訣，莫不歔欷掩涕。及出雲龍門，王公百僚衣冠拜辭，帝曰：「今日不減常道鄉公、漢獻帝。」眾皆悲愴，高隆之泣灑。遂入北城下司馬子如南宅。及文宣行幸，常以帝自隨。帝后封太原公主，常為帝嘗食以護視焉。竟遇酖而崩。』

〔一八三〕《隋書》卷三《煬帝紀》：『煬皇帝諱廣，高祖第二子也。……二年三月，右屯衛將軍宇文化及等，以驍果作亂，入犯宮闈。上崩於溫室，時年五十。蕭后令宮人撤床簀為棺以埋之，葬吴公臺下。……大唐平江南之後，改葬雷塘。』

四二

九無後：叔向之鬼既餒〔一〕，中郎之女僅存〔二〕；劉瓛、劉璡並廢蒸嘗〔三〕，劉歊、劉訏、何胤、何點先虛伉儷〔四〕；李太白、蕭穎士有子而獨，孫女流落，俱爲市人妻〔五〕；崔曙一女名星〔六〕，白公一侄曰龜〔七〕；王維四弟無子〔八〕，陽城三昆不娶〔九〕；孔融子女髫年被刑〔一〇〕，機、雲、會、曄，期功駢僇〔一一〕；王筠闔門盜手〔一二〕。神理荼酷，於斯極矣。邇來宗臣〔一三〕、王維禎〔一四〕、高岱〔一五〕亦然。

【校注】

〔一〕《國語》卷一四《晉語》：「楊食我生，叔向之母聞之往，及堂，聞其號也，乃還，曰：『其聲豺狼之聲也，終滅羊舌氏之宗者，必是子也！』」韋昭注：『楊，叔向邑。食我，叔向子。食我既任，黨於祁盈，盈獲罪，晉殺盈，遂滅祁氏、羊舌氏。』

〔二〕《後漢書》卷八四《董祀妻傳》：「陳留董祀妻者，同郡蔡邕之女也，名琰，字文姬。……曹操素與邕善，痛其無嗣，乃遣使者以金璧贖之，而重嫁於祀。」

〔三〕《南史》卷五〇《劉瓛列傳》：「劉瓛字子珪。……年四十餘，未有婚對。建元中，高帝與司徒褚彥回為瓛娶王氏女。王氏穿壁掛履，土落（其母）孔氏床上，孔氏不悅，瓛即出其妻。……瓛弟璡，字子璥，方軌正直，儒雅不及瓛而文采過之。宋泰豫中，為明帝挽郎。……與友人孔逷同舟入東，於塘上遇一女子，逷目送曰：「美而豔。」璡曰：「斯豈君子所宜言乎？」於是解裳自隔。」

〔四〕《南史》卷四九《劉懷珍列傳》附：『劉歊字士光。……及長，博學有文才，不娶不仕，與族弟訏並隱居求志，遨遊林澤，以山水書籍相娛而已。』又：『劉訏字彦度。……長兄絜為聘妻，剋日成婚，訏聞而逃匿，事息乃還。』又《南史》卷三十《何尚之列傳》附：『何胤字子季。……先是胤有疾，妻江氏夢神告曰：「汝夫壽盡，既有至德，應獲延期，爾當代之。」妻覺說焉，俄得患而卒，胤疾乃瘳。』又：『何點字子晳。……及長，感家禍，欲絕昬宦。尚之強為娶琅邪王氏。禮畢，將親迎，點累涕泣，求執本志，遂得罷。』

〔五〕范傳正《唐翰林學士李公新墓碑》：『傳正……訪公（李白）之子孫欲申慰薦。凡三四年，乃獲孫女二人，一爲陳雲之室，一爲劉勸之妻，皆編戶甿也。……問其所以，則曰：「父伯禽，以貞元八年，不祿而卒。有兄一人，出遊一十二年，不知所在。」』計有功《唐詩紀事》卷二一：『李華序其文曰：「（蕭）穎士卒，門人贈文元先生。唯一子存，字伯誠，爲金部員外郎，有功曹之風。」』

〔六〕孟啟《本事詩·徵咎》：『崔曙進士作《明堂火珠詩》試帖，曰：「夜來雙月滿，曙後一星孤。」當時以爲警句。及來年，曙卒，唯一女名星星，人始悟其自讖也。』

〔七〕白居易《白氏集後記》：『一本付侄龜郎，一本付外孫談閣童，各藏於家，傳於後。』《舊唐書·白居易傳》：『無子，以其侄孫嗣。』明白自成《白氏重修譜系序》：『公五十八歲生子，諱阿崔（當作崔兒），三歲亡。會昌元年以兄幼文次子景受嗣。』又白居易七律《哭崔兒》句云：『掌珠一顆兒三歲，鬢雪千莖父六旬。』

〔八〕按：王維有弟四人：王縉、王繟、王紘、王紞，而無子。《舊唐書》稱維『退朝之後，焚香獨坐，以禪誦爲事。妻亡不再娶，三十年孤居一室，屏絕塵累。乾元二年七月卒』。

〔九〕《新唐書》卷二〇七《卓行傳》：『陽城，字亢宗，定州北平人，徙陝州夏縣，世為官族。資好學，貧不能得書，求為吏，隸集賢院，竊院書讀之，晝夜不出戶，六年，無所不通。及進士第，乃去隱中條山，與弟堦、域常易衣出。年長，不肯娶，謂弟曰：「吾與若孤煢相育，既娶則間外姓，雖共處而益疏，我不忍。」弟義之，亦不娶，遂終身。』

〔一〇〕《三國志》卷一二《崔琰傳》裴松之注引《魏氏春秋》曰：『十三年，融對孫權使，有訕謗之言，坐棄市。二子年八歲，時方弈棋，融被收，端坐不起。左右曰：「而父見執，不起何也？」二子曰：「安有巢毀而卵不破者乎？」遂俱見殺。』

〔一一〕陸機、陸雲、鍾會、范曄事見本卷第四一條注〔三二〕、〔三三〕、〔一四二〕、〔一〇六〕。

〔一二〕見本卷第四一條注〔一六九〕。

〔一三〕見本卷第四〇條注〔三一〕。

〔一四〕見卷七第三一條注〔三〕。

〔一五〕錢謙益《列朝詩集》丁集：『高岱字伯宗，鍾祥人。嘉靖庚戌進士，除刑部主事，出為景府長史。』然不載無後之事，未詳所出。

四三

吾於丙寅歲，以瘡瘍在床褥者逾半歲，幾殆。殷都秀才過而戲曰：『當加十命矣。』蓋謂惡疾也。因援筆志其人：伯牛病癩〔一〕，長卿消渴〔二〕，趙岐臥蓐七年〔三〕，朱超道歲晚沉屙〔四〕，玄晏善病至老〔五〕，照鄰惡疾不愈，至投水死〔六〕，李華以風痹終楚〔七〕，杜臺卿聾廢〔八〕，祖珽、胡旦瞽廢〔九〕，少陵三年瘧疾，一鬼不消〔一〇〕。

【校注】

〔一〕《史記》卷六七《仲尼弟子列傳》：『冉耕字伯牛，孔子以為有德行。伯牛有惡疾，孔子往問之，自牖執其手，曰：「命也夫！斯人也而有斯疾，命也夫！」』

〔二〕《漢書》卷五七《司馬相如傳》：『相如口吃而善著書，常有消渴病。與卓氏婚，饒於財。常稱疾閒居，不慕官爵。』

〔三〕《後漢書》卷六四《趙岐列傳》：『趙岐字邠卿，京兆長陵人也。……年三十餘，有重疾，臥蓐七年，自慮奄忽。……其後疾瘳。』

〔四〕朱超《歲晚沉痾詩》：『風將夜共靜，空與月俱明。燭滴龍猶伏，鑪開鳳欲飛。葉飛林失影，冰合澗無聲。太息興牀念，寧敢離衣行。唯畏殘藤盡，不聞桴鼓鳴。』又《送劉孝先》：『疲屙積未瘳，伏枕掩長愁。』按：朱超道，亦作朱超，吳兆宜《玉臺新詠箋注》卷八引《樂苑》：『朱超、朱超道、朱越各詩集所載，名多互見，疑是一人之作。《隋書·藝文志》：「梁中書舍人朱超集合一卷。」』

〔五〕《晉書》卷五一《皇甫謐列傳》：『皇甫謐字士安，安定朝那人。……沉靜寡欲，始有高尚之志，以著述為務，自號玄晏先生。後得風痹疾，猶手不輟卷。而竟不仕，太康三年卒，時年六十八。』

〔六〕見本卷第四一條注〔一七二〕。

〔七〕計有功《唐詩紀事》卷二一：『李華字遐叔，舉開元二十三年進士。天寶十一年，拜監察御史。……移病請告。李峴領選江南，表為從事，以風痹廢居楚。』

〔八〕《隋書》卷五八《杜臺卿傳》：『杜臺卿，字少山，博陵曲陽人也。……臺卿患聾，不堪吏職，請脩國史。上許之，拜著作郎。十四年，上表請致仕，敕以本官還第。數載，終於家。』

〔九〕《北齊書》卷三九《祖珽列傳》：『祖珽，字孝徵，范陽遒人也。……帝愈恚，令以土塞其口，珽且吐且言，無所屈撓。乃鞭二百，配甲坊，尋徙於光州。別駕張奉禮希大臣意，曰：「牢者，地牢也。」乃為深坑，置諸內，苦加防禁，桎梏不離其身，家人親戚不得臨視。夜中以蕪菁子燭熏眼，因此失明。』又《宋史》卷四三二《胡旦傳》：『胡旦，字周父，濱州渤海人。……素善中官王繼恩，為繼恩草制辭過美。繼恩敗，真宗聞而惡之，貶安遠軍行軍司馬，又削籍流潯州。……已而失明，以秘書省少監致仕，居襄州。』

〔一〇〕葛立方《韻語陽秋》卷一七：『余謂子美固嘗病瘧矣，其詩云：「三年猶瘧疾，一鬼不銷亡。」』按此杜甫《寄彭州高三十五使君適虢州岑二十七長史參三十韻》詩句，見《全唐詩》卷二二五。

四四

蔡景明問余：『古亦有貴而壽者乎？』余對：『有之。公孫弘〔一〕、韋賢〔二〕、匡衡〔三〕拜相封侯；胡廣周歷三公，至太傅〔四〕，弘、賢、廣皆八十。謝安以太保〔五〕，王儉以開府〔六〕，沈約以尚書令〔七〕，范雲、徐勉以僕射〔八〕，朱异以領軍〔九〕，江總以尚書令〔一〇〕，徐陵以宮傅〔一一〕，各秉政；高允爲中書令〔一二〕，年九十八；范長生爲丞相，年百餘歲〔一三〕；楊素將相二十載〔一四〕；唐世宰輔魏徵〔一五〕、李嶠〔一六〕、蘇味道〔一七〕、張説〔一八〕、蘇頲〔一九〕、韓休〔二〇〕、張九齡〔二一〕、陸贄〔二二〕、武元衡〔二三〕、權德輿〔二四〕、令狐楚〔二五〕、元稹〔二六〕；左僕射王起年八十八〔二七〕；尚書白居易年七十六〔二八〕；宋世宋庠、司馬光、周必大俱拜相〔二九〕；范仲淹、歐陽脩俱執政〔三〇〕；必大年七十九。元世趙孟頫〔三一〕、許衡〔三二〕、竇默〔三三〕、姚樞〔三四〕、王磐〔三五〕、姚燧〔三六〕、歐陽玄〔三七〕俱登一品；王磐年九十。明興，劉誠意〔三八〕、王新建至開茅土〔三九〕；楊文貞〔四〇〕、丘文莊〔四一〕、李文正〔四二〕、王文恪〔四三〕俱歷師臣；楊壽八十，丘、李、王皆七十之上。毋論許敬宗〔四四〕、蔡京〔四五〕及近分宜相〔四六〕，權寵冠絶，並有遐齡。』蔡匿笑不答。余乃謂曰：『伊尹、太公、周公、畢公、召公不拜相乎？衛武公不爲侯伯乎？不皆至百歲乎？』〔四七〕蔡乃曰：『善。』

【校注】

〔一〕《漢書》卷五八《公孫弘傳》：『公孫弘凡為丞相御史六歲，年八十，終丞相位。』

〔二〕《漢書》卷七三《韋賢傳》：『韋賢，本始三年，代蔡義為丞相，封扶陽侯。……年八十二薨，謚曰節侯。』

〔三〕《漢書》卷八一《匡衡傳》：『匡衡，建昭三年，代韋玄成為丞相，封安樂侯。食邑六百戶。』

〔四〕《後漢書》卷四四《胡廣列傳》：『胡廣自在公臺三十年餘，歷事六帝，凡一履司空，再作司徒，三登太尉，又為太傅。……年八十二，熙平元年薨。』

〔五〕《晉書》卷七九《謝安列傳》：『謝安，……時苻堅強盛，疆埸多虞，諸將敗退相繼。安遣弟石及兄子玄等，應機征討，所在克捷。拜衛將軍、開府儀同三司，封建昌縣公。堅後率眾，號百萬，次於淮、肥，京師震恐。……玄等既破堅，以總統功，進拜太保。』

〔六〕《南史》卷二二《王儉列傳》：『王儉，……五年，儉即本號開府儀同三司，固讓。六年重申前命。』

〔七〕《南史》卷五七《沈約列傳》：『沈約，……梁臺建，為散騎常侍、吏部尚書，兼右僕射。及受禪，為尚書僕射，封建昌縣侯。……俄遷右僕射。天監二年，遭母憂，輿駕親出臨吊，以約年衰，不宜致毁，遣中書舍人斷客節哭。起為鎮軍將軍、丹陽尹，置佐史。服闋，遷侍中、右光禄大夫、領太子詹事。……遷尚書令，累表陳讓，改授左僕射，領中書令。尋遷尚書令，領太子少傅。九年，轉左光禄大夫。」

〔八〕《南史》卷五七《范雲列傳》：「范雲，字彦龍，南鄉舞陰人。……初，梁武為司徒祭酒，與雲俱在竟陵王西邸，情好歡甚。永明末，梁武與兄懿卜居東郊之外，雲亦築室相依。……梁臺建，遷侍中。二年，遷尚書右僕射，猶領吏部。」又《南史》卷六〇《徐勉列傳》：「徐勉，字脩仁，東海郯人也。……（梁）天監六年，遷吏部尚書。後為太子詹士，又遷尚書右僕射。……又除尚書僕射，中衛將軍。」

〔九〕《南史》卷六二《朱异列傳》：「朱异，字彦和，吴郡錢塘人也。……太清二年，為中領軍，舍人如故。」

〔一〇〕《南史》卷三六《江夷列傳》附：「江總字總持。……（陳）後主即位，歷吏部、尚書僕射、尚書令，加扶。」

〔一一〕《南史》卷六二《徐摛列傳》附：「徐陵字孝穆。……後主即位，遷左光禄大夫，太子少傅。」

〔一二〕《北史》卷三一《高允傳》：「高允，字伯恭，勃海蓨人。……於是拜允中書令。十一年正月卒，年九十八。初，允每謂人曰：『吾在中書時有陰德，濟救人命，若陽報不差，吾壽應享百年矣。』」

〔一三〕《晉書》卷一二一《李雄載記》：「范長生自西山乘素輿詣成都，雄迎之於門，執版延坐，拜丞相，尊曰『范賢』。」

〔一四〕《隋書》卷四八《楊素列傳》：「楊素，字處道，弘農華陰人也。……仁壽初，代高熲為尚書左僕射。其年，以素為行軍元帥，出雲州擊突厥，連破之。……大業元年，遷尚書令，尋拜太子太師，餘官如故。明年，拜司徒，改封楚公，真食二千五百户。其年，卒官。謚曰景武，贈光禄大夫、太尉公。」

〔一五〕《新唐書》卷九七《魏徵列傳》：「魏徵字玄成，魏州曲城人。……乃拜特進，知門下省事，詔朝章國典，參議得失。……即拜太子太師。」

〔一六〕《新唐書》卷一二三《李嶠列傳》：『俄知天宮侍郎事，進麟臺少監、同鳳閣鸞臺平章事。遷鸞臺侍郎。……長安三年，以本官復為平章事，知納言，遷內史。嶠辭劇，復為成均祭酒、平章事。』

〔一七〕《新唐書》卷一一四《蘇味道列傳》：『延載初，歷遷鳳閣舍人、檢校鳳閣侍郎、同鳳閣鸞臺平章事，尋加正授。』

〔一八〕辛文房《唐才子傳》卷一：『張說，……後累遷鳳閣舍人。睿宗時，兵部侍郎平章事，開元十八年，終左丞相燕國公。』

〔一九〕《新唐書》卷一二五《蘇瓌列傳》附：『蘇頲，開元四年，進同紫微黃門平章事，脩國史，與宋璟同當國。二人相得歡甚。』

〔二〇〕《新唐書》卷一二六《韓休列傳》：『侍中裴光庭卒，帝敕蕭嵩舉所以代者，嵩稱（韓）休志行，遂拜黃門侍郎、同中書門下平章事。』

〔二一〕《新唐書》卷一二六《張九齡列傳》：『是歲，奪哀拜中書侍郎、同中書門下平章事。固辭，不許。明年，遷中書令。』

〔二二〕《新唐書》卷一五七《陸贄列傳》：『陸贄字敬輿，……眷遇彌渥，天下屬以為相，而竇參素不平，忌之。貞元七年，罷學士，以兵部侍郎知貢舉。明年，參黜，乃以中書侍郎同中書門下平章事。』

〔二三〕《新唐書》卷一五二《武元衡列傳》：『武元衡，字伯蒼。……德宗欽其才，召拜比部員外郎，歲內三遷至右司郎中，以詳整任職。擢為御史中丞。嘗對延英，帝目送之，曰：「是真宰相器！」……及即位，是為憲宗。元和二年，拜門下侍郎、同中書門下平章事，兼判戶部事。帝素知元衡堅正有守，故眷禮信任異他相。』

〔二四〕《新唐書》卷一六五《權德輿列傳》：『權德輿，字載之。……杜佑、裴胄交辟之。德宗聞其材，召為太常博士，改左補闕。……會裴垍病，德輿自太常卿拜禮部尚書、同中書門下平章事。……德輿善辨論，開陳古今本末，以覺悟人主。為輔相，寬和不為察察名。……後二年，以病乞還，卒於道。年六十，贈尚書左僕射，謚曰文。』

〔二五〕《新唐書》卷一六六《令狐楚列傳》：『令狐楚，字殻士，德棻之裔也。生五歲，能為辭章。逮冠，貢進士，京兆尹將薦為第一。十四年四月，裴度出鎮太原。七月，皇甫鎛薦楚入朝，自朝議郎授朝議大夫、中書侍郎、同平章事，與鎛同處臺衡。』

〔二六〕《唐才子傳》卷六：『稹，字微之，河南人。……帝大悦，問今安在，曰：「為南宫散郎。」擢祠部郎中、知制誥，俄遷中書舍人，翰林承旨，後拜同中書門下平章事。』

〔二七〕《新唐書》卷一六七《王播列傳》附：『（王）起，字舉之，釋褐校書郎，補藍田尉。李吉甫辟為淮南掌書記，以殿中侍御史入兼集賢殿直學士。元和末，累遷中書舍人。……武宗立，進尚書左僕射，封魏郡公。……擢山南西道節度使、同中書門下平章事。以夙儒兼宰相秩，前世所罕。……宣宗初，檢校司空，以疾願代，不許。卒，年八十八，贈太尉，謚曰文懿。』

〔二八〕《舊唐書》卷一六六《白居易列傳》：『會昌初，以刑部尚書致仕。六年，卒，年七十五。贈尚書右僕射。宣宗以詩吊之。』

〔二九〕《宋史》卷二八四《宋庠列傳》：『宋庠，字公序，安州安陸人，後徙開封之雍丘。……明年，除尚書工部侍郎，充樞密使。皇祐中，拜兵部侍郎、同中書門下平章事、集賢殿大學士。』又《宋史》卷三三六《司馬光列傳》：『司馬光，字君實，陝州夏縣人也。……拜尚書左僕射兼門下侍郎，免朝覲，許乘肩輿，三日一入省。』又《宋史》卷三九一《周必大列傳》：『周必大，字子充，一字洪道，其先鄭州管城人。……淳熙十四年二月，拜右丞相。四年，薨，年七十有九。贈太師，謚文忠。寧宗題篆其墓碑曰：《忠文耆德之碑》。』

〔三〇〕《宋史》卷三一四《范仲淹列傳》：「范仲淹，字希文，唐宰相履冰之後。其先邠州人也，後徙家江南，遂為蘇州吴縣人。……拜尚書禮部員外郎、天章閣待制。初，仲淹以忤吕夷簡，放逐者數年。及夷簡罷，召還，倚以為治，中外想望其功業。而仲淹以天下為己任，裁削幸濫，考核官吏，日夜謀慮興致太平。」又《宋史》卷三一九《歐陽脩列傳》：「歐陽脩，字永叔，廬陵人。四歲而孤，母鄭，守節自誓，親誨之學，家貧，至以荻畫地學書。幼敏悟過人，讀書輒成誦。及冠，嶷然有聲。五年，拜樞密副使。六年，參知政事。……其在政府，與韓琦同心輔政。」

〔三一〕《元史》卷一七二《趙孟頫列傳》：「仁宗在東宫，素知其名，及即位，召除集賢侍講學士、中奉大夫。延祐元年，改翰林侍講學士，遷集賢侍講學士、資德大夫。三年，拜翰林學士承旨、榮禄大夫。」

〔三二〕蘇天爵《元朝名臣事略》卷八：「左丞許文正公，公名衡，字平仲，懷慶河内人。中統元年五月，應詔北上，授太子太保，力辭不受，改國子祭酒。九月，以疾辭歸。至元七年，拜中書左丞，力辭不允。」

〔三三〕《元朝名臣事略》卷八：「内翰竇文正公名默，字子聲，廣平肥鄉人。中統元年，拜太子太傅，辭不受。改翰林侍講學士。至元十七年拜昭文館大學士。是歲卒，年八十五。」

〔三四〕《元朝名臣事略》卷八：「左丞姚文獻公名樞，字公茂，營州柳城人。中統元年，拜東平宣撫使，明年，召拜太子太師，辭不受。四年拜中書左丞，……十二年，拜翰林學士承旨。十七年薨，年七十八。」

〔三五〕《元朝名臣事略》卷一二：「内翰王文忠公名磐，字文炳，廣平永年人。……至元元年，復召入翰林兼太常卿，進拜承旨，居翰林二十年。三十年卒，年九十二。」

〔三六〕《元史》卷一七四《姚燧列傳》：「至大元年，仁宗居藩邸，開宫師府，起燧為太子賓客。未幾，除承旨學士，尋拜太子少傅。明年，授榮禄大夫、翰林學士承旨、知制誥兼修國史。……卒於家，年七十六。謚曰文。」

〔三七〕《元史》卷一八二《歐陽玄列傳》：「歐陽玄，字原功，其先家廬陵，與文忠公脩同所自出。詔脩遼、金、宋三史，召為總裁官。五年，帝以玄歷仕累朝，且有脩三史功，遂擬拜翰林學士承旨。……仍前翰林學士承旨，進階光祿大夫。卒於崇教里之寓舍，年八十五。追封楚國公，謚曰文。」

〔三八〕劉基，官至御史中丞，封誠意伯。事詳《明史》卷一二八本傳。

〔三九〕王守仁官南京兵部尚書，封新建伯。事詳《明史》卷一九五本傳。

〔四〇〕《明史》卷一四八《楊士奇列傳》：「楊士奇名寓，以字行。……永樂六年，命與蹇義、黃淮留輔太子。仁宗即位，擢禮部侍郎兼華蓋殿大學士。尋進少傅。英宗即位，進少師。……九年三月卒，年八十。贈太師，謚文貞。」

〔四一〕《明史》卷一八一《丘濬列傳》：「丘濬字仲深，瓊山人。……孝宗嗣位，特進禮部尚書，掌詹事府。脩《憲宗實録》，充副總裁。弘治四年書成，加太子太保，尋命兼文淵閣大學士參與機務。……八年卒，年七十六。贈太傅，謚文莊。」

〔四二〕《明史》卷一八一《李東陽列傳》：「李東陽字賓之，茶陵人。……累遷侍講學士，充東宮講官。弘治四年，擢禮部侍郎兼侍讀學士。八年以本官直文淵閣參與機務。久之，進太子少保、禮部尚書兼文淵閣大學士。武宗立，屢加少傅兼太子太傅。……又四年卒，年七十。贈太師，謚文正。」

〔四三〕《明史》卷一八一《王鏊列傳》：「王鏊字濟之，吴人。……弘治初，遷侍講學士，充講官。正德元年，（劉）瑾迫公論，命以本官兼學士與（焦）方同入內閣，踰月，進戶部尚書、文淵閣大學士。明年加少傅兼太子太傅。嘉靖三年卒，年七十五。贈太傅，謚文恪。」

〔四四〕《新唐書》卷二二三《奸臣列傳》：「許敬宗，字延族，杭州新城人。……咸亨初，以特進致仕，仍朝朔望，續其俸祿。卒，年八十一。帝為舉哀，詔百官哭其第，册贈開府儀同三司、揚州大都督，陪葬昭陵。」

〔四五〕《宋史》卷四七二《奸臣傳》二：「蔡京字元長，興化僊遊人。……欽宗即位，邊遽日急，（蔡）京盡室南下，為自全計。天下罪京為六賊之首，侍御史孫覿等始極疏其奸惡，乃以秘書監分司南京，連貶崇信、慶遠軍節度副使，衡州安置，又徙韶、儋二州。行至潭州死，年八十。』

〔四六〕《明史》卷三〇八《奸臣傳》：『嚴嵩字唯中，分宜人。嘉靖二十一年八月，拜武英殿大學士，入直文淵閣。……嵩無他才略，唯一意媚上，竊權罔利。帝英察自信，果刑戮，頗護己短，嵩以故得因事激帝怒，戕害人以成其私。張經、李天寵、王忬之死，嵩皆有力焉。……嵩竊政二十年，溺信惡子，流毒天下，人咸指目為奸臣。其坐世蕃大逆，則徐階意也。又二年，嵩老病，寄食墓舍以死。』按：嚴嵩卒年八十七歲。

〔四七〕《史記》卷三《殷本紀》張守節《正義》引《帝王世紀》：『伊尹名摯，爲湯相，號阿衡，年百歲卒。』《冊府元龜》卷七八四《壽考》：『周太公望呂尚者，爲太師，佐武王平商而王天下，封於營丘。蓋太公之卒，百有餘年。』《論衡》卷一《氣壽篇》：『文王九十七而薨，武王九十三而崩。周公，武王之弟也，兄弟相差不過十年。武王崩，周公居攝七年，復政退老，出入百歲矣。邵公，周公之兄也，至康王之時，尚爲太保，出入百有餘歲矣。』《冊府元龜》卷七八四《壽考》：『衛武公九十五警於國人。』

四五

顏之推云：『文章之體，標舉興會，發引性靈，使人矜伐，故忽於持操，果於進取。今世文士，此患彌切。一事愜當，一句清巧，神厲九霄，志淩千載，自吟自賞，不覺更有傍人。加以砂礫所傷，慘於矛戟；諷刺之禍，速於風塵，深宜防慮，以保元吉。』〔一〕吾生平無進取念，少年時神厲志淩之病亦或有之。今老矣，追思往事，可爲捫舌〔二〕。

【校注】

〔一〕語見顔之推《顔氏家訓》卷四《文章第九》。

〔二〕錢謙益《列朝詩集》丁集上：『元美弱冠登朝，與濟南李于鱗脩復西京、大曆以上之詩文，以號令一世。于鱗既殁，元美著作日益繁富，而其地望之高，遊道之廣，聲力氣義，足以翕張賢豪，吹嘘才俊。於是天下咸望走其門，若玉帛職貢之會，莫敢後至，操文章之柄，登壇設墠，近古未有，迄今五十年。《弇州四部》之集，盛行海內，毁譽翕集，彈射四起，輕薄爲文者，無不以王、李爲口實，而元美晚年之定論，則未有能推明之者也。元美之才，實高於于鱗，其神明意氣，皆足以絶世。少年盛氣，爲于鱗輩撈籠推挽，門户既立，聲價復重，譬之登峻阪，騎危墻，雖欲自下，勢不能也。迨乎晚年，閱世日深，讀書漸細，虚氣銷歇，浮華解駁，於是乎澳然汗下，蘧然夢覺，而自悔其不可以復改矣。』

四六

大抵世之於文章，有挾貴而名者，有挾科第而名者，有挾他技如書畫之類而名者，有中於一時之好而名者，有依附先達，假吹嘘之力而名者，有務爲大言，樹門户而名者，有廣引朋輩，互相標榜而名者。要之，非可久可大之道也。邇來狙獪賈胡〔一〕以金帛而買名，淺夫狂竪，至用詈罵謗訕，欲以脅士大夫而取名，唉可恨哉！

【校注】

〔一〕賈胡：經商之胡人。《後漢書》卷二四《馬援傳》：『伏波類西域賈胡，到一處輒止。』李賢注：『言似商胡，所至之處輒停留。』

藝苑卮言校注附録卷一

一

詞者，樂府之變也〔一〕。昔人謂李太白《菩薩蠻》、《憶秦娥》〔二〕，楊用脩又傳其《清平樂》二首以為調祖〔三〕，不知隋煬帝已有《望江南》詞。蓋六朝諸君臣頌酒賡色，務裁艷語，默啟詞端，寔為濫觴之始。故詞須宛轉綿麗，淺至儇俏，挾春月煙花於閨幨内奏之。一語之艷，令人魂絶；一字之工，令人色飛，乃為貴耳〔四〕。至於慷慨磊落，縱横豪爽，抑亦其次，不作可耳〔五〕。作則寧為大雅罪人，勿儒冠而胡服也。

【校注】

〔一〕張惠言《詞選序》：『詞者蓋出於唐之詩人，采樂府之音，以製新律，因繫其詞，故曰詞。』吴梅《詞學通論》第一章：『詞之為學，意内言外，發始於唐，滋衍於五代，而造極於兩宋。調有定格，字有定音，實為樂府之遺，故曰詩餘。』

〔二〕魏慶之《詩人玉屑》卷二一引《古今詩話》：『鼎州滄水驛，有《菩薩蠻》云：「平林漠漠煙如織。寒山一帶傷心碧。暝色入高樓。有人樓上愁。　玉階空佇立。宿鳥歸飛急。何處是歸程。長亭更短亭。」曾子宣家有《古風集》，此詞乃太白作也。』王琦《李太白全集》卷六注引《湘山野録》云：『「平林漠漠煙如織」云云，此詞不知何人寫在鼎州滄水驛樓，復不知何人所撰。魏道輔泰見而愛之。後至長沙得古集於曾子宣內翰家，乃作李白所作。』胡應麟《少室山房筆叢》卷四一《莊岳委談》下：『今詩餘名《望江南》外，《菩薩蠻》、《憶秦娥》稱最古，以《草堂》二詞出太白也，近世文人學士或以為然。予謂太白在當時直以風雅自任，即近體盛行，七言律鄙不肯為，寧屑事此？且二詞雖工麗而氣亦衰颯，于太白超然之致不啻穹壤。藉令真出青蓮，必不作如此語。詳其意調，絕類溫方城輩，蓋晚唐人詞，嫁名太白。原二詞嫁名太白有故，《草堂》詞宋末人編，青蓮詩亦稱《草堂集》，後世以二詞出唐人而無名氏，故僞題太白，以冠斯篇也。』又『《菩薩蠻》之名，當起於晚唐世，按《杜陽雜篇》云：「大中初，女蠻國貢雙龍犀、明霞錦，其國人危髻金冠，纓絡被體，故謂之菩薩蠻。當時倡優遂製《菩薩蠻》曲，文士亦往往效其詞。」《南部新書》亦載此事。則太白之世，尚未有斯題，何得預製其曲耶？』按：《草堂詩餘》前集卷下録李白《憶秦娥》一首，其辭曰：『簫聲咽。秦娥夢斷秦樓月。秦樓月。年年柳色。灞陵傷別。　樂遊原上清秋節。咸陽古道音塵絕。音塵絕。西風殘照，漢家陵闕。』又後集卷下録李白《菩薩蠻》『平林漠漠煙如織』一首。按：溫庭筠曾貶方城尉，故稱。

〔三〕楊慎《詞品》卷一：『李太白應制《清平樂》詞云：「禁庭春晝。鶯羽披新繡。百草巧求花下鬭。祇賭珠璣滿斗。　日晚卻理殘粧。御前閒舞霓裳。誰道腰支窈窕，折旋消得君王。」其二云：「禁幃秋夜。明月探窗鋪。玉帳鴛鴦噴蘭麝。時落銀燈香灺。　女伴莫話孤眠。六宮羅綺三千。一笑皆生百媚，宸遊教在誰邊。」此詞見呂鵬《遏雲集》，載四首，黃玉琳以其二首無清逸氣韻，止選二首。』《御選歷代詩餘詞話》卷一一引鄭樵《通志》云：『《菩薩蠻》、《憶秦娥》二首，為百代詞曲之祖。』

〔四〕胡應麟《少室山房筆叢》卷四一《莊岳委談》下：『世所盛行宋、元詞曲咸以昉於唐末，然實陳、隋始之，蓋齊、梁月露之體，矜華角麗，固已兆端。至陳、隋二主，並富才情，俱湎聲色，所為長短歌行，率宋人詞中語也。煬帝之《春江》、《玉樹》等篇尤近。至《望江南》諸闋，唐、宋、元人沿襲至今，詞曲濫觴，實始斯際。』《藝概》卷四：『梁武帝《江南弄》、陶宏景《寒夜怨》、陸瓊《飲酒樂》、徐孝穆《長相思》，皆具詞體，而堂廡未大。至太白《菩薩蠻》之繁情促節，《憶秦娥》之長吟遠慕，遂使前此諸家，悉歸環內。」

〔五〕陳廷焯《白雨齋詞話》卷一：「詞至東坡，一洗綺羅香澤之態，寄慨無端，别有天地。」又：「太白之詩，東坡之詞，皆是異樣出色，祇是人不能學，烏得議其非正聲？」

二

《花間》以小語致巧，世説靡也〔一〕；《草堂》以麗字取妍，六朝隃也〔二〕。即詞號稱詩餘，然而詩人不為也。何者？其婉孌而近情也，足以移情而奪嗜；其柔靡而近俗也，詩嘽緩而就之，而不知其下也。之詩而詞，非詞也；之詞而詩，非詩也〔三〕，言其業，李氏、晏氏父子〔四〕、耆卿、子野、美成、少游、易安至矣〔五〕，詞之正宗也。溫、韋艷而促〔六〕，黄九精而刻〔七〕，長公麗而壯〔八〕，幼安辨而奇〔九〕，又其次也，詞之變體也。詞興而樂府亡矣，曲興而詞亡矣，非樂府與詞之亡，其調亡也。

【校注】

〔一〕《四庫全書總目提要》卷一九九：「《花間集》十卷，後蜀趙崇祚編。……詩餘體變自唐，而盛行於五代。自宋以後，體制益繁，選録益衆。而溯源星宿，當以此集為最古。唐末名家詞曲，俱賴以僅存。」

〔二〕《四庫全書總目提要》卷一九九：「《類編草堂詩餘》四卷，不著編輯者名字，舊傳南宋人所編。考王楙《野客叢書》作於慶、元間，已引《草堂詩餘》張仲宗《滿江紅》詞證「粉蝶黄蜂」之語，則此書在慶、元以前矣。詞家小令、中調、長調之分，自此書始。』

〔三〕李清照《詞論》：『晏元獻、歐陽永叔、蘇子瞻，學際天人，作為小歌詞，直如酌蠡水於大海，然皆句讀不葺之詩爾。又往往不協音律者，何耶？蓋詩文分平側，而歌詞分五音，又分五聲，又分六律，又分清濁輕重。且如近世所謂《聲聲慢》、《雨中花》、《喜遷鶯》，既押平聲韻，又押入聲韻。《玉樓春》本押平聲韻，又押上、去聲，又押入聲。本押仄聲韻，如押上聲則協；如押入聲，則不可歌矣。王介甫、曾子固文章似西漢，若作一小歌詞，則人必絕倒，不可讀也。乃知詞別是一家，知之者少。』

〔四〕指李璟、李煜父子及晏殊、晏幾道父子。

〔五〕耆卿，柳永字。子野，張先字。美成，周邦彥字。少游，秦觀字。李清照號易安居士。

〔六〕溫、韋：溫庭筠、韋莊。

〔七〕黃九：黃庭堅。

〔八〕長公：蘇軾。

〔九〕幼安，辛棄疾字。

三

何元朗云：『樂府以皦逕揚厲為工，詩餘以婉麗流暢為美〔一〕。』

【校注】

〔一〕語見明上海顧從敬刊《草堂詩餘》何良俊序。

四

《昔昔鹽》、《阿鵲鹽》、《阿濫堆》、《突厥鹽》、《疏勒鹽》、《阿那朋》之類，詞名之所由起也〔一〕。其名不類中國者，歌曲變態，起自羌胡故耳〔二〕。然自《昔昔鹽》排律外，餘多七言絶，有其名而無其調。隋煬、李白，調始生矣。然《望江南》、《憶秦娥》則以辭起調者也；《菩薩蠻》則以辭按調者也。

【校注】

〔一〕洪邁《容齋詩話》卷六：『薛道衡以「空梁落燕泥」之句為隋煬帝所嫉。考其詩名《昔昔鹽》，凡十韻。……《玄怪録》載蘧篨三娘工唱《阿鵲鹽》，又有《突厥鹽》、《黄帝鹽》、《白鴿鹽》、《神雀鹽》、《疏勒鹽》、《滿座鹽》、《歸國鹽》。唐詩「媚賴吴娘唱是鹽」，「更奏新聲《刮骨鹽》」，然則歌詩謂之鹽者，如吟、行、曲、引之類云。今南嶽廟獻神樂曲有《黄帝鹽》，而俗傳以為《皇帝炎》，《長沙志》從而書之，蓋不考也。』

〔二〕郭茂倩《樂府詩集》卷七九：『近代曲者，亦雜曲也，以其出於隋、唐之世，故曰近代曲也。隋自開皇初，文帝置七部樂：一曰西涼伎，二曰清商伎，三曰高麗伎，四曰天竺伎，五曰安國伎，六月龜兹伎，七曰文康伎。至大業中，煬帝乃立清樂、西涼、龜兹、天竺、康國、疏勒、安國、高麗、禮畢，以為九部，樂器工衣於是大備。唐武德初，因隋舊制，用九部樂。太宗增高昌樂，又造讌樂，而去禮畢樂曲。其著令者十部：一曰讌樂，二曰清商，三曰西涼，四曰天竺，五曰高麗，六曰龜茲，七曰安國，八曰疏勒，九曰高昌，十曰康國，而總謂之燕樂，聲詞繁雜，不可勝紀。』

五

溫飛卿所作詞曰《金荃集》〔一〕，唐人詞有集曰《蘭畹》〔二〕，蓋皆取其香而弱也。然則雄壯者固次之矣！

【校注】

〔一〕《金荃集》，溫庭筠詞集名，已佚。後人輯有《金荃詞》，當非原貌。

〔二〕《蘭畹》，又名《蘭畹曲令》、《蘭畹曲會》，北宋元祐間孔方平編集，録唐末宋初諸家詞。原集已佚，近人周詠先輯有《蘭畹集》一卷。

六

楊用脩所載，太白有《清平樂》二闋，識者以為非太白作，謂其卑淺也〔一〕。按太白《清平樂》本三絕句而已，不應復有詞〔二〕。第所謂『女伴莫話高眠。六宫羅綺三千。一笑皆生百媚，宸遊教在誰邊』〔三〕。亦有情語，余每誦之。及樂天絕句云：『雨露由來一點恩，爭能遍卻及千門。三千宫女如花面，幾個春來無淚痕〔四〕。』輒低回歎息，古之怨女棄才何限也。

【校注】

〔一〕見楊慎《詞品》卷一。

〔二〕李白《清平調詞》三首：『雲想衣裳花想容，春風拂檻露華濃。若非群玉山頭見，會向瑤臺月下逢。（其一）一枝紅豔露凝香，雲雨巫山枉斷腸。借問漢宮誰得似，可憐飛燕倚新粧。（其二）名花傾國兩相歡，長得君王帶笑看。解釋春風無限恨，沉香亭北倚闌干。（其三）』王琦注引《唐書·禮樂志》：『俗樂二十八調中，有《正平調》、《高平調》，則知所謂《清平調》者，亦其類也。蓋天寶中所製供奉新曲，如《荔枝香》、《伊州曲》、《涼州曲》、《霓裳羽衣曲》之儔歟？』見《李太白全集》卷五。

〔三〕舊題李白詞《清平樂令》句，見《李太白全集》卷三〇。

〔四〕白居易《後宮詞》，見《全唐詩》卷四四二。

七

《花間》猶傷促碎，至南唐李主父子而妙矣〔一〕。『風乍起，吹皺一池萍水』，關卿何事，與未若陛下『小樓吹徹玉笙寒』〔二〕，此語不可聞鄰國，然是詞林本色佳話。『雲破月來花弄影』郎中，『紅杏枝頭春意鬧』尚書〔三〕，意似祖述之，而句小不逮，然亦佳。

【校注】

〔一〕王國維《人間詞話》：『詞至後主而眼界始大，感慨遂深，遂變伶工之詞為士大夫之詞。』周濟《介存齋論詞雜著》：『李後主詞，如生馬駒，不受控捉。』譚獻《譚評詞辨》卷二：『後主之詞，足當太白詩篇，高奇無匹。』按：『李主』，底本作『李王』，據《四庫》本改。

〔二〕馬令《南唐書》卷二一《馮延巳傳》：玄宗（李璟廟號）嘗戲延巳曰：『「吹皺一池春水」，干卿何事？』延巳曰：『未如陛下「小樓吹徹玉笙寒」。』玄宗悅。按：『小樓吹徹玉笙寒』，李璟詞《浣溪沙》句，見本卷第一三條注〔二〕。『吹皺一池春水』，馮延巳詞《謁金門》：『風乍起。吹皺一池春水。閒引鴛鴦香徑裏。手挼紅杏蕊。　鬬鴨闌杆獨倚。碧玉搔頭斜墜。終日望君君不至。舉頭聞鵲喜。』，見《陽春集》。

〔三〕胡仔《苕溪漁隱叢話》前集卷三七引《遯齋閑覽》：張子野郎中以樂章擅名一時，宋子京尚書奇其才。先往見之，遣將命者謂曰：『尚書欲見「雲破月來花弄影」郎中乎？』子野屏後呼曰：『得非「紅杏枝頭春意鬧」尚書邪？』遂出，置酒盡歡。蓋二人所舉，皆其警策也。按：『雲破月來花弄影』，張先《天僊子》：『水調數聲持酒聽。午醉醒來愁未醒。送春春去幾時回，臨晚鏡。傷流景。往事後期空記省。　沙上並禽池上瞑。雲破月來花弄影。重重簾幕密遮燈，風不定。人初靜。明日落紅應滿徑。』『紅杏枝頭春意鬧』，宋祁《玉樓春·春景》：『東城漸覺風光好。縠皺波紋迎客棹。綠楊煙外曉寒輕，紅杏枝頭春意鬧。　浮生長恨歡娛少。肯愛千金輕一笑。為君持酒勸斜陽，且向花間留晚照。』

八

『今宵酒醒何處，楊柳外、曉風殘月』〔一〕與秦少游『酒醒處、殘陽亂鴉』〔二〕同一景事，而柳尤勝。

【校注】

〔一〕柳永《雨霖鈴》：『寒蟬淒切。對長亭晚，驟雨初歇。都門帳飲無緒，留戀處、蘭舟催發。執手相看淚眼，竟無語凝噎。念去去、千里煙波，暮靄沉沉楚天闊。多情自古傷離別。更那堪、冷落清秋節。今宵酒醒何處，楊柳岸、曉風殘月。此去經年，應是良辰、好景虛設。便縱有、千種風情，更與何人説。』見《樂章集》。

〔二〕僧仲殊《柳梢青·吴中》：『岸草平沙。吴王故苑，柳裊煙斜。雨後寒輕，風前香軟，春在梨花。行人一棹天涯。酒醒處、殘陽亂鴉。門外秋千，牆頭紅粉，深院誰家。』按：此首《草堂詩餘》前集卷上作秦觀詞。

九

『寒雅千萬點，流水遶孤村』，隋煬詩也〔一〕。『寒雅數點，流水遶孤村』，少游詞也〔二〕。語雖蹈襲，然入詞尤是當家。

【校注】

〔一〕隋煬帝楊廣詩：『寒鴉飛數點，流水繞孤村。斜陽欲落處，一望黯消魂。』『雅』，通『鴉』。

〔二〕秦觀《滿庭芳》：『山抹微雲，天連衰草，畫角聲斷譙門。暫停征棹，聊共引離尊。多少蓬萊舊事，空回首、煙靄紛紛。斜陽外、寒鴉萬點，流水繞孤村。銷魂。當此際，香囊暗解，羅帶輕分。謾贏得、青樓薄倖名存。此去何時見也，襟袖上、空惹啼痕。傷情處，高城望斷，燈火已黄昏。』

一〇

昔人謂銅將軍鐵着板，唱蘇學士『大江東去』，十八九歲好女子，唱柳屯田『楊柳外、曉風殘月』，為詞家三昧〔一〕。然學士此詞亦自雄壯，感慨千古，果令銅將軍於大江奏之，必能使江波鼎沸。至咏楊花《水龍吟慢》〔二〕，又進柳妙處一塵矣。

【校注】

〔一〕陶宗儀《說郛》卷二四引《吹劍續録》：『東坡在玉堂，有幕士喜謳，因問：「我詞比柳詞如何？」對曰：「柳郎中詞，衹好十七八女孩兒執紅牙拍板，唱「楊柳岸、曉風殘月」。學士詞須關西大漢，執鐵板唱「大江東去」。」坡為之絶倒。』按：蘇軾詞《念奴嬌·赤壁懷古》：『大江東去，浪淘盡、千古風流人物。故壘西邊人道是，三國周郎赤壁。亂石穿空，驚濤拍岸，卷起千堆雪。江山如畫，一時多少豪傑。　遥想公瑾當年，小喬初嫁了，雄姿英發。羽扇綸巾，談笑間、強虜灰飛煙滅。故國神遊，多情應笑我，早生華髮。人間如夢，一尊還酹江月。』『楊柳岸、曉風殘月』，柳永詞《雨霖鈴》句，見本卷第八條注〔一〕。柳永曾官屯田員外郎，故稱。

〔二〕蘇軾《水龍吟·次韻章質夫楊花詞》：『似花還似非花，也無人惜從教墜。抛家傍路，思量卻是，無情有思。縈損柔腸，困酣嬌眼，欲開還閉。夢隨風萬里，尋郎去處，又還被，鶯呼起。　不恨此花飛盡，恨西園、落紅難綴。曉來雨過，遺蹤何在，一池萍碎。春色三分，二分塵土，一分流水。細看來，不是楊花點點，是離人淚。』張炎《詞源》：『東坡次章質夫楊花《水龍吟》韻，機鋒相摩，起句便合讓東坡出一頭地，後片愈出愈奇，真是壓倒古今。』沈謙《填詞雜說》：

『東坡「似花還似非花」一篇，幽怨纏綿，直是言情，非復詠物。』王國維《人間詞話》：『詠物之詞，自以東坡《水龍吟》為最工。』

一一

子瞻『與誰同坐？明月清風我』〔一〕，『明月幾時有？把酒問青天』〔二〕，快語也；『大江東去，浪淘盡，千古風流人物』〔三〕，壯語也；『杏花疏影裏，吹笛到天明』〔四〕，又『高情已逐曉雲空，不與梨花同夢』〔五〕，爽語也；其詞濃與淡之間也。

【校注】

〔一〕蘇軾《點絳唇》：『閒倚胡床，庾公樓外峰千朵。與誰同坐。明月清風我。　別乘一來，有唱應須和。還知麼。自從添箇。風月平分破。』

〔二〕蘇軾《水調歌頭·丙辰中秋歡飲達旦大醉作此篇兼懷子由》：『明月幾時有，把酒問青天。不知天上宮闕，今夕是何年。我欲乘風歸去，又恐瓊樓玉宇，高處不勝寒。起舞弄清影，何似在人間。　轉朱閣，低綺戶，照無眠。不應有恨，何事長向別時圓。人有悲歡離合，月有陰晴圓缺，此事古難全。但願人長久，千里共嬋娟。』

〔三〕蘇軾《念奴嬌·赤壁懷古》句，見本卷第十條注〔一〕。

〔四〕按：此係陳與義詞。陳與義《臨江僊·夜登小閣憶洛中舊遊》：『憶昔午橋橋上飲，坐中多是豪英。長溝流月去無聲。杏花疏影裏，吹笛到天明。　二十餘年如一夢，此身雖在堪驚。閑登小閣看新晴。古今多少事，漁唱起三更。』

〔五〕蘇軾《西江月·梅花》：『玉骨那愁瘴霧，冰姿自有僊風。海僊時遣探芳叢。倒掛綠毛么鳳。素面翻嫌分涴，洗粧不褪脣紅。高情已逐曉雲空。不與梨花同夢。』

一二

『歸來休放燭花紅，待踏馬蹄清夜月』〔一〕，致語也；『問君能有幾多愁？卻似一江春水向東流』〔二〕，情語也。後主直是詞手。

【校注】

〔一〕李煜《玉樓春》：『晚粧初了明肌雪。春殿嬪娥魚貫列。鳳簫吹斷水雲間，重按霓裳歌遍徹。臨風誰更飄香屑。醉拍欄干情味切。歸時休放燭花紅，待踏馬蹄清夜月。』

〔二〕李煜《虞美人》：『春花秋月何時了。往事知多少。小樓昨夜又東風。故國不堪回首月明中。雕欄玉砌應猶在。只是朱顏改。問君能有幾多愁。恰似一江春水向東流。』

一三

『油壁車輕金犢肥，流蘇帳暖春鷄報』〔一〕，非歌行麗對乎？『細雨夢回雞塞遠，小樓吹徹玉笙寒』〔二〕，『青鳥不傳雲外信，丁香空結雨中愁』〔三〕，『無可奈何花落去，似曾相識燕歸來』〔四〕非律詩俊語乎？然是天成一段詞也，着詩不得。

【校注】

〔一〕溫庭筠《玉樓春》：『家臨長信往來道。乳燕雙雙掠煙草。油壁車輕金犢肥，流蘇帳曉春雞早。籠中嬌鳥暖猶睡，簾外落花閑不掃。衰桃一樹近池前，似惜紅顏鏡中老。』

〔二〕李璟《攤破浣溪沙》：『菡萏香銷翠葉殘。西風愁起綠波間。還與韶光共憔悴，不堪看。細雨夢回雞塞遠，小樓吹徹玉笙寒。多少淚珠何限恨，倚欄杆。』

〔三〕李璟《攤破浣溪沙》：『手卷真珠上玉鈎。依前春恨鎖重樓。風裏落花誰是主，思悠悠。青鳥不傳雲外信，丁香空結雨中愁。回首綠波三楚暮，接天流。』

〔四〕晏殊《浣溪沙》：『一曲新詞酒一杯。去年天氣舊亭臺。夕陽西下幾時回。無可奈何花落去，似曾相識燕歸來。小園香徑獨徘徊。』

一四

『斜陽只送平波遠』〔一〕，又『春來依舊生芳草』〔二〕，淡語之有致者也。『角聲吹落梅花月』〔三〕，又『滿院落花春寂寂』〔四〕，又『一鈎淡月天如水』〔五〕，又『鞦韆外、綠水橋平』〔六〕，又『地卑山潤，人靜費罏煙』〔七〕，淡語之有景者也景在費字。『平蕪盡處是青山，行人又在青山外』〔八〕，又『郴江幸自遶郴山，為誰流下瀟湘去』〔九〕，此淡語之有情者也。『拚則而今已拚了，忘則怎生便忘得』〔一〇〕，又『斷送一生憔悴，能消幾箇黄昏』〔一一〕，此恒語之有情者也。詠雨：『點點不離楊柳外，聲聲只在芭蕉裏』〔一二〕，此淺語之有情者也。淡語、恒語、淺語極不易工，因為拈出。

【校注】

〔一〕晏殊《蝶戀花》：『簾幕風輕雙語燕。午醉醒來，柳絮飛繚亂。心事一春猶未見。餘花落盡青苔院。百尺朱樓閒倚遍。薄雨濃雲，抵死遮人面。消息未知歸早晚。斜陽只送平波遠。』按此首亦作歐陽脩詞。

〔二〕王詵《蝶戀花》：『鐘送黄昏雞報曉。昏曉相催，世事何時了。萬恨千愁人自老。春來依舊生芳草。忙處人多閒處少。閒處光陰，幾個人知道。獨上高樓雲渺渺。天涯一點青山小。』按：此首《草堂詩餘》後集卷下作秦觀詞。

〔三〕蘇軾《蝶戀花》：『春事闌珊芳草歇。客裏風光，又過清明節。小院黄昏人憶別。落紅處處聞啼鴂。咫尺江山分楚越。目斷魂銷，應是音塵絕。夢破五更心欲折。角聲吹落梅花月。』

〔四〕《草堂詩餘》前集卷下：『秦湛（處度）詞《謁金門》：『空相憶。無計與傳消息。天上嫦娥人不識。寄書何處覓。　春睡覺來無力。不忍把伊書跡。滿院落花春寂寂。斷腸芳草碧。』按：此首趙崇祚《花間集》作韋莊詞。

〔五〕謝逸《千秋歲》：『楝花飄砌。蔌蔌清香細。梅雨過，蘋風起。情隨湘水遠，夢繞吴峰翠。琴書倦，鷓鴣喚起南窗睡。　密意無人寄。幽恨憑誰洗。脩竹畔，疏簾裏。歌餘塵拂扇，舞罷風掀袂。人散後，一鈎淡月天如水。』

〔六〕秦觀《滿庭芳》：『曉色雲開，春隨人意，驟雨才過還晴。古臺芳榭，飛燕簇紅英。舞困榆錢自落，鞦韆外、綠水橋平。東風裏，朱門映柳，低按小秦箏。　多情。行樂處，珠鈿翠蓋，玉轡紅纓。漸酒空金榼，花困蓬瀛。豆蔻梢頭舊恨，十年夢、屈指堪驚。憑欄久，疏煙淡日，寂寞下蕪城。』

〔七〕周邦彥《滿庭芳・夏景》：『風老鶯雛，雨肥梅子，午陰嘉樹青圓。地卑山近，衣潤費鑪煙。人靜烏鳶自樂，小橋外、新綠濺濺。憑闌久，黃蘆苦竹，擬汎九江船。　年年。如社燕，漂流瀚海，來寄脩椽。且莫思身外，長近尊前。憔悴江南倦客，不堪聽、急管繁絃。歌筵畔，先安簟枕，容我醉時眠。』『山潤』、『人靜』，《全宋詞》作『山近』、『衣潤』。

〔八〕歐陽脩《踏莎行》：『候館梅殘，溪橋柳細。草薰風暖搖征轡。離愁漸遠漸無窮，迢迢不斷如春水。　寸寸柔腸，盈盈粉淚。樓高莫近危闌倚。平蕪盡處是春山，行人更在春山外。』

〔九〕秦觀《踏莎行》：『霧失樓臺，月迷津渡。桃源望斷無尋處。可堪孤館閉春寒，杜鵑聲裏斜陽暮。　驛寄梅花，魚傳尺素。砌成此恨無重數。郴江幸自繞郴山，為誰流下瀟湘去。』

〔一〇〕李甲《帝臺春》：『芳草碧色。萋萋遍南陌。暖絮亂紅，也知人、春愁無力。憶得盈盈拾翠侶，共攜賞、鳳城寒食。到今來，海角逢春，天涯為客。　愁旋釋。還似織。淚暗拭。又偷滴。謾佇立、遍倚危闌，儘黃昏，也只是、暮雲凝碧。拚則而今已拚了，忘則怎生便忘得。又還問鱗鴻，試重尋消息。』按：此首又作無名氏詞。

〔一一〕趙令畤《清平樂》：『春風依舊。著意隋堤柳。搓得鵝兒黃欲就。天氣清明時候。　去年紫陌青門。今宵雨魄雲魂。斷送一生憔悴，只銷幾個黃昏。』

〔一二〕陳瓘《滿江紅・詠雨》：『斗帳高眠，寒窗靜、瀟瀟雨意。南樓近，更移三鼓，漏傳一水。點點不離楊柳外，聲聲只在芭蕉裏。也不管、滴破故鄉心，愁人耳。　無似有，游絲細。聚復散，真珠碎。天應分付與，別離滋味。破我一床蝴蝶夢，輸他雙枕鴛鴦睡。向此際、別有好思量，人千里。』見《草堂詩餘》後集卷上。按：此首《全宋詞》作無名氏。

一五

美成能作景語，不能作情語；能入麗字，不能入雅字，以故價微劣於柳。然至『枕痕一線紅生玉』〔一〕，又『喚起兩眸清炯炯。淚花落枕紅綿冷』〔二〕，其形容睡起之妙，真能動人。

【校注】

〔一〕周邦彥《滿江紅》：『晝日移陰，覽衣起，春幃睡足。臨寶鑒、綠雲繚亂，未忺粧束。蝶粉蜂黃都褪了，枕痕一線紅生肉。背畫欄、脈脈悄無言，尋棋局。　重會面，猶未卜。無限事，縈心曲。想秦箏依舊，尚鳴金屋。芳草連天迷遠望，寶香薰被成孤宿。最苦是、蝴蝶滿園飛，無人撲。』

〔二〕周邦彥《蝶戀花・秋思》：『月皎驚烏棲不定。更漏將殘，轣轆牽金井。喚起兩眸清炯炯。淚花落枕紅棉冷。執手霜風吹鬢影。去意徊徨，別語愁難聽。樓上欄杆橫斗柄。露寒人遠雞相應。』

一六

孫夫人〔一〕『閑把繡絲撏。認得金針又倒拈』〔二〕，可謂看朱成碧矣。李易安『此情無計可消除，方下眉頭，又上心頭』〔三〕，可謂憔悴支離矣。秦少游『安排腸斷到黃昏。甫能炙得燈兒了，雨打梨花深閉門』〔四〕，則十二時無間矣，此非深於閨恨者不能也。易安又有『寵柳嬌花寒食夜，種種惱人天氣』〔五〕。『寵柳嬌花』，新麗之甚。

【校注】

〔一〕孫道絢，世稱孫夫人，號沖虚居士，建寧（今屬福建）人。詩稿晚年焚毀，由其子黄銖搜訪，僅得詞數首。

〔二〕題名孫道絢《南鄉子》：『曉日壓重簷。斗帳猶寒起未忺。天氣困人梳洗倦，眉尖。淡畫春山不喜添。閒把繡絲撏。紝得金鍼又怕拈。陌上行人歸也未，懨懨。滿院楊花不捲簾。』見《草堂詩餘》後集卷下。按：唐圭璋《全宋詞》以為孫道絢與孫夫人並非一人，此首則定為無名氏詞。

〔三〕李清照《一剪梅》：『紅藕香殘玉簟秋。輕解羅裳，獨上蘭舟。雲中誰寄錦書來，燕子回時，月滿西樓。花自飄零水自流。一種相思，兩處閒愁。此情無計可消除，才下眉頭，卻上心頭。』

〔四〕秦觀《鷓鴣天·春閨》：『枝上流鶯和淚聞。新啼痕間舊啼痕。一春魚鳥無消息，千里關山勞夢魂。 無一語，對芳尊。安排腸斷到黄昏。甫能炙得燈兒了，雨打梨花深閉門。』按：此首《草堂詩餘》作秦觀詞。或作李清照詞。唐圭璋定為無名氏詞。

〔五〕李清照《念奴嬌·春情》：『蕭條庭院，又斜風細雨，重門須閉。寵柳驕花寒食近，種種惱人天氣。險韻詩成，扶頭酒醒，別是閒滋味。征鴻過盡，萬千心事誰寄。 樓上幾日春寒，簾垂四面，玉闌杆慵倚。被冷香消新夢覺，不許愁人不起。清露晨流，新桐初引，多少遊春意。日高煙斂，更看今日晴未。』『寒食夜』，《全宋詞》作『寒食近』。

一七

范希文『都來此事，眉間心上，無計相迴避』〔一〕，類易安而小遜之〔二〕；其『天淡銀河垂地』，語卻自佳。

【校注】

〔一〕范仲淹《御街行・秋日懷歸》：『紛紛墮葉飄香砌。夜寂靜，寒聲碎。真珠簾卷玉樓空，天淡銀河垂地。年年今夜，月華如練，長是人千里。　愁腸已斷無由醉。酒未到，先成淚。殘燈明滅枕頭欹。諳盡孤眠滋味。都來此事，眉間心上，無計相回避。』希文，范仲淹字。

〔二〕指李清照《一剪梅》詞『此情無計可消除，才下眉頭，卻上心頭』句。見本卷第一六條注〔三〕。

一八

溫庭筠『雁柱十三絃，一一春鶯語』〔一〕，陳無己『彈到斷腸時，春山眉黛低』〔二〕，皆彈箏俊語也。

【校注】

〔一〕溫庭筠《生查子》：『含羞整翠鬟，得意頻相顧。雁柱十三絃，一一春鶯語。　嬌雲容易飛，夢斷知何處。深院鎖黄昏，陣陣芭蕉雨。』按：此首唐圭璋《全宋詞》定為歐陽脩詞。

〔二〕陳師道《菩薩蠻》：『哀箏一弄湘江曲。聲聲寫盡湘波緑。纖指十三絃，細將幽恨傳。　當筵秋水慢。玉柱斜飛雁。彈到斷腸時，春山眉黛低。』此首唐圭璋定為晏幾道詞。按：此首《草堂詩餘》後集卷下作張先詞，朱彝尊《詞綜》卷六作陳師道詞。無己，陳師道字。

一九

張子野《青門引》〔一〕，万俟雅言《江城梅花引》〔二〕、《青玉案》〔三〕，句字皆佳。詞内『人瘦也，比梅花，瘦幾分』〔四〕，又『天還知道，和天也瘦』〔五〕，又『莫道不消魂，簾卷西風，人比黄花瘦』〔六〕，三『瘦』字俱妙。

【校注】

〔一〕張先《青門引·春思》：『乍暖還清冷。風雨晚來方定。庭軒寂寞近清明，殘花中酒，又是去年病。　樓頭畫角風吹醒。入夜重門靜。那堪更被明月，隔簾送過鞦韆影。』

〔二〕万俟詠《梅花引·冬怨》：『曉風酸。曉霜乾。一雁南飛人度關。客衣單。客衣單。千里斷魂，空歌行路難。寒梅驚破前村雪。寒鷄啼破西樓月。酒腸寬。酒腸寬。家在日邊，不堪頻倚欄。』雅言，万俟詠字。

〔三〕按：《全宋詞》録万俟詠詞二十九首，未見《青玉案》之作。

〔四〕程垓《攤破江城子》：『娟娟霜月又侵門。對黄昏，怯黄昏。愁把梅花，獨自泛清尊。酒又難禁花又惱，漏聲遠，一更更，總斷魂。　斷魂。斷魂。不堪聞。被半溫。香半溫。睡也睡也，睡不穩、誰與溫存。只有床前、紅燭半啼痕。一夜無眠連曉角，人瘦也，比梅花，瘦幾分。』

〔五〕秦觀《水龍吟》：『小樓連苑横空，下窺繡轂雕鞍驟。珠簾半卷，單衣初試，清明時候。破暖輕風，弄晴微雨，欲無還有。賣花聲過盡，斜陽院落，紅成陣、飛鴛甃。　玉佩丁東别後。悵佳期、參差難又。名韁利鎖，天還知道，和天也瘦。花下重門，柳邊深巷，不堪回首。念多情但有，當時皓月，向人依舊。」

〔六〕李清照《醉花陰》：「薄霧濃雲愁永晝。瑞腦銷金獸。佳節又重陽，玉枕紗櫥，半夜涼初透。　東籬把酒黃昏後。有暗香盈袖。莫道不銷魂，簾卷西風，人比黃花瘦。」

二〇

「隙月窺人小」〔一〕，又「天涯一點青山小」〔二〕，又「一夜青山老」〔三〕，俱妙在押字。「乍雨乍晴花易老」〔四〕，卻不在押字，而在「乍」字。

【校注】

〔一〕蘇軾《虞美人》：「波聲拍枕長淮曉。隙月窺人小。無情汴水自東流。只載一船離恨、向西州。　竹溪花浦曾同醉。酒味多於淚。誰教風鑑在塵埃。醞造一場煩惱、送人來。」

〔二〕見本卷一四條注〔二〕。

〔三〕陳瓘《青玉案》：「碧空黯淡彤雲繞。漸枕上，風聲峭。明透紗窗天欲曉。珠簾纔卷，美人驚報，一夜青山老。使君留客金尊倒。正千里瓊瑤未經掃。欺壓梅花春信早。十分農事，滿城和氣，管取明年好。」

〔四〕晏殊《浣溪沙》：「青杏園林煮酒香。佳人初試薄羅裳。柳絲無力燕飛忙。　乍雨乍晴花自落，閒愁閒悶日偏長。為誰消瘦減容光。」按：此首《草堂詩餘》前集卷下作秦觀詞。

二一

史邦卿題燕曰：『差池欲住，試入舊巢相並，還相雕梁藻井。又軟語、商量不定。』〔一〕可謂極形容之妙。『相』字，星相之相，從俗字。

【校注】

〔一〕史達祖《雙雙燕・詠燕》：『過春社了，度簾幕中間，去年塵冷。差池欲住，試入舊巢相並。還相雕梁藻井。又軟語、商量不定。飄然快拂花梢，翠尾分開紅影。　芳徑。芹泥雨潤。愛貼地爭飛，競誇輕俊。紅樓歸晚，看足柳昏花暝。應自棲香正穩。便忘了、天涯芳信。愁損翠黛雙蛾，日日畫闌獨憑。』邦卿，史達祖字。

二二

永叔極不能作麗語，乃亦有之曰：『隔花啼鳥喚行人』〔一〕，又『海棠經雨臙脂透』〔二〕。

【校注】

〔一〕歐陽脩《浣溪沙》：『湖上朱橋響畫輪。溶溶春水浸春雲。碧琉璃滑淨無塵。　當路遊絲縈醉客，隔花啼鳥喚行人。日斜歸去奈何春。』

〔二〕無名氏《錦纏道》：『燕子呢喃，景色乍長春晝。覩園林萬花如繡。海棠經雨胭脂透。柳展宮眉，翠拂行人首。向郊原踏青，恣歌攜手。醉醺醺、尚尋芳酒。問牧童、遥指孤村道，杏花深處，那裏人家有。』按：《草堂詩餘》前集卷上又作宋祁詞。又王雱詞《倦尋芳慢》亦有此句。

二三

王元澤『恨被榆錢，買斷兩眉長鬬』，可謂巧而費力矣〔一〕。史邦卿『做雨欺花，將煙困柳』，殆尤甚焉〔二〕。然與李漢老『叫雲吹斷横玉』〔三〕，謝勉仲『染雲為幌』〔四〕，美成『暈酥砌玉』〔五〕，魯直『鶯嘴啄花紅溜，燕尾點波綠皺』〔六〕，俱為險麗。

【校注】

〔一〕元澤，王雱字。王雱詞《倦尋芳慢》：『露晞向晚，簾幕風輕，小院閒晝。翠逕鶯來，驚下亂紅鋪繡。倚危牆，登高榭，海棠經雨胭脂透。算韶華，又因循過了，清明時候。　倦遊燕、風光滿目，好景良辰，誰共攜手。恨被榆錢，買斷兩眉長鬬。憶高陽，人散後。落花流水仍依舊。這情懷，對東風、盡成消瘦。』

〔二〕史達祖《綺羅香·詠春雨》：『做冷欺花，將煙困柳，千里偷催春暮。盡日冥迷，愁裏欲飛還住。驚粉重、蝶宿西園，喜泥潤、燕歸南浦。最妨它、佳約風流，鈿車不到杜陵路。　沈沈江上望極，還被春潮晚急，難尋官渡。隱約遥峰，和淚謝娘眉嫵。臨斷岸、新綠生時，是落紅、帶愁流處。記當日、門掩梨花，翦燈深夜語。』

〔三〕漢老，李邴字。李邴《念奴嬌》：『素光練淨，映秋山、隱隱脩眉横緑。鳷鵲樓高天似水，碧瓦寒生銀粟。千丈斜暉，奔雲湧霧，飛過盧仝屋。更無塵氣，滿庭風碎梧竹。　　誰念鶴髮僊翁，當年曾共賞，紫巖飛瀑。對影三人聊痛飲，一洗離愁千斛。斗轉參横，翩然歸去，萬里騎黄鵠。滿川霜曉，叫雲吹斷横玉。』

〔四〕勉仲，謝懋字。謝懋《鵲橋僊·七夕》：『鉤簾借月，染雲為幌，花面玉枝交映。涼生河漢一天秋，問此會、今宵孰勝。　　銅壺尚滴，燭龍已駕，淚浥西風不盡。明朝烏鵲到人間，試說向、青樓薄幸。』

〔五〕周邦彦《玉燭新·梅花》：『溪源新腊後。見數朵江梅，剪裁初就。暈酥砌玉芳英嫩，故把春心輕漏。前村昨夜，想弄月、黄昏時候。孤岸峭，疏影横斜，濃香暗沾襟袖。　　尊前賦與多材，問嶺外風光，故人知否。壽陽謾鬥。終不似，照水一枝清瘦。風嬌雨秀。好亂插、繁花盈首。須通道，羌管無情，看看又奏。』

〔六〕無名氏《如夢令》：『鶯嘴啄花紅溜。燕尾點波緑皺。指冷玉笙寒，吹徹小梅春透。依舊。依舊。人與緑楊俱瘦。』按：《草堂詩餘》前集卷上作秦觀詞。又，唐圭璋云：楊金本《草堂詩餘》前集卷下誤作黄庭堅詞。『溜』，底本訛作『淄』，據《全宋詞》改。

二四

吾愛司馬才仲『燕子啣將春色去，紗窗幾陣黄梅雨』〔一〕，有天然之美，令鬭字者退舍。

【校注】

〔一〕司馬槱字才仲，陜州夏臺人。其詞《黄金縷》：『家在錢塘江上住。花落花開，不管年華度。燕子又將春色去。紗窗一陣黃昏雨。　斜插犀梳雲半吐。檀板清歌，唱徹黃金縷。望斷行雲無去處。夢回明月生春浦。』

二五

休文『夢中不識路，何以慰相思』〔一〕，宋人反其指而用之：『重門不鎖相思夢，隨意遶天涯。』〔二〕各自佳。

【校注】

〔一〕沈約《別范安成》：『生平少年日，分手易前期。及爾同衰暮，非復別離時。勿言一樽酒，明日難重持。夢中不識路，何以慰相思。』

〔二〕趙令畤《烏夜啼·春思》：『樓上縈簾弱絮，牆頭礙月低花。年年春事關心事，腸斷欲棲鴉。　舞鏡鸞衣翠減，啼珠鳳蠟紅斜。重門不鎖相思夢，隨意繞天涯。』

二六

永叔、介甫俱文勝詞，詞勝詩，詩勝書。子瞻書勝詞，詞勝畫，畫勝文，文勝詩。然文等耳，餘俱非子瞻敵也。魯直書勝詞，詞勝詩，詩勝文。少游詞勝書，書勝文，文勝詩。

二七

詞至辛稼軒而變，其源實自蘇長公，至劉改之諸公極矣〔一〕。南宋如曾覿、張掄輩應制之作，志在鋪張，故多雄麗；稼軒輩撫時之作，意存感慨，故饒明爽然，而穠情致語幾於盡矣。

【校注】

〔一〕陳廷焯《白雨齋詞話》卷一：「辛稼軒，詞中之龍也，氣魄極雄大，意境卻極沉鬱。不善學之，流入叫囂一派，論者遂集矢於稼軒，稼軒不受也。」又：「劉改之、蔣竹山皆學稼軒者，然盡得稼軒糟粕，既不沉鬱，又多枝蔓，詞之衰，劉、蔣為之也。」改之，劉過字。

二八

陶穀尚書使江南，通秦弱蘭，作《風光好》詞，見宋人小說〔一〕。或有以為曹翰者，翰能作老將詩，其才固有之，終非武人本色〔二〕。沈叡達《雲巢編》謂陶使吳越，惑倡女任社娘，因作此詞，任大得陶貲，後用以創仁王院，落髮為尼〔三〕。李唐、吴越，未審孰是，要之近陶所為耳。

【校注】

〔一〕鄭文寶《南唐舊事》：『陶穀學士奉使，恃上國勢，下視江左，辭色毅然不可犯。韓熙載命妓秦弱蘭詐為驛卒女，每日弊衣持帚掃地。陶悅之與狎，因贈一詞名《風光好》云：「好因緣。惡因緣。只得郵亭一夜眠。別神僊。琵琶撥盡相思調。知音少。待得鸞膠續斷絃。是何年？」明日後主設宴，陶辭色如前，乃命弱蘭歌此詞勸酒，陶大沮，即日北歸。』事詳宋釋文瑩《玉壺清話》卷四。

〔二〕丁傳靖《宋人軼事彙編》卷四引《江南野史》：『曹翰使江南，唯事嚴重，累日不談笑。後主無以為計。韓熙載因使官妓徐翠筠為民間裝束，紅絲標杖，引弄花貓以誘之。翰見，果問主郵者：「此女為誰？」偽對曰：「娼家。」翰因留之，至旦去。與金帛無所受。曰：「止願得天使一詞以為世寶。」不得已，撰《風光好》遺之。翰入謝，留宴，使妓歌此詞。翰知見欺，乃痛飲數月而歸。』參看《玉壺清話》卷七。

〔三〕見張宗橚《詞林紀事》卷三引沈遼《雲巢集》卷八《任社娘傳》，文長不録。

二九

宋仁宗時，老人星見，柳耆卿托内侍以《醉蓬萊》詞進〔一〕。仁宗閱首句『漸亭皋葉下』『漸』字，意不懌，至『宸游鳳輦何處』，與《真宗挽歌》暗同，慘然久之。讀至『太液波翻』，忿然曰：『何不言太液「波澄」耶？』擲之地，罷不用。此詞之不遇者也〔二〕。高宗在德壽宮遊聚景園，偶步入一酒肆，見素屏有俞國寶書《風入松》一詞，嗟賞之。誦至『明日重攜殘酒，來尋陌上花鈿』，曰：『未免酸氣。』改『明日重扶殘醉』，仍即日予釋褐。此詞之遇者也〔三〕。耆卿詞毋論觸諱，中間不能一語形容老人星，自是不佳。

『重扶殘醉』勝初語數倍，乃見二主具眼。

【校注】

〔一〕柳永《醉蓬萊》：『漸亭皋葉下，隴首雲飛，素秋新霽。華闕中天，鎖葱葱佳氣。嫩菊黄深，拒霜紅淺，近寶階香砌。玉宇無塵，金莖有露，碧天如水。　正值昇平，萬幾多暇，夜色澄鮮，漏聲迢遞。南極星中，有老人呈瑞。此際宸遊，鳳輦何處，度管絃清脆。太液波飜，披香簾卷，月明風細。』

〔二〕事詳宋王闢之《澠水燕談録》卷八。

〔三〕周密《武林舊事》卷三：『一日御舟經斷橋，橋旁有小酒肆，頗雅潔。中飾素屏，書《風入松》一詞於上。光堯注目稱賞久之，宣問何人所作，乃太學生俞國寶醉筆也。其詞云：「一春長費買花錢，日日醉湖邊。玉驄慣識西泠路，驕嘶過、沽酒樓前。紅杏香中歌舞，緑楊影裏鞦韆。　東風十里麗人天，花壓鬢雲偏。畫船載取春歸去，餘情付、湖水湖煙。明日重攜殘酒，來尋陌上花鈿。」上笑曰：「此詞甚好，但末句未免儒酸。」因為改定云：「明日重扶殘醉」，則迥不同矣。即日命解褐云。』

三〇

宣政間，戚里子邢俊臣性滑稽，喜嘲詠，常出入禁中。善作《臨江僊》詞，末章必用唐律兩句為謔，以寓調笑。徽皇置花石綱，石之大者曰神運石，大舟排聯數十尾，僅能勝載。既至，上大喜，置艮嶽萬歲山，命俊臣為《臨江僊》詞，以『高』字為韻，末句云：『巍峨萬丈與天高。物輕人意重，千里送鵝毛。』又令賦陳朝檜，以『陳』字為韻。檜亦高五六丈，圍九尺餘，枝覆地幾百步。詞末云：『遠來猶自憶梁陳。江南無好物，聊贈一枝春。』上容之不怒也。內侍梁師成位兩府，甚尊顯用事，以文學自命，尤自矜為詩。因進詩，上稱善。顧謂俊臣曰：『汝可為好詞，以詠師成詩句之美。』且命押『詩』字韻。俊臣口占，末云：『欲知勤苦為新詩。吟安一個字，撚斷數莖髭。』上大笑。師成恨之，譖其漏泄禁中語，責為越州鈐轄。太守王嶷聞其名，置酒待之。醉歸，燈火蕭疏。明日攜詞見帥，敘其寥落之狀，末云：『捫窗摸戶入房來，笙歌歸院落，燈火下樓臺。』席間有妓，秀美而肌白如玉雪，頗有腋氣，豐甫令乞詞，末云：『酥胸露出白皚皚。遙知不是雪，為有暗香來。』又有善歌舞而體肥者，末云：『只愁歌舞罷，化作彩雲飛。』俊臣小才，亦是滑稽之雄〔一〕。子瞻若在，當爲絕倒。

【校注】

〔一〕見宋沈作喆《寓簡》卷一〇。文字略有出入。

三一

元有曲而無詞〔一〕，如虞、趙諸公輩〔二〕，不免以才情屬曲，而以氣概屬詞，詞所以亡也〔三〕。

【校注】

〔一〕吴衡照《蓮子居詞話》卷三：『金、元工於小令、套數而詞亡。』陳廷焯《白雨齋詞話》卷三：『元代尚曲，曲愈工而詞愈晦，周、秦、姜、史之風，不可復見矣。』

〔二〕虞集、趙孟頫，參見卷四第一〇四條注〔一〕、〔二〕、〔三〕。

〔三〕陳廷焯《雲韶集》卷一二：『詞莫盛於宋代，至有明一代而風雅掃地矣。然明詞之失，誰作之俑？論古者不得不歸咎於元代。作者如程鉅夫、趙子昂輩，猶是宋音；後則漸尚新艷，風格不逮。虞伯生一代作手，惜所作寥寥，不足振弊。』

三二

我明以詞名家者，劉誠意伯溫穠纖有致，去宋尚隔一塵；楊狀元用脩好入六朝麗事，似近而遠；夏文愍公謹最號雄爽，比之辛稼軒，覺少精思〔一〕。

【校注】

〔一〕朱彝尊《詞綜·發凡》：『明初作手，若楊孟載、高季迪、劉伯溫輩，皆溫雅芊麗，咀宮含商。李昌祺、王達善、瞿宗吉之流，亦能接武。至錢塘馬浩瀾以詞名東南，陳言穢語，俗氣薰入骨髓，殆不可醫。』《白雨齋詞話》卷三：『詞至於明，而詞亡矣。伯溫、季迪，已失古意。降至升庵輩，句琢字煉，枝枝葉葉為之，益難語於大雅。自馬浩瀾、施浪僊輩出，淫辭穢語，無足置喙。』況周頤《詞學講義》：『明詞專家少，粗淺蕪率之失多，誠不足當宋、元之續。時則有若劉文成

（基）、夏文愍（言）風雅絕續之交，庶幾庸中佼佼。』錢謙益《列朝詩集》丁集中：『（夏）言喜為長短句。……得君專政，聲勢烜赫，詩餘小令，草稿未削，已流布都下，互相傳唱。歿後未百年，黯然無聞。《花間》、《草堂》之集，無有及貴溪氏之名者，求如前代所謂「曲子相公」，亦不可得，可一慨也。』

三三

《三百篇》亡而後有騷、賦；騷、賦難入樂而後有古樂府；古樂府不入俗而後以唐絕句為樂府；絕句少宛轉而後有詞；詞不快北耳而後有北曲；北曲不諧南耳而後有南曲。

三四

何元朗云：『北人之曲，以九宮統之。九宮之外，別有道宮、高平、般涉三調。南人之歌，亦有南九宮，然南歌或多與絲竹不協，豈所謂土氣偏詖，鍾律不得調平者耶？』〔一〕

【校注】

〔一〕語見何良俊《草堂詩餘序》。

三五

曲者詞之變〔一〕。自金、元入中國，所用胡樂，嘈雜淒緊，緩急之間，詞不能按，乃更為新聲以媚之〔二〕。而諸君如貫酸齋、馬東籬、王實甫、關漢卿、張可久、喬夢符、鄭德輝、宮大用、白仁甫輩，咸富有才情，兼喜聲律，以故遂擅一代之長〔三〕。所謂宋詞、元曲殆不虛也。但大江以北，漸染胡語，時時採入，而沈約四聲，遂闕其一〔四〕。東南之士，未盡顧曲之周郎，逢掖之間，又稀辨撾之王應。稍稍復變新體，號為南曲，高拭則成，遂掩前後〔五〕。大抵北主勁切雄麗，南主清峭柔遠，雖本才情，務諧俚俗〔六〕。譬之同一師承，而頓、漸分教；俱為國臣，而文武異科。今談曲者往往合而舉之，良可笑也。

【校注】

〔一〕何良俊《四友齋叢說》卷三七：「詩變而為詞，詞變而為歌曲，則歌曲乃詩之流別。」

〔二〕王驥德《曲律》卷一：「曲，樂之支也。自《康衢》、《擊壤》、《黃澤》、《白雲》以降，於是《越人》、《易水》、《大風》、《瓠子》之歌繼作，聲漸靡矣。「樂府」之名，昉於西漢，其屬有「鼓吹」、「橫吹」、「相和」、「清商」、「雜調」諸曲。六代沿其聲調，稍加藻艷，於今曲略近。入唐而以絕句為曲，如《清平》、《鬱輪》、《涼州》、《水調》之類；然不盡其變，而於是始創為《憶秦娥》、《菩薩蠻》等曲，蓋太白、飛卿輩，實其作俑。入宋而詞始大振，署曰「詩餘」，於今曲益近，周待制、柳屯田其最也；然單詞隻韻，歌止一闋，又不盡其變。而金章宗時，漸更為北詞，如世所傳董解元《西廂記》者，其聲猶未純也。入元而益漫衍其制，櫛調比聲，北曲遂擅盛一代；顧未免滯於絃索，且多染胡語，其聲近噍以殺，南人不習也。迨季世入我明，又變而為南曲，婉麗嫵媚，一唱三歎，於是美善兼至，極聲調之致。」

〔三〕貫雲石，號酸齋；馬致遠，號東籬；喬吉，字夢符；白樸，字仁甫。

〔四〕徐渭《南詞敘録》：「南曲固無宮調，然曲之次第，須用聲相鄰以為一套，其間亦自有類輩，不可亂也。如《黃鶯兒》則繼之以《簇御林》，《畫眉序》則繼之以《滴溜子》之類，自有一定之序，作者觀於舊曲而遵之可也。南之不如北有宮調，固也；然南有高處，四聲是也。北雖合律，而止於三聲，非復中原先代之正。周德清區區詳訂，不過為胡人傳譜，乃曰《中原音韻》，夏蟲、井蛙之見耳！」

〔五〕《南詞敘録》：「元初，北方雜劇流入南徼，一時靡然向風，宋詞遂絕，而南戲亦衰。順帝朝，忽又親南而疏北，作者蝟興，語多鄙下，不若北之有名人題詠也。永嘉高經歷明，避亂四明之櫟社，惜伯喈之被謗，乃作《琵琶記》雪之，用清麗之詞，一洗作者之陋，於是村坊小伎，進於古法部相參，卓乎不可及已。相傳：則誠坐臥一小樓，三年而後成。其足按拍處，板皆為穿。」

〔六〕魏良輔《曲律》：「北曲以遒勁為主，南曲以宛轉為主，各有不同。」

三六

凡曲，北字多而調促，促處見筋；南字少而調緩，緩處見眼。北則辭情多而聲情少，南則辭情少而聲情多。北力在絃，南力在板。北宜和歌，南宜獨奏。北氣易粗，南氣易弱〔一〕。此吾論曲三昧語。

【校注】

〔一〕徐渭《南詞敘録》：『聽北曲使人神氣鷹揚，毛髮灑淅，足以作人勇往之志，信胡人之善於鼓怒也，所謂「其聲噍殺以立怨」是已；南曲則紆徐綿眇，流麗婉轉，使人飄飄然喪其所守而不自覺，信南方之柔媚也，所謂「亡國之音哀以思」是已。』王驥德《曲律》雜論三九：『南北二調，天若限之。北之沉雄，南之柔婉，可畫地而知也。北人工篇章，南人工句字。工篇章，故以氣骨勝；工句字，故以色澤勝。』

三七

『僊呂調宜清新綿邈，南呂宮宜感歎傷惋〔一〕，中呂宮宜高下閃賺，黃鍾宮宜富貴纏綿，正宮宜惆悵雄壯，道宮宜飄逸清幽，大石宜風流醖藉，小石宜旖旎嫵媚，高平宜滌蕩滉漾〔二〕，般涉宜拾掇坑塹，歇拍宜急併虛歇〔三〕，商角宜悲傷宛轉，雙調宜健捷激裊〔四〕，商調宜悽愴慕怨〔五〕，角調宜典雅沉重〔六〕，越調宜陶寫冷笑。』見《雍熙樂府》楚愍王序，然出周德清，元人也〔七〕。

【校注】

〔一〕『傷惋』，周德清《中原音韻》作『傷悲』。

〔二〕『滌蕩』，朱權《太和正音譜》作『條物』。

〔三〕『歇拍』，《中原音韻》作『歇指』。

〔四〕『健捷』，《中原音韻》及《太和正音譜》並作『健棲』。

〔五〕『慕怨』，《中原音韻》作『怨慕』。
〔六〕此句《中原音韻》、《太和正音譜》並作『角調嗚咽悠揚，宮調典雅沉重』，引文疑有脱漏。
〔七〕以上引文並見《中原音韻》及《太和正音譜》。

三八

周德清云：『關、鄭、白、馬，一新製作，韻共守自然之音，字能通天下之語，字暢語俊，韻促音調。』又云：『諸公已矣，後學莫及，蓋不悟聲分平仄，字別陰陽。』〔一〕此二言者乃作詞之膏肓，用字之骨髓，皆不傳之妙，獨予知之，屢嘗揣其聲病於桃花、扇影而得之也。

【校注】

〔一〕語見周德清《中原音韻·自序》。周德清字挺齋，江西高安人。生平不詳，有《中原音韻》。

三九

虞伯生云：『吴楚傷於輕浮，燕冀失於重濁，秦隴去聲為入，梁益平聲似去，河北、河東，取韻尤遠。』〔一〕

【校注】

〔一〕語見虞集《中原音韻序》。

四〇

作詞十法，亦出德清〔一〕。稍删其不切者。一造語，謂可作者：樂府語、經史語、天下通語。予謂經史語亦有可用不可用。不可作者：俗語、蠻語、謔語、嗑語、市語、方語、書生語、譏誚語。愚謂謔、市、譏誚，亦不盡然，顧用之何如耳。又語病、語澀、語粗、語嫩，皆所當避。二用事，明事隱使，隱事明使。三用字，生硬字、太文字、太俗字及襯字太長者，皆所當避。四陰陽，如同一東韻也，輕如東、鍾、松、沖之類為陰，重如同、戎、龍、窮之類為陽。喚押轉點，各有宜用。五務頭，要知某調、某句、某字是務頭，可施俊語於上。楊用脩乃謂務頭是部頭，可發一笑〔二〕。六對耦，有扇面對、重疊對、救尾對。七末句。八去上。九定格〔三〕。如僊吕、南吕、中吕、正有子母，謂字少聲多者，聲多字少者〔四〕。

【校注】

〔一〕周德清《中原音韻》有《作詞十法》之目。

〔二〕王驥德《曲律》卷二《論務頭》：『務頭之説，《中原音韻》於北曲臚列甚詳，南曲則絕無人語及之者。然南北一法，係是調中最緊要句字，凡曲遇揭起其音，而宛轉其調，如俗之所謂「做腔」處，每調或一句、或二三句，每句或一字，或二三字，即是務頭。古人凡遇務頭，輒施俊語或古人成語一句其上，否則詆為不分務頭，非曲所貴，周氏所謂如眾星中顯一月之孤明也。弇州嗤楊用脩謂務頭為「部頭」，蓋其時已絕此法。」

〔三〕以上所引作詞十法，與周德清《中原音韻》頗多出入。按：《中原音韻》作詞十法為：一知韻，二造語，三用字，四用事，五入聲作平聲，六陰陽，七務頭，八對偶，九末句，十定格。王世貞刪去『知韻』、『入聲作平聲』兩條，而把原屬『末句』中的『去上』列為一法。

〔四〕據《中原音韻》，『有子母』等三句原在《十七宮調》之後，原文為『有子母調，有字多聲少，有聲多字少，所謂一串驪珠也』。

四一

馬致遠『百歲光陰』放逸宏麗〔一〕，而不離本色，押韻尤妙。長句如『紅塵不向門前惹，綠樹偏宜屋角遮，青山正補墻東缺』，又如『和露摘黃花，帶霜烹紫蟹，煮酒燒紅葉』，俱入妙境。小語如『上床與鞋履相別』〔二〕，大是名言。結尤疏俊可咏〔三〕。元人稱為第一，真不虛也〔四〕。

【校注】

〔一〕馬致遠號東籬，大都人，元曲四大家之一。有雜劇十四種（今存七種）及《東籬樂府》。

〔二〕以上所引諸句均馬致遠套曲《雙調・夜行船》句。

〔六〕馬致遠曲《雙調・夜行船》結句：『便北海探吾來，道東籬醉了也。』

〔七〕周德清《中原音韻》評：『此詞乃東籬馬致遠先生所作也。此方是樂府，不重韻，無襯字，韻險，語俊。諺云：「百中無一。」余曰：「萬中無一。」無一字不妥，後輩學去。』

四二

北曲故當以《西厢》壓卷〔一〕。如曲中語『雪浪拍長空，天際秋雲卷，竹索纜浮橋，水上蒼龍偃〔二〕』。『滋洛陽千種花，潤梁園萬頃田〔三〕。』『東風搖曳垂楊線，遊絲牽惹桃花片，珠簾掩映芙蓉面〔四〕。』『法鼓金鐃，二月春雷響殿角；鍾聲佛號，半天風雨灑松梢〔五〕。』『不近喧嘩，嫩緑池塘藏睡鴨；自然幽雅，淡黄楊柳帶棲鴉〔六〕。』是駢儷中景語。『手掌兒裏奇擎，心坎兒裏溫存，眼皮兒上供養〔七〕。』『哭聲兒似鶯囀喬林，淚珠兒似露滴花梢〔八〕。』『繫春心情短柳絲長，隔花陰人遠天涯近。香消了六朝金粉，瘦減了三楚精神〔九〕。』『玉容寂寞梨花朵，臙脂淺淡櫻桃顆〔一〇〕。』是駢儷中情語。『他做了影兒裏情郎，我做了畫兒裏愛寵〔一一〕。』『拄著拐幫閒鑽懶，縫合唇送暖偷寒〔一二〕。』『昨夜個熱臉兒對面搶白，今日個冷句兒將人厮侵〔一三〕。』『半推半就，又驚又愛〔一四〕。』是駢儷中諢語。『落紅滿地臙脂冷，夢裏成雙覺後單〔一五〕。』是單語中佳語。只此數條，他傳奇不能及〔一六〕。

【校注】

〔一〕何良俊《四友齋叢説》卷三七：『王實甫才情富麗，真辭家之雄。但《西厢》首尾五卷，曲二十一套，始終不出一情字。亦何怪其意之重複，語之蕪纇耶。』王驥德《曲律》卷四《雜論》三十九上：『古戲必以《西廂》、《琵琶》稱首，遞為桓、文。然《琵琶》終以法讓《西廂》，故當離為雙美，不得合為聯璧。』又：『夫曰神品，必法與詞兩擅其極，唯實甫《西廂》可當之耳。』又：『實甫《西廂》，千古絕技。』徐復祚《曲論》：『馬東籬、張小山自應首冠，而王實甫之《西廂》，直欲超而上之。蓋諸公所作止於四折，而《西廂》則十六折，多寡不同，骨力吏陡，此其所以勝也。』

〔二〕《西廂記》第一本第一折《油葫蘆》句。

〔三〕《西廂記》第一本第一折《天下樂》句。

〔四〕《西廂記》第一本第一折《寄生草》句。

〔五〕《西廂記》第一本第四折《駐馬聽》句。

〔六〕《西廂記》第三本第三折《駐馬聽》句。

〔七〕《西廂記》第一本第二折《哨遍》句。

〔八〕《西廂記》第一本第四折《折桂令》句。

〔九〕《西廂記》第二本第一折《混江龍》句。

〔一〇〕《西廂記》第二本第四折《離亭宴帶歇指煞》句。

〔一一〕《西廂記》第二本第五折《越調》《鬥鵪鶉》句。

〔一二〕《西廂記》第三本第二折《滿庭芳》句。

〔一三〕《西廂記》第三本第四折《越調》《鬥鵪鶉》句。

〔一四〕《西廂記》第四本第一折《幺篇》句。

〔一五〕《西廂記》第三本第二折《小梁州》句。

〔一六〕徐復祚《曲論》：『王弇州取《西厢》「雪浪拍長空」諸語，亦直取其華艷耳，神髓不在是也。語其神，則字字當行，言其本色，可為南北之冠。』

四三

元人曲，如『紅塵不向門前惹。綠樹偏宜屋角遮，青山正補墻東缺〔一〕』。『枯藤老樹昏鴉。小橋流水人家。古道西風瘦馬。夕陽西下。斷腸人在天涯。』〔二〕景中雅語也。『池中星，玉盤亂灑水晶丸。松梢月，蒼龍捧出軒轅鏡。』〔三〕『紅葉落火龍褪甲，蒼松蟠怪蟒張牙。』〔四〕『水面雲山，山上樓臺。山水相連，樓臺上下，天地安排。』〔五〕景中壯語也。『僊翁何處煉丹砂。一縷白雲下。客去齋餘，人來茶罷，歎浮生，數落花。楚家。漢家。做了漁樵話。』〔六〕『黃蘆岸白蘋渡口，綠楊堤紅蓼灘頭。雖無刎頸交，頗有忘機友。點秋江白鷺沙鷗。傲殺人間萬戶侯。不識字煙波釣叟。』〔七〕意中爽語也。『十二玉欄天外倚。望中原，思故國，感慨傷悲。一片鄉心碎。』〔八〕情中快語也。『笑撚花枝比較春。輸與海棠三四分。再偷勻。一半兒胭脂一半兒粉。』〔九〕情中冶語也。『參旗動，斗柄挪，為多情攬下風流禍。眉攢翠蛾，裙拖絳羅，韈冷淩波。耽驚怕萬千般，得受用些兒個。』〔一〇〕『側耳聽門前去馬。和淚看簾外飛花。』〔一一〕『怕黃昏不覺又黃昏。不銷魂怎地不銷魂。新啼痕間舊啼痕。斷腸人送斷腸人。』〔一二〕『春將去，人未還。這其間，殃及殺愁眉淚眼。』〔一三〕『把團圓夢兒生喚起。誰，不做美。呸，卻是你。』〔一四〕情中悄語也。『怨青春，捱白晝，怕黃昏。』〔一五〕『一聲梧葉一聲秋，一點芭蕉一點愁。三更歸夢三更後。』〔一六〕情中緊語也。『五眼雞丹山鳴鳳。兩頭蛇南陽臥龍。三腳貓渭水非熊。』〔一七〕『糟醃兩個功名字。醅淹千古興亡事。麴埋萬丈虹霓志。不達時皆笑屈原非，但知音便說陶潛是。』〔一八〕諢中奇語也。『搊殺銀箏韻不真，揉癢天生鈍。縱有相思淚痕，索把拳頭搵。』〔一九〕諢中巧語也。

【校注】

〔一〕馬致遠《雙調・夜行船》句。

〔二〕馬致遠《越調・天淨沙》秋思句。

〔三〕鄭光祖《㑳梅香騙翰林風月》第一折《寄生草》句，見臧懋循《元曲選》，文字有出入。

〔四〕一分兒《雙調・沉醉東風》句。

〔五〕張養浩《雙調・折桂令》過金山寺句。

〔六〕周德清《中吕・朝天子》廬山句，一作無名氏曲。

〔七〕白樸《雙調・沉醉東風》漁夫句。

〔八〕鄭光祖《王粲登樓》第三折《迎僊客》句，見《元曲選》，文字有出入。

〔九〕查德卿《僊吕・一半兒》擬美人八詠。

〔一〇〕無名氏《雙調・慶東原》奇遇。

〔一一〕張玉蓮殘曲句。

〔一二〕王德信《中吕・十二月過堯民歌》別情句。

〔一三〕關漢卿《雙調・梧葉兒》別情句。

〔一四〕張可久《中呂・山坡羊》閨思句。

〔一五〕鍾嗣成《南呂・罵玉郎過感皇恩採茶歌》四別之寄別句。

〔一六〕徐再思《雙調・水僊子》夜雨句。

〔一七〕張鳴善《雙調・水僊子》譏時句。

〔一八〕白樸《僊呂・寄生草》飲句，按：《全元散曲》又作范康曲。

〔一九〕關漢卿《僊呂・扶醉歸》禿指甲句。

四四

元人《歸隱》詞《沈醉東風》云：『問天公許我閑身。結草為標，編竹為門。鹿豕成群，魚蝦作伴，鵝鴨比鄰。不遠遊堂上有親。莫居官朝裏無人。黜陟休云。進退休論。買斷青山、隔斷紅塵。』頗有味而佳〔一〕。

【校注】

〔一〕無名氏《雙調・蟾宮曲》酒句。

四五

《得勝令》，元人有詠指甲者，『宜將鬬草尋。宜把花枝浸。宜將繡線勻，宜把金針紝。宜操七絃琴，宜結兩同心。宜托腮邊玉，宜圈鞋上金。難禁，得一掐通身沁。知音，治相思十個針。』艷爽之極，又出王、關上矣〔一〕。非舜耕《詠睡鞋》可比。

【校注】

〔一〕無名氏《雙調·雁兒落過得勝令》詠指甲句。按：『宜將繡線勻』，《全元散曲》作『宜將繡線尋』。清李調元《雨村曲話》卷上：『元人《雁兒落得勝令·詠指甲》：……詠物俊詞也。挺齋云：「《得勝令》務頭在起句，頭字要屬陽，後必要扇面對方好。」此曲是也。』

四六

《西廂》久傳為關漢卿撰，邇來乃有以為王實夫者〔一〕，謂『至「郵亭夢」而止』，又云『至「碧雲天，黃花地」而止，此後乃關漢卿所補也。』〔二〕初以為好事者傳之妄。及閱《太和正音譜》，王實夫十三本，以《西廂》為首，漢卿六十一首，不載《西廂》，則亦可據〔三〕。第漢卿所補商調《集賢賓》及《掛金索》『裙染榴花，睡損胭脂皺。紐結丁香，掩過芙蓉扣。線脫珍珠，淚濕香羅袖。楊柳眉顰，人比黃花瘦〔四〕。』俊語亦不減前。

【校注】

〔一〕王實夫，即王實甫。都穆《南濠詩話》：『近時北詞以《西廂記》為首，俗傳作於關漢卿。或以為漢卿不竟其詞，王實甫足之。予閱《點鬼簿》，乃王實甫作，非漢卿也。實甫元大都人，所編傳奇，有《芙蓉亭》、《雙蕖怨》等，與《西廂記》，凡十種，然唯《西廂》盛行於時。』焦循《劇說》卷二：『《西廂記》始於董解元，固矣；乃《武林舊事》雜劇中有《鶯鶯六幺》，則在董解元之前。《録鬼簿》王實甫有《崔鶯鶯待月西廂記》，同時睢景臣有《鶯鶯牡丹記》。王實甫止有四卷，至草橋店夢鶯鶯而止，其後乃關漢卿所續。』按：元鍾嗣成《録鬼簿》、明朱權《太和正音譜》、何良俊《四友齋叢說》、王驥德《曲律》，均主王實甫說。

〔二〕徐復祚《曲論》：『《西廂》後四出，定為關漢卿所補，其筆力迥出二手，且雅語、俗語、措大語、白撰語層見疊出，至於「馬戶」、「屍巾」云云，則真馬戶屍巾矣！且《西廂》之妙，正在於草橋一夢，似假疑真，乍離乍合，情盡而意無窮，何必金榜題名、洞房花燭而後乃愉快也？丹丘評漢卿曰：「觀其詞語，乃在可上可下之間，蓋所以取者，初為雜劇之始，故卓以前列。」則王、關之聲價，在當時已自有低昂矣。』

〔三〕見朱權《太和正音譜・群英所編雜劇》。

〔四〕見王實甫《西廂記雜劇》第五本第一折。

四七

今世所演習者：《北西廂記》出王實甫〔一〕，《馬丹陽度任風子》出馬致遠〔二〕，《范張鷄黍》出宫大用〔三〕，《拜月亭》、《單刀會》出關漢卿〔四〕，《兩世姻緣》出喬德符〔五〕，《誶范雎》出高文秀〔六〕，《搊梅香》、《王粲登樓》、《倩女離魂》出鄭德輝〔七〕，《風雪酷寒亭》出楊顯之〔八〕，《伍員吹簫》、《莊子歎骷髏》出李壽卿〔九〕，《東坡夢》、《辰鈎月》出吴昌齡〔一〇〕，《陳琳抱粧盒》、《王允連環計》《敬德不伏老》、《黄鶴樓》、《千里獨行》不著姓氏〔一一〕，皆元人詞也。

【校注】

〔一〕鍾嗣成《録鬼簿》卷上王實甫名下録《崔鶯鶯待月西廂記》等雜劇十四本。文見隋樹森《元曲選外編》。

〔二〕《録鬼簿》卷上馬致遠名下録《王祖師三度馬丹陽》等雜劇十二本。按：臧懋循《元曲選》題作《馬丹陽三度任風子》。

〔三〕《録鬼簿》卷上宫天挺名下録《生死交范張鷄黍》等雜劇六本。文見《元曲選》。按：宫天挺字大用，大名開州人。曾任學官，除釣臺書院山長。

〔四〕《録鬼簿》卷上關漢卿名下録《閨怨佳人拜月亭》、《關大王單刀會》等雜劇五十八本。文見《元曲選外編》。

〔五〕喬德符即喬夢符，《録鬼簿》卷下喬吉甫名下録《玉簫女兩世姻緣》等雜劇十一本。文見《元曲選》。按：喬吉甫字夢符，太原人。號笙鶴翁，又號惺惺道人。至正五年二月，病卒於家。

〔六〕《録鬼簿》卷上高文秀名下録《須賈誶范雎》等雜劇三十二本。文見《元曲選》。『諕』，據《曲藻》(《中國古典戲曲論著集成》)作『誶』。按：高文秀字不詳，東平人，府學生。

〔七〕《録鬼簿》卷下鄭光祖名下録《㑳梅香翰林風月》、《醉思鄉王粲登樓》、《迷青瑣倩女離魂》等雜劇十七本。文見《元曲選》。『搊』，據《曲藻》作『㑳』。按：鄭光祖字德輝，平陽襄陵人，以儒補杭州路吏，為元曲四大家之一，名振天下，聲聞閨閣，人稱鄭老先生。

〔八〕《録鬼簿》卷上楊顯之名下録《蕭縣君風雪酷寒亭》等雜劇八本。《元曲選》題作《鄭孔目風雪酷寒亭》。按：楊顯之，名不詳，大都人，生平無考，與關漢卿為莫逆交，常相切磋。

〔九〕《録鬼簿》卷上李壽卿名下録《說專諸伍員吹簫》、《鼓盆歌莊子歎骷髏》等雜劇十本。文見《元曲選》。按：李壽卿太原人，將仕郎，除縣丞，生平無考。

〔一〇〕《録鬼簿》卷上吴昌齡名下録《張天師夜祭辰鈎月》等雜劇九本。而未見《東坡夢》之目。明天一閣刊賈仲明增補《録鬼簿》吴昌齡雜劇目較原著多出《東坡夢》、《探胡洞》二種。明朱權《太和正音譜·群英所編雜劇》吴昌齡劇目同，唯《探胡洞》作《搜胡洞》。按：此劇《元曲選》題作《花間四友東坡夢》。吴昌齡字不詳，西京(一作大同)人，生平無攷。

〔一一〕周德清《中原音韻·古今無名雜劇》録有《抱粧盒》、《王允連環計》、《敬德不伏老》、《搥碎黄鶴樓》、《醉走黄鶴樓》、《千里獨行》等雜劇一百十本。按：《抱粧盒》，《元曲選》題作《金水橋陳琳抱粧盒》。《敬德不伏老》，隋樹森輯《元曲選外編》題名為《功臣宴敬德不伏老》，作者為楊梓。《千里獨行》，《元曲選外編》題作《關雲長千里獨行》。《醉走黄鶴樓》，《元曲選外編》題作《劉玄德醉走黄鶴樓》。

四八

涵虚子記元詞一百八十七人〔一〕：『馬東籬如朝陽鳴鳳，張小山如遙天笙鶴，白仁甫如鵬摶九霄，李壽卿如洞天春曉，喬夢符如神鰲鼓浪，費唐臣如三峽波濤，宮大用如西風鵰鶚，王實甫如花間美人，張鳴善如彩鳳刷羽，關漢卿如瓊筵醉客，鄭德輝如九天珠玉，白無咎如太華孤峰。』已上十二人為首等〔二〕。『貫酸齋如天馬脱羈，鄧玉賓如幽谷芳蘭，滕玉霄如碧漢閒雲，鮮于去矜如奎壁騰輝，商政叔如朝霞散彩，范子安如竹裏鳴泉，徐甜齋如桂林秋月，楊淡齋如碧海珊瑚，李致遠如玉匣昆吾，鄭廷玉如珮玉鳴鑾，劉廷信如摩雲老鶻，吴西逸如空谷流泉，秦竹村如孤雲野鶴，馬九皋如松陰鳴鶴，石子章如蓬萊瑤草，蓋西村如清風爽籟，朱廷玉如百卉爭芳，庾吉甫如奇峰散綺，楊立齋如風煙花柳，楊西庵如花柳芳妍，胡紫山如秋潭孤月，張雲莊如玉樹臨風，元遺山如窮崖孤松，高文秀如金盤牡丹〔三〕，阿魯威如鶴唳青霄，吕止庵如晴霞結綺，荊幹臣如珠簾鸚鵡，薩天錫如天風環珮，薛昂夫如雪窗翠竹，顧均澤如雪中喬木，周德清如玉笛横秋，不忽麻如閒雲出岫〔四〕，杜善夫如鳳池春色，鍾繼先如騰空寶氣，王仲文如劍氣騰空，李文蔚如雪壓蒼松，楊顯之如瑤臺夜月，顧仲清如鵰鶚衝霄，趙文寶如藍田美玉，趙明遠如太華晴雲，李子中如清廟朱瑟，李取進如壯士舞劍〔五〕，吴昌齡如庭草交翠，武漢臣如遠山疊翠，李直夫如梅邊月影〔六〕，馬昂夫如秋蘭獨茂，梁進之如花裏啼鶯，紀君祥如雪裏梅花，于伯淵如翠柳黄鸝，王廷秀如月印寒潭，姚守中如秋月揚輝，金志甫如西山爽氣，沈和甫如翠屏孔雀，睢景臣如鳳管秋聲，周仲彬如平原孤隼，吳仁卿如山間明月，秦簡夫如峭壁孤松，石君寶如羅浮梅雪，趙公輔如空山清嘯，孫仲章如秋風鐵笛，岳伯川如雲林樵響，趙子祥如馬嘶芳草，李好古如孤松掛月，陳存甫如湘江雪竹，鮑吉甫如老蛟泣珠〔七〕，戴善甫如荷花映水，張時起如雁陣驚寒，趙天錫如秋水芙蕖，尚仲賢如山花獻笑，王伯成如紅鴛戲波』，已上七十人次之〔八〕。又有董解元、盧疏齋、鮮于伯機、馮海粟、趙子昂、班彥功、王元鼎、董君瑞、查德卿、姚牧庵、高拭即作《琵琶記》者、史九敬先〔九〕、施君美、汪澤民輩，凡百五人，不著題評，抑又其次也〔一〇〕。虞道園、張伯雨、楊鐵崖輩俱不得與，可謂嚴矣〔一一〕。

【校注】

〔一〕朱權，自號臞僊，又號涵虛子，亦稱丹丘先生。明太祖第十六子。建文時，為燕王所執，隨軍為草檄。及燕王即位，封於南昌，日與文士相往還，尤好戲曲。著雜劇十二種，傳奇一種。其《太和正音譜》、《古今群英樂府格勢》著録品評元代雜劇作者一百八十七人。

〔二〕《太和正音譜》所録雜劇作者於馬致遠等十二人除『朝陽鳴鳳』等評語外，尚有具體評論，以別於後七十人及一百五人。詳見《中國古典戲曲論著集成》第三冊。

〔三〕『金盤』，《太和正音譜》作『金瓶』。

〔四〕『不忽麻』，《新安》本作『石忽麻』。《太和正音譜》、《曲藻》均作『不忽麻』。

〔五〕『李取進』原作『李叔進』，據《太和正音譜》、《曲藻》改。

〔六〕『李直夫』原作『李宜夫』，據《太和正音譜》、《曲藻》改。

〔七〕『老蛟』，《太和正音譜》作『山蛟』。

〔八〕此七十人《太和正音譜》有譬無評，故曰次之。
〔九〕『史九敬先』原作『史敬先』，據《太和正音譜》改。
〔一〇〕《太和正音譜》於董解元等一百零五人但著姓氏，不作品評，故云『又其次也』。
〔一一〕《太和正音譜·古今群英樂府格勢》著録元雜劇作家一百八十七人，而未及虞集、張雨、楊維楨諸人，故云。

四九

國初十有六人：『王子一如長鯨飲海，又如漢庭老吏，劉東生如海嶠雲霞，王文昌如滄海明珠，谷子敬如昆山片玉。』可入首等〔一〕。『藍楚芳如秋芳桂子〔二〕，陳克明如孤鶴鳴皋〔三〕，穆仲義如洛神淩波，湯舜民如錦屏春風，賈仲名如錦帷瓊筵，楊景言如雨中之花，蘇復如雲林文豹〔四〕，楊彦華如春風飛花，楊文奎如匡廬疊翠〔五〕，夏均政如南山秋色，唐以初如僊女散花。』可次貫酸齋輩〔六〕。

【校注】

〔一〕朱權《太和正音譜》於《國朝一十六人》王子一、劉東生、王文昌、谷子敬均有具體評述。
〔二〕『秋芳桂子』，《太和正音譜》作『秋風桂子』。
〔三〕『陳克明如孤鶴鳴皋』，《太和正音譜》作『陳克明如九畹芳蘭，李唐賓如孤鶴鳴皋』。
〔四〕『蘇復』原作『復蘇之』，誤。『雲林文豹』原作『雲林之豹』，均據《太和正音譜》改。
〔五〕『匡廬疊翠』原作『匡廬疊阜』，據《太和正音譜》改。

〔六〕貫雲石號酸齋，又號蘆花道人，畏吾人。元代散曲家。曾拜翰林侍讀學士，有《酸齋集》。

五〇

元微之《鶯鶯傳》〔一〕謂微之通於姑之子，而托名張生者。有為微之考據中表親戚甚明，且《會真詩》止載和章，而缺張本辭，大約可推〔二〕。高則成《琵琶記》，其意欲以譏當時一士大夫，而托名蔡伯喈，不知其說。偶閲《說郛》所載唐人小說：『牛相國僧孺之子繁，與同人蔡生邂逅文字交，尋同舉進士。才蔡生，欲以女弟適之。蔡已有妻趙矣，力辭不得。後牛氏與趙處，能卑順自將。蔡仕至節度副使〔三〕。』其姓、事相同，一至於此。則誠何不直舉其人，而顧誣蠛賢者至此耶？

【校注】

〔一〕元稹《鶯鶯傳》，見《太平廣記》卷四八八《雜傳記》五。

〔二〕見宋趙令畤《侯鯖録》卷五，文長不録。

〔三〕胡應麟《少室山房筆叢》卷四一《莊岳委談》：『今世盛行元曲，僅《西廂》、《琵琶》而已。《西廂》本元微之，前人辨之甚核。獨蔡為牛壻絕無謂，而莫知所本。一日偶閲《太平廣記》四百九十八卷《雜録》，末引《玉泉子》云：「鄧敞初比隨計，以孤寒不中第。牛蔚兄弟僧孺子，有勢力且富於財，謂敞曰：『吾有女弟，子能婚，當相為展力，寧一第耶？』時敞已婿李氏矣。……顧己寒賤，私利其言，許之。既登第，就牛氏親。不日敞挈牛氏歸，將及家，紿之曰：『吾久不至家，請先往俟卿。』洎到家，不敢泄其事。明日牛氏奴驅輜橐直入，即出牛氏居常玩好幕帳雜物，列庭廡間。李氏驚曰：

『此何為者？』奴曰：『夫人將到，令某陳之。』李氏曰：『吾敵妻也，又何夫人焉？』即撫膺大哭。牛氏至，知其賣己也，請見曰：『吾父為宰相，兄弟皆在郎省，縱嫌不能富貴，豈無一嫁處耶？其不幸豈唯夫人！今願一與共之。』李感其言，卒同處終身。乃知則誠所謂牛相即僧孺，而鄧生登第再婚事皆符合，姓氏稍異耳。又：『《藝苑卮言》：「高則誠《琵琶記》，……賢者耶？」案《卮言》所引兩姓悉合，高氏或據此。第僧孺之女，則未審竟適何人耳。僧孺二子，曰蔚，曰叢，俱節度至尚書，而絕無所謂繁者，恐《說郛》所載未必如《廣記》之實也。』沈德符《顧曲雜言》：『蔡中郎贅入牛府一事，知賢者受冤；但其被誣之故，始終未明。或以為牛思黯之女，或以為鄧生事附會，如王弇州、胡元瑞輩，皆有說甚辨，而實未必然。又傳聞元人實有是事，蓋不花丞相逼狀元入贅，作此以譏之，因元人語以牛、馬為「不花」也，此說似近理。但予觀陸務觀詩云：「斜陽古道柳家莊，負鼓盲翁正作場。死後是非誰管得？滿村聽說蔡中郎。」則伯喈受謗，在宋時已不能雪，不始於高則誠造口業也。弇州諸公辨證，徒詞費耳。』按：《琵琶》本事，清焦循《劇說》卷二考辨甚詳，可參看。

五一

謂則誠元本止《書館相逢》，又謂《賞月》、《掃松》二闋〔一〕，為朱教諭所補，亦好奇之談，非實録也〔二〕。

【校注】

〔一〕《書館相逢》，高明《琵琶記》第三七齣，毛晉本作《書館逢悲》。『賞月』，見《琵琶記》第二八齣《中秋望月》。

『掃松』，見《琵琶記》第三八齣。

〔二〕徐復祚《曲論》：『或又以《賞荷》、《賞月》俱非東嘉作，乃朱教諭增入。朱教諭，吾不知其人；《賞荷》出其手，有之。（按：「有之」疑有誤。）《賞荷》之「楚天過雨」，雄奇豔麗，千古傑作，非東嘉誰能辦此？《掃松》而後，粗鄙不足觀，豈強弩之末力耶？抑真朱教諭所補耶？真狗尾矣。內有伯喈奔喪《朝元令》四闋，調頗叶，吴江沈先生已辨其非矣。故余以為東嘉之作，斷自《掃松》折止。後俱不似其筆。』王驥德《曲律》卷四《雜論》三九：『《琵琶記》工處甚多，然時有語病。至後八折，真傖父語。或以為朱教諭所續，頭巾之筆，當不誣也。』

五二

則誠所以冠絕諸劇者，不唯其琢句之功，使事之美而已。其體貼人情，委曲必盡，描寫物態，彷彿如生。問答之際，了不見扭造，所以佳耳〔一〕。至於腔調，微有未諧〔二〕。譬如見鍾、王跡，不得其合處。當精思以求諧，不當執末以議本也〔三〕。

【校注】

〔一〕徐謂《南詞敘録》：『或言《琵琶記》高處在《壽慶》、《成婚》、《彈琴》、《賞月》諸大套。此猶有規模可尋，唯《食糠》、《嘗藥》、《築墳》、《寫真》諸作，從人心流出，嚴滄浪言「水中之月，空中之影」，最不可到。如《十八答》，句句是常言俗語，扭作曲子，點鐵成金，信是妙手。』王驥德《曲律》卷二《論賓白》：『《琵琶》黄門白，只是尋常話頭，略加貫串，人人曉得，所以至今不廢。』

〔二〕《南詞敘録》：『時有以《琵琶記》進呈者。……由是日令優人進演。尋患其不可入絃索，命教坊奉鑾史忠計之。色長劉杲者，遂撰腔以獻，南曲北調，可於箏琶被之；然終柔緩散戾，不若北之鏗鏘入耳也。』

〔三〕徐復祚《曲論》：『王弇州一代宗匠，文章之無定品者，經其品題，便可折衷，然於詞曲不甚當行。其論《琵琶》也，曰：……夫「作曲先要明腔，後要識譜，切記忌有傷於音律」，此丹丘先生之言也。腔調未諧，音律何在？若謂「不當執末以議本」，則將抹殺譜板，全取詞華而已乎？』

五三

偶見歌伯喈者云：『浪暖桃香欲化魚，期逼春闈，詔赴春闈。郡中空有辟賢書，心戀親闈，難捨親闈。』〔一〕頗疑兩下句意各重，而不知其故。又曰『詔』曰『書』，都無輕重。後得一善本，其下句乃『浪暖桃香欲化魚，期逼春闈，難捨親闈。郡中空有辟賢書，心戀親闈，難赴春闈。』意既不重，而『期逼』與上『欲化魚』字應，『難赴』與『空有』字應，益見作者之工。

【校注】

〔一〕高明《琵琶記》第四齣《蔡公逼試》，《一剪梅》語。

五四

南曲之美者，無過於《題柳》『窺青眼』，而中亦有牽強寡次序處〔一〕。《題月》『長空萬里』，可謂完麗，而苦多蹈襲〔二〕。『人别後』是元人作，不免雜以凡語。祝希哲『玉盤金餅』，是初學人得一二佳句耳〔三〕。大抵宋詞無累篇，而南北曲少完璧，則以繁簡之故也。

【校注】

〔一〕徐渭《南詞敘録》：『散套中佳者尤少，唯「窺青眼」、「簫聲喚起」、「群芳綻錦」四五套可觀。然大歇占尾，用事重遝，亦太滯。』王驥德《曲律》卷二《論章法》：『古曲如《題柳》「窺青眼」，久膾炙人口，然弇州亦訾為牽強而寡次序，他可知矣。至《閨怨》、《麗情》等曲，蓋紛錯乖迕，如理亂絲，不見頭緒，無一可當合作者。是故脩辭，當自煉格始。』

〔二〕何良俊《四友齋叢説》卷三七：『高則成才藻富麗，如《琵琶記》「長空萬里」是一篇好賦，豈詞曲能盡之。然既謂之曲，須要有蒜酪，而此曲全無。正如王公大人之席，駝峰、熊掌，肥腯盈前，而無蔬、筍、蜆、蛤，所欠者風味耳。』《曲律》雜論三九：『弇州謂「《琵琶》「長空萬里」完麗而多蹈襲」，似誠有之。元朗謂其「無蒜酪氣。如王公大人之席，駝峰、熊掌，肥腯盈前，而無蔬、筍、蜆、蛤，遂欠風味。」余謂：使盡廢駝峰、熊掌，抑可以羞王公大人耶？，此亦一偏之説也。』

〔三〕《曲律》卷二《論詠物》：『祝京兆《詠月》、陶陶區《詠雁》、梁伯龍《詠蛺蝶》等，非無一二佳語，只夾雜凡俗，便是不成片段。』

五五

《琵琶記》之下，《拜月亭》是元人施君美撰〔一〕，亦佳。元朗謂勝《琵琶》，則大謬也〔二〕。中間雖有一二佳曲，然無詞家大學問，一短也；既無風情，又無裨風教，二短也；歌演終場，不能使人墮淚，三短也〔三〕。《拜月亭》之下，《荊釵》近俗而時動人〔四〕。《香囊》近雅而不動人〔五〕。《五倫全備》是文莊元老大儒之作，不免腐爛〔六〕。

【校注】

〔一〕王驥德《曲律》卷四《雜論》第三十九上：『世傳《拜月》為施君美作，然《録鬼簿》及《太和正音譜》皆載在漢卿所編八十一本中，不曰君美。君美名惠，杭州人，吴山前坐賈也。南戲自來無三字作目者，蓋漢卿所謂《拜月亭》係是北劇，或君美演作南戲，遂仍其名不改耳。』

〔二〕何良俊《四友齋叢說》卷三十七：『《拜月亭》是元人施君美所撰，《太和正音譜·樂府群英姓氏》亦載此人。余謂其高出於《琵琶記》遠甚。蓋其才藻雖不及高，然終是當行。其《拜月亭》二折，乃隱括關漢卿雜劇語。他如《走雨》、《錯認》、《上路》、《館驛中相逢》數折，彼此問答，皆不須賓白，而敘說情事，宛轉詳盡，全不費詞，可謂妙絶。……正詞家所謂本色語。』

〔三〕《曲律》卷四《雜論》第三十九上：『《拜月》語似草草，然時露機鋒；以望《琵琶》，尚隔兩塵，元朗以為勝之，亦非公論。』沈德符《顧曲雜言》：『何元朗謂《拜月亭》勝《琵琶記》，而王弇州力爭，以為不然，此是王識見未到處。《琵琶》無論襲舊太多，與《西厢》同病，且其曲無一句可入絃索者。《拜月亭》則字字穩帖，與彈搊膠粘，蓋南詞全本可入絃索者唯此耳。至於《走雨》、《錯認》、《拜月》諸折，俱問答往來，不用賓白，固為高手；即旦兒「髻雲堆」小曲，模擬閨秀嬌憨情態，活脱逼真。《琵琶》《咽糠》、《描真》亦佳，終不及也。向曾與王房仲談此曲，渠亦謂乃翁持論未確，且云：「不特别詞之佳，即如聶古、陀滿爭遷都，俱是兩人胸臆見解，絶無奏疏套子，亦非今人所解。」余深服其言。』徐復祚《曲論》：『何元朗謂施君美《拜月亭》勝於《琵琶》，未為無見。《拜月亭》宫調極明，平仄極叶，自始至終無一板一折非當行本色語，此非深於是道者不能解也。弇州乃以「無大學問」為一短，不知聲律家正不取於弘詞博學也；又以「無風情，無裨風教」為二短，不知《拜月》風情本是不乏，而風教當就道學先生講求，不當責之騷人墨士也。又以「歌演終場不能使人墮淚」為三短，不知酒以合歡，歌演以佐酒，必以墮淚為佳，將《薤露》、《蒿里》盡侑觴具乎？』

〔四〕《荆釵記》，明柯丹丘著，見毛晉編《六十種曲》。徐渭《南詞敍録》：『南曲固是末枝，然作者未易臻其妙。《琵琶》尚矣，其次則《玩江樓》、《江流兒》、《鶯燕爭春》、《荆釵》、《拜月》數種，稍有可觀，其餘皆俚俗語也；然有一高處：句句是本色，無今人時文氣。』《曲論》：『《琵琶》、《拜月》而下，《荆釵》以情節關目勝，然純是倭巷俚語，粗鄙之極；而用韻卻嚴，本色當行，時離時合。』呂天成《曲品》：『《荆釵》以真切之調，寫真切之情，情文相生，最不易及。詞隱稱其「能守韻」。然則今本有失韻者，蓋傳鈔之偽耳。真當仰配《琵琶》而鼎《拜月》者乎！』

〔五〕《香囊記》明邵璨著，見毛晉編《六十種曲》。《南詞敍録》：『以時文為南曲，元末國初未有也，其弊起於《香囊記》。《香囊》乃宜興老生員邵文明作，習《詩經》，專學杜詩，遂以二書語句勻入曲中，賓白亦是文語，又好用故事作對子，最為害事。』又：『《香囊》如教坊雷大使舞，終非本色。然有一二套可取者，以其人博記，又得錢西清、杭道卿諸子幫貼，未至瀾倒。至於效顰《香囊》而作者，一味孜孜汲汲，無一句非前場語，無一處無故事，無復毛髮宋元之舊。三吴俗子，以為文雅，翕然以教其奴婢，遂至盛行。南戲之厄，莫甚於此。』《曲論》：『《香囊》以詩語作曲，處處如煙花風柳。

如「花邊柳邊」、「黄昏古驛」、「殘星破暝」、「紅入僊桃」等大套，麗語藻句，刺眼奪魄。然愈藻麗，愈遠本色。』吕天成《曲品》：『《香囊》詞工，白整，盡填學問。此派從《琵琶》來，是前輩最佳傳奇也。』

〔六〕《五倫全備》，明邱濬作。沈德符《顧曲雜言》：『邱文莊淹博，本朝鮮儷，而行文拖遝，不為後學所式。至填詞，猶非當行，今《五倫全備》是其手筆，亦俚淺甚矣。』李調元《雨村曲話》：『《五倫全備記》三本，瓊臺邱璿撰。凡二十八段，所述皆名言，天下大倫大理，盡寓於是；言帶詼諧，不失其止，蓋邱文莊公假此以勸善者。』

五六

何元朗極稱鄭德輝《㑳梅香》、《倩女離魂》、《王粲登樓》，以為出《西厢》之上〔一〕。《㑳梅香》雖有佳處，而中多陳腐措大語，且套數、出沒、賓白全剽《西厢》〔二〕。《王粲登樓》事實可笑，毋亦厭常喜新之病歟？

【校注】

〔一〕《㑳梅香》、《倩女離魂》、《王粲登樓》均為元人鄭光祖雜劇，見《元曲選》。何良俊《四友齋叢説》卷三七：『近代人雜劇以王實甫之《西厢記》、戲文以高則成之《琵琶記》為絕唱，大不然，……今元人之詞，往往有出於二家之上者。蓋《西厢》全帶脂粉，《琵琶》專弄學問，其本色語少。蓋填詞須用本色語，方是作家。』又：『元人樂府稱馬東籬、鄭德輝、關漢卿、白仁甫為四大家。馬之詞老健而乏姿媚，鄭之詞激勵而少蘊藉，白頗簡淡，所欠者俊語，當以鄭為第一。鄭德輝雜劇，《太和正音譜》所載總十八本，然入絃索者唯《㑳梅香》、《倩女離魂》、《王粲登樓》三本。』又『《王粲登樓》第十二折，摹寫羈懷壯志，語多慷慨，而氣亦爽烈。至後《堯民歌》、《十八月》托物寓意，尤為妙絕，豈作調脂弄粉語者可得窺其堂廡哉？』又『鄭德輝所作情詞，亦自與人不同，如《㑳梅香》頭一折《寄生草》、《六幺序》，此語何等蘊藉有趣。大石調《初開口》、《好觀音》語不著色相，情意獨至，真得詞家三昧者也。』又『鄭德輝《倩女離魂》越調《聖藥王》如此等語，清麗流便，語入本色，然殊不穠鬱，宜不諧於俗耳也。』

〔二〕梁廷楠《曲話》：『《㑳梅香》如一本小《西厢》，前後關目、插科、打諢，皆一一照本模擬，……二十同也，不得謂無心之偶合矣。』又『《㑳梅香·混江龍》云：「孔安國傳《中庸》、《語》、《孟》。馬融集《春秋》祖述著左丘明。演《周易》關西夫子，治《尚書》魯國伏生。校《禮記》舛譌揚子雲。作《毛詩箋注》鄭康成。無過是闡大道發揚中正。紀善言答問詳明。」元人曲詞，每多腐語，如此等類，直是一幅策論，豈復成聲律耶？又況其出自閨閤兒女之口也？』《雨村曲話》：『《㑳梅香》雖不出《西厢》窠臼，其秀麗處究不可沒。』

五七

『暗想當年，羅帕上把新詩寫』，南北大散套是元人作，學問才情足冠諸本〔一〕。

【校注】

〔一〕胡應麟《少室山房筆叢》卷四一《莊岳委談》：『元曲傳於今者，散套間得三數佳篇，如王長公所稱「暗想當年，羅帕上把新詩寫」，深沉逸宕，而字字本色，真妙絕古今矣。』王驥德《曲律》卷三《論散套》：『弇州謂：「暗想當年，羅帕上把新詩寫」，是元人作，學問、才情，足冠諸本。』是大不然。此曲首調第一、七字句便下五襯字，既已非法；第三句多了一字，語亦無謂；第四、五句「軟玉溫香、嫩枝柔葉」，空無著落；末二句「琴瑟正和協，不覺花影轉過梧桐月」，意復不接；第二調《沉醉東風》又起一頭。特此後語意頗佳。至末段，詞亦爛熳奔湧，然只是一意敷演，又不當與前《忒忒令》「燕山絕，湘江竭，斷魚封雁帖」三語相妨。無足取也。』按：此元無名氏套曲《雙調・珍珠馬》也，文長不録。

五八

周憲王者，定王子也〔一〕。好臨摹古書帖，曉音律。所作雜劇凡三十餘種，散曲百餘，雖才情未至，而音調頗諧，至今中原絃索多用之。李獻吉《汴中元宵》絕句云：『齊唱憲王新樂府，金梁橋上月如霜。』蓋實録也〔二〕。

【校注】

〔一〕錢謙益《列朝詩集》乾下：『王諱有燉，周定王之長子，高皇帝之孫也。洪熙元年襲封，景泰三年薨，在位二十八年，謚曰憲。』

〔二〕《列朝詩集》乾下：『王遭世隆平，奉藩多暇，勤學好古，留心翰墨，集古名蹟十卷，手自臨摹，勒石名《東書堂集古法帖》，歷代重之。製《誠齋樂府傳奇》若干種，音律諧美，流傳內府，至今中原絃索多用之。李夢陽《汴中元宵絕句》云：「中山孺子倚新粧，趙女燕姬總擅場。齊唱憲王新樂府，金梁橋外月如霜。」由今日思之，東京夢華之感，可勝道哉！』沈德符《顧曲雜言》：『周憲王所作雜劇最夥，其刻本名《誠齋樂府》，至今行世。雖警拔稍遜古人，而調入絃索，穩叶流麗，猶有金、元風範。』按：姚燮《今樂考證・著録》三：『明雜劇』於周憲王名下列雜劇三十種。

五九

劉瑾以擴充政務為名〔一〕，諸翰林悉出補部屬。鄠杜王敬夫〔二〕，其鄉人也，獨為吏部郎，不數月，長文選。會瑾敗，謫同知壽州。敬夫有雋才，尤長於詞曲，而傲睨多脫疏。人或讒之李文正，謂敬夫嘗譏其詩。御史追論敬夫，褫其官。敬夫編《杜少陵遊春》傳奇劇罵〔三〕，李聞之，益大恚。雖館閣諸公，亦謂敬夫輕薄，遂不復用。敬夫與康得涵俱以詞曲名一時，其秀麗雄爽，康大不如也〔四〕。評者以敬夫聲價不在關漢卿、馬東籬下〔五〕。

【校注】

〔一〕劉瑾專權事，詳《明史》卷三〇四《宦官列傳》一。

〔二〕王九思，字敬夫，鄠縣人。

〔三〕王驥德《曲律》卷四《雜論》第三十九下：『此劇蓋借李林甫以罵時相者，其詞氣雄宕，固淩厲一時，然亦多雜凡語。』按：王九思雜劇《曲江春》，見《盛明雜劇》二集。

〔四〕何良俊《四友齋叢說》卷三七：『康對山詞疊宕，然不及王蘊藉。如渼陂《杜甫遊春》雜劇，雖金、元人猶當北面，何況近代。』王驥德《曲律》卷四《雜論》三九下：『對山亦忤於時，放情自廢，與渼陂皆以聲樂相尚，彼此酬和不輟。康所作尤多，非不莽具才氣，然喜生造，喜堆積，喜用老生語，不得與王並驅。』

〔五〕《曲律》卷四《雜論》三九下：『王元美謂其身價不在關、馬之下，皆過情之論也。』

六〇

王渼陂所為《折桂令》云：『望東華人亂擁，紫羅襴老盡英雄。』此是名語。然上句『番身跳出麒麟洞』，『麒麟洞』杜撰無出〔一〕。渼陂又有一詞云：『暗想東華，五夜清霜寒駐馬。尋思別駕，一天霜雪曉排衙〔二〕。』句特軒爽，四押亦佳。而『暗想』、『尋思』四字亦不稱。乃知完璧之難也。

【校注】

〔一〕王九思《碧山樂府》卷一《水僊子帶過折桂令》歸興：『一拳打脫鳳凰籠，兩腳蹬開虎豹叢，單身撞出麒麟洞。望東華人亂擁，紫羅襴老盡英雄。參詳破邯鄲一夢，歎息殺商山四翁，思量起華嶽三峰。思量起華嶽三峰，掉臂淮南，回首關中。紅雨催詩，青春作伴，黃卷填胸。騎一個蹇喂兒，南村北壠。過幾處古莊兒，漢闕秦宮。酒盞才空，鼾睡方濃。學得陳摶，笑殺石崇。』李調元《雨村曲話》卷上：『王渼陂有「一天霜雪曉排衙」句，為人傳播。然多粗句，如「飜身跳出麒麟洞」，大似秦腔。王元美譏之，不為過也。』

〔二〕《碧山樂府》卷二《雙調新水令》歸興《駐馬聽》：『暗想東華，五夜清霜寒控馬。尋思別駕，滿廳殘月曉排衙。路危常與虎狼狎，命乖卻被兒童罵。到如今誰管咱，葫蘆提一任閒頑耍。』

六一

康得涵既罷官，居鄠杜，葛巾野服，自隱聲酒。時有楊侍郎庭儀者，少師介夫弟〔一〕，以使事北上，過康。康故契分不薄，大喜，置酒。至醉，自彈《琵琶》唱新詞為壽。楊徐謂：『家兄居恒相念君，但得一書，吾為道地史局。』語未畢，康大怒罵：『若伶人我耶？』手琵琶擊之，格胡床，迸碎。楊踉蹌走免。康遂入，口咄咄：『蜀子！』更不相見〔二〕。

【校注】

〔一〕楊廷和字介夫，新都人。成化進士，以南京戶部尚書，入直東閣。嘉靖二年，晉太傅。弟廷儀，兵部右侍郎。事詳《明史》卷一九〇《楊廷和傳》。『庭儀』即『廷儀』。

〔二〕錢謙益《列朝詩集》丙：『德涵既罷免，以山水聲妓自娛，間作樂府小令，使二青衣被之絃索，歌以侑觴，西登吳嶽，北陟九嵕，南訪經臺、紫閣，東至太華、中條，停驂命酒，歌其所製感慨之詞，飄飄然輒欲僊去。居恒徵歌選妓，窮日落月。嘗生日邀名妓百人，為百年會，酒闌，各書小令一闋，命送諸王邸，曰：「此差勝錦纏頭也。」楊侍郎廷儀過滸西，留飲甚歡，自起彈琵琶勸酒。楊言：「家兄在內閣，殊相念，何不以尺書通問？」德涵發怒，擲琵琶撞之。楊走，追而罵曰：「吾豈效王維，假作伶人，借琵琶討官做耶？」歸田三十餘年。其歿也，以山人巾服殮，遺囊蕭然，大小鼓卻有三百副，其風致可思也。』

六二

王敬夫將填詞，以厚貲募國工，杜門學按琵琶、三絃，習諸曲，盡其技而後出之。德涵於歌彈尤妙，每敬夫曲成，德涵為奏之，即老樂師毋不擊節歎賞也。然敬大作南曲『且盡杯中物，不飲青山暮』〔一〕，猶以『物』為『護』也。南音必南，北音必北，尤宜辨之。

【校注】

〔一〕按：今本《碧山樂府》無此兩句，不詳所出。

六三

趙王之『紅殘驛使梅』〔一〕，楊邃庵之『寂寞過花朝』〔二〕，李空同之『指冷鳳皇生』，陳石亭之《梅花序》〔三〕，顧未齋之《單題梅》皆出自王公〔四〕，膾炙人口〔五〕；然較之專門，終有間也。王威寧越《黃鶯兒》只是諢語，然頗佳〔六〕。

【校注】

〔一〕趙王，朱厚煜，明宗室，正德十六年襲封，卒謚康，世稱『趙康王』。

〔二〕邃庵，楊一清號。

〔三〕陳沂，字魯南，鄞人，曾官山東左參政。有《石亭文集》。

〔四〕顧鼎臣字九和，號未齋，昆山人。弘治進士，嘉靖時任吏部尚書、兼文淵閣大學士。陳所聞輯《南宫詞紀》卷二載顧鼎臣《正宫白練序》散套（詠梅），文長不録。

〔五〕王驥德《曲律》卷四《雜論》第三十九下：『弇州所謂趙王之「紅殘驛使梅」云云，今唯「寂寞過花朝」一曲尚有傳者，自餘皆不及見，不知其工拙如何。要皆坊間盲賈棄擲不存之故，殊可惜也。』

〔六〕王越字世昌，浚縣人。景泰進士，官至兵部尚書，封威寧伯。卒贈太傅，謚襄敏。其所著之《黄鶯兒》見存於張禄選輯《詞林摘艷》卷一，詞曰：『唱一回羅哩羅，論清閒誰似我。清風、明月、咱三個。清風是大哥，明月是二哥，論三哥我也做過。羅哩羅，清閒快活，不吃呵待如何。』

六四

韓苑洛邦奇作乃弟邦靖行狀〔一〕，末云：『恨無才如司馬子長、關漢卿者，以傳其行。』〔二〕北人粗野乃爾，然亦自有致。

【校注】

〔一〕韓邦奇字汝節，陝西朝邑人，正德進士，官至南京兵部尚書，海内稱苑洛先生，以地震死。韓邦靖字汝度，與兄邦奇同登進士，官工部都水司員外郎，因直言切諫罷官。

〔二〕錢謙益《列朝詩集》丙集：『汝慶（《明史》作汝度）才藻爛發，風節凜然，關中至今稱「二韓子」。汝節為汝慶立傳，而謂其友樊恕夫曰：「世安有司馬遷、關漢卿之筆，能為吾寫吾思弟痛弟之情乎？」』

六五

楊狀元慎，才情蓋世〔一〕，所著有《洞天玄記》、《陶情樂府》、《續陶情樂府》，流膾人口，而頗不為當家所許〔二〕。蓋楊本蜀人，故多川調，不甚諧南北本腔也。摘句如：『費長房縮不就相思地，女媧氏補不完離恨天。別淚銅壺共滴，愁腸蘭焰同煎。和愁和悶，經歲經年。』〔三〕又『傲霜雪鏡中紫髯，任光陰眼前赤電，仗平安頭上青天』〔四〕。皆佳語也。第它曲多剽元人樂府，如『嫩寒生，花底風』〔五〕，『風兒疏剌剌』諸闋〔六〕，一字不改，掩為己有。蓋楊多抄録秘本，不知久已流傳人間矣。

【校注】

〔一〕楊慎正德辛未舉會試第二，廷試第一。著作之豐，為明人之冠。《四庫全書總目提要》：『慎以博洽冠一時，其詩含吐六朝，於明獨立門戶。』

〔二〕王驥德《曲律》卷四《雜論》第三十九下：『升庵北調，未盡閑律，然最有佳者。余最愛其《沉醉東風》小令……風流旖旎，即實甫能加之哉？』

〔三〕楊慎《中吕粉蝶兒》句，見《陶情樂府》卷一。

〔四〕楊慎《水僊子》句，見《陶情樂府》卷四。

〔五〕楊慎《一枝花》句，見《陶情樂府續集》。

〔六〕楊慎《山坡羊帶過皂羅袍》句，見《陶情樂府續集》。按：王文才《陶情樂府續集》附記引王畿語：『《續集》一卷，乃同門李君錫手輯，刻於滇中。然其所得，或出傳聞，套數多屬明初之詞，小令雜有元人之曲，且以俚俗艷曲誤歸升庵，而貽人口實。其數之多，不獨弇州所舉《續集》中僞品也。』

六六

楊用脩婦亦有才情〔一〕。楊久戍滇中，婦寄一律云：『雁飛曾不到衡陽，錦字何由寄永昌。三春花柳妾薄命，六詔風煙君斷腸。曰歸曰歸愁歲暮，其雨其雨怨朝陽。相聞空有刀環約，何日金雞下夜郎。』〔二〕又《黄鶯兒》一詞：『積雨釀春寒，見繁花樹樹殘。泥塗滿眼登臨倦，江流幾彎。雲山幾盤。天涯極目空腸斷。寄書難。無情征雁，飛不到滇南。』〔三〕楊又別和三詞，俱不能勝。

【校注】

〔一〕朱孟震《續玉笥詩談》：『升庵楊先生夫人黄氏，遂寧黄簡肅公女。博通經史，能詩文，善書札，嫻於女道。性復嚴整，閨門肅然，雖先生亦敬憚之。嘗見先生從子大行有仁云：「夫人雖能詩，然不輕作，亦不作稿，即子姪輩不得而見也。」今海內所傳，若「雁飛曾不到炎方」，及「懶把音書寄日邊」，久為人傳誦。」

〔二〕見王文才輯《楊夫人詩集》。

〔三〕見楊慎《陶情樂府》卷二。

六七

北人自王、康後，推山東李伯華〔一〕。伯華以百闋《傍粧臺》為德涵所賞，今其辭尚存，不足道也〔二〕。所為南劇《寶劍》、《登壇記》，亦是改其鄉先輩之作〔三〕。二記余見之，尚在《拜月》、《荊釵》之下耳，而自負不淺。一日問余：『何如《琵琶記》乎？』余謂：『公辭之美，不必言。第令吳中教師十人唱過，隨腔字改妥，乃可傳耳。』李怫然不樂罷。

【校注】

〔一〕李開先字伯華，號中麓，章丘人。嘉靖進士，官至太常少卿，為『嘉靖八才子』之一。以善曲知名，有散曲《李中麓樂府》、傳奇《寶劍記》、詩文集《閒居集》等。

〔二〕王驥德《曲律》卷四《雜論》第三十九下：『山東李伯華所作百闋《傍粧臺》，為康得涵所賞。余購讀之，盡傖父語耳，一字不足採也。』任中敏《曲諧》卷三《李中麓樂府》條稱：『王九思敬夫《碧山樂府》後附《南曲次韻》，即李氏撰《傍粧臺》百闋與王氏和作百闋也。王氏序謂李作感憤激烈，有正有謔，洋洋盈耳。是賞茲百闋者為王敬夫而非康得涵，弇州、伯良何以同有此誤歟？』

〔三〕沈德符《顧曲雜言》：『章丘李中麓太常亦以填詞名，與康、王俱石友，而不嫻度曲。即如所作《寶劍記》，生硬不諧，且不知南曲之有入聲，自以《中原音韻》叶之，以致吴儂見誚。』徐復祚《曲論》：『李伯華《林沖寶劍記·按龍泉》闋亦好，餘只平平。《韓信登壇記》即《千金記》，本元金志甫《追韓信》來，今《北追》、《點將》全用之。』張琦《衡曲麈談》：『伯華所為《寶劍》、《登壇記》亦是改其鄉先輩之作，固自平平，而自負不淺。弇州嘗譏其腔律未協，非苟求也。』

六八

陳大聲，金陵將家子。所為散套，既多蹈襲，亦淺才情。然字句流麗，可入絃索〔一〕。『三弄梅花』一闋〔二〕，頗稱作家。

【校注】

〔一〕錢謙益《列朝詩集》丙：『陳鐸字大聲，下邳人，家於金陵。以世襲官指揮，風流倜儻，以樂府名於世。所為散套，穩協流麗，被之絲竹，審宮節羽，不差毫末。』

〔二〕陳鐸散套《中吕粉蝶兒》閨情：『三弄梅花，戍樓中，角聲吹罷。月輪兒、斜照窗紗。托香腮，湮淚眼，一篝燈下。展轉嗟呀。耳邊言，都做了一場閒話。……』見《秋碧樂府》。

六九

王舜耕，高郵人，有《西樓樂府》，詞頗警健。工題贈，善調謔，而淺於風人之致〔一〕。

【校注】

〔一〕王驥德《曲律》卷四《雜論》第三十九下：『今世所傳《西樓樂府》有二：一為王盤，字鴻漸，高郵人；一為王田，字舜耕，濟南人。二人俱號西樓。舜耕之詞較鴻漸頗富，然大不如鴻漸精煉。弇州所謂「頗警健，工題贈，而淺於風人之致者」，蓋指舜耕，非鴻漸也。』按：王世貞以王田（舜耕）之字加諸王盤（鴻漸）之籍貫（高郵），不知究指何人。據《列朝詩集》丙：『王盤字鴻漸，高郵人，著《西樓樂府》。工題贈，善戲謔，與金陵陳大聲並為南曲之冠。』所言『工題贈，善戲謔』，正係王盤（鴻漸），而此條又列於金陵陳大聲之下，『王、陳』並稱，弇州所指恐是王盤，而字之曰舜耕，或係誤記。

七〇

谷繼宗，濟南人〔一〕。所為樂府，微有才情，尚出諸公之下。謝茂秦舊填樂府，頗以柳三變自居；與予輩談詩後，慚恧不出，可謂『不遠之復』〔二〕。

【校注】

〔一〕錢謙益《列朝詩集》丁上：『谷繼宗，字嗣興，歷城人。嘉靖丙戌進士，官知縣。富於篇什，以倚待立就為能，故可傳者絕罕。』

〔二〕《列朝詩集》丁上：『榛，字茂秦。眇一目，喜通輕俠，度新聲。年十六，作樂府商調，臨德間少年皆歌之，已而折節讀書，刻意為歌詩，遂以聲律有聞於時。嘉靖間，濟南李于鱗，吴郡王元美，結社燕市，茂秦以布衣執牛耳。』

七一

常明卿有《樓居樂府》，雖詞氣豪逸，亦未當家〔一〕。

【校注】

〔一〕常倫字明卿，號樓居子。王驥德《曲律》卷四《雜論》第三十九下：『康對山，……常樓居直是粗豪，原非本色。』

七二

徐髯僊霖〔一〕，金陵人。所為樂府，不能如陳大聲穩協，而才氣過之，青樓俠少，推為渠帥。正德末，上南征，嬖伶臧賢薦於上，俾填新曲，絕愛幸之，令提調六院事。霖皇恐甚，然不敢辭也。後回鑾，事始解〔二〕。賢復薦吴中楊南峰循吉，楊以高尚不出；一旦易皂笠、韎韐、兔鶻，從臺司索錢見上。後應制成《打虎》諸曲，頗云稱旨。詔授官如霖，楊大愧駭，懇賢獲免〔三〕。曲今存，不大佳。

【校注】

〔一〕徐霖自號髯僊。

〔二〕錢謙益《列朝詩集》丙：『（霖）善製小令，填南北詞，皆入律。棋酒之暇，命伶童侍女，被其新聲，都人競傳而歌之。武帝南巡，伶人臧賢進其詞翰，召見行宫，試除夕詩百韻，及應制詞曲，皆立就。雅俗雜陳，語多譎諫，上屢稱善。嘗午夜乘月幸其家，夫婦蒼黄出拜。上命置酒，家無供具，以蔬筍、鮭菜進御。上大喜，為之引滿酣暢而去。已而數幸其家，御晚靜閣垂釣，得一金魚，宦官爭買之，上大笑，失足落池中，衮衣沾濕。快園中有宸幸堂、浴龍池，紀其遇也。賜飛魚服，扈從還京。每夜宿御榻前，與上同臥起。將授官禁近，固辭，會上賓而罷。』

〔三〕《列朝詩集》丙：『循吉字君謙。正德庚辰，武廟幸南都，問伶臧賢：「南人有善詞曲者乎？」賢以君謙對，武廟立召之，命賦《打虎曲》，稱旨。每扈從，輒在御前承旨，為樂府小令，然不授官，與優伶雜處。君謙恥之，謀於賢，為請急放歸。』

七三

北調如李空同〔一〕、王浚川〔二〕、何粹夫〔三〕、韓苑洛〔四〕、何太華〔五〕、許少華〔六〕，俱有樂府，而未之盡見。予所知者：李尚寶先芳〔七〕、張職方重、劉侍御時達，皆可觀。近時馮通判唯敏，獨為傑出。其板眼、務頭、攛搶、緊緩，無不曲盡，而才氣亦足發之；止用本色過多，北音太繁，為白璧微纇耳。金陵金白嶼鑾頗是當家〔八〕，為北里所貴〔九〕。張有二句云：『石橋下水粼粼，蘆花上月紛紛。』予頗賞之。

【校注】

〔一〕李夢陽號空同子。

〔二〕王廷相號浚川子。

〔三〕何瑭，字粹夫，號柏齋，懷慶人。弘治進士，官至南京右都御史。有《柏齋集》、《柏齋何先生樂府》。

〔四〕韓邦奇，號苑洛，有《苑洛集》。

〔五〕何楝，字伯直，長安人。正德進士，官至右都御史。有《太華集》。

〔六〕許宗魯有《少華集》。

〔七〕李先芳字伯承，曾官尚寶司丞。王驥德《曲律》卷四《雜論》第三十九：『余有言：小令如唐六如、祝枝山輩，皆小有致，而祝多漫語。康對山、王渼陂、常樓居、馮海浮直是粗豪，原非本色。陳秋碧、沈青門、梁少白、李日華、金白嶼時有合作處，然較之元人，則彼以工勝，而此以趣合。長套亦唯是陳秋碧、梁少白最稱爛熳。』徐復祚《曲論》：『若夫散詞、小令，則家和璧而人隋珠，未易枚舉。試數其人，則周憲王、趙康王、劉誠意、王威寧、楊邃庵、顧未齋、陳大聲、祝希哲、唐伯虎、張伯起、沈青門、王稚欽、李空同、楊用脩、王敬夫、康得涵、韓苑洛、金白嶼、楊君謙、常明卿、谷繼宗、何粹夫、王舜耕、王渼陂、王浚川、謝茂秦、陸之裘、陳石亭、何太華、許少華、王辰玉，彼皆海嶽英靈，文章巨擘，羽翼大雅，黼黻王猷，正業之外，遊戲為此，或滔滔大篇，或寥寥小令，含金跨元，真所謂種種殊別，新新無已矣。』

〔八〕金鑾字在衡，號白嶼，隨父宦僑居建康，有《徙倚軒稿》、《蕭爽齋樂府》二卷。《四友齋叢説》卷三七：『南部自徐髯僊後，唯金在衡最為知音。善填詞，其嘲調小曲極妙。每誦一篇，令人絶倒。』

〔九〕李調元《雨村曲話》卷上：『金白嶼鑾，有名北里。曲為當家所貴，氣弱而才薄。』

七四

吾吴中以南曲名者，祝京兆希哲、唐解元伯虎、鄭山人若庸〔一〕。希哲能為大套，富才情而多駁雜。伯虎小詞翩翩有致〔二〕。鄭所作《玉玦記》最佳，它未稱是〔三〕。《明珠記》即《無雙傳》，陸天池采所成者，乃兄浚明給事助之，亦未盡善〔四〕。張伯起《紅拂記》潔而俊，失在輕弱〔五〕。梁伯龍《吴越春秋》滿而妥，間流冗長〔六〕。陸教諭之《裘散詞》，有一二可觀〔七〕。吾嘗記其結語：『遮不住愁人緑草，一夜滿關山。』又『本是個英雄漢，差排做窮秀才』。語亦雋爽。其它未稱是。

【校注】

〔一〕祝允明字希哲，倅南京兆。唐寅字伯虎，中解元。鄭若庸字中伯，號虚舟，崑山人。為諸生，隱支硎山，精詩古文，兼工詞曲。有《蛣蜣集》，所著曲今存《玉玦記》一種，見《六十種曲》。

〔二〕沈德符《顧曲雜言·南北散套》：『吴中詞人，如唐伯虎、祝枝山，……縱有才情，俱非本色。』

〔三〕王驥德《曲律》卷二《論家數》：『近鄭若庸《玉玦記》作，而益工脩辭，質幾盡掩。夫曲以模寫物情，體貼人理，所取委曲宛轉，以代説詞，一涉藻繢，便蔽本來。』《顧曲雜言》：『鄭山人若庸《玉玦記》，使事穩帖，用韻亦諧，内《遊西湖》一套，尤為時所膾炙；所乏者，生動之色耳。』呂天成《曲品》：『《玉玦》典雅工麗，可詠可歌，開後人駢綺之派。每折一調，每調一韻，尤為先獲我心。』

〔四〕淩濛初《譚曲雜札》：『《明珠記》尖俊宛轉處，在當時固為獨勝，非梁、梅輩派頭。問其為乃兄儀部點竄居多，故《南西廂》較不及遠甚耳。元美以「未盡善」一語概之，以其不甚用故實，不甚求麗藻，時作真率語也。賴有「鳳尾箋」、「鮫綃帕」、「芙蓉帳」、「翡翠堆」等語未脱時尚，故猶得與伯龍輩同類而共評；不然，幾至不齒及矣。我謂「未盡善」正在此，不在彼。』《曲律》卷四《雜論》第三十九上：『《明珠記》本唐人小說，事極典麗，第曲白類多蕪葛。僅《良宵杳》一套，不特詞句婉俏，而轉折亦委曲可念，弇州所謂「其兄浚明給事助之者」耶？然引曲用調名殊不佳，《尾聲》及後《黄鶯兒》二曲俱俚率不稱，若出兩手何耶？』呂天成《曲品》：『《明珠》，無雙事，奇。此係天池之兄給諫陸粲具章，而天池踵成之者。抒寫處有景有情，但音律多不叶，或是此老未精解處。然其布句運思，是詞壇一大將也。』錢謙益《列朝詩集》丁上：『陸采字子玄，長洲人。年十九，作《王僊客無雙傳奇》，子餘（其兄粲字子餘，一字浚明）助成之。曲既成，集吴門老教師精音律者，逐腔改定，然後妙造梨園子弟登場教演，期盡善而後出。』按：《明珠記》今見《六十種曲》。

〔五〕《顧曲雜言》：『張伯起少年作《紅拂記》，演習之者遍中國。』《曲論》：『張伯起先生，余內子世父也。所作傳奇有《紅拂》、《竊符》、《虎符》、《扊扅》、《灌園》、《祝髮》諸種，而《紅拂》最先，本《虬髯客傳》而作。惜其增出徐德言合鏡一段，遂成兩家門，頭腦太多。佳曲甚多，骨肉勻稱，但用吴音，「先、天」、「簾、纖」隨口亂押，開閉罔辨，不復知有周韻矣。』《曲品》：『《紅拂》此伯起少年時筆也，俠氣辟易，作法撇脱，不粘滯。』按：張鳳翼字伯起。好度曲，為新聲，所著《紅拂記》，今見《六十種曲》。

〔六〕趙曄《吴越春秋》即《浣沙記》，今見《六十種曲》。《顧曲雜言》：『梁伯龍、張伯起俱吴人，所作盛行於世。若以《中原音韻》律之，俱門外漢也。』又『崑山梁伯龍辰魚，亦稱詞家，有盛名，所作《浣紗記》，至傳海外。然止此，不復續筆。』《曲論》：『梁伯龍辰魚作《浣紗記》，無論其關目散緩，無骨無筋，全無收攝，即其詞亦出口便俗，一過後便不耐再咀。然其所長，亦自有在：不用春秋以後事，不裝八寶，不多出韻，平仄甚諧，宮調不失，亦近來詞家所難。』按：梁辰魚字伯龍，崑山人，以貢例為太學生。著《浣紗記》傳奇，梨園子弟喜歌之。

〔七〕《列朝詩集》丁中：『陸之裘字象孫，太倉人。王元美《明詩評序》：「陸秀才之裘，能詩，高自許可，鄉先生自迪功而下，弗論也。好為散詞，有云：『本是個英雄漢，差排做窮秀才。』其感慨托寄如此。」』

七五

張伯起《紅拂記》一佳句云：『愛它風雪耐它寒。』不知為朱希真詞也。其起句云：『檢盡歷頭冬又殘，愛它風雪耐它寒。拖條竹杖家家酒，上個籃輿處處山。』亦自瀟灑〔一〕。賀方回《浣溪沙》有云：『淡黃楊柳帶棲鴉。』關漢卿演作四句云：『不近諠譁，嫩綠池塘藏睡鴨。自然幽雅，淡黃楊柳帶棲鴉。』青出於藍，無方並美〔二〕。

【校注】

〔一〕語見《紅拂記》第十九出《破鏡重符·青衫濕》。徐復祚《曲論》：『弇州先生之許《紅拂》也，曰：「《紅拂》有一佳句，曰：『愛他風雪耐他寒。』不知其為朱希真詞也」云云。余一日過伯起齋中，談次問：「此句用在何處？覓之不得。」伯起笑曰：「王大自看朱希真《紅拂》耳，似未嘗看張伯起《紅拂》也。」相與一笑。……知音之難如此。』按：朱敦儒詞《鷓鴣天》：『檢盡歷頭冬又殘。愛他風雪忍他寒。拖條竹杖家家酒，上箇籃輿處處山。　添老大，轉癡頑。

謝天教我老來閒。道人還了鴛鴦債，紙帳梅花醉夢間。』

〔二二〕賀鑄《減字浣溪沙》：『樓角初消一縷霞。淡黄楊柳暗棲鴉。玉人和月摘梅花。笑拈粉香歸洞戶，更垂簾幕護窗紗。東風寒似夜來些。』按：張鳳翼《紅拂記》，今見毛晉《六十種曲》。

一

自張懷瓘以十體斷書：『一曰古文，二曰大篆，三曰籀文，四曰小篆，五曰八分，六曰隸書，七曰章草，八曰行書，九曰飛白，十曰草。』〔一〕鄭昂論文字之大變八：『一曰古文，二曰大篆，三曰小篆，四曰隸書，五曰八分，六曰行書，七曰飛白，八曰草書。』〔二〕其意蓋取程邈以後之隸，與鍾、王之今楷合而一之。不然，則是取漢碑之隸，皆屬之於八分，而單以隸為楷也〔三〕。歐陽永叔以八分為隸，洪适因之，而豐道生直斥其妄〔四〕。據道生之意，以隸為八分，以真為隸也，是即吾所疑張、鄭之後説也。夫以分為隸，歐陽氏之誤小；以隸為分，以真為隸，豐氏之誤大也。為豐氏之説，大約與張、鄭同。其一曰：隸書者，程邈為御史，以奏事繁多，篆字難成，乃用隸人佐書，以赴急速，官司刑獄用之。其二云：次仲作八分書，謂入篆八分，存隸二分，是先有隸而有分，固矣。其三：據《淳化閣帖》，有邈『天得一以清』數語為據。此皆吾所不敢信之故也〔五〕。《閣帖》所存邈數十字，略無二鍾古意，止是稍增一點一畫以行怪，如『亢倉元命包』，假書填難字類耳。此李懷琳輩之所不為，而可據為邈書乎〔六〕？又明言漢因行之，獨符印、幡信、題署用篆，則此外皆用真隸書矣，而何自漢末以前無一筆也？歐、趙所書之碑，又何無一真隸而皆分書也〔七〕？各碑既謂之分書，則其法正存，今何嘗入篆八分也？以吾所見，唯皇象《天發神讖》

有五分之篆；蔡邕《夏承》有四分之篆，疑此即所謂八分〔八〕。而八分以其不易習，故少傳耳。衛恒所贊『隸勢如砥平繩直，規旋矩折，脩短相副，奮筆輕舉，離而不絕』等語，亦自與正書不甚應，其為古隸無疑者〔九〕。後閱陸子淵《書輯》云：『秦興，同天下之書，而李斯遂為世宗。時則趙高、胡母敬改省籀篆，同謂之小篆。程邈所上，務趨便捷，謂之隸書。王次仲分取篆、隸之間，謂之八分。自邈以降，謂之秦隸。賈魴《三倉》、蔡邕《石經》諸作，謂之漢隸。鍾、王變體，謂之今隸，合秦漢謂之古隸。庾元威造為散隸，羲、獻復變新奇，別以今隸謂之楷法，《黃庭》、《樂毅》謂之小楷。史游解散隸體，謂之章草。張伯英之法，謂之草書。衛瓘復采芝法，兼乎行書，謂之稿草。羲、獻之書，謂之今草。構結微眇者，謂之小草。復有所謂游絲之草。宋蔡襄為飛草，謂之散草。劉伯昇小變楷法，謂之行書。兼真謂之真行，帶草謂之草行。蔡邕所作輕微大字，謂之飛白。自餘諸體，以類生矣。』〔一〇〕蓋自是而隸與八分之說始明。然謂『羲、獻復變新奇，別以今隸謂之楷法』，此語覺贅。蓋《受禪》、《勸進》，即鍾氏之古隸也；《尚書宣示》、《墓田丙舍》、《戎路表》，即鍾氏之今隸也，羲、獻不過增華耳〔一一〕。古隸亦非鍾造，東漢以後碑刻皆如之，特鍾氏入妙耳。飛白即古隸、今隸。蕭子雲頗作篆，皆大書，用篛筆輕拂過，或有帶行者，其體若白而勢若飛，今亦不傳矣〔一二〕。後世有以草書作雙絲下，中露白者為飛白，極可笑。吾三十時為余定州作《飛白歌》，蓋從俗之語也。今人稱真、草、隸、篆，雖失作者之意，然古隸、今隸，方圓勁婉，體自難合，拆為真、隸，似亦未為不通。

【校注】

〔一〕張懷瓘，海陵人，唐代書法家。開元中曾官翰林供奉，有《書斷》三卷、《文字論》、《二王書録》、《書估》、《書議》、《六體書論》、《評書藥石論》、《論用筆十法》、《玉堂禁經》等各一卷。以上引文見《書斷》上。

〔二〕鄭昂，字尚明，號董山，福州人。宋徽宗政和五年進士，有《書史》二十五卷，已逸。以上引文今見元鄭杓《衍極·至樸篇》。

〔三〕張懷瓘《書斷》上：『隸書者，秦下邽人程邈所造也。邈字元岑，始為衙縣獄吏，得罪始皇，幽繫雲陽獄中，覃思十年，益大小字方圓而為隸書三千字。奏之始皇，善之，用為御史。』鍾、王，鍾繇，字元常，漢魏著名書法家，官至太傅，人稱『鍾太傅』。王羲之，字逸少，東晉著名書法家，官至右軍將軍、會稽內史。人稱『王右軍』或『王內史』。

〔四〕歐陽脩字永叔，晚號六一居士。有《集古録跋尾》十卷。洪适字景伯，南宋金石書法家。有《隸釋》、《隸續》。豐坊，明代書法家，字人翁，更字道生，有《書訣》。

〔五〕王仲，字次仲，東漢書法家（一曰秦始皇時人），晉衛恒《四體書勢》曰：『上谷王次仲始作楷法。』程邈《書帖見《淳化閣帖》卷五。

〔六〕《淳化閣帖》，全稱《淳化秘閣法帖》，宋太宗淳化三年，翰林院侍書王著奉敕編撰。為古代法帖之祖，原版已毀於火。李懷琳，唐代書法家，工臨模，善草隸，好為偽跡。唐竇臮《述書賦》譏其『假他人之姓字，作自己之形狀，高風甚少，俗態尤多。』

〔七〕歐、趙：歐陽詢、趙孟頫。

〔八〕《天發神讖碑》，傳為三國皇象書。《夏承碑》傳為東漢蔡邕書。

〔九〕語見晉衛恒《四體書勢》，文字有出入。按：《晉書·衛恒傳》：『衛恒，字巨山，官至黃門郎。善草、隸書。』

其《四體書勢》見録於本傳。

〔一〇〕語見陸深《書輯》，文字有出入。陸深，字子淵，明代書法家，有《書輯》一卷。

〔一一〕《受禪表》、《上尊號碑》、《尚書宣示表》、《墓田丙舍帖》、《賀捷表》，或以為皆鍾繇書法作品。

〔一二〕陶宗儀《書史會要》卷四：『蕭子雲，字景喬，蘭陵人。齊高帝玄孫，官至侍中、國子祭酒。善正隸、行草、飛白，而正隸、飛白尤工，意趣飄然，有騫舉之狀。』又卷二：『蔡邕字伯喈，……善篆、隸、八分。熙平中刊正六經文字，書丹刻於太學。邕待詔時，見門下吏堊帚成書，作飛白書。蔡邕即飛白之祖也。』

二

吾衍曰：『秦隸者，程邈以文牘繁多，難以用篆，因減小篆為徑用之法，故不為體勢，若漢款法，篆字相近，非有批法之隸也。即是秦權、秦量上刻字，人多不知，亦謂之篆。八分則漢隸之未有挑剔者，比秦隸易識，比漢隸則微似篆，若用篆筆作漢隸，則得之矣。由此而言，則次仲所成八分，恐存隸八分，就篆二分也。』〔一〕衍之此論，一洗懷瓘千古之疑，盡闢豐氏恣談之陋。

【校注】

〔一〕語見吾丘衍《學古編·隸書品》，文字有出入。陶宗儀《書史會要》：『吾衍，字子行，號竹房，太末人。寓杭之生花坊。静居求志，好古博學，淩物傲世，不交雜客，與趙魏公相厚善。精於篆，專法李陽冰，律以《石鼓》，當代獨步。』

三

衍又曰：『隸書人謂宜扁，殊不知妙不在扁，挑拔平硬，如折刀頭，方是漢隸。』〔一〕衍此語尤合作，正《受禪》、《勸進》之所以妙也，近代文徵仲得之。瘦而怪者，韓擇木也；豐而扁者，唐玄宗也；拙而醜者，朱協極也〔二〕。

【校注】

〔一〕語見吾丘衍《學古編·隸書品》。

〔二〕文徵明，字徵仲，明代書畫家。陶宗儀《書史會要》：『韓擇木，昌黎人。官至工部尚書、散騎常侍。工隸，間作八分。隸學之妙，唯蔡邕一人而已，擇木乃能追其遺法，風流閑媚，世謂邕中興焉。評者謂如龜開萍葉，鳥散芳洲。』朱協極，宋代書法家，工隸書。

四

沈存中云：『古人以散筆作隸書，謂之散隸。近歲蔡君謨又以散筆作草書，謂之散草，或曰飛草，其法皆生於飛白。』〔一〕

【校注】

〔一〕語見《夢溪筆談》卷一八《技藝》。按：沈括，字存中，宋代學者，有《夢溪筆談》二十六卷。

五

章草，古隸之變也〔一〕。行草，今隸之變也。芝、旭草，又行草之變也〔二〕。

【校注】

〔一〕章草，亦稱隸草、急就，或曰係漢元帝時因書法家史游作《急就章》而得名。陶宗儀《書史會要》卷二：「史游，元帝時黄門令史，作《急就章》一篇，解散隸體，粗書之，損隸之規矩，存字之梗概。以草創之義，謂之行草；以别今草，謂之章草。史游即章草之祖也。」

〔二〕芝、旭，東漢書法家張芝、唐代書法家張旭。二人皆工草書，人稱張芝為「草聖」，張旭為「張顛」。

六

行書有二：有真帶行者，如右軍《蘭亭》、《霜寒》、《來禽》、《官奴》之類是也〔一〕。正行配者，右軍《旦極寒》、《雪晴》、《晚復》是也〔二〕。

【校注】

〔一〕王羲之《蘭亭序》、《霜寒帖》、《來禽帖》、《官奴帖》。

〔二〕王羲之《旦極寒帖》、《快雪時晴帖》、《晚復毒熱帖》。

七

《毒熱》、《尊體何如》、《奉橘》、《夫人平康》、《蔡家賓》至《愛鵝》、《蘄茶》〔一〕；《晚復毒熱》有以為唐文皇臨者〔二〕；《夫人平康》、《蔡家賓》，有以為後人書者，理俱有之。

【校注】

〔一〕王羲之《晚復毒熱帖》、《何如帖》、《奉橘帖》、《平康帖》、《蔡家賓帖》《愛鵝帖》、《蘄茶帖》。

〔二〕唐文皇即唐太宗李世民，工書法，尤善臨摹古帖。貞觀初，鋭意臨玩王右軍真跡，人間購募殆盡。以上作品，傳為王羲之手跡，然真偽參雜，難以確考。

八

道生云：『雙鉤懸腕，讓左側右，虛掌實指，意前筆後』，此古人所傳用筆之訣也。『如屋漏雨，如壁坼，如印印泥，如錐畫沙，如折釵股』，古人所論作書之勢也〔一〕。然妙在第四指得力，俯仰進退，收往垂縮，剛柔曲直，縱橫轉運，無不如意，則筆在畫中，而左右皆無病矣。此法自鍾、王之後，唯藏真得之為多〔二〕。庶幾於是者，唐則伯施、信本、登善、虔禮、紹京、泰和、伯高、清臣、誠懸〔三〕。五季則景度、重光〔四〕。宋則君謨、元章〔五〕。元則子山、子昂〔六〕。本朝則仲珩、貞伯、希哲、徵仲數人而已〔七〕。

【校注】

〔一〕語見豐坊《書訣》，文字有出入。

〔二〕陶宗儀《書史會要》卷五：『釋懷素，字藏真，俗姓錢，長沙人，徙家京兆。玄奘三藏之門人也。精意翰墨，追倣不輟，秃筆成冢。一夕觀夏雲隨風，頓悟筆意，自謂得草書三昧。評其勢者，以謂若驚蛇走虺，驟雨狂風；又謂援毫掣電，隨身萬變。』

〔三〕虞世南，字伯施；歐陽詢，字信本；褚遂良，字登善；孫過庭，名虔禮，以字行；鍾紹京，字大可；李邕，字泰和；張旭，字伯高；顏真卿，字清臣；柳公權，字誠懸。

〔四〕五代楊凝式，字景度；南唐後主李煜，字重光。

〔五〕蔡襄，字君謨；米芾，字元章。

〔六〕康里巎，字子山；趙孟頫，字子昂。

〔七〕宋遂，字仲珩；李應禎，字貞伯；祝允明，字希哲。

九

按伯施者，虞也；信本者，歐陽也；登善者，褚也；虔禮者，孫也；紹京者，鍾也；伯高者，張也；泰和者，李也；清臣者，顏也；誠懸者，柳也；景度者，楊也；重光者，後主也；君謨者，蔡也；元章者，米也；子山者，巎也；子昂者，趙也；仲珩者，宋也；貞伯者，李也；希哲者，祝也；徵仲者，文也。豐於唐不取知章、季海父子〔一〕，宋不取子瞻、魯直〔二〕，元不取伯機〔三〕，明不取南宮、履吉〔四〕，當別有意。

【校注】

〔一〕賀知章，唐代詩人，工書法，尤善草書。徐浩，字季海，唐代書法家。越州人，官至太子少師，有《古跡記》。其父徐嶠之，亦工書法，有《春首帖》傳世。

〔二〕子瞻，蘇軾字；魯直，黄庭堅字。

〔三〕鮮于樞，字伯機。元代著名書法家。

〔四〕宋克字仲溫，號南宮生；王寵，字履吉，號雅宜，俱明代書法家。按：今本《書訣》於唐取賀知章而未取徐嶠之、徐浩父子，於宋則取黄庭堅而不取蘇軾；於元則未取鮮于樞。弇州所記，可能有誤。

一〇

鍾太傅解散古隸而為今隸，然張芝草書是今隸之變，觀其行筆可知〔一〕。則太傅之前如曹、師諸公，亦已作今隸，但非程邈體耳〔二〕。

【校注】

〔一〕鍾繇，官至太傅。

〔二〕陶宗儀《書史會要》卷二：『曹喜，字仲則，扶風人。建初間以善篆隸名，篆少異於李斯，而亦稱善。嘗有《述筆論》傳於世。』又：『師宜官，南陽人，工隸書，大則一字徑丈，小則方寸千言。』張懷瓘《書斷》：『靈帝好書，徵天下工書於鴻都門，至數百人，八分稱宜官為最。』按：程邈，字元岑，秦代書法家。張懷瓘《書斷》稱其為隸書第一人。

一一

先民有言：『用筆不欲太肥，肥則形濁；不欲太瘦，瘦則形枯。』肥不剩肉，瘦不露骨，乃為合作。又：『不欲多露鋒芒，露鋒芒則意不持重；又不欲深藏圭角，藏圭角則體不精神。』〔一〕斯言當矣。愚以為如不得已，則肉勝不如骨勝，多露不如深藏，猶為彼善也。

【校注】

〔一〕二語見宋姜夔《續書譜》，文字小有出入

一二

語云：『真以點畫為形質，使轉為性情；草以點畫為性情，使轉為形質。』〔一〕『縱橫牽掣之謂使，鈎環盤紆之謂轉，向背得宜之謂點畫。』〔二〕又云：『神彩為上，形質次之。』〔三〕『隸以規為方，草則圓其矩。』〔四〕

【校注】

〔一〕語見唐孫過庭《書譜》。

〔二〕孫過庭《書譜》：『執謂淺深長短之類是也，使謂縱橫牽掣之類是也，轉謂鈎鐶盤紆之類是也，用謂點畫向背之類是也。』

〔三〕王僧虔《筆意贊》語。見宋陳思《書苑菁華》卷一八。

〔四〕鄭杓《衍極·書要篇》：『隸以規為方，草以圓為矩，而六書之道散矣。』按：《書史會要》：『鄭杓，字子經，莆田人。能大字，兼工八分，有所著《衍極》行於世。』

一三

鍾太傅云：『多力豐筋者勝，無力無筋者病。』〔一〕衛夫人云：『意在筆前者勝，意在筆後者敗。』〔二〕二語皆絕佳。若『死蛇掛樹，踏水蝦蟆』語〔三〕，絕不似右軍手中出也。

【校注】

〔一〕語見《書苑菁華》卷一鍾繇《筆法》。

〔二〕語見《書苑菁華》卷一晉衛鑠《筆陣圖》，文字有出入。

〔三〕語見題名王羲之《筆勢論十二章·節制章第十》，文字有出入。按：王羲之此文，前人多疑其僞托。

一四

姜堯章云：『真多用折，草多用轉。折欲少駐，駐則有力；轉欲不滯，滯則不遒。然而真以轉而後遒，草以折而後勁。』『懸針者，筆欲極正，自上而下，端若引繩。若垂而復縮，之謂垂露。』又引米老云：『無垂不縮，無往不收，此必至精至熟然後能之。』〔一〕堯章可謂妙得筆理，而書實不稱，何也？』〔二〕

【校注】

〔一〕以上三語均見姜夔《續書譜》。按：米老，指宋代書法家米芾。

〔二〕陶宗儀《書史會要》卷六：『姜夔字堯章，號白石道人，鄱陽人。能詩文，書法迥脱脂粉，一洗塵俗，有如山人隱者，難登廟堂。嘗著《續書譜》一篇，以繼孫過庭之作，頗造翰墨閫域。』

一五

書家者云：『有功無性，神彩不生；有性無功，神彩不實。』〔一〕又云：『小心布置，大膽落筆。』〔二〕

【校注】

〔一〕語見明楊慎《墨池瑣録》卷一。

〔二〕語見明陸深《書輯》卷下。

一六

『大字促令小，小字舒令大。』〔一〕『大字難於結密而無間，小字難於寬綽而有餘。』〔二〕此偏至之語，大須意會，不可典要。

【校注】

〔一〕題名唐歐陽詢書論《三十六法》引《書法》語。

〔二〕語見《蘇軾文集》卷六九《跋王晉卿所藏蓮華經》。

一七

梁武帝云：『點掣短則法擁腫，點掣長則法離澌。畫促則字橫，畫疏則形慢。拘則乏勢，放又少則。純骨無媚，純肉無力。少墨浮澁，多墨笨鈍。』〔一〕張長史傳此於顔平原而語少變〔二〕。

【校注】

〔一〕語見張彦遠《法書要録》梁武帝蕭衍《與陶隱居論書啟》之二。

〔二〕語見陳思《書苑菁華》卷一九顔真卿《述張長史筆法十二意》。張旭曾官金吾内史，人稱張長史。顔真卿曾爲平原太守，人稱顔平原。

一八

董内直曰：『左欲去吻，右欲去肩，指欲實，掌欲虚。』〔一〕李華曰：『虚掌實指，緩紉急送，意在筆前，字居筆後。』〔二〕黄山谷云：『心能轉腕，手能轉筆。』〔三〕米元章云：『肉須裹筋，筋須藏肉。』〔四〕皆臨池者所宜知也。

【校注】

〔一〕語見元董内直《書訣》。

〔二〕『李華』，底本作『李萃』，誤。語見《全唐文》卷三一八李華《字訣》。

〔三〕語見宋黄庭堅《論書》。

〔四〕語見米芾《海岳名言》。

一九

李陽冰云：『點不變謂之布棋，畫不變謂之布算，方不變謂之斗，圓不變謂之環。』〔一〕此言篆法也，篆亦須變，況其它乎？

【校注】

〔一〕按：陶宗儀《書史會要》卷九引《變通異訣》語曰：『點不變謂之布棋，畫不變謂之布算，方不變謂之斗，圓不變謂之環，此則書之大病，學者切宜慎之。』《書史會要》卷五：『李陽冰，字少溫，趙郡人，官至將作少監。留心小篆迨三十年，初見李斯《嶧山碑》與孔子《延陵季子碑》，遂得其法，乃能變化開合，自名一家。推原字學，作《筆法論》，以別其點畫，作《刊定說文》三十卷，人指為倉頡後身。……有唐三百年以篆稱者，唯陽冰獨步。』

二〇

聞之張敬玄云：『楷書把筆，妙在虛掌運腕，不宜把筆苦緊。』〔一〕然大令小時作書，右軍從後掣其筆不得，非耶〔二〕？曰此有力也，非苦緊也。顏、柳自有力，二王化於力者也。習顏、柳者，未免苦緊；習二王者，不妨虛和。

【校注】

〔一〕張敬玄語，見元盛熙明《法書考》卷三《筆法》引。

〔二〕大令，王獻之與族弟王珉前後官中書令，為加以區別，人稱獻之為大令。張彥遠《法書要録》卷二南朝宋虞龢《論書表》：『羲之為會稽，子敬七八歲，學書。羲之從後掣其筆不脫，歎曰：「此兒書，後當有大名。」』

二一

『以筋骨立形，以神情潤色。』〔一〕『出沒須有倚伏，開闔藉乎陰陽。』〔二〕『一畫之間，變起伏於鋒杪；

一點之內，殊衄挫於豪芒。』〔三〕『一畫失所，如壯士之折一肱；一點失所，如美女之眇一目。』〔四〕

【校注】

〔一〕語見張懷瓘《文字論》。

〔二〕《書苑菁華》卷一引漢蕭何論書語。

〔三〕語見孫過庭《書譜》，文字小有出入。豪芒，即毫芒。

〔四〕語見題名王羲之《筆勢論十二章》。

二二

取《蘭亭》之半，以參《宣示》，則華實配矣〔一〕。取《化度》之半，以參《廟堂》，則方圓協矣〔二〕。

【校注】

〔一〕王羲之《蘭亭集序》，鍾繇《宣示表》。

〔二〕歐陽詢《化度寺碑》，虞世南《孔子廟堂碑》。

二三

書家者流，稱鍾、張、羲、獻。古雅之士，往往左袒鍾、張；華俊之儔，則必服膺羲、獻。今合諸家之論，可以類推。王羲之云：『頃尋諸名書，鍾、張信為絕倫，其餘不足存。』〔一〕又云：『吾書比之鍾、張，鍾當抗行，或謂過之；張草猶當雁行。然張精熟，池水盡墨，假令寡人耽之若此，未必謝之。』〔二〕羊欣云：『羲之便是小推張，不知獻之自謂云何？』〔三〕又云：『張字形不如右軍，自然不如小王。』〔四〕謝安嘗問子敬：『君書何如右軍？』答云：『故當勝。』安云：『物論殊不爾。』子敬答云：『世人那得知？』〔五〕梁武帝云：『世之學者宗二王，元常逸跡，曾不睥睨。羲之有過之之論，後生遂爾雷同。元常謂之古肥，子敬謂之今瘦。張芝、鍾繇，巧趣精細，殆同機神。肥瘦古今豈易致。逸少至學鍾書，勢巧形密，及其獨運，意疏字緩。又子敬之不迨逸少，猶逸少之不迨元常。學子敬者如畫虎也，學元常者如畫龍也。』〔六〕陶貞白答梁武帝云：『伏覽書論，使元常老骨，更蒙榮造；子敬懦肌，不沉泉夜，逸少得進退其間，則玉科顯然可觀。』〔七〕又云：『比世皆高尚子敬，海内非唯不復知有元常，於逸少亦然。今奉此論，自舞自蹈，未足逞泄日月，願以所摹，竊示洪遠、思曠，此二人皆是拘思者，必當仰贊踴躍，有盈半之益。』〔八〕蕭子雲《上武帝啟》云：『臣昔不能拔賞，隨世所貴，規模子敬，多歷年所。始見敕旨《論書》一卷，商略筆勢，洞達字體。又以逸少不及元常，猶子敬不迨逸少，因此研思，方悟隸式始變，子敬全法元常。』〔九〕庾肩吾云：『張功夫第一，天然次之；鍾天然第一，功夫次之；王功夫不及張，天然過之；天然不及鍾，功夫過之。』〔一〇〕唐太宗云：『鍾雖擅美一時，亦為過絕，論其盡善，或有所疑。至於布纖濃，分疏密，霞舒雲卷，無所間然。但其體則古而不今，字則長而逾制，語其大量，以此為瑕。獻之雖有父風，殊非新巧。觀其字勢疏瘦，如隆冬之枯樹；筆蹤拘束，若嚴家之餓隸。其枯樹也，雖槎枿而無屈伸；其餓隸也，則羈羸而不放縱。詳察古今，研精篆素，盡善盡美，其唯王逸少乎。觀其點畫之工，裁成之妙，煙霏露結，狀若斷而還連；鳳翥龍翔，勢如斜而反直。翫之不覺其倦，覽之莫識其端，心慕手追，此人而已。』〔一一〕孫過庭云：『元常專工於隸書，伯英尤精於草體，彼之二美，而逸少兼之。擬草則餘真，比真則餘草。』又云：『以子敬之豪翰，擅右軍之筆札，雖復粗傳楷則，實恐未克箕裘。是知逸少之比鍾、張，則專博斯別；子敬之不及逸少，無或疑也。』〔一二〕

【校注】

〔一〕、〔二〕語見張彦遠《法書要録》卷一王羲之《自論書》。文字小有出入。

〔三〕、〔四〕、〔五〕語並見張彦遠《法書要録》卷二虞龢《論書表》。

〔六〕語見《法書要録》卷二梁武帝蕭衍《觀鍾繇書法十二意》。

〔七〕、〔八〕語並見《法書要録》卷二《陶隱居與梁武帝啟》四。文字有出入。

〔九〕語見《法書要録》卷一《蕭子雲啟》。

〔一〇〕語見《法書要録》卷二梁庾肩吾《書品論》。

〔一一〕語見《晉書·王羲之傳》『制曰』。文字小有出入。

〔一二〕語見孫過庭《書譜》。

二四

張懷瓘云：『若真書古雅，道合神明，則元常第一。若真行妍美，粉黛無施，則逸少第一。若章草古逸，極致高深，則伯度第一。若章則勁骨天縱，草則變化無方，則伯英第一。其間備精諸體，唯獨右軍，次至大令。然子敬可謂《武》，盡善也；逸少可謂《韶》，盡美矣，又盡善也。』〔一〕

【校注】

〔一〕語見張懷瓘《書斷》下。按：『盡善盡美』數語，見《論語·八佾》。

二五

山谷云：『右軍似「左氏」，大令似「莊周」。』〔一〕

【校注】

〔一〕語見黄庭堅《山谷題跋·跋法帖》。

二六

宋、齊之際，右軍幾為大令所掩。梁武一評，右軍復伸；唐文再評，大令大損。若唐文之論，是偏好語，不足以服大令心也〔一〕。人謂『右軍内擫，故森嚴而有法；大令外拓，故散朗而多姿。』〔二〕法自兼姿，姿不能無累法也。後人學右軍，終不能似大令，已自逗漏李北海、蘇眉山、趙吴興筆〔三〕。然則大令之於右軍，直父子耳，不可稱伯仲也。

【校注】

〔一〕參看附録卷二第二三條注〔一一〕、第二八條。

〔二〕楊慎《書品》引袁裒論書語。按：袁裒，字德平，慶元人。元代書法家。有《書學纂要》。

〔三〕李邕，曾官汲郡北海太守，人稱李北海。蘇軾，宋眉州眉山人。趙孟頫，吴興人。故稱。

二七

抱朴子曰：『吴之善書者則有皇象、劉纂、岑伯然、朱季平。中州則有鍾元常、胡孔明、張芝、索靖。並用古體，俱足周事。飄乎若起鴻之乘勁風，騰鱗之躡驚雲。』〔一〕

【校注】

〔一〕語見晉葛洪《抱朴子·内篇·譏惑》，然無『飄乎』二句。明楊慎《書品》引抱朴子論書，增此二語，不詳何據。

二八

按《南史》謂：劉休者，與王僧虔同省。而是時海内俱習羊欣書，以右軍跡涉輕微，多所不好。休獨重之，自是右軍之書復盛〔一〕。後至梁武時，陶貞白尚云：『比世皆高尚子敬，不復知有元常，逸少亦然。』〔二〕然則右軍之書，得劉休而振，得梁武而著，得唐文而後大定。猶之顧凱之畫，亦至唐始定也。羊欣，學子敬者也，故武帝評子敬為『河朔子弟，舉體充悦，然沓拖不可耐〔三〕。而評羊欣『如婢學夫人，舉止羞澁』〔四〕。是以文皇詆子敬為『餓隸』，而學敬元者，時人譏以為『重儓』，子敬餓隸，敬元已成重儓矣〔五〕。然同一書人也，餓隸之與沓拖子弟，一瘦一肥，毋乃太相牴牾歟？

【校注】

〔一〕《南史》卷四七《劉休傳》：『宋末，高帝以休有思理，使與王僧虔對共監試。又元嘉中，羊欣重王子敬正、隸書，世共宗之，右軍之體輕微，不復見貴。及休始好右軍法，因此大行云。』

〔二〕參見附録卷二第二三條注〔七〕、〔八〕。

〔三〕、〔四〕語見梁武帝蕭衍《古今書人優劣評》，文字有出入。

〔五〕陶宗儀《書史會要》卷四：『羊欣，字敬元，泰山南城人，官至中散大夫。該博經史，長於隸書。』又『見重一時，行草尤善』。見王僧虔《論書》。

二九

武帝評蕭思話書『僊人嘯樹』，而張伯英『如漢武好道，憑虛欲僊』〔一〕。欲僊尚未僊也，漢武欲僊，則又去僊遠也，伯英乃不如思話乎？

【校注】

〔一〕查梁武帝《書評》，未見此語。按：袁昂《古今書評》載評蕭思話語云：『蕭思話書走墨連綿，字勢屈強，若龍跳天門，虎臥鳳闕。』又評薄紹之書云：『字勢蹉跎，如舞女低腰，僊人嘯樹。』

三〇

梁武始重元常而下子敬，特許逸少躑躅其間。覩陶隱居所云：『元常朽骨，更蒙榮造；子敬懦肌，不淪長夜。』又武云：『逸少學鍾，勢巧形容；及其獨運，意疏字緩。』然則太平寺主臨池之趣，全在鍾也。及考竇臮《述書賦》云：『高祖叔達，恢弘厥躬，泯規矩，合童蒙。』〔二〕張懷瓘《書品》云：『狀貌亦古，乏於筋力，既無奇姿異態，有減於齊高。』〔二〕然則梁武之聲價不振，實以學元常之故也。學鍾、張殊極不易，不得柔中之骨，不究拙中之趣，則鍾降而笨矣。不得放中之矩，不得變中之雅，則張降而俗矣。

【校注】

〔一〕語見張彥遠《法書要録》卷五竇臮《述書賦》上。太平寺主，指梁武帝蕭衍。《南史》卷八〇《賊臣傳》：『（侯景）言於（高）歡曰：「請兵三萬，横行天下，要需濟江縛取蕭衍老公，以作太平寺主。」』

〔二〕語見張懷瓘《書斷》下《能品》。

三一

吾鄉者閲隋僧智果書《梁武帝評鍾司徒字有十二種意外》，巧妙絶倫多奇〔一〕。後又有『鍾繇書如雲鶴遊天，群鴻戲海，行間茂密，實亦難過』語，以為不應重下評意〔二〕。所謂司徒者，繇子會也。及覽前輩題評，以《十二種意外》歸之太傅，吾竊非之。載閲繇父子本傳，繇不為司徒，會加司徒。雖尋伏誅，而所稱司徒者必會矣。然又以梁武與陶隱居論書，至數十往復，皆不及會，不應稱之若此。及閲袁昂本文，所謂『十二種』云云，乃在敕內『勅旨具云，如卿所評』。『臣謂鍾繇書氣密麗，若飛鳧戲海，舞鶴游天』等語，蓋重贊之也。此外又有武帝《觀鍾繇書法十有二意》云：『平、直、均、密、鋒、力、輕、快、補、損、巧、稱，字外之奇，文所不書。』〔三〕然則袁昂之稱『司徒十二種法』，正謂繇也。吾家蓄太傅《薦季直表》：『黄初二年，司徒東武亭侯』〔四〕，蓋是時華歆辭疾，繇實轉司徒。四年遷太尉，而歆復代之。史有脱漏故耳，二者實可相證，因記於此。

【校注】

〔一〕智果，隋代名僧，剡人。曾師事智永，善書法，諸體皆工。

〔二〕語見張彦遠《法書要録》卷二袁昂《古今書評》。

〔三〕語見《法書要録》卷二梁武帝《觀鍾繇書法十二意》。意氣密麗，原無『意』字，據宋陳思《書苑菁華》補。『快』，原文作『决』。

〔四〕《薦季直表》，傳為鍾繇晚年之作，楷書，落款為：『黄初二年八月日司徒東亭武侯臣鍾繇表。』

三二

鍾太傅七十六，其子司徒僅四十五。右軍五十九，子大令四十三。天假以年，不果勝尊公乎？曰不爾。格已定矣，假之年有小變，而不能有所加也。

三三

右軍之書，後世摹倣者僅能得其圜密，已為至矣。其骨在肉中，趣在法外，緊勢遊力，淳質古意不可到。故智永、伯施，尚能繩其祖武也〔一〕。歐、顔不得不變其真，旭、素不得不變其草。永、施之書，學差勝筆；旭、素之書，筆多學少。學非謂積習也，乃淵源耳。

【校注】

〔一〕陶宗儀《書史會要》卷四：『智永，會稽人，晉右將軍王羲之九（一作七）世孫。出家居永欣寺。學書以羲之為師法，筆力縱横，真草兼備，綽有祖風，為一時推重。』

三四

顔書貴端，骨露筋藏；柳書貴遒，筋骨盡露。旭、素之後不得不生𠱥光、高閑〔一〕；顔、柳之餘，不得不生即之、溥光〔二〕。

【校注】

〔一〕釋䛒光，唐代書法家，嘗受業於陸希聲，得其筆法，草書名重一時。《宣和書譜》卷一九評曰：『筆勢遒勁，雖未足與智永、懷素方駕，然亦自是一家法。』釋高閑，唐代書法家，烏程人。《宣和書譜》卷一九評曰：『頗為韓愈所知，作序送之。言其書法出張顛，流離顛沛，必於草書發之。』

〔二〕張即之，字溫夫，號樗寮，宋代書法家，官至直秘閣。明安世鳳曰：『樗寮書人斥為惡札，今評定其筆意，亦非有心為怪。』陶宗儀《書史會要》卷七：『釋溥光，字玄暉，號雪庵，俗姓李氏，大同人。……為詩沖淡粹美，善真、行、草書，尤工大字，國朝禁扁皆其所書。』

三五

智永、伯施，有書學而無書才；顛旭、狂素，有書才而無書學。河南、北海，有書姿而無書理；平原、誠懸，有書力而無書度。

三六

楊用脩云：『張旭妙於肥，藏真妙於瘦。以予論之，瘦易而肥難。』〔一〕用脩此語未必能真知書者，筆肥則結構易密，筆瘦則結構易疏，此瘦難而肥易也。唯是，既成之後，瘦近勁，勁近古；肥易豐，豐近俗耳。伯高之所以妙，在肥而不肉也。

【校注】

〔一〕語見楊慎《墨池瑣録》卷二。

三七

僧亞棲云：『書貴能變，方自成家。王右軍變白雲、歐陽詢變右軍、柳公權變歐陽。』〔一〕此殆是囈語。白雲先生何人，亦未有書蹟存世。〔二〕蓋右軍偶一言之，大抵托辭耳。歐陽書法實一變，然非變右軍。若柳之於歐，法少變而意故不變也。

【校注】

〔一〕語見陳思《書苑菁華》卷一九《書訣》。《宣和書譜》卷一九：『釋亞棲，洛陽人也，經律之餘喜作字，得張顛筆意。』

〔二〕陶宗儀《書史會要》卷三：『或謂其得筆法於白雲先生，即紫真也。羲之嘗曰：「天台紫真謂余曰：「書之氣必通乎道，同混元之理。陽氣明而華壁立，陰氣大而風神生。」是也。』按王羲之有《記白雲先生書訣》，後人多疑其係偽托。

三八

山谷云：『王右軍初學衛夫人小楷，不能造微入妙。其後見李斯、曹喜篆，蔡邕隸八分，於是楷法妙天下。張長史觀古鐘鼎銘科斗篆，而草聖不愧右軍父子。』〔一〕《易》有云：『引而伸之，觸類而長之，天下之能事畢矣。』〔二〕

【校注】

〔一〕語見黄庭堅《山谷題跋》卷五《跋為王聖予作書》。

〔二〕語見《周易·繫辭上》。

三九

五代時楊少師凝式，黄魯直極重之，謂為『散僧入聖』，又謂『可繼顔魯公、釋懷素』〔一〕。楊於今隸極拙，魯直所推，行草耳。而余見其一二行，皆不甚合作。聞朱象玄有《韭花帖》甚佳，未及見之〔二〕。

【校注】

〔一〕語見《山谷題跋・跋法帖》。按：黄庭堅《題楊凝式詩碑》云：『余嘗評近世三家書：「楊少師如散僧入聖，李西臺如法師參禪，王著如小僧縛律，恐來者不能易予此論也。少師此詩草，余二十五年前嘗得之，日臨數紙，未嘗不歎其妙。」』又《蘇軾文集》卷六九《評楊氏所藏歐蔡書》：『自顏、柳氏沒，筆法衰絶，加以唐末喪亂，人物凋落磨滅，五代文采風流，掃地盡矣。獨楊公凝式，筆跡雄傑，有二王、顏、柳之餘，此真可謂書之雄傑，不為時世所汩沒者。』蘇、黄所見，與世貞大異。

〔二〕按：楊凝式《韭花帖》，曾刻入《三希堂法帖》，近人羅振玉有藏本。

四〇

宋初王待詔著、宋宣靖、李西臺、蘇參政，皆稱名書家者，然不甚得法。山谷評待詔如『小僧縛律』，西臺如『講僧參禪』，然待詔猶有晉人意〔一〕。范文正《伯夷頌》見推，亦以其人耳〔二〕。杜祁公、蘇長史皆學懷素，杜瘦而生，蘇瘦而弱，第覺玉潤微勝冰清〔三〕。蔡忠惠略取古法，加以精工，稍滯而不大暢〔四〕。蘇文忠正，行出入徐浩、李邕，擘窠大書源自魯公而微欹，近《碑側記》。行草稍自結構，雖有墨豬之誚，最為淳古〔五〕。黄山谷大書酷倣《瘞鶴》，狂草極擬懷素，姿態有餘，儀度少乏〔六〕。米元章源自王大令、褚河南，神采奕奕射人，終愧大雅〔七〕。是四君子者，號為宋室之冠，然小楷絶響矣。山谷推王文公書似楊少師，章惇有鍾、王法〔八〕。談者以為曲筆。蔡京、卞兄弟皆擅書名，御府法墨妙畫皆其評跋，彼人縱極八法，無取一長，況未必耶〔九〕。

【校注】

〔一〕陶宗儀《書史會要》卷六：『王著，字知微，自言唐相石泉公方慶之後。世家京兆渭南，祖賁入蜀，遂為成都人。仕蜀為主簿，入朝累遷翰林侍書，加殿中侍御史。善正書，筆跡甚媚，頗有家法，太宗嘗從學書。』又『宋綬，字公垂，趙州平棘人。官至參知政事，謚宣獻。作字尤為時所推右，嘗為小字正書，整整可觀，真是《黄庭經》、《樂毅論》一派之法。』又：『李建中，字德中，其先京兆人。掌西京留司御史臺，至今謂之「李西臺」。……喜篆籀、草隸、八分，於真、行尤精。』蘇易簡，字太簡，四川人，官至參知政事。北宋著名書法家。山谷評語見黄庭堅《山谷題跋·跋法帖》。按：宋宣靖，或為宋宣獻之誤。

〔二〕《書史會要》卷六：『范仲淹，字希文，其先邠州人，後徙江南，遂為蘇州吴縣人。舉進士第，官至參知政事，謚文正。……善書，得《樂毅論》筆意，清勁中有法度，但少肉耳。』黄庭堅《跋范文正公伯夷頌》：『范文正公《伯夷頌》，極得前人筆意。蓋正書易為俗，而小楷難於清勁有精神。如斯人不必以書立名於來世也，然翰墨乃工如此。』又《跋范文正公帖》：『范文正公書，落筆痛快沉著，極近晉、宋人書。』

〔三〕《書史會要》卷六：『杜衍，字世昌，越州山陰人。擢進士甲科，官至太師、祁國公，謚正獻。……好翰墨，至暮年以草書為得意，喜與婿蘇舜欽論書。』《書史會要》卷六：『蘇舜欽，字子美，號滄浪翁。其先世居梓州，後為開封人。官至集賢校理，監進奏院。工行草，用筆沉著不凡，端勁可愛。評書之流謂入妙品。』《蘇軾文集》卷六九《跋杜祁公書》：『正獻公晚乃學草書，遂為一代之絶。公書政使不工，猶當傳世寶之，況其清閑妙麗，得昔人風氣如此耶？』又黄伯思《東觀餘論》卷下：『正獻公暮年乃學草書，筆勢翩翩，遂逼魏、晉。』

〔四〕《書史會要》卷六：『蔡襄，字君謨，興化人，官至端明殿學士。謚忠惠。博學尚氣節，工字學。大字巨數尺，小字如毫髮。筆力位置，大者不失結密，小者不失寬綽，至於科斗、篆籀、正隸、飛白、行草、章草，靡不臻妙而尤長於行。』按：蔡襄書極受東坡讚賞，稱其為『本朝第一』。

〔五〕《書史會要》卷六：『蘇軾，字子瞻，號東坡居士。官至端明、翰林侍讀兩學士。贈太師，謚文忠。高名大節，照映今古，又以翰墨妙天下。少時規模徐浩，筆圜而姿媚可喜。中年喜臨顏真卿真、行，造次為之，便欲窮本。晚年乃喜李邕，其豪勁多似之。』墨豬，晉衛夫人《筆陣圖》：『多肉微骨者，謂之墨豬。』按：黄庭堅《跋東坡書遠景樓賦後》曰：『今俗子喜譏評東坡，彼蓋用翰林侍書之繩墨尺度，是豈知法之意哉？余謂東坡書學問文章之氣，鬱鬱芊芊發於筆墨之間，此所以他人終莫能及爾。』又《跋東坡書》：『東坡書如華嶽三峰，卓立參昂，雖造物之爐錘，不自知其妙也。中年書圓勁而有韻，大似徐會稽；晚年沉著痛快，乃似李北海。此公蓋天資解書，比之詩人，是李白之流。』又《跋東坡墨蹟》：『東坡道人少日學《蘭亭》，故其書姿媚似徐季海。……中歲喜學顏魯公、楊風子，其合處不減李北海。至於筆圓而韻勝，挾以文章妙天下，忠義貫日月之氣，本朝善書，自當推為第一。數百年後，必有知余此論者！』趙孟頫《題東坡書醉翁亭記》：『或者議坡公書太肥，而公卻自云：「短長肥瘦各有度，玉環飛燕誰敢憎？」又云：「余書如綿裹鐵。」余觀此帖，瀟灑縱横，雖肥而無墨豬之狀，外柔内剛，真所謂「綿裹鐵」也。夫有志於法書者，心力已竭，而不能進，見古名書則長一倍。余見此，豈止一倍而已。』又《跋蘇軾中山松醪賦卷》：『觀東坡書法，高出千古，而筆勢雄秀，骨肉停勻，真得書家三昧者，非鄙俗所能擬議。此卷精妙，尤入神品，信是人間至寶也。』按：蘇文忠正，或為蘇文忠公之誤。

〔六〕《書史會要》卷六：『黄庭堅，字魯直，號山谷道人，洪州分寧人。官至吏部員外郎。工正楷、行草。楷法妍媚，自成一家，草書尤奇偉。』《瘞鶴銘》，江蘇鎮江焦山石刻，今僅存其半，作者已失考，或曰王羲之，或曰陶弘景。黄庭堅稱其為『大字之祖』。趙孟頫《題黄山谷草書杜詩》：『黄太史所書杜少陵詩，筆力雄健。又論草書體勢，深得其要，非善於書法者不知也。」

〔七〕《書史會要》卷六：「米芾字元章，初居太原，後為襄陽人。……歷官至禮部員外郎。違世異俗，每與人忤，人又名「米顛」。……大抵書效王羲之，篆宗史籀，隸法師宜官。晚年出入規矩，深得意外之旨。」趙孟頫《題宋薛紹彭隨事吟帖》：「書法自古至今皆有沿襲，由魏晉、六朝、隋唐以至於宋，其遺跡可考而知。唯米元章英姿高識，力欲追晉人絕規，同時如薛道祖是其同盟者也。故能脫唐略宋，齊蹤前古，豈不偉哉！」

〔八〕《書史會要》卷六：「王安石，字介甫，號半山，本撫州臨川人，後居金陵。官至丞相，封荊國公，謚曰文，追封舒王。凡作字，率多淡墨疾書，初未嘗略經意，唯達其詞而已，然而使積學者莫能到。評者謂得晉、宋人用筆法，美而不夭饒，瘦而不枯瘁。黄庭堅云：「荊公率意而作，本不求工，而蕭散簡遠如高人勝士，敝衣破履行乎大車駟馬之間，而目光已在牛背矣。」」按：黄庭堅《題王荊公書後》：「王荊公書，自得古人之法，出於楊虚白。」又：《跋王荊公書陶隱居墓中文》：「王荊公書法奇古，似晉、宋間人筆墨。」又《書史會要》卷六：「章惇，字子厚，福建蒲城人。官至尚書左僕射，封申國公。作書意象高古，暮年一以魏、晉諸賢為則，此其正書殊類王逸少。」

〔九〕《書史會要》卷六：「蔡京，字符長，……擢進士第，官至太師、魯國公，以罪徙死。博通經史，揮灑篇翰，手不停輟，性尤嗜書。初類沈傳師，久之深得王羲之筆意，自名一家。評者謂其書嚴而不拘，逸而不外規矩。正書如冠劍大人議於廟堂之上，行書如貴胄公子意氣赫奕，光彩射人。大字冠絶古今，鮮有儔匹。襄書為本朝第一，而京與方駕。」又：「蔡卞字元度，京之弟。與兄同年進士，官至檢校少保，謚文正。高宗追貶單州團練使。自少喜學書。初為顔行，筆勢飄逸，但圓熟未至。故圭角稍露，自成一家，亦長於大字，厚重結密，如其為人。」按：章惇、蔡京皆為北宋權臣，故王氏為發此論。然似亦不必以人廢書也。

四一

唐文皇以天下之力募法書，以取天下之才習書學，而不能脱人主面目，玄、徽亦然〔一〕。智永不能脱僧氣，歐陽率更不能脱酸餡氣，旭、素、顔、柳、趙吴興不能脱俗氣，南晉、宋、齊之間可以脱矣〔二〕。

【校注】

〔一〕《宣和書譜》卷一：『唐太宗……留心翰墨，粉飾治具。雅好王羲之字，心慕手追，出内帑金帛，購人間遺墨，得真、行、草二千二百餘紙來上。萬機之餘，不廢模倣。由是十年間，翕然向化。其筆力遒勁尤為一時之絶。』又：『唐明皇……臨軒之餘，留心翰墨。鋭意作章草八分，遂擺脱舊學。竇臮賦其書，以謂「風骨巨麗，碑板崢嶸，思如泉而吐風，筆為海以吞鯨。」亦足以狀其瑰偉也。』《書史會要》卷六：『徽宗諱佶，哲宗弟。萬機之餘，翰墨不倦。行草、正書筆勢勁逸。初學薛稷，變其法度，自號「瘦金書」，要是意度天成，非可以陳跡求也。』

〔二〕歐陽詢曾官太子率更令，故稱。

四二

宋、齊之際，人語曰：『買王得羊，不失所望。』蓋時重大令，而敬元為大令門人，妙有大令法者也〔一〕。

中、睿之季，時人語曰：『買褚得薛不落節。』蓋時重河南，而少保為河南甥，妙有河南法者也〔二〕。二事可謂切對。

【校注】

〔一〕陶宗儀《書史會要》卷四：『羊欣字敬元，泰山南城人。官至中散大夫。……欣年十二，頗為王獻之所知。方時獻之為吴興太守，嘗因夏月入縣，值欣晝寢，著新練裙，獻之書裙數幅而去。既覺，視裙書有得。欣本工書，因此彌善，當時獻之之後可以獨步。故諺曰：「買王得羊，不失所望。」而論者謂欣學獻之，終不能度越獻之之規矩，使瀟落奔放，自成一家，故有婢作夫人之誚。』

〔二〕語見張懷瓘《書斷》。《書史會要》卷五：『薛稷字嗣通，河東汾陰人，擢進士第，官至太子少保。……稷外祖魏文貞公富有書跡，多虞、褚手寫表疏。稷鋭意模學，窮年忘倦，結體遒麗，遂以書名天下。評其書者，以謂如風鷩苑花，雪惹山柏。』

四三

李北海在唐人書品中不甚烺烺，而趙文敏法之，便自名世。北海傷佻，然自雅；文敏稍穩，然微俗。眉山亦嘗學北海，不如其學平原也〔一〕。孫虔禮書《書述》，謂其『萬字一類，風行草偃』，輕之也至矣〔二〕。今所書《書譜》，令後人極力摹倣，尚自隔塵，以此知古人不可及也〔三〕。

【校注】

〔一〕蘇軾、趙孟頫晚年均學李邕。文敏，趙孟頫諡號。

〔二〕按：孫過庭生年遠早於李邕，過庭去世之時，李邕年方十三歲。《書述》一書已佚，但據此推斷『萬字一類』云云，不可能指李邕，然亦不知所指究為何人。

〔三〕張懷瓘《書斷》下：『孫虔禮，字過庭，陳留人。草書憲章二王，工於用筆，峻拔剛斷，尚異好奇，然所謂少功用，有天材。』晚唐呂總《續書評》草書十人，過庭列第二。米芾《書史》云：『孫過庭草書《書譜》，甚有右軍筆法。凡唐得二王法，無出其右。』

四四

子瞻似顏平原，故極口平原〔一〕。魯直效《瘞鶴》，故推尊《瘞鶴》〔二〕。元章出褚河南，故左袒河南〔三〕。河南楷似行，然自有楷；平原草似楷，然自有草。李北海、楊凝式及元章、魯直無楷矣。

【校注】

〔一〕《蘇軾文集》卷六九《題顏魯公書畫贊》：『顏魯公平生寫碑，唯《東方朔畫贊》為清雄，字間櫛比，而不失清遠。其後見逸少本，乃知魯公字字臨此書，雖大小相懸，而氣韻良是。』又《題魯公帖》、《題魯公放生池碑》、《書張少公判狀》等文亦對顏魯公贊之不絕。

〔二〕黄庭堅《山谷題跋・論寫字法》：『古人有言：大字無過《瘞鶴銘》。』又：『東坡先生云：「大字難於結密而無間。」結密而無間，如焦山崩崖《瘞鶴銘》。』又：『右軍嘗戲為龍爪書，今不復見。余觀《瘞鶴銘》勢若飛動，豈其遺法耶？』又《書遺教經後》：『頃見京口斷崖中《瘞鶴銘》大字，右軍書，其勝處乃不可名狀。……《瘞鶴銘》斷為右軍書，端使人不疑。如歐、薛、顏、柳數公書，最為端勁，然才得《瘞鶴銘》倣佛耳。』

〔三〕褚遂良官至尚書僕射、河南縣公。

四五

米元章有書才而少書學，黃長睿有書學而少書才，以故評騭古人墨刻真贋，亦有相牴牾者。然長睿引證各有據依，不若元章之孟浪也〔一〕。如謂鍾太傅《尚書宣示》為右軍臨，《白騎遂帖》為大令臨，蓋不唯太傅《宣示》已殉王脩葬，而開元中，滑臺人家用右軍扇書臨《宣示》，大令臨《白騎》二帖，應募入內府，其事甚明〔二〕。謂《長風貼》為逸少少年未變體書，蓋以右軍別帖有『長風范母子』語可證也。此外辨右軍自《適得書》至《慰馳竦耳》，《酸感》至《比加下痱》，《宰相安和》、《啖豆鼠》、《伏想嫂》等，《闊別稍久》、《不得臨川》、《初月二日》，至《前從洛》、《白耳鯉魚》、《夫人》、《蔡家大小悉佳》、《闊轉》、《阮公故爾》、《月半》、《邊欲遺書》；大令《玄度時來》、《極熱敬唯》、《服油》、《復面悲積》、《嫂等》帖，皆非真，或以辭氣太凡，或以書法非妙，或即其人其事駁之，俱當。他如《辨江叔》及《藝韞多材帖》為唐高宗；《衛夫人帖》為李懷琳；褚遂良《甥無薛八侍中山河帖》為《枯樹賦》中語，李斯書為陽冰《裴公碣》內字，右軍《備官而行》為唐人集右軍書，賈曾《送張說文》，皆妙有事理，真書家董狐也〔三〕。

【校注】

〔一〕陶宗儀《書史會要》卷六：『黄伯思，字長睿，別字霄賓，號雲林子。邵武人。官至秘書郎。天資警敏，長於考古。正、行、草、隸書皆精。初倣歐、虞，後乃規摹鍾、王，筆勢簡遠，有魏晉風氣。尤精小學，凡字書討論備盡。』按：其子輯伯思生前論書之作為《東觀餘論》二卷。

〔二〕張彦遠《法書要録》卷一齊王僧虔《論書》：『亡高祖丞相導，亦甚有楷法，以師鍾、衛，好愛無厭。喪亂狼狽，猶以鍾繇《尚書宣示帖》衣帶過江。後在右軍處，右軍借王敬仁。敬仁死，其母見脩平生所愛，遂以入棺。』《法書要録》卷四《唐韋述敘書録》：『自太宗貞觀中搜訪王右軍等真跡，出御府金帛重為購賞。由是人間古本，紛然畢進。……蕭令尋奏滑州人家藏右軍扇上真書《宣示》及小王行書《白騎遂》等二卷，敕命滑州給驛賚書本赴京，奉進，上書本留內，賜絹一百疋以遣之，竟亦不問得書所由。』

〔三〕以上引言分別見《東觀餘論》卷上。

四六

米元章以《閣帖》張伯英《知汝殊愁》及大令《吾當托桓江州》為張伯高書，黄伯思亦斷以為然〔一〕。而云：『數往虎丘，祖希時面。』祖希，張玄之字，大令時人，以為伯高書二王帖辭耳。按此帖既有『祖希時面』語，與《疾不退》至《分張》同結法，安知非大令縱筆耶？而必於伯高也。及考張懷瓘《書斷》，稱：『張融正兼諸體，於草尤工，齊、梁之際，殆無以過。或有鑒不至者，深見其有古風，多誤寶之，以為張伯英書也，而搨本大行於世。』〔二〕又按融本傳，嘗對孝武帝曰：『不恨臣無二王法，恨二王無臣法。』〔三〕然則此書又安知非張融筆耶？ 黄、米懸斷為伯高，不若吾之懸斷乎愈光也〔四〕。

【校注】

〔一〕黄伯思《東觀餘論》卷上：『前《知汝愁》以下五帖，米云皆張長史書，信然。但帖中有云：「數往虎丘，祖希時面。」祖希，張玄之字也，玄之與大令同時。虎丘，地在江左，當是長史、二王帖辭耳。』

〔二〕張彦遠《法書要録》卷八張懷瓘《書斷》中：『張融字思光，官至司徒左長史。博涉經史，書兼諸體，於草尤工，而時有稽古之風。寬博有餘，嚴峻不足，可謂有文德而無武功。然齊、梁之際，殆無以過。或有鑒不至深，見其有古風，多誤寶之以為張伯英書也，而搨本大行於世。』

〔三〕事詳《南史》卷三二《張邵傳》附。

〔四〕按：『黄』底本作『王』，據上文，當為『黄』。又張融字思光，此言愈光，未知何據。

四七

伯英《殊愁》，體太今而乏古；大令《疾不退》至《分張》，筆過流而少節，或以此疑非二公書，可也。元章論書，見右軍稍大而逸者，便以為子敬。見伯英近今者與子敬近縱者，便以為伯高、藏真。愚又推黄、米之旨，謂伯高僅有章法而無變法，子敬僅有破體而無狂草，則不敢信也。按張懷瓘明言：『章草之書，字字區別。張芝變為今草，拔茅連茹，上下牽連，或借上字之下而為下字之上，奇形離合，數意兼包。唯王子敬明其心指，故稱一筆書者起自伯英也。』〔一〕又云：『伯英創為今草，天縱尤異，率意超曠，無惜是非，至於蛟龍駭獸，奔騰拏攫之勢，心手隨變，窈冥而不知所如。』〔二〕又云：『子敬如蹴海移山，飜濤破嶽。懸崖墮石，驚電遺光。』〔三〕此豈非草聖之極耶？考前後書，亦未必似伯高，蓋伯高時有肥筆渴筆，不若是之勻和也。若《托桓江州》一書，又多逸少語，子敬亦不合書之，覺思光為近。至於右軍，雖結構緊密，而變化靈異，又不可以一節為拘也。

【校注】

〔一〕語見張懷瓘《書斷》上《章草》。文字有出入。

〔二〕語見張懷瓘《書斷》中，文字有出入。

〔三〕李嗣真《書後品》：『子敬草書逸氣過父，如丹穴鳳舞，清泉龍躍，倏忽變化，莫知所自。或蹴海移山，飜濤簸嶽。故謝安石謂：「公當勝右軍。」』又張懷瓘《書斷》中《神品》王獻之：『觀其逸氣，至於行草興合，莫之與京，如大鵬摶風，長鯨噴浪，懸崖墜石，驚電遺光。察其所由，則意逸乎筆，未見其止。』

四八

楊用脩云：『古人例多能書，如管寧，人但知其清節，而不知其銀鉤之敏。』又引《管寧別傳》云：『寧字畫若銀鉤。』及《茅山碑》云：『管寧銀鉤之敏』是也。余固知其誤。按索靖字幼安，其章草法有銀鉤蠆尾。及考陶隱居《解真碑》云：『幼安銀鉤之敏，允南風角之妙，』正謂索靖也。蓋管寧亦字幼安，用脩誤以為寧，遂併其姓名改之耳。考寧《三國志註》有《高士傳》、《傅子》諸書俱無『銀鉤』語。又云：『劉曜，人知其獰凶，而不知其字畫之工。』註見《草書韻會》〔一〕。當是時，劉聰、劉曜皆能書，而聰之獰凶大出曜上，俱見本《載記》。用脩又誤以劉德升為劉景升，而云：『即表也，表初在黨人中，「俊廚顧及」之列，其人品之高可知。』〔二〕此尤可笑。

【校注】

〔一〕楊慎論管寧、劉曜語見《墨池瑣録》卷三。

〔二〕語見楊慎《書品》。按：陶宗儀《書史會要》卷二：『劉德升，字君嗣，潁川人。始作行書，即正書之小變，務從簡易，相間流行，故曰行，鍾繇謂之「行狎」。蓋自隸法掃地，而真幾於拘，草幾於放，介於兩者間者，行書有焉，不真不草是也。於是兼真則謂之真行，兼草則謂之行草，劉德升即行書之祖也。』

四九

虞伯生謂：『坡、谷出而魏、晉之法盡，米元章、薛紹彭、黃長睿諸公，方知古法。而長睿所書不逮所言，紹彭最佳，而世遂不傳。米氏父子最盛行，舉世學其奇怪，弊流金朝，而南方獨盛。遂有張于湖之險澁，張即之之惡謬，極矣。』此語大自有理〔一〕。又獨稱吳說、傅朋書法，深穩端潤，非近時怒張筋脈，曲折生柴之態。且謂至吴、越，見傅朋書最多。皆隨分讚歎，圖來者稍知正法〔二〕。今傅朋書世遂少見。紹彭號『翠微居士』，余有其詩數紙，緊密藏鋒，得晉人意，惜少風韻耳〔三〕。

【校注】

〔一〕虞集，字伯生，號道園，四川人。元代著名詩人、學者，亦工書。官至奎章閣侍書學士，有《道園集古録》。以上引語俱見《道園類稿》卷三三《跋吴傅朋書並李唐山水》，文字有出入。

〔二〕吴説，字傅朋，號練塘，居錢塘紫溪，人稱『吴紫溪』。紹興間，曾為尚書郎。宋代書法家，各體兼長，尤工小楷，有『宋時第一』之稱。

〔三〕薛紹彭，字道祖，號翠微居士，長安人，官至秘閣修撰。北宋書法家，與米芾齊名，時稱『薛米』。

五〇

《鐵圍山叢談》謂其父京『善榜書，妙出四家之上』〔一〕。此雖曲筆，然亦必有可觀者。米芾元章自負以為前無古人，然是行筆非真筆也。

【校注】

〔一〕《鐵圍山叢談》，宋蔡絛撰。絛，字約之，僊遊人。蔡京季子。欽宗時，與其父均遭流貶，死於貶所。按：《鐵圍山叢談》卷四：『魯公大書，自唐人以來，至今獨為第一。』又：『紹聖間，天下號能書，無出魯公之右者。』蔡京於政和二年，徙封魯國，故稱。

五一

用脩又云：『南唐王文秉工小篆，不在二徐下。又有王逸老者，善篆與八分，其命名乃欲抗右軍，不知何代人，疑即文秉也。』〔一〕按陶九成《書史》：『王升字逸老，號羔羊居士，草書殊有旭顛轉摺態。宣和間進所作草書，內庭稱之。』〔二〕用脩似未之見。新鄭高少師拱，藏東坡草聖《醉翁亭記》並石本跋，細閱無一坡法，而渴筆遒逸，飛動中有正書，卻近俗〔三〕。吾斷以為逸老書，蓋南渡以後，諸公不能辨此，元人卻不作此結法也。

【校注】

〔一〕語見楊慎《墨池瑣録》卷三。

〔二〕語見陶宗儀《書史會要》卷六，文字有出入。按：陶宗儀，字九成，號南村，浙江黃岩人。元末明初人，終身未仕。有《輟耕録》三十卷，《書史會要》九卷。

〔三〕高拱，字肅卿，河南人。明穆宗隆慶時任內閣首輔。拱曾官少師兼太子太傅。

五二

自歐、虞、顔、柳、旭、素以至蘇、黄、米、蔡，各用古法損益，自成一家。若趙承旨則各體俱有師承，不必己撰。評者有『奴書』之誚，則太過〔一〕。然謂直接右軍，吾未之敢信也。小楷法《黄庭》、《洛神》，於精工之内，時有俗筆。碑刻出李北海，北海雖佻而勁，承旨稍厚而軟。唯於行書，極得二王筆意，然中間逗漏處不少，不堪並觀。承旨可出宋人上，比之唐人，尚隔一舍。

【校注】

〔一〕汪珂玉《珊瑚網》卷二三引唐釋亞棲語曰：『凡書通則變，王變白雲體，歐變右軍體，柳變歐陽體，永禪師、褚遂良、顔真卿、虞世南、李邕、陸柬之等，得書中之法後，皆自變其體，以傳於世，俱得垂名。若執法不變，縱能入石三分，亦被號為書奴，終非自立之體，此書家之大要也。』又歐陽脩《筆説》：『學書當自成一家之體，其模倣他人，謂之書奴。』

五三

楊又引東坡跋：『希白作字，自有江左風味，故《長沙法帖》比《淳化》為勝。世俗不察，爭訪閣本，誤矣。乃知《潭帖》勝《淳化》多矣。希白，錢易也。』〔一〕按希白乃潭州僧希白耳，書家謂其有筆意而多率直，無縈迴縹緲之勢〔二〕。楊以幼安為管寧，以希白為錢易，其孟浪殊可對也。

【校注】

〔一〕語見《蘇軾文集》卷六九《跋希白書》。

〔二〕《潭帖》，北宋慶曆間，劉沆帥潭州（長沙），命僧希白摹刻，故亦稱《長沙法帖》。以《淳化》為底本，有所增補。宋曹士冕《法帖譜系》卷上：『丞相劉公沆帥潭日，以《淳化官帖》命慧照大師摹刻於石，置之郡。』按：陶宗儀《書史會要》卷六：『釋希白，字寶月，號慧照大師，長沙人，作字有江左風味。慶曆中，嘗以《淳化閣帖》模刻於潭之郡齋。』

五四

元人自趙吴興外，鮮于伯機聲價幾與之齊，人或謂勝之。極圓健，而不甚去俗〔一〕。鄧文原有晉人意，而微近粗〔二〕。巙巙子山有韻氣，而結法少疏〔三〕。然是三人者，吴興流亞也。虞伯生差古雅，鮮于必仁朗朗有父風〔四〕。揭曼碩父子美而近弱〔五〕，張伯雨健而近佻〔六〕，柯敬仲老而近粗〔七〕，班彥功少頗遒爽，晚成惡札〔八〕。龔璛、陳深輩皆長於題跋〔九〕，倪元鎮雖微有韻而未成長，人或許以得大令法，何也？元鎮以稚筆作畫尚能於筆外取意，以稚筆作書，不能於筆中求骨，詎宜以汎愛推之也〔一〇〕？

【校注】

〔一〕陶宗儀《書史會要》卷七：『鮮于樞，字伯機，號困學民，漁陽人，官至太常寺典簿。每酒酣，驁放吟詩，作字奇態横生，善行草。趙文敏極推重之。』

〔二〕《書史會要》卷七：『鄧文原，字善之，其先自巴西徙杭。由儒學正累遷至嶺北、湖南道肅政廉訪使，贈江浙等處行中書省平章政事，追封南陽郡公，謚文肅。……正、行、草書早法二王，後法李北海。虞文靖云：「大德、延祐間，漁陽、吴興、巴西翰墨擅一代。」』

〔三〕《書史會要》卷七：『巎巎，字子山，號正齋、恕叟，康里人。官至翰林學士承旨。博涉經史，刻意翰墨。正書師虞永興，行草師鍾太傅、王右軍，筆畫遒媚，轉折圓勁，名重一時。』

〔四〕《書史會要》卷七：『虞集字伯生。……博文明識，精於辭藝，真、行、草、篆，皆有法度，古隸為當代第一。』『鮮于去矜，字必仁，號苦齋，樞之子。書得家傳之法。』

〔五〕《書史會要》卷七：『揭傒斯，字曼碩，臨川人。官至翰林侍講學士，封豫章公，謚文安。學藝淵博，而能以和靜致治。正、行書師晉人，蒼古有力。』

〔六〕《書史會要》卷七：『道士張雨，字伯雨，號句曲外史，錢塘人。博文多識，善談名理，作詩自成一家，字畫亦清逸。』。

〔七〕《書史會要》卷七：『柯九思，字敬仲，號丹丘生，台州人。官至奎章閣鑒書博士。能詩文，善鑒古器物書畫，亦善書。』

〔八〕《書史會要》卷七：『班唯志，字彦功，號恕齋，大梁人。官至集賢待制，江浙儒學提舉。……早歲宗二王，筆勢翩翩，不失書家法度。晚年學黄華，應酬塞責，俗惡可畏。』

〔九〕《書史會要》卷七：『龔璛，字子敬，高郵人。書有晉、宋人法度。』《書史會要》補遺：『陳深，字子微，號寧極，吴中人。學古不群，為名流所尚。草書步驟《急就》。』

〔一〇〕倪瓚，字元鎮，號雲林，無錫人。元代著名畫家，亦工書。文徵明評曰：『其翰札奕奕有晉、宋風氣。』

五五

正鋒、偏鋒之説，古本無之。近來專欲攻祝京兆，故借此為談耳〔一〕。蘇、黄全是偏鋒，旭、素時有一二筆，即右軍行草中亦不能盡廢。蓋正以立骨，偏以取態，自不容已也。文待詔小楷時時出偏鋒，固不特京兆，何損法書？解大紳、豐人翁、馬應圖縱盡出正鋒，寧救惡札〔二〕？不識丁字人妄談乃爾，可恨可笑。

【校注】

〔一〕祝京兆，指祝允明。

〔二〕解縉，字大紳；豐坊，字人翁。馬應圖字心易，浙江平湖人，曾官南京吏部郎中。

五六

張即之非不遒勁，而粗醜俗惡，種種可恨，是顔、柳之疏裔辱家風者〔一〕。解大紳、張汝弼非不圓熟，而疏軟村野，種種可鄙，是旭、素之重儓，壞家法者〔二〕。

【校注】

〔一〕張即之，見附録卷二第三四條注〔三〕。

〔二〕解縉，字大紳。工小楷，行、草亦佳，尤工狂草。張弼，字汝弼，號東海，松江華亭人。明代書法家，尤工草書，取法張旭、懷素。有《東海集》。

五七

臨書易得意，難得體；摹書易得體，難得意。臨進易，摹進難。離之而近者，臨也；合之而遠者，摹也。

五八

《蒼頡》九篇，相傳是李斯。其第九章乃云：『豨、信是陳豨、韓信，劉京是大漢，西土是長安。』〔一〕右軍少從丞相渡江〔二〕，北踪未絕。其《題筆陣圖》云：『北遊名山，比見李斯、曹喜等書；又之許下，見鍾繇、梁鵠書；之洛下見蔡邕《石經》二體書，始知學衛夫人徒費年月。』〔三〕王著集《淳化帖》，有漢章帝書《千字文》，紕繆如此，徒資嘔噱〔四〕。

【校注】

〔一〕《漢書・藝文志》：「蒼頡七章者，秦丞相李斯作也。」王先謙《漢書補注》引何焯云：「梁庾元威云：『漢、晉正史及古今字書，並云蒼頡九篇是李斯作。』今竊尋思必不如是，其第九章論豨、信、劉京等，郭景純云：『豨、信是陳豨、韓信，劉京是大漢，西土是長安。豈有秦時宰相談漢家人物？』……今按此《志》祇言七章者，則八以下或後人附益。元威、景純皆未核論至此。」

〔二〕「丞相」，底本訛作「承相」。

〔三〕語見張彥遠《法書要録》卷一《王羲之題筆陣圖後》。

〔四〕按：《淳化閣帖》卷一録漢章帝書《千字文》數行，後人多以為係僞作。黄庭堅《跋章草千字文》曰：「集書家定為漢章帝書，謬矣。『章草』言可以通章奏耳。《千字》乃周興嗣取右軍帖中所有字作韻語，章帝時那得有之？疑只是蕭子雲書之最得意者。」

五九

法書中有王右軍《千字文》，昔賢作笑端，蓋知其為周興嗣撰，不應右軍預有之〔一〕。然梁武帝命殷鐵石摹取右軍千字，命興嗣次韻，故當有右軍《千文》，非謬也。又有《衛夫人筆陣圖》、右軍《題筆陣圖後》及右軍《筆勢圖》一章，《筆勢論》十二章，昔賢皆辨其妄〔二〕。然是六朝善書者擬作，苟能熟覽，思亦過半矣。

【校注】

〔一〕周興嗣，齊、梁時書法家，深得梁武帝喜愛，重要碑銘均出其手。官至散騎侍郎、給事中。有《千字文》。

〔二〕王羲之《題筆陣圖後》，見録於張彦遠《法書要録》卷一，後人多疑其偽托。《筆勢論十二章》，原題為《筆陣圖十二章》，題名王羲之撰，見唐韋續《墨藪》。陳振孫《直齋書録解題》未標題名。孫過庭《書譜》曰：『代傳羲之《與子敬筆勢論》十章，文鄙理疏，意乖言拙，詳其旨趣，殊非右軍。』

六〇

孫過庭云：『《樂毅論》則情多怫鬱，《東方贊》則意絶瓌奇，《黄庭經》則怡懌虛無，《太師箴》又縱横爭折。蘭亭之興集，思逸神超；私門戒誓，情拘志慘。』〔一〕愚謂此在覽者以意逆之耳，未必右軍作書時預有此狡獪也。又一云：『《黄庭》如飛天僊人，《洛神》如淩波神女，《曹娥碑》如幼女漂流於風浪間。』〔二〕

【校注】

〔一〕語見孫過庭《書譜》，文字小有出入。

〔二〕今本《書譜》未見此語。語見楊慎《墨池瑣録》卷二引李嗣真《書後品》。

六一

朱長文作《續書譜》而進石曼卿、蘇子美於妙，退裴行儉、孫虔禮、王紹宗、李邕、鍾紹京、韋陟、賀知章、裴休於能，吾未敢信也。〔一〕

【校注】

〔一〕語見宋朱長文《續書斷》，然未見孫虔禮之名。

六二

閣帖真書，自鍾太傅《宣示》外，獨有王世將、僧虔四疏啟耳〔一〕。行草自二王外，獨有皇象、索靖及《亮白》一紙耳。何也〔二〕？以其體最古雅，不落塵也。

【校注】

〔一〕王廙，字世將，晉臨沂人，丞相王導從弟。晉室南渡前，書法獨步當時。王僧虔《論書》評曰：『廙是右軍叔，自過江東，右軍之前，唯廙為最。嘗自謂：「吾無殊功異業與後人師法，唯書畫可傳。」』王僧虔，字簡穆，南朝齊臨沂人。官至尚書令。以書法名當時，張懷瓘《書斷》評曰：『祖述小王，尤尚古直，若溪澗含冰，崗巒被雪，雖極清肅，而寡於風味。』按：今本《淳化閣帖》録晉侍中王廙書五則，其中疏啟二則，録齊侍中王僧虔疏啟二則。

〔二〕皇象，字休明，三國吴江都人，官至侍中。善書，工篆、隸，尤善草書，時人謂之書聖。張懷瓘《書斷》云：『象草書入神，八分入妙，小篆入能。』《淳化閣帖》録其書二則。索靖，字幼安，西晉書法家，敦煌人。官征南司馬，尚書郎。張懷瓘《書斷》云：『靖善章草、草書。王隱云：「靖草書絶世，學者如雲。」』《淳化閣帖》録其書二則。又《淳化閣帖》卷三《歷代名臣》録庾亮書一則，其文曰『亮白奉告……亮再拜』云云。

六三

顏魯公《家廟碑》，今隸中之有小篆筆者〔一〕。歐陽蘭臺《道因碑》，今隸中之有古隸筆者〔二〕。皇象《天發碑》，分篆中之有章法者〔三〕。《瘞鶴銘》，行書中之有古隸者。

【校注】

〔一〕《顏家廟碑》，顏真卿撰並書，李陽冰篆額，上書《顏氏家廟之碑》六字。

〔二〕歐陽通，字通師，歐陽詢之子。曾官蘭臺令，人稱歐陽蘭臺，傳世書跡有《道因法師碑》等。

〔三〕《天發神讖碑》又名《天璽紀功碑》、《紀功頌》，傳爲三國吴皇象所書。宋黄伯思《東觀餘論》卷上：『《天發神讖碑》若篆若隸，字勢雄偉，相傳乃象書也。』

藝苑巵言校注附録卷三

一

《蘭亭禊敘》，唐文皇初得之，命趙模、馮承素、諸葛貞之流搨本以賜諸王。後《禊敘》入玉匣，從葬昭陵，而搨本存人間者，尚直數萬錢。至《定武石刻》，謂為歐陽率更所搨，石本留禁中，因未經模搨，獨為完善。契丹德光携以北，至殺胡林而棄之。宋慶曆中，韓忠獻公壻李學究得石，其子負官緡，宋景文以帑金代輸，取石寘官庫，愛重之，非貴遊不易得。熙寧間，薛師正出牧，厭其請乞，乃另模一石以應人。而其子紹彭竊易古刻歸，於『湍、流、落、左、右』剷損一二筆以為識。大觀中，紹彭子嗣昌進御府，置宣和殿。金狄之亂，不知所在〔一〕。然則《定武本》有三：未損本，初搨也；損本，紹彭所留也；不損本，定武再刻也。緣不損本有真贋，而損本的然，故以為貴，正如《閣帖》之有銀錠紋耳。

【校注】

〔一〕事詳张彦远《法書要録》卷三唐何延之《蘭亭始末記》，小説家流，不足徵信。

二

山谷謂：『《蘭亭詩敘》二本，一本是都下人家用定武舊石刻摹入木板者，頗得筆意，可翫。一本門下蘇侍郎所藏唐人臨寫墨蹟刻之成都者，中有數字，極瘦勁不凡，東坡謂此本乃絕倫也。然瘦字時有筆弱骨肉不相宜處，竟是定武刻優耳』〔一〕。又云：『褚庭誨所臨極肥，而洛陽張景元斸地得缺石極瘦。《定武本》則肥不剩肉，瘦不露骨，猶可想其風流』〔二〕。董逌則謂《定武本》出於湯普徹，不知其何據也〔三〕。

【校注】

〔一〕語見黄庭堅《跋與張載熙書卷尾》文字有出入。

〔二〕語見黄庭堅《書王右軍蘭亭草後》。

〔三〕董逌《廣川書跋》卷六：『貞觀中，詔令湯普徹搨蘭亭賜梁公八人，而普徹亦竊搨出外以傳，其書衆播。普徹自能書，識逸少筆意，故雖摹搨，自到極處。』又宋克《蘭亭八跋》之四：『唐文皇萬機之暇，留心翰墨，……貞觀中詔令湯普徹搨賜貴近，普徹亦竊搨出外，其書遂傳。普徹能書，識右軍筆意，故其摹搨自到極處，非如歐、褚臨摹則自出家法，不復隨其點畫、位置、筆意，故世以普徹善本歸之。普徹蘭亭真跡世不復知，至普徹典刑，猶有存者，定武之刻蓋其一耳。自歷代至於今日，兵火之餘，佳本愈少，況五字未損，宣政以前之本耶？故余重為寶惜也。八月十四日因披閱之次克復書。』『董逌』，底本訛作『董迴』，誤。

三

胡若思謂：『《蘭亭》諸帖外，復州裂本第一，豫章裂本次之，劉無言重刻本次之，餘不及也。』劉無言本即張澂家刻石褚摹本也〔一〕。

【校注】

〔一〕朱謀垔《續書史會要》：『胡儼，字若思，江西南昌人。自幼好學，博極群籍，由舉人仕桐城知縣。太宗初，以解學士薦，上悅其文，遷翰林，累官國子祭酒。行草法趙文敏。亦能畫，水墨竹石頗佳。』有《頤庵集》。

四

褚摹《蘭亭》，按米元章《書史》謂：『蘇耆家《蘭亭》三本，第一本是參政蘇易簡題云云，第三本唐粉蠟紙，在舜欽房，筆法在第一本上。第二本在舜元房，上有易簡子耆、天聖歲范文正、王堯臣跋。舜元子蘇治與余善，以王維『雪景』六幅，李玉『翎毛』一幅、徐熙《梨花大折枝》易得之，毫髮備盡。「少長」字，衆本皆不及。「長」字其中二筆相近，末後捺筆鈎回，筆鋒直至起筆處。「懷」字內折筆、抹筆皆轉側，褊而見鋒。「蹔」字內斤字、足字轉筆，賊毫隨之，於斫筆處，賊毫直出其中，世之摹本未嘗有也。此定是馮承素、湯普徹、韓道政、諸葛貞、趙模之流搨賜王公者。碾花真玉軸，紫錦裝背，舜元題為褚遂良摹。』〔一〕今按元章跋尾云：『右米姓秘玩，天下《蘭亭》本第一。唐太宗獲此書，命起居郎褚遂良，檢校馮承素、韓道政、趙模、諸葛貞、湯普徹之流橅，賜王公貴人，著於《法書要録》。此軸在蘇氏題為褚遂良橅，觀其意易改誤數字，真是褚法，皆率意落筆，餘字勾填，或清潤有秀氣，轉摺毫芒備盡，與真無異，非深知書者所不能。世俗所收，或肥或瘦，乃是工人所作，正以此本為定。熠熠客星，豈晉所得？卷器泉石，流腴翰墨。戲著淡標，書存馬式。鬱鬱昭陵，玉盌已出。戎溫無類，誰寶真物〔二〕。水月何殊，志專用一。繡繅金鐍，瑤機錦綍。綺歟元章，守之勿失。』又：『壬午閏九月六日，大江濟川亭，艤寶晉齋艎對紫金、浮玉群山，迎快風銷暑重裝。』後入光堯內府，米友仁鑒定為唐人雙鈎賜本，復入張循王家，張澂摹勒上石。此本余購得之，而真跡不知所往矣。陳緝熙翰林得褚《禊帖謁》，一時館閣諸名公題跋，皆以為即此本，然無文正、才翁題與諸公印識。第米跋尾云：『右米姓秘玩〔三〕，天下法書第一。唐太宗既獲此書，使馮承素、韓道政、趙模、諸葛貞之流模賜王公〔四〕。褚遂良時為起居郎，蓋檢校而已。』此後同《贊》，內『志專用一』作『乃一』。又題：『元祐戊辰獲此書，崇寧壬午六月，大江濟川亭，舟對紫金避暑手裝。』〔五〕不應壬午六月於濟川亭復裝一本，而中間跋尾又真米書。余久乃悟，米得真本，因別作一贗本，以圖購易他書畫。又恐其亂真，故不作文正、才翁跋及稍易跋語耳。緝熙將歿，又手鈎二本，分割諸公之跋，總作三本。其米本在宜興吳氏，次本在池灣沈氏，尚佳。第三本流入吾手，則太草草矣。

【校注】

〔一〕語見米芾《書史》，文字有出入。

〔二〕『真』，底本無，據《書史》補。

〔三〕『米姓』，底本作『秘姓』，誤。

〔四〕『趙模、諸葛貞』底本作『趙葛貞』，據上下文意改訂。

〔五〕米芾《跋褚摹蘭亭序》諸語，見其《書史》，文字有出入。

五

今世人重《定武》本，以為歐陽信本摹，最為逼真〔一〕。美則美矣，真則吾未敢信也。《蘭亭》實行筆，觀《聖教序》內所取者，字稍大而帶行，非楷也。信本、登善各以己意臨，故《定武》多嚴重，而褚蹟時佻逸。要之，皆非雙鈎廓填也。吾晚得一宋搨本，皆行筆，遒俊之甚。考之舊刻《聖教序》，無不昭合，以為元章所稱三米帖而未信。莫是龍極愛賞之，品《定武》上，而周天球不取也。蓋二子各以其質之所近而好尚耳。最後得一本乃真《定武》，雖小剝蝕，而風神氣韻自絕。余嘗有一歌題其後云：『一字能開八法先，分身立作諸家式。』上言永字，下則全文也。

【校注】

〔一〕詳附録卷三第二條注〔二〕

六

陶宗儀記《蘭亭》一百十七刻，凡十册，乃宋理宗内府藏，後入賈平章家。至元末，於錢唐謝氏處見之，以《脩城》本壓卷。《定武》有古刻，闊行肥瘦、板石、缺石、斷石及兩京斷石、新舊梅花、復州、鼎州、金陵、三米、張循王家刻、唐貞觀、太清、開皇、秘省、内殿、内司、京師、玉堂皆在。其它如玉枕小字，彭城小字，秦少游小字，柳誠懸大書，孫過庭、吴誂草字，蔡君謨、薛紹彭輩臨筆皆在，真希世之寶也〔一〕。

【校注】

〔一〕見陶宗儀《南村輟耕録》卷六，文字有出入。

七

陶九成載諸帖始末云：太清樓者，徽宗建中靖國間，出内府續所收書令刻石，即今《續法帖》也。大觀中，又奉旨摹搨歷代真蹟，刻石於太清樓。字行稍高，而先後之次與《淳化》則少異，其間數帖多寡不同。卷末題云云，乃蔡京書也。而以建中靖國《續帖》十卷，易去歲月名銜，以為《後帖》。又刻孫過庭《書譜》及貞觀《十七帖》，總二十二卷，為《大觀太清樓帖》。《絳帖》者，尚書郎潘師旦以官帖摹刻於家為石本，而傳寫字多譌舛，世稱為《潘駙馬帖》。其次序卷帖雖與《淳化》不同，而實則祖之，特有增益耳。後潘氏析居，分而為二，絳州公庫乃得其一，補刻餘帖，名《東庫本》。逐卷逐段，各分字號，以日、月、光、天、德等二十字為次序。後避完顏亮諱，於庚亮帖內『亮』字，皆去亮字右邊轉筆，謂之《亮字不全本》。又有《新絳本》、《北方別本》、《武岡新舊本》、《福清》、《烏鎮》、《彭州》、《資州木本》前十卷等，類皆《絳帖》之別也。《潭帖》者，慶曆中劉丞相帥潭日，以《淳化》官帖命慧照大師希白摹刻，不寘郡齋，增入《傷寒》、《十七日》、王濛、顏真卿法帖。而字行頗高，與《閣本》差不同，歲月亦異，中間謬處甚多。《潭帖》之別，則有《劉丞相私第本》、《長沙碑匠新刻本》、《三山木本》、《蜀本》、《廬陵蕭氏本》等類甚多。《戲魚》即《臨江帖》也。元祐間，劉次莊以《閣帖》十卷，摹刻《戲魚堂》，除去篆題而增釋文。慶元中，四川總領權安節又重摹於利州。《黔江》者，黔人秦世章摹《希白帖》載入黔中，壁之黔江紹聖院〔一〕，後有湯世臣重摹字。《鼎帖》板本校諸帖增最多。此外有《淳熙脩內司本》、《北方印成本》、《烏鎮張氏》、《福清李氏本》〔二〕。

【校注】

〔一〕『壁』，底訛作『璧』。

〔二〕語均見陶宗儀《南村輟耕録》卷十五，文字有出入。

八

劉後村云："《閣帖》為祖，《絳帖》次之，《臨江》又次之，《潭》又次之，《武岡》又次之。《大觀》尤妙，《武岡》佳者可亂《絳》；《臨江》佳者可亂《閣》。《潭》乃僧希白所摹，有江左風味。希白工於摹字，拙於尋行數墨，其字比之《淳化》為勝。東坡推《潭》勝《閣》，韓侂胄家開《群玉字帖》，好。薛紹彭家亦有字帖，好。"〔一〕

【校注】

〔一〕語見陶宗儀《南村輟耕録》卷六引。

九

然則收閣帖者，澄心堂紙李廷珪墨，無銀錠紋，初搨者上也，必不可得矣。有錠紋而墨濃者次也，淡者又次也。《大觀》聲價在濃淡之間，《絳》次之，《脩內司》又次之，《臨江》、《潭》、《泉》又次之，餘不必蓄也〔一〕。

【校注】

〔一〕《大觀帖》又名《太清樓帖》。陳思《寶刻叢編》：『大觀初，徽宗觀《淳化帖》板已皴裂，而王著一時標題多誤，臨摹或失真。詔出墨蹟，更定匯次，訂其筆意，仍俾蔡京書籤及卷首，刊石太清樓下。』《絳帖》二十卷由潘師旦於宋皇、嘉祐間摹刻於山西絳州，故稱。《淳熙脩內司帖》，淳熙十二年，脩內司奉旨據《淳化閣帖》飜刻。曹士冕《法帖譜系》卷上：『淳熙間奉聖旨刻石禁中，卷帙規模悉同《淳化閣》本。』《臨江帖》又名《戲魚堂貼》、《清江帖》。《法帖譜系》卷上：『元祐間，劉次莊以家藏《淳化閣帖》十卷，摹刻堂上，除去卷尾篆題而增釋文。』《潭帖》即《長沙法帖》，已見。《泉帖》，南宋刻帖。林宰平《帖考》：『以《淳化法帖》飜刻於泉州郡庠。』

一〇

楊用脩云：『宋世集帖傳於今日絕少。《大觀帖》，蔡京所摹，予及見之；《雪溪堂》，王庭筠所刻；《寶晉齋》，曹日新所刻；《澂堂帖》，賀知章所臨，皆絕妙。《秘閣續帖》於王宜學處見之。又聞其家有《鍾山草堂刻》，梁人書，奇勁，未之目也。皇象《天璽石刻》雄偉冠世，尚有之。』〔一〕

【校注】

〔一〕語見楊慎《墨池瑣録》卷四。

一一

千古楷行之妙，無過鍾、王。鍾、王之跡妙者，《宣示》、《樂毅》、《蘭亭》而已。《宣示》三疊渡江，卒入敬仁之棺〔一〕。《蘭亭》萬金巧購，終殉昭陵之葬〔二〕《樂毅》摹本耳，安樂變亂，竟貽老嫗竈火之辱，惜哉〔三〕！右軍臨《宣示》，在宋有之，今入《淳化閣帖》。《蘭亭》定武石刻，尚值數百金。《樂毅論》搨本佳者，猶可什倍它刻也。

【校注】

〔一〕見附録卷二第四五條注〔二〕。

〔二〕何延之《蘭亭記》：『貞觀二十三年，聖躬不豫，幸玉華宮含風殿，臨崩，謂高宗曰：「吾欲從汝求一物，汝誠孝也，豈能違吾心也？汝意何如？」高宗哽咽流涕，引耳而聽，受制命。太宗曰：「吾所欲得《蘭亭》，可與我將去。」及弓箭不遺，同規畢至，隨僊駕入玄宮矣。』

〔三〕徐浩《古跡記》：『太平公主愛《樂毅論》，以織成袋盛，置作箱裹。及籍沒後，有咸陽老嫗，竊舉袖中。縣吏尋覺，遽而奔趁，嫗乃驚懼，投之竈下，香聞數里，不可復得。』按：《樂毅論》之去向，歷來說法不一，其真僞在蕭梁時代，即已昏昏莫辨。徐浩之記，頗類小說家言，衹足參考而已。

一二

天下法書，自諸集帖外，其古碑宋搨猶有存者。古篆：《峋嶁禹碑》、《石鼓文》、《秦相嶧山碑》。古隸：則魏《受禪》、《勸進表》或以為梁鵠，或以為鍾繇、《鴻都石經》、《仲弓》、《殽阬》、《司空》、《王純》、《逢童碑陰》、《耿氏鐙》、《巴官鐵盆》、《武氏石室像贊》、《何君閣道》、《太山孔宙》、《耿球》、《蔡湛》、《魯峻》、《陳球》、《州輔》、《楊馥》、《楊震》、《劉寬》、《劉熊》、《張遷》、《景君》、《武班》、《西嶽華山》、《梁鵠》、《孔廟》諸碑。隸兼分者，蔡邕《夏承碑》；分兼篆者，皇象《天發碑》。小楷：褚河南《陰符》，柳誠懸《度人》。真書：蕭誠《開善法師》，丁道護《啟法師》、《興國寺》，史陵《禹廟》，虞永興《夫子廟堂》，歐陽率更《九成醴泉銘》[二]、《虞恭公》、《化度寺》、《皇甫府君》、《孟法師》，子蘭臺《道因法師碑》，張長史《郎官壁》，顏魯公《多寶塔》、《元次山墓碑》、《宋文貞碑》及《碑側記》、《東方畫贊》、《家廟》、《茅山》、《八關齋功德》、《干祿》，裴漼《少林》，蕭誠《南嶽真君》，張從申《茅山》，柳誠懸《玄秘塔》、《復東林寺》、《紫絲靸》、《西平王》諸碑。行書：懷仁《聖教》，褚河南《枯樹》、《聖教》，李北海《岳麓寺》、《雲麾將軍》、《娑邏寺》、《法華寺》，顏魯公《爭坐位》、《祭濠州伯父》、《季明侄文》，王縉《清源公碑》。草書：唐文皇《屏風》，懷素《自敘》，藏真《聖母》，張旭《春草》，孫虔禮《書譜》。真草：永法師《千文》。皆灼灼有名者也。

【校注】

〔一〕「率更」，底本訛作「率原」。

一三

昔人謂右軍《樂毅論》乃親書於石以刻者，大令《保母志》乃親書於磚以刻者，以故無真墨蹟，而搨本特妙絕。然則梁武所藏與安樂所失《樂毅論》，豈臨摹本耶？按右軍謂大令書法，能紹箕裘，手書以賜。則書石之說，亦未確也。《保母志》據宋人辨，以為非真。

一四

今世烜赫名筆存者，鍾太傅《賀捷表》、《力命表》，係入宣和內府。邇時議論，已屬紛紛。《薦季直表》初不經見，《賀捷表》近佻，《季直表》近媚，《力命》雖似《墓田》，亦弱。然總之比它書卻有意，恐後人未必能偽作。今天下人學鍾者俱《季直表》，遂爾成風。

一五

索靖《出師頌》亦有宣和記識，考《書譜》良合〔一〕。然宋時諸公，極艷稱蕭子雲《出師頌》，而秘殿不收，蓋是唐人臨得〔二〕。蕭子雲《頌》，因見閣帖内靖數行相類，遂鑒定以為靖《出師頌》耳。自永嘉南渡，靖真蹟已鮮。梁武、湘東鳩集之繁，貞觀、開元購求之篤，何於兹時寥寥也。

【校注】

〔一〕《宣和書譜》卷一四：「索靖字幼安，敦煌人，張芝之姊孫也。官至征南司馬。……經史之暇，喜作字，遂以章草名動一時，學者宗之。書名與羲、獻相後先也。今御府所藏章草四：《急就章》、《月儀》、《出師帖》、《七月帖》。」

〔二〕《宣和書譜》卷一七：「蕭子雲字景喬，晉陵人。官至侍中。善正隸、行草、小篆、飛白，而正隸、飛白尤工，意趣飄然，有騫舉之狀。而世多其草字、正、隸。初學王獻之，晚學鍾繇，乃能研二家之妙。……今御府所藏三：草書《千文》，正書《進寫古文啟》、《顏回問孝》。」

一六

江右人藏右軍《破羌帖》，據宋搨本，是乾筆絲鋒，勢鬱浡可愛。今筆圓而稍弱，用墨亦過濃，非真蹟也。顏魯公《祭侄藁本》卻真，結法遒逸可愛。

一七

右軍《裹鮓》、《二謝》、《袁生》，是宋內府藏臨本，卻佳〔一〕。

【校注】

〔一〕見《宣和書譜》卷十五草書三『王羲之』。

一八

懷素《自敘》，按米元章記云：『在蘇泌家，前一幅破碎不存，其父集賢校理舜欽自寫補之。』〔一〕今所傳真蹟有李文正東陽、吴文定寬二跋，先屬之徐文靖溥，其家以貽陸太宰完，後轉入嚴氏，沒內帑。復出歸朱忠僖家。其書筆力遒勁，而形模不甚麗，以故覽者有『楓落吴江』之歎，而吴人至今剌剌以為非真。後得一舊搨本閱之，與此大小等耳。其用筆全不同。首六行亦有舜欽補，末題一詩及印記、跋識之類甚眾。然沓拖少骨力，恍然竟不知其誰真也。

【校注】

〔一〕《宣和書譜》卷一九草書七録釋懷素草書作品一百零一則，其中包括《自敍帖》。米芾語見其《書史》。『欽』，底本訛作『叙』。下同。

一九

孫過庭《書譜》至妙品，唯竇臮評辭少損耳。其結構極得山陰遺意，石刻亦有二種，皆佳〔一〕。其一宋時搨本，然再經石矣，以故無缺文而有誤筆。其一國初從真蹟摹石者，以故無誤筆而有缺文。若停雲館刻，不足道也〔二〕。

【校注】

〔一〕按：張懷瓘《書斷》下：『孫虔禮字過庭，工於用筆，儁拔剛斷，尚異好奇，然所謂少功用，有天才，真、行之書，亞於草矣。……過庭隸、行、草入能品。』竇臮《述書賦》下：『虔禮凡草，閭閻之風。千字一類，一字萬同。』

〔二〕《停雲館帖》乃明代著名大型彙刻叢帖，共十二卷。由明文徵明撰集，其子文彭、文嘉最後完成，成書過程歷二十餘年，為明代私家刻帖之冠。其卷三録孫過庭《書譜》。

二〇

陝西刻謝靈運書，非也，乃中載謝靈運詩耳。内尚有唐人兩絶句，亦非全文。真蹟在蕩口華氏凡四十年，購古跡而始全，以為延津之合。屬豐道生鑒定，謂為賀知章，無的據。然遒俊之甚，上可以擬知章，下亦不失周越也〔一〕。

【校注】

〔一〕陶宗儀《書史會要》卷六：『周越，字子法，或字清臣，淄州人。生卒年月不詳。』《宣和書譜》卷一九：『周越天聖、慶曆間以書顯，學者翕然宗之。落筆剛勁足法度，字字不妄作，然而真行尤入妙，草字入能也。』黄庭堅、米芾、蔡襄均從其學。黄庭堅《跋周越書後》：『周子發下筆沉著，是古人法。若使筆意姿媚似蘇子瞻，便覺行間茂密，去古人不遠矣，何止獨行於今代耶？』

二一

吾所收名筆褚河南《哀冊文》，最後得鍾太傅《季直表》，雖時代不同，而古雅則一〔一〕。真純綿裹鐵，初看覺便好，久看之，筆盡而意無盡。顔魯公《裴將軍北伐詩》，體兼正行草，筆出分篆，初看使人驚，愈看愈自肅然心服〔二〕。懷素《千字文》用筆似輕而極勁，若縱逸而結構不疏，亦須再看，乃益自有致〔三〕。柳誠懸《禊帖詩後序》初看覺有俗氣，至三四看乃見其妙處，愈看愈可愛〔四〕。蘇文忠《題煙江疊嶂歌》，遒媚刺眼，初看極好，至四五看後，微覺有出入，然亦是公最合作書也〔五〕。

【校注】

〔一〕《文皇哀册》帖，唐褚遂良撰，小楷，正書。署唐貞觀二十三年。《薦季直表》，傳為鍾繇晚年所書，正楷，見録《三希堂法帖》卷一。

〔二〕此帖又稱《送裴將軍北伐詩卷》，刻本首見於南宋留元剛《忠義堂帖》。

〔三〕懷素草書《千字文》：《宣和書譜》卷一九：『唐釋懷素，……自謂得草書三昧，當時名流如李白、戴叔倫、竇臮、錢起之徒，舉皆有詩美之，狀其勢以謂若驚蛇走虺，驟雨狂風，人不以為過論。又評者謂張長史為顛，懷素為狂，以狂繼顛，孰為不可？及其晚年益進，則復評其與張芝逐鹿，兹亦有加無已，故其譽之者亦若是耶！』按：懷素草書作品繁多，御府存録至百餘幅，其中包括《千文帖》。

〔四〕柳公權書《蘭亭詩並後序》，此為柳公權書王羲之等人蘭亭宴集所賦詩篇，行書。《宣和書譜》中著録，明代曾刻入董其昌《戲鴻堂法書》卷十，後入清乾隆內府。

〔五〕蘇軾書王定國所藏王詵繪《煙江疊嶂圖》，行書。今藏上海博物館。

二二

又收作懷素者凡數家，蘇子美甚得其勢，魯直得其意態，俱不得骨。徐元玉、祝希哲得其骨，卻不得意態。然亦皆狂師雲仍之盛〔一〕。

【校注】

〔一〕徐有貞初名珵，字元玉，號天全，吴縣人，祝允明外祖。宣德八年進士，授翰林編脩。因謀劃英宗復位，封武功伯兼華蓋殿大學士，掌文淵閣事。書法古雅雄健，山水清勁不凡，有《武功集》。狂師，指懷素。

二三

吾家有趙吴興臨褚河南《枯樹賦》，豐勻精密，極是嘉手。後得唐人雙鈎蠟紙，是第三本耳，而並刻之，覺不堪伯仲，以此知古人未易及也〔一〕。

【校注】

〔一〕褚遂良書《枯樹賦》，見録于《宣和書譜》卷三，僅有刻本傳世，元趙孟頫有臨摹本，以清周宇禮《聽雨樓法帖》所刻為精。

二四

書家父子最著者：魏太傅鍾繇、司徒會；晉右軍將軍王羲之、尚書令獻之；唐率更令歐陽詢、蘭臺侍郎通；　宋禮部員外郎米芾、敷文閣學士友仁及吾吴郡文待詔徵明、博士彭、學正嘉而已。然不知人主有魏武、陳思；　晉元、晉明；　簡文、孝武；　宋文、宋武；　齊高、齊武；　梁武、簡文；　唐文、唐高；　睿宗、玄宗；　宋高、宋孝。人臣則漢崔寔，子瑗；　魏韋誕，子熊；　晉桓溫，子玄；　宋張茂度，子永；　王僧綽，子儉；　齊王僧虔，子慈；　梁蕭子雲，子特；　陳蔡景歷，子徵；　元魏王世弼，子由；　唐宋令文，子之愻；　王知敬，子友真；　徐嶠之，子浩；　史白，子唯則；　宋錢淑，子唯治；　蘇軾，子過；　徐林，子臧；　元趙孟頫，子雍；　鮮于樞，子必仁；　揭曼碩，子汯；　明宋濂，子璲也。三代以書名者，杜僕射畿〔一〕，子幽州恕，恕子征南預；　衛太保瓘，子黄門恒，恒子侍郎璪，洗馬玠；　王丞相導，子中書令洽、洽子中書令珉；　郄太尉鑒，子司空愔，愔子北海超；　崔黄門潛，子白馬公宏，宏子司徒浩；　盧長史諶，諶子偃，偃子宏；　殷不害子令名、令名子郎中仲容〔二〕。兄弟善書者漢韋康、韋誕；　張芝、張昶；　晉衛璪、衛玠；　謝安、謝尚；　王悦、王洽；　陸機、陸雲；　庾亮、庾翼；　王徽之、凝之、操之、獻之；　六朝王慈、王志、王彬；　唐鄭還、鄭邁、鄭遇；　秦景通、秦暐；　王維、王縉；　張從申、從儀；　竇蒙、竇臮。宋蘇舜元、舜欽；　徐競、徐琛。然總而言之，未有如我王氏之盛者也。自晉司徒、太尉以至唐石泉公，凡十餘代，代不下數人〔三〕。

【校注】

〔一〕『畿』，底本訛作『幾』。

〔二〕『殷』，底本訛作『房』。

〔三〕《宣和書譜》卷十二《草書》：『晉王導，字茂弘，瑯邪臨沂人，官至司徒，謚文獻。導善作字，規模前人，初師鍾繇、衛瓘，力學不倦。行草尤工。然論者以為疏柯迥擢，密葉危陰，雖秀有餘而實不足。』又卷二七《行書》：『晉王衍，字夷甫。琅邪臨沂人。官至太尉。作行草尤妙，初非經意，而灑然痛快，見於筆下。』王方慶名綝，以字顯，雍州咸陽人。晉丞相王導十一世孫，王羲之後裔。武后時封石泉縣子，歷遷鸞臺侍郎，同鳳閣鸞臺平章事。武后就方慶求羲之書，方慶上十一世祖導等二十八人書共十卷。事詳張彥遠《法書要録》卷四《唐朝敘書録》。

二五

我明書法，國初尚亦有人，以勝國之習，頗工臨池故耳。嗣後雷同影響〔一〕，未見軼塵。吴中一振，腕指神助，鸞虯奮舞，為世珍美，而它方遂絕響矣。不揣據所聞見，評識於後。

【校注】

〔一〕『響』，底本訛作『嚮』，據文意改。

二六

宣宗書出沈華亭兄弟，而能於圓熟之外，以遒勁發之〔一〕。周憲王為世子久，又多蓄晉、唐名蹟，臨摹不倦，以故書法真、行醇婉，無一筆失度，特少腕力，乏風格耳〔二〕。

【校注】

〔一〕明宣宗朱瞻基，善書，師法二沈。按：二沈指沈度、沈粲兄弟。度，字民則，松江華亭人，官至侍講學士；粲，字民望，與其兄同值翰林，時號『大小翰林』，稱其書體為『館閣體』。何良俊《四友齋叢說》卷二七《論書》：『國初諸公盡有善書者，但非法書家耳。其中唯吾松二沈聲譽極甚，受累朝恩寵。然大沈正書倣陳谷陽而失之於軟；沈民望草書學懷素，而筆力欠勁，章草宗宋克而乏古意。』

〔二〕朱謀垔《續書史會要》：『周憲王諱友燉，國開封。王恭謹好文辭，兼工書法。集古名跡十卷，手自摹臨，勒石傳世，名曰《東書堂法帖》。』參看附録卷二第五八條注〔二〕。

二七

宋克仲溫，華亭人，為鳳翔同守。正體頗秀健，出《宣示》、《戎路》而失之佻。章草是當家，健筆縱橫，差少含蓄〔一〕。宋昌裔，未詳其官里。《書述》云：『昌裔熟媚，猶臣於克。』〔二〕宋璲仲珩，學士次子，仕為中書舍人。真、行、草、篆俱入能品，方孝孺比之『威鳳翀霄，祥雲捧日』。按《書述》云：『宋氏父子，不失邯鄲。』〔三〕余嘗見其行草，流動秀穎，翩翩可愛。比之乃公，誠青出於藍。此所謂國初三宋也，覺仲珩尤勝。

【校注】

〔一〕朱謀垔《續書史會要》：『宋克字仲溫，號南宮生，吴人。洪武中，官鳳翔同知。博學工詩，小楷、行草、章草，種種入神。嘗補《急就章》，刻石行世。憲副楊政謂其能繼武于杜伯度、皇休明，殆非虚語。評者曰：「其用筆如篆，最為高古，但結體寒酸，故居仲珩之下。」』詹景鳳《書旨》上：『國朝楷、草推三宋，而仲溫首稱。仲溫楷師鍾繇，章法皇象，然未免爛熟之譏，又氣近俗，但體媚悦人目耳。』

〔二〕語見祝允明《懷星堂集》卷二四《書述》。朱謀垔《續書史會要》：『宋廣，字昌裔，別號東海漁者，又號桐柏山人，南陽人，流寓華亭。嗜吟好古，草書宗張旭、懷素，章草入神，當時與仲珩、仲溫稱為「三宋」，但昌裔熟媚，尤亞於克。』《書旨》下：『昌裔以草書名，然草法素師，少韻平平，無奇致；行書法魯公《爭坐帖》，書矯健蒼鬱深厚，自足名家。』

〔三〕語見祝允明《書述》。朱謀垔《續書史會要》：『宋璲，字仲珩，景濂之次子也。官中書舍人，工大小二篆，並精行草。評者云：「其書法端勁溫厚，秀拔雄逸，規矩二王，出入旭、素，當爲本朝第一。」』《書旨》下：『宋璲行楷步承旨，草法素師，咸能自運，筆勁秀而機流蕩，所少蒼爾。中或時露一二硬筆，則功力未化也。』

二八

杜環字叔循，金陵人。正書入能品，見《宋承旨集》〔一〕。

【校注】

〔一〕朱謀垔《續書史會要》：『杜環，字叔循，金陵人。官工部員外郎，宋濳溪為立小傳，蓋義士也。後為晉王府録士，工臨池之學。解大紳謂其與宋仲珩、詹孟舉親受業於康里子山之門，故其書法相等埒耳。』

二九

陳文東，華亭人。何元朗《叢談》評其書在二沈之上。余見之，亦淳美，恨未脫俗耳〔一〕。

【校注】

〔一〕陳文東，名璧，號谷陽生。明華亭人，著名書法家。按：何良俊《四友齋叢說》卷二七《論書》：『吾松在勝國與國初時，善書者輩出，如朱滄洲、陳谷陽，皆度越流輩。』又曰：『余以為陳谷陽出於滄洲之上遠甚。』又曰：『又嘗見其章草書《竹筆格賦》一篇，殊有古意，出宋仲溫上。』詹景鳳《書旨》下：『陳文東楷書精熟成一家，但乏勁拔，於精熟中涉媚俗耳。』朱謀垔《續書史會要》：『工於詩文，真、草、隸、篆，流麗遒勁，入於神妙，與「三宋」齊名。』

三〇

詹希原中書舍人，善方丈署書，諸宮殿額，皆其手也。《書述》云：『希原幹力本超，更以時趨律縛。』〔一〕余嘗見其正書，極端勁圓穎，而時露俗態。解大紳見前，狂草名一時，然縱蕩無法，又多惡筆，楊用脩目為『鎮宅符』。正書頗精妍〔二〕。時又有周砥者，不知里閥。盧熊者，崑山人，晚以州守歸。《書

述》云：『詹、解鳴於朝，周、盧著於野，朝者乃當讓野。』〔三〕

【校注】

〔一〕語見祝允明《書述》。『書』上，底本衍『法』字。删。

〔二〕按：詹希原，明代書家，字孟舉，號逸庵，新安人，洪武中官中書舍人。豐坊《書訣》稱其『大字兼顔、蔡之妙，獨步當代』。詹景鳳《書旨》下：『詹希原署書，當世以為方圓之至，蓋於端重嚴整中，寓蒼勁秀雅之趣，是為難能爾。』朱謀垔《續書史會要》：『詹希原正書體兼歐、虞、顔、柳，篆書深得秦漢筆意，朝廷匾額，多出其手。』又：『解大紳楷書精絕，草體微瘦，筆跡精熟，從懷素《自敘帖》中流出。書法趙魏公。』《書旨》下：『解縉草書顛肆，然自成矩矱。筆亦精妙，但犯爛熟之病。作楷生硬，遠不及草，卻雅於草。』

〔三〕語見祝允明《書述》。朱謀垔《續書史會要》：『周砥，字履道，號東臯。洪武中，以人才授興國州判官。工正書、行草。與詹希原、解縉、盧熊齊名，故時有「詹、解鳴於朝，周、盧著於野」之語。屠長卿云：「朝者乃當讓野。」』又：『盧熊，字公武，崑山人。洪武初，以善書擢中書舍人，遷兖州知州。博學工文詞，尤精篆籀，所著有《説文字原》等書。』

三一

沈度民則，弟粲民敬，華亭人，俱以書顯。度至翰林學士，文皇雅重之，令太子諸王咸習焉。粲遷左庶子，至大理少卿〔一〕。《書述》稱：『二子蜚耀墨林，昌辰高步自任，人推皆謂絕景。大君宸譽，遂極褒華，抑在一時，誠亦然耳。學士功力深篤，其所發越，十九在朝，亦有繩削之拘，非其全也。或有閑窗散筆，輒入妙格，人罕睹耳。棘寺正書娟娟，行書傷輕，因成儇浮，自遠大雅。危帽輕衫，少年毬鞠，又如艷質明粧，倩笑相對。』〔二〕余俱有其真蹟，度稍純質，粲似疏俊，大抵皆未免俗，去元人遠矣。

【校注】

〔一〕參見本卷第二六條注〔一〕。詹景鳳《書旨》下：『沈民則小楷秀媚，雖精熟而不高古；草與楷同，篆與分又無取焉，謂之奴書可爾。弟民望，真兄弟也。』朱謀垔《續書史會要》：『評者謂其楷書如「美女插花，鑒臺舞笑。」並工行、草、隸、篆，太宗嘗稱度及弟粲為我朝羲、獻。』

〔二〕語見祝允明《書述》。

三二

楊少師士奇，李布政昌祺，皆廬陵人。余見其真蹟，頗不甚工。《書述》云：『李牧楊師，不以書名，亦有可觀。』〔一〕

【校注】

〔一〕語見祝允明《書述》。朱謀垔《續書史會要》：『楊士奇名寓，字士奇，以字行，一字僑仲。居東里，人稱東里先生，江西泰和人。永樂初，以博學徵入翰林，任編纂官，至內閣大學士，謚文貞。善行楷，筆法古雅而少風韻。』又：『李禎，字昌祺，江西廬陵人。永樂進士，官至河南布政使。處身清儉，任牧伯，空乏以終其身。居恒吟詠自娛，雖不以書名，行楷亦有可觀。』

三三

胡文穆善真、行、草，名不及解大紳，而遇過之。北征諸鎮，皆其勒石〔一〕。曾少詹棨，奕奕有風度〔二〕。李文忠時勉，狂草頗遒勁而少態〔三〕。陳祭酒敬宗，差有矩矱，聲華甚著〔四〕。王文端直、文安英次之，大抵皆二沈流亞也〔五〕。

【校注】

〔一〕朱謀垔《續書史會要》：『胡廣，字光大，廬陵人。……官至大學士。謚文穆。行草之妙，獨步當時，雖求者接踵戶外，然非其人，則不苟予。』

〔二〕《續書史會要》：『曾棨字子棨，吉永豐人。永樂進士第一，官至少詹。工行草，自解、胡後獨步。當時評者，謂其草書雄放而不逾繩墨。』

〔三〕《續書史會要》：『李時勉，名懋，以字行，江西安福人。永樂二年進士，官至祭酒。先謚文毅，後改文忠。為人剛正，不折不撓，當於古人中求之者。王元美謂其行草遒勁而少度態。楷法蘇文忠公。』『文忠』，底本作『忠文』，誤。據《宋史》改。

〔四〕《續書史會要》：『陳敬宗，字光世，號澹庵，晚號休樂老人，慈溪人。舉永樂甲申進士，累官國子祭酒。行草任筆成形，如蒼虬老檜，鐵屈銀蟠，但欠圓熟耳。』

〔五〕《續書史會要》：『王直，字行儉，號抑庵，江西泰和人。永樂二年進士，官至吏部尚書，贈太保，謚文端。善行楷，結構老成，筆法精妙，蓋從蘇玉局而出。評者謂如山莊村姑，自然一種媚人。』又：『王英，字時彦，號泉坡，江西金溪人。舉永樂甲申進士，累官禮部尚書，謚文安。善行草、楷書。』

三四

夏昶，崑山人，太常卿〔一〕。蔣廷暉，錢唐人，吏部郎中〔二〕。朱孔暘，太僕卿，俱直内閣，以書顯〔三〕。《書述》稱數子『榜署紛紜，易於馳譽。煙煤塞眼，豈易工也？其間太常獨近清潤，吏部頗主沉雄，孔暘掾史手耳』〔四〕。

【校注】

〔一〕朱謀垔《續書史會要》：『夏昶，字仲昭，崑山人。舉進士，選入庶常。……嘗扈從兩京，授中書舍人，歷宣德、正統，官至太常卿。昶既善書，亦能詩，尤工墨竹，得名於時。』

〔二〕《續書史會要》：『蔣暉，字廷暉，錢塘人，官禮部郎中。善真書，然繩趨尺步，不肯自脱。』

〔三〕按：朱孔暘，或當作朱孔易。《續書史會要》：『朱孔易字廷輝，松江人。永樂中授中書舍人，累官順天府丞。工於楷書，亦善大字，以詹孟舉為宗。朝廷題額多出其手，故枝山評其掾史手耳。』

〔四〕語見祝允明《書述》。

三五

吴餘慶，宜黄人，直内閣，為通政司左參議〔一〕。衛靖，崑山人，仕為州吏目〔二〕。二君不相及，然《書述》稱二子『少自出塵，趨向甚正，恨不廓且老耳』〔三〕。餘慶書吾及見之。

【校注】

〔一〕朱謀垔《續書史會要》：『吴餘慶，字彦積，江西臨川人。官中書舍人，善行草，評者云：「觀其點畫之間，無一筆凝滯，則其胸中所養可知。」楷書亦為世所重。』

〔二〕豐坊《書訣》：『衛靖，字以嘉，蘇州人。官至中書舍人。書宗晉、唐。』

〔三〕語見祝允明《書述》。

三六

魏文靖驥，蕭山人，南京吏部尚書，年九十八乃卒〔一〕。高文義穀，興化人，少保大學士〔二〕。余俱有其書。魏負書名，雖圓健而不免俗。高乃文弱，秀潤可愛，而不甚著，何也？

【校注】

〔一〕錢謙益《列朝詩集》乙：『魏驥，字仲房，蕭山人。永樂三年鄉舉，起家松江訓導，累官南京禮部尚書，致仕，卒，年九十八。謚文靖。』朱謀垔《續書史會要》：『晚致仕，老而不倦，不別治生產，唯以文學自娛，善書法。』

〔二〕陳田《明詩紀事》乙籤卷十一：『高穀，字克用，揚州興化人。永樂乙未進士，選庶吉士，授中書舍人。景泰初，進尚書，東閣大學士，兼太子太傅。英宗復辟，謝病歸。謚文義。』朱謀垔《續書史會要》：『以清節著，……善行楷。』

三七

徐天全有貞，初名珵，吳人。真書法歐陽率更而加以飄動，微失之弱。行筆似米南宮，狂草出入素、旭，奇逸遒勁，間有失之怪醜者〔一〕。祝希哲其外孫，人謂書法從公來，希哲頗不以為然，《書述》亦不甚許之。同時有劉玨僉事，長洲人，習吳興體甚精絕，《書述》稱其『無一筆失度』〔二〕。

【校注】

〔一〕朱謀垔《續書史會要》：『徐有貞字元玉，號天全，吳縣人。……宣德中舉進士，入翰林。書法古雅雄健，名重當時。』《列朝詩集》乙：『徐有貞，……晚遭屏廢，放情絃管泉石之間。草書奇逸，自負入神。筆墨淋漓，流傳紙貴。』

〔二〕語見祝允明《書述》。《續書史會要》：『劉玨字廷美，號完庵，長洲人。宣德中由鄉薦，官至山西僉事。玨操履清白，好學不倦，工唐律，對偶清麗，當時稱為「劉八句」。行草師李邕，畫師王叔明，皆能得其筆意。』

三八

張南安汝弼，華亭人。《書述》稱其『始者尚近前規，既而幡然飄肆，雖聲光海宇，而知音歎駭』〔一〕。余見其蹟頗多，誠然。雖豐逸妍美，而結法實疏，腕力極弱，去素、旭不啻天壤。前是，華亭有黄翰者，為江西按察使，有墨聲。《書述》云：『翰與汝弼，人絕薰蕕，藝猶魯衛。』余亦見之，似少不及〔二〕。最後有張天駿者，亦華亭人。以書直内閣，至工部尚書。用南安體，更變輕弱。《書述》稱其『婢學夫人，咄嗟樵爨，廝養醜穢，涊淟齒牙。贅列紫薇郎署，分科木天，大可怪也』〔三〕。當南安時，有蕭顯文明，為按察僉事，以狂草稱，品最下〔四〕。又邵文敬郡守，以『半江帆影落尊前』句，人呼為『邵半江』。書法稍準繩於南安，亦其流輩也〔五〕。

【校注】

〔一〕語見祝允明《書述》。詹景鳳《書旨》：『張汝弼草法張長史《千文》，而縱誕過之，兼以草粗氣俗，雖工力深到，不無有入妙者，而入惡道者半之，用以驚諸凡夫可爾。』朱謀垔《續書史會要》：『草書宗懷素而未能脫宋廣、解縉之俗習。然為時所重，海外之國重貲購求。』《列朝詩集》丙：『張弼，字汝弼，華亭人。弘治丙戌進士，為兵部郎，出知南安府，未久致仕。少善草書，怪偉跌宕，震撼一世，流布外國。』

〔二〕語見《書述》。《續書史會要》：『黄翰字汝申，華亭人。舉進士，官至按察使。善隸書，尤工章草，筆力雄健而有則，與宋仲溫（克）相倣佛耳。』

〔三〕語見《書述》，文字有出入。《續書史會要》：『張駿，字天駿，號南山，松江人。官中書舍人，累官禮部尚書。草書宗懷素，得其龍蛇戰鬥之勢。論者病其傷於雕琢，又似婢學夫人，故居張東海之下。』

〔四〕陳田《明詩紀事》丙籤卷六：『蕭顯，字文明，山海衛人。成化壬辰進士，授兵科給事中，官至福建按擦僉事。有《海釣遺風》。』

〔五〕錢謙益《列朝詩集》丙集第三：『邵珪，字文敬，宜興人。成化己丑進士，官至嚴州太守。李西涯云：「邵文敬善書，工棋，詩亦有新意。」』

三九

詹和字仲禾，錢唐人。倣趙吴興體，酷似之。嘗作贗書以鬻。又別作李懷琳、楊補之，得盲兒價甚夥〔一〕。錢文通溥、弟布政博，華亭人，真、行出自宋仲溫，而少姿韻〔二〕。

【校注】

〔一〕詹仲和即詹和，字僖和，號鐵冠道人。朱謀垔《續書史會要》：『詹仲和，四明人。生弘治時，行草法趙文敏公，一點一畫，必有祖述。自云：「刻意學書五十餘秋，心記腹畫方悟旨趣。」嘗以子昂款式落之，識者卒不能辨。但評者云：「其不喜正鋒，兼乏勁氣，如山林老儒，舉止殊俗，使之應時處變，則不免於迂腐耳。」亦善水墨竹石。』

〔二〕《續書史會要》：『錢溥，字原溥，華亭人。舉正統進士。……累官南京吏部尚書，小楷、行草俱工。』又：『錢博，字原博，號靜庵，溥之弟。登進士，官至四川按察。小楷精妙，章草、行書並佳。』詹景鳳《書旨》：『錢原溥法宋仲溫，章草亦穩，但韻不逮，跡而未化。』

四〇

陳白沙獻章，好縛禿帚作擘窠大書，中亦有一二筆佳者。其稱張南安『好到極處，俗到極處』，似許具眼〔一〕。時有李士實者，為右都御史，坐寧藩事伏法。其書尤瘦險醜怪，而一時聲甚著。二君俱不免惡札〔二〕。

【校注】

〔一〕朱謀垔《續書史會要》：『莊昶字孔陽，號木齋，江浦人，……又號定山居士。與陳白沙、羅一峰為講學賦詩之遊，而深解書法。或問張汝弼草書，先生曰：「好到極處，俗到極處。」問何如則可，曰：「寫到好處，變到拙處。」』按據此，則評張南安書非陳白沙語，乃莊定山語也。又：『陳獻章，字公甫，號石齋，廣東人。居新會之白沙村，學者稱「白沙先生」。……善書，亦能詩，畫水墨梅如生。』

〔二〕李士實字若虛，南昌人。成化二年進士，正德中為右都御史，附宸濠伏誅。工詩，善畫。

四一

李文正東陽，真行筆頗秀潤，晚節加以蒼老，而不免俗，唯篆書頗佳。明興，曉篆法者有滕吏部用亨、程太常南雲、金太常湜〔一〕。至文正而自負，以為得書家妙訣。喬少保宇、景中允暘繼之，然不如金陵徐霖〔二〕。霖可配元周伯琦〔三〕。

【校注】

〔一〕詹景鳳《書旨》下：『李東陽草書，雖筆力矯健成一家，而以單筋繚繞寡骨。唯小篆清勁入妙，可寶也。』朱謀垔《續書史會要》：『李東陽，……篆書有古則，行草亦清健，深得魯公筆法。但評者云其欲效正鋒而不知結構，體勢疏懈，特入俗品。』又：『滕用亨，初名權，字用衡，避諱改名，吳縣人。官翰林待詔。正書宗虞永興，尤精篆法。永樂三年召見，年幾七十矣。面試篆書，亨作「麟、鳳、龜、龍」四大字，稱旨。』又：『程南雲，字清軒，號遠齋，江西南城人。永樂中，累官太常少卿。篆法得陳思孝之傳，隸、真、草俱有古則，又善大書。』又：『金湜，字本清，晚號朽木居士，四明人。官至太僕少卿，工小篆。』

〔二〕《續書史會要》：『喬宇，字希大，號白巖，太原之樂平人。中成化進士。仕至吏部尚書。……通篆籀，有二李風，晚精鑒名書古帖以自娛。』陳田《明詩紀事》丙籤卷八引梁維樞《玉劍尊聞》：『有明以來，喬宇篆法第一，人莫敢望。』《續書史會要》：『景暘，字伯時，儀真人。正德進士，官至太子中允。善行楷，後師周伯琦，小篆頗得風骨。』又：『徐霖，字子仁，號九峰山人，別號髯僊，金陵人。能詩畫，善書，尤工樂府。……王元美亦謂其篆可比周伯琦，而豐存禮獨以為如病水人臃腫垂命，得無過乎？』《明詩紀事》丁籤卷一二引《名山藏》曰：『子仁篆登神品，真、行皆入精妙，碑板書師顏、柳，題榜大書師詹孟舉，並絕海內。』

〔三〕陶宗儀《書史會要》：『周伯琦字伯溫，號玉雪坡真逸，鄱陽人。官至浙江行省左丞，江南行臺侍御史。潛心古學，小篆師徐鉉、張友，行筆結字殊有隸體，正書亦善。』

四二

文正大拜後，每書歌詩一紙，立致數金，今不能博數鐶矣。

四三

姜立綱，永嘉人，以書直內閣，至太常卿。小變二沈為方整，就其體中可謂工至，而不免俗累，今盛行於世，所謂一解不如一解〔一〕。任道遜，少以神童薦，亦至太常卿，出立綱下〔二〕。

【校注】

〔一〕朱謀垔《續書史會要》：『姜立綱，字廷憲，浙江瑞安人。七歲以能書，命為翰林院秀才，天順授中書舍人，歷成化、弘治，升至太僕少卿。……善楷書，清勁方正，今中書科寫制誥悉宗之，議者未免板刻。』

〔二〕《續書史會要》：『任道遜，字克誠，號坦居，瑞安人。七歲能作徑尺大字。宣德中，有司以才薦，累官至太常少卿。』

四四

吴文定公寬，真、行體全法眉山〔一〕。《書述》稱：『不以書名，貴在起雅去俗，遇合作處，真可嘉尚，唯不能作《醉翁》、《表忠觀》體耳。』〔二〕

【校注】

〔一〕朱謀垔《續書史會要》：『吴寬字原博，號匏庵，長洲人。成化壬辰狀元及第，歷官東閣大學士，謚文定。博學工詩文。書宗蘇玉局，嘗手抄陶詩一過，匀熟整密。』錢謙益《列朝詩集》丙：『吴寬，……先生最好蘇學，字亦酷似長公。』《書旨》下：『吴原博書法蘇長公而粗，意態遠劣，但自成章爾。』

〔二〕按：《醉翁亭記》，歐陽脩文，蘇軾正書。《表忠觀碑》，熙寧十年，杭州知州趙抃奏請『以龍山廢佛祠曰妙因院者為觀，使錢氏之孫為道士曰自然者居之』。神宗准奏，以妙因院改賜名曰『表忠觀』。蘇軾為文並書。

四五

李應禎字貞伯，初名甡，長州人，累官太僕少卿。善懸腕疾書，人有求者，多怒不應，以故傳世少〔一〕。

祝希哲其子婿也，《書述》稱其『質力故高，乃特違衆，既遠群從，並去根源。或從孫枝，飜出己性，離去筋骨，別安耳目，蓋其所執奴書之論至此也。』〔二〕余所見往往有掾史筆，而吴人極推許之。自余持論後，價稍稍減矣。唯《大石山聯句》、《鍾太傅薦季直表跋》佳〔三〕。

【校注】

〔一〕朱謀垔《續書史會要》：『李應禎，名甡，以字行，更字貞伯，長洲人。領鄉薦，授中書舍人，累官太僕少卿。真、行、草、隸皆清潤端方，如其為人。』

〔二〕語見祝允明《書述》。

〔三〕按：李應禎有《成化戊戌十二月十六日於吴原博史明古張子靜遊陽山入雲泉庵觀大石聯句》及《薦季直表跋》，其文曰：『右鍾繇《薦季直表》真跡，黄初到今，千二百餘年矣。而紙墨完好不渝，信希世之寶也。應禎往年在天府得見二王真跡，今復於相城沈啟南所觀此，區區餘年，何多幸也。時同觀者，吴江史鑒，曹孚、汝泰、崔澂，葑門朱存理。弘治四年人日。長洲李應禎記。』見《真賞齋帖刻石》。王世貞《弇州山人題跋》卷一：『大石山以稍僻故見遺范文穆《吴郡志》，第其勝不在靈巖、天平下。成化中，吴文定、李太僕、張子靜、史明古、陳廷璧共遊之。而文定、太僕、子靜、明古為聯句，角險鬥勝，遂成藝苑佳事。太僕書此詩最為合作，題識如祝希哲、文徵仲、徐子仁諸公，東南名法書盡是矣。』

四六

王文成守仁，行筆亦爽勁，而結構處甚疏〔一〕。湛文莊若水倣陳白沙，天然不及也，唯署書差有骨〔二〕。

【校注】

〔一〕王守仁，字伯安，號陽明，餘姚人。官至南京兵部尚書、南京都察院左都御史。因平定宸濠之亂，封新建伯，卒謚文成。

〔二〕朱謀垔《續書史會要》：『湛若水，字元明，號甘泉，廣東增城人。性穎敏，自少知學，從白沙先生遊。登弘治進士，官至南京兵部尚書，喜作書，能詩文。』卒謚文簡。

四七

徐霖字子仁，正、行俱精，雅好堆墨書，神采爛然，覺骨不勝肉耳。同時有金琮元玉者，行草法趙吴興，老健可愛。琮後有王逢元子新，習《聖教》、歐、虞、蘇、黄諸體甚精。徑寸而上，稚弱必備。已上三人皆金陵人也〔一〕。

【校注】

〔一〕徐霖已見。詹景鳳《書旨》：『徐子仁行書雖不免墨豬之謂，然功力精熟成家，但趣致凡近。唯學《聖教序》寸餘許字卻清雅。小篆精絕，規矩天成，長楮短箋，無不精妙。』朱謀垔《續書史會要》：『金琮，字元玉，金陵人。書宗趙文敏公，評者云：『松雪在元稱獨步，謂其超宋人而步驟晉、唐，若元玉，庶幾能望其後塵耳。』又：『王逢元，字子新，善草書，評者云：『如乳臭岐嶷，十步九顛。間獲遺跡，亦端莊圓熟，豈評者之過與？』

四八

陸文裕深，少時作小楷精謹，自謂有《黄庭》、《遺教》意，然不能離趙吴興也。行草法李北海，而亦出入吴興，晚節尤妙。余嘗見其於硏光吴綾上書《南遷》諸詩，風骨遒美，神采奕奕射人〔一〕。

【校注】

〔一〕詹景鳳《書旨》下：『陸子淵法趙文敏，筆力勁爽而雅秀，亦沉著，但是小致。』朱謀垔《續書史會要》：『陸深，字子淵，號三汀，晚號儼山，上海人。弘治乙丑進士，入翰林。正德時，以不附逆瑾黜。瑾誅，召還，歷官至詹事，謚文裕。善真、行、草書，俱法趙文敏公，亦能詩。』《黄庭》、《遺教》：《黄庭經》、《佛遺教經》，據傳均為王羲之書法作品。

四九

夏文愍言，以才雋居首揆。天下重其書，貞珉法錦，視若拱璧，歿後頓不爾。正、行亦遒美，但肥過而滯，老過而稚耳。榜署書尤可觀〔一〕。

【校注】

〔一〕朱謀垔《續書史會要》：『夏言，字公謹，號桂洲。嘉靖時官大學士，江西貴溪人。善書，能大字，亦能詩文。』錢謙益《列朝詩集》丁：『夏言，官至少師、吏部尚書，華蓋殿大學士。謚文愍。』

五〇

周尚書倫，崑山人。行書法豫章、吴興，至徑寸外頗遒勁，而蒼鹵不甚工〔一〕。

【校注】

〔一〕周倫，字伯明，晚號貞翁，江蘇崑山人。弘治十二年己未進士，授新安知縣，擢大理寺少卿，官至南京刑部尚書。卒，謚康僖。朱謀垔《續書史會要》：『周倫行草得承旨筆意，亦善畫山水。』

五一

張電，上海人，以書直内閣，至禮部左侍郎，得幸世宗。電書極圓熟妍美，所取顯重者，僅姜氏體耳〔一〕。

【校注】

〔一〕朱謀垔《續書史會要》：『張電，字文光，號賓山，上海人。學書於陸文裕，能通其秘。筆法宗李北海而規模沈氏。首為楊邃庵、夏桂洲所稱，而尤受知於上。初以薦入史館，累官至禮部侍郎，太廟額、九廟神位及玉冊寶軸，皆出其手。』姜氏體，明范欽《評書》曰：『成弘以來，尚正書，姜立綱端正、凝重，世頗好之，疊相宗習。』

五二

吾吴郡書名聞海內，而華亭獨貴。沈度至學士，粲初起翰林，至大理少卿。張天駿至尚書，電至侍郎。時人語曰：『前有二沈，後有二張。』又吴興有淩晏如者，以書授中舍，遷吏科都給事中、右僉都御史。余見其臨《洛神賦》、《金剛經》，俱有法〔一〕。

【校注】

〔一〕朱謀垔《續書史會要》：『淩晏如，號雲谿，浙江人。官至都御史。善大書，文廟時以布衣徵至京師，上親視作書，門殿諸榜皆出其手。尤善小楷，嘗臨子敬《洛神賦》，咄咄逼真。孫太初贈以詩云：「會意直須書法外，臨池真到古人中。」』王世貞《弇州山人題跋》卷四：《題淩中丞書金剛經》：『中丞淩公書此經，全用鐵門限筆，圓熟有結體，得臨池三昧。』又《題淩中丞臨子敬洛神賦》：『此帖為故中丞淩公所臨，蓋全本也。公仕仁、宣朝，至中執法，以嚴重稱公卿間，結法清婉乃爾。』

五三

許侍郎成名，作真、行筆頗簡勁，然結構疏而醜，是傖中小有意者耳，而暴得名〔一〕。許中丞宗魯稍精，間有《聖教》遺意〔二〕。

【校注】

〔一〕朱謀垔《續書史會要》：『許成名字思仁，號龍石，聊城人。正德進士，官禮部侍郎。詞翰流布海内，詩法晚唐，亦善書畫。』

〔二〕《續書史會要》：『許宗魯，字伯誠，號少華，咸寧人。正德進士，官至巡撫。能詩，所著有《少華集》，亦善書畫。』按：《聖教》全稱《大唐三藏聖教序》，簡稱《聖教序》，有兩本。其一由唐太宗撰文，褚遂良書，稱《雁塔聖教序》；其二由沙門懷仁集王羲之字，刻成碑文，稱《唐集右軍聖教序並記》或《懷仁集王羲之書聖教序》，因碑額有佛像七尊，又名《七佛聖教序》。

五四

朱九江曰藩，寶應人。頗臨晉法書，絕喜祝希哲，而以己意出之，婉秀瀟洒，絕有姿態，而結法失之疏〔一〕。

【校注】

〔一〕朱謀垔《續書史會要》：『朱曰藩，字子价，號射陂，寶應人。嘉靖甲辰進士，官九江守，湖廣憲副。與父進士應登俱有詩名，而藩更能書。』王世貞《弇州山人題跋》卷五《題朱射陂卷》：『壬子冬，朱子价為書二卷，其一為近體，旋失之。此卷多齊梁樂府語，雖不無小出入，而宛倩穠至，不失箕裘。書法蕭散流宕，有林下風氣，尤稱合作。』詹景鳳《書旨》下：『朱曰藩書如《西厢記》中張君瑞，俏質麗情，步步嬌婉，要亦巧自成趣，非草草作者。第骨氣稍近脆，蓋始以捧心履吉，晚乃改步逸少，然頗得其波發。』

五五

王參政慎中，晉江人。行、草頗亦遒逸，而不諳八法，未脱塵氣〔一〕。

【校注】

〔一〕朱謀垔《續書史會要》：『王慎中，字思道，號遵巖。官至大參。善書，亦能詩，所著有《遵巖集》。』

五六

楊修撰慎伏膺吴興，而運筆蹇滯，指若木强者，亦頗自任〔一〕。

【校注】

〔一〕朱謀垔《續書史會要》：『楊慎字用脩，號升庵，成都新都人。狀元及第，國朝稱博學第一人。所著書百餘種，尤精書學，有《墨池瑣録》行於世。書法趙魏公。』

五七

羅文恭洪先頗秀潤，出《聖母貼》，而豐肉少骨，穠媚有之，蒼老不足〔一〕。

【校注】

〔一〕朱謀垔《續書史會要》：『羅洪先，字達夫，號念庵，江西吉水人。嘉靖己丑狀元及第，授修撰。引疾歸，終贊善，贈光禄少卿，謚文恭。公閒居樂道，浮雲富貴，布衣芒履，遍訪名山，罕與世俗相接，四方望之如景星慶雲。善書行草大字。』《聖母貼》，唐懷素草書作品。

五八

豐吏部道生，初名坊。家蓄古碑刻既富，一一臨摹，自大小篆、古今隸、章草、草、行，無不明了。而筆頗滯，不能稱意。若遇其中年得意處，殘篇小碣，驟見之，必以為古人也〔一〕。

【校注】

〔一〕朱謀垔《續書史會要》：『豐坊字存禮，號南禺，後更名道生。浙江鄞縣人。嘉靖進士，官至南吏部考功主事。善書翰，屢評國朝書法。其草書自晉、唐而來，無今人一筆態度。唯喜用枯筆，乏風韻耳。李子藎評其《甘露帖》特入神品，惜未之見。』詹景鳳《書旨》下：『豐坊為人逸出法紀外，而書學極博，五體並能。諸家自魏晉以及國朝，靡不兼通。規矩盡從手出，蓋工於執筆者也。以故，其書大有腕力，特神韻稍不足。』王世貞《弇州山人題跋》卷九《題豐存禮手札》：『余每覽豐人翁書，輒怪其胸次有眼，能聚古碑於筆端，而腕指卻有鬼掣搦之，不使縱其外撇，以取姿態。……人翁生平不齒王履吉，以其結構疎，故履吉當亦不齒人翁。』

五九

陳鳴野鶴初習真書，略取鍾法，僅成蒸餠。後作狂草，縱橫如亂芻，而張尚寶遜業絕喜之〔一〕。楊秘圖珂者，初亦習二王，而後益放逸，柔筆疎行，了無風骨。此皆所謂『南路體』也〔二〕。

【校注】

〔一〕朱謀垔《續書史會要》：『陳鶴，字鳴野，號海樵，山陰人。家世武弁，棄去，葛巾布袍，稱山人，善書畫，亦能詩。』

〔二〕楊珂，字汝鳴，號秘圖，明餘姚人。少為諸生，棄舉子業，隱居於本邑秘圖山，自放於山水間，天台、四明題詠殆遍。其書得晉人筆法，與徐渭齊名，孫鑛稱為『邇年以來當爲逸人第一流』。

六〇

馬司業一龍，用筆本流迅，而乏字源。濃淡大小，錯綜不可識，拆看亦不成章〔一〕。有羅鹿齡者，少師之，稍變為圓美，而多作俗筆。二人皆負以為正鋒者也〔二〕。

【校注】

〔一〕朱謀垔《續書史會要》：『馬一龍，字負圖，號盂河，別號玉華子，溧陽人。嘉靖時以解元登進士，仕至國子司業。……作字懸腕運肘，落管如飛，頃刻滿紙。初覽若不可辨，細玩則條理脈絡俱可尋識，非苟然者。自謂懷素以後一人，然評者謂其奇怪，書法一大變。』詹景鳳《書旨》下：『馬司業一龍，法素師《聖母文》，頗得筆法十之六七。已乃離法而縱心狂肆，遂作書家鬼畫符，昔人矩矱壞亂盡。世人反有驚異而學之者，良可慨歎。』

〔二〕羅鹿齡，號海嶽，金壇人。生平不詳，明代書法家，書法師馬一龍。

六一

方貢士元煥，在山東作行草，自矜以為雄偉有力，而疎野粗放，備諸惡道。署書稍勝，亦無佛處稱尊耳〔一〕。時有張書紳、蘇洲者，俱不知何許人〔二〕。書紳行草似元煥，而少加圓利。洲作方丈以外大書，濃瀋數斛，信手飛步，倏忽而成，矯健有勢；間為李、王，撮襟亦得。唯真、行多俗撰，形模醜拙，而高自負許，良可笑也。

已上三則，皆邇時書中惡道也。

【校注】

〔一〕王世貞《弇州山人題跋》卷九《題方元煥書荊軻傳》：『當時北方之學者山斗晦叔，得片紙隻字珍若拱璧，今來吳中不直一錢。蓋晦叔目中無書學，腕中無書力，而好以意行筆，宜其淪落乃爾。』錢謙益《列朝詩集》丁：『方元煥，字子文，臨清人。嘉靖甲午鄉貢，以行草擅名山東。王元美以為「疏野粗放，備諸惡道」。其歌行一卷大都豪放，亦類其書。』按：晦叔，方元煥字。

〔二〕張書紳，明代書法家，約生活於嘉靖年間，有《大澤山記》傳世。蘇洲，後更名雪衰，自號雪衰子，河南杞縣人。明代書法家，約生活於嘉靖年間。生性怪誕，浪跡江湖。今齊魯一帶多留存其墨蹟。

六二

吴中丞維嶽，正、行取豐媚，而少遒勁。孝豐人〔一〕。

【校注】

〔一〕朱謀垔《續書史會要》：『吴維嶽，字峻伯，號霽寰，孝豐人。官至僉都御史。喜書法，亦能詩。穆少春云，其詩中奇語，往往驚人。弇州又謂得吴生詩語爲照乘，大都詩優於字也。』王世貞《弇州山人題跋》卷九《吴俊伯詩》：『峻伯爲比部郎時，與余同舍。長夏無事，墨和筆精，遂書此一卷。詩時得清語，但調未去偏耳。書法亦豐妍，但骨未離肉耳。』

六三

無錫王問有高名，作行草及署書，本無所師承，而風骨遒勁，渴筆縱體，往往與高相藏《醉翁亭記》法同〔一〕。

【校注】

〔一〕朱謀垔《續書史會要》：『王問，字子裕，錫山人。……嘉靖進士，官至廣東僉事。詩律清新，擅名東南。晚年謝絕世務，足不他出。穿綠蘿小徑，每遇月白風清，淨几明窗，或寫或畫，輒數十幅，如有神助，自謂徑丈大字，至老有進。』高相，指高拱。

六四

無錫有俞憲者，亦能署書，而行筆不工〔一〕。

【校注】

〔一〕朱謀垔《續書史會要》：『俞憲，字汝成，號是堂，無錫人。官至按察使。善書畫，喜作詩，所輯有《盛明百家詩》行世。』

六五

天下法書歸吾吴，而祝京兆允明為最，文待詔徵明、王貢士寵次之。京兆少年楷法自元常、二王、永師、秘監、率更、河南、吴興；行草則大令、永師、河南、狂素、顛旭、北海、眉山、豫章、襄陽，靡不臨寫工絕。晚節變化出入，不可端倪。風骨爛熳，天真縱逸，直足上配吳興，它所不論也，唯少傳世。間有拘局未化者。又一種行草有俗筆，為人謁寫亂真，頗可厭耳。待詔小楷師二王，精工之甚，唯少尖耳。亦有作率更者。少年草師懷素，行筆倣蘇、黃、米及《聖教》，晚歲取《聖教》損益之，加以蒼老，遂自成家，唯絕不作草耳。王正書初法虞永興、智永，行書法大令，最後益以遒逸，巧拙互用，合而成雅，奕奕動人〔二〕。文以法勝，王以韻勝，不可優劣等也。

【校注】

〔一〕詹景鳳《書旨》下：『祝允明蓋吳中所稱「草聖」者，於書學實有絕特超群之才，而功力未及，然諸體卒卒都辨。』又：『文徵明小楷精絕，圓不加規，方不加矩，美哉！妙境之製乎？分書清勁而古拙未臻；行書渾厚婉媚，然神清而骨健，自無一點可喙，特格卑非復超逸之品。然法深力足，態妍氣體具，自堪傳世。草非所能，間一強作，盡為法拘，聊以備體可爾。』又：『王履吉楷、草兼能，並以韻勝。然有肉無筋，疎散而氣不固，又骨不相屬，是以令促，然以韻勝，亦自英英能照目睛。但偏鋒一律，雖云學虞，乃執筆與虞別也。』朱謀垔《續書史會要》：『祝允明五歲作徑尺字，讀書過目成誦，以博學能文名重當時。書學自《急就章》，以至羲、獻、懷素，無不淹貫，而狂草為本朝第一。』又：『文徵明小楷、行草深得智永筆法，大書倣涪翁尤佳。評者云：「如風舞瓊花，泉鳴竹澗。」……詩畫皆入能品。』又：『王寵，字履仁，更字履吉，號雅宜山人，蘇州人。正德時，以諸生貢禮部，卒業太學。初寤寐大令，後脫去怒張之勢，漸入圓融。楷書卓然稱一時之妙。自云業已升堂，尚未入室。惜蘄其天年，未入化境。邢侗曰：「斯人可起，余將執鞭。」蓋慕其書法如此。』錢謙益《列朝詩集》丁：『與所遊者文徵仲、唐伯虎最善。善病，卒年才四十。履吉資性穎異，行書疏秀出塵，妙得晉法，於書無所不窺。』

六六

三君子下有陳淳道復，以字行。正書初從文氏，欲取風韻，遂成媚側。行書出楊凝式、林藻，老筆縱橫可賞，而結構多疎，亦『南路』之濫觴也〔一〕。

【校注】

〔一〕朱謀垔《續書史會要》：『陳淳字道復，號白陽山人。吴縣人，國子生。善草隸，亦能花鳥，作没骨圖妙絶當世。』按陳淳畫與徐渭齊名，並稱『白陽、青藤』。王世貞《弇州山人題跋》卷九《陳道復書陶詩》：『陳道復書能於沓拖中生骨，於龍鍾中生態，以柔顯剛，以拙藏媚，或老或嫩，不古不今，第不脱散僧本來面目耳。此所書陶詩尤為合作，然世知之者益鮮矣。知之者謂之自然，雖然，比於陶詩，自然尚隔塵也。』

六七

吴中諸君子余所知者，王司業同祖，文太史甥也。正、行具體而微〔一〕。袁提學袠，行、草亦自疎逸〔二〕。王吏部穀祥，正、行法趙吴興，雖老健而乏雅致〔三〕。文博士彭、教諭嘉，小楷皆足箕裘。彭肉而圓，嘉俊而佻。行草則彭有懷素、孫過庭法，而傷率弱。臨摹雙鈎，俱我朝第一手也〔四〕。陳方伯鎏，正書出入鍾、顔，而骨不勝肉。行草至徑尺始遒，署書愈大愈勝〔五〕。陸少卿師道，中年小楷，《化度》、《麻姑》，清麗可愛〔六〕。彭年孔嘉，小楷師率更，精工之甚；大則魯公、誠懸，方整遒勁；行筆眉山，差遠耳〔七〕。許太僕初，真、行、草俱圓熟，所乏風棱〔八〕。周天球公瑕，楷法二種，一種小變《宣示》而肉微勝；一種出入吴興而加媚嫵〔九〕。黄姬水淳父，正書初宗虞永興，行筆本王履吉，而晚節加率〔一〇〕。張貢士鳳翼，小楷擬《曹娥》，精雅有致，微傷矜局〔一一〕。王稚登百穀，出入淳父、公瑕，而加尖峭〔一二〕。崑山俞允文仲蔚，小楷絶得褚河南法而以顔、柳筋骨幹之，遇所合作，深可嘉尚。而行筆頗倣河南，稍大則兼黄、米，而傷佻縱〔一三〕。王逢年舜華，本有筆而雜用之，遂不成家〔一四〕。雲間莫布政如忠，行草風骨朗朗，亦善署書。乃子是龍，小楷精工，過於婉媚，行草豪逸有態〔一五〕。

【校注】

〔一〕朱謀垔《續書史會要》：『王同祖字繩武，號飛泉道人，又號前峰，崑山人。官翰林。善行草，結構潤密，波瀾焕發，不減古人。』

〔二〕《續書史會要》：『袁袠，字永之，號胥臺，吴郡人。嘉靖進士，官至學憲。五歲知書，七歲賦詩，有奇語，善行草。』

〔三〕王穀祥字祿之，號西室，長洲人。嘉靖八年進士，官吏部員外郎。詹景鳳《書旨》下：『王穀祥書法趙承旨，匀淨而成一體。』

〔四〕《續書史會要》：『文彭，字壽承，官博士。精於隸書，行楷脱俗，草書工於先待詔多矣。文嘉，字休承，壽承之弟，仕吉水教諭。行草、楷書兼宗米南宫、祝京兆。評者議其體格欲似，風韻未逮，猶有寒酸氣味。』詹景鳳《書旨》下：

『文彭篆、分、真、行、草並佳，體體有法，並自成家，不蹈父跡。才似勝父，功力不及父。父筆入紙，彭筆不入紙，但從紙面上走過，取徑捷以眩人耳目，故神韻有餘，而骨力浮薄。弟嘉，小楷清輕勁爽，宛如瘦鶴。但善蠅頭，稍大便疏散不結束。然筆筆沉著，不以輕而浮薄。作徑寸行書亦然，皆不迨父。彭分不減父，篆勝父。』

〔五〕《續書史會要》：『陳鎏，字子兼，長洲人。號雨泉。嘉靖進士，官至四川布政使。……詩文隨興所落，不拘古調。於書法最工，小楷、篆、隸出入晉、唐，其他行草及方尺以上丰媚綽約，有驚鴻游鵠之態。』

〔六〕《續書史會要》：『陸師道，字子傳，吳郡人。累官尚寶寺卿。行楷、丹青俱法文待詔。』《化度》，全稱《化度寺故僧邕禪師舍利塔銘》。唐貞觀五年立，歐陽詢書。《麻姑》，即《麻姑僊壇記》，全稱《有唐撫州南城縣麻姑山僊壇記》，為顏真卿楷書之代表。該碑立於唐大曆六年，後遭雷擊毀壞。

〔七〕《續書史會要》：『彭年字孔嘉，吳郡人。王元美嘗曰：「吳中隱德文采，後文先生而起者，其在彭先生乎？先生工文章，下筆不千言不止。」詩宗二杜，楷法《九成》，行體則翩翩眉山矣。』

〔八〕《續書史會要》：『許初，字元復，吳郡人。官至太僕寺卿。善行楷。』

〔九〕《續書史會要》：『周天球，字公瑕，號幼海，長洲人。人品高古，為世所重。詩亦莊雅，書法文待詔，純用藏鋒，所謂「寧拙毋俗，不墜古意」者也。篆亦佳，寫蘭草獨步一代。楷書亦精。』詹景鳳《書旨》下：『周公瑕其書始師文待詔，晚知有趙承旨，乃刻意學其用禿筆，而格卑卑，不脫掾史氣。唯結體穩，字字堪入刻，而名動一時，則以善附諸貴人得稱譽。』

〔一〇〕《續書史會要》：『黃姬水，字士雅，號淳父，省曾之子。以書名家，筆法雖古，短於風韻，未免刻板。亦能詩，所著有《淳甫集》。』

〔一一〕《續書史會要》：『張鳳翼，字伯起，吳郡人。中鄉試，不上公車，行徑似陳公甫，風流蘊藉，掩映一時。行草純用偏鋒，嚴整古淡，自為一體。』《曹娥》，即《孝女曹娥碑》，為表彰東漢孝女曹娥而作，正書小楷，作者或曰蔡邕，或曰王羲之，已難確考。

〔一二〕《續書史會要》：『王穉登，字百穀，長洲人，太學生。初，袁煒相公重其詞翰，屬撰金籙青詞，欲其名達於世廟也，又從棘闈摸索，竟不得第。行書自為一體，骨法從《孝侯碑》來，布置稍加己意。時作隸書，亦入妙境。』按：《孝侯碑》全稱《平西將軍周府君碑》，唐大曆年間重建，或曰集王羲之書而成。

〔一三〕《續書史會要》：『俞允文，字仲蔚，崑山人，隱士。善楷書、行書，自成一家。』詹景鳳《書旨》下：『俞仲蔚亙寸行書法祝希哲而自成趣，行書如截鐵斬釘，寓秀朗於蒼鬱沉深之內，筆簡意超，而法俱足。縱筆拖沓，而合作翩翩，佳手也。但稍大不稱，小字或入斜徑。』

〔一四〕陳田《明詩紀事》己籤卷二十：『王逢年，字舜華，初名治，字明佐，崑山人。司業同祖子，諸生，有《海岱集》。』陳田按：『舜華狂士，……自謂書法敵二王。』

〔一五〕《續書史會要》：『莫如忠，字子良，號中江，華亭人。嘉靖進士，官至方伯。善行楷。』錢謙益《列朝詩集》丁：『莫是龍，字雲卿，以字行。更字廷韓，華亭人，方伯子良之子。……廷韓尤妙於書法，嘗作《送春賦》，手自繕寫，詞翰清麗，皇甫子循、王元美皆激賞之。』

六八

古隸在明世殊寥寥，聞雲間陳文東頗合作，然未之見也〔一〕。獨文太史徵仲，能究遺法於鍾、梁，一掃唐筆〔二〕。乃子彭繼之，亦自遒雅，少傷率易耳。吾州陸旅攜為文氏甥，妙得其意，惜三十而夭，未見其止〔三〕。少時日從事翰墨間，不解多乞之，深以為恨。徵仲恒自負隸法則不讓古人，而歉於篆。然余得其《千文》一本，亦在吴興堂廡也。陳道復作篆不甚經心，而自有天趣。王祿之差有準繩，亦善配合〔四〕。周公瑕亦自熟，不免率易。吾向遊青州，有高唐、齊東二王者，深於玉筯及大小篆，皆名筆也。

【校注】

〔一〕陳文東，見附録卷二第二八條注〔一〕。

〔二〕鍾、梁，鍾繇、梁鵠。

〔三〕陸旅攜，初名應節，更名鳴僕。諸生。好為詩，工於書。有《賓州山人稿》。

〔四〕王穀祥字祿之，已見。

六九

國朝書法當以祝希哲為上，文徵仲、王履吉、宋仲溫、宋仲珩次之；陸子淵、豐道生、沈華亭、徐元玉、李貞伯〔一〕、吴原博又次之，餘似未入品。

【校注】

〔一〕『伯』下，底本衍一『伯』字，據《四庫》本改。

七〇

吾吴中自希哲、徵仲後，不啻家臨池而人染練，法書之蹟，衣被徧天下，而無敢抗衡。雲間雖陸子淵能振其法於寥響之後，緣門戶頗峻，師承者少。四明豐人翁，自負書藪，第形模既不美觀，加之狼戾難親，蹤跡永絕。馬負圖狂翰，以暴得名，故昇、歙之地亦有習者。既貽譏大雅，終非可久。維揚間亦傳朱子价楷法，再傳之後，疎慢肥弱，種種因之。番禺士人近頗斐然，如黎郎中唯敬，於四體各有意〔一〕。梁禮部思伯，楷法亦精〔二〕。皆遠得徵仲結法，後進踵起，未可量也。

【校注】

〔一〕朱謀垔《續書史會要》：「黎民表，字唯敬，號瑤石，南海人。官秘書，以詩名行七子中。隸書深得《受禪碑》筆意，篆書、行草及山水俱入妙品。」詹景鳳《書旨》下：「黎民表執筆殊穩，腕力足，法亦工。但草書氣微俗，楷書氣微粗，所少清逸也。」

〔二〕陳田《明詩紀事》己籤卷十七：「梁孜，字思伯，廣州順德人。以蔭任內閣中書，遷禮部主事。」又引《盛明百家詩》：「浮山能詩善畫，工於翰墨。」按孜別號羅浮山人，人稱「浮山」，楷書學文徵明。

七一

吾王氏墨池一派，為烏衣馬糞奪盡，今遂奄然。庶幾可望者，吾季耳〔一〕。吾眼中有筆，故不敢不任識書；腕中有鬼，故不任書。記此以解嘲〔二〕。

【校注】

〔一〕王世懋，字敬美，世貞之弟。嘉靖己未進士，官至南京太常寺少卿。好學善詩文，亦工書法。王世貞《弇州山人續稿》卷一四〇《亡弟敬美行狀》：『少即工臨池，行草蕭散，小隸疏行，得晉人遺意，晚而彌好之，病甚，已絕意吟詠，然猶為陸司寇、陰司馬作行楷。』

〔二〕詹景鳳《書旨》下：『王元美雖不以書名，顧吳中諸書家，卻唯元美一人知法古人。……其書依稀乎散僧入聖，筆既矯健，又大有趣致。弟敬美，生平雅以書自負，實不及兄。』

藝苑卮言校注附録卷四

一

畫力可五百年至八百年而神，去千年絶矣。書力可八百年至千年而神，去千二百年絶矣。唯於文章，更萬古而長新。書畫可臨可摹，文至臨摹則醜矣。書畫有體，文無體；書畫無用，文有用。體故易見，用故無窮。

二

書道成後，揮灑時入心，不過秒忽；畫學成後，盤礴時入心，不能絲毫。詩文總至成就，臨期結撰，必透入心方寸。以此知書畫之士多長年，蓋有故也。年在桑榆，政須賴以文寂寞，不取資生，聊用適意。既就之頃，亦自斐然，乃知歐九非欺我者〔一〕。少學無成，老而才盡，以此自歎耳。

【校注】

〔一〕《歐陽脩全集》卷一三〇《試筆》：『蘇子美嘗言：「明窗淨几，筆硯紙墨皆極精良，亦自是人生一樂。」然能得此樂者甚稀，其不為外物移其好者，又特稀也。余晚知此趣，恨字體不工，不能到古人佳處，若以為樂，則自是有餘。』又卷一二九《筆説》：『有暇即學書，非以求藝之精，直勝勞心於他事爾。以此知不寓心於物者，真所謂至人也；寓於有益者，君子也；寓於伐性汩情而為害者，愚惑之人也。學書不能不勞，獨不害情性耳，要得靜中之樂唯此耳。』又：『夏日之長，飽食難過，……唯據案作書，殊不為勞。當其揮翰若飛，手不能止，雖驚雷疾霆，雨雹交下，有不暇顧也。古人流愛，信有之矣。字未至於工，尚已如此，使其樂之不厭，未有不至於工者。使其遂至於工，可以樂而不厭，不必取悦當時之人，垂名於後世，要於自適而已。』

三

書法故有時代，魏、晉尚矣，六朝之不及魏、晉，猶宋、元之不及六朝與唐也。畫則不然，若魏、晉，若六朝，若唐，若宋，若元，人物、山水、花鳥，各自成佛作祖，不以時代為限。

四

張彦遠《歷代名畫記》，可謂詳備矣〔一〕。諸葛武侯父子，右軍、大令，世所不知，將毋以功業、書名掩之乎〔二〕？彦遠云：『上古之畫，跡簡意澹而雅正，顧、陸之流是也。中古之畫，細密精緻而臻麗，展、鄭之流是也。近代之畫，燦爛而求備。今人之畫，錯亂而無旨，眾工之跡是也。』又云：『顧、陸以降，畫跡鮮存，難悉言之。唯觀吴道玄之跡，可謂六法俱全，萬象必盡，神人假手，窮極造化也。』〔三〕推尊可謂至矣。然《宣和畫譜》載道玄畫極多，皆神佛像，士女不過十之一二，山水遂絕響矣〔四〕。

【校注】

〔一〕張彦遠，字愛賓，唐代蒲州人。著《歷代名畫記》十卷，後人目為畫史之祖。

〔二〕《歷代名畫記》卷四：『諸葛亮字孔明。常璩《華陽國志》云：亮以南夷之俗難化，乃畫夷圖以賜夷，夷甚重之。』又：『亮子瞻，字思遠，善書畫。』又卷五：『王羲之，字逸少，……書既為古今之冠冕，丹青亦妙。官至右軍將軍、會稽内史。羲之子獻之，字子敬，少有盛名，草、隸繼父之美，丹青亦工。官至中書令。』

〔三〕語見《歷代名畫記》卷一《論畫六法》。

〔四〕見《宣和畫譜》卷二《釋道·吴道玄》。按《歷代名畫記》卷一《論畫山水樹石》：『吴道玄者，天付勁毫，幼抱神奥，往往於佛寺畫壁，縱以怪石崩灘，若可捫酌。又於蜀道寫貌山水，由是山水之變，始於吴，成於二李（李將軍、李中舍）。』按：二李，李思訓、李昭道父子。

五

人物以形模為先，氣韻超乎其表。山水以氣韻為主，形模寓乎其中，乃為合作。若形似無生氣，神彩至脱格，皆病也。

六

畫家稱顧、陸、張、吴，猶書之有鍾、張、羲、獻也〔一〕。後又稱曹、衛、顧、陸，則書之鍾、皇、張、索耳〔二〕。按其初議，亦不盡爾。謝赫《畫品》以一品五人，而陸探微居第一。其語曰：『窮理盡性，事絕言象，包前孕後，古今獨立。非復激揚所能稱贊，但價重之極乎。上上品之外，無它寄言，故屈標第一等。』曹不興第二曰：『不興之跡，殆無復傳，唯秘閣之内，一龍而已。觀其風骨，名豈虛成？』衛協第三曰：『占畫之略，至協始精。六法之中，殆為兼善。雖不該備形跡，頗得壯氣。凌跨群雄，曠代絕筆。』至顧愷之，則列之三品之二，曰：『骨體精微，筆無妄下，但跡不逮意，聲過其實。』〔三〕李嗣真《續畫品》則以陸探微居上品中第一，張僧繇上品下第二，衛協中品上第一，曹不興中品上第四，顧愷之中品上第五，而所進又多不可曉〔四〕。姚最列齊、陳以下畫人，而張僧繇居第七，然姚又云：『顧公之美，獨擅往策，荀、衛、曹、張，方之蔑然，如負日月，似得神明。慨抱玉之徒勤，悲曲高而絕唱，分庭抗禮，未見其人。謝云「聲過其實」，可為於邑。』〔五〕張懷瓘云：『顧公運思精微，襟靈莫測，雖寄跡翰墨，其神氣飄然在煙霄之上，不可以圖畫間求。象人之美，張得其肉，陸得其骨，顧得其神。神妙亡方，以顧為最。喻之書，則顧、陸比之鍾、張，僧繇比之逸少，俱為古今之獨絕，豈可以品第拘？謝氏黜顧，未為定鑒。』〔六〕張彥遠則云：『顧愷之之跡，緊勁聯綿，循環超忽，調格逸易，風移電疾。意存筆先，筆盡意在，所以全神氣也。』『陸探微精利潤媚，新奇妙絕，名高宋代，時無等倫。』『張僧繇點曳斫拂，依衛夫人《筆陣圖》，一點一畫，別是一功，鈎戟利劍森森然。』『吴道玄古今獨步，前不見顧、陸，後無來者，人假天造，英靈不窮。衆皆密於盼際，我則離披其點畫，衆皆謹於象似，我則脱落其凡俗。彎弧挺刃，直柱構梁，不假界筆直尺，風鬚雲鬢，數尺飛動，毛根出肉，力健有餘。數仞之畫，或自臂起，或從足先，巨壯詭怪，膚脈連結，過於僧繇矣。』〔七〕由此言之，典刑當首虎頭，精神故推道子。衛協調古，探微功新，可謂『四聖』〔八〕。弗興跡猶隱顯，僧繇等方殆庶，比之於書，殆猶皇、索之倫耳〔九〕。

【校注】

〔一〕畫家指顧愷之、陸探微、張僧繇、吴道玄。書家指鍾繇、張芝、王羲之、王獻之。

〔二〕畫家指曹不興、衛協、顧愷之、陸探微。書家指鍾繇、皇象、張芝、索靖。

〔三〕以上引言並見謝赫《古畫品録》。按：謝赫，南朝齊、梁間畫家，生平失考。張彦遠《歷代名畫記》卷一《敘自古畫人名》南齊二十八人，謝赫名列其中。其《古畫品録》，為我國現存最早的繪畫理論著作，影響巨大。

〔四〕語見唐李嗣真《續畫品録》。按：李嗣真，唐代畫家，河南人。永昌中，曾官御史中丞，流貶死。論者以為其《續畫品録》多剽襲姚最《續畫品》之説。

〔五〕語並見姚最《續畫品》。按：姚最，南朝陳畫家，吴興人，其《續畫品》乃繼謝赫《古畫品録》之作。

〔六〕語見張懷瓘《畫斷》（張彦遠《歷代名畫記》引）。

〔七〕語並見《歷代名畫記》卷二《論顧陸張吴用筆》。

〔八〕虎頭，顧愷之小名。道子，吴道玄又名。

〔九〕弗興，曹不興又名，三國時著名畫家，人稱『佛畫之祖』。

七

謝赫第愷之而列三品之二，李嗣真第愷之而列中品上之第五，姚最列齊、陳以下人，而張僧繇第七，朱景玄録唐朝名畫而遺曹霸，不得從二王之後〔一〕。劉道醇著《畫繼》，而巨然僅居能品〔二〕。著《五代名畫補遺》，而韓求、李柷、張圖、朱瑤之人物，並居神品〔三〕。宋之王瓘、王靄、孫夢卿、趙光輔、高益、武宗元亦如之〔四〕。人固有幸不幸也，賴其久而後定耳。王瓘一時賞譽騰踔，似可繼吴生，而遺跡永絶，良可浩歎〔五〕。

【校注】

〔一〕曹霸，唐玄宗時著名畫家，善畫馬，亦工人物，杜甫曾作詩以贈。二王，王維、王宰，唐代著名畫家。朱景玄《唐朝名畫録》列二王於《妙品》上。按：朱景玄，唐吴郡人，官至翰林學士。有《唐朝名畫録》，又稱《唐畫斷》。

〔二〕劉道醇《宋朝名畫評》列沙門巨然於能品，評曰：『古峰峭拔，宛有風骨。於野逸之景甚備。』按：劉道醇，宋大梁人，著有《宋朝名畫評》與《五代名畫補遺》。

〔三〕《五代名畫補遺》列韓求、李柷、張圖為神品；列朱瑤為妙品。

〔四〕《宋朝名畫評》列王瓘於神品上；列王靄、孫夢卿於神品中；列趙光輔、高益、武宗元於神品下。

〔五〕《宋朝名畫評》評王瓘曰：『本朝以丹青名者不可勝計，唯瓘為第一。何哉？觀其意思縱橫，往來不滯，廢古人之短，成後世之長，不拘一守，奮筆皆妙，所謂前無吴生矣！故居神品上。』吴生，指吴道玄。

八

『氣像蕭疎，烟林清曠，毫鋒穎脱，墨法精微者，營丘之製也。石體堅凝，雜木豐茂，臺閣古雅，人物悠閑者，關氏之風也。峰巒渾厚，勢狀雄強，槍筆俱勻，人屋俱質者，范氏之作也。』〔一〕此語似亦得大略矣。

【校注】

〔一〕語見宋郭若虚《圖畫見聞志》卷一《論三家山水》。按：營丘，李成；關氏，關仝；范氏，范寬。

九

南齊謝赫曰：『畫有六法：一曰氣韻生動，二曰骨法用筆，三曰應物寫形，四曰隨類傅彩，五曰經營位置，六曰傳模移寫。』〔一〕骨法以下五端可學而能，氣韻必在生知。宋劉道醇曰：『畫有六要、六長：氣韻兼力一要也，格制俱老二要也，變異合理三要也，彩繪有澤四要也，去來自然五要也，師學舍短六要也。麤鹵求筆一長也，僻澀求才二長也，細巧求力三長也，狂怪求理四長也，無墨求染五長也，平畫求長六長也。既明此六要，又審彼六長，自然知悟。』〔二〕宋郭若虚曰：『畫有三病，皆繫用筆。一曰板，謂腕弱筆癡，全虧取與，狀物平褊，不能圓渾。二曰刻，謂運筆中疑，心手相戾，向畫之際，妄生圭角。三曰結，謂欲行不行，當散不散，似物凝礙，不能流暢。未窮三病，徒舉一隅，鮮克用心，必煩睚眦。』〔三〕元饒自然曰：『畫有十二忌：一曰布置拍密，二曰遠近不分，三曰山無氣脈，四曰水無源流，五曰境無夷險，六曰路無出入，七曰石止一面，八曰樹少四枝，九曰人物傴僂，十曰樓閣錯雜，十一曰滃淡失宜，十二曰點染無法。』〔四〕若此十二病悉除，庶於六法可冀。

【校注】

〔一〕語見南齊謝赫《古畫品録序》，文字有出入。按：『傳模移寫』，原文作『傳移模寫』。

〔二〕語見宋劉道醇《宋朝名畫評序》，文字有出入。

〔三〕語見郭若虛《圖畫見聞志》卷一《論用筆得失》，文字小有出入。

〔四〕語見元饒自然《繪宗十二忌》。按：饒自然，元代山水畫家，字太虛，號玉笥山人，江西人。

一〇

語曰：『畫石如飛白，木如籀。』又云：『畫竹幹如篆，枝如草，葉如真，節如隸。』〔一〕郭熙、唐棣之樹，文與可之竹，溫日觀之葡萄，皆自草法中得來，此畫與書通者也〔二〕。至於書體，篆隸如鵠頭、虎爪、倒薤、偃波、龍鳳麟龜、魚蟲雲鳥、鵲鵠牛鼠、猴鷄犬兔、科斗之屬〔三〕。法如錐畫沙，印印泥，折釵股，屋漏痕，高峰墜石，百歲枯藤，驚蛇入草。比擬如龍跳虎臥，戲海游天，美女僊人，霞收月上〔四〕。及覽韓退之《送高閑上人序》，李陽冰《上李大人書》，則書尤與畫通者也〔五〕。

【校注】

〔一〕趙孟頫《題秀石疏林圖卷》詩：『石如飛白木如籀，寫竹還於八法通。若也有人能會此，須知書畫本來同。』王黻《書畫傳習録·論畫》：『畫竹之法，幹如篆，枝如草，葉如真，節如隸。』

〔二〕郭熙，字淳夫，河南人，北宋著名山水畫家，曾官翰林待詔直長。唐棣，字子華，號遁齋，錢塘人，元畫家。元仁宗時，待詔集賢院為宮廷畫師。工山水，近學趙吳興，遠師李成、郭熙。文同字與可，四川人，北宋著名書畫家。官至太常博士、集賢校理。元豐初，出知湖州。人稱文湖州。善畫墨竹。温日觀，宋末元初畫家，杭州葛嶺瑪瑙寺僧，俗姓温，初名玉山，法名子温，字仲言，號日觀，華亭人。善草書，精畫葡萄，自成一家。

〔三〕語見張彥遠《法書要録》卷二《梁庾元威論書》，文字有出入。

〔四〕以上引語分別見於晉王羲之《題筆陣圖後》，梁袁昂《古今書評》，宋黄庭堅《跋法帖》，姜夔《續書譜》。文字有出入。

〔五〕韓愈《送高閑上人序》，見《韓昌黎集》卷二一；李陽冰《上李大夫論古篆書》，見《全唐文》卷四三七。

一一

張彥遠，顧愷之、張僧繇之功臣也〔一〕。劉道醇、郭若虛則李成、范寬、關仝之功臣也〔二〕。米元章、沈括則董源、巨然之功臣也〔三〕。道子小損於元章，二李微疵於若虛，雖各尊所知，不無意味〔四〕。

【校注】

〔一〕張彥遠《歷代名畫記》卷五列顧愷之於上品之上，且評曰：「多才藝，尤工丹青，傳寫形勢，莫不妙絕。故人稱愷之三絕：畫絕、才絕、癡絕。」列張僧繇於上品中，且引李嗣真評曰：「顧、陸已往，鬱為冠冕，獨有僧繇。……骨氣奇偉，師模宏遠，豈唯六法精備，實亦萬類皆妙，千變萬化，詭狀殊形。請與顧、陸，同居上品。」

〔二〕劉道醇《宋人名畫評・山水林木門》列李成、范寬於神品。《五代名畫補遺・山水門》列關仝於神品。郭若虛《圖畫見聞志・論三家山水》曰：「畫山水唯營丘李成、長安關仝、華源范寬智妙入神，才高出類，三家鼎峙，百代標程。」

〔三〕米芾《畫史》：「董源平淡天真多……近世神品，格高無與比也。峰巒出沒，雲霧顯晦，不裝巧趣，皆得天真。嵐色鬱蒼，枝幹勁挺，咸有生意。溪橋魚浦，洲渚掩映，一片江南也。巨然師董源，……嵐氣清潤，布置得天真多，老年平淡趣高。」沈括《夢溪筆談》卷一七：「江南中主時，有北苑使董源善畫，尤工秋嵐遠景，多寫江南真山，不為奇峭之筆。其後建業僧巨然，祖述源法，皆臻妙理。大體源及巨然畫筆，皆宜遠觀。其用筆甚草草，近視之，幾不類物象；遠觀則景物粲然，幽情遠思，如睹異境。」

〔四〕郭若虛《圖畫見聞志》卷一《論古今優劣》：「至如李（成）與關、范（仝、寬）之跡，……前不藉師資，後無復繼踵，借使二李三王之輩復起，亦將何以措手於其間哉！故曰古不及近。（二李則李思訓將軍並其子李昭道中舍，三王則王維右丞暨王熊、王宰，悉工山水）。」按：米芾《畫史》對道子每多褒獎之語，然又曰：「李公麟病右手三年，余始畫。以李嘗師吳生，終不能去其氣。余乃取顧高古，不使一筆入吳生。又李神采不高。」似亦稍有不滿之意，故曰「小損」。

一二

人物，自顧、陸、展、鄭以至僧繇、道玄一變也〔一〕。山水，大小李一變也。荆、關、董、巨又一變也〔二〕。李成、范寬又一變也〔三〕。劉、李、馬、夏又一變也〔四〕。大癡、黄鶴又一變也〔五〕。趙子昂近宋人，人物為勝〔六〕；沈啟南近元人〔七〕，山水為尤，二子之於古，可謂具體而微。大小米、高彦敬以簡略取韻，倪瓚以雅弱取姿，宜登逸品，未是當家〔八〕。

【校注】

〔一〕顧、陸、展、鄭、僧繇、道玄：顧愷之、陸探微、展子虔、鄭法士、張僧繇、吴道子。按：展、鄭並隋代著名畫家。

〔二〕大小李，唐代山水畫家李思訓、李昭道父子。荆、關、董、巨：荆浩，關仝、董源、巨然。按：荆浩五代畫家，字浩然，號洪谷子，善畫山水，尤善水墨山水，圖開千里，氣勢雄偉。關仝長安人，五代後梁山水畫家，早年師法荆浩，後出以己意，作品被稱為『關家山水』。董源，五代南唐畫家。字叔達，江西鍾陵人。南唐中主李璟時任北苑副使，故又稱『董北苑』。僧巨然江寧人，初為南唐開元寺僧，後隨李後主至京，居開寶寺，其畫為時稱賞。師法董源，並稱『董、巨』。

〔三〕李成字咸熙，五代宋初畫家，青州人。人稱『李營丘』。范寬又名中正，字仲立，華原人。北宋著名山水畫家。

〔四〕劉松年、李唐、馬遠、夏圭，合稱『南宋四大家』。詳附録卷四第三〇條注〔一〕。

〔五〕黄公望，元畫家。常熟人，字子久，號一峰，後又號大癡道人。為元四家之一。王蒙，元畫家。字叔明，號黄鶴山樵、香光居士，湖州人。外祖父趙孟頫、外祖母管道升，均為元代著名畫家。王蒙山水受趙孟頫影響，後師法王維、董源、巨然，自出己意。

〔六〕趙孟頫字子昂，號松雪，吴興人。元代著名書畫家。除工書法外，亦善山水人物。

〔七〕沈周，明代畫家，字啟南，號石田，與文徵明、唐寅、仇英並稱『明四家』。

〔八〕大小米，宋代畫家米芾、米友仁父子。按：米芾北宋書法家，畫家，書畫理論家。祖籍太原，遷居襄陽。世號米顛。曾任校書郎、書畫博士、禮部員外郎。米友仁，米芾長子，人稱小米，初名尹仁，後更名友仁，字元暉，別號懶拙道人，南宋著名畫家。徽宗宣和四年入掌書學，後官兵部侍郎、敷文閣直學士。善行書，山水師承其父米芾，又加變化，自成一家。元代畫家高克恭，字彥敬，號房山，大同人，居燕京。官至刑部尚書。山水初學二米，後法董源、李成，專取寫意氣韻，亦擅墨竹，與文同齊名。倪瓚，元末明初畫家，江蘇無錫人。初名珽，字泰宇，後字元鎮，號雲林子。擅畫山水、墨竹，師法董源，早年畫風清潤，晚年變法，風格平淡天真，筆意簡遠。

一三

花鳥以徐熙為神，黃荃為妙，居寀次之，宣和帝又次之〔一〕。沈啟南淺色水墨，實出自徐熙，而更加簡淡，神彩若新。至於道復，漸無色矣〔二〕。

【校注】

〔一〕徐熙，五代南唐畫家，南京人。工花鳥，沈括《夢溪筆談》卷一七稱：『徐熙畫以墨筆為之，殊草草，略施丹粉而已，神氣迥出，別有生動之意。』黃荃，字要叔，成都人。五代十國西蜀畫家。擅花竹、翎毛、佛道、人物、山水，以畫品

『富貴』流布後世。黃居宷字伯鸞，筌少子。畫藝敏贍，不讓於父。蜀王崇奢，宮殿，苑囿，池亭，世罕其比。居宷父子，入內供奉迨四十年，殿庭墻壁，門幃屏障，圖畫之數，不可記録。事見黃休復《益州名畫録》。宣和帝，宋徽宗趙佶，工書法，亦善繪畫。宋鄧椿《畫繼》卷一《聖藝》：『徽宗皇帝天縱將聖，藝極於神。即位未幾，因公宰奉清閒之宴，顧謂之曰：「朕萬機餘暇，別無他好，唯好畫耳。」……於是聖鑒周悉，筆墨天成，妙體眾形，兼備六法。獨於翎毛，尤為注意。多以生漆點睛，隱然豆許，高出紙素，幾欲活動，眾史莫能也。』

〔二〕道復，陳淳字，已見。

一四

彥遠云：『古之嬪臂纖而胸束，則自周昉而後小變矣。古之馬喙尖而腹細，則自韓幹以後小變矣。』又云：『古畫山水，或水不容汎，或人大於山，專在顯其所長，而不守於俗變。』〔一〕又沈存中云：『書畫之妙，當以神會，難可以形器求也。家有摩詰《雪中芭蕉》，此乃得心應手，意到便成，故造理入神，迥得天意。』〔二〕謝赫云：『衛協之畫，雖不該備形跡，而有氣韻，凌跨群雄，曠代絕筆。』〔三〕合而觀之，則吾郡之呰詆陸、謝者，亦未足服其心矣。

【校注】

〔一〕語見張彥遠《歷代名畫記·論畫六法》。

〔二〕語見沈括《夢溪筆談》卷一七《書畫》，文字有出入。按：原文為『余家所藏摩詰畫《袁安臥雪圖》，有雪中芭蕉』。

〔三〕語見謝赫《古畫品録·一品衛協》，文字有出入。

一五

王摩詰閲《霓裳按樂圖》，知其為第三疊第一拍〔一〕。沈存中閲相國寺畫《高益奏樂圖》，琵琶撥下絃非誤〔二〕。吴正肅因畫貓黑睛如線〔三〕，丹花披哆色燥，而辨其正午〔四〕。宣和帝考畫孔雀，而擿其右蹠先上為誤〔五〕。雖是畫理而無關畫趣。

【校注】

〔一〕郭若虛《圖畫見聞志》卷五《故事拾遺》：『唐王維右丞字摩詰，嘗至招國坊庾敬休宅，見屋壁有畫《按樂圖》，維熟視而笑。或問其故，維答曰：「此所奏曲，適到《霓裳羽衣》第三疊第一拍也。」好事者集樂工驗之，無一差者。』

〔二〕沈括《夢溪筆談》卷一七：『相國寺舊畫壁，乃高益之筆。有畫眾工奏樂一堵，最有意。人多病擁琵琶者誤撥下絃，眾管皆發『四』字。琵琶『四』字在上絃，此撥乃掩下絃，誤也。余以謂非誤也。蓋管以發指為聲，琵琶以撥過為聲，此撥掩下絃，則聲在上絃也。益之布置尚能如此，其心匠可知。』

〔三〕『線』，底本訛作『綿』。

〔四〕《夢溪筆談》卷一七：『歐陽公嘗得一古畫牡丹叢，其下有一貓，未知其精粗。丞相正肅吴公與歐公姻家，一見曰：「此正午牡丹也。何以明之？其花披哆而色燥，此日中時花也；貓眼黑睛如線，此正午貓眼也。有帶露花，則房斂而色澤。貓眼早暮則睛圓，日漸中狹長，正午則如一綫耳。」此亦善求古人心意也。』

〔五〕鄧椿《畫繼》卷一〇《雜說》：『宣和殿前植荔枝，既結實，喜動天顔。偶孔雀在其下，亟召畫院衆史令圖之。各極其思，華彩爛然，但孔雀欲升藤墩，先舉右腳。上曰：「未也。」衆史愕然莫測。後數日再呼問之，不知所對。則降旨曰：「孔雀升高，必先舉左。」衆史駭服。』

一六

彦遠又云：『吴道子畫，仲由便戴木劍；閻令公畫，昭君已著幃帽。殊不知木劍創於晉代，幃帽興於國朝。舉此凡例，亦畫之一病也。且如幅巾傳於漢魏，冪離起自齊隋，幞頭始於周朝。折上巾，軍旅所服，即今幞頭也。用全幅皂向後幞髮，俗謂之幞頭。自武帝建德中，裁為四脚也。巾子創於武德。胡服靴衫，豈可輒施於古像？衣冠組綬，不宜長用於今人。芒屩非塞北所宜，牛車非嶺南所有。詳辨古今之物，商較土風之宜，指事繪形，可驗時代。其或長生南朝，不見北朝人物；習熟塞北，不識江南山川；遊處江東，不知京洛之盛，此則非繪畫之病也。』〔一〕按此段語大有意，畫者不可不知。

【校注】

〔一〕語見張彦遠《歷代名畫記》卷二。文字小有出入。『冪』，底本作『幕』，誤。

一七

郭若虛因之云：『漢、魏以前始戴幅巾，晉、宋之世方用冪籬，後周以三尺皂絹向後幞髮，名折上巾，通謂之幞頭。武帝時裁成四角，後魏、隋朝貴臣，黄綾袍，烏紗帽、九環帶、六合靴。次用桐木黑漆為巾子，裹於幞頭内，前繫二脚，後垂二脚，貴賤服之。唐太宗常服翼善冠，貴臣服進賢冠。至則天朝，以絲葛為幞頭巾子，以賜百官。開元間始易以羅，又別賜供服官内臣圓頭宫撲巾子。唐末用漆紗裹之，乃今幞頭也。三代皆衣襴衫，秦始皇時以紫、緋、綠袍為三等服，庶人以白。此未為定據。唐高宗以後，百官紫服金玉帶，深淺緋服金帶，綠服銀帶，青服鍮石帶，庶人黄銅鐵帶。五品以上佩魚，後為龜，尋復為魚。又文官一品以下帶手巾、算袋、刀子、礪石。睿宗朝，武官五品以上帶七事鞊韘，開元初罷之。晉處士馮翼，衣布大袖，周緣以皂，下加襴，前繫二長帶，隋、唐朝野服之。三代以前皆跣足，後人始服木屐。伊尹為草履，秦世參用絲革鞾。唐代宗朝，凡在宫人左右者紅錦靿鞾。』此郭若虛論畫衣冠異制也〔一〕。彼謂三代以前皆跣足，非也。冠履之制，詳自軒轅，何言跣也？古冠而不幘，漢元壯髮，以幘蒙之。王莽頂禿，始加其屋。袁紹始製縑巾，魏武裁為帛袷。林宗折角，文若成岐。南渡永明，改纚為帽。白帢練布，盛自王承相。以後小冠博衣，彌於晉末。晉氏放曠，施屐賓筵，然有露卯陰卯之異，婦人髻紒不一。元康以後，盛以五兵為飾，束髮既緩，至被於額。余於《卮言》別録二卷詳著之。如若虛所論，極多挂漏，畫家不可不審也。今世畫人主，即翼善冠，黄袍，玉束帶無撻尾。涓人則今衫帽，貴官戴漢冠，餘士大夫戴唐巾，不復論時代也。豈直『漢光東封，觀者有僧；梁武郊祀，從官乘馬』而已哉！

【校注】

〔一〕語見郭若虚《圖畫見聞志》卷一《論衣冠異制》，文字有出入。

一八

凡三代兩漢，皆用馬車，魏、晉至梁、陳，皆用牛車。元魏君臣有乘馬及牛車者，唐雖人主妃后，非乘馬即步輦，自郊祀之外，不乘車也。

一九

按張彦遠之論畫曰：『失於自然而後神，失於神而後妙，失於妙而後精。精之為病也，而成謹細。自然者為上品之上，神者為上品之中，妙者為上品之下。精者為中品之上，謹細者為中品之中。』〔一〕宋鄧椿云：『自昔鑒賞家分品有三，曰神，曰妙，曰能。獨唐朱景真撰《唐賢畫録》，三品之外，更增逸品。其後王休復作《益州名畫記》〔二〕，乃以逸為先，而神、妙、能次之。景真雖云：「逸格不拘常法，用表賢愚。」然逸之高豈得附於三品之末，未若休復首推之為當也。』〔三〕其意亦似祖述彦遠。愚竊謂彦遠之論，大約好奇，未甚循理。夫畫至於神，而能事盡矣，豈有不自然者乎？若有毫髮不自然，則非神矣。至於逸品，自應置三品之外，豈可居神品之表？但不當與妙、能議優劣耳。宋大小米，元高、倪雲山，眉山竹石，足以當逸品〔四〕。

【校注】

〔一〕語見張彥遠《歷代名畫記》卷二《論畫體工用搨寫》。

〔二〕語見鄧椿《畫繼》卷九《雜説論遠》。按：鄧椿，字公壽，四川雙流人。宋人，生卒年不詳，有《畫繼》。又按：《益州名畫記》作者為黃休復。

〔三〕『休復』，底本倒作『復休』，誤。

〔四〕高、倪，高克恭、倪瓚。眉山，蘇軾。

二〇

郭若虛有云：『佛道人物，士女牛馬，近不及古。山水林石，花竹禽魚，古不及近。何以明之？顧愷之、陸探微、張僧繇、吴道元及閻立德、立本，皆純重雅正，性出天然。吴生之作為萬世法，號曰畫聖。張萱、周昉、韓幹、戴嵩，氣韻骨法，皆出意表，後之學者，終不能到，故曰近不及古。如李成、關仝、范寬、董源之跡，徐熙、黃筌、居寀之蹤，前不藉師資，後無復繼踵者。借使二李、三王之輩復起，邊鸞、陳庶之倫再生，亦將何以措手其間哉？故曰古不及近。』〔一〕此語亦定論也。然人物以吴生為聖，山水以營丘為神〔二〕。由此推之，則仲宋當推伯時，元初必讓子昂〔三〕，蓋二君雖不敢凌吴蹈李，而能兼撮二家之長故也。

【校注】

〔一〕語見郭若虚《圖畫見聞志》卷一《論古今優劣》。

〔二〕吴生，吴道玄；營丘，李成，唐宗室後裔。五代時避亂遷家營丘，故稱。

〔三〕伯時，李公麟字。

二一

吴、李以前，畫家實而近俗〔一〕。荊、關以後，畫家雅而太虚〔二〕。今雅道尚存，實德則病。

【校注】

〔一〕吴、李：吴道玄、李成；荊、關：荊浩、關仝。

二二

夏文彥之論畫三品曰：『氣韻生動，出於天成，人莫窺其巧者，謂之神品。筆墨超絕，傳染得宜，意趣有餘者，謂之妙品。得其形似而不失規矩者，謂之能品。』〔一〕然則神品即自然矣。

【校注】

〔一〕語見夏文彥《圖繪寶鑒》卷一《六法三品》。按：夏文彥，字士良，元末吴興人，有《圖繪寶鑒》五卷。

二三

文彥又云：『唐及五代絹素粗厚，宋絹輕細。御題畫，真偽相雜。』〔一〕余驗之無不合者。

【校注】

〔一〕同本卷第二二條注〔一〕。

二四

沈存中云：『董北苑多寫江南真山，不爲奇峭。僧巨然祖述源法，皆臻妙理。大抵源及巨然畫筆，皆宜遠觀，其用筆甚草草，近視之幾不類物象，遠觀則景物粲然，幽情遠思，如覩異境。』〔一〕余於二君真跡不能多覩，每閲沈啟南筆，而竊思其妙也。此老不唯隆準，亦時時出藍。

【校注】

〔一〕語見沈括《夢溪筆談》卷一七。

二五

畫家稱大小李將軍，謂昭道、思訓也〔一〕。畫格本重大李，而舉世只知有小李將軍，不得其説。吾嘗於徐封所見小李《海天落照圖》，真是妙品。後一辱權門，再入内府，聞已就燬矣〔二〕。大抵五代以前畫山水者少，二李輩雖極精工，微傷板細。右丞始能發景外之趣，而猶未盡〔三〕。至關仝、董源、巨然輩，方以真趣出之，氣概雄遠，墨暈神奇，至李營丘成而絶矣。營丘有雅癖，畫存世者絶少。范寬繼之，奕奕齊勝。此外如高克明、郭熙輩，亦自卓然。南渡以前，獨重李公麟伯時，伯時白描人物遠師顧、吴，牛馬斟酌韓、戴，山水出入王、李，似於董、李所未及也〔四〕。

【校注】

〔一〕李思訓，唐代畫家，官至左武衛大將軍，任左羽林大將，晉封彭國公。畫史稱『大李將軍』。李昭道，字希俊，唐代畫家，李思訓之子，官至太子中舍人。擅青綠山水，世稱『小李將軍』。

〔二〕按：王世貞晚年曾購得仇英摹本，並為作跋，詳記其事，文曰：『《海天落照圖》，相傳小李將軍昭道作，宣和秘藏，不知何年為常熟劉以則所收，轉落吳城湯氏。嘉靖中，有郡守，不欲言其名，以分宜子大符意迫得之。湯見消息非常，乃延仇英實父別室摹一本，將欲為米顛狡獪，而為怨家所發。守怒甚，將致叵測。湯不獲已，因割陳緝熙等三詩于仇本後，而出真跡，邀所善彭孔嘉輩，置酒泣別，摩挲三日後歸守，守以歸大符。大符家名畫近千卷，皆出其下。尋坐法，籍入天府。隆慶初，一中貴攜出，不甚愛賞，其位下小璫竊之。時朱忠僖領緹騎，密以重貲購，中貴詰責甚急，小璫懼而投諸火。此癸酉秋事也。余自燕中聞之拾遺人，相與慨歎妙跡永絕。今年春，歸息弇園，湯氏偶以仇本見售，為驚喜，不論直收之。按《宣和畫譜》稱昭道有《落照》、《海岸》二圖，不言所謂《海天落照》者。其圖有御題，有瘦金瓢印與否，亦無從辨證，第睹此臨跡之妙乃爾，因以想見隆準公之驚世也。實父十指如葉玉人，即臨本亦何必減逸少《宣示》、信本《蘭亭》哉！老人讒眼，今日飽矣！為題其後。』見王世貞《弇州山人題跋》卷二一。

〔三〕右丞：王維曾官尚書右丞。

〔四〕顧、吳：顧愷之、吳道玄；韓、戴：韓幹、戴嵩，唐代畫家，善畫牛馬；王、李：王維、二李；董、李：董源、李成。

二六

偏綜古人之論，則畫家以顧、陸為聖，而以道子為神〔一〕。吴生既起，則前有張、閻，後有昉、幹，皆當避舍〔二〕。然以昭代格之數子，而在顧、陸不失連城，吴生少劣其價，何者？巨壁高障，宜於剎宇，非素室之蓄也。胡神祅像，徑丈累尋，非雅士之所喜也。怒目掀唇，歘火奔雷，非方内之所賞也。即瓘、靄、求、祝圖異之徒，畫史流褒，以為得授業吴門，當稱殆庶〔三〕。今不唯無遺跡可尋，詢之鑒藏之家，若秋風過耳，了不相入。抑不特此，使摩詰、思訓去題而存跡，恐不能勝叔明、子久；使中正、克明滅款而論值，必當在伯時、吴興下矣〔四〕。此雖習耳成好，習好成風，探其所繇，未可盡非，第未有孔聖之集大成、金聲玉振者也。自元人之擅媺，啟南之振聲，文氏之多助，去俗者別為鑒賞，喜易者爭務點綴，六法漸湮，可為浩歎。

【校注】

〔一〕顧、陸：顧愷之、陸探微；道子，吴道玄。

〔二〕張、閻：張僧繇、閻立本；昉、幹：周昉、韓幹。按張僧繇，南朝梁畫家。張彦遠《歷代名畫記》引李嗣真語贊曰：『顧、陸以往，鬱為冠冕，盛稱後葉，獨有僧繇，今之學者，望其塵躅，如周、孔也。』閻立本，總章元年，曾拜右相，兼能書畫。貞觀時，奉詔畫凌煙閣功臣二十四人圖，上自為贊。朝廷號為丹青神化。周昉，字景玄，唐代畫家，官至宣州長史。善畫人物、仕女，名重當時。韓幹，大梁人，唐代玄宗時畫家，善畫人物馬匹。

〔三〕瓘、靄、求、祝：王瓘、王靄、韓求、李祝，二王為宋代畫家；韓、李為五代畫家，事並見劉道醇《宋朝名畫評》及《五代名畫補遺》。

〔四〕摩詰、思訓：王維、李思訓；王蒙字叔明，黄公望，字子久；范寬，又名中正，克明，高克明；伯時，李公麟字；趙孟頫，吴興人。

二七

唐之人馬，韓幹固灼灼矣，人不如周昉，馬不如曹霸、陳閎也〔一〕。宋花鳥最著者黄荃父子，然遠不如徐熙也〔二〕。虎最著者包鼎，然遠不如趙邈卓也〔三〕。在當時已有定論，後人偶不知耳。若幹晚年馬，定不在閎、霸下。

【校注】

〔一〕張彦遠《歷代名畫記》卷九：『曹霸，魏曹髦之後。霸在開元中已得名。天寶末，每詔寫御馬及功臣。官至左武衛將軍。』《宣和畫譜》卷五《人物》：『陳閎，會稽人，為永王府長史。傳寫兼工人物、鞍馬，其得意處，輩流見之，莫不斂衽。開元中，明皇召入供奉，每令寫御容，妙絶當時。而筆力英逸，真與閻立本並馳爭先。故一時人多從其學。韓幹亦以畫馬進，明皇怪其無閎筆法，使令師之，其器重故可知也。』

〔二〕郭若虛《圖畫見聞志》卷一《論徐黄體異》：『諺云：「黄家富貴，徐熙野逸。」不唯各言其志，蓋亦耳目所習，得之於心而應於手也。黄筌與其子居寀，始並事蜀為待詔，今之遺跡，多是在蜀中日作，多寫禁籞所有珍禽瑞鳥，奇花怪石。徐熙江南處士，志節高邁，多狀江湖所有汀花野竹，水鳥淵魚。二者猶春蘭秋菊，各擅重名，下筆成珍，揮毫可範。』又劉道醇《宋人名畫評·花卉翎毛》俱列三人於神品，然評曰：『筌神而不妙，昌（趙昌）妙而不神，神妙俱完，捨熙鮮矣。離造化不遠，宜乎為天下冠也。』

〔三〕包鼎，宋代宣城人，以畫虎名家。劉道醇《宋人名畫評·蕃馬走獸門》：『趙邈卓……善畫虎，多氣韻，具形似。今以包鼎虎為上游者，何其陋也。』

二八

有二名而一人者，范中正范寬也。中正性落拓迂緩，人或以范寬目之，後遂用以題識，宣和秘殿所收亦有之。然妄者不知，而以無款古畫題曰：『臣范寬進。』不知其不敢以范寬進御也。有一款而二人者，鍾隱也。隱，天台人，師郭乾暉，其於鷙鳥、荊棘尤妙，李後主煜所蓄極多。然煜所作畫亦題曰鍾隱，蓋托之鍾山隱者以自寓也。米元章不知有鍾隱，凡畫鷙鳥、荊棘，皆屬之後主，尤可笑也〔一〕。

【校注】

〔一〕米芾《畫史》云：『錦峰白蓮居士，又稱「鍾峰隱居」，又稱「鍾峰隱者」皆李重光作畫自題號。』《宣和畫譜》卷一六《花鳥》二：『鍾隱，天台人。善畫鷙禽榛棘。……隱居江南，所畫多為偽唐李煜所有，煜皆題印以秘之。近時有米芾論畫，言鍾隱者，蓋南唐李氏道號，為鍾山之隱者耳，固非鍾隱也，因以辨之。』

二九

唐王洽之潑墨，每醉，先以墨瀋潑圖障之上，乃因其形像，山石林泉，雲霞卷舒，自然天成，倏若造化〔一〕。張璪之畫松石山水，以手握雙管，一為生枝，一為枯枿，四時之行，驅筆得之〔二〕。所畫山水，則高低秀絕，咫尺深重，幾若斷聯。二子一則群品推逸，一則眾論稱神。然以予言之，覩一時縱橫之狀，能不目驚？尋六要盤礴之原，未嘗心醉。後覽彥遠『記』云：『所收洽跡頗不少，亦未見絕人。』《名畫雜記》：『王墨。即洽也。』又載李靈省，亦類是〔三〕。

【校注】

〔一〕事見《宣和畫譜》卷一〇《山水》一。

〔二〕事見《宣和畫譜》卷一〇《山水》一，又見張彥遠《歷代名畫記》卷一〇。

〔三〕按：今本《歷代名畫記》王默條下未見此語，亦未言王墨即王洽之事，唯曰：『余不甚覺默畫有奇。』又唐朱景玄《唐朝名畫録》列《逸品》三人：王墨、李靈省、張志和。且評曰：『王墨者不知何許人，亦不知其名。善潑墨畫山水，時人故謂之王墨。李靈省，落拓不拘檢，嘗愛畫山水。得非常之體，符造化之功，不拘於品格，自得其趣爾。』

三〇

南渡以後，李唐、劉松年、馬遠、夏珪四家，俱登祇奉，各著藝聲〔一〕。畫家雖以殘山剩水目之，然可謂精工之極也。或云四家是梅道人吴仲圭〔二〕。

【校注】

〔一〕李唐，字晞古，亦作希古，宋代畫家，河南孟縣人。劉松年，南宋孝宗、光宗、寧宗三朝宫廷畫家，錢塘人。因居於清波門，故號劉清波。馬遠，字遥父，號欽山，南宋畫家。原籍河中，寓錢塘。南宋光宗，寧宗兩朝畫院待詔。夏珪，又名圭，字禹玉，南宋畫家，臨安錢塘人。宋寧宗時為畫院待詔，工山水畫。與李唐、劉松年、馬遠合稱『南宋四大家』。

〔二〕吴鎮，字仲圭，號梅花道人，自署梅道人。元代畫家。浙江嘉興人。山水師巨然，墨竹宗文同。深厚凝重，擅於用墨，為元人之冠。

三一

畫家中目無前輩，高自標樹毋如米元章，此君雖有氣韻，不過一端之學，半日之功耳。然不免推尊顧、陸，恐是好名，未必真合〔一〕。友仁不失虎頭，吴仲圭差有工力。仲圭是從北苑、巨然來〔二〕。

【校注】

〔一〕顧、陸，顧愷之、陸探微。

〔二〕米友仁，小名虎兒。又顧愷之小字虎頭。

三二

文與可畫竹，是竹之『左氏』也，子瞻卻類莊子。又有息齋李衎者，亦以竹名〔一〕。所謂東坡之筆妙而不真，息齋之竹真而不妙者是也。梅道人始究極其變，流傳既久，真贋錯雜。我朝王孟端、夏仲昭可入能品，而不得其風神〔二〕。邇來專為畫家避拙免俗之一途矣。

【校注】

〔一〕文同，字與可，梓州人，自號笑笑先生。宋代畫家，尤善畫竹。皇祐間，第進士。稍遷太常博士，集賢校理。元豐初知湖州，卒。李衎，字仲賓，號息齋道人，宋末元初畫家，薊丘人。官至吏部尚書，集賢殿大學士，善畫墨竹，與趙孟頫、高克恭並稱元初畫竹三大家，著有《竹譜詳録》。

〔二〕王紱，又名芾，字孟端，以字行，號友石，無錫人。明代畫家，永樂初以善畫薦，供事文淵閣，拜中書舍人。以墨竹名天下，承文同、吳鎮遺法，為明朝第一。夏仲昭，明代畫家，擅墨竹，承元人傳統，師法王紱，功力深厚，尤擅長卷。

三三

趙松雪孟頫、梅道人吴鎮仲圭、大癡老人黄公望子久、黄鶴山樵王蒙叔明，元四大家也。高彦敬、倪元鎮、方方壺，品之逸者也〔一〕。盛懋、錢選，其次也〔二〕。松雪尚工人物、樓臺、花樹，描寫精絕。至彦敬等，直寫意取氣韻而已。今時人極重之，宋體為之一變。彦敬似老米父子，而別有韻。子久師董源，晚稍變之，最為清遠。叔明師王維，穠鬱深至。元鎮極簡雅，似嫩而蒼。或謂宋人易摹，元人難摹；元人猶可學，獨元鎮不可學也。余心頗不以為然，而未有以奪之。

【校注】

〔一〕高克恭字彦敬。倪瓚，字元鎮。方從義，字無隅，號方壺，貴溪人。元代畫家，擅水墨山水，所作大筆水墨雲山，蒼潤渾厚。

〔二〕盛懋，元代畫家，字子昭，嘉興人。住嘉興魏塘鎮，與吴鎮居比鄰。錢選，宋末元初畫家，字舜舉，號玉潭，湖州人。南宋景定三年進士，入元不仕。工詩，善書畫。山水師從趙令穰；人物師從李公麟；花鳥師趙昌；青綠山水師趙伯駒。人品及畫品皆稱譽當時。

三四

《職貢圖》乃梁元帝鎮荊州作，首索虜而後蜑，凡三十餘國，即蕭翼攜以示僧辨才者也〔一〕。《王會圖》則貞觀三年，東蠻謝元深朝，顏師古請倣《周書·王會篇》，命閻立本圖之，為《王會圖》〔二〕。唐武宗會昌中，黠戛斯來朝，李德裕請為《續王會圖》〔三〕。閻令又有《西域圖》〔四〕，兼彼土山川而絕色，伽梨凡九國中，有狗頭大耳鬼國。用脩謂梁元有《職貢》，而閻令無之，則非也。宣和內府有立本《職貢圖》二，又《異國鬭寶》一，即所謂狗頭大耳也。《西園圖》，顧愷之畫魏太子清夜遊，有梁諸王跋尾。褚河南裝自張丞相弘靖家〔五〕，入內府。崔監軍潭峻將出，轉入王丞相涯家，流落歸郭侍郎，令狐丞相復入內府〔五〕。今所傳《西園圖》，乃王晉卿求李檢法公麟，畫蘇、黄、米、秦諸公雅集本也〔六〕。

【校注】

〔一〕《職貢圖》或稱《貢職圖》，梁元帝蕭繹所繪，事載《南史》卷八《元帝紀》，為史上現存最早之《職貢圖》，圖中描述三十五國使者的形象特徵。原圖已逸，現存《職貢圖》為宋人摹本殘卷。

〔二〕『倣』，底本訛作『訪』，據《四庫》本改。《王會圖》又名《四夷朝會圖》。《舊唐書》卷一九七《南蠻西南蠻·東謝蠻》：『貞觀三年，元深入朝，冠烏熊皮冠，若今之髦頭，以金銀絡額，身披毛帔，韋皮行縢而著履。中書侍郎顏師古奏言：「昔周武王時，天下太平，遠國歸款，周史乃書其事為《王會篇》。今萬國來朝，至於此輩章服，實可圖寫，今請撰為

《王會圖》。」從之。」按：《舊唐書・南蠻西南蠻傳》無『命閻立本圖之』語，郭若虛《圖畫見聞志》卷五《故事拾遺》：『上從之，乃命閻立德等圖畫之。』《宣和畫譜》卷一亦稱『命立德等圖之』，並云：『閻立德，歷官工部尚書，父毗，在隋以丹青得名。與弟立本，家學俱造其妙。』《宣和畫譜》録其畫作九幅。

〔三〕史繩祖《學齋佔畢》卷二：『貞觀三年，東蠻謝元深入朝，顔師古奏：昔周武王時，遠國歸欵，乃集其事為《王會篇》，可圖寫遺後，為《王會圖》。詔令閻立本圖之。及考《唐書》，亦同謂之《王會圖》。至武宗時，黠戛斯君長來朝，李德裕上言，有詔為《續王會圖》。』又《新唐書》卷二一七《回鶻傳》下：『黠戛斯，古堅昆國也。……（使者）行三歲至京師，武宗大悦，……宰相李德裕上言：「貞觀時，遠國皆來，中書侍郎顔師古請如周使臣集四夷朝事為《王會篇》。今黠戛斯大通中國，宜為《王會圖》以示後世。」有詔以鴻臚所得繪著之。』

〔四〕《宣和畫譜》卷一：『御府所藏閻立本畫作四二幅，有《西域圖》二。』

〔五〕《圖畫見聞志》卷五：『《清夜遊西園圖》者，晉顧長康所畫，有梁朝諸王跋尾處云：「圖上若干人並食天廚。」唐貞觀中，褚河南裝背題處俱在。其圖本張維素物，傳至相國張弘靖家，弘靖元和中忽奉詔取之。是時並鍾元常書《道德經》一部，同時入內。後中貴人崔潭峻自禁中將出，復流落人間，有張維素子周封，涇州從事，秩滿居京。一日，有人將此圖求售，周封驚異之，遽以絹數匹易得。經年，忽聞款門甚急，問之，見數人同稱仇中尉願以三百素易公《清夜遊西園圖》。周封憚其迫脅，遽以圖授之。後方知其僞，乃是一豪士求江淮大鹽院。時王涯判鹽鐵，酷好書畫，謂此人曰：「為余訪得《清夜遊西園圖》，當遂公所請。」因為計取之耳。及十家事起後，流落一粉舖家，未幾，為郭承嘏侍郎閽者以錢三百市之，以獻郭公。郭公卒又流傳至令狐相家。一日，宣宗問相國有何名畫，相公具以圖對，既而復進入內。』『張丞相』、『王丞相』、『令狐丞相』，底本『丞』訛作『承』。

〔六〕李公麟曾官中書門下後省刪定官、御史檢法。王詵，熙寧中尚英宗第二女魏國大長公主，拜左衛將軍、駙馬都尉。家築『寶繪堂』，藏歷代法書名畫日夕觀摩，精於鑒賞，蘇軾為之記。廣交蘇軾、黄庭堅、米芾、秦觀、李公麟等。李公麟曾畫《西園雅集圖》以記其勝。按：《宣和畫譜》卷七録李公麟畫作多達百餘幅，而未見《西園雅集圖》之目。

三五

明興，善丹青者何啻數百家，然其最馳名者，不過十之一耳。其山水人物，花卉禽魚，不過數種，而吾吴大約獨踞其太半，即盡諸方之燁然者不敵也。聊志於後：畫院祗候，至宣宗朝始盛，宣宗亦雅善繪事。而是時戴文進被徵，獨見讒放歸，以窮死。文進名璡，錢唐人，死後人始重之，至以為國朝第一〔一〕。文進源出郭熙、李唐、馬遠、夏珪，而妙處多自發之，俗所謂行家兼利者也。

【校注】

〔一〕朱謀垔《畫史會要》卷四：『戴璡字文進，號靜庵，晚號玉泉山人，錢塘人。山水、人物、翎毛、花草兼法諸家。宣廟喜繪事，一時待詔有謝廷循、倪端、石鋭、李在，皆有名。文進入京，衆工妒之。一日，仁智殿呈畫，文進以得意之筆上進，第一幅《秋江獨釣圖》，一紅袍人垂釣水次。畫家唯紅最難著，文進獨得古法。宣廟閲之。廷循旁奏曰：「此畫甚好，但恨鄙野耳。」宣廟扣之，乃曰：「大紅是品官服色，穿此釣魚，甚失大體。」宣廟頷之，遂揮去，餘幅不復閲。古稱文人相輕，雖藝家亦爾。《寶鑒》云：「進喜作葡萄以配勾勒竹蟹爪草，奇甚，真畫流第一人也。」』

三六

沈周字啟南，別號石田，吴之相城人。其父亦善畫，能起雅去俗矣。至啟南而造妙，凡北宋、胡元名手，一一能變化出入，而獨於董北苑、僧巨然、李營丘尤得心印。稍以己意發之，遇得意處，恐諸公未必便過也〔一〕。啟南有一種本色不甚稱，而以名高歷年久，贋作紛紛傳中原。李伯華至品之為第三，且目之為偃為枯〔二〕。余因訪伯華，悉取沈畫觀之，然無一真本也，為大笑而出。邇來吴中名哲益推重啟南，爭購之。佳者溢至，而其價遂與宋、元諸名家等，識者不以為過。或謂啟南倣諸筆意俱奪真，獨於倪元鎮不似，蓋老筆過之也。

【校注】

〔一〕王世貞《弇州山人題跋》卷一八《沈石田春山欲雨圖》：『石田畫卷無過《春山欲雨》，其源出巨然僧、梅花道人，而加以秀潤，不作驚風怒霆，勃怒戰掣之狀，而元氣在含吐間。峰巒出沒，草樹滃鬱，頹然若玉環醉西涼葡萄後，將賜溫泉沐者。卷距今垂百年，每一展覽，覺風格若生，墨瀋猶濕，真神品也。』又《題石田山水》：『沈啟南先生畫，於古諸名家無所不擬，即所擬，無論董、巨，乃梅道人、松雪、房山、大癡、黄鶴筆意，往往勝之，獨於雲林不甚似，病在太有力耳。』朱謀垔《畫史會要》卷四：『沈周，……博學能詩文，性至孝，立品高潔，人稱為「沈孝廉」云。先生山水、人物、花鳥悉入神品，遂為當代第一。其畫自唐宋名流及勝國諸賢，上下千載，縱横百輩，先生兼綜條貫，莫不攬其精微，而究歸於黄大癡、高房山。每營一障，則長林巨壑，小市寒墟，風趣泠然，使覽者若煙雲生於屋中，山川集於几上，下視眾作，直培塿耳。先生雖介特不污，而與物和易。公卿大夫下逮緇流卒隸，酬給無間。越僧某索畫于先生，寄一絕句云：「寄將一幅剡溪藤，江面青山畫幾層。筆到斷崖泉落處，石邊添箇看雲僧。」先生欣然畫其詩意答之。』

〔二〕按：李開先《中麓畫品》四曰：畫有四病：一曰僵，中列沈石田山水、人物。三曰濁，中亦列石田山水。而二曰枯，四曰弱，均未及沈周石田之畫。

三七

杜堇初姓陸，別號古狂，其界畫樓閣人物，嚴雅深有古意，而山水樹石不甚稱〔一〕。亦是白描第一手也，花卉頗精雅。

【校注】

〔一〕朱謀垔《畫史會要》卷四：『陸堇，改姓杜，字懼男、有檉居古狂、青霞亭長之號，鎮江丹徒人，有籍於京師。勤學經史，稗官小說，罔不涉獵。舉進士不第，絕意進取。為文奇古，通六書，善繪事。山水人物，草木鳥獸，無不臻妙，由其胸中高古，自然神采活動，宜乎宗之者衆。』

三八

吳偉，江夏人，別號小僊，入供奉仁智殿〔一〕。其畫人物出自吳道子，縱筆不甚經意，而奇逸瀟灑動人。山水樹石俱作斧劈皴，亦大遒緊，宜畫祠壁屏障間。至於行卷單條，恐無取也。

【校注】

〔一〕朱謀垔《畫史會要》卷四：『吳偉，字士英，一字魯夫，江夏人。祖為知州，父剛翁中鄉舉，或以為農家子，非也。剛翁妙書畫，墨蹟多存兩京舊家。翁性豪華，用燒丹破其家。偉數歲而孤，至十七遊南京，以童負性氣，徑謁成國朱公。公奇之，曰：「此非僊人歟？」因其年少，遂呼小僊。所作山水人物，妙入神品，白描尤佳。平江伯具禮聘之，渡江，聞譽日起。憲宗召至闕下，授錦衣鎮撫，待詔仁智殿。偉有時大醉被詔，蓬頭垢面，曳破皂履踉蹌行，中官扶掖以見。上大笑，命作《松風圖》。偉詭翻墨汁，信手塗抹，而風雲慘慘生屏障間，左右動色。上歎曰：「真僊人筆也。」孝廟授錦衣百戶，賜「畫狀元」印章。久之，偉稱疾退居秦淮。及武宗即位，遣使召之，未就道而中酒死，時年五十。』按：明孝宗喜馬遠、夏珪畫風，而畫院戴璡、吳偉，均承繼馬、夏，一時風尚，號『浙派』。

三九

傳偉法者，平山張路最知名〔一〕。然不能得其秀逸處，僅有遒勁耳。北人重之，以為至寶，真贋錯雜，醜徒寔繁，偉亦不免惡道之累矣。

【校注】

〔一〕朱謀垔《畫史會要》卷四：『張路，字玉馳，號平山，大梁人，大學生。人物似吴小僊而有韻，亦有戴文進風致，一時搢紳咸加推重，得其真跡，如拱璧焉。用墨雖佳，未脱院體。』按：張路早年畫學戴璡，後又宗法吴偉，善畫人物，多繪神僊、士子、漁夫，為浙派健將，亦開後來粗率之風。

四〇

唐寅字伯虎，吴人，領鄉薦第一，坐事就吏。伯虎材高，自宋李營丘、范寬、李唐、馬、夏以至勝國吴興、王、黄數大家，靡不研解。行筆極秀潤縝密，而有韻度，唯小弱耳〔一〕。

【校注】

〔一〕王世貞《弇州山人題跋》卷一八《題唐伯虎寫生册》：『人以為徐熙之野逸勝黄筌之富艷，品遂分矣。……此十六幅，種種臻妙，蓋得徐氏三昧，而稍兼筌筆。山齋時一展翫，覺乾坤一種清氣落翰墨間，為之欣然獨賞也。』朱謀垔《畫史會要》卷四：『唐寅其生也以成化庚寅歲，故名寅。初字伯虎，更字子畏。中南京解元，後以詿誤被黜，放浪不羈，歸心佛氏，取四句謁旨，號六如居士，又圖其石曰：「江南第一風流才子。」祝允明志曰：「寅於文字詩歌不甚措意，謂後世知不在是。奇趣時發，或寄於畫，下筆直追唐宋名匠。故其畫法沉鬱，風骨奇峭，刊落庸瑣，務求濃厚。連江疊巘，灑灑不窮。評者謂遠致李唐，足任偏師；近交沈周，可當半席。」晚年賦詩曰：「不煉金丹不坐禪，不為商賈不耕田。起來就寫青山賣，不使人間造孽錢。」其標奇如此。』

四一

文待詔徵明見前。待詔出趙吳興及叔明、子久，間有董北苑筆意，大概自啟南不少也。遇合作處，單行矮幅，神采氣韻，儼有生氣，真足嘉賞〔一〕。公既名重夷裔，而市井小夫，贗作規利者多流傳遠邇，百不得一，世人亦不解分別。大約以公視伯虎，可稱伯季。

【校注】

〔一〕王世貞《弇州山人題跋》卷二〇《題文待詔畫冊》：『文待詔所圖十六幀，多東南名山水，雖間以險絕奇勝為工，而不離清遠蕭散之致。稍一展視，覺秀色幽韻，直撲眉睫間，此翁真僊宮中人也。』朱謀垔《畫史會要》卷四：『文璧，字徵明，後以字行，更字徵仲，號衡山，長洲人。性方古，威儀舉舉。於古今典故，無不淹通，誠大雅君子。由諸生薦為翰林待詔。王長公謂其畫兼趙吳興、倪元鎮、黃子久之長。王百穀謂師吳仲圭。小圖大軸，莫非奇致，海宇欽慕，縑素山積。寸圖才出，千臨百摹，家藏市售，真贗縱橫。然慧眼印可，譬之魚目夜光，不別自異也。年至九十，神明不凋，篝燈可夜作，得者益深寶愛，奉如圭璋。』

四二

周臣别號東村，亦吴人。所得宋郭、李、馬、夏法尤深，其用筆視唐生亦熟，特所謂行家意勝耳〔一〕。唐每有酬應，多從臣磅礴始落筆。若臣者，可謂外接文進者也。

【校注】

〔一〕朱謀垔《畫史會要》卷四：『周臣字舜耕，號東村，吴縣人。山水人物俱清勁，評者謂峽氣嵐厚，古面奇粧，有蒼蒼之色。』徐沁《明畫録》卷三：『周臣，畫山水師陳暹，傳其法。于宋人中，規摹李、郭、馬、夏，用筆純熟，特所謂行家意勝耳。兼工人物，古貌奇姿，綿密蕭散，各極意態。』

四三

仇英者號十洲，其所出微。常執事丹青，周臣異而教之。於唐宋名人畫無所不摹寫，皆有稿本。其臨筆能奪真，米襄陽所不足道也。嘗為周六觀作《上林圖》，人物、鳥獸、山林、臺觀、旗輦、軍容，皆臆寫古賢名筆，斟酌而成，可謂繪事之絶境，藝林之勝事也。使仇少能以己意發之，凡所揮洒，何必古人〔一〕。

【校注】

〔一〕朱謀垔《畫史會要》卷四：『仇英，字實父，號十洲，太倉人。山水、人物師周臣，工臨摹，落筆亂真。至於髮翠豪金，絲丹縷素，精麗艷逸，無慚古人。曾寫四大幅在弇州家，一《西園雅集》，一《清夜遊西園》，一《獨樂圖》，一《金谷園》。《獨樂園圖》則恢張龍眠之稿，皆一丈有餘，人物位置皆古偉。』按：王世貞《弇州山人題跋》卷二一《題仇實父臨西園雅集圖後》：『此圖吾郡仇英實父臨（趙）千里本也。……實父視千里，大有出藍之妙。其運筆古雅，倣佛長康、探微。元祐諸君子人人有國士風，一展卷間，覺金谷富兒家形穢，因為之識尾。』

四四

陳淳字道復，長洲人，後以字行。道復善詞翰，少年作畫，亦學元人為精工。中歲忽斟酌二米、高尚書，間寫意而已〔一〕。其於花鳥尤有深趣，而淺色淡墨，久之漸無矣。子括，於花草似勝〔二〕。

【校注】

〔一〕王世貞《弇州山人題跋》卷一八：『白陽道人作書畫不好模楷，而綽有逸氣，故生平無一俗筆，在二法中，俱可稱散僧入聖。』又《歷代書畫録輯刊》引文嘉題白陽《樂志圖》語：『道復絕去筆墨蹊徑，而頽然天放，有旭、素之風，信非餘子可及。今去之二十餘年，時一披展，猶可想其酒酣落筆，如風雨驟至，而點畫狼藉，姿態橫生，奕奕在目睫間也。前畫雖草草，而天真爛漫，……吾猶恨其筆墨稍繁，蓋道復之畫，愈簡愈妙耳。』徐沁《明畫録》卷六：『陳淳字道復，後以字行，更字復甫，號白陽山人，長洲人。為太學生，善詞翰，尤工草篆。其寫生一花半葉，淡墨欹毫，疏斜歷亂之致，咄咄逼真。久之，並淺色淡墨之痕俱化矣。世謂道復畫叢林藻深，慰帖悟入，故不易及。中歲忽作山水，參米、高，間寫意而已。』

〔二〕《明畫録》卷六：『陳括字子正，道復子。飲酒縱誕，有竹林之習。寫花卉過於放浪，大有生趣。』

四五

吴中又有張靈夢晉，善小竹石花鳥，周官山水，於白描尤精絶〔一〕。吴延孝善花卉，而以早逝，故少傳世〔二〕。

【校注】

〔一〕徐沁《明畫録》卷一：『張靈字夢晉，吴人。與唐寅比鄰相善，性落拓嗜酒，為郡諸生，竟以狂廢。所畫人物，冠服簡古，形色清真，而筆生墨勁，嶄然流俗。竹石花鳥並佳。』參看卷六第一一條。

〔二〕《明畫録》卷六：『吴枝字延孝，吴縣人。畫花鳥師陳道復，得其傳，摹寫最工。惜蚤逝，流傳絶少。』

四六

謝時臣別號樗僊，頗能畫屏障大幅，有氣概而不無絲理之病，此亦外兼戴、吴二家派者也〔一〕。

【校注】

〔一〕《明畫録》卷三：『謝時臣，字思忠，別號樗僊，吳人。能詩，工山水，頗能屏障。……別號與朱銓同，明畫家有兩樗僊。』

四七

王吏部穀祥，長洲人。以失意棄官，數薦不起，天下高之。吏部少寫生，染渲有法度，為士林所重。中年絶不肯落筆，凡人間所傳者，皆贋本也〔一〕。

【校注】

〔一〕朱謀垔《畫史會要》卷四：『王穀祥字祿之，號酉室，長洲人。官吏部員外郎。寫沒骨花卉，韻態高雅。』徐沁《明畫録》卷四：『王穀祥，由進士官庶常，改工曹，轉銓部。後以左遷棄官，屢薦不起。工寫生，花鳥精妍有法。』

四八

陸治字叔平，吳諸生，有風調而極耿介。將八十矣，與余善。叔平工寫生，能得徐、黃遺意，不若道復之妙而不真也。其於山水，喜倣宋人，而時時出己意。風骨峻削，霞思湧疊，而不免露蹊徑〔一〕。謂余更二年當大成，余甚壯之。

【校注】

〔一〕朱謀垔《畫史會要》卷四：『陸治，字叔平，號包山，為吴諸生而饒風雅。築室支硎山下，雲霞四封，流泉回繞，手藝名花幾數百種。歲時佳客過從，即迎至花所，割蜜脾劚竹萌而進之。苟非其人强造者，即一石支門，剝啄如弗聞矣。山水下筆輕清，皴法都秀，每見所作，多是秋晴景氣。尤工寫生，得徐、黄遺意。嘗為王長公臨王安道《華山圖》四十幅，皴法不盡到，如立粉米者。後有于鱗詩及記，皆俞仲蔚書。』

四九

文待詔猶子伯仁，少傳家學，而時時發以巧思。横披大幅，頗負出藍之聲。晚節自足，間入紕路，聲亦小減〔一〕。待詔次子嘉，作山水清遠有雲林之趣，士林貴之〔二〕。

【校注】

〔一〕徐沁《明畫録》卷三：『文伯仁，字德承，號五峰，徵明之侄。所作山水，筆力清勁，能傳家法，而時發巧思。横披大幅，巖巒鬱茂，不在衡山之下。』

〔二〕《明畫録》卷三：『文嘉字休承，號文水，徵明次子。官和州學正，以詩文名。所作山水，清遠逸趣，得雲林佳境，合處直逼其父。』

五〇

錢穀字叔寶，亦與余善，備有沈氏之法，力稍不如耳〔一〕。嘗與余畫《池上篇》、《西園圖》、《溪山深秀》，至二卷，爽朗幽深，各自有致。

【校注】

〔一〕朱謀垔《畫史會要》卷四：『錢穀字叔寶，吴人。少孤，能自勵讀書，手録古文金石書幾數千卷，所自著作亦數百卷。家故貧，以好客益貧。文徵仲題其室曰「懸罄」，因自號曰「罄室」。性勁直不屈於貴遊，以是竟貧且老。然開卷一室，琳琅照座。下及几榻之微，亦必摹勒宋元名人手跡摩挲把玩，以自愉快。作山水筆法清老，超入逸品，蘭竹亦妙。』

五一

吕紀，寧波人，以薦入供事仁智殿，至錦衣指揮。紀為禽鳥，如鳳、鶴、孔翠、鴛鴦之類，俱有法度，生氣奕奕，當時極貴重之，今以時趣漸減矣〔一〕。其鄉人傳摹屏障以鬻，愈可厭。

【校注】

〔一〕朱謀垔《畫史會要》：『吕紀字廷振，號樂愚，鄞人。風神秀雅，精於繪事，時綴小詩其上。初學邊景昭花鳥，袁忠徹見之，謂出景昭上。館於家，使臨唐宋名畫，遂入妙品，獨步當時。……孝廟時召至京，官錦衣衛指揮。紀為人謹禮法，敦信義，縉紳多重之。其在畫院，凡應詔承制，多立意進規。孝廟稱之曰：「工執藝事以諫，吕紀有焉。」比病，存問絡繹。自言曰：「渥恩難勝，吾其死矣。」果卒。』徐沁《明畫録》卷六：『吕紀，……其寫鳳、鶴、孔、翠之屬，雜以花樹穠鬱，燦爍奪目。』

五二

林良者，亦以薦為錦衣百戶供奉。良取水墨為烟波，出沒鳧雁，嚵唼容與之態，頗見清澹，而無神采〔一〕。同時有孫龍者尤甚〔二〕。

【校注】

〔一〕朱謀垔《畫史會要》卷四：『林良，字以善，廣東人。官錦衣衛指揮。花果、翎毛著色者，以及精工，未免刻板；水墨隨意數筆，如作草書，能脫俗氣。李空同詩云：「百餘年來畫禽鳥，後有吕紀前邊昭。二子工似不工意，吮筆訣眥分毫毛。林良寫鳥祗用墨，開縑半掃風雲黑。水禽陸禽各臻妙，掛出滿堂皆動色。」』

〔二〕孫龍，明初畫家，又作孫隆。徐沁《明畫録》卷六：『孫隆，字廷振，號都癡，武進人。開國忠湣侯之孫。幼穎異，風格如僊。畫翎毛草蟲，全以彩色渲染，得徐崇嗣、趙昌沒骨圖法，饒有生趣。山水宗二米。』

五三

叔平負節癖，晚益甚。有一貴官子，因所知某以畫請，叔平為作數幅答之，乃贄幣直數十金以謝。叔平曰：『吾為所知某，非為公也。』立却之。余遘先戚廬居，則致吊更數月，見遺《桃源圖》，大襞紙，曰：『區區三歲之力，以博一笑耳，非敢有請也。』後更托余所知來，意欲求為傳。余素高其人，許之。叔平乃大喜，贄幣拜請。余文成，會襄先事。叔平蹩蹩行至墓所，余報謝，邀留竟日夕。其所居蕭然也，呼羊酒劇飲。自是從洞庭遊，得余詩，輒分為十六景，畫以見貽〔一〕。又為余臨王安道《華山圖》四十，皆有妙致〔二〕。余固未之敢請也，凡叔平畫，強之必不得，不強乃或可得。

【校注】

〔一〕王世貞《弇州山人題跋》卷一八《陸叔平遊洞庭詩畫十六幀後》：『余以壬申之秋遊洞庭，而陸丈叔平時亦從諸少年往，蓋七十七矣。歸日始草一記及古體若干首以遺陸丈，存故事耳。居明年之五月，而陸丈來訪，則出古紙十六幅，各為一景，若採余詩之景不重犯者而貌之，其骨秀穴，浮天渺瀰，的然為太湖兩洞庭傳神無爽也。妙處上逼李營丘、郭河中，馬、夏而下所不論矣。』

〔二〕按：王履，字安道，號畸叟，崑山人，明初畫家。有《華山圖冊》，繪華山各處風景四十幅，並附詩文。《弇州山人題跋》卷一八《題王安道遊華山圖》：『洪武中，吾州王履安道獨能以知命之歲，挾策冒險淩絕頂，探幽宅，與羽人靜姝問答。歸而筆之記若詩，又能托之畫，而天外三峰高奇曠奥之勝盡矣。畫凡四十，絶得馬、夏風格，天骨遒爽，書法亦純雅可愛。』

五四

劉完庵珏畫，亦自精絶，有勝國人風〔一〕。張静之寧，自以才情著耳，恐未是當家〔二〕。

【校注】

〔一〕徐沁《明畫録》卷二：『劉珏字廷美，號完庵，長洲人。……畫山水，泉深石亂，木秀雲生，綿密幽媚，風流藹然，幾入巨然之室。』

〔二〕《明畫録》卷三：『張寧字静之，吴人，畫山水有聲。』

五五

白石翁沈啟南，汎愛闊達，人或作翁贋畫求題，翁亦欣然為書，不較也。以故翁贋跡滿天下，至其晚來自收真跡，亦有收得臨本者。弘治中，給事、御史俱被逮，太宰屠公滽請以諸曹散郎署其事，學士楊公守阯書爭之，以為宜上疏出諸逮者，不宜遷就，以長君過〔一〕。會事解，翁聞而心韙。楊作五言長篇五百字，譏切屠公甚。後有惡翁者聞於屠，屠遂和韻寄翁，雖微自解，了不介意。翁媿之，復和韻以謝，自是遂成知己。後屠氏得翁畫甚多，前後餉遺翁不絕，人兩賢之。

【校注】

〔一〕《明史》卷一八四本傳：『楊守阯，字維立。成化初，鄉試第一，入國學。弘治初，召脩《憲宗實録》，直經筵，再遷侍講學士。給事中彭泮等以救知州劉遜悉下獄，吏部尚書屠滽奏遣他官攝之。守阯貽書，極詆滽失。』

五六

嘉靖初，周東村臣畫方有聲，而分宜為南吏部〔一〕，索其畫，多不能應，至屬撫臣行遣，幾有鋃鐺之厄。懇要人居間，稍解，猶追至南京，為作兩月畫，微酬其直，委頓而歸。孫滁陽為河南憲，怒張平山路不時見，至誘之入，拶其左手指，以右手畫鍾馗〔二〕。適左轄往候，懇之始解。張感左轄恩，竭平生力作四畫以酬之，頗聞於世。同一伎也，人之遇不遇一至於此。

【校注】

〔一〕嚴嵩字唯中，號勉庵、介溪、分宜等。

〔二〕張路，見附録卷四第三九條注〔一〕。

五七

文待詔稱啟南為先生，每謂人：『吾先生非人間人也，神僊人也，百文某安敢望？』觀啟南得意處，理應如此語。家弟一日問待詔：『道復嘗從翁學書畫耶？』待詔微笑謂：『吾道復舉業師耳，渠書畫自有門逕，非吾徒也。』意不滿之如此。

五八

待詔書畫平生三不肯應：謂親藩、中貴人、外國人也〔一〕。然自其子弟、門舊、宗戚購得者亦不少。

【校注】

〔一〕參看卷六第一三條及注。

五九

正德末，待詔困諸生，而伯虎為山人以老。寧庶人慕其書畫名，以金幣卑禮聘之。待詔謝弗往，伯虎往而覩庶人有反狀矣，乃陽為清狂。寧使至，或縱酒箕踞謾罵，至露其穢。庶人曰：『果風耶？』放之歸。歸二年而庶人反，伯虎已卒矣〔一〕。待詔自是名益重，以薦起，預脩國史。北人同館局者從待詔丐畫不以禮，多弗應。輒流言曰：『文某當從西殿供事，奈何辱我翰林為？』待詔聞之，益不樂，決歸矣。歸三十年，名益高，海內走候請丐無虛日，所居重於卿相。

【校注】

〔一〕《明史》卷一六《武宗紀》：『十四年六月丙子，寧王宸濠反，丁巳，王守仁敗宸濠於樵舍，擒之。』『十五年十二月己丑，宸濠伏誅。』

六〇

楊君謙吳中往哲，記風雅類云：『沈氏二先生，兄曰貞吉，號南齋；弟曰恒吉，號同齋，相城故家。皆工唐律，善繪事。每賦一詩，營一障，必累月閱歲乃出，不可以錢帛購取，故尤以少得重。家庭之間，自相倡酬，下至僕隸，悉諳文墨。並年八十餘，啟南即恒吉子也。』王百穀以二老與啟南並登神品，則稍涉曲筆〔一〕。

【校注】

〔一〕按：王穉登《吴郡丹青志·神品志》：『沈周先生，附三人：二沈處士、杜徵君。沈貞吉、恒吉二處士並善丹青，風格明秀，塤篪相映，時謂趙文敏同流。』

六一

山東李伯華開先，家藏明畫幾百幅。嘗出以示余，無一真者，而肆為等品，妄加評駁，梓行之世，真所謂盲人觀場，可資嗢噱〔一〕。

【校注】

〔一〕按：李開先論畫之作有《中麓畫品》一卷，倣謝赫《古畫品録》之體例，品評有明一代畫家。其理論主張與前後七子相左，王世貞過情之論，恐有失公允。

主要參考書目

弇州山人四部稿　王世貞著　明世經堂刻本

弇州山人四部稿續稿　王世貞著　《文瀾閣四庫全書》本

弇州山人題跋　王世貞著　《文瀾閣四庫全書》本

弇州山人讀書後　王世貞著　《文瀾閣四庫全書》本

弇州山人年譜　錢大昕著　清光緒刻本

十三經注疏　阮元編　中華書局一九八〇年影清刻本

大戴禮記　戴德編著　商務印書館《叢書集成》本

易林　焦延壽著　中華書局《四部備要》本

周易參同契　(舊題)魏伯陽著　《文瀾閣四庫全書》本

老子本義　魏源著　中華書局一九五四年版《諸子集成》本

莊子集解　郭慶藩集解　中華書局一九五四年版《諸子集成》本

墨子閒詁　孫詒讓著　中華書局一九五四年版《諸子集成》本

管子校正　戴望校正　中華書局一九五四年版《諸子集成》本

韓非子集解　王先慎集解　中華書局一九五四年版《諸子集成》本

呂氏春秋　呂不韦編著　中華書局一九五四年版《諸子集成》本
淮南子　刘安著　中華書局一九五四年版《諸子集成》本
論衡　王充著　中華書局一九五四年版《諸子集成》本
列子注　張湛注　中華書局一九五四年版《諸子集成》本
抱朴子　葛洪著　中華書局一九五四年版《諸子集成》本
太公六韜　商務印書館《叢書集成》本
孔子家語　王肅輯　商務印書館《國學基本叢書》本
顏氏家訓集解　王利器集解　中華書局一九九三年版
朱子語類　黎靖德編　中華書局一九八六年版
史記　司馬遷著　中華書局一九五九年標點本
漢書　班固著　中華書局一九六二年標點本
後漢書　范曄著　中華書局一九六五年標點本
三國志　陳壽著　中華書局一九五九年標點本
南史　李延壽著　中華書局一九七五年標點本
北史　李延壽著　中華書局一九七四年標點本
南齊書　蕭子顯著　中華書局一九七二年標點本
魏書　魏收著　中華書局一九七四年標點本

隋書　魏徵等著　中華書局一九七三年標點本
新唐書　歐陽脩等著　中華書局一九七五年標點本
舊唐書　劉昫等著　中華書局一九七五年標點本
新五代史　歐陽脩著　中華書局一九七四年標點本
宋史　脫脫等著　中華書局一九七七年標點本
元史　宋濂等著　中華書局一九七六年標點本
明史　張廷玉等著　中華書局一九七四年標點本
逸周書彙校集注　黃懷信校注　上海古籍出版社二〇〇七年版
吳越春秋　趙曄著　商務印書館《叢書集成》本
南唐書　馬令著　商務印書館《叢書集成》本
元朝名臣事略　蘇天爵編　商務印書館《叢書集成》本
國朝名世類苑　凌迪知輯　明萬曆刻本
明通鑒　夏燮編著　中華書局一九五九年版
高僧傳　釋慧皎著　中華書局一九九二年版
續高僧傳　釋道宣著　中華書局二〇一四年版
穆天子傳　荀勖編輯　商務印書館《四部叢刊》本
文士傳　張隱著　《文瀾閣四庫全書》本

西京雜記　（托名）葛洪著　中華書局一九八五年版
搜神記　干寶著　商務印書館《叢書集成》本
拾遺記　王嘉著　中華書局一九八一年版
世說新語箋疏　余嘉錫箋疏　中華書局一九八三年版
太平廣記　李昉等編　中華書局一九六一年版
朝野僉載　張鷟著　中華書局一九七九年版
隋唐嘉話　劉餗著　中華書局一九七九年版
明皇雜録　鄭處誨著　中華書局一九九四年版
大唐新語　劉肅著　中華書局一九八四年版
唐摭言　王定保著　上海古籍出版社一九七八年版
唐國史補　李肇著　上海古籍出版社一九七九年版
唐語林校證　周勛初校證　中華書局一九八七年版
雲溪友議　范攄著　中華書局二〇一七年版
雲仙雜記　馮贄著　商務印書館《四部叢刊》影印本
歸田録　歐陽脩著　中華書局一九九七年版
北夢瑣言　孫光憲著　中華書局二〇〇二年版
澠水燕談録　王闢之著　中華書局一九九七年版

湘山野録　釋文瑩著　中華書局一九九七年版
玉壺清話　釋文瑩著　中華書局一九九七年版
鐵圍山叢談　蔡絛著　中華書局一九八三年版
演繁露　程大昌著　上海古籍出版社《文淵閣四庫全書》影印本
冷齋夜話　釋惠洪著　中華書局《叢書集成》本
鶴林玉露　羅大經著　中華書局一九八三年版
夢溪筆談　沈括著　中華書局二〇一五年版
默記　王銍著　中華書局一九八一年版
入蜀記　陸游著　中華書局《叢書集成》本
容齋隨筆　洪邁著　中華書局二〇〇五年版
碧雞漫志　王灼著　中華書局一九五七年版
武林舊事　周密著　浙江古籍出版社二〇一一年版
宋朝事實類苑　江少虞輯　商務印書館《國學基本叢書》本
桯史　岳珂著　中華書局一九八一年版
寓簡　沈作喆著　《知不足齋叢書》本
唐才子傳校箋　傅璇琮主編　中華書局二〇〇二年版
語林　何良俊著　上海古籍出版社一九八三年影印本

四友齋叢説　何良俊著　中華書局一九五九年版
萬曆野獲編　沈德符著　中華書局《叢書集成》本
書影　周亮工著　上海古籍出版社一九八一年版
池北偶談　王士禛著　中華書局一九九七年版
香祖筆記　王士禛著　上海古籍出版社一九八二年版
兩般秋雨庵隨筆　梁紹壬著　上海古籍出版社一九八二年版
史通通釋　浦起龍通釋　上海古籍出版社一九七九年版
文史通義校注　葉瑛校注　中華書局二〇〇四年版
章氏遺書　章學誠著　文物出版社一九八二年影印本
直齋書録解題　陳振孫著　中華書局《叢書集成》本
楚辭補注　洪興祖補注　中華書局一九八三年版
楚辭集注　朱熹注　上海古籍出版社一九七九年版
山帶閣注楚辭　蔣驥著　上海古籍出版社一九八四年版
楚辭通釋　王夫之著　上海人民出版社一九七五年版
玉臺新詠　徐陵編　中華書局《四部備要》本
樂府古題要解　吳競著　中華書局《四部備要》本
樂府詩集　郭茂倩輯　中華書局一九七九年版

古詩紀　馮惟訥輯　明嘉靖刻本

古今詩刪　李攀龍編　《文淵閣四庫全書》本

采菽堂古詩選　陳祚明編　上海古籍出版社二〇〇九年版

古詩評選　王夫之編　文化藝術出版社一九九七年版

古詩源　沈德潛編　中華書局一九七七年版

先秦漢魏晉南北朝詩　逯欽立輯　中華書局一九八三年版

全唐詩　曹寅等編　中華書局一九六〇年版

唐人選唐詩十種　上海古籍出版社一九七八年新一版

唐詩品彙　高棅編纂　上海古籍出版社一九八二年版

國雅　顧起綸編　《文淵閣四庫全書》本

續國雅　顧起綸編　《文淵閣四庫全書》本

明詩選　李攀龍編　《文淵閣四庫全書》本

明詩歸　鍾惺　譚元春編　《文淵閣四庫全書》本

明詩綜　朱彝尊輯録　清康熙刻本

列朝詩集　錢謙益編選　中華書局二〇〇七年版

明詩評選　王夫之編　文化藝術出版社一九九七年版

明詩別裁　沈德潛編　商務印書館排印《國學基本叢書》本

花間集　趙崇祚輯　上海古籍出版社二〇一八年版
草堂詩餘　佚名　中華書局《叢書集成》本
詞選　張惠言編　中华书局《四部備要》本
全宋詞　唐圭璋輯　中華書局一九六五年版
全唐五代詞釋注　孔范今主編　陝西人民出版社一九九八年版
六十種曲　毛晉編　中華書局一九五八年版
元曲選　藏懋循編　中華書局一九五八年版
元曲選外編　隋樹森編　中華書局一九五九年版
全元散曲　隋樹森編　中華書局一九八九年版
盛明雜劇　沈泰編　中國書店二〇一二年版
盛世新聲　文學古籍刊行社一九五六年影印本
飲虹簃所刻曲　盧前輯　江蘇廣陵古籍刊印社一九七九年影印本
西廂記　王實甫著　人民文學出版社一九九八年版
碧山樂府　王九思著　上海古籍出版社一九八九年版
詞林摘艷　張祿輯　國家圖書館出版社二〇一〇年版
庚子山集注　倪璠注　中華書局一九八〇年版
毘陵集　獨孤及著　商務印書館《四部叢刊》影印本

劉夢得文集　劉禹錫著　商務印書館《四部叢刊》影印本
白氏長慶集　白居易著　商務印書館《國學基本叢書》本
李太白文集　王琦注　中華書局《四部備要》本
錢注杜詩　錢謙益注　上海古籍出版社一九七九年版
杜詩詳注　仇兆鰲注　中華書局一九七九年版
樊川文集　杜牧著　上海古籍出版社一九七八年版
樊川詩注　馮集梧注　中華書局《四部備要》本
李文饒文集　李德裕著　商務印書館《四部叢刊》影印本
皮子文藪　皮日休著　上海古籍出版社一九八一年版
解頤新語　皇甫汸著　《文淵閣四庫全書》本
昌黎先生集　韓愈著　商務印書館《國學基本叢書》本
柳河東集　柳宗元著　商務印書館《國學基本叢書》本
歐陽文忠公全集　歐陽脩著　中華書局《四部備要》本
臨川先生文集　王安石著　商務印書館《國學基本叢書》本
蘇文忠公詩集　蘇軾著　掃葉山房石印本
蘇軾文集　蘇軾著　中華書局一九八六年版
山谷全集　黃庭堅著　中華書局《四部備要》本

文章正宗　真德秀編　《文瀾閣四庫全書》本
徂徠集　石介著　《文瀾閣四庫全書》本
朱子文集大全類編　朱熹著　朱玉輯　《文瀾閣四庫全書》本
晞髪集　謝翺著　《文瀾閣四庫全書》本
道園集古録　虞集著　中華書局《四部備要》本
宋文獻公全集　宋濂著　中華書局《四部備要》本
李空同全集　李夢陽著　上海古籍出版社《文淵閣四庫全書》影印本
誠意伯文集　劉基著　中華書局《四部備要》本
升庵合集　楊慎著　商務印書館排印《國學基本叢書》本
大復集　何景明著　上海古籍出版社《文淵閣四庫全書》影印本
薛文清公集　薛瑄著　《文瀾閣四庫全書》本
迪功集　徐禎卿著　《文瀾閣四庫全書》本
王氏家藏集　王廷相著　《文瀾閣四庫全書》本
渼陂集　王九思著　《文瀾閣四庫全書》本
考功集　薛蕙著　《文瀾閣四庫全書》本
夢澤集　王廷陳著　《文瀾閣四庫全書》本
定山集　莊昶著　《文瀾閣四庫全書》本

王文成全書　王守仁著　《文淵閣四庫全書》本

白沙集　陳獻章著　《文淵閣四庫全書》本

息園存稿　顧璘著　《文淵閣四庫全書》本

凌溪先生集　朱應登著　《文淵閣四庫全書》本

華泉集　邊貢著　《文淵閣四庫全書》本

儼山集　陸深著　《文淵閣四庫全書》本

蘇門集　高叔嗣著　《文淵閣四庫全書》本

羅圭峰文集　羅玘著　上海古籍出版社《文淵閣四庫全書》影印本

少谷集　鄭善夫著　《文淵閣四庫全書》本

鳥鼠山人集　胡纘宗著　《文淵閣四庫全書》本

四溟全集　謝榛著　《文淵閣四庫全書》本

泰泉集　黃佐著　《文淵閣四庫全書》本

皇甫司勛集　皇甫汸著　《文淵閣四庫全書》本

宗子相集　宗臣著　《文淵閣四庫全書》本

王氏存笥稿　王維禎著　《文淵閣四庫全書》本

甫田集　文徵明著　《文淵閣四庫全書》本

對山集　康海著　《文淵閣四庫全書》本

唐伯虎全集　唐寅著　中國書店一九八五年版
五嶽山人集　黄省曾著　上海古籍出版社《文淵閣四庫全書》影印本
俞仲蔚集　俞允文著　上海古籍出版社《文淵閣四庫全書》影印本
少室山房類稿　胡應麟著　《文瀾閣四庫全書》本
滄溟先生集　李攀龍著　上海古籍出版社《文淵閣四庫全書》影印本
鴻苞　屠隆著　上海古籍出版社《文淵閣四庫全書》影印本
由拳集　屠隆著　上海古籍出版社《文淵閣四庫全書》影印本
白榆集　屠龍著　上海古籍出版社《文淵閣四庫全書》影印本
徐渭集　徐渭著　中華書局一九八三年版
澹園集　焦竑著　中華書局一九九九年版
茅鹿門先生文集　茅坤著　《文瀾閣四庫全書》本
清江貝先生文集　貝瓊著　上海古籍出版社《文淵閣四庫全書》影印本
懷星堂集　祝允明著　上海古籍出版社《文淵閣四庫全書》影印本
袁中郎集　袁宏道著　上海古籍出版社《文淵閣四庫全書》影印本
文選　蕭統編　中華書局一九七七年影印清胡克家本
日本足利學校藏宋刊明州本六臣注文選　李善等注　人民文學出版社二〇〇八年影印本

古文苑　孫星衍輯　商務印書館《叢書集成》本
續古文苑　孫星衍輯　商務印書館《叢書集成》本
全上古三代秦漢三國六朝文　嚴可均輯　中華書局一九五八年影印本
全唐文　董誥等編　上海古籍出版社一九九〇年版
明文在　薛熙編　清光緒江蘇書局刻本
明文海　黄宗羲編　中華書局一九八七年影印本
唐宋八大家文鈔　茅坤編　《文瀾閣四庫全書》本
古文辭類纂　姚鼐纂集　上海古籍出版社一九九八年版
藝文類聚　歐陽詢等編　中華書局一九六五年版
文苑英華　李昉　徐鉉等編　中華書局一九六六年影印本
冊府元龜　王欽若等編　中華書局一九六〇年影印本
歷代詩話　何文焕輯　中華書局一九八一年版
歷代詩話續編　丁福保輯　中華書局一九八三年版
清詩話　丁福保輯　上海古籍出版社一九七八年版
清詩話續編　郭紹虞編選　富壽蓀校點　上海古籍出版社一九八三年版
文心雕龍注　范文瀾注　人民文學出版社一九五九年版
詩品注　陳延傑注　人民文學出版社一九六一年版

文鏡秘府　【日】遍照金剛著　人民文學出版社一九七五年版
本事詩　孟啟著　上海古籍出版社一九九年版
詩人玉屑　魏慶之著　上海古籍出版社一九七八年版
後村詩話　劉克莊著　中華書局一九八三年版
苕溪漁隱叢話　胡仔纂集　中華書局《叢書集成》本
容齋詩話　洪邁著　涵芬樓影印本
全唐詩話　(托名)尤袤著　中華書局《叢書集成》本
唐詩紀事　計有功著　商務印書館排印《國學基本叢書》本
宋詩紀事　厲鶚輯撰　上海古籍出版社二〇〇八年版
明詩紀事　陳田輯撰　上海古籍出版社一九九三年版
續玉笥詩談　朱蒙震著　中華書局《叢書集成》本
詩藪　胡應麟著　中華書局一九六二年版
唐音癸籤　胡震亨著　上海古籍出版社一九八一年版
列朝詩集小傳　錢謙益著　上海古籍出版社二〇〇八年版
靜志居詩話　朱彝尊著　人民文學出版社一九九〇年版
帶經堂詩話　王士禛著　張宗柟輯　人民文學出版社一九六三年版
隨園詩話　袁枚著　人民文學出版社一九八二年版

昭昧詹言　方東樹著　人民文學出版社一九六一年版
藝概箋注　王氣中箋注　貴州人民出版社一九八六年版
賦話　李調元著　中華書局《叢書集成》本
人間詞話　王國維著　上海古籍出版社一九九八年版
介存齋論詞雜著　周濟著　人民文學出版社一九九八年版
復堂詞話　譚獻著　人民文學出版社一九九八年版
白雨齋詞話　陳廷焯著　人民文學出版社一九五九年版
白雨齋詞話足本校注　屈興國校注　齊魯書社一九八三年版
惠風詞話輯注　屈興國輯注　江西人民出版社二〇〇〇年版
詞話叢編　唐圭璋編　中華書局一九八六年版
中國古典戲曲論著集成　中國戲劇出版社一九五九年版
漢魏六朝百三名家集題辭注　殷孟倫注　人民文學出版社一九六〇年版
文章辨體序說　吳訥著　人民文學出版社一九九八年
文體明辨序說　徐師曾著　人民文學出版社一九九八年
文章精義　李性學著　人民文學出版社二〇一六年版
四六叢話　孫梅著　人民文學出版社二〇一〇年版
談藝録　錢鍾書著　生活·讀書·新知三聯書店二〇〇一年版

王羲之書法全集　江吟　宋行標主編　姚建杭執行主編　西泠出版社二〇〇八年版
古畫品録　謝赫著　人民美術出版社一九五九年版
續畫品録　姚最著　人民美術出版社一九五九年版
法書要録　張彥遠著　浙江人民美術出版社二〇一二年版
歷代名畫記　張彥遠著　浙江人民美術出版社二〇一一年版
墨藪　韋續著　中華書局《叢書集成》本
唐朝名畫録　朱景玄著　四川美術出版社一九八五年版
淳化閣帖　上海書畫出版社一九八四年版
益州名畫録　黄休復著　四川人民出版社一九八二年版
集古録跋尾　歐陽脩著　人民美術出版社二〇一〇年版
五代名畫補遺　劉道醇著　中華書局一九八五年影印版
圖畫見聞志　郭若虚著　湖南美術出版社二〇〇〇年版
山谷題跋　黄庭堅著　上海遠東出版社一九九九年版
東觀餘論　黄伯思著　人民美術出版社二〇一〇年版
宣和書譜　潘運告主編　湖南美術出版社一九九九年版
宣和畫譜　潘運告主編　湖南美術出版社一九九九年版

寶刻叢編　陳思編　浙江古籍出版社二〇一二年版
繪宗十二忌　饒自然著　人民美術出版社一九五九年版
書史會要　陶宗儀著　浙江人民美術出版社二〇一九年版
續書史會要　朱謀垔著　浙江人民美術出版社二〇一九年版
畫繼　鄧椿著　中華書局一九八五年影印版
明畫録　徐沁著　華東師範大學出版社二〇〇九年版
三希堂法帖　梁詩正等編　浙江古籍出版社二〇〇六年版
漢魏六朝書畫論　潘運告編　湖南美術出版社一九九七年版
中晚唐五代書論　潘運告編　湖南美術出版社一九九七年版
唐五代畫論　何志明　潘運告編　湖南美術出版社一九九七年版
宋人畫論　潘運告主編　湖南美術出版社二〇〇〇年版
宋人畫評　潘運告主編　湖南美術出版社二〇一〇年版
元代書畫論　潘運告編　湖南美術出版社二〇〇二年版
明代書論　潘運告編　湖南美術出版社二〇〇二年版
明代畫論　潘運告主編　湖南美術出版社二〇〇二年版

後記

作為全國高等院校古籍整理研究工作委員會重點項目『明清文學理論叢書』的一種，《藝苑巵言校注》於一九九二年曾由齊魯書社出版。時當改革開放早期，各出版社經費嚴重匱乏，出版形勢十分嚴峻。作者在《初版後記》中曾說：『是書從收集資料到匯輯成編，凡六經寒暑，得初稿六十五萬字。兩年後，刪剩四十五萬字。又兩年，刪剩二十六萬字。所刪内容主要包括三個方面：一、抽去附録四卷。二、原引史料及詩文作品，一律刪去原文，祇標卷次頁碼。三、除個别例外，一般作家不出小傳。這樣做的結果，自然不免大大增加讀者的麻煩。作者對此深表歉意。』但是這種歉意對讀者並無實際意義。王世貞的藝術觀是一個完整的系統，抽去部分即成殘缺，勢必影響人們對其藝術理論的整體把握和深入理解；王世貞是一位極其淵博的學者，《藝苑巵言》所涉及的文獻資料多達數百種，注文祇標卷次頁碼而不引原文，讓讀者直接去查閱，是完全不現實的。所幸時隔三十年後，人民文學出版社希望重版此書，這讓作者有機會親自動手彌補原書存在的重大缺陷，使《藝苑巵言校注》成為一本完整可讀的著作。

這次補充修訂主要包括四個方面：

（一）重新收入附録論詞曲、書法、繪畫之文共四卷，並加簡要注釋。

（二）原書刪去注釋中之引文，除少數外，均予復原，以免讀者翻檢之勞。

（三）增加少數新的資料，改正某些錯誤和疏漏。

（四）改簡體橫排為繁體直排。

作者在本書初版《前言》中曾經提到，為《藝苑巵言》作注，是由於南京大學程千帆先生的提議與鼓勵，在成書過程中，還得到過杭州師範大學沈幼徵先生的幫助和支持。歲月如流，如今千帆先生和幼徵先生均已逝世多年，而作者也宿疾纏身，年至耄耋矣。念之令人悵悵！

王氏此書，博大精深，包孕千古，而注釋者才疏學淺，每每自感難以窮盡其源流。宋人陸放翁詩曰：『文章在眼每森然，力弱才疏挽不前。前輩不生吾輩老，恐留遺恨又千年。』（《文章》）放翁何人？尚有此憾，何況區區我輩？

在《藝苑巵言校注》的成書過程中，友人屈興國、黃建國教授，學生黃徵教授，以及浙江圖書館善本部張群女士，浙江古籍出版社路偉先生，曾經以各種不同方式，給予幫助。人民文学出版社古典文學編輯室李俊先生在審讀全稿時，不厭其煩，核對原文，探求源流，不僅糾正了某些錯誤和疏漏，而且補充了不少有用資料。在此一併表示深深的謝意。

二〇一二年歲末初稿

二〇一六年七月改定